用年表讀通中國文學史

黃淑貞◉著

編排體例

一、本書以編年體形式呈現中國文學發展的時序，上起三皇五帝，下迄西元一九一九年五四運動，依中國朝代順序分成先秦、秦漢、魏晉南北朝、隋唐五代、宋遼金元、明、清近（包括臺灣日治時期西元一九一九年前出生的作家）等七章，每章前有一總說。

二、版面上方以年表貫穿全書，標示西元、朝代、帝王年號，大事欄位除繫以中國文史事件之外，還列出作家生卒年（在中國歷史確切紀年〔西元前八四一年〕前活動的作家不列其生卒年）、代表作品、文風流派以及創作成就等，共收錄作家一千三百餘人。

三、外國作家的生卒年與作品直接在年表與中國作家對照，以便讀者瞭解中外文學間的時代關聯，收錄外國重要作家約五百餘人。

四、年表中作家與作品的排列方式如下：

1.作家同年卒者，以年紀較長者置於前；同年生者，以年壽較短者置於前。生卒年不詳者，只知其大約活動年分，置於當年卒者之後、生者之前。若作家生卒年皆相同者，依姓氏筆畫排序。

2.作家生年僅在姓名前冠其擅長文類，後附其卒年，如（—〇〇〇），至作家卒年方列其代表作或風格流派等文學成就，卒年後附其生年，如（〇〇〇—）。生卒年不詳者，以其代表作品繫於大約活動年分。僅卒年無可考者，則將其代表作改繫於生年。若作家的生卒年無法確定或作品撰者無可考，改以（〇〇〇？）、（生年不詳）、（卒年不詳）或（作者不詳）標示。

3.同一作家的不同作品取篇名在前、書名在後的次序，然後依篇名（或書名）字數由少到多；若字數相同者，再按首字筆畫由少到多。欄中若有列出作家當年寫成的代表作品，排序方式或以作家詩文酬唱往返先後，或按作家姓氏筆畫由少到多。

4.外國作家的生年不單獨表列，僅在其卒年後附其生年，並在姓名前冠其擅長文類及其一生重要代表作。

五、「詞」、「曲」體裁較為特殊，標示方式說明如下：

詞——是在詞牌之後列出詞的首句，以蘇軾〈水調歌頭・明月幾時有〉為例，「水調歌頭」為其詞牌，「明月幾時有」為此詞的首句。

曲——因有散曲、劇曲之別，特別標出〈〇〇〉曲或《〇〇》劇，以作為「曲」和「劇」的區隔。其中「散曲」除曲牌之外，曲家多會加上題目，故在曲牌之後列出曲的題目。以關漢卿〈一枝花・不伏老〉曲為例，「一枝花」為其曲牌，「不伏老」為此曲的題目。少數散曲僅列出曲牌，為其未有題目之故。

六、版面下方除對當時的文史事件、文體發展與文學活動作概述之外，另針對年表中提到的作家風格、派別，以及重要作品，予以簡要說明，並以傳記形式呈現約一百二十位作家的生活軼事、處世作為，使讀者在查閱之餘，也能從中理解人物的言行風儀、思想見地與往來交遊，有裨於孟子所言「知人論世」工夫的養成。

〈導讀〉

一本掌握有效學習中國文學史的關鍵書

潘麗珠

中國文學史，無論海峽兩岸三地，每一所開辦中國文學系的大學，莫不將其做為學生的必修課程，其重要性不言可喻。

關於中國文學史，課程內容大略包含幾個要素：文學家、文學作品、文學背景與現象，以及各個時期的重要年代事跡。如果從教學與學習層面來說，通常含括以下幾個重點：

一、系統性地介紹中國古代文學發展的源流與變遷，描述各個階段的文學光景。陳述各個時代重大的文學現象、文學流派、文學事件等，探討形成的原因，並闡釋其意義。使學生對中國古代文學發展的總體趨勢、前後時期文學推移變化的途徑和因由，有基本的認識。

二、耙梳不同文學體裁發展演變的歷史脈絡，介紹各種文學體裁如詩、散文、辭賦、駢文、詞、小說、戲曲等文類的體制特點及其形成過程。使學習者瞭解不同文體發展演變的脈絡，擁有專業的文學體裁觀念和文體認知的能力。

三、論述各時代優秀作家的文學創作成就。文學作品是由作家所創造的，文學的歷史實質上也是由文學家的活動所累積、構成。因此，許多作品經由歷史篩選而保留下來，無疑是優秀且重要的瑰寶，論述優秀作家的重要作品和其對文學史的貢獻，必然是中國文學史課程的重要內容。

四、分析、鑑賞重要作家的代表作，以及各種文學體裁的傑出作品，討論其藝術內涵、價值及在文學史上的意義。文學史上的經典作品的鑑賞分析，是學習中國古代文學至為重要的內容，目的是培養中文系學生對古代文學名篇、名著的解讀、分析和鑒賞能力，提高解讀文學作品的專業水準，為進一步的學習研究奠定紮實的基礎。

以上四個方面，都是中文系中國文學史教學與學習中極為重視的內容。然而，不同的老師，可能會因學術見解、興趣、學術專長不同，而有所偏重；學習者也可能會因興趣和才性的不同，而發展出不同方面的體悟與能力，但這並不影響課程的學習，甚至可能會因為有所偏重而培養出不同的學術個性，走出自己的學術道路。

不過，這樣的重頭戲，對學生的學習壓力確實很大，一般人都感困難，筆者的建議是：閱讀的工作最好日日為之，勤作筆記，養成習慣。甚至於把不同的中國文學史著作拿來相互比較，探討相同問題的不同論述方法與角度，索求其間觀點的異同。但，即使這樣，龐大的資料與繁重的內容，尤其是必須背記的年代多如牛毛，難免會讓許多學生喘不過氣，每每在考試前夕緊張到輾轉反側、無法入眠。

現在，有一本掌握有效學習中國文學史的關鍵書面世了，那就是黃淑貞女史所寫的《用年表讀通中國文學史》！本書透過「時間軸」、「定點標示」、「人與事的敘述」三大元素，幫助學習者理解文學家的背景、文學的重要概念以及文學發展的演變。全書具有以下特色：

（一）一般以年表為主的歷史書籍，沿襲編年史的體例，多以表列標明年月日，以記載大事，純屬工具書性質，雖然實用卻缺乏閱讀樂趣。本書發揮「年表」功能，補其所短，為特定的主題，量身打造，添加了文學事件的敘述，文字通暢，是一本兼具「有用」與「有趣」的文史工具書。

（二）全書設計出一個「時間軸」（西元、中國朝代、帝王、年號），貫穿全書，以表現出中國古典文學在歷史長河與時間之流中的變遷與轉化。

（三）中國文學史上重要人物、事件、概念在時間軸上定點標示，或是呈現時間範疇，有助於學習者的記憶。

（四）重要文學家的生平軼事、作品、典籍、體裁、流派、觀念、文學運動和事件，在與時間軸相互對應下，呈現出完整的敘述與清楚的面貌。

（五）與西方文學史的大事相對照，對宏觀世界文學的發展有很大幫助。

這五個特點，使得學習中國文學史變成是一件愉悅的事，可以讓我們比較有效地把握住中國文學發展的樣貌，而不至於陷入前述輾轉難眠的窘境。

宋朝一代文宗歐陽脩〈讀書〉詩說：「至哉天下樂，終日在書案。」能夠讓我們終日在書桌前讀不倦的好書，《用年表讀通中國文學史》正是中文系學生或熱愛中國文學的朋友們不可錯過的一本！

（本文作者為國立臺灣師範大學國文系教授）

目錄

魏晉南北朝文學 103

149 隋唐五代文學

明代文學 279

先秦文學

先秦，意為秦代以前。先秦文學指的是上古到秦代統一前的文學，主要成就為東周春秋戰國時期的散文、詩歌等書面文學，其中也包括了以口耳相傳而流傳下來的口頭文學，如〈女媧補天〉、〈夸父追日〉、〈羿射十日〉、〈精衛填海〉等保存在《山海經》、《穆天子傳》、《淮南子》等各類後世著述的神話傳說，以及像是〈彈歌〉、〈卿雲歌〉、〈塗山歌〉等先民為祈天祭神或反映勞動生活的樂舞歌謠。

先秦散文主要分成歷史散文、諸子散文兩大類，其中也包括了早期殷墟出土的甲骨文、青銅器銘文以及《易》爻辭等文字記載。歷史散文以記錄當時政治情況、社會事件的演化過程為主，包括《尚書》、《春秋》、《左傳》、《國語》、《戰國策》等，通過洗煉的語言描寫人物的言行和敘述史實，對日後的文史創作產生很大的影響；諸子散文以闡述個人或各家學派的政治思想、哲學觀點為主，包括《老子》、《論語》、《墨子》、《孟子》、《莊子》、《荀子》、《韓非子》等，學術上呈現一片繁榮蓬勃，後世稱之「百家爭鳴」。

先秦詩歌以產生於北方黃河流域的《詩經》以及南方楚地的《楚辭》為代表。《詩經》除部分祭祀先祖、頌揚天子、朝廷雅樂的作品之外，大多是底層人民抒發情感、表達心志之作，語言質樸，音韻和諧，向來被視為是中國詩歌史上現實主義的發端；《楚辭》以楚國的民間歌曲、舞蹈為基礎，文辭華美，形式長短多變，富有神話幻想的色彩，是浪漫主義詩歌的起源。

單位：年

西元前	5000？
朝代	
帝王年號	
文學大事	仰韶文化時期。為中國黃河中游地區的新石器時代文化，因最早發掘於河南澠池縣仰韶村遺址而得名。由於出土的陶器上多有紅、黑色彩紋，故又稱「彩陶文化」。在此出土的陶器或陶片上有接近文字形式的符號。

【神話傳說】

是上古人類在日常環境與活動的過程中，以其認知對自然現象的解釋。他們通過推理與幻想將大自然形象化、擬人化，把民族英雄人物的事蹟神格化，世代口耳相傳直到文字出現才被記錄下來，在《山海經》、《穆天子傳》、《楚辭》、《呂氏春秋》、《淮南子》等典籍中，都保存不少的神話傳說。

神話傳說並非成於一人一時一地，而是經過長時間的口頭傳播，故事不斷被改編而豐富化，與初始說法早已大不相同，可視為先民的集體創作，如〈女媧補天〉、〈夸父追日〉、〈羿射十日〉、〈精衛填海〉、〈鯀禹治水〉、〈黃帝戰蚩尤〉、〈共工怒觸不周山〉等，內容多與人們生活的自然環境與生存的現實競爭有關。這些早在文字之前便產生的神話傳說，除了反映人民對自然現象的敬畏，也表達其欲征服大自然的渴望，其中誇大虛構與充滿神祕浪漫的敘事，予以日後小說體裁豐沛的材料與養分。

三皇：伏羲氏、神農氏、燧人氏。皆為傳說中的上古帝王，傳伏羲氏作八卦，神農氏（一說神農氏即炎帝）嚐百草、種五穀，燧人氏則是人工取火的發明者。

五帝：黃帝、顓頊、帝嚳、堯、舜。皆為傳說中的帝王。

【先秦散文】

中國出現最早可信的文字記錄是在商代，當時的

4000？

三皇

大汶口文化時期。為中國黃河下游地區的新石器時代文化，因發掘於山東泰安縣大汶口遺址而得名。在此出土的陶器以夾砂紅陶和泥質紅陶為主，陶器上有鏤孔裝飾以及刻有形似文字的圖案。

傳三皇之一的伏羲氏看見龍馬負圖出於黃河，稱之「河圖」。伏羲氏於是根據龍馬身上的紋彩而作〈八卦〉。河圖為《易》之卦形的來源傳說。

傳〈葛天氏之樂〉作於三皇時期。作者不詳，為三人操牛尾投足而舞的樂歌，音樂與歌詞已佚。葛天氏，上古傳說中的賢能帝王，後人視其為理想社會的統治者。

傳〈蜡ㄓㄚˋ辭〉作於上古帝王伊耆氏（一說伊耆氏即神農氏）時期。作者不詳，為歲末時的祝禱祭祀歌謠。

卜辭（占卜的記錄，刻在龜甲或獸骨上）與銘文（鑄刻文字在青銅器上）可視為散文的萌芽。

先秦散文可分為「歷史散文」與「諸子散文」兩類。歷史散文，又稱「史傳散文」，包含《尚書》、《春秋》、《左傳》、《國語》、《戰國策》等記載歷史事件或人物言行的著作。諸子散文，又稱「哲學散文」，包含《論語》、《老子》、《墨子》、《孟子》、《莊子》、《荀子》、《韓非子》等表達個人思想、言論的著述。其中《尚書》的年代最為古老，因書中存有不少後人的偽作，在經過歷來學者的考證後，認定《尚書》中的三篇〈盤庚〉是商代君主盤庚遷都殷地時對臣民的演講文獻，可知其在中國散文史上的重要地位。

東周春秋、戰國時期，周王室衰微，諸侯之間你爭我奪，征戰不止，造成各國求才若渴，對當時的政治、社會造成巨大的衝擊。然而，紛亂的世局反映在散文上便是百家爭鳴，以往為貴族長期所掌控的學術文化宣告瓦解，隨著教育的普及與知識的頻繁交流，平民不但可以活躍於政壇，還可以自由招收門徒，著書立說，宣揚自己的理念與主張。

不論是先秦的歷史散文或諸子散文，都是由言簡意賅的質樸文辭，發展成說理精闢、敘事細膩、用喻生動的精彩美文，足以成為後代文、史學家書寫文章的典範。

【先秦詩歌】

文字發明以前，歌聲便在人民勞動的同時，配合肢體動作的節奏出現，其後在各種行為活動中，除

單位：年

西元前	2600？~2100？
朝代	
帝王年號	五帝
文學大事	傳五帝之一的黃帝曾於涿鹿（今屬河北）大戰九黎族部落首領蚩尤（傳其為炎帝後裔），後擒殺蚩尤，史稱「涿鹿之戰」。 傳黃帝作〈咸池〉樂曲。（一說堯帝所作。） 傳〈彈歌〉作於黃帝時期。作者不詳。 傳〈康衢謠〉、〈擊壤歌〉作於堯帝時期。作者不詳。 傳〈卿雲歌〉、〈八伯歌〉、〈帝載歌〉、〈南風歌〉作於舜帝時期。作者不詳。

了歌唱之外，又加入了舞蹈與音樂。很多的上古歌謠因沒有文字記錄而失傳，僅能在後來發現的卜辭，得知巫覡（女巫稱巫，男巫稱覡）在祭祀儀式時與歌舞是密不可分的。商末周初，用來占筮的《易》卦、爻辭有不少近似歌謠的形式出現，之後便進一步發展到《詩》的階段，也就是漢儒與後人所稱的《詩經》。

《詩》中的頌與雅的一部分，是周初樂官與貴族為和樂而作的歌詞；風，多出自民間歌謠，是周天子派史官到各地採集歌謠，回來後再由樂官配樂，或是民間原存有樂譜，樂官再加以審訂。後來《詩》的樂譜亡佚，只保存下來歌詞而已，但已對日後的詩歌體裁產生重大的影響，被譽為「詩歌之祖」。

楚辭，正是繼《詩》之後所發展出的另一詩歌形式，內容多為南方楚地的祭神歌曲以及屈原的個人創作，其與源出北方的《詩》相比，不僅文字篇幅較長，形式變化較多，文采更趨華美；另在抒情言志方面，也比《詩》的發揮空間更寬闊，感情更為激烈奔放。楚辭，原是指戰國時期楚地的詩歌，到了西漢末年，學者劉向收錄屈原、宋玉、賈誼等人的作品輯成《楚辭》一書。

《詩》與《楚辭》向來被視為是先秦詩歌的兩大代表，後人借《詩》之國風與屈原〈離騷〉並稱，以「風騷」作為詩歌的代名詞，或用「騷人」來代稱詩人。

《易》：古代的占筮書。夏朝有《連山易》，商朝有《歸藏易》，兩部皆已失傳。相傳是遠古的伏羲創八卦，周文王被紂王囚禁時觀《易》之卦象，寫

2070？

夏禹

舜命禹治水，後立禹為嗣。禹即天子位，建立中國歷史上第一個王朝「夏」。

傳夏禹治水時，見神龜出於洛水，稱之「洛書」。禹根據神龜上的類似文字的裂紋寫成治理天下的九類大法〈九疇〉，為《尚書．洪範》之來源傳說。河圖與洛書一向被後人視為是聖王治世的祥瑞徵兆，合稱「河圖洛書」，簡稱「圖書」。

傳夏禹收九州的貢金鑄成九鼎，鼎上刻有各州當地的名山大川以及特殊物象，九鼎從此也成為王權至高無上的象徵。

傳〈塗山歌〉、〈塗山女歌〉作於夏禹時期。作者不詳。

成卦辭（說明卦象的要義）與爻辭（說明每卦之下六爻的意義）。後有孔子及其門人為注解《易》作《十翼》，原本用來占筮的《易》，遂演變成理解人生自然發展變化的哲理典籍。今廣義的《易》包含了卦象、卦辭、爻辭以及後出的《十翼》，為儒家經典之一，又稱《易經》或《周易》。

《十翼》：又稱《易傳》。包括〈彖傳上、下〉（解釋卦辭）、〈大象傳〉（解釋卦象）、〈小象傳〉（解釋爻象）、〈繫辭上、下〉（闡述、分析卦義的專論）、文言（解釋乾、坤兩卦的卦、爻辭）、序卦（說明六十四卦的排列順序）、說卦（說明八卦成卦的原理與特性）、雜卦（將六十四卦分成三十二組互相比較）。翼，為輔助之意。

殷之三仁：指比干、箕子、微子。比干和箕子是紂王的叔父，微子是紂王的庶兄，三人皆為商代末年的仁人，屢勸紂王不聽；其後紂王殺了比干，囚禁箕子，微子出奔。

〈金縢〉：祝禱文。為周武王生病時，其弟周公以王室未安為由，向天祈求以己身代武王死而作，祝禱文字被史官藏於金縢之匱（古代用來放置公文檔案的金匱），並令守者不可說出此事。隔天，武王的病便痊癒。傳周公死後，成王與大夫們啟開金縢書，才看見周公當年願代武王而死的祝禱文，不禁執書以泣，從此下令魯國君可以郊祭文王，保有天子的禮樂，以褒揚周公之盛德。

單位：年

西元前	2025？	1945？
朝代	夏	
帝王年號	啟	少康
文學大事	禹死，原定繼位者伯益讓位禹之子啟（一說啟殺伯益），為夏朝第二代君主，從此結束了氏族社會的禪讓制，建立了世襲制。 傳夏啟作〈甘誓〉，宣誓討伐有扈氏，今存於《尚書》中。 傳〈九辯〉、〈九歌〉樂曲作於夏啟時期。作者不詳。	少康是夏朝第六代君王，其打敗寒浞，取回夏朝政權，史稱「少康中興」，為中國歷史上第一個稱「中興」的時代。 一說少康即是杜康，也就是傳說中發明製酒技術的人，後世尊杜康為「酒神」。

三監之亂：指周武王之弟管叔、蔡叔和霍叔所興起的叛亂事件。周武王去世，年幼的成王即位，周公為攝政王，管叔等人以周公即將篡位為由，聯合武庚發動叛變，周公率兵東征，後殺了武庚、管叔，流放蔡叔，廢霍叔為庶民，平定亂事。三監，指監管殷商武庚封地的管叔、蔡叔和霍叔。

《周禮》：周公著，記載周朝官制之書。漢朝時原名《周官》，又稱《周官經》，至劉歆始稱《周禮》，為「三禮」之一。分有天官（主管朝政）、地官（主管民政）、春官（主管宗教文化）、夏官（主管軍事）、秋官（主管司法、刑罰）、冬官（主管工程、水利）六篇。由於冬官亡佚，漢代學者以約成於春秋末年的手工業文獻《考工記》補之。

三禮：指《周禮》、《儀禮》和《禮記》，皆為儒家典籍。

《儀禮》：記載古代典禮、禮儀制度的書。又名《禮》、《士禮》或《禮經》，至漢代已殘闕不全，後經東漢學者鄭玄以西漢劉向整理的版本作注，成為今之傳本。

《禮記》：講述古代禮制的文章選集。多為孔子弟子及其再傳弟子所記，經西漢學者戴聖彙整成今之傳本。

共和行政：周厲王無道，人民發生暴動，厲王由

1900？

予

〔古巴比倫〕英雄史詩《吉爾伽美什》的文字記載約此時出現。於前二十世紀蘇美時期開始口頭流傳，後又傳到古巴比倫時期，為目前已知最早的一部史詩。

1790？

不降

〔古巴比倫〕漢摩拉比王頒布《漢摩拉比法典》。為目前發現世界上最早較完整保存下來的法典，以楔形文字寫成。

1600？

商湯

夏朝亡。湯滅夏桀，建立商朝。傳商湯作〈湯誓〉，宣誓討伐夏桀，今存於《尚書》中。

鎬京（西周國都，今陝西西安西南）出逃，諸侯推舉共伯和（一說指共國國君，名和；一說指周定公與召穆公）執政，史稱「共和行政」。

史上第一位愛國女詩人——許穆夫人

許穆夫人，姬姓，是衛昭伯與宣姜之女，衛文公之妹，許穆公之妻，故稱「穆姬」或「許穆夫人」。當她得知父母將其許配與許穆公時，便曾表達其不願嫁到國力小又地處遠的許國，而是希望嫁至國力強大且離衛國較近的齊國，倘若衛國不幸有難，才能儘快得到幫助。可惜，她的遠見與心聲並未被採納。

嫁到許國後，衛國為邊疆狄人攻入，都城淪陷，許穆夫人一聽到消息，顧不得許國上下的反對，堅持返回衛國，欲設法向大國提出救援。然而，一路上不斷有許國大夫跋涉前來阻止，要許穆夫人遵守父母歿不得歸寧的禮法。許穆夫人憤而寫下〈載馳〉詩：「許人尤之，眾穉且狂」，怒罵那些觀念幼稚愚妄、不知變通，只會責難她的許國大夫；詩的最後又說：「大夫君子，無我有尤。百爾所思，不如我所之。」強調自己救國的正當性，希望那些滿口禮制、卻又想不出辦法的大夫君子們，別再一味地指責她，其堅信唯有親自回到衛國一趟，才是拯救國家最好的方法。

其後，衛國在齊與宋兩大國的扶持與衛文公的努力下復國，又延續了四百多年的國祚。許穆夫人也因其詩所表露的堅強意志與愛國形象，予人留下深刻的印記。

《管子》：管仲（約前七二五至前六四五）的政

單位：年

西元前	朝代	帝王年號	文學大事
1580？	商	太甲	傳太甲（湯之孫）無道，商相伊尹放逐其於桐宮（傳湯之葬地），三年後太甲悔過，伊尹迎其復位並作〈太甲〉，以嘉美太甲成為一位明君，今存於《尚書》中。（一說伊尹放逐太甲後，自立為王，數年後太甲殺伊尹，奪回王位，今存於《竹書紀年》中。）
1500？		雍己	〔古埃及〕《亡靈書》約成於此前後。又名《死者之書》。作者不詳，將頌歌與咒文寫好後放入陵墓或石棺內供死者閱讀，祈禱死者在冥國免遭厄運之苦。 〔古印度〕《梨俱吠陀》（意為知識的詩文集）約成於此前後。作者不詳，是以口傳方式保存下來的，為婆羅門教的經典。

治思想論著。內容涉及政治、經濟、法律、軍事、哲學、倫理等各方面。

《尚書》：上古王朝官文書彙編。時間上起堯、舜，下至東周春秋秦穆公，依朝代分成《虞書》、《夏書》、《商書》、《周書》，記載古代聖賢或君王的典（國家大事）、謨（謀略之言）、訓（法則）、誥（君王對臣下的諭令）、誓（誓辭）、命（上級對下級的命令）等言論。後經過孔子的編定，在戰國時期稱《書》，到漢朝改稱《尚書》，意指「上古之書」，為儒家經典之一，故又稱《書經》，向來被視為中國最早的散文「總集」。

總集：彙錄多人作品的詩、文集，相對於輯錄個人詩、文作品的別集而言。

《詩經》：中國最早的詩歌總集。周天子為了解四方民情，派人到各地採集歌謠，後由朝廷史官與樂師彙整而成，收錄西周初至東周春秋中期約六百年間，來自王公貴族與民間流傳的樂歌，今存詩三百零五首。《詩》按體例分成國風（各國民謠）、大雅（朝會之樂）、小雅（宴飲之樂）、頌（宗廟之音）；按表現手法分成賦（鋪陳直言）、比（借用他物作比喻）、興（先言他物，再引起聯想），以上又稱「詩六義」。《詩經》原名《詩》，因孔子曾參與編訂，為儒家經典之一，至漢朝改稱《詩經》。

〈季札觀周樂〉：詩歌評論文章。春秋吳國公子

1300？ 盤庚

盤庚自奄（今山東曲阜）遷都殷（今河南安陽西北），史稱「盤庚遷殷」，故後世也稱商朝為「殷商」。

盤庚遷都前後，作〈盤庚〉三篇告諭臣民，今存於《尚書》中。

〔古埃及〕〈尼羅河頌〉約成於此前後。作者不詳。

1250？ 武丁

此時期出現以甲骨文記錄占卜的卜辭，以及刻在青銅器上的銘文。

1050？ 帝辛（周武王稱其紂王）

傳周文王（姬昌，周武王之父）被商紂囚於羑ㄧㄡˇ里（今屬河南）期間作《易》之卦辭與爻辭。（一說周公作爻辭。）

季札指出《詩》各地國風與雅、頌的特色與優缺點，並借詩以論政，是流傳至今對《詩》最早較為完整的文學評論。

《鄧析子》：名家思想著作。疑為後人託名鄧析所撰，其主張刑名之治，反對禮治，公開教導人民學習法律與訴訟方法。為讓鄭國百姓能瞭解刑法條文，鄧析將原本鑄寫在鼎上的刑書加以改造，書寫在竹簡上，稱之《竹刑》，此舉引發貴族的不滿，後被執政大夫姬駟歂ㄔㄨㄢˊ所殺。

九流十家：據東漢史家班固《漢書・藝文志》列出東周時期諸子百家中最具代表性的十家，即儒家、道家、陰陽家、法家、名家、墨家、縱橫家、雜家、農家、小說家。其中小說家不入流，故稱之。

《晏子春秋》：記載齊相晏嬰生平言行的散文集。主在記述晏嬰如何勸諫君王賢明施政，臨危遇事的機智應變，及其生活儉樸廉潔等事蹟。

《孫子兵法》：孫武著，為中國最早的兵書。提出「慎戰」、「避實擊虛」、「攻其無備，出其不意」、「知彼知己，百戰不殆」等軍事原則。傳孫武以此書獻吳王闔閭，後獲重用。

將在軍，君命有所不受——孫武

吳王闔閭拜讀孫武（約前五三五至前四九六）所寫的兵書後極為讚賞，希望實地見識孫武操兵情形。

單位：年

西元前	朝代	帝王年號	文學大事
1046?	西周	武王（姬發）元年	傳周武王在牧野（今屬河南）宣誓討伐商紂作〈牧誓〉，今存於《尚書》中。周武王與商軍交戰於牧野，史稱「牧野之戰」，結果商軍大敗，紂王自焚，商朝亡。周武王建立周朝。
1044?		三年	傳箕子作〈洪範〉上陳周武王，今存於《尚書》中。與比干、微子並稱「殷之三仁」。洪範，意指天地之大法。 傳箕子經過殷商故都朝歌（今河南淇縣），見宮室毀壞，遍地麥黍，作〈麥秀歌〉。 周公（姬旦）作〈金縢〉，今存於《尚書》中。
1043?		四年	傳殷商遺民伯夷、叔齊不食周粟，隱居首陽山（今屬山西），臨終前作〈采薇歌〉以明其志。
1042?		成王（姬誦）元年	周成王年幼，周公攝政。

為方便起見，吳王建議用宮女來演練，孫武一口答應。

吳王調派一百八十名宮女前來，孫武將其編成兩隊，並命吳王最寵愛的兩名妃子擔任隊長，全體執戟準備操練，一旁也架起了鐵鉞等刑具，三令五申告誡眾人務必聽命，否則將依軍法處分。說完便擊鼓為號，發出向右轉的命令，熟料眾人竟然大笑。孫武見狀，便把動作與規定再詳細解釋多遍，隨後擊鼓為號，發出向左轉的命令，現場還是笑聲如故。這時孫武神情嚴肅地說：「約束不明，申令不熟，是為將者的罪過；既已明白號令而不按令操作，則是士兵的過錯。」說完就準備推兩名隊長出來斬首。

一直在臺上觀看的吳王，趕忙出聲阻止，其對孫武說：「我已知道你確實善於用兵了！但我的身邊沒有這兩名寵妃便食不知味，請你放過她們吧！」孫武回答：「臣既受命為將領，將領在軍隊治兵，依軍法處理事務，君命是可以不接受的！」語罷遂斬首吳王的兩名妃子。接著任命兩隊的排頭當隊長，又擊鼓為號，這時全場肅靜無聲，動作齊一，無人敢再嘻笑。於是孫武請吳王親自檢閱軍隊，吳王心中雖有不悅，仍決定任用孫武為將軍。之後，孫武助吳破楚得勝，使吳國在各諸侯間聲名顯揚。

《老子》：道家思想、哲學著作。又名《道德經》。分為八十一章，內容主在說明「道」與「德」的要義，主張「無為而治」、「禍福相倚」、「柔弱勝剛強」等觀念。

1041？

二年

周公東征，討伐管叔、蔡叔、霍叔以及紂王之子武庚，史稱「三監之亂」。傳周公作〈七月〉、〈鴟鴞〉，東征凱旋歸來作〈東山〉，今皆存於《詩經》中。

1036？

七年

周成王將親政，召康公（姬奭ㄕˋ）為戒成王，作〈召誥〉，今存於《尚書》中。召康公獻〈公劉〉、〈泂ㄐㄩㄥˇ酌〉、〈卷阿〉與成王，今存於《詩經》中。

1037？

六年

周公制禮作樂，作〈大武樂〉。著有《周禮》，《三禮》之一。

1020？

康王（姬釗ㄓㄠ）元年

周康王與父周成王在位期間，天下安寧，四十年不用刑罰，史稱「成康之治」。

老莊：指老子（李耳）與莊周。老子是道家的創始者，莊周的思想理念與老子相近，故稱之。

孔子問禮於老子──老子

孔子曾到周天子的所在雒邑，去拜訪掌管藏書室的官吏老子（約前五七〇至前四九〇）。孔子向老子問禮，老子說：「你所說的那些人骨骸都已腐朽，只有言論還存在著。況且君子得到時機，就駕著車出來做官；不得時機，便像蓬蒿這類野草般隨風而行。我聽說懂得做生意的人會把貨物隱藏起來，讓人以為什麼東西都沒有似的；君子內懷美好的品德，其外在形貌便如同純樸的愚人一樣。要把你的驕氣神態與過於崇高的志向去除，這些對你是毫無益處的，我能告訴你的話就是這些而已。」

孔子離開周地，告訴學生說：「鳥，我知其能飛；魚，我知其能游；獸，我知其能走。走的可以用網去捕捉，游的可以用釣線來釣取，飛的可以用箭去射。至於龍，我什麼也無法得知，因其乘著風雲而上了青天。我今日見到老子，他大概就是龍吧！」言語間充滿對老子的敬慕之意。儒家宗師與道家始祖的這場會面，著實為中國文學史更添燦爛的火花。

《春秋》：中國現存最早的編年體史書。古代各國史書多名為「春秋」，後孔子根據魯國史官所編《魯春秋》修訂，上起魯隱公元年（前七二二），歷經桓公、莊公、閔公、僖公、文公、宣公、成公、襄公、昭公、定公，下至魯哀公十四年（前四八一），共二百四十二年的歷史大事。內容以魯國史事為主，

單位：年

西元前	960？	875？
朝代	西周	
帝王年號	穆王（姬滿）十七年	厲王（姬胡）三年
文學大事	周穆王約此前後西征犬戎。為《國語》記事之始。《國語．周語》之〈祭公諫征犬戎〉所敘史事約發生在此前後。記敘周穆王欲征犬戎，周大臣祭公謀父對其勸諫而穆王不聽。	召穆公（姬虎，召康公的後代）為勸厲王作〈民勞〉，憂心周王室大壞作〈蕩〉，今皆存於《詩經》中。

兼記周王室與其他諸侯國之事，用字簡短嚴謹，按時序記下年、時、地、人、事與結果，為儒家經典之一。

編年體：史書體裁的一種。以歷史事件發生的時間先後順序編撰的史書。

知我者其唯《春秋》乎——孔子

孔子（前五五一至前四七九）在帶領門人周遊列國後，自知治國救世的理想難以實現，又見各國諸侯不敬周天子，家臣的權力高過諸侯，不時發生臣弒君、子弒父等竊位盜名的亂事，於是決心為後世留下一部寓褒貶、別善惡，以定名分的《春秋》。

孔子曾教育學生子路說：「名分不正，說出來的話便不順當；說話不順當，政事便不能成功；政事不成功，禮樂教化便無法推行；教化無法推行，刑罰便難以適中；刑罰難以適中，百姓的舉止便無所適從。所以君子定下的名分，一定是要能說得出口的，所說的話也一定要是能行得通的，不能有絲毫的苟且隨便。」足見其對「正名」的重視。

《春秋》就是孔子依據自己的是非觀點，不直接敘述對人物或事件的看法，而是通過婉轉曲折的用字技巧暗寓褒貶，後人稱此為「春秋筆法」。比如吳、楚國君自稱為「王」，《春秋》即以當初周天子冊封的等級稱其「子」爵，以責其名不符實。又如鄭莊公縱容其弟共叔段勢力坐大，等到共叔段準備奪位時才派人討伐，後在鄢（今屬河南）打敗共叔段；《春秋》稱這件史事為「鄭伯克段于鄢」，不明言兩人為

844？	三十四年	《國語．周語》之〈召公諫厲王止謗〉所敘史事約發生在此前後。記敘召穆公苦勸周厲王須廣開諫路，使百姓說出心裡的話，而不是用處死來堵百姓之口。
841	（共和行政）共和元年	為中國歷史上有確切紀年之始。
828	共和十四年	周厲王死於彘（今屬山西），共伯和還政厲王之子宣王。
827	宣王（姬靜）元年	周宣王即位，任用召穆公、周定公、尹吉甫等大臣整頓朝政，使衰落的周王室得以一時復興，史稱「宣王中興」。
823	五年	周宣王命大臣尹吉甫（兮甲，字伯吉甫。尹為官名）出征玁ㄒㄧㄢˇ狁ㄩㄣˇ（周朝時的北方游牧民族），獲得勝利。詩人、政治家尹吉甫生卒年不詳。約活動於宣王在位時。傳其作有〈烝民〉、〈崧高〉、〈韓奕〉，今存於《詩經》中。

兄弟關係，以表共叔段對兄長的不敬，用「克」字示意手足像是兩個敵對的君主，諷刺鄭莊公的失教。

孔子希望藉由《春秋》的微言大義，為後世留下可循的禮義法度，讓亂臣賊子心生恐懼而有所警惕，所以才會說：「後人瞭解我的，憑的就是這部《春秋》啊！而怪罪我的，憑的也是這部《春秋》啊！」

《論語》：儒家思想著作。孔子與其弟子的語錄結集。內容以闡述孔子的政治、哲學、倫理、教育思想為主。

語錄體：記錄或摘錄特定人士生平言論的文體。通常是門下弟子依據師長口述所記下的筆錄。

孔孟：指孔子（孔丘）與孟軻。孟軻受業於孔子之孫孔伋的門人，一生致力於闡揚孔子的儒家思想，故稱之。

一代教育家——孔子

孔子用《詩》、《書》、《禮》、《樂》作為教材，教導弟子約有三千人，其中精通六藝的有七十二人。所謂孔門十哲，指的是長於「德行」的顏回（字子淵，後尊稱其「復聖」）、閔損（字子騫）、冉耕（字伯牛）、冉雍（字仲弓）；長於「言語」的宰予（字子我）、端木賜（字子貢）；長於「政事」的冉求（字子有）、仲由（字子路或季路）；長於「文學」的言偃（字子游）、卜商（字子夏）。曾受過孔子的教誨，但並未成為其入室弟子的也有很多人。

單位：年

西元前	朝代	帝王年號	文學大事
771		幽王（姬宮涅）十一年	犬戎攻破鎬京，周幽王為犬戎所殺，西周滅亡。
770	東周	平王（姬宜臼）元年	周幽王之子平王在晉文侯、鄭武公、衛武公、秦襄公等率兵護送下，遷都雒邑（今河南洛陽），為東周時期之始。
750		二十一年	〔古希臘〕詩人荷馬（Homer）卒？（前八五〇？—）。代表作《伊里亞德》和《奧德賽》，統稱《荷馬史詩》。
725		四十六年	政治家、思想家管仲生？（—前六四五）。
722		四十九年	《春秋》、《左傳》編年之始。《左傳·隱公元年》之〈鄭伯克段于鄢〉所敘史事發生在此年。記敘鄭莊公縱容其弟共叔段，導致共叔段日後叛變，鄭莊公才出兵討伐。

顏回向孔子請教仁的道理。孔子說：「克制自己的欲念，循禮而行，那麼天下人就會敬服你的仁德了。至於實踐仁德得靠自己，難道還能靠別人嗎？」

子路問孔子：「聽到一件該做的事，應當要立刻去做嗎？」孔子回答：「有父兄在，怎麼可以聽到就去做呢？」稍後，冉求進來問與子路一樣的問題。孔子回答：「是的，聽到就去做。」待冉求離去，公西赤一臉疑惑地問孔子說：「子路和冉求的問題相同，為何老師的回答卻不一樣呢？」孔子說：「冉求的個性容易畏怯，所以我要鼓勵其不要退縮；子路的個性膽大好勝，所以我要約束其不要躁進。」

子夏問孔子：「《詩》云『巧笑倩兮，美目盼兮，素以為絢兮』是什麼含義呢？」孔子說：「就如同是繪畫的道理一樣，要把素白的底先打好，才能進行顏色的彩飾。」子夏說：「是不是人也要有忠信的美質，然後再以禮來文飾？」孔子說：「你真能啟發我的心志啊！從今我可以與你談論《詩》了！」

子游出任魯國武城的宰邑，極力推行禮樂教化。孔子到了武城，境內到處都有琴瑟樂聲，笑著對子游說：「殺雞焉用牛刀？」意指治理小邑，何須用到禮樂之道。子游回答：「以前聽老師說過『君子學道就能愛護人民，小人學道就能遵守教令，容易治理』。」孔子聽了對隨行的弟子說：「言偃是對的，我剛才的話不過是開玩笑的！」

孔子對學生們說：「你們以為我有什麼隱匿不教的嗎？我實在對你們毫無隱藏，我沒有什麼行止是不可以告訴你們的。這就是我孔丘的為人。」

孔子死後，葬於魯城北面的泗水邊，學生皆為其

701 桓王（姬林）十九年
〔古希臘〕詩人赫西俄德（Hesiod）卒？（前八〇〇？—）。代表作《神譜》、《農作與時日》。

685 莊王（姬佗）十二年
齊桓公即位，任用管仲為相，推行改革，齊國漸強，之後成為春秋諸侯稱霸之首。

684 十三年
《左傳‧莊公十年》之〈曹劌論戰〉所敘史事發生在此年。記敘魯人曹劌與魯莊公討論作戰之道。

660 惠王（姬閬）十七年
許穆夫人生卒年不詳，作有〈載馳〉詩。為中國歷史上第一位記名的女詩人，今存於《詩經》中。

服喪三年，三年心喪（古代弟子為師長守喪，不著喪服而是在心中哀悼）服畢，大家相互哭著道別，但有人還是留下來繼續守墓。子貢則在墓旁搭起小屋，守了六年才離去。之後，孔子的弟子與其他魯國人到墓旁居住的有上百人，這個地方因而被命名「孔里」。

《考工記》：中國現存最早有關手工業技術的文獻。作者不詳，推論應為春秋末的齊國人。此書後被漢代學者收入《周禮》，以補失佚的〈冬官〉，故又名《周禮‧冬官‧考工記》。

《左傳》：編年體史書。為解釋《春秋》之書，又名《左氏春秋》、《春秋左氏傳》或《春秋內傳》。全書以孔子《春秋》記事為提綱，時間上自魯隱公元年（前七二二），下至魯哀公二十七年（前四六八），共計二百五十五年，比《春秋》增加十三年；然書末又附記魯悼公四年（前四六三）至十四年（前四五三）晉國韓、趙、魏三卿滅知氏一事，故終年繫於此。《左傳》因其敘事精彩完整，情節描寫生動，正與《春秋》文字簡潔委婉成互補。《春秋三傳》之一。

春秋三傳：《左傳》、《公羊傳》、《穀梁傳》。《左傳》重描述史事，《公羊傳》、《穀梁傳》重解釋經義。《公羊傳》、《穀梁傳》在戰國時僅口頭傳授，至西漢始被記載成書。

《國語》：中國第一部國別體史書。其內容可與

單位：年

西元前	645	636	630	628
朝代	東周			
帝王年號	襄王（姬鄭）七年	十六年	二十二年	二十四年
文學大事	管仲卒（前七二五？—）。後人以其思想、生前論述輯成《管子》。	《左傳・僖公二十四年》之〈介之推不言祿〉所敘史事發生在此年。記敘晉文公流亡十九年回國，一路跟隨其在外的介之推不提自己的功勞，也沒有得到晉文公的封賞，後與母親一同隱居綿山（今屬山西）。	《左傳・僖公三十年》之〈燭之武退秦師〉所敘史事發生在此年。記敘鄭國大夫燭之武單獨前去說服秦穆公退兵一事。	《左傳・僖公三十二年》之〈蹇叔哭師〉所敘史事發生在此年。記敘秦國大夫蹇叔勸秦穆公勿伐鄭襲晉，秦穆公不聽，蹇叔哭送秦軍；隔年秦國果然吃下敗仗於殽山（今屬河南）。

《左傳》相互參照，故又名《春秋外傳》。按國別記載周、魯、齊、晉、鄭、楚、吳、越等八國的史事，上自西周穆王西征犬戎，下至春秋末年晉國三卿韓、趙、魏滅知氏，前後長達約五百年，主在記錄各國貴族的言論與君臣之間的對話。

國別體：史書體裁的一種。以國為主體或範圍來記述史實的史書。

《山海經》：古代神話地理著作。以山和海為綱領，分有〈山經〉、〈海經〉、〈大荒經〉、〈海內經〉，主要記載上古的地理、山川、神怪、宗教、物產、動植物等方面。經後人考證《山海經》並非一人一時之作，且內容可能多來自口頭傳說，其中以〈山經〉的成書時間最早，約是在戰國時期。

《孝經》：傳曾參（約前五〇五至前四三五）著，儒家倫理學著作。全書以孝為中心，闡述儒家的倫理思想，並對孝的實踐與方法作系統的論述。

〈孔子詩論〉：為孔子弟子教授《詩》的記錄。

〈詩大序〉：傳卜商（約前五〇八至前四三一）著，概論《詩》的總綱。置於《詩》之首，統論《詩》的大義。

《黃帝四經》：道家「黃老學派」的著作。全書分為〈經法〉、〈十大經〉、〈稱〉、〈道原〉四

627 二十五年 秦穆公伐鄭，晉襄公率軍在殽山攻打秦國，秦軍大敗；秦穆公悔其過作〈秦誓〉，傳此篇為《尚書》所收之終篇。

621 三十一年 秦穆公卒（生年不詳）。代表作〈秦誓〉。死後以一百七十七人殉葬，秦國賢者子輿氏三子奄息、仲行、鍼虎亦在其中，國人哀之，作〈黃鳥〉詩，今存於《詩經》中。後世稱此事為「秦穆殺三良」。

599 定王（姬瑜）八年 陳人為諷刺陳靈公荒淫，作〈株林〉，傳此篇是《詩經》最晚出之詩。

578 簡王（姬夷）八年 《左傳・成公十三年》之〈呂相絕秦〉所敘史事發生在此年。記敘晉厲公與秦國絕交，派呂相（本姓魏，因食邑在呂地，以邑為氏）出使秦國，呂相作〈絕秦文〉，為春秋著名的外交辭令。

篇，內容主在闡述治國之術，倡導無為之道與法制兼行的統治方式。

黃老學派：指黃帝與老子的思想學說。其學以崇尚自然、無為而治為中心。

《法經》：李悝ㄎㄨㄟ（約前四五五至前三九五）著，中國第一部較完整的法典。原書已佚，東漢桓譚《新論》中保存《法經》內容簡述，分有〈盜〉、〈賊〉、〈囚〉、〈捕〉、〈雜〉和〈具〉六篇。盜，是指侵犯財產的犯罪活動。賊，是對有關殺、傷人罪的處治條文。囚、捕，是有關糾劾、緝捕盜賊的律文。雜，內容涵蓋廣泛，主在表明各項禁令。具，是《法經》的總則和序例。《法經》一直為魏國所沿用，後由公孫鞅（商鞅）帶往秦國，作為其變法的重要參考依據。

《吳子》：吳起（約前四四五至前三八一）代表作，兵書。內容多採取吳起與魏文侯、武侯的問對形式書寫，應是後人整理吳起的軍事議論而成的結集。

《穆天子傳》：歷史神話典籍。又名《周王傳》、《周穆王遊行記》。記述西周穆王的生平事蹟。部分內容含有神話虛構成分的傳記作品。作者不詳，傳為西周史官的記錄，到了戰國時期有人再加以改編撰述，可視為小說脫胎於史書之始。

《墨子》：墨翟代表作，墨家思想著作。由墨翟

單位：年

西元前	朝代	帝王年號	文學大事
573	東周	十三年	政治家呂相卒（生年不詳）。代表作〈絕秦文〉。
570		靈王（姬泄心）二年	道家創始人老子（李耳）生？（—前四九〇？）。
560		十二年	〔古希臘〕女詩人莎芙（Sappho）卒？（前六一二？—）。其詩被中古基督教會認定有傷風化而全部銷毀。今僅存詩數首，如〈夜〉、〈致阿那克托里亞〉。相傳莎芙為同性戀者，西方語言「女同性戀者」（Lesbian）一詞，即源自其居住地萊斯博斯島（Lesvos）。
551		二十一年	儒家創始人、教育家孔子（孔丘）生（—前四七九）。
550		二十二年	〈越人歌〉約作於此前後。作者不詳。為懂得越、楚語言的人將越人歌唱的原音翻譯成楚語，傳是中國最早的一首譯詩。

與其後代弟子增補而成。主張「兼愛」、「非攻」、「尚賢」、「節用」等理論。

智鬥巧匠公輸般——墨翟

墨翟（約前四六八至前三七六）精通工藝技術，注重器械的生產實用功能，生活力求勤儉刻苦，以摩頂放踵的苦行方式，四處宣揚「兼愛」、「非攻」的思想，希望消弭各國間頻繁的戰事。許多人深受墨翟救世精神的感召，紛紛加入墨家門下，在當時與儒家並稱「顯學」（著名的學派）。

魯國有個著名工匠公輸般，也是「魯班尺」的發明人，其為楚國攻宋製造了可作攻城用的雲梯，墨翟得知後立刻前往楚都見公輸般。墨翟對公輸般說：「北方有人欺侮我，可否借助你來殺了他，我願意贈你十鎰黃金。」公輸般很不悅地說：「我是個懂義理的人，絕不會去殺人。」墨翟回道：「我聽說你造了雲梯，準備去攻打宋國。宋國又犯了什麼罪呢？楚國有多餘的土地，人口卻很不足；現在竟要犧牲不足的人口，去掠奪本就多餘的土地，這不可稱作智。宋國沒有罪過，卻要去攻打它，這不可稱作仁，你說自己明白義理，不肯去殺那一個人，卻願意殺更多的百姓，這不可稱作明智之輩。」公輸般雖認同墨翟所講的話，卻為自己答應了楚王而為難，墨翟便要求公輸般為其引見，準備親自說服楚王。

楚王在聽完墨翟的分析後，仍一心只想攻下宋國，他不耐地對墨翟說：「縱使你說的很有道理，但公輸般已為我建好了雲梯，我必得用它來攻取宋國！」墨翟解下身上的腰帶，圍成一座城的樣子，以

545 二十七年 名家思想家鄧析生？（—前五〇一）。

544 景王（姬貴）元年 《左傳‧襄公二十九年》之〈季札觀周樂〉所敘史事發生在此年。記敘吳國公子季札出使魯國，樂工為其奏《詩》之國風、大小雅與頌，季札觀樂論政。

536 九年 此年鄭簡公在位，鄭國執政大夫子產（公孫僑，字子產）將刑法鑄在鼎器上，以為常法，開創中國最早公布成文法之先例。

535 十年 兵法家、思想家孫武生？（—前四九六？）。

527 十八年 《國語‧晉語》之〈叔向憂貧〉所敘史事約發生在此前後。記敘晉國賢臣叔向（羊舌肸ㄒㄧ，字叔向）對晉卿韓宣子（韓起）論述憂德不憂貧。

木片當成是守備的器械，現場與公輸般模擬楚攻宋之戰，無論公輸般運用如何機巧多變的攻勢，就是突破不了墨翟的堅固防禦。

雙方往來攻防九回合，公輸般感到挫敗，便對墨翟說：「我知道用什麼戰術可以勝你，但我現在不說。」墨翟說：「我也知道你想到的是什麼方法。我也不說。」楚王問兩人到底在打什麼謎語，墨翟直接了當地說：「公輸般的意思，不過就是殺了我，殺了我後，宋國無人能防守，楚國便可以進攻了。只是我的三百名弟子已持有我防禦用的工具，正在宋國的城都上等著楚軍呢！即使你們殺了我，知道如何防守的人卻是殺不完的啊！」楚王因而打消了攻宋的念頭。墨翟以其對實地作戰與器械使用的了解，成功地制止了一場流血戰役。

《列子》：列禦寇代表作，道家思想著作。為後人輯其思想而成。內容取材自神話寓言或民間傳說，故事多寄寓深刻的道理在其中，像是「亡鈇意鄰」、「杞人憂天」、「歧路亡羊」、「野人獻曝」、「愚公移山」等典故皆源出此書。

明哲保身的智者——列禦寇

列禦寇（約前四五〇至前三七五）生活窮苦，導致他的面容飢瘦。有人告訴鄭國執政大夫子陽說：「列禦寇是位有道之士，他住在你的國內，卻過著貧困的日子，你難道不喜好賢士嗎？」子陽便請使者送來粟米給列禦寇。列禦寇對使者再三致謝，卻堅持不肯接受粟米。

單位：年

西元前	朝代	帝王年號	文學大事
522	東周	二十三年	《左傳・昭公二十年》之〈子產論政寬猛〉所敘史事發生在此年。記敘鄭國執政大夫子產臨終前交代子大叔（游吉，字大叔）為政之道。
508		敬王（姬匄ㄍㄞˋ）十二年	儒家學者卜商生？（—前四三一？）。
505		十五年	儒家學者曾參生？（—前四三五）。
501		十九年	鄧析卒？（前五四五？—）。代表作《鄧析子》。「九流十家」之一。〔古希臘〕寓言作家伊索（Aesop）卒？（前六○○？—）。後人將其生前所說寓言故事編成《伊索寓言》。
500		二十年	政治家、思想家晏嬰卒？（生年不詳）。後人輯有《晏子春秋》。孔子出任魯國大司寇（掌理刑獄之官），魯國大治。
497		二十三年	魯定公與魯國執政大夫季桓子接受齊國贈與女樂，三日不聽政。孔子辭官離開魯國，開始周遊列國。

等到使者離開，其妻撫摸胸口痛苦地說道：「我聽說有道之士的妻小，都能過著安樂的生活，如今我們卻是面有飢色。子陽派人送粟米到家裡，你卻不願接受，難道我的命真有那麼苦嗎？」

列禦寇笑著對妻子說：「子陽並不是真的了解我，不過是聽了別人的話才送給我粟米。將來他也可能會聽了別人的話來加罪於我。這就是我不接受的原因。」過了不久，鄭國發生內亂，子陽被殺，其同黨多受到株連入罪。從列禦寇的思慮如此深遠來看，當時他被人們稱為「有道之士」也確實是當之無愧！

商鞅變法：衛國人公孫鞅（後封於商地，又稱商鞅）在秦孝公的支持下，於秦國所實施的各項改革。內容包括獎勵農織、廢除井田制度、承認土地私有、編制戶口。以及一家犯法，九家要告發，不告發者以連坐處分；取消貴族世襲的爵祿，改以軍功論爵祿的高低。公孫鞅主導的變法使秦國由弱轉強，奠定日後統一六國的基礎。

《司馬穰苴兵法》：兵書。今存五篇，一說認為前二篇為古兵書《司馬法》，作者不詳；後三篇為春秋齊國將軍田穰苴所作，至戰國齊威王命人將兩部分合集成書。另一說認為田穰苴曾官拜「大司馬」，故全書乃田穰苴與後代學者共同著作。《司馬穰苴兵法》主在記錄古代軍禮與軍法，提出「軍容不入國，國容不入軍」之說，強調治國以和，治軍以法，兩者不可等同視之。

《商君書》：法家思想著作，公孫鞅與其後學的

496 二十四年 孫武卒？（前五三五？—）。著有《孫子兵法》。被譽為「兵家之祖」。

492 二十八年 儒家學者孔伋生？（—前四三一？）。

490 三十年 晉國世族知氏滅范氏、中行氏。《戰國策》記事始於此年。《戰國策・趙策》之〈知伯帥趙、韓、魏而伐范、中行氏〉所敘史事發生在此年。記敘晉國六卿（指韓、趙、魏、知、范、中行六大世族）為爭奪權力和土地起兵，知氏家族的知伯（荀瑤）此年與韓、趙、魏三家滅范、中行氏。文中也述及數十年後，也就是周貞定王十四年（前四五五），知伯向韓、趙、魏索取土地，唯趙國不與，知伯遂聯合韓、魏攻趙，圍趙長達一年餘，趙國派出家臣張孟談與韓、魏交涉，成功說服韓、魏反知伯，於周貞定王十六年（前四五三）一同消滅知氏，晉國從此由韓、趙、魏三家稱霸。

老子卒？（前五七〇？—）。留有約五千言，後人輯成《老子》。與後人莊周並稱「老莊」。

言論集。主張加強君權、推行法治、注重農戰、重刑厚賞，以富國強兵為宗旨。

為法自弊——公孫鞅

秦孝公為重修春秋時期秦穆公的霸業，下令執行公孫鞅（約前三九〇至前三三八）提出的變法令。

變法令實施後，秦國逐漸走向國富民強，公孫鞅率軍打敗魏國，秦王封於（今屬河南）、商（今屬陝西）兩地十五座都邑與公孫鞅，稱號「商君」。不過，等秦孝公一死，秦惠文王即位，公孫鞅便被貴族以造反罪名告發，其逃至函谷關（今屬河南）下，要住進旅舍，旅舍以「商君規定，旅客沒有印信證明住宿會受到牽累」而拒絕，公孫鞅這才感嘆地說：「嗟乎！為法之弊一至此哉！」明白他當初在秦國所制訂的峻法，反而讓自己受到弊害。

公孫鞅想要逃往他國，但因秦國的勢力強大，其他國家都不敢收留，最後被抓回秦國處車裂之刑（將人的肢體分別繫於數輛車上，然後車行人裂）而死。後來人們便以「為法自弊」一語比喻自作自受。

《申子》：申不害（約前四〇〇至前三三七）代表作，法家思想著作。今僅存〈大體〉一篇。其法以重「術」著稱，主張任用官吏必須視其能力而授與名實相符的職務，要求君王掌握生殺大權，隨時監督、考察群臣是否有違法亂紀的行止。

《尸子》：尸佼（約前三九五至前三三七）代表作，雜家思想著作。為後人補佚而成，其內容包含

單位：年

西元前	朝代	帝王年號	文學大事
486	東周	三十四年	（古印度）佛教創始人釋迦牟尼（Sākyamuni）卒？（前五六五？—）。弟子將其生前言教編成《阿含經》，為佛教原始經典。
484		三十六年	孔子在外遊歷十四年，途中經過衛、宋、陳、蔡、楚等國，此年返回魯國，自此致力古籍文獻整理。
481		三十九年	孔子所著《春秋》，記事止於此年春天。
479		四十一年	孔子卒（前五五一—）。著有《春秋》，編修《詩》、《書》，定《禮》、《樂》，與門人作《易傳》。其言行由門人及再傳弟子輯成《論語》。後世尊其「至聖先師」。與戰國時期的孟軻並稱「孔孟」。
473		元王（姬定）三年	《國語・越語》之〈范蠡乘輕舟以浮於五湖〉所敘史事約發生在此前後。記敘越臣范蠡協助越王句踐滅吳後，行至五湖與句踐辭別便乘舟而去，人們莫知其所終。

儒、墨、名、法、陰陽家等各家思想。

楊朱之學：見《孟子・滕文公下》云：「楊朱、墨翟之言盈天下。天下之言，不歸於楊，即歸墨。」又《孟子・盡心上》：「楊子取為我，拔一毛而利天下，不為也。」可見楊朱學派在當時蔚為風潮，其思想以「為我」為中心。

《鬼谷子》：鬼谷子代表作，縱橫家思想著作。又名《捭闔策》。後人輯其言論、思想而成，內容著重在政治權謀策略與辯論遊說技巧，亦可視為中國心理學的開山之作。

《神農》：傳許行著，農家思想著作。主張君主應與人民一同農耕以獲得自己的糧食，推崇上古神農氏男耕女織，自給自足的生活模式。原本已佚，許行的思想可參見《孟子・滕文公上》。

告子之學：其思想近儒、墨之學，在《孟子・告子上》中曾和孟子辯論人性問題，告子提出「性，無善無不善也」，主張人性無善也無惡。

稷下學派：早先是田齊桓公在城都臨淄（今屬山東）稷門所設立的學府，延攬天下賢士聚集到此自由講學立說，其子威王上任亦無間斷，是包羅各家各派的學術團體。威王去世，其子宣王更擴大建置學宮的規模，許多著名學者都到過稷下遊學，如尹文、田駢、宋鈃、荀況、慎到、鄒衍、淳于髡ㄎㄨㄣ、魯仲

468 **貞定王（姬介）元年** 墨家創始人墨翟生？（—前三七六？）。

465 **四年** 〔古希臘〕宮廷詩人阿那克里翁（Anacreon）卒？（前五五〇？—）。代表作〈向酒神祈求〉。作品多以歌頌愛情美酒為主題，後人仿其詩體，稱之「阿那克里翁體」。

456 **十三年** 〔古希臘〕悲劇詩人埃斯庫羅斯（Aeschylus）卒？（前五二五？—）。代表作《奠酒人》、《復仇神》、《亞格曼儂》、《被縛的普羅米修斯》。被譽為「悲劇之父」。與索福克里斯、歐里庇得斯並稱「古希臘三大悲劇詩人」。

455 **十四年** 《考工記》約此前後成書。政治家李悝生？（—前三九五？）。

連等，人們稱他們為「稷下先生」。

《尉繚子》：尉繚（約前三七五至前三一九）代表作，兵書。主在論述政治、戰爭與軍令制度。尉繚，一說其活動於梁惠王時期，曾對惠王講述用兵取勝之道；一說其活動於秦王政時期，擔任國尉（秦國武官職名）。

《六韜》：兵書。又名《太公六韜》、《太公兵法》。經後代學者考證，實非西周開國功臣姜尚之作，而是戰國時人依託姜尚遺說和思想，並摻雜後來其他軍事家、謀略家的論述編成，書中包含〈文韜〉、〈武韜〉、〈龍韜〉、〈虎韜〉、〈豹韜〉、〈犬韜〉六卷，被譽為是兵家權謀類的始祖。姜尚，字子牙，後世稱其姜太公、太公望，因祖先曾被封在呂，也稱呂尚，其輔佐周武王打敗殷商，被封於齊，為齊國的始祖。

《孫臏兵法》：孫臏代表作，兵書。又名《齊孫子》。為孫臏弟子記錄而成，主張戰事以勢取勝，不可墨守一成不變的作戰方式，須隨敵情變化創造出不同的因應戰略。

斷足黥面的軍事謀略家——孫臏

孫臏（約前三八五至前三一七）是孫武的後代子孫，名字不詳，因受過臏刑（削去膝蓋骨），後人以「孫臏」稱之。孫臏與龐涓師出同門，龐涓後來到魏國被惠王任命為將軍，其自知才能不及孫臏，擔心孫

單位：年

西元前	朝代	帝王年號	文學大事
453	東周	十六年	晉國三卿韓、趙、魏滅知氏，分其地，是為東周戰國時代之始。（一說戰國之始是在周威烈王二十三年〔前四〇三〕周王室封晉國三卿韓、趙、魏為諸侯國。） 史學家左丘明生卒年不詳。傳其所著《左傳》、《國語》記事終於此年。《左傳》為《春秋三傳》之一。 託名夏禹、伯益（真實作者不詳）《山海經・山經》約此前後成書。《山海經》其餘各篇則成於秦或西漢初期。
450		十九年	《戰國策・趙策》之〈晉畢陽之孫豫讓〉所敘史事約發生在此前後。記敘知伯死後，其家臣豫讓認為「士為知己者死，女為悅己者容」，為了回報知伯的知遇之恩，數度謀刺砍下知伯頭當飲器的趙襄子未遂，後為趙襄子所捕而死。 道家思想家列禦寇生？（—前三七五？）。

臏影響自己的仕途，便設計陷害孫臏。

龐涓先是假意向惠王推薦孫臏，後再誣陷孫臏私通齊國，對其施用臏刑和黥刑（在臉上刺字塗墨）。在當時殘廢的人是不得出來做官的，以為如此就可斷送孫臏的政治前途。身處在魏國的孫臏，開始裝瘋賣傻，使龐涓鬆懈心防，暗中請人設法營救其回到齊國。齊將田忌看出孫臏是位軍事謀才，對其甚為禮遇，並將孫臏引薦與齊威王。

其後，魏國以龐涓為將，出兵攻趙，雙方纏鬥一年，眼看趙都邯鄲（今屬河北）已快被魏軍攻陷，趙國只好向齊國求援。齊威王以田忌為將，拜孫臏為軍師，讓其坐在設有帷幔的小車裡，為田忌出計策。孫臏認為魏軍此役遠征趙國，國都大梁守備必定空虛，建議田忌帶兵直搗大梁，其他兵力則埋伏在魏軍歸途必經的桂陵（今屬河南）；魏惠王見齊軍逼進，緊急下令龐涓從邯鄲回師，齊國的大軍便在桂陵打敗魏軍，這就是史上著名的「桂陵之戰」以及「圍魏救趙」的典故由來。

過了十三年，魏國與趙國同去攻打韓國，韓國向齊國告急。齊威王仍是以田忌為將，孫臏為軍師，一同率軍前去營救韓國，孫臏這回依然採取直攻魏國的戰略。龐涓獲知情報，撤回在韓國的軍隊，準備回到魏國與齊軍交戰。

孫臏在魏國邊境紮營歇息的第一天，叫部隊逐天減少用灶的數目，造成龐涓在後面追趕時，誤以為齊軍大量逃亡的假象，以誘其輕敵而乘勝追擊。龐涓果然中了孫臏「添兵減灶」之計，率然拋下步兵補給，僅帶領輕騎追趕，當其行經馬陵（歷來說法不一，有

445 二十四年　政治家、軍事家吳起生？（—前三八一）。

442 二十七年　（古希臘）詩人品達（Pindar）卒？（前五一八？—）。代表作《奧林匹亞競技勝利者頌》。

435 考王（姬嵬）六年　曾參卒？（前五〇五？—）。孔子弟子。傳其作〈大學〉、〈曲禮〉、《孝經》。後世尊其「宗聖」。

434 七年　孔子弟子（真實作者不詳）〈孔子詩論〉約作於此年前後。

431 十年　卜商卒？（前五〇八？—）。孔子弟子，字子夏。傳其作〈詩大序〉。
孔伋卒？（前四九二？—）。孔子之孫，字子思。傳其作〈中庸〉、〈坊記〉、〈表記〉。後世尊其「述聖」。

今河南范縣西南、今河北大名東南、今山東莘縣、今山東鄄城等說）時，便遭到齊軍兵馬的襲擊。龐涓知道自己智窮兵散，在拔劍自刎之前還氣憤地說：「我真後悔當初沒殺了那個小子，如今反而成就了他的聲名！」

孫臏在這場「馬陵之戰」總算替自己遭受的不幸報了仇。隔年，田忌因戰功顯赫，為齊相鄒忌排擠而離開了齊國，孫臏選擇辭官歸隱，專心著述《孫臏兵法》。

《慎子》：慎到（約前三九五至前三一五）代表作，法家思想著作。《漢書・藝文志》著錄《慎子》有四十二篇，今僅存七篇。主張法與勢並重，強調君主的權勢是法能否施行的重要力量，提出百姓、百官聽命於君主，君主則完全依法治國，而非獨裁專制。

惠施之學：惠施（約前三七〇至前三一〇）創立「合同異」學說，提出萬物皆存有相同的一面又有相異的一面，反映異中有同、同中有異的相對關係。

張儀之學：張儀（約前三六〇至前三〇九）向秦國提出「連橫」策略，即以秦國的強大國力，先利誘弱國與秦國結盟，然後再分別進攻其他弱國，達到統一天下的目的。

宋鈃之學：宋鈃（約前三八六至前三〇三）其思想接近墨家與道家，提倡節儉寡欲，反對戰爭，主張以寬恕之心處理人與人之間的關係。

單位：年

西元前	朝代	帝王年號	文學大事
425	東周	威烈王（姬午）元年	〔古希臘〕歷史學家希羅多德（Herodotus）卒？（前四八四？—）。代表作《希臘波斯戰爭史》。被譽為「歷史之父」。
406		二十年	〔古希臘〕悲劇詩人索福克里斯（Sophocles）卒（前四九六—）。代表作《安蒂岡妮》、《伊底帕斯王》、《伊底帕斯在科倫納斯》。〔古希臘〕悲劇詩人歐里庇得斯（Euripides）卒？（前四八〇？—）。代表作《米蒂亞》、《特洛伊女人》、《戴神的女信徒》。
403		二十三年	周威烈王封晉國韓、趙、魏三卿為諸侯國，稱之「三晉」，史稱「三家分晉」。北宋史家司馬光《資治通鑑》記事始於此年。

戰國四公子：指戰國時期的齊國孟嘗君田和、魏國信陵君魏無忌、趙國平原君趙勝、楚國春申君黃歇，他們廣招賓客，禮賢下士，造成養士之風盛行，四人事蹟多存於《戰國策》中。

田駢之學：田駢其思想接近道家黃老之術，主張「齊萬物以為首」，認為對待萬物應視同一律，不存偏見。田駢因善於談論，喜好辯說，齊人稱之「天口駢」，以誇稱其口大如天，或云天下盡在其口中。

《竹書紀年》：編年體史書。記載五帝至戰國魏襄王期間（一說魏安釐王）的史事，分為五帝紀、夏紀、殷紀、周紀、晉紀（周平王東遷後之紀年）、魏紀（三家分晉後之紀年）。此書原無題名，因後世稱編年體為「紀年」，又是記錄在竹簡上的文字，故名《竹書紀年》；由於是被西晉盜墓者在戰國魏襄王（一說魏安釐王）位在汲縣（今屬河南）的墓所發現，故又名《汲冢紀年》。

《孟子》：孟軻代表作，儒家思想著作。為孟軻與門人共同編著，全書分為七篇，記載孟子一生的言行事蹟及其政治、倫理、教育與哲學思想。孟子在政治上承繼孔子的仁政學說，強調民貴君輕的民本思想，人性上提出「性善論」，認為人的善性與思維皆來自於上天，人若能自覺地向內在本源盡心探求，精神便可由知性達到知天的境界。

400 395 399

安王（姬驕）

二年 法家學者申不害生？（—前三三七）。

託名黃帝（真實作者不詳）《黃帝四經》約此前後成書。

［古希臘］歷史學家修昔底德（Thucydides）卒？（前四六〇？—）。著有《伯羅奔尼撒戰爭史》。

三年 ［古希臘］哲學家蘇格拉底（Socrates）卒（前四七〇—）。其言論、思想由學生色諾芬《回憶蘇格拉底》與柏拉圖的對話集《申辯篇》、《斐德羅篇》保存下來。與學生柏拉圖以及柏拉圖的學生亞里斯多德被譽為「希臘三哲」。

七年 李悝卒？（前四五五？—）。著有《法經》。

雜家學者尸佼生？（—前三三七？）。

思想家楊朱生？（—前三三五？）。

法家學者慎到生？（—前三一五？）。

致力宣揚仁政的雄辯家——孟軻

孟軻（約前三七二至前二八九）前去拜見梁惠王。梁惠王一見到孟軻便客氣地說道：「先生有何建言就儘管說出來吧！我願意聽從您的教誨。」其實梁惠王是希望孟軻提出能使魏國國力更強大的意見。

孟軻問梁惠王說：「拿木棍殺人和用刀子殺人有什麼差別呢？」梁惠王回答：「這當然沒有什麼差別啊！」孟軻又問：「那麼，用刀子殺人和藉由政策來殺人有什麼差別呢？」梁惠王回說：「反正都是致人於死，兩者應該也沒什麼差別吧！」

孟軻這時便說道：「好比大王您的廚房裡有吃不完的肥肉，馬廄裡有數不清的肥馬，可是您的百姓卻是面有飢色，甚至有許多人還餓死在路旁。請問您的作為跟帶領野獸吃人有何不同呢？野獸互相吃彼此的肉，人們看了都忍不住覺得厭惡，更何況是身為百姓父母的君王，自己卻率領著野獸來吃人，這樣又怎能當百姓的父母呢？再說，對於使用人俑來陪葬的行為，連孔子都說人俑的面目太像真人，拿來當殉葬的用品，讓人感到非常殘忍，更斥責當初發明用人俑來殉葬的那個人，將來一定絕子絕孫，受到上天最嚴厲的懲罰，何況大王您所施行的政策，是真的讓百姓活活地餓死啊！」

梁惠王知道孟軻的話頗有說服力，但面對各國都在不斷加強軍備，廣納四方的能者謀士，無不以富國強兵為首要任務，也只好把孟軻這番愛民如子的言論先擱置一旁了。

單位：年

西元前	朝代	帝王年號	文學大事
390	東周	十二年	政治家、法家思想家公孫鞅生？（—前三三八）。
386		十六年	周安王封齊國大夫田和為齊侯，史稱「田氏代齊」。齊康公姜貸被田和放逐島上。思想家宋鈃（一說宋榮、宋牼ㄎㄥ）生？（—前三〇三？）。
385		十七年	軍事家孫臏生？（—前三一七？）。〔古希臘〕喜劇作家亞里斯多芬尼斯（Aristophanes）卒？（前四四五？—）。代表作《鳥》、《蛙》、《利西翠妲》、《阿卡奈人》。被譽為「喜劇之父」。
381		二十一年	吳起卒（前四四五？—）。代表作《吳子》。
379		二十三年	齊康公卒，自姜尚（即姜太公）被封於齊國起，姜姓齊國至此絕祠，完全為田氏齊國取代。田氏齊國，史稱「田齊」，以別於姜姓齊國。

與弟子公孫丑的對話——孟軻

孟軻門下有一名來自齊國的學生，名字叫作公孫丑，相當具有政事方面的才能。有一回，公孫丑問孟軻說：「老師，如果您在齊國當權執政的話，能否振興春秋時期齊國兩位名相管仲、晏嬰所立下的不凡功業？」

孟軻回答：「你可真是齊國人啊！只知道管仲和晏嬰這兩個人而已。以前有人問曾參的孫子曾西說：『你和子路誰比較賢能呢？』曾西很不安地說：『子路可是我先人所敬畏的人啊！』那人又問曾西說：『那麼你和管仲誰比較賢能呢？』曾西很生氣地說：『你怎麼拿我和管仲相比呢？管仲受到齊桓公的信任，治理齊國的時間那麼長，功績卻做的那麼少。』管仲是曾西都不肯相提並論的人，你以為我願意跟管仲相比嗎？」

公孫丑說：「聽老師這樣說，我的內心更加疑惑了！管仲使齊桓公稱霸天下，晏嬰使齊景公盛名遠揚，如此顯赫的功績，老師怎麼還說他們兩人不值得相比呢？」

孟軻回答：「齊國擁有廣大的土地，人口也十分稠密，如果管仲和晏嬰當時能用仁義來治國，以齊國的雄厚實力，想要一統天下就像把手掌翻轉過來一樣容易；可惜的是，管仲卻選擇用霸道來輔佐齊桓公，而晏嬰也只做到讓齊景公的聲名顯揚罷了！他們終究無法完成統一天下的大業，這全是出在沒有施行仁政的緣故啊！」無論面對的是君主或自家子弟，孟軻都不忘一再強調以仁義治國，才是真正的王道。

- 377 **二十五年** 周史官與後人編撰《穆天子傳》約此前後成書。
- 376 **二十六年** 韓、趙、魏廢晉靜公為庶民，瓜分晉公室剩餘土地，晉國亡（早在周威烈王二十三年（前四〇三）周王室封韓、趙、魏為侯時，晉已名存實亡）。墨翟卒？（前四六八？—）。代表作《墨子》。
- 375 **烈王（姬喜）元年** 列禦寇卒？（前四五〇？—）。代表作《列子》。軍事家尉繚生？（—前三一九？）。
- 372 **四年** 儒家思想家、教育家孟軻生？（—前二八九？）。
- 370 **六年** 名家思想家惠施生？（—前三一二？）。
- 368 **顯王（姬扁）元年** 道家思想家莊周生？（—前二八六？）。

《莊子》：莊周代表作，道家思想著作。其中內七篇向來被視為是莊周本人之作，外篇與雜篇則是莊周後學增補輯成。莊子善於通過神話、寓言與虛構故事，表現其對「道」與「物」的體認，提出「天地與我並生，萬物與我為一」，主張以順應自然、逍遙自在的態度存於人間世。

與惠施論「無情」——莊周

惠施是名家的代表人物，擅長語言分析與辯論，其與莊周（約前三六八至前二八六）雖互為好友，但仍免不了會為彼此的認知不同作思想交流。

惠施曾問莊周說：「人是無情的嗎？」莊周回答：「是的！」惠施說：「人若無情，何以稱為人呢？」莊周回答：「道給了容貌，自然給了形體，怎可不稱為人呢？」惠施說：「既然是人，又怎可能是無情呢？」莊周回答：「你說的不是我所謂的無情。我說的無情，是指不要讓好惡之情傷害自己的天性，而是要經常順應自己本來的狀態，不用刻意養生。」

惠施說：「不刻意養生的話，又何以保全身體呢？」莊周回說：「道已給了容貌，自然已給了形體，所以不要讓好惡之情傷害自己的天性。像你總是放縱自己的心神，勞累自己的精力，倚著大樹就開始暢談高論，靠著桌子便倒頭睏睡。自然給了你這身形體，你卻成日和人巧辯著堅白論（名家公孫龍的論點）。」很顯然地，莊周對於惠施把天生賦與的形體，耗損在無謂的口舌之爭上很有意見呢！

單位：年

西元前	朝代	帝王年號	文學大事
361	東周	八年	魏惠王自安邑（今山西夏縣）遷都大梁（今河南開封），此後多稱魏為梁，稱魏惠王為梁惠王。
360		九年	縱橫家思想家張儀生？（—前三〇九）。
356		十三年	《戰國策．齊策》之〈鄒忌諷齊王納諫〉所敘史事約發生在此前後。記敘齊相鄒忌以其妻、妾和門客皆言自己的容貌比城北美男徐公更美為例，勸諫齊威王廣納忠言，勿讓不實的美言所蒙蔽。 公孫鞅在秦國頒布變法令，史稱「商鞅變法」。
355		十四年	軍事家田穰苴生卒年不詳。約為春秋時期齊國人。代表作《司馬穰苴兵法》約此前後成書。
354		十五年	〔古希臘〕文史學家色諾芬（Xenophon）卒？（前四三〇？—）。代表作《希臘史》、《遠征記》、《回憶蘇格拉底》。

濠上之辯——莊周

莊周與惠施同遊濠水的橋上。莊周看著橋下的魚，對惠施說：「魚在水裡從容地游著，這是魚的快樂啊！」惠施問說：「你不是魚，怎會知道魚的快樂呢？」莊周回答：「你不是我，又哪裡知道我不知道魚的快樂呢？」惠施說：「對啊！我不是你，自是不知道你的想法；但你也不是魚，所以你當然也不知道魚的快樂。」

莊周說：「請回到我們一開始的談話。當你問我『怎會知道魚的快樂』時，你就已經知道我知道魚的快樂才問我的，而我正是在濠水的橋上知道的啊！」由此可看出，惠施過於執守言語的真實依據，而莊周則是透過「魚樂」領悟到人與萬物間共通的本然真情。

惠施早莊周而亡。莊周在經過惠施的墳墓時，忍不住對一旁的人說：「自從惠施死了之後，我已經沒有對手了，我再也沒有可以說話的對象了！」儘管兩人的理念不同，然彼此真摯深厚的交情可見一斑。

《尹文子》：尹文（約前三五〇至前二八五）代表作，其學兼容名家、道家、墨家等思想。為後人輯補成書，主在論述形名之理與治國之道。

蘇秦之學：蘇秦（約前三四二至前二八四）向秦國之外的六國提出「合縱」策略，即是聯合當時國力較弱的國家，共同對抗國力最強的秦國。

騷體：韻文體裁的一種。因屈原〈離騷〉而得

353	十六年	詩人屈原生？（—前二八三？）。
350	十九年	思想家尹文生？（—前二八五？）。
347	二十二年	〔古希臘〕哲學家柏拉圖（Plato）卒？（前四二七？—）。代表作《共和國》、《饗宴篇》。
342	二十七年	縱橫家思想家蘇秦生？（—前二八四？）。
338	三十一年	公孫鞅卒（前三九〇？—）。代表作《商君書》。
337	三十二年	申不害卒（前四〇〇？—）。代表作《申子》。尸佼卒？（前三九五？—）。代表作《尸子》。
335	三十四年	楊朱卒？（前三九五？—）。其書不傳，思想散見各家著作中。

名，後人常以「騷」概括《楚辭》，故又稱「楚辭體」，是屈原吸收楚國民歌的精華，所創造出句式參差、篇幅較長的抒情韻文，多以「兮」字作語助詞。

屈宋：指屈原與宋玉。兩人皆為楚國人且擅長辭賦，故稱之。

眾人皆醉我獨醒——屈原

戰國時期，各諸侯國除秦國之外，國力最強的就屬楚國和齊國，秦相張儀為破壞楚、齊聯盟，向楚懷王提出以秦國「六百里」土地換取楚國與齊國斷交。懷王不聽屈原（約前三五三至前二八三）的勸阻，答應了秦國的賄賂，事後張儀竟改口只割讓「六里」，懷王不甘受騙，舉兵攻打秦國卻吃下敗戰。

懷王身邊的臣子，向來嫉妒屈原的才能，時常在懷王面前講屈原的不是，懷王對屈原日漸疏遠。秦昭王與楚國有聯姻，邀請懷王到秦國會面，屈原知道秦國絕對不懷好意，力阻懷王前往，但懷王的小兒子子蘭卻認為此行正好可與秦國建立友好關係，懷王於是出發到秦國。

事情果不出屈原所料，懷王一入秦國，立刻被威脅割地，不從便遭到扣留；期間懷王雖曾試圖逃往趙國，但趙國不敢接納，怕為此得罪秦國，懷王只能折返，最終客死在秦國，屍體被運回楚國埋葬。長子頃襄王繼位楚王，任用弟弟子蘭為令尹，楚國百姓都怪罪懷王入秦而死是由於子蘭當初的勸說，使其不聽屈原的忠告所造成的，舉國對子蘭的譴責聲不斷。子蘭一氣之下，索性把屈原放逐並趕出郢都。

單位：年

西元前	朝代	帝王年號	文學大事
330	東周	三十九年	縱橫家始祖鬼谷子生卒年不詳。約活動於此前後。代表作《鬼谷子》。
325		四十四年	儒家思想家、教育家荀況生？（—前二三八？）。
322		四十七年	農家思想家許行生卒年不詳。約活動於此前後。傳其著有《神農》。 思想家告子（一說名不害）生卒年不詳。約活動於此前後。其言論、思想保存於《孟子》、《墨子》中。 〔古希臘〕哲學家亞里斯多德（Aristotle）卒（前三八四—）。代表作《詩學》、《修辭學》。
320		慎靚王（姬定）元年	名家思想家公孫龍生？（—前二五〇？）。 陰陽家思想家鄒衍生？（—前二四〇？）。

屈原披散著頭髮走在水澤邊，口裡吟誦著滿懷憂愁的詩，面容看來相當憔悴，形軀已瘦到枯槁的程度。一名漁父認出屈原的身分，上前問說：「你不是『三閭大夫（掌管楚國王族昭、屈、景三氏的官職）』嗎？為何會來到這裡呢？」屈原說：「舉世皆濁，只有我是清白的；眾人皆醉，只有我是清醒的。所以才會遭到放逐啊！」漁父說：「聖人對事物的看法不會拘泥不變，而是可以與世推移的。舉世皆濁，你何不把水底的汙泥攪動起來？眾人皆醉，你何不也喝點酒糟與薄酒呢？為何要抱持如美玉般的心志，招致被放逐的命運呢？」

屈原說：「我聽說剛洗過頭的人，一定會把帽子上的灰塵彈開；剛洗過澡的人，一定會把衣服上的塵埃拂去，我怎能用乾淨的身軀，去接受外界汙濁的事物呢？那我寧可跳入江流、葬身魚腹之中，又豈能讓自己的潔白品格受到世俗的汙染呢？」不久，屈原在此作成〈懷沙〉便抱石投汨羅江而亡。

《虞氏春秋》：虞卿代表作，儒家思想著作。內容上採《春秋》，下觀近世，以諷國家政治之得失。原書虞卿，真實名字不詳，曾為趙國上卿，故稱之。原書已佚，清代學者有整理輯本。輯本，輯錄散佚文稿而編成的版本。

《公孫龍子》：公孫龍（約前三二〇至前二五〇）代表作，名家思想著作。提出「白馬論」、「堅白論」等有關名、實辯證的命題，是研究中國邏輯學的重要作品。

年份	紀年	事件
319	二年	齊宣王即位，喜好文學遊說之士，其在位十九年間為「稷下學派」的鼎盛期。 尉繚卒？（前三七五？—）。代表作《尉繚子》。
318	三年	託名姜尚（真實作者不詳）《六韜》約此前後成書。
317	四年	孫臏卒？（前三八五？—）。代表作《孫臏兵法》。
315	六年	慎到卒？（前三九五？—）。代表作《慎子》。
	赧王（姬延）	
312	三年	惠施卒？（前三七〇？—）。其書已佚，其思想散見各家著作中。
309	六年	張儀卒？（前三六〇？—）。其書已佚，其言論、思想多記錄於《戰國策》。 詩人宋玉生？（—前二四五？）。
303	十二年	宋鈃卒？（前三八六？—）。其書已佚，其思想散見各家著作中。

白馬論：強調白馬（個別）與馬（一般）的區別，肯定馬中包含白馬，白馬也有馬的共性，但白馬只是馬的一種。故「白馬非馬」。

堅白論：主張堅是石頭的性質，白是石頭的顏色。眼睛能看見石白，卻無法同時觸及石堅，故「無堅」；手能觸及石堅，但無法同時看見石白，故「無白」。由於石堅（觸覺）與石白（視覺）的感知方式不同，故「堅」與「白」是各自分離且不可並存的。

對問體：文章體裁的一種。借主客問答的形式以闡明自己的心志。

空穴來風——宋玉

楚頃襄王到蘭臺宮遊玩，宋玉（約前三〇九至前二四五）隨侍在側。一陣風徐徐吹來，楚頃襄王敞開衣襟說道：「這風吹在身上真是涼爽！此乃我與天下百姓共享的吧！」宋玉對楚頃襄王說：「大王，這可是您一人獨享的風，老百姓怎麼可能與您共享呢？」楚頃襄王一臉狐疑地問說：「你是在開玩笑吧？風是天地間的自然之氣，不分貴賤、高下都能享受到風的吹拂。你怎會說是我一人獨享的風呢？」宋玉回答：「我從老師那裡聽說，枳樹彎曲了，就會有鳥兒來築巢；有了空的洞穴，就會把風招進來。風所依託的地方不同，風的氣息自然也不一樣。」

楚頃襄王問道：「這是什麼道理呢？」宋玉答道：「好比住在皇宮裡的大王吹到的風，是令人遍體

單位：年

西元前	朝代	帝王年號。	文學大事
300	東周	十五年	《戰國策‧齊策》之〈齊人有馮諼ㄒㄩㄢ者〉所敘史事約發生在此前後。記敘齊相孟嘗君（田和）門下食客馮諼以「狡兔三窟」寓言為孟嘗君獻策。孟嘗君，「戰國四公子」之一。 道家思想家田駢生卒年不詳。約活動於齊湣王在位時，曾於齊國稷下講學。其書已佚，其思想散見各家著作中。
296		十九年	魏國史官《竹書紀年》約此前後成書。
291		二十四年	〔古希臘〕喜劇作家米南德（Menander）卒？（前三四二？—）。代表作《公斷》、《恨世者》。
290		二十五年	政治家、雜家思想家呂不韋生？（—前二三五）。
289		二十六年	孟軻卒？（前三七二？—）。代表作《孟子》。後世尊其「亞聖」。
286		二十九年	莊周卒？（前三六八？—）。代表作《莊子》。

舒暢、神清氣爽，甚至還可以治療疾病！那是因為它經過的地方都是華麗的宮殿，四處山明水秀、花草芳香的緣故。這就是屬於大王您的風啊！」

楚頃襄王又問宋玉：「那麼，老百姓的風是如何呢？」宋玉說：「住在低窪小巷的老百姓吹到的風，令人煩亂憂慮、眼睛疼痛，甚至還容易讓人生病！那是因為它經過的地方都是塵土泥沙，四處堆積穢物、臭氣沖天的緣故。這就是屬於老百姓的風啊！」

宋玉刻意借風為喻，暗指王公貴族與平民百姓的處境極為懸殊，希望藉此勸諫楚頃襄王不要再貪圖逸樂，應正視民間生活的疾苦。

鄒衍之學：鄒衍（約前三二〇至前二四〇）以陰陽、五行學說為其思想中心。陰陽，指的是天地萬物的形成、宇宙運行的規律、季節氣候的轉變等。五行，指萬物構成的基本元素是金、木、水、火、土，這五種元素彼此相生（事物之間存有統一的關係）又相剋（事物之間存有對立的關係），從其自然循環的次序變化可預知人事發展的盛衰消長。鄒衍因喜好談論天事，受到諸侯們的尊崇禮遇，當時人們又稱其「談天衍」。

《荀子》：荀況（約前三一五至前二三八）代表作，儒家思想著作。為荀況與後人整理其論述而成書。政治上主張禮義與法制並重。人性上提出「性惡論」，認為人唯有通過後天禮樂教化的學習，才能變化本性，從而向善。自然觀上反對天命鬼神之說，強調天的運行與人的意識無關，故天不能支配人，但人

285 三十年 尹文卒？（前三五〇？—）。代表作《尹文子》。

284 三十一年 蘇秦卒？（前三四二？—）。其書已佚，其言論、思想多見於《戰國策》。

283 三十二年 屈原卒？（前三五三？—）。代表作〈天問〉、〈抽思〉、〈哀郢〉、〈涉江〉、〈橘頌〉、〈離騷〉、〈懷沙〉、〈思美人〉。改編楚地民間祭祀樂歌〈九歌〉。作品為西漢劉向收錄於《楚辭》中。後世稱其詩為「騷體」。與宋玉齊名，人稱「屈宋」。

280 三十五年 法家思想家韓非生？（—前二三三）。政治家、書法家李斯生？（—前二〇八）。

278 三十七年 《戰國策・楚策》之〈莊辛謂楚襄王〉所敘史事約發生在此前後。記敘楚臣莊辛借蜻蜓、黃雀、黃鵠之喻，勸楚襄王遠離奸佞小人。燕將樂毅生卒年不詳。此年作〈報燕王書〉，今存於《戰國策・燕策》中。

若能明「天人之分」，便可「制天命而用之」，而後定可以勝天。其有五篇小賦，歷來被視為漢賦之祖。

《呂氏春秋》：呂不韋代表作，雜家思想著作。又名《呂覽》。為秦相呂不韋門客集體編纂而成。內容廣羅天地萬物古今之事，融合先秦諸子各家思想，引用寓言故事以說理，並記錄不少古代舊聞與科學知識。書成後呂不韋將書懸於咸陽市門，公告有人若能增損一字者與千金。

由商場轉戰政界的精算大師——呂不韋

秦昭襄王晚年立次子安國君為太子，安國君有一個兒子被派到趙國當人質，名叫子楚。呂不韋（約前二九〇至前二三五）早年來到趙國做生意，得知子楚在趙國很不受人尊重，生活十分窘困，他的生意頭腦不禁盤算著：「子楚就好像是一件稀奇貨物，可以先屯積起來，待日後價錢高時便能發一筆大財。」

呂不韋於是上門求見子楚，他對子楚說道：「我有辦法光大你的門庭。」子楚笑著回說：「你不過是個生意人，先有辦法光大自己的門庭，再來光大我的門庭吧！」呂不韋說：「我的門庭，正是需要你的門庭光大後才能光大的啊！」子楚聽出呂不韋的話中另有深意，連忙向呂不韋請益。

呂不韋接著說道：「你的祖父已經年老，父親安國君被立為太子，算算你的兄弟多達二十餘人，你又排行在中間，長期留在趙國當人質，即便安國君繼任為王，你也沒有條件與其他兄弟爭太子之位。我聽說安國君非常寵愛華陽夫人，且華陽夫人沒有兒子，如

單位：年

西元前	朝代	帝王年號	文學大事
270	東周	四十五年	〔古希臘〕哲學家伊比鳩魯（Epicurus）卒（前三四二？—）。著有《論自然》。
265		五十年	趙國名士虞卿生卒年不詳。約此年辭趙相。代表作《虞氏春秋》。
258		五十七年	《戰國策．趙策》之〈秦圍趙之邯鄲〉所敘史事約發生在此前後。記敘齊國名士魯仲連遊趙時，適逢秦軍包圍趙都邯鄲，其說服魏將辛垣衍打消令趙國尊秦昭王為帝的建議。
256		五十九年	秦國攻打東周王畿雒邑（今河南洛陽），東周亡。 皇帝作家劉邦生（—前一九五）。 曆算學家張蒼生？（—前一五二）。

果你可以討好夫人，將來安國君必定立你為太子。」

之後，子楚接受呂不韋一千金的資助，其中五百金用在趙國結交賓客，以博取美好的名聲，另外五百金用來買珍奇寶物獻給華陽夫人；由於華陽夫人膝下無子，所以對待子楚如同親生兒子，極力慫恿安國君立子楚為太子，安國君也答應了。等到子楚即位，立刻拜呂不韋為丞相，封「文信侯」，坐享洛陽十萬戶人家的租稅。呂不韋當年慧眼獨具的投資，日後果然為其換來千萬倍的報酬。

《鶡冠子》：鶡冠子著，道家黃老思想著作。內容以道家黃老學說為主，其中亦雜有法家刑名與兵家權謀的觀點。鶡冠子，真實姓名不詳，傳為楚國隱士，常居深山，以鶡鳥羽為冠，故稱之。

《韓非子》：韓非子代表作，法家思想著作。後人輯其著述而成書。為法家學說之集大成者，承繼前期法家商鞅、申不害、慎到等人的思想，並彙整各國的政治經驗，提出一套結合法、術、勢特點的治國理論，認為君主應憑藉威勢，整理出駕馭臣子的權術，以保證法令的執行，方能鞏固君主的地位。書中〈解老〉、〈喻老〉被視為最早專文解釋《老子》的篇章。

明知遊說之難，終死於遊說之難——韓非

韓非（約前二八〇至前二三三）是韓國的貴族，早年與李斯同在荀子的門下學習，愛好刑名之學，但生性口吃，不善言辭，曾多次上書韓王皆不為所用。

240　245　250

秦孝文王（嬴柱）

元年

公孫龍卒？（前三二〇？—）。代表作《公孫龍子》。

〔古希臘〕詩人希奧克利特斯（Theocritus）卒？（前三一〇？—）。善作牧羊人及其田園生活為主題的詩篇。被譽為西方「田園詩派」的創始人。

秦王（嬴政）

二年

宋玉卒？（前三〇九？—）。代表作〈九辯〉。傳其作有〈風賦〉、〈對楚王問〉、〈神女賦並序〉、〈高唐賦並序〉、〈登徒子好色賦〉。〈對楚王問〉為「對問體」的代表作之一。

詩人景差生卒年不詳。約與宋玉為同時期人。傳其作有〈大招〉（一說屈原所作）。

七年

鄒衍卒？（前三二〇？—）。其書已佚，其思想散見各家著作中。

政論家陸賈生？（—前一七〇？）。

〔古希臘〕詩人阿拉托斯（Aratus）卒（前三一五或前三一〇—）。代表作《物象》。

〔古希臘〕詩文作家卡利馬科斯（Callimachus）卒（前三〇五？—）。代表作《赫卡勒》。編有《文化界名人及其作品概覽》。

不料他的文章傳到了秦國，秦王政對〈孤憤〉、〈五蠹〉相當折服，感嘆地說：「寡人若得以見到此人，並能與其交往，就是死也沒有遺憾了！」李斯告訴秦王：「這些文章是人在韓國的韓非所寫的。」秦國便以攻韓作為要脅，逼韓王派遣韓非出使秦國。

韓非到秦國後，起初還頗受秦王的欣賞，李斯擔心自己的地位為韓非所取代，故意向秦王進言：「韓非是韓國的貴族子弟，今日大王欲併吞諸侯，韓非的心必定向著韓國而非秦國，這也是人之常情。大王既然沒有要重用他，又放他回到韓國，不是等於給秦國留下禍患嗎？不如加罪名在他的身上，再將其殺害。」秦王認為李斯說的很有道理，便把韓非交給下吏處治，李斯暗中叫人送毒藥到獄中，讓韓非服毒自盡，待秦王反悔想要赦免韓非時，韓非已經死去。

韓非生前寫過〈說難〉一文，旨在說明遊說之士欲說服君主的困難，其教人如何洞察君主的愛憎喜惡，避免去觸犯君主的逆鱗（原指龍喉下倒生的鱗片，後引申向當權者諍言），然後再以言語打動君心，才能達到遊說的成效。只不過他的這番精闢論述，仍是讓其難逃死於「說難」的命運。

《文子》：道家思想著作。為文子與後人整理增潤而成，內容主在闡述老子的思想，至唐代又稱《通玄真經》。文子，真實名字不詳。傳其為老子弟子。

《逸周書》：西周史料彙編，其中雜有不少後人託名前人之作。按時代先後記載周文王、武王、周公、成王、康王、穆王、厲王與景王等事蹟。全書部

單位：年

西元前	朝代	帝王年號	文學大事
238	東周	九年	荀況卒？（前三二五？—）。代表作《荀子》。
235		十二年	呂不韋卒（前二九〇？—）。代表作《呂氏春秋》。
234		十三年	道家思想家鶡（ㄏㄜˊ）冠子生卒年不詳。其著《鶡冠子》約此前後成書。
233		十四年	韓非卒（前二八〇？—）。代表作《韓非子》。
232		十五年	西楚霸王項羽（項籍）生（—前二〇二）。
227		二十年	刺客荊軻卒（生年不詳）。荊軻奉燕國太子丹命，至秦國行刺秦始皇，傳其離開燕國前作〈易水歌〉，今存於《戰國策・燕策》中。
223		二十四年	道家思想家文子生卒年不詳。其與後人增補《文子》約此前後成書。 周代史官與後人增補《逸周書》約此前後成書。 託名黃帝（真實作者不詳）《黃帝內經》約此前後成書。

分篇章為西周歷史文獻，然不少內容為東周春秋、戰國時人借周文王、武王、周公的言教、政論而書成。

《黃帝內經》：現存最早的中醫理論著作，簡稱《內經》。全書分成《素問》和《靈樞》（又稱《針經》）兩部分，內容包括養生、臟象、經絡、病理、藥性、陰陽五行、運氣學說等醫療經驗和學術知識。成書年代一般認定是在戰國後期，也有一說認為是秦漢時期。

秦漢文學

秦漢文學指的是秦到漢代時期的文學。秦始皇一統天下後，實施「書同文」制度，規定小篆為標準書寫字體，統一全國文字；又頒布「挾書律」，嚴格禁止民間藏書，燒毀大量的先秦典籍，實行文化專制，後人便以「秦世不文」來概括成就不高的秦代文學。秦代公認的傳世佳作為秦始皇即位之初、消滅六國之前的《呂氏春秋》與李斯〈諫逐客書〉；至於內容多為歌頌秦王功業的刻石文，文學價值雖然不高，但對後世碑文有一定的影響。

西漢惠帝廢除秦代的「挾書律」，廣開民間獻書之路，學術思想又開始活絡起來。武帝時期，國勢強盛，民生富裕，一種由楚辭體演化而來，兼具詩歌和散文形式，以誇張、瑰麗的辭藻，極力鋪陳事實或景物的賦體大興，**漢賦**也往往被視為是漢代文學的代表。喜好音樂的武帝設置樂府官署，收集各地民歌與文士作品合樂而歌，內容多反映人民的生活百態與哀樂情感，後人便稱官方樂府所採集的詩歌為**樂府詩**。

承繼先秦散文善於敘事、說理明暢的傳統，漢代發展出關心時政、識見閎達且富於文采的政論散文和史傳散文，前者以賈誼〈治安策〉、鼂錯〈論貴粟疏〉為代表，後者以《史記》、《漢書》為代表，尤其《史記》的紀傳體書寫，更開創了後代正史體例之先河。

武帝立五經博士，興建太學，獨尊儒術，罷黜百家，經學成為漢代學術思想的正統。西漢末期，學者劉歆向朝廷爭取立以先秦古文字寫成的古文經學於學官，此舉引來原本已立於學官的今文經家不滿，導致**經今古文學**之爭的發生，兩派的衝突論戰長達一百多年，直到東漢中葉，會通今、古文經的鄭玄兼採今、古文注經，才平息這場經學紛爭。

受樂府詩影響而形成的**古詩**至東漢始逐漸成熟，五言體又先於七言體，班固〈詠史詩〉為五言古詩早期的成形之作，七言古詩則是到曹丕〈燕歌行〉才算正式成形。漢代以後，詩歌的主要形式便一直都是以五、七言為主，魏晉詩壇也多是擅長五言古詩的好手。

單位：年

西元前	朝代	帝王年號	文學大事
221	秦	始皇（嬴政）二十六年	秦王嬴政統一全國，創立「皇帝」的尊號，自稱「始皇帝」，廢除封建制，實施中央集權專制，規定小篆為全國統一書寫的文字。《戰國策》記事約終於此年。
219		二十八年	秦始皇東巡，登泰山行封禪禮。封禪，一種表示帝王受命有天下的典禮，古代帝王在泰山上祭天稱之「封」，在泰山下的小山梁甫山（一說梁父山）祭地稱之「禪」。傳李斯同秦始皇登泰山，為歌頌秦德，作〈泰山刻石〉立於泰山。刻石，鐫刻在山石上的文字。

《戰國策》：國別體史料彙編。又名《國策》、《國事》、《短長》、《事語》等。按國別記載西周、東周、秦、齊、楚、趙、魏、韓、燕、宋、衛、中山等十二國的政治事件與外交活動。上起晉國世族知氏滅范氏、中行氏，下迄高漸離擊筑秦始皇，先後約二百七十年。主在記述戰國時期謀臣、策士們遊說各國的說辭，及其互相辯論時所提出的主張和策略。早在戰國已有人專門收集縱橫家的外交辭令與權變謀略，全書非出於一人一時之手，後有西漢學者劉向彙整，始定名《戰國策》。

《三略》：兵書。又名《黃石公記》、《黃石公三略》。全書分三卷，內容除徵引前人兵法思想之外，也多從政治策略和軍事關係上論述戰勝攻取之道。黃石公，真實姓名不詳，傳其曾在下邳ㄆㄟˊ（今屬江蘇）圯上（指橋上）授以張良兵書，又稱「圯上老人」。

腰斬於咸陽城下的丞相——李斯

李斯（約前二八〇至前二〇八）是楚國上蔡（今屬河南）人，年輕時曾跟隨荀況學習。他見當時各國中唯有秦國最為強盛，學成後便準備前往秦國謀求發展，他向荀況辭別時說道：「老師，我聽說一個人要是遇到時機，就千萬不可因怠惰而錯過。現在秦國想要併吞天下，稱帝而治，正是像我這樣的布衣平民可以遊說奔走、求取富貴的時候。一個人最恥辱的莫過於身分卑賤，最悲哀的莫過於處境窮困，久處卑下、窮困的人卻還要說憎惡功名利祿，堅持有所不為，這

215 三十二年 （古希臘）詩人阿波羅尼奧斯（Apollonius）卒？（前二九五？—）。代表作《阿爾戈船英雄紀》。

214 三十三年 秦始皇令將軍蒙恬率領三十餘萬人築長城。古傳「蒙恬造筆」，但根據考古文獻，發現早在蒙恬之前便有毛筆，推論蒙恬應是對毛筆進行改良的人。

213 三十四年 秦始皇採納李斯的建議，詔禁私學，頒布「挾書律」，只存秦史、醫藥、卜筮、植樹等種類的書，其餘皆焚之。有人敢語《詩》、《書》者棄市（在鬧市執行死刑，屍首示眾），有人敢言古是而今非者族誅（整個家族被誅滅）。
隱士、兵法家黃石公生卒年不詳。傳其曾推演《六韜》（即《太公兵法》）著成《三略》授與張良。

212 三十五年 秦始皇坑殺方士、儒生四百餘人。
焚書坑儒時，傳孔子後人孔鮒匿藏《詩》、《尚書》、《孝經》等儒家經典於孔子舊宅壁中。

不是讀書人真正的意願，所以我要動身去遊說秦王了！」

李斯到了秦國先投靠到丞相呂不韋的門下，一找到機會見到秦王政，遂大力向其進言一統天下、消滅六國的計策。秦王採納李斯的建議，暗中派遣有謀略的遊說之士到六國，利用貴重寶物收買六國的君臣與當地知名人士，若有人不肯為秦國收買，便拿利劍將其刺死。之後，秦國的實力比過去還要壯大，六國對秦國只有更加畏懼，秦王於是任命獻策有功的李斯為客卿。

這時秦國宗室出現驅逐來自他國客卿的聲音，李斯連忙上〈諫逐客書〉與秦王，其中寫道：「是以泰山不讓土壤，故能成其大；河海不擇細流，故能就其深；王者不卻眾庶，故能明其德。」意思是泰山不排斥土壤，所以能成就其高大；河海不挑選細小流水，所以能成就其深廣；帝王不捨棄小百姓，所以才能顯揚其美德。秦王才又收回逐客令，繼續重用李斯。

前後二十年，秦王統一全國，使用皇帝的尊號，李斯為秦始皇的丞相，坐享莫大的權力與富貴。他在家中設宴，聞訊來祝賀的竟有好幾千人，門庭若市的榮景，令其不禁想起荀況從前說過「物禁大盛」的話，意味著任何事物發展到了極致，便是走向衰微的時候。李斯對於自己未來的福禍開始有些忐忑。

秦始皇死後，李斯附和宦官趙高的陰謀，篡改原本立扶蘇登基的遺詔，立胡亥為帝，逼迫扶蘇自盡。不久，趙高也在胡亥面前排擠李斯，陷其入獄，判處在咸陽城上腰斬，誅滅三族。當李斯從獄所被押解出來時，哭著對同要受刑的兒子說：「我還想和從前一

單位：年

西元前	朝代	帝王年號	文學大事
209	秦	二世（嬴胡亥）元年	農民陳勝、吳廣起義；劉邦、項羽響應。
208		二年	李斯卒（前二八〇？－）。代表作〈諫逐客書〉。傳秦代刻石多為李斯所書，除前所列，另有〈瑯琊刻石〉、〈嶧山刻石〉等。
206	西漢	高祖（劉邦）元年	秦亡。劉邦稱帝，國號漢，史稱「西漢」。項羽自立西楚霸王，楚漢相爭之始。
204		三年	〔古羅馬〕詩人奈維烏斯（Naevius）卒？（前二七〇？－）。代表作《布匿戰紀》。

樣，與你一同牽著黃狗，到家鄉上蔡東門去追捕狡兔，可是如今還能回到那樣的日子嗎？」李斯一生對秦國的貢獻頗大，但他在不可一世的當下，沒有記取荀況的警語，一直對爵祿貪戀不已，且好用嚴刑峻法治理百姓，迎合趙高的邪說，終導致慘敗的下場。

【漢賦】

賦，一種介於詩與散文之間的文體，有韻文也有散文，多用來寫景敘事，可誦讀而不可歌唱。賦在尚未成為一種文體之前，原是吟詠、誦說之意，在《詩》的六義「風、雅、頌、賦、比、興」中，賦的字義是鋪陳直言其事。直到戰國荀子（荀況）作了五首短小詠物的〈賦篇〉——〈禮〉、〈智〉、〈雲〉、〈蠶〉、〈箴〉，此後荀子便被認定是將賦轉變成文章體裁的發端者。

漢代初期，人們原是把產生於楚地的「辭」視成與「賦」同一體裁，稱之「辭賦」，文章風格與《楚辭》中屈原、宋玉的「騷體」相近，多為抒發個人情志之作，代表作為賈誼〈鵩鳥賦〉、〈弔屈原賦〉。漢景帝時的枚乘，其〈七發〉開啟了賦走向致力排比事物的長篇格局，到了武帝時，文人為歌頌帝王的功業與宮廷苑林的規模，賦中抒情言志、隱語諷諫的成分減少，取而代之的是以華麗誇飾的辭藻來描摹敘寫各類事物，代表作是司馬相如〈子虛賦〉與〈上林賦〉、揚雄〈羽獵賦〉。在漢代帝王貴族的支持下，「漢賦」至此成了賦的專稱，堪稱是漢代文學的代表。

到了東漢，賦的形式趨於駢整典麗，內容以描寫

202　五年

項羽卒（前二三二－）。此年困於垓下（今屬安徽）作〈垓下歌〉。楚漢相爭結束。

201　六年

〔古印度〕詩人毗耶娑（Vyasa）卒？（前三〇〇？－）。代表作《摩訶婆羅多》（意為偉大的婆羅多族）。與《羅摩衍那》為印度兩大史詩。

〔古印度〕詩人蟻垤（Valmiki）卒？（前三〇〇？－）。代表作《羅摩衍那》（意為羅摩的歷險）。

〔古印度〕民間故事《五卷書》約此前後成書。作者不詳。

200　七年

長樂宮在長安落成，漢高祖初行儒家學者叔孫通據古禮和秦儀所制訂的宮廷禮儀。

政論家、辭賦作家賈誼生（－前一六九或前一六八）。

政論家鼂ㄔㄠˊ錯生？（－前一五四）。

京都地勢環境為主，代表作是班固〈兩都賦〉、張衡〈二京賦〉。值得一提的是，在外戚、宦官專權的紛亂時局下，此時的賦逐漸擺脫雕琢浮華的文辭堆砌，轉而回到體物寫志的抒情短篇，如張衡〈歸田賦〉、趙壹〈刺世疾邪賦〉、禰衡〈鸚鵡賦〉與王粲〈登樓賦〉。

漢代政權結束，賦並沒有衰頹消失，而是變化新式出現在不同朝代。魏晉南北朝時，除左思〈三都賦〉外，已少有人寫像漢代一樣富麗堂皇的長篇大賦，賦也開始往重視對偶音韻、煉字用典的技巧發展，稱之「駢賦」或「俳賦」，代表作有陸機〈文賦〉、鮑照〈蕪城賦〉、江淹〈恨賦〉、庾信〈哀江南賦〉。沿至唐代，產生比駢賦更嚴格限制聲韻、題目與字數的「律賦」，因列入科舉考試，又稱「試體賦」，代表作有白居易〈賦賦〉（以賦者古詩之流為韻）。

中唐古文運動後至宋代，賦的文句長短不一，用韻也相對自由，稱之「文賦」或「散賦」，優秀作品如杜牧〈阿房宮賦〉、歐陽脩〈秋聲賦〉、蘇軾〈前赤壁賦〉。到了明清兩代的「股賦」因與唐代的律賦一樣只注重形式，文學價值自是無法與前人的賦作相提並論。

《雋永》：論戰國遊說之士權變謀略的著作。近代有學者提出《戰國策》即是已佚的《雋永》，或部分內容出自《雋永》，甚至推論《戰國策》作者可能就是蒯ㄎㄨㄞˇ通，然此一說法學界至今仍舊存疑。

單位：年

西元前	朝代	帝王年號	文學大事
198	西漢	九年	漢高祖採納婁敬建議，以宗室之女（一說宮女）冒充長公主嫁與匈奴（秦、漢時位於北方的游牧民族）冒頓單于，為漢與匈奴和親之始。
197		十年	女詩人唐山夫人生卒年不詳。漢高祖之妃。代表作〈安世房中歌〉約此前後作。
196		十一年	辯士蒯通生卒年不詳。約活動於高祖在位時。傳其著有《雋永》已佚。
195		十二年	劉邦卒（前二五六－）。代表作〈求賢詔〉、〈鴻鵠歌〉、〈大風歌並序〉。
191		惠帝（劉盈）四年	廢除「挾書律」，民間藏書紛紛問世。

用言語便能致人於死地——蒯通

相傳蒯通編寫八十一則關於戰國說客論述權謀之書，惜已失傳。楚漢相爭期間，劉邦派剛平定趙、燕的韓信再去進攻齊國；但劉邦先前已命酈食其為漢使，到齊國說服齊王田廣、齊相田橫歸順，然後聯合攻打西楚霸王項羽。齊王覺得酈食其的說法可行，便撤除了對漢軍的防禦，與酈食其一同縱情飲酒。

韓信在往齊國的途中，得知酈食其成功遊說齊王，便在齊國邊境按兵不動。蒯通向韓信勸道：「將軍是奉漢王詔命來攻打齊國，難道現在漢王有中止你進軍嗎？酈食其不過是一介儒生，隨便播弄三寸之舌，就能說動齊國七十餘座城降漢。而將軍你率領數萬兵馬，要一年才攻下趙國五十多座城池。當了幾年的將領，反而不如一個小小儒生的功勞嗎？」韓信於是出兵攻齊。齊王田廣見韓信的軍隊逼進城都臨淄，以為是被酈食其所出賣，就把酈食其給烹殺了，之後出奔逃亡，韓信在攻下齊國後被劉邦封為齊王。

蒯通看出天下大勢已完全掌握在韓信手中，便對韓信說道：「現在你助漢王，就是漢王的勝利，你助楚王，就是楚王的勝利。你若與楚、漢都保持良好的關係，就像鼎立三足一樣，如此誰也不敢先動手。以你的聖賢才智，又擁有優良的部隊，占據強大的齊國，牽制著燕、趙兩國，再出兵收復楚、漢兵力不足的地方，把大國的地盤縮減，把強國的勢力削弱，分封與諸侯立國，這樣一來，天下諸侯念在你的恩德，沒有不聽從你的。我聽古人說過『天要賜與你而你卻不取，反會因此受到禍咎；時機來了而你不去實行，反會因此受到災殃』，請你謹慎考慮我說的話。」

188 七年

辭賦作家莊忌（《漢書》避明帝劉莊諱，改為嚴忌）生？（—前一〇五？）。

187 前少帝（劉恭）元年

呂后（呂雉，也稱漢高后）臨朝稱制，為中國史上第一位臨朝稱制的女后，後被史家司馬遷列入記錄帝王的〈呂后本紀〉。臨朝稱制，皇太后或太皇太后當朝處理國政，行使天子的職權。

184 後少帝（劉弘）元年

〔古羅馬〕喜劇作家普勞圖斯（Plautus）卒？（前二五四？—）。代表作《撒謊者》、《一罈黃金》、《吹牛軍人》、《孿生兄弟》。

韓信回道：「漢王待我不薄，把他的車子給我乘，把他的衣服給我穿，把他的飯給我吃。我也曾聽人說過，乘過人家的車子，就要為其承擔患難，穿過人家的衣服，就應替人家分擔憂慮，吃過人家的飯，就該為人家來賣命。所以我怎能圖自己的利益便違背義氣呢！」

蒯通再進一步分析：「你自認與劉邦的關係友好，但我一點也不這麼認為。我聽說勇略足以震動主子的人會有生命的危險，至於功高蓋國的人就不知如何賞賜了。你所樹立的功勳天下無敵，如今你負有震動主子的威勢，有高到無法賞賜的功勞，你說要歸楚，楚人不會相信，你說要歸漢，漢人也感到懼怕，那你該如何是好呢？你位居人臣的地位，卻有震主的聲威，我真是替你感到惶恐啊！」韓信考慮後還是不忍背叛劉邦。蒯通擔心自己日後因此事而招致禍患，便佯裝成巫師以避禍。

數年後，韓信遭人舉發謀反，為呂后所殺前說道：「真後悔當初沒有聽蒯通的計謀！」劉邦親征回來，得知蒯通曾唆使韓信造反，下令捉拿蒯通，並要把蒯通給烹殺了！蒯通被捉來後，向劉邦辯解道：「盜賊養的狗看到堯帝就吠叫，並非是堯帝不仁，狗吠叫是因堯帝不是牠的主人。當時我只知道韓信，並不知還有陛下您，況且天下豪傑想要做陛下作為的人實在太多了，只是他們的能力不夠罷了，難道陛下要把這些人全都烹了嗎？」劉邦覺得有道理，便赦免蒯通的罪。

史家司馬遷曾言：「甚矣，蒯通之謀，亂齊驕淮陰，其卒亡此兩人（指田橫與韓信。田橫，原為齊

單位：年

西元前	朝代	帝王年號	文學大事
179	西漢	文帝（劉恆）前元元年	經學家伏勝生卒年不詳。傳文帝在位期間伏勝已高齡九十，其口頭講授《尚書》，再由人記錄下來，是為《今文尚書》。伏勝的弟子輯其學說成《尚書大傳》。 淮南王劉安生（－前一二二）。 辭賦家司馬相如生？（－前一一七？）。 儒家學者董仲舒生？（－前一〇四？）。
178		前元二年	政論家賈山生卒年不詳。約活動於文帝在位時。此年上書〈至言〉。
177		前元三年	張釋之此年任廷尉（管理天下刑獄的官職），其以執法公正聞名，曾對文帝言「法者，天子所與天下公共也」之語，認為君主應嚴格執行法律，不可隨個人喜怒任意賞罰。 經學家毛亨生卒年不詳。約活動於文帝在位時（一說秦末漢初人）。傳其著有《毛詩故訓傳》。為「毛詩學」的開創者。「四家詩」之一。

相，田廣死後繼任為齊王）。」意指蒯通的謀略太過分了，擾亂了齊國，也驕縱了淮陰侯韓信，終是害死了田橫與韓信兩人。事實上，因蒯通的言辭而死的還要算上被齊王烹殺的酈食其，但最後蒯通自己也是用其善辯的口才保住了性命。

《今文尚書》：伏勝口頭傳授《尚書》經文，以漢代通行的隸書記錄，故稱之「今文」。伏勝，又名伏生，早年為秦代博士，為研究《尚書》的專家。

《尚書大傳》：相傳是伏勝的弟子根據伏勝對《尚書》的解說而寫成的著作。

《毛詩故訓傳》：相傳由經學家毛亨著，為《詩經》研究著作，簡稱《毛傳》。據稱毛亨的詩學是由先秦卜商代代相傳，至荀況再授之毛亨。全書以解釋章句字義為主，多引用先秦典籍作為解詩的依據。

毛詩學：毛亨在西漢初開門授徒，後又傳其學與姪子毛萇，開啟《詩》學的研究風氣，故稱之。後人稱毛亨為「大毛公」，毛萇為「小毛公」。《毛詩》是由《詩序》和《故訓傳》兩部分所構成，《詩序》又有〈大序〉和〈小序〉之別，〈大序〉冠於《詩》之首，統論《詩》之義旨，又稱〈詩大序〉或〈毛詩序〉；〈小序〉列在每篇之前，分論各詩之義。至於大、小序的作者至今仍眾說紛紜，有出自孔子之說，有出自孔子弟子卜商（子夏）之說，有出自卜商、毛亨合作之說，也有詩人自己所作之說等。今本《詩

174
前元六年　賈誼在長沙（今屬湖南）作〈鵩鳥賦並序〉。

170
前元十年　陸賈卒？（前二四〇？－）。著有《新語》。

169
前元十一年　賈誼卒（前二〇〇－）。（一說前一六八卒。）代表作除前所列，另有〈治安策〉、〈過秦論〉、〈論積貯疏〉、〈弔屈原文並序〉。與枚乘齊名，人稱「枚賈」。
〔古羅馬〕詩人、劇作家恩尼烏斯（Ennius）卒（前二三九－）。代表作《編年紀》。

167
前元十三年　女作家淳于緹縈生卒年不詳。約活動於文帝在位時。此年作〈上書求贖父刑〉。
漢文帝下詔廢除肉刑。

經》即為毛亨所傳，是現存最完整的《詩經》注本。

四家詩：漢初傳授《詩》學有四家，分別是魯人申培傳《魯詩》、齊人轅固傳《齊詩》、燕人韓嬰傳《韓詩》，以及魯人（一說河間人）毛亨、趙人毛萇傳《毛詩》（以上五人生卒年皆不詳，約活動於文、景帝時期）。四家詩中唯《毛詩》屬古文經，《魯詩》、《齊詩》、《韓詩》屬今文經，故又稱「三家詩」。今僅存《毛詩》與《韓詩外傳》，餘皆亡佚。

《新語》：陸賈著，政治哲學著作。書中歸納古代各國以及秦朝興亡的原因與特徵，主張上位者應力行儒家的仁義思想，反對用嚴刑峻法來治理國家。

為諫高祖行仁義而作《新語》——陸賈

陸賈（約前二四〇至前一七〇）是漢初著名的辯士，曾奉命出使南越。南越王趙佗很喜歡與陸賈說話，覺得在南越無人可談，直到陸賈來南越後，每日都能聽到以前從未聽聞的新奇事情。過了好幾個月，陸賈準備從南越返漢，南越王還贈其價值千金的珠玉寶物；回到了京城，漢高祖很滿意陸賈完成招降南越的任務，封其「太中大夫」（掌理議論的官職）。

陸賈熟讀儒家經典，時常在高祖面前稱道《詩》、《書》的義理。一向不喜儒家學說的高祖，大罵陸賈說：「我可是從戰馬上得到天下的，哪裡用得到《詩》、《書》這些道理！」陸賈回道：「陛下從戰馬上取得天下，難道可以在戰馬上治理天下嗎？況且商湯與周武王舉兵犯上取得天下，也是要用順應

單位：年

西元前	165	159
朝代	西漢	
帝王年號	前元十五年	後元五年
文學大事	作家劉勝生？（—前一一三）。	〔古羅馬〕喜劇作家泰倫提烏斯（Terentius）卒？（前一九〇？—）。代表作《婆母》、《兩兄弟》、《福爾彌昂》。

民心來守住天下，文武並用，才是長久的辦法。過去吳王夫差、晉卿智伯（即知氏）都是過度崇尚武力而亡，而秦國以刑法治國，終究還是走向滅國一途。假使秦國兼併天下後，施行仁義，效法先聖，如今陛下要從哪裡取得天下呢？」高祖臉上露出些許的愧色，其對陸賈說：「那你試著為我寫出秦國何以失去天下？我何以得到天下？以及更早的國家何以成敗的原因？」陸賈回去後大略整理敘述出國家存亡徵兆的文章，每上奏一篇，高祖便對群臣誇獎陸賈一回，共得十二篇，輯成《新語》一書。

高祖死後，呂后掌權，陸賈稱病不仕，把過去南越王送給他的珠寶變賣成千金，平均分給五個兒子，使其從事生產，自己乘著馬車到處遊樂。後人便以「陸賈分金」比喻辭官後平分家產，幫助子孫從事生產或以為生計。

枚賈：指枚乘、賈誼。兩人皆為西漢著名文家，但作品的思想與文風並不相同，賈誼〈鵩鳥賦〉（前一七四）是把楚辭體過渡到漢賦的作品，枚乘〈七發〉為漢賦體裁的定型之作。

洛陽才子，夜半被召來問鬼神——賈誼

賈誼（約前二〇〇至前一六九）在十八歲時已精通諸子百家之書，聞名於家鄉洛陽一帶，二十初頭便被漢文帝立為博士，是所有博士中年紀最輕的一位。每次文帝向博士提出請益，諸位老先生都無法回答，唯賈誼從善如流，說出了老先生們心中想說卻說不出來的話，大家也都公認賈誼的才學出類拔萃。

156

景帝（劉啟）

前元元年 漢景帝與父漢文帝在位期間，推崇黃老治術，採取輕徭薄賦、與民休息的政策，使國內政治穩定，經濟發展顯著，國力強盛，史稱「文景之治」。縱橫家鄒陽生卒年不詳。約活動於景帝在位時。代表作〈上書吳王〉、〈獄中上梁王書〉。皇帝作家劉徹生（—前八十七）。儒家學者孔安國生？（—前七十四？）。

155

前元二年 詩人韋孟生卒年不詳，七國之亂前曾任楚王傅。代表作〈諷諫詩〉約此前後作，以勸諫楚王劉戊。另有〈在鄒詩〉存世。

154

前元三年 發生七國之亂。鼂錯卒（前二〇〇？—）。代表作〈削藩策〉、〈論貴粟疏〉、〈論守邊備塞疏〉。辭賦作家東方朔生？（—前九十三）。

文帝跳級拔擢賈誼擔任太中大夫，賈誼開始草擬各項儀法，變易服色為黃色，採用五行之說，創設官名，欲將秦朝的舊法完全更除。文帝考慮自己即位不久，一再表示謙讓，覺得還不到變法改制的時機；不過當時許多法令規章的更動，以及列國諸侯到封地就任等，都是採納了賈誼的建言。文帝本有意再升賈誼到公卿的高位，但平日嫉妒賈誼的人都出面反對，他們認為賈誼仗恃自己年少得志，飽讀經書，便想在朝廷製造紛爭。文帝自此也與賈誼疏遠，派其出任長沙王太傅（負責輔導太子）。

長沙（今屬湖南）地形低下，氣候潮溼，賈誼預感自身壽命不長，心頭又一直鬱積著遭放逐的打擊，只好藉由寫文章來寬慰自己。過了幾年，賈誼好不容易盼到文帝的召見，他興沖沖地回到宮中，發現文帝想瞭解的盡是關於鬼神本質、情狀等事，兩人談到夜半，文帝甚至移動坐席，往賈誼面前靠近些，以便更專心聆聽。

不久，文帝改封賈誼為其幼子梁懷王的太傅。梁懷王向來受到文帝的鍾愛，卻在騎馬時意外墜馬身亡。賈誼對此事十分自責，終日哭泣不已，一年後因悲傷過度而終，年僅三十三歲。唐人李商隱在〈賈生〉寫有「可憐夜半虛前席，不問蒼生問鬼神」詩句，感嘆文帝召回貶謫在外的賈誼，卻只是想從對治事有遠見的賈誼口中聽到與鬼神相關的事，意在諷刺文帝貴為君主，心中掛念的竟然不是蒼生百姓。

百男不如一緹縈——淳于緹縈

人稱太蒼公的淳于意醫術精湛，只須觀察人的面

單位：年

西元前	152	149	148
朝代	西漢		
帝王年號	前元五年	中元元年	中元二年
文學大事	張蒼卒（前二五六？—）。曾整理修訂《九章算術》。	〔古羅馬〕散文、歷史學家加圖（Cato）卒（前二三四—）。代表作《創始記》、《農業志》。是第一位使用拉丁語寫歷史的人，先前古羅馬主要的文學語言是希臘語。	經學家公羊壽生卒年不詳。約活動於景帝在位時。其將玄祖公羊高家傳口授《春秋公羊傳》與胡毋子都著於竹帛而傳世。《春秋穀梁傳》約此前後成書。

容顏色，便能診斷其症狀可否醫治，但有時碰到罹患了不治之症的人，他知道已無法醫好對方，就不肯為其醫治，為此與不少人結怨。

漢文帝在位時，淳于意遭到仇家誣告，被處以肉刑（指刺面、割鼻、斷趾、去勢等殘害肉體的刑罰），要押解到京城長安受刑，他的五名女兒跟隨在其身後哭著。淳于意怒罵道：「我不幸沒有生到兒子，就生了妳們幾個女兒，現在遇到危難，卻是一個也幫不上忙。」他的小女兒名叫緹縈，聽了父親的這番話，心裡更加悲傷，堅持要隨著押解人犯的隊伍來到長安。

緹縈到達長安，上書與文帝。她在〈上書求贖父刑〉（前一六七）一文中說：「小女的父親曾擔任太蒼令，在齊地人人稱讚父親清廉公正，如今他竟要受到肉刑的處分。小女深痛死去的人不能復生，受過割鼻或斷趾的人也無法復原，縱然有心改過自新，肢體已經難以完整了。小女願意入宮做官婢，代替父親贖罪，使其有自新的機會。」文帝為緹縈的上書所感動，也體恤那些被施以肉刑的人，一生飽受身體殘缺的折磨，就算改過也已沒有退路，決定赦免淳于意，並下詔廢除肉刑。

緹縈的一紙上書，不止拯救了自己的父親，也讓天下百姓皆免受肉刑之苦。東漢班固〈詠史詩〉最末兩句寫道：「百男何憒憒，不如一緹縈。」意為人們就算生了上百個糊塗兒子，還不如生一個有孝心的女兒緹縈！

七國之亂：以吳王劉濞ㄆㄧˋ為首的七個劉姓諸侯

145

中元五年 史學家司馬遷生？（—前八十六？）。

140

武帝（劉徹）

建元元年 漢武帝即位，帝王年號紀年之始。

辭賦作家枚乘卒？（生年不詳）。代表作〈七發〉、〈上書諫吳王〉。為「七體」的開創者。與司馬相如齊名，人稱「枚馬」。

詩人、外交使節蘇武生？（—前六〇）。

139

建元二年 漢武帝欲聯合大月氏（西域古國名）共擊匈奴，張騫應募任使者，約於此年或隔年出使西域（—前一二六）。

王，因不滿中央削減其權力所引發的叛亂。漢景帝採納鼂錯的建言削奪王國土地，此舉激起七國的強烈反對，他們以「誅鼂錯，清君側」為名興兵，迫使景帝為停息戰事而誅殺鼂錯，但之後七國仍然不肯罷兵，景帝才派周亞夫、竇嬰等人平亂。七國分別為吳王劉濞、楚王劉戊、趙王劉遂、濟南王劉辟光、淄川王劉賢、膠西王劉卬、膠東王劉雄渠。

《九章算術》：中國古代的數學著作，張蒼（約前二五六至前一五二）曾整理修訂。全書將二百四十六道數學問題分成〈方田〉、〈粟米〉、〈衰分〉、〈少廣〉、〈商功〉、〈均輸〉、〈盈不足〉、〈方程〉、〈勾股〉九章。此書並非成於一時一人之手，是經過歷代各家修訂與增補而成的。

《春秋公羊傳》：解釋《春秋》義理的典籍。又名《公羊傳》。公羊高家傳口授，尤其玄孫經學家公羊壽與胡毋子都著於竹帛。全書起迄時間與《春秋》一致，屬今文經學，採以問答的形式來解經，著重在經義而非闡述史實，為儒者議論政治的重要工具書。公羊高，傳其為戰國齊人，授業於孔子弟子卜商。

《春秋穀梁傳》：解釋《春秋》義理的典籍。又名《穀梁傳》。相傳為戰國魯人穀梁赤口頭傳授而來，直至漢代才被人用文字記載。穀梁赤，傳其與公羊高同授業於卜商。

枚馬：指枚乘、司馬相如。兩人賦作的內容、風

單位：年

西元前	136	134
朝代	西漢	
帝王年號	建元五年	元光元年
文學大事	漢武帝設立「五經博士」。五經博士，學官名。教授儒家經典的學官。五經，指《詩》、《書》、《易》、《禮》、《春秋》五部儒家經典。	漢武帝下詔各郡國長官每年察舉孝者、廉者各一人，經朝廷檢驗後而任官，稱之「舉孝廉」，這也是漢代選拔人才出來做官的「察舉制」中最重要的科目。 董仲舒作〈舉賢良對策〉。

格相近，多寓有諷諫帝王之意。

七體：賦文體裁的一種。全文分八段，除首段是序外，其餘七段採主客問答的形式，一段敘一事，層層逼進，最後顯示主旨，以為諷諫之效。自枚乘〈七發〉一出，文人競相模仿，遂形成以七段成篇的賦作，如東漢傅毅〈七激〉、張衡〈七辯〉、三國魏曹植〈七啟〉、西晉左思〈七諷〉、陸機〈七徵〉等。

察舉制：古代選拔官吏的一種制度。主要是由地方長官在其轄區隨時考察，推薦人才與上級或中央，經過考核後再任命官職。定期察舉的科目稱為常科或歲舉，如孝廉、秀才（奇才異能）等科；由皇帝不定期下詔選拔人才的稱為特科、制科或詔舉，如賢良方正、明經（通曉經學）等科。

其實早在漢武帝之前，高祖劉邦便曾經下求賢詔，可謂開「察舉制」之先河；文帝前元二年（前一七八）時也有下詔薦舉賢良方正、能直言極諫者，前元十五年（前一六五）又下詔諸侯、公卿、郡守薦舉賢良文學、能直言極諫者，被舉者參加對策，並根據等第授予官職。

到了武帝元光元年（前一三四），其採納董仲舒的建議，下詔各郡國每年察舉孝順父母者、清廉方正者各一人，稱之舉孝廉，這也是漢代察舉制中向來最被重視的科目。察舉制至漢武帝始真正確立，成為漢代取士的一種制度。

《淮南子》：雜家思想著作。又名《鴻烈》

128 **元朔元年** 傳魯恭王劉餘（景帝之子，武帝異母兄）在孔子舊宅壁中發現《尚書》、《論語》、《孝經》等。後來這些古籍歸孔子後人孔安國所有。

126 **元朔三年** 張騫出使西域十三年，此年歸來（約前一三九或前一三八－），其對開闢從中國通往西域的絲綢之路有重大貢獻。

124 **元朔五年** 正式建立太學，為博士置弟子員。太學，設立在京城用以培育人才、傳授儒家經典的最高學府。

或《淮南鴻烈》。為淮南王劉安（前一七九至前一二二）集其眾門客編撰而成，由於撰寫人數眾多，內容雜有道家、儒家、法家、陰陽等諸家的學說，然旨在宣揚老子的道家思想，此外，書中也保存了不少古代神話傳說與史料。劉安，漢高祖劉邦之子劉長（文帝異母弟）的長子。

【樂府詩】

樂府，原是漢代設立掌管音樂的官署。樂府除掌理朝廷宗廟祭祀、君臣朝會宴飲的事務外，還有一項重要任務就是派人到各地蒐集民歌配以入樂，「樂府」也成了入樂民歌與歌辭的代稱。

樂府的名稱雖出現在漢代，但早在周朝《詩》也同樣是由天子命采詩官到地方採集民歌的結集，也就是說，《詩》是周朝民歌的代表，樂府詩則為漢時期民歌的代表，並且還是五言詩的起源。

樂府詩依歌辭內容，大致可分成貴族文士作的頌歌與反映民間生活的歌謠兩類。前者代表作有唐山夫人〈房中歌〉、司馬相如〈郊祀歌〉等，後者代表作有〈上邪〉、〈東門行〉、〈孔雀東南飛〉、〈江南可採蓮〉等。若依入樂條件，則可分成入樂之辭與不入樂辭兩類，入樂之辭常用「行」、「引」、「曲」、「弄」、「吟」、「歌」、「調」、「樂」、「操」為標題，又名「歌行體」，不入樂辭僅清唱而不配入音樂，又稱「徒歌」。

樂府詩的優秀作品大抵來自民間歌謠，內容多是描述現實人生所遭遇的困境與悲歡情感，有表達國家連年征戰造成民不聊生的景況，如〈戰城南〉、

單位：年

西元前	朝代	帝王年號	文學大事
122	西漢	元狩元年	劉安卒（前一七九－）。代表作《淮南子》。辭賦作家淮南小山（真實姓名不詳）生卒年不詳。為淮南王劉安的門客。代表作〈招隱士〉。
120		元狩三年	漢武帝約此前後設立「樂府」，命李延年為協律都尉。樂府，為掌管音樂的官署，負責採集民間詩歌以入樂。〔古希臘羅馬〕歷史學家波利比烏斯（Polybius）卒？（前二〇三？－）。代表作《歷史》。

〈十五從軍征〉；有刻畫貴族豪奢、官吏貪婪無度的嘴臉，如〈相逢行〉、〈陌上桑〉；也有對社會男尊女卑的不平現象發出不平之鳴，如〈塘上行〉、〈上山采蘼蕪〉等。東漢末，曹操借樂府舊題敘述時事，或抒發個人的情感與理想懷抱，如〈度關山〉、〈蒿里行〉、〈步出夏門行〉等，開創文人沿用樂府題目作新辭的風氣，樂題與詩的內容多無關聯。魏、晉之後，樂府詩已從民歌歌辭轉變成詩歌的一種體裁。

樂府詩不僅開創五言詩與長篇敘事詩的傳統，更帶動了後來古體詩、近體詩的蓬勃發展；到了中唐白居易發起「新樂府運動」，其欲效法的也正是兩漢樂府所代表的寫實精神，以傳遞底層百姓最真實的內在聲音。

符命體：文章體裁的一種。內容主在敘說天降祥瑞的徵兆，以歌頌帝王功德。

兩司馬：指司馬相如、司馬遷。兩人皆活動於漢武帝時期，又司馬相如在漢賦上的成就最高，而司馬遷在史傳散文的成就最高，故稱之。

漢賦四大家：指司馬相如、揚雄、班固、張衡。四人的作品代表的是漢賦體裁內容和風格的成熟。

漢賦辭宗——司馬相如

司馬相如（約前一七九至前一一七）患有口吃，下筆卻能寫出氣勢壯闊的辭賦。成年後的他離開家鄉成都，來到京都長安在漢景帝身邊擔任「武騎常

117

元狩六年 司馬相如卒？（前一七九？—）。代表作〈大人賦〉、〈上林賦〉、〈子虛賦〉、〈封禪文〉、〈上書諫獵〉、〈喻巴蜀檄〉、〈難蜀父老〉。〈封禪文〉為「符命體」的代表作之一。與司馬遷齊名，人稱「兩司馬」。「漢賦四大家」之一。

113

元鼎四年 劉勝卒（前一六五？—）。漢武帝之異母兄，謚號中山靖王。代表作〈聞樂對〉。

112

元鼎五年 外交使者、博士弟子終軍卒？（生年不詳）。代表作〈白麟奇木對〉、〈自請使匈奴〉、〈自請使南越〉。

110

元封元年 太史令司馬談卒（生年不詳）。司馬遷之父。代表作〈論六家要旨〉。

侍」，負責騎兵侍衛的工作。當他見到景帝之弟梁孝王入京觀見天子時，身後跟隨著大批的文人雅士，心中十分嚮往，於是辭去侍衛職務，前去投奔梁孝王門下。

在梁國的司馬相如，曾獻給梁孝王一篇〈子虛賦〉，賦中虛構楚人「子虛」奉命出使齊國，齊王為炫耀齊國的富裕，動員全國士卒，故意在子虛面前擺出陣容盛大的狩獵儀式。儀式結束後，子虛在齊國遇到「烏有」先生，便向烏有先生嘲笑齊王見識淺陋，說自己還跟齊王誇讚楚國地物與狩獵排場實比齊國還要浩大，讓齊王聽了啞口無言，烏有先生自也不甘勢弱地對子虛的說法提出反駁。司馬相如藉由子虛、烏有的吹噓之辭，鋪比出一篇辭藻瑰麗的長篇大賦。

梁孝王去世，司馬相如回到成都，生活一貧如洗。臨邛縣令王吉為司馬相如的兒時舊友，知其處境便邀他到臨邛居住，並給予相當的禮遇。卓王孫是臨邛的首富，得知司馬相如的文采琴藝了得，特別約請王吉與司馬相如以及眾多地方名流到家中做客，司馬相如在宴席上展露琴藝，此時卓王孫寡居回到娘家的女兒卓文君早已躲在屏風後聆聽。卓文君不僅貌美也精於音律，當司馬相如發現屏風背後的卓文君立刻心生傾慕，奏上一曲〈鳳求凰〉想要挑動美人心，一見鍾情的兩人相約半夜私奔，連夜趕回司馬相如的成都老家。卓王孫知道後非常震怒，再也不與卓文君往來。

司馬相如與卓文君的感情固然恩愛，但為了生計，卓文君決定回到臨邛開設酒館「當壚賣酒」。富家千金在街上賣酒的消息很快地傳開來，卓王孫一方

單位：年

西元前	朝代	帝王年號	文學大事
105	西漢	元封六年	莊忌卒？（前一八八？—）。代表作〈哀時命〉。女詩人細君公主生卒年不詳。江都王劉建（武帝異母兄劉非之子）之女。此年奉武帝命遠嫁烏孫（漢時位於西北方的游牧民族）國王，之後因思鄉而作〈悲愁歌〉。
104		太初元年	董仲舒卒？（前一七九？—）。代表作除前所列，另有〈士不遇賦〉。著有《春秋繁露》。
103		太初二年	小說家虞初生卒年不詳。約活動於武帝在位時。其著《周說》已佚，被後人譽為小說家之祖。
100		天漢元年	漢武帝遣蘇武出使匈奴，遭拘留十九年（—前八十一）。

面覺得顏面盡失，一方面也不忍女兒受苦，只好拿出一筆錢財讓兩人返回成都定居。

某日，漢武帝讀到司馬相如〈子虛賦〉，大為驚喜，立刻召見司馬相如。司馬相如來到長安，專為武帝獻上〈上林賦〉，極力鋪陳天子在苑林狩獵的壯觀場面，武帝讀後龍心大悅，封司馬相如為「郎中」（宮廷侍衛），命其出使巴蜀（今屬四川）；不久又升任「中郎將」（宮中宿衛、侍從的長官），出使西南夷（即漢代對今屬四川西部、雲南、貴州少數民族的總稱）。

司馬相如晚年病重，武帝憂心司馬相如的辭賦失傳，命使者到司馬相如家中取其所有著作。使者到時，司馬相如已經病逝，其妻卓文君對使者說道：「家裡哪還有什麼著作啊！以往只要司馬相如一寫好文章，馬上就被一旁久候的人索去。不過他生前留有一卷書簡，說是使者來取時可以奏上。」

原來司馬相如臨終留下的是〈封禪文〉，內容詳記與封禪有關的朝章大典，說明舉行封禪對國家的重要性。武帝果然也聽取了司馬相如的建議，於元封元年（前一一〇）在泰山舉行祭祀天地的封禪儀式。從司馬相如文章炙手可熱的程度來看，難怪被後人譽為「漢賦辭宗」。

為國請纓——終軍

終軍（約前一一二卒）少年時期已通達經書，博學善辯，是地方的風雲人物，十八歲被舉薦為博士弟子。終軍從家鄉濟南（今屬山東）西行準備入函谷關到長安，守關人員交與其一件絲帛製成的繻符，並說

93 **太始四年** 東方朔卒（前一五四？—）。代表作〈答客難〉、〈非有先生論〉。

91 **征和二年** 發生巫蠱之禍。

90 **征和三年** 《爾雅》約此前後成書。

87 **後元二年** 劉徹卒（前一五六—）。代表作〈瓠子歌〉、〈秋風辭並序〉、〈悼李夫人賦〉、〈求茂才異等詔〉。

音樂家李延年卒？（生年不詳）。代表作〈北方有佳人〉。

86 **昭帝（劉弗陵）始元元年** 司馬遷卒？（前一四五？—）。代表作〈報任安書〉、〈悲士不遇賦〉。著有《史記》。《二十四史》之一。為「紀傳體」的開創者。與東漢班固並稱「馬班」。

道：「此為出入關隘的信物，入關時持有一半，返關時再與另一半比合。」終軍當下把繻符丟擲在地，慷慨激昂地說：「大丈夫西遊，終不復返。」表明自己的志向遠大，入關後便要闖出一番功業，否則就沒有出關返鄉的打算。

終軍在朝中提出對治理國家的建議，頗得漢武帝的賞識，官拜「謁者給事中」（負責常侍皇帝左右與奉詔出使），命其出巡東方郡國。當終軍以使節身分出函谷關時，守關人員一眼就認出眼前這位手持符節的使者，正是先前拋棄繻符的青年，不禁對其不凡才志感到佩服。後來，朝廷想要派人出使匈奴國，但雙方當時的外交並不穩固，遠赴匈奴國的危險性相當高，終軍不顧個人安危上書自薦，表明其願意為國擔負此一重任，於是又被武帝擢升為「諫大夫」（依皇帝命令行事的官職）。

其後，南越王不肯歸順漢朝，終軍又自請出使南越，言其「願受長纓，必羈南越王而致之闕下」，意思是只要一根長繩，他就可以將南越王綁縛到漢宮闕下。等到終軍抵達南越，果然成功說服南越王歸漢，事成後，他還繼續留在南越坐鎮與安撫民心。由於南越的丞相呂嘉反對南越王歸順漢朝，舉兵發動叛變，不但殺了南越王，也把漢使者終軍一併殺害。

終軍死時僅二十餘歲，後人稱其「終童」，語含尊敬與惋惜之意，而其「棄繻」和「請纓」的舉措，也成了後來人們比喻年少才高志遠與勇於為國承擔重任的代名詞。

單位：年

西元前	朝代	帝王年號	文學大事
81	西漢	始元六年	漢昭帝下詔令各地推舉賢良、文學之士至長安，與中央官員議論鹽鐵、酒類政策，史稱「鹽鐵會議」。賢良、文學之士認為民間疾苦來自鹽鐵、酒類為官方壟斷，故請求官方應避免與民爭利。雙方經過一年的激辯，隔年決議酒類開放民營而鹽鐵仍由官方專賣。 漢使者蘇武此年被匈奴釋返，回到長安，其遭匈奴拘留十九年，堅持漢節不降（前一〇〇－）。

〈論六家要旨〉：司馬談（前一一〇卒）著，分析先秦六家學術派別特色的文章。六家指的是陰陽家、儒家、墨家、法家、名家與道家。

《春秋繁露》：董仲舒（約前一七九至前一〇四）著，政治哲學著作。董仲舒為治《春秋公羊傳》的大家，全書主要是以《春秋公羊傳》為宗旨，並採用陰陽、五行的說法，來附比自然災異與統治者的施政得失有一定的關連，目的在確立天人感應的神學理論。繁露，原是指冠冕所懸掛的玉串裝飾；此引申對《春秋》義理作最大的闡述與潤飾。

《周說》：虞初著，短篇小說集。見東漢班固《漢書・藝文志》記載，此書是虞初根據周朝歷史《周書》為本，寫成九百四十三篇的通俗小說。由於當時的小說家為儒家文人所輕視，毫無文學地位可言，因此《周說》到後來便失傳了。然而「虞初」卻成為小說的代名詞，如明人陸采《虞初志》、清人張潮《虞初新志》與鄭澍若《虞初續志》所編的短篇小說集，皆取「虞初」為書名。

巫蠱之禍：為漢武帝晚年所發生的一場宮廷政變。武帝染疾，其寵臣江充便誣陷是太子劉據以巫蠱（巫術的一種）詛咒武帝所致，太子因懼殺江充，武帝誤以為太子造反而發兵，太子兵敗後與母衛皇后（衛子夫）相繼自殺。等到事情真相大白，武帝知太子受冤，遂誅江充三族，並修建「思子宮」以表對太子的哀思。

77 **元鳳四年** 目錄學家、儒家學者劉向生？（－前六？）。

74 **元平元年** 孔安國卒？（前一五六？－）。傳其著有《尚書孔氏傳》。詩文作家李陵卒（生年不詳）。西漢名將李廣之孫。傳其作有〈答蘇武書〉、〈與蘇武詩〉（一般認定是後人偽作）。

61 **宣帝（劉詢）神爵元年** 約活動於宣帝在位時，生卒年皆不詳的作家群如下：辭賦作家王褒代表作〈九懷〉、〈洞簫賦〉、〈聖主得賢臣頌〉、〈四子講德論並序〉。作家路溫舒代表作〈尚德緩刑書〉。

《爾雅》：為中國現存最早的一部訓詁書。此書作者有周公或孔子門人等不同說法，至漢初由儒家學者輯文編纂成書。內容分成十九篇，前三篇〈釋詁〉、〈釋言〉、〈釋訓〉解釋一般語詞，後十六篇分類解釋各種名物。被列為儒家經典之一。

訓詁書：以解釋古籍中的文字或名物意義為主，兼及字形與字音的書。

《史記》：司馬遷著，中國第一部紀傳體通史。記載上自黃帝，下至漢武帝太初年間約三千年的歷史。《史記》初無固定書名，或稱《太史公書》，「史記」一詞原是古代史書的通稱，大約到了東漢末、三國初才成為《太史公書》的專用書名。內容分成十二本紀（記帝王之事）、三十世家（記諸侯的歷史）、八書（記典章、制度）、十表（大事年表）、七十列傳（人臣或知名人物的生平傳記以及司馬遷自序），共計一百三十篇。司馬遷《史記》與東漢班固《漢書》、西晉陳壽《三國志》、南朝宋范曄《後漢書》並稱「前四史」。

《二十四史》：中國歷代到明朝為止的二十四部史書之總稱。即《史記》、《漢書》、《後漢書》、《三國志》、《晉書》、《宋書》、《南齊書》、《梁書》、《陳書》、《魏書》、《北齊書》、《周書》、《隋書》、《南史》、《北史》、《舊唐書》、《新唐書》、《舊五代史》、《新五代史》、

單位：年

西元前	朝代	帝王年號	文學大事
60	西漢	神爵二年	蘇武卒（前一四〇？—）。傳其作有詩四首，被稱之〈蘇武詩〉（一般認定是後人偽作）。
55		五鳳三年	（古羅馬）詩人、哲學家盧克萊修（Lucretius）卒？（前九十九？—）代表作《自然論》。
54		五鳳四年	作家楊惲ㄩㄣˋ卒（生年不詳）。司馬遷之外孫。代表作〈報孫會宗書〉。 （古羅馬）抒情詩人卡圖盧斯（Catullus）卒？（前八十七？—）。代表作〈致蕾絲比亞〉。
53		甘露元年	作家桓寬生卒年不詳。其編《鹽鐵論》約此前後成書。 哲學家、辭賦家揚雄生（—十八）。 目錄學家、儒家學者劉歆生？（—二十三）。

《宋史》、《遼史》、《金史》、《元史》、《明史》等二十四部皆為紀傳體，是被歷來的朝代納為正統的史書，於清高宗乾隆四年（一七三九）欽定合稱《二十四史》。

紀傳體：史書體裁的一種。以為人物立傳記的方式來編述的史書。自司馬遷《史記》書成，此體裁為歷代修正史者所採用。

通史：史書體裁的一種。貫通古今各朝代的史書，相對於斷代史而言。

馬班：指司馬遷、班固。司馬遷開創以記錄人物生平事蹟為主的紀傳體；班固則是開創以斷代寫史的體例，兩人對後代書寫史書者的影響極大，故稱之。

通古今之變，成一家之言——司馬遷

司馬遷（約前一四五至前八十六）的祖先早在周朝便擔任史官的職務，其父親司馬談為漢武帝時的太史令，負責記錄史事與掌管天象曆法，其心願就是繼孔子《春秋》後著作一部通史。司馬談為了此書，甚至讓剛滿二十歲的司馬遷到大江南北遊歷，以便帶回更精準完整的相關史料。

之後司馬談病重，臨終前對司馬遷說：「自《春秋》寫成至今已近四百年，期間諸侯相互兼併，沒有人延續史書的撰寫。可是現在漢朝興起，海內外統一，在這大段漫長時間裡出現了多少明主賢君、忠臣死義之士，我身為太史令，卻沒有把他們記錄下來，

51 **甘露三年** 漢宣帝在長安未央宮石渠閣（西漢皇室藏書所在）召集諸儒討論五經異同，史稱「石渠閣會議」。與會者有蕭望之、韋玄成、劉向、戴德、戴聖等著名儒者。

漢宣帝命畫家摹繪十一位功臣圖像於未央宮麒麟閣，開後世圖畫功臣之風氣，史稱「麒麟閣十一功臣」。

49 **黃龍元年** 儒家學者戴德生卒年不詳。約活動於宣帝在位時。輯成《大戴禮記》。

48 **元帝（劉奭）初元元年** 女辭賦作家班婕妤（名字不詳）生？（一二？）。

45 **初元四年** 儒家學者戴聖生卒年不詳。戴德之姪。輯成《小戴禮記》。

44 **初元五年** （古羅馬）政治家、歷史學家凱撒（Caesar）卒（前一〇〇一）。代表作《內戰記》、《高盧戰記》。

內心感到十分恐懼，你可要仔細地想想啊！」

司馬遷哭著回道：「兒子雖然不才，但一定將先人所留下的舊聞史料編寫完成，不敢有任何的遺漏。」司馬談死後三年，司馬遷承繼父親太史令的官職，可以進出收藏國家重要文書的金匱石室，他決定不僅要補足《春秋》後到當代的史實，更要從遠古的黃帝時代開始書寫。

天漢二年（前九十九），司馬遷在朝上為李陵投降匈奴提出辯護，認為李陵以區區五千的兵力，深入匈奴境域，還能和匈奴的千萬人馬連打了十幾天，然在後援不到的情況下，才會先假意投降敵人，等到適當機會必會全力報效朝廷。司馬遷的這番說辭，激怒了武帝，下獄被處以宮刑，在獄中他也曾數度興起自殺的念頭，但一想到父親交代的史書尚未寫成，只好忍辱地苟活下來。

受完宮刑的司馬遷，悲痛之餘常借古來聖賢在遇到困難的當下，也多會發憤著述以抒發心中不平來砥礪自己，如周文王被囚禁才演算《周易》，孔子遭逢困厄才寫《春秋》，屈原被楚王流放才作〈離騷〉，左丘明失明後才有《國語》，孫臏被砍雙腳始整理成《孫臏兵法》等。他在〈報任安書〉提及其寫史書的目的是：「欲以究天人之際，通古今之變，成一家之言。」意即他想要藉由此書探究宇宙人生的關係，明察古往今來歷史的演變，成就自成一家的論述。這部傾司馬遷畢生心力而成的《太史公書》在面世後，不僅被後代譽為史學之宗，更是中國傳紀文學的代表作。

單位：年

西元前	朝代	帝王年號	文學大事
43	西漢	永光元年	〔古羅馬〕政治家、演說家西塞羅（Cicero）卒（前一〇六—）。代表作《論法律》、《論國家》、《論演說家》。
36		建昭三年	詩人韋玄成卒（生年不詳）。代表作〈自劾詩〉、〈戒示子孫詩〉。
35		建昭四年	〔古羅馬〕歷史學家薩盧斯特（Sallust）卒？（前八十六？—）。代表作《朱古達戰爭》、《喀提林陰謀》。
33		竟寧元年	漢元帝遣宮女王昭君（王嬙，字昭君）與匈奴和親。
32		成帝（劉驁）建始元年	史學家、經學家褚少孫生卒年不詳。成帝時擔任《魯詩》博士。其補司馬遷《史記》有錄無書十餘篇。

《尚書孔氏傳》：傳孔安國（約前一五六至前七十四）著，解釋《古文尚書》的著作。漢景帝之子魯恭王劉餘為拆孔子故居以擴大自己的宮殿時，發現孔宅壁中有周代蝌蚪文寫成的《尚書》書簡，比伏勝口傳以隸書寫成的二十九篇《今文尚書》多出十六篇，稱之《古文尚書》。至漢武帝時由孔子後人孔安國整理與注釋，並與伏勝所傳《今文尚書》合併成五十八篇。

《古文尚書》自漢至魏、晉皆藏於祕府（宮廷保管圖書的地方），至西晉永嘉之亂亡佚；到了東晉元帝時，豫章內史梅賾奏獻《古文尚書》與《尚書孔氏傳》，此後被立於學官而流傳下來。經過後代學者考證，已證實今存《古文尚書》與《尚書孔氏傳》乃魏晉時期之作。然而慶幸的是，伏勝口傳《今文尚書》確實為上古文獻，亦是與這部偽《古文尚書》併在一起才得以保存至今。

《鹽鐵論》：桓寬編，記錄漢昭帝時鹽鐵會議的文獻。昭帝始元六年（前八十一），召集各地推舉的賢良、文學六十餘人到長安，與御史大夫桑弘羊、丞相田千秋為首的官員共同討論鹽鐵官營、酒類專賣等問題。鹽鐵會議共歷時一年餘，官方與民間代表各自站在不同立場展開辯論，約至宣帝甘露元年（前五十三）時，由桓寬根據會議記錄整理成書，是研究西漢經濟政策的重要史料。

麒麟閣十一功臣：甘露三年（前五十一），漢宣帝命畫家摹繪十一位功臣圖像於未央宮麒麟閣，其

23 陽朔二年 學者、哲學家桓譚生？（－五十六？）。

19 鴻嘉二年 〔古羅馬〕詩人維吉爾（Virgil）卒（前七十－）。代表作《牧歌集》、《農事詩》、《埃涅阿斯紀》。

〔古羅馬〕詩人提布盧斯（Tibullus）卒？（前五十四？－）。代表作《哀歌》。

15 永始二年 〔古羅馬〕詩人普羅佩提烏斯（Propertius）卒？（前五十？－）。代表作《哀歌集》。

14 永始三年 作家、軍事家馬援生（－四十九）。

為霍光、張安世、韓增、趙充國、魏相、丙吉、杜延年、劉德、梁丘賀、蕭望之、蘇武。

《大戴禮記》：儒家學者戴德輯成，彙集先秦至秦、漢有關禮儀的論述。原有八十五篇，今本僅存三十九篇。

《小戴禮記》：儒家學者戴聖輯成，彙集先秦至秦、漢有關禮儀的論述，共四十九篇（一說為刪節《大戴禮記》而成，今人多不採信）。又名《禮記》，為今之傳本，是研究古代典章制度和儒家思想的重要著作，其中包含〈大學〉、〈中庸〉、〈禮運〉等著名篇章。

《史記》由褚少孫補寫的部分：〈孝景本紀〉、〈孝武本紀〉、〈將相年表〉、〈禮書〉、〈樂書〉、〈律書〉、〈三王世家〉、〈傅靳蒯成列傳〉、〈滑稽列傳〉、〈日者列傳〉、〈龜策列傳〉。

《別錄》：劉向（約前七十七至前六）所輯，中國最早的目錄學著作。為劉向整理校閱宮廷藏書，將書目分類並作成內容提要。原本已佚，今僅存散篇。

目錄學：指整理、研究各種圖書的學問，包括介紹內容主旨、探考學術源流，並對圖書進行分類、編制目錄等。後人又稱目錄學為「錄略之學」。

單位：年

西元前	朝代	帝王年號	文學大事
8	西漢	綏和元年	作家谷永卒？（生年不詳）。代表作〈災異對〉。［古羅馬］詩人賀拉斯（Horace）卒（前六十五－）。代表作《詩藝》、《諷刺詩集》。
6		哀帝（劉欣）建平元年	劉向卒？（前七十七？－）。代表作〈戰國策敘錄〉、〈諫營昌陵疏〉。輯有《別錄》、《說苑》、《新序》、《楚辭》、《列女傳》與《戰國策》（參見前二二一年）。

《新序》：劉向所輯，歷史故事類編。採集先秦至漢代的史實，旨在勸諫君主借前人前事之鑒而引以為戒。

《楚辭》：劉向所輯，南方楚地詩歌總集。以戰國屈原、宋玉作品為主，另收錄西漢賈誼、淮南小山、東方朔、王褒以及劉向等人的作品。

《說苑》：劉向所輯，歷史故事類編。收錄先秦至漢代的史事與遺聞軼事，並有作者的評論，以闡揚儒家的道德倫理觀念。

《列女傳》：劉向所輯，記錄中國古代卓才奇行婦女的故事集。書中內容多來自民間傳說，分為〈母儀傳〉、〈賢明傳〉、〈仁智傳〉、〈貞順傳〉、〈節義傳〉、〈辯通傳〉與〈孽嬖ㄅㄧˋ傳〉七類，共計百餘名女子的言行事蹟。

愛之欲同輦，棄之如秋扇——班婕妤

班婕妤（約前四十八至二）真實名字不詳，她不僅容貌美麗，且擅長辭賦，一進宮便獲得漢成帝的寵愛，被冊封為「婕妤」（古代妃嬪的稱號）。

成帝為了能與班婕妤一同出遊，特地命人建製一輛大型輦車（皇帝的坐車），孰料班婕妤堅持不跟成帝同車，她還勸諫成帝說：「自古聖賢君主外出時，都是賢能的臣子陪伴在側，只有夏桀、商紂、周幽王這三個末代君主，才有嬖女（出身卑微而受寵愛的女子）在旁陪侍。我唯恐影響皇上的聲譽，請容許臣妾

西元

2 ○ 平帝（劉衎ㄎㄢˋ）元始二年
班婕妤卒？（前四十八？—）。漢成帝之妃。代表作〈自悼賦〉、〈擣素賦〉、〈團扇歌〉（又名〈怨歌行〉）。

3 ○ 元始三年
史學家班彪生（—五十四）。

8 ○ 少帝（劉嬰）初始元年
王莽廢漢少帝，改國號為新。

17 ○ 新 王莽 天鳳四年
受到災荒的農民在綠林山（今屬湖北）起義，反對王莽政權，稱之「綠林起義」。
〔古羅馬〕歷史學家李維烏斯（Livius）卒？（前五十九？—）。代表作《羅馬史》。

無法隨您上車。」這件事情傳到成帝母親王政君的耳裡，對班婕妤的賢德讚佩不已。

不過，等到趙飛燕姊妹進宮後，成帝開始疏遠班婕妤，終日沉溺在趙家姊妹的溫柔鄉裡。鴻嘉三年（前十八）趙飛燕為鞏固自己的地位，向成帝舉發許皇后與班婕妤在後宮設立祝壇，欲以巫術求得皇帝的寵幸。成帝聽後大怒，立刻廢黜許皇后，更為此親自質問班婕妤。

班婕妤來見成帝，神色從容地說：「臣妾聽古人說過『死生有命，富貴在天』，修行正道都尚未得到福報，施以邪行能有什麼希望？若鬼神是有知的，想必也不會聽信花巧讒言；若鬼神是無知的，那麼說再多讒言又有什麼助益呢？臣妾是如何也不會去做的。」成帝覺得班婕妤言之有理，又見其態度坦蕩，不禁湧上一股憐憫之情，便賞賜黃金百斤與班婕妤。

班婕妤歷經這場風波，預料趙飛燕姊妹必會在後宮掀起一場血腥風暴，她向成帝自請到長信宮侍奉皇太后，從此遠離后妃間的明爭暗鬥。幽居在長信宮時，她將失寵的感傷化成文字，如〈團扇歌〉末六句寫著：「出入君懷袖，動搖微風發。常恐秋節至，涼飆奪炎熱。棄捐篋笥（指竹箱）中，恩情中道絕。」班婕妤借團扇自喻，言秋天前主人還將團扇隨時放入袖懷，但等到秋天一來，團扇馬上被主人棄置箱中，委婉地表露其遭受冷落的命運。從此人們遂以「秋風團扇」、「秋扇見捐」比喻女子色衰失寵。

【經今古文學】

形成於西漢末的經學研究兩大派別。漢初的經學

單位：年

西元	朝代	帝王年號	文學大事
18	新	天鳳五年	由農民所組成的赤眉（將眉塗成赤紅色）軍在瑯琊（今屬山東）起義，與王莽對抗。 揚雄卒（前五十三－）。代表作〈解嘲並序〉、〈趙充國頌〉、〈甘泉賦並序〉、〈羽獵賦並序〉、〈長楊賦並序〉、〈劇秦美新並序〉。今存殘文〈連珠〉，為「連珠體」的開創者。著有《太玄》、《方言》、《法言》。 ［古羅馬］詩人奧維德（Ovid）卒（前四十三－）。代表作《愛經》、《變形記》。
23	新	王莽 地皇四年	新朝亡。綠林軍攻進長安，殺王莽，共同推舉漢宗室劉玄為帝。
	漢	更始帝（劉玄） 更始元年	劉歆卒（前五十三？－）。劉向之子。代表作〈移書讓太常博士並序〉。編有《七略》。

原無今、古文的區別，到哀帝、平帝時，劉歆上書爭取立《古文尚書》、《左氏春秋》、《毛詩》等以先秦古文字流傳下來的經傳於學官，才產生「古文」的名稱。到了東漢，朝廷學官仍以今文經家為主，但古文經的勢力已日益壯大，迫使今文經家為堅持自己的學說立場，或是為維護自身的政治地位而結盟，「今文」成了古文經家對立於朝廷學官的經書、經義與經學博士的統稱。

東周戰國以來，經學的傳授多以師學或家學的模式口耳相傳，到了漢代才用當時通行的隸書著於竹帛，故稱「今文經」。今文經家注重的是章句義理的引申推演，好用陰陽、五行的說法導入經傳，使得天人感應、君權神授的思想深植人心，也造就了「讖緯之學」在兩漢的盛行。

古文，是相對於流行於漢代的隸書而言，主要是指秦、漢以前使用的古文字或籀文（大篆）。漢代出現的先秦經籍，傳有出於孔子舊宅壁，有收藏於宮廷祕府，有來自民間的獻書，這些用先秦文字寫成的經文被稱作「古文經」。古文經學派重視的是經文本義的詮釋與史實的梳理探究，與今文經學派迥然不同。兩派人馬自西漢末起爭論不休，直到東漢中末期，受到會通今古文經的馬融、鄭玄影響，今、古文之爭才逐漸落幕。

讖緯之學：將經學神學化的學說。漢代儒生借聖人之名在經書中附會讖語，或是藉由天象災異的徵兆，來預言未來人事的吉凶禍福。尤以西漢末的王莽與東漢光武帝，對讖緯更是篤信不疑，以此作為自己

25 東漢 光武帝（劉秀）

建武元年

漢更始帝劉玄在長安為赤眉軍所殺。

漢高祖九世孫劉秀遷都洛陽，延續漢朝政權，史稱「東漢」。後人稱劉秀復興漢室的史事為「光武中興」。綠林軍併入東漢官府部隊。

託名神農（真實作者不詳）《神農本草經》約此前後成書。

26 **建武二年**

作家朱浮生卒年不詳。代表作〈為幽州牧與彭寵書〉約此前後作。

27 **建武三年**

赤眉軍為漢光武帝派兵所滅。

哲學家王充生（—一〇〇?）。

30 **建武六年**

經學家賈逵生（—一〇一）。

〔古羅馬〕基督教創始人耶穌（Jesus Christ）卒?（前四?—）。門徒將其生前言教編成《新約聖經》。

領受天命而居帝位的憑證。

連珠體：文章體裁的一種，開創者為揚雄（前五十三至十八）。其特色是文章篇幅短小，不直接道出事情，而是藉由串連的事例或比喻委婉地傳達意旨。由於文字優美，詞句連續，有如連貫的珍珠，故名「連珠」。有關連珠體的起源，另有一說認為始於戰國的韓非，然韓非並無以「連珠」命名的作品，而是後人從韓非的文章追溯其與連珠體相仿。

《太玄》：揚雄著，哲學思想著作。主在闡述揚雄的哲學觀點及其宇宙論思想，又稱《玄經》或《太玄經》、《揚子太玄經》。書中運用陰陽、五行和當時的天文、曆法知識，並以占卜的形式描繪一個世界圖式，為仿《周易》之作。

《方言》：揚雄著，為中國現存第一部比較方言詞彙的著作。早在周朝與秦朝已有人開始採集各地方言，揚雄以周、秦兩代殘存的資料作為基礎並加以整理，前後共耗費二十餘年才完成此書，被視為方言學史上的重要著作。

《法言》：揚雄的學術著作。書中極力推崇儒家孔子的仁義思想，強調為學與知識的重要，為仿《論語》之作。

《七略》：劉歆（約前五十三至二十三）編，目錄學著作。劉歆根據其父劉向《別錄》內容刪繁就

單位：年

西元	朝代	帝王年號	文學大事
32	東漢	建武八年	史學家、辭賦家班固生（－九十二）。名將班超生（－一〇二）。
34		建武十年	道教創始人張陵（道教信徒稱其張道陵）生？（－一五五？）。
40		建武十六年	史學家袁康生卒年不詳。約活動於光武帝在位時。傳其著有《越絕書》。辭賦作家傅毅生？（－九〇？）。

簡，分成〈輯略〉、〈六藝略〉、〈諸子略〉、〈詩賦略〉、〈兵書略〉、〈術數略〉、〈方技略〉七類，論述學術的源流以及探討各門學問的宗旨，其後東漢班固便是依據《七略》寫成《漢書‧藝文志》。由於《七略》原本已佚，今人可從《漢書‧藝文志》窺知其梗概，另清代學者有整理輯本。

《神農本草經》：記載古代藥物的著作。書中收錄藥物（其中藥草占多數，動、礦物類占少數）三百六十餘種，詳述其名稱、別名、性味、功效、產地、採集時間等藥物相關知識。原本已佚，今存後人整理之輯本。

《越絕書》：傳袁康著，記載吳、越兩國史事、地理之著作。內容除記錄吳、越長年交戰的歷史經過外，亦詳實描述吳、越的山川、物產與自然時序變化等地理環境。

三班：指班彪、班固、班昭。三人皆為東漢著名史家，故稱之。另有一說認為三班為班氏父子，指的是班彪、班固在史學方面的貢獻，以及班超對穩定東漢邊防的貢獻。

《新論》：桓譚（約前二十三至五十六）著，政治哲學著作。書中表達其政治、社會思想，反對讖緯神學與方士卜筮之說。原本已佚，清代學者有整理輯本。

44 ○ **建武二十年** 史學家、辭賦作家李尤生？（一一二六？）。

49 ○ **建武二十五年** 馬援卒（前十四—）。代表作〈戒兄子嚴、敦書〉。
女史學家班昭生？（—一二〇？）。
〔古羅馬〕寓言作家費德魯斯（Phaedrus）卒？（生年不詳）。代表作《寓言集》。

54 ○ **建武三十年** 班彪卒（三—）。代表作〈王命論〉、〈北征賦〉、〈覽海賦〉。其著《漢書》未成而歿，後由子女班固、班昭接力完成。與子班固、女班昭並稱「三班」。

56 ○ **中元元年** 桓譚卒？（前二十三？—）。著有《新論》。

《吳越春秋》：趙曄著，記載東周春秋時期吳、越兩國史事的著作。除描寫當時的史實外，還摻雜不少遺聞逸事，書中部分內容的敘述類似小說手法，含有虛構誇張的成分。

安貧守志的隱士——梁鴻

梁鴻少有才名，個性耿介，因不願在官場上事權貴，與人同流合汙，偕同妻子孟光隱居在霸陵（今屬陝西）山，平日以耕種、織布為業，閑暇以讀書、彈琴自娛，生活雖然清苦，但梁鴻與孟光卻是甘之如飴。

某日，梁鴻有事經過京都洛陽，見到富麗雄偉的宮殿，感嘆帝王貴族寧可耗盡人民的血汗勞力來大興土木，也不願替可憐的老百姓設想，於是吟了一首〈五噫之歌〉：「陟彼北芒（爬上洛陽附近的北芒山）兮，噫！顧覽帝京兮，噫！宮室崔嵬兮，噫！人之劬勞兮，噫！遼遼未央（無窮無盡）兮，噫！」這首詩傳到宮中，章帝非常不悅，下令通緝梁鴻。梁鴻連忙改名換姓，與孟光逃往齊、魯（今屬山東）之間。

過了一段時日，梁鴻與妻小們又從齊魯搬到吳地（今屬江蘇），住在大戶人家皋伯通的廊下小屋，每日替人舂米以維生。皋伯通發現梁鴻返家吃飯時，孟光都會用雙手捧著飯食到與眉齊的高度，恭敬地請梁鴻用膳。皋伯通心裡想著，一個雇工能受到妻子這般地敬重，肯定不是泛泛之輩，便邀請梁鴻全家住進自己的宅府，並對其相當禮遇。後人便把孟光「舉案齊眉」的行止，用來比喻為夫妻之間相敬如賓，情感深

單位：年

西元	朝代	帝王年號	文學大事
58	東漢	明帝（劉莊）永平元年	辭賦作家馮衍卒？（生年不詳）。代表作〈顯志賦〉。史學家趙曄生卒年不詳。約活動於光武帝、明帝在位時。著有《吳越春秋》。文字學家許慎生？（－一四七？）。
65		永平八年	〔古羅馬〕悲劇作家塞內加（Seneca）卒（前四？－）。代表作《米蒂亞》、《特洛伊女人》。〔古羅馬〕詩人盧坎（Lucan）卒（三十九－）。代表作《法撒利戰記》。
66		永平九年	〔古羅馬〕小說家佩特羅尼烏斯（Petronius）卒（生年不詳）。代表作《薩蒂利孔》。
68		永平十一年	佛教傳入中國後，在京都洛陽建成中國第一座佛寺「白馬寺」（一說永平十二年〔六十九〕）。

厚。

《白虎通義》：東漢章帝白虎觀會議的資料匯編。建初四年（七十九），漢章帝會集博士、諸儒等人於白虎觀，詔其共同講論、考訂五經經義的異同，章帝並親自裁決各方辯論之奏議，統一今文經義，後由班固將會議結論撰錄成書。內容主要是以陰陽、五行之說來解釋自然變化與社會生活的一切現象，又稱《白虎通》或《白虎通德論》。

文史詩賦的大家——班固

綜觀班固（三十二至九十二）一生於文史詩賦的建樹，在文壇上可說是蔚為奇觀。在史學方面，班固承繼父親班彪遺志著述《漢書》，是為斷代史之祖，與前輩史家司馬遷《史記》齊名，斷代史也成為後代正史所採用的體例。

除優秀的史學素養外，班固也擅長辭賦，為「漢賦四大家」之一，尤其是結構宏偉、富於文采的〈兩都賦〉，更是鋪寫京都長篇大賦的代表作，其後張衡〈二京賦〉、左思〈三都賦〉等，無不受到〈兩都賦〉的啟發。

在詩歌方面，班固歌詠西漢孝女緹縈救父的〈詠史詩〉，乃今存最早一首文人具名的五言詩，此詩雖遭南朝齊、梁人鍾嶸批評為「班固詠史，質木無文」，但不可否認的是，就形式而言，班固確實為詩歌體裁開闢了新的領域，對詩歌日後的演進發展有重大的影響。

晚年班固隨車騎將軍（將領名號，位僅次於大

70 ◎ **永平十三年** 學者馬續生?（—一四一?）。

76 ◎ **章帝（劉炟ㄉㄚˊ）建初元年** 漢章帝與父漢明帝在位期間，崇尚儒術，提倡文教，重視農業，為東漢政治的穩定期，史稱「明章之治」。
詩人梁鴻生卒年不詳。約此前後經過洛陽，作〈五噫之歌〉。

77 ◎ **建初二年** 書法家、辭賦作家崔瑗生（—一四二或一四三）。（一說七十八生。）

78 ◎ **建初三年** 辭賦作家杜篤卒（生年不詳）。代表作〈論都賦〉。
發明家、辭賦家張衡生（—一三九）。

79 ◎ **建初四年** 漢章帝召集學者於洛陽未央宮白虎觀討論五經同異，史稱「白虎觀會議」。會後由班固撰集議奏成《白虎通義》。
學者馬融生（—一六六）。
「古羅馬」作家老普林尼（Pliny the Elder）卒（二十三?—）。代表作《自然史》。

將軍與驃騎將軍）竇憲出征北匈奴，大勝後登燕然山（今屬蒙古國），竇憲命班固刻石記功，班固在此寫下傳世名篇〈封燕然山銘並序〉，文中「一勞而久逸，暫費（付出一時的代價）而永寧」句，至今仍是人們的常用語。

此外，班固在寫給弟弟班超的信裡說：「武仲（傅毅的字）以能屬文，為蘭臺令史（東漢時負責校圖籍、治理文書的官職），下筆不能自休。」傅毅和班固皆負有文名，也都擔任過蘭臺令史，但班固顯然認為傅毅的文章太過冗長，不知何時該停下筆來是其缺點。這段本是兄弟之間的閑話家常，孰知竟被三國魏文帝曹丕收在《典論・論文》，並以此作為「文人相輕，自古而然」的實例，這應該也是向來以行文嚴謹、用詞典雅著稱的班固所想不到的結果吧！

【古詩】

古詩，詩歌體裁的一種，相對於唐代興起的「近體詩」而言，又稱「古體詩」或「古風」。古詩是由樂府詩演變而成，風格深受樂府民歌的影響，語言樸素自然，情感真切寫實為其特色；樂府詩中有部分不入樂的詩，以及唐代之前的詩，都屬於古詩的範圍。

古詩的格律除對仗、平仄不拘外，押韻亦無一定的規則，大多為隔句押韻，韻腳平仄不限，可以自由換韻。古詩的篇幅長短、句數多寡並無限制，有每句皆為四字、五字、六字、七字的四言、五言、六言、七言詩，也有每句字數不一、長短相間的雜言詩。其中以五言和七言為古詩的大宗，一般認為五言詩的年代先於七言詩。

單位：年

西元	朝代	帝王年號	文學大事
82	東漢	建初七年	政論家王符生？（–一七〇？）。
89		和帝（劉肇）永元元年	班固隨竇憲出征，大破匈奴，作〈封燕然山銘並序〉。
90		永元二年	傅毅卒？（四〇？–）。代表作〈舞賦並序〉。
92		永元四年	班固卒（三十二–）。班彪之子。代表作除前所列，另有〈幽通賦〉、〈詠史詩〉、〈兩都賦並序〉、〈答賓戲並序〉。著有《漢書》。 作家崔駰卒（生年不詳）。代表作〈達旨〉、〈四巡頌〉。與子崔瑗、孫崔寔並稱「三崔」。

古詩的作者目前多難以確定其真實身分，傳最早的一首成熟且具名的五言詩是班固〈詠史詩〉，一般認定最早的一首成熟七言詩是曹丕〈燕歌行〉。古詩的重要代表作首推由十九首五言詩組成的〈古詩十九首〉，另如蔡琰的〈悲憤詩〉，一向被視為是五言古詩中長篇敘事詩的代表作。

《漢書》：中國第一部紀傳體斷代史書。記載西漢一代歷史的著作，自漢高祖元年（前二〇六）起，到新朝王莽地皇四年（二十三），共二百二十九年的歷史。《二十四史》之一。內容分成十二本紀、八表、十志、七十傳，共一百篇；其體例與《史記》不同的是，《漢書》將《史記》所稱之「書」改名為「志」，「列傳」簡稱「傳」，「世家」併入「傳」中。《漢書》由班彪先寫成六十五篇，初名《史記後傳》，後其子班固續之。

班固死，東漢和帝命班固之妹班昭入東觀（皇宮內貯藏典籍、檔案的處所）補作；後班昭死，再命馬續輯錄而成。也就是說，《漢書》前後共經四人之手才得以成書。

斷代史：史書體裁的一種。專記某一時代的歷史，相對於通史而言。

三崔：指崔駰ㄧㄣ與其子崔瑗，以及崔瑗之子崔寔ㄕˊ，祖孫三人在當時皆有文名，故稱之。

《論衡》：王充（約二十七至一〇〇）著，哲學

100 **永元十二年** 王充卒？（二十七—）。著有《論衡》。
（古印度）詩人、戲劇家馬鳴（Asvaghosa）生卒年不詳。約活動於一世紀。代表作《舍利弗》、《佛所行贊》。傳其著有《大乘起信論》。

101 **永元十三年** 賈逵卒（三十一—）。注有多部古文經書，如《古文尚書訓》、《春秋左氏解詁》等，多已亡佚。

102 **永元十四年** 班超卒（三十二—）。班彪之子，班固之弟，班昭之兄。代表作〈上疏求代〉、〈請兵平定西域疏〉。其長駐西域三十年，促使西域諸國歸附漢朝，是穩固漢與西域關係的重要將領。

104 **永元十六年** （古羅馬）詩人馬提雅爾（Martial）卒？（四十？—）。善作銘辭、諷刺短詩。

思想著作。旨在對古今的學說衡量輕重、評論是非與辨別真偽。王充運用當時的自然科學知識，提出「人不能以行感天，天亦不隨行而應人」的觀點，大力批判了盛行於朝野的符瑞災異、天人感應之說。

《女誡》：班昭（約四十九至一二〇）著，論述婦女道德規範的著作。旨在告誡婦女遵循男尊女卑、三從四德等傳統倫理標準。

《漢書》由班昭補寫的部分：班昭原計要補寫八表與〈天文志〉，然其未寫成而死，後〈天文志〉由馬續（約七十至一四一）補成。

《東觀漢記》：紀傳體史書。記載東漢光武帝到靈帝時期的史書。由於進行修史的地點在宮廷藏書所在「東觀」而得名，又名《東觀記》。修撰時間自明帝開始，後又經過數次易人增修，直到獻帝建安年間為止，由於在劉珍、李尤（約四十四至一二六）等人參與編纂後，《東觀漢記》始具規模，故一般多掛名劉珍為主要編修者。

《楚辭章句》：王逸著，注解《楚辭》的著作。是今存《楚辭》最早的注本。

《說文解字》：許慎（約五十八至一四七）著，為中國現存第一部有系統地分析字形與考證字源的字書，簡稱《說文》。全書按文字形體與偏旁構造分成五百四十部，共收錄九千三百餘字。許慎總結前人對

單位：年

西元	朝代	帝王年號	文學大事
105	東漢	元興元年	宦官蔡倫獻紙，後被東漢安帝封為「龍亭侯」，故其所改良的紙張又稱「蔡侯紙」。古代書寫多用竹簡或縑帛（質地細薄的絲織品），然竹簡不便攜帶，縑帛成本昂貴，蔡倫以樹皮、麻頭、破布、魚網等廉價物料製成紙張，成功改善了造紙的技術。
108		安帝（劉祜） 永初二年	經學家趙岐生？（—二〇一）。
113		永初七年	〔古羅馬〕作家小普林尼（Pliny the Younger）卒？（六十二？—）。老普林尼的養子。代表作《書信集》。
117		元初四年	〔古羅馬〕歷史學家塔西佗（Tacitus）卒？（五十五？—）。代表作《歷史》、《編年史》。

於「六書」的理論，歸納出一套研究文字的系統，其在每一文字（字體為小篆）下解釋字義，進而分析字形的構造，其後再說明讀音，是歷來研究中國古文字、古音者的重要工具書。六書，指中國文字的六種創造方法，即象形、指事、會意、形聲、轉注、假借。

字書：以解釋字的形體為主，兼及字音、字義的書。

《周易參同契》：傳魏伯陽著，道教經典。內容主要是借《周易》爻象論述煉丹成仙之術。作者將易理、黃老之學以及爐火煉丹三方面的學問融合，認為人若想求長生不死，必須順從陰陽變化，掌握乾坤六十四卦的運行規律加以修煉，即是所謂的煉丹。煉丹又分成「內丹」與「外丹」兩種。內丹，即是把自己的身體當成鼎爐來修煉精、氣、神，以達到養生、延年益壽乃至成仙的境地。外丹，指的是通過燒煉鉛、汞、硫磺等礦石，或摻入草藥，進而煉成長生不死的丹藥。此書對道教修煉術的影響甚大，故有「丹經之祖」之稱。

《老子想爾注》：傳張陵（約三十四至一五五）著，道教經典。又名《老君道德經想爾訓》。藉由注解道家老子《道德經》，以宣揚道教教義，今僅存殘本。

黨錮之禍：東漢桓、靈帝時期，士大夫、太學生

120

元初七年

班昭卒？（四十九？—）。班彪之女，班固、班超之妹。代表作〈東征賦〉、〈為兄超求代書〉。著有《女誡》。協助父兄著《漢書》。

史學家劉珍生卒年不詳。約活動於安帝在位時。鄧太后此年下詔劉珍、李尤等人續修《東觀漢記》。

〔古羅馬〕諷刺作家琉善（Loukianos）卒？（一二〇？—）。代表作《諸神的對話》。

125

延光四年

〔古羅馬〕傳記作家普魯塔克（Plutarch）卒？（四十六？—）。代表作《希臘羅馬名人傳》。為羅馬帝國時期的希臘作家。

126

順帝（劉保）
永建元年

李尤卒？（四十四？—）。代表作〈函谷關賦〉。曾與劉珍等人纂修《東觀漢記》。

學者王逸生卒年不詳。約活動於安帝、順帝在位時。著有《楚辭章句》。

127

永建二年

經學家鄭玄生（—二〇〇）。

〔古羅馬〕詩人朱文納爾（Juvenal）卒？（六〇？—）。善作諷刺詩。

反對宦官專權而遭禁錮或殺害的政治事件。黨錮，宦官以「黨人」罪名「禁錮」士人終身不得做官而得名。

《潛夫論》：王符（約八十二至一七〇）著，政治哲學著作。主張治國以富民為根本，人民以教育學習為基礎，並對盛行於當時的讖緯之學提出強烈質疑，書中亦揭露不少東漢政治與社會的黑暗面。王符著書的目的主在諷刺政治得失，但又不想彰顯自己的名聲，故將其書取名《潛夫論》。

《政論》：崔寔（約一七〇卒）著，政治思想著作。主張國家制度應根據局勢變化而有所改變。原本已佚，部分內容保存於南朝宋人范曄《後漢書》及唐人魏徵《群書治要》中。

《四民月令》：崔寔著，農業專著。除記錄農作物種植時令與栽種方法外，也介紹了當時的紡織、釀酒、製藥等技術。原本已佚，部分內容保存於北魏人賈思勰《齊民要術》。

《春秋公羊傳解詁》：何休（一二九至一八二）著，闡釋《春秋公羊傳》的著作。《十三經注疏》之一。解詁，用當代語解釋古代語言。

《十三經注疏》：十三部儒家經書及其注疏的彙編本。南宋學者擇選歷來十三部儒家經書較佳的注本與疏本彙整合刊。十三經，指的是《易》、《毛詩》、《尚書》、《周禮》、《儀禮》、《禮記》、

單位：年

西元	朝代	帝王年號	文學大事
129	東漢	永建四年	經學家何休生（—一八二）。
130		永建五年	辭賦作家趙壹生？（—一八八？）。
132		陽嘉元年	辭賦作家、書法家蔡邕生（—一九二）。（一說一三三生。）作家邯鄲淳生？（—二二一？）。
139		永和四年	張衡卒（七十八—）。代表作〈思玄賦〉、〈二京賦〉、〈同聲歌〉、〈歸田賦〉、〈四愁詩並序〉。其精於天文曆算，發明渾天儀與候風地動儀。
141		永和六年	馬續卒？（七〇？—）。馬融之兄。奉命補寫班昭未成之《漢書．天文志》。
142		漢安元年	崔瑗卒（七十七或七十八—）。（一說一四三卒。）崔駰之子。代表作〈座右銘〉、〈草書勢〉、〈遺令子寔〉。

《左傳》《公羊傳》、《穀梁傳》、《論語》、《孟子》、《孝經》、《爾雅》。

黃巾之亂：由太平道創始人張角所領導的大規模農民起義，其組織以頭戴黃巾為標幟，並喊出「蒼天已死，黃天當立」的口號起兵反抗東漢政權。

月旦評：許劭是東漢末的名士，其與族兄許靖在故鄉汝南（今屬河南）時，喜好對人物進行評論，以定其高下，常於每月初一變更新的品題。凡是經其品評的人，立刻聲名大噪，身價不凡，在當時頗具影響力。相傳「治世之能臣，亂世之奸雄」便是出自許劭對曹操的評語。由於許劭為汝南人，故其主持的評論又有「汝南月旦」之稱。月旦，原指每月初一，後引申為品評人物。

《風俗通義》：應劭著，考證歷代名物、風俗、神話、傳聞的著作。又名《風俗通》。書中保存了大量當時的社會生活史料，也對流傳已久的迷信習俗提出駁正。

《理惑論》：牟融著，中國佛教論述著作。又名《牟子》或《牟子理惑論》。作者主要針對佛教傳入中國後所引起的議論與責難予以辯解，除記述釋迦牟尼出家、成道、傳教等生平事蹟外，也對佛教戒律、佛經卷數與生死問題提出討論。原本已佚，今本為南朝梁人僧祐《弘明集》所輯成。

147 **桓帝（劉志）建和元年**

許慎卒？（五十八？—）。著有《說文解字》。

辭賦作家王延壽生卒年不詳。約活動於順帝到桓帝在位時。王逸之子。代表作〈魯靈光殿賦並序〉。

約活動於桓帝在位時，生卒年皆不詳的作家群如下：

詩人秦嘉代表作〈贈婦詩〉。

女詩人徐淑代表作〈答夫詩〉。秦嘉之妻。

煉丹道士魏伯陽傳其著有《周易參同契》。

148 **建和二年**

史學家、政論家荀悅生（—二〇九）。

150 **和平元年**

詩人酈炎生（—一七七）。

〔古印度〕文藝理論家婆羅多（Bharata）生卒年不詳。約活動於二世紀。代表作《舞論》。

153 **永興元年**

詩文作家孔融生（—二〇八）。

155 **永壽元年**

張陵卒？（三十四？—）。傳其著有《老子想爾注》。

政治家、詩文作家曹操生（—二二〇）。

〈古詩十九首〉：由十九首五言詩組成。非一人一時之作，其名稱源自南朝梁人蕭統在編《昭明文選》時，將成於東漢末的十九首五言詩彙集一起，並為其下了「古詩十九首」這個標題。詩的內容主要呈現東漢政局的混亂、文人有志難伸的無奈、遊子羈旅在外的思親情緒，及其面對人生聚散無常的感慨。

官渡之戰：曹操與袁紹的軍隊相持於官渡（今屬河南），後曹軍擊潰袁軍，曹操統一北方。

《毛詩箋》：鄭玄（一二七至二〇〇）著，注解《毛詩》的著作。《十三經注疏》之一。

《周禮注》：鄭玄著，注解《周禮》的著作。《十三經注疏》之一。

《儀禮注》：鄭玄著，注解《儀禮》的著作。《十三經注疏》之一。

《禮記注》：鄭玄著，注解《禮記》的著作。《十三經注疏》之一。

《孟子章句》：趙岐（約一〇八至二〇一）著，注解《孟子》的著作。《十三經注疏》之一。

用悲憤書寫苦命人生——蔡琰

蔡琰，東漢陳留人，原字昭姬，到晉時為避武帝司馬昭的諱，改字文姬，是文學家蔡邕的女兒。蔡琰

單位：年

西元	朝代	帝王年號	文學大事
157	東漢	永壽三年	詩文作家陳琳生？（－二一七）。
160		延熹三年	〔古羅馬〕歷史學家蘇埃托尼烏斯（Suetonius）卒？（七〇－）。代表作《十二凱撒列傳》。
165		延熹八年	〔古羅馬〕歷史學家阿庇安（Appianus）卒？（九十五？－）。代表作《羅馬史》。
166		延熹九年	黨錮之禍開始（－一八四）。馬融卒（七十九－）。代表作〈長笛賦並序〉。其注有多部儒家經典，均已失傳。
170		靈帝（劉宏）建寧三年	王符卒？（八十二？－）。著有《潛夫論》。政論家崔寔卒？（生年不詳）。崔瑗之子。著有《政論》、《四民月令》。曾參與史書《東觀漢記》增修工作。

自小耳濡目染，亦精通詩文與音律。

蔡琰初嫁衛仲道，丈夫不幸短命而亡，蔡琰因未有子女而回到娘家陳留（今屬河南）居住。後董卓專權被殺，董卓的餘黨開始作亂，四處掠奪婦女和財物，蔡琰就是在這樣動亂的時局，輾轉來到了南匈奴，被迫成為南匈奴左賢王的妾，並與其生下二子。建安十二年（二〇七），曹操念及昔日與蔡邕的交情，派人打聽到蔡琰的下落，特地遣使者帶著黃金、玉璧到南匈奴贖蔡琰歸漢。

返回中原的蔡琰，奉曹操的命令，再嫁陳留同鄉董祀。董祀因故犯了死罪，蔡琰為救丈夫一命，不顧天氣嚴寒，她蓬首徒行，親自去向曹操叩頭請罪，說出來的話令在場人士無不感到鼻酸。曹操憐憫其坎坷境遇，同意赦免董祀。

蔡琰以其親身經歷寫成了一首五言長篇敘事詩〈悲憤詩〉，內容自董卓作亂、被虜至匈奴開始，到別子回國，不得不與親生骨肉分離的悲慟，至歸漢奉曹操令再嫁為止。詩末六句寫道：「託命於新人，竭心自勗勵。流離成鄙賤，常恐復捐棄。人生幾何時，懷憂終年歲。」足見其對曾經流離在外，委身於匈奴的過往深感自卑，總憂心遲早會遭到丈夫的拋棄。蔡琰從其青春寫到暮年，如實敘述自己一路歷經戰亂與顛沛遷徙，以及數度身不由己的改嫁，都是潛伏在她心中永遠難以消歇的創痛。

赤壁之戰：東漢獻帝建安十三年（二〇八），孫權與劉備聯軍，在赤壁（今屬湖北）擊敗曹操，奠定三國鼎立的局面。

171 建寧四年 詩文作家徐幹生（—二一七）。

173 熹平二年 辭賦作家禰衡生（—一九八？）。

175 熹平四年 蔡邕上奏請求訂正經籍文字。其將七種經文以當時通行的隸書刻在石碑上，歷時九年，至光和六年（一八三）刻成。詩文作家楊脩生（—二一九）。

177 熹平六年 酈炎卒（一五〇—）。代表作〈見志詩〉。辭賦作家王粲生（—二一七）。

180 光和三年 政論家仲長統生（—二二〇）。［古羅馬］思想家奧理略（Aurelius）卒（一二一—）。代表作《沉思錄》。

181 光和四年 作家、軍事家諸葛亮生（—二三四）。

182 光和五年 何休卒（一二九—）。著有《春秋公羊傳解詁》。《十三經注疏》之一。

建安七子：指活動於東漢獻帝建安年間的七位文人，其為孔融、陳琳、王粲、徐幹、阮瑀、應瑒、劉楨。此七人同時被相提並論首見於曹丕《典論・論文》。

夙慧少年——孔融

孔融（一五三至二〇八）是孔子二十世孫，十歲跟隨父親到達京城洛陽。李膺是當時人們心目中的清流雅士，被推舉為「天下楷模」，若不是名士或自家親戚，李膺從不隨便會客，後進學人如能獲得李膺的接待或提引，就會被稱作「登龍門」，聲譽瞬間水漲船高。

年僅十歲的孔融，想知道傳聞中的李膺究竟是個怎樣的人，他到李府門前，對守門的人說：「我是李膺的親戚。」守門人通報後，孔融便被邀請入坐。李膺見到孔融，問道：「你和我有什麼親戚關係呢？」孔融回答：「從前我的祖先孔子和你家的祖先老子（李耳）有師生的關係（孔子曾向老子問禮）。所以，我和你也是累世之交啊！」李膺與家中的賓客無不對孔融的回答感到驚奇。不久，太中大夫（掌管議論的官職）陳韙ㄨㄟˇ也來到了李府，賓客把孔融剛才那席話講給陳韙聽。陳韙很不以為然地說道：「小時了了（聰明伶俐），大未必佳。」孔融立刻回應陳韙：「想君小時，必當了了！」頓時，陳韙的臉上滿是尷尬，不知該說什麼才好。李膺見狀，笑著說：「相信這個孩子長大後，必然能成大器！」

誠如李膺所言，成年後的孔融，不僅是漢魏文學的重要代表「建安七子」之一，更是受當時士人尊敬

單位：年

西元	朝代	帝王年號	文學大事
183	東漢	光和六年	蔡邕此年將其刻成的七種經文，立於京都洛陽太學門外，計有《魯詩》、《尚書》、《周易》、《儀禮》、《春秋》、《春秋公羊傳》、《論語》。由於刻經始於熹平四年（一七五），故稱「熹平石經」，又稱「漢石經」，是中國最早刻於石碑上的官定儒家經本。近代陸續有殘石出土。
184		中平元年	黨錮之禍結束（一六六－）。黃巾之亂開始（－二〇七）。
186		中平三年	詩人繆襲生（－二四五）。
187		中平四年	文評家、皇帝詩人曹丕生（－二二六）。
188		中平五年	趙壹卒？（一三〇？－）。代表作〈窮鳥賦〉、〈刺世疾邪賦〉。
189		獻帝（劉協）永漢元年	東漢末名士許劭與其族兄許靖喜評論人物，常於每月初一更換議題，時稱「月旦評」。學者應劭生卒年不詳。約活動於靈帝、獻帝在位時。著有《風俗通義》。

的名儒，其正直敢言的作風，多次激怒曹操。曹操後借孔融上書反對禁酒令一事，以「謗訕朝廷」、「大逆不道」等罪名下令捉拿孔融入獄。

當使者到孔融家抓人時，孔融希望使者能放過其兩名幼子，當時他的大兒子才九歲，小兒子也只有八歲，但其中一個兒子卻對孔融說：「父親豈見過『覆巢之下，復有完卵乎』（傾覆的鳥巢下面，還會有完好的鳥卵嗎？比喻整體一旦毀滅，個體也無法倖存）？」最後孔融全家都被曹操誅殺。孔融與其子在年少所展現的才智，也成了後世早慧人物的絕佳代表。

《漢紀》：荀悅（一四八至二〇九）著，中國第一部編年體斷代史書。記載西漢一代歷史的著作，記事起於西漢高祖元年（前二〇六），止於新朝王莽地皇四年（二十三）。

〈孔雀東南飛〉：漢代樂府長篇敘事詩的代表作。作者不詳，據南朝梁、陳人徐陵編《玉臺新詠》題「焦仲卿妻」作，近人取詩的首句「孔雀東南飛」為題，詩序寫道：「漢末建安中，廬江府小吏焦仲卿妻劉氏，為仲卿母所遣，自誓不嫁，其家逼之，乃投水而死。仲卿聞之，亦自縊於庭樹。時人傷之，為詩云爾。」由於人、事、地名在序中記載詳實，後人多認為〈孔雀東南飛〉是根據當時社會的一件婚姻悲劇所寫成的，而後在民間口頭流傳。

詩的內容描述東漢建安年間，廬江府（今屬安徽）小吏焦仲卿的妻子劉蘭芝嫁到焦家三年，夫妻感情深摯，只是平民出身的劉蘭芝一直不為焦母所喜，

190	初平元年	玄學家何晏生？（—二四九）。詩文作家應璩生（—二五二）。〔古羅馬〕小說家阿普列尤斯（Apuleius）卒？（一二四？—）。代表作《金驢記》。
191	初平二年	佛教學者牟融生卒年不詳。傳其所著《理惑論》約此前後成書。
192	初平三年	蔡邕卒（一三二或一三三—）。代表作〈釋誨〉、〈青衣賦〉、〈述行賦〉、〈靜情賦〉、〈郭有道碑文並序〉、〈陳太丘碑文並序〉。辭賦作家、詩文作家曹植生（—二三二）。
195	興平二年	經學家王肅生（—二五八？）。
196	建安元年	曹操迎漢獻帝至許昌，以皇帝名義發號施令，為曹操「挾天子以令諸侯」之始。作家李康生？（—二六五？）。〈古詩十九首〉約此前後作。
198	建安三年	禰衡卒？（一七三—）。代表作〈鸚鵡賦並序〉。
200	建安五年	發生官渡之戰。鄭玄卒（一二七—）。著有《毛詩箋》、《周禮注》、《儀禮注》、《禮記注》。其兼採今古文學說注經，為漢代經學之集大成者。

不斷逼迫焦仲卿休妻另攀高門。焦仲卿基於孝道倫常，不敢拂逆母親，勸說劉蘭芝暫返娘家，等過些時日再想辦法接她回來，劉蘭芝明白離開之後，必定是回不了這個家了，她把當年帶來的六七十箱嫁妝留給丈夫作紀念，希望丈夫睹物思人，不要忘記她。臨行前，焦仲卿信誓旦旦對妻子說：「不久當還歸，誓天不相負。」劉蘭芝回說：「君當作磐石，妾當作蒲葦。蒲葦紉如絲，磐石無轉移。」強調兩人不渝的情感正如磐石一樣穩固，也像蒲葦一樣堅韌。

孰料，劉蘭芝回到娘家不久，陸續有縣令、太守請人前來為子說媒，劉蘭芝的兄長令其改嫁，甚至認為劉蘭芝先前嫁的不過是府吏，日後能嫁與太守之子，前後地位不僅天差地遠，與太守家的聯姻更可榮耀家門。隻身投靠娘家的劉蘭芝，自知無法改變兄長的決定，她表面應承了兄長，實已立下殉情的心意。

焦仲卿得知劉蘭芝改嫁的消息，趕在婚前一天來相見，其言：「賀卿得高遷。磐石方且厚，可以卒千年。蒲葦一時紉，便作旦夕間。卿當日勝貴，吾獨向黃泉。」意在諷刺妻子的變心。劉蘭芝生氣地回說：「何意出此言？同是被逼迫，君爾妾亦然。黃泉下相見，勿違今日言。」兩人各自還回家門，劉蘭芝攬起裙子、脫下絲履，縱身跳池自盡，焦仲卿在拜別母親後，自縊於庭樹東南枝下，完成兩人相見黃泉的約定。

詩末云：「兩家求合葬，合葬華山傍。東西植松柏，左右種梧桐。枝枝相覆蓋，葉葉相交通。中有雙飛鳥，自名為鴛鴦。仰頭相向鳴，夜夜達五更。行人駐足聽，寡婦起彷徨。多謝後世人，戒之慎勿忘。」

單位：年

西元	朝代	帝王年號	文學大事
201	東漢	建安六年	趙岐卒（一〇八？—）。著有《孟子章句》。 約活動於二、三世紀，生卒年皆不詳的外國作家群如下： 〔古印度〕戲劇家首陀羅迦（Sudraka）代表作《小泥車》。 〔古印度〕戲劇家跋娑（Bhasa）代表作《驚夢記》。 〔古印度〕佛學思想家龍樹（Nagarjuna）代表作《中論》。
204		建安九年	史學家韋昭生（—二七三）。
205		建安十年	皇帝詩人曹叡ㄖㄨㄟˋ生（—二三九）。
207		建安十二年	黃巾之亂結束（一八四—）。 劉備「三顧茅廬」請隱居隆中（一說在今河南南陽。一說在今湖北襄陽）的諸葛亮出山相助。諸葛亮向劉備分析天下形勢，提出占取荊、益二州，聯合孫權，對抗曹操等策略，史稱「隆中對」。 女詩人蔡琰生卒年不詳。蔡邕之女。被虜至匈奴十二年，此年曹操遣使者持重金將其贖回。代表作〈悲憤詩〉、〈胡笳十八拍〉。

詩人在抨擊焦仲卿、劉蘭芝夫婦受到封建禮教、門第觀念迫害而不幸致死之餘，仍不忘給予故事一個浪漫的結尾，其通過墓地旁松柏梧桐枝葉接連，以及樹上一對鴛鴦鳥夜夜相鳴到天亮的描寫，象徵著這對在現實生活中爭取不到婚姻自主的有情人，死後精神終獲自由，得以化為鴛鴦雙棲雙飛，繼續在人世未了的情緣。

〈孔雀東南飛〉全詩敘事縝密緊湊，情節曲折起伏，人物形象鮮明，語言技巧純熟，更重要的是其點出人生而對婚戀自主渴望的主題，使這首詩至今傳誦不歇，成為漢樂府詩中最傑出的代表作。

《中論》：徐幹（一七一至二一七）著，政治倫理專著。內容多在論述處事、修養與君臣關係，也有對當時的政治現象提出針砭。

《典論》：曹丕（一八七至二二六）著，評論專著。論述議題包括政治、社會、文化、文學等多方面。書中多數篇章的內容多已散佚，今存最著名的就是《典論・論文》，被視為是中國第一篇文學批評專論。

令蔡邕倒屣而迎的異才——王粲

王粲（一七七至二一七）的祖父是人稱「天下俊秀」的名士王暢，與蔡邕同為當時的士大夫所敬重。王粲少時即有才名，當他十三歲時，前來拜訪與祖父王暢齊名的蔡邕，蔡邕一聽說是王粲到來，立刻丟下滿屋子的賓客，連鞋子都來不及穿上，便倒拖著鞋子

212	211	210	209	208

建安十三年 發生赤壁之戰。名醫華佗為曹操所殺。華佗擅長外科手術，首創酒服麻沸散（已失傳的麻醉配方）為病人開刀治療，其著醫書《青囊經》已失傳。

孔融卒（一五三－）。代表作〈六言詩〉、〈臨終詩〉、〈薦禰衡表〉、〈論盛孝章書〉、〈與曹公論禁酒書〉。「建安七子」之一。

辭賦作者邊讓卒？（生年不詳）。代表作〈章華臺賦〉。

建安十四年 荀悅卒（一四八－）。代表作〈申鑑〉。著有《漢紀》。

建安十五年 詩人阮籍生（－二六三）。

曹操在鄴城（今河北臨漳西南）築銅雀臺落成。曹植約此年作〈銅雀臺賦〉。

建安十六年 曹植作〈述行賦〉、〈離思賦〉。

古樂府詩〈孔雀東南飛〉約此前後作。

建安十七年 詩文作家阮瑀卒（生年不詳）。代表作〈駕出北郭門行〉、〈為曹公作書與孫權〉。

曹丕憐憫剛過世的阮瑀妻子孤弱，作〈寡婦賦〉。

跑出來迎接。「倒屣」也成了後人形容熱情迎接賢才或貴賓的用語。

當眾人發現才學顯著、德高望重的蔡邕，親自接待的竟是一名貌不驚人的少年時，無不大吃一驚。蔡邕這才向大家介紹說：「此乃王暢的孫子王粲，他的才華傑出，連我都比不上呢！」蔡邕之後甚至還把自家的萬卷藏書贈與王粲，展現對後生的賞識與顧惜，兩人這段相差四十多歲的忘年交情，也成了文壇的佳話。

《釋名》：劉熙著，解釋詞義的專書。全書採用聲訓的方式來解釋詞義。聲訓，就是以同聲或發音相近的字來推求語言的由來。《釋名》將名物分成二十七類，分別是天、地、山、水、丘、道、州國、形體、姿容、長幼、親屬、言語、飲食、綵帛、首飾、衣服、宮室、床帳、書契、典藝、用器、樂器、兵、車、船、疾病、喪制。

聰明反被聰明害——楊脩

楊脩（一七五至二一九）出身高門士族，其父楊彪與祖輩四代皆位居太尉（全國軍事的最高長官），楊脩與曹操之子曹植交情友好，曹操知楊脩才智不凡，命其擔任主簿（掌管文書簿籍與印鑑）職務。

有一回，曹操率領眾人經過孝女曹娥的墓碑，見墓碑背面有當代名士、書法家蔡邕所題「黃絹幼婦，外孫齏ㄐㄧ臼」八字。曹操不明其意，便問一旁的楊脩：「你知道這八字的意思嗎？」楊脩回說：「知道。」曹操連忙說：「你現在不要告訴我，我要靠自己想出來。」一行人繼續往前走了約三十里路，曹操

單位：年

西元	朝代	帝王年號	文學大事
214	東漢	建安十九年	曹植作〈東征賦〉。楊脩作〈出征賦〉。
215		建安二十年	作家潘勖卒（生年不詳）。代表作〈冊魏公九錫文〉。作家、醫學家皇甫謐生（—二八二）。
216		建安二十一年	曹操進爵魏王，加九錫（古代帝王賜與臣子九種器物，是一種最高賞賜），使用天子旌旗，戴天子旒冕（帝王戴的帽子），出入稱警蹕（於帝王經過的道路前實施管制，阻止人車通行）。曹植作〈與楊德祖書〉。
217		建安二十二年	陳琳卒（一五七?—）。代表作〈答東阿王牋〉、〈飲馬長城窟行〉、〈為袁紹檄豫州文〉、〈為曹洪與魏文帝書〉、〈檄吳將校部曲文〉。徐幹卒（一七一—）。代表作〈室思〉、〈答劉楨〉。著有《中論》。王粲卒（一七七—）。代表作〈雜詩〉、〈七哀詩〉、〈公讌詩〉、〈初征賦〉、〈從軍詩〉、〈詠史詩〉、〈登樓賦〉、〈贈文叔良〉、〈贈士孫文始〉、〈贈蔡子篤詩〉。

忽然對楊脩說：「你把答案寫出來，看與我想到的是否一樣？」

楊脩寫出「絕妙好辭」四字，意思是，黃絹是有色的絲，隱射「絕」字；幼婦指少女，隱射「妙」字；外孫乃女兒之子，也就是女子，隱射「好」字；齏臼，是用來搗碎辛辣食物的石臼，也就是受辛，隱射「辭」字。曹操告訴楊脩說：「我雖也想出了答案，但我的才智與你相差有三十里路啊！」

曹操擔心遭人暗算，經常叮嚀侍衛說：「我在夢裡喜歡殺人，要是我睡著了，你們千萬不可靠近。」半夜，曹操身上的被子掉到地上，一名侍衛向前拾起被子給曹操蓋好，曹操竟起身拔劍把侍衛殺了，然後又迅速地躺回床上睡覺，醒來驚訝地問左右說：「是誰殺了我的侍衛？」大家才把原委講出來，曹操聞後大哭，決定厚葬這名侍衛。很快地，「曹操在夢裡真能殺人」這件事便傳開了，楊脩對此只淡淡地說：「我看不是丞相在夢裡，是你們在夢裡啊！」曹操聽到楊脩的說法，對楊脩愈感厭惡。

之後，曹操在漢中與蜀軍對峙日久，雖欲進軍攻打，卻有蜀將阻檔在前，想要收兵回洛陽，又恐被蜀軍恥笑，正在猶豫不決的當下，廚房送來一碗雞湯，曹操看見碗裡的雞肋，喃喃念出「雞肋」兩字，楊脩一聽，連忙回營收拾行李，準備回去洛陽。有人問楊脩怎知曹操有退兵的打算，楊脩說：「丞相口中的『雞肋』，語含食之無味、棄之可惜的意思。以我軍目前的情勢，進攻無法得勝，退兵遭人恥笑，但留在此地又毫無益處，我料定丞相最後會下令收兵。」

曹操知道後大怒，以擾亂軍心的罪名殺掉楊脩。

218 **建安二十三年**

詩人劉楨卒（生年不詳）。代表作〈雜詩〉、〈公讌詩〉、〈贈徐幹〉、〈贈從弟〉、〈贈五官中郎將詩〉。

詩人應瑒卒（生年不詳）。應劭之姪。代表作〈別詩〉、〈弈勢〉、〈侍五官中郎將建章臺集詩〉。

詩人傅玄生（－二七八）。

曹丕《典論》約此前後成書。

曹植悼念王粲，作〈王仲宣誄並序〉。

作家繁欽卒（生年不詳）。代表作〈定情詩〉、〈與魏文帝牋〉。

219 **建安二十四年**

蜀將關羽為孫吳軍所擒殺。關羽，字雲長，為人忠勇仁義，後世尊其「武聖」、「關公」、「關聖帝君」。

楊脩卒（一七五－）。代表作除前所列，另有〈答臨淄侯〉。

東漢末，生卒年皆不詳的作家群如下：

詩人辛延年代表作〈羽林郎〉。

訓詁學家劉熙著有《釋名》。

然曹操的心思果然也被楊脩料中，不久魏軍便從漢中退兵。事實上，曹操自立曹丕為太子，便一直在找機會殺楊脩，因楊脩與其另一子曹植為莫逆，曹操憂心曹植若有聰敏的楊脩輔佐，日後勢必危及曹丕的地位，故先找藉口替曹丕除去後患。

楊脩死後，曹操為彌補楊彪失去愛子的悲痛，特意贈與楊彪許多物品。某日，曹操遇到楊彪，問說：「太尉近來怎瘦得如此嚴重？」楊彪回說：「慚愧自己並沒有金日磾（西漢武帝的寵臣）殺死做錯事兒子的先見之明，但終究我還是懷有像老牛舔舐小牛般的情感啊！」這也是成語「舐犢之愛」的由來，比喻父母對子女的疼愛。

魏晉南北朝文學

魏晉南北朝文學指的是三國、兩晉、五胡十六國、南朝、北朝時期的文學，也是中國政權處於分裂的一個階段。

在漢代極盛的儒學走到魏晉已經式微，以東漢末、三國魏初三曹父子、建安七子為代表的建安文學，到三國魏時以竹林七賢為代表的正始文學，以及西晉以潘岳、左思、陸機等人為代表的太康文學，至東晉陶淵明所開創出的田園詩風，文人歷經朝代更迭前後政治環境的爭鬥殘殺，目睹社會經濟的動亂不安，開始自覺文學與儒學之間精神內涵的別異，也更加重視作品的抒情作用。

三國魏文帝曹丕《典論·論文》是現存最早的一篇文學批評專論，其後西晉陸機〈文賦〉、南朝梁劉勰《文心雕龍》、鍾嶸《詩品》等文學批評理論文章或專著相繼問世，先後對作家的稟性才情，以及作品的構思、風骨、神韻、修辭和藝術表現等問題進行探討，文學的獨立價值和社會地位也因而獲得提昇。

西晉時期，文人對於語言技巧與聲律格式愈加重視，到了南朝，講究華采、用典與對仗的駢文遂成為當時文壇的主流形式。除駢文之外，魏晉南北朝也是小說體裁的定型期，古代傳下的神話故事雖包含小說的素材，但還稱不上是小說，直到後人歸為筆記小說的東晉干寶《搜神記》與南朝宋劉義慶《世說新語》出現，小說文體始有關鍵性的進展。

南北朝不僅在政權上形成南北對立的局面，緣於地理、文化與生活習慣的差異，表現在民歌方面也是南北各自精彩，南北朝民歌中的南朝民歌多為抒發青春愛戀之作，文字婉轉細膩，如〈子夜歌〉、〈子夜四時歌〉等；北朝民歌多偏重社會生活的描寫，語言直率豪放，如〈敕勒歌〉、〈木蘭辭〉等。

單位：年

西元	朝代	帝王年號	文學大事
220	魏	文帝（曹丕） 黃初元年	東漢獻帝禪位曹丕，東漢亡。曹丕稱帝，國號魏，史稱「曹魏」。 魏吏部尚書陳群此年制定「九品中正制」，確立魏晉南北朝的官吏選拔制度。 曹操卒（一五五－）。代表作〈求賢令〉、〈度關山〉、〈苦寒行〉、〈短歌行〉、〈蒿里行〉、〈薤ㄒㄧㄝˋ露行〉、〈步出夏門行〉〈卻東西門行〉。著有《孫子略解》。與子曹丕、曹植並稱「三曹」。三曹與建安七子的詩文被稱之「建安文學」。 仲長統卒（一八〇－）。代表作〈述志詩〉。著有《昌言》。
221	魏 蜀漢	文帝 黃初二年 昭烈帝（劉備） 章武元年	劉備稱帝，國號漢，史稱「蜀」或「蜀漢」。 發生夷陵之戰。 邯鄲淳卒？（一三二？－）。代表作〈投壺賦〉、〈曹娥碑文〉。著有《笑林》。 作家羊祜生（－二七八）。
222	魏	文帝 黃初三年	史學家、軍事家杜預生？（－二八四？）。

九品中正制：其主要內容是在郡設置小中正，在州設置大中正，中正的職權是評議人才的家世、道德、才能，由小中正以九等（上上、上中、上下、中上、中中、中下、下上、下中、下下）排定高下，上報大中正核實後轉呈司徒，經司徒再審後作為授官的依據，可以說是根據漢代的察舉制為基礎並加以改良的結果。九品中正制到了西晉，家世幾乎成為選才的唯一標準，也因而造成「上品無寒門，下品無世（或「勢」）族」的現象，直到隋代科舉制度出現始廢除此制。世族，世代做官的家族。勢族，極有權勢的家族。

《孫子略解》：曹操（一五五至二二〇）著，注解《孫子兵法》的著作。是今存《孫子兵法》最早的注本。

三曹：指曹操、曹丕、曹植。父子三人皆長於文學，且為建安文學的領導人物，故稱之。

建安文學：指興起於東漢獻帝建安年間的一種創作風格。曹操以其當時在政壇的領導地位，大力搜羅天下優秀文士，其中最著名的就是建安七子，也促成當時文學蓬勃發展的局面。三曹與建安七子都親身歷經戰亂的痛苦，其作品多以感時傷世、抒發心志懷抱為主題，展現出慷慨悲涼、明朗遒健的風格，被後人譽為「建安風骨」或「建安風力」。由於曹丕在曹操死後廢漢稱帝，此一文風從東漢末延續到曹魏，故又稱「漢魏風骨」。

223 黃初四年

思想家劉劭生卒年不詳。著有《人物志》。奉魏文帝敕令與眾學者編成《皇覽》。

詩人嵇康生（—二六二或二六三）。

曹植奉其兄文帝詔赴京，到達京都卻久不被召見，作〈上責躬詩〉。

曹植與異母弟曹彪自京都準備返回各自封地，離別前作〈贈白馬王彪〉。

224 黃初五年

作家李密生？（—二八七？）。

225 黃初六年

作家鍾會生（—二六四）。

226 黃初七年

曹丕卒（一八七—）。曹操之子，曹植之兄。代表作除前所列，另有〈雜詩〉、〈善哉行〉、〈燕歌行〉、〈芙蓉池作〉、〈與吳質書〉、〈與鍾大理書〉。

玄學家王弼生（—二四九）。

227 魏 明帝（曹叡） 太和元年

諸葛亮北伐曹魏前作〈出師表〉。

蜀漢 後主（劉禪） 建興五年

228 魏 明帝 太和二年

曹植請求其姪明帝重用，作〈求自試表〉。

《昌言》：仲長統（一八〇至二二〇）著，政治思想著作。昌言，即當言，為本當說出來的意思。仲長統在書中多借古今時俗政事來論述其政治觀點，共有三十四篇，原本已佚，南朝宋人范曄《後漢書》存錄〈法誡〉、〈理亂〉、〈損益〉三篇。

夷陵之戰：蜀漢君主劉備在夷陵（今屬湖北）對孫吳發動的戰役，隔年孫吳大將陸遜擊敗蜀軍。

《笑林》：邯鄲淳（約一三二至二二一）著，小說笑話集。是中國第一部笑話集，原本已佚，部分內容保存於唐人歐陽詢《藝文類聚》及北宋人李昉《太平廣記》、《太平御覽》等類書中。

《人物志》：劉劭著，品鑑人物的理論著作。作者在書中提出其品評人物才性高下的原則，包括考察人物的言行是否合乎義理，以及由人物的舉止識別其與內在精神是否名實相副。

《皇覽》：劉劭與眾學者編，類書。曹魏文帝下令諸儒輯錄經傳，將古籍內容分類編排以便於查詢。皇覽，供皇帝閱覽之意。《皇覽》向來被視為是中國第一部類書，至隋、唐時失傳。

類書：彙集各種書籍中的資料，然後按其內容分類編排，以便查尋、徵引的工具書。

單位：年

西元	朝代	帝王年號	文學大事
229	魏	明帝 太和三年	孫權稱帝，國號吳，史稱「東吳」或「孫吳」。
	吳	大帝（孫權） 黃龍元年	
230	魏	明帝 太和四年	作家吳質卒（生年不詳）。代表作〈答東阿王書〉、〈答魏太子箋〉。
231		太和五年	辭賦作者成公綏生（－二七三）。 曹植請求明帝允許諸王按時入京朝見天子，兄弟骨肉得以敘親情，作〈求通親親表〉。
232		太和六年	曹植卒（一九二－）。曹操之子，曹丕之弟。代表作除前所列，另有〈情詩〉、〈雜詩〉、〈七哀詩〉、〈三良詩〉、〈白馬篇〉、〈名都篇〉、〈美女篇〉、〈箜篌引〉、〈贈丁儀〉、〈贈丁翼〉、〈贈王粲〉、〈洛神賦並序〉、〈泰山梁甫行〉、〈野田黃雀行〉。 作家張華生（－三〇〇）。
233		太和七年	訓詁學家張揖生卒年不詳。約活動於明帝在位時。著有《廣雅》。 史學家陳壽生（－二九七）。

【文學批評】

指按照一定的認知標準，對作家作品和文學現象所作的研究分析和評價。作家作品包含文學創作、文學體裁、作者在文章中展現的才性與氣勢等；文學現象則涵蓋了文學運動、文學思潮和文學流派等。

文學批評者的審評準則，就是其衡量文學作品思想價值的內在尺度。早在東周春秋時孔子已提出了「詩可以興，可以觀，可以群，可以怨」，強調文學的社會功能性；孔子又說「不學詩，無以言」，表明文學與人文修養的密切關聯。其後，戰國時的孟子曾語「頌其詩，讀其書，不知其人可乎？是以論其世也」，認為文學作品和作家的生活思想、時代背景密不可分，只有了解作者所處的歷史環境，才能客觀且正確地評論文學作品的內涵與價值。

魏晉南北朝，曹丕《典論‧論文》一面世，是為中國首篇文學批評專論，接著陸機〈文賦〉、劉勰《文心雕龍》、鍾嶸《詩品》等評論著作相繼完成，中國文學批評體系到此才有了較完整的發展，「文學」也擺脫了長久以來被視為等同「經學」的包袱，開啟屬於文學創作者個人自由揮灑的一片天空。爾後，文評家論判文學作品的準繩，不再是只有審其內容的立意深淺、社教功能，也多會兼顧其形式美學、情感共鳴的表現。

公子之豪，八斗之才——曹植

曹植（一九二至二三二）年少下筆成章，言出為論，其在鄴城（今屬河北）「銅雀臺」落成時，當眾揮灑出文情並茂的〈銅雀臺賦〉，深獲父親曹操的激

234	魏 明帝	青龍二年	諸葛亮卒（一八一—）。代表作除前所列，另有〈誡子書〉。著有《心書》、《便宜十六策》。
	蜀漢 後主	建興十二年	詩人應貞生？（—二六九）。
236	魏 明帝	青龍四年	作家何劭生？（—三〇二？）。
239		景初三年	曹叡卒（二〇五—）。曹丕之子。代表作〈長歌行〉、〈種瓜篇〉、〈甄皇后哀策文〉。 詩人棗據生？（—二八九？）。 詩人傅咸生（—二九四）。
243	齊王（曹芳）	正始四年	作家曹冏生卒年不詳。曹操同族兄弟之子。此年作〈六代論〉。 作家夏侯湛生？（—二九一？）。 史學家司馬彪生？（—三〇六？）

賞，認定其為諸子中「最可定大事」者，有意將王位傳與曹植。只是曹植的行事作風一向豪情任性，飲酒也不知節制，更曾違反法紀，擅開「司馬門」（有士兵守衛的宮門）外出。曹操逐漸對曹植感到失望，決定立曹丕為太子。

曹操去世，同年冬天，曹丕逼迫漢獻帝禪讓，登上帝位。曹丕始終對這個曾被父親看重的手足心存猜忌，先是殺害了曹植身邊的親信丁儀、丁廙二兄弟，又命曹植七步成詩，否則便要處以重刑。曹植有感而發，當下吟出：「煮豆持作羹，漉豉以為汁。萁在釜下燃，豆在釜中泣。本自同根生，相煎何太急？」意思是煮熟的豆子將要做成湯羹，過濾豆渣成為湯汁。豆莖是鍋子底下的燃料，豆子在鍋子裡哭泣。豆莖和豆子本來就是同根生出的，如今又何必急迫地相互煎熬呢？詩中借萁豆相煎比喻兄弟相殘。曹丕聽了臉上雖有愧色，但仍下令曹植與其他兄弟必須遷徙到各自封地，並規定各諸侯不得互相往來，甚至派人隨時在旁監控其在封地的一舉一動。

黃初四年（二二三），曹植與眾兄弟同返京都洛陽朝見曹丕，其兄弟中有位驍勇善戰，亦是曹操生前口中的「黃鬚（一臉黃色鬍鬚）兒」曹彰（曹丕之弟，曹植之兄，三人皆為卞氏所生）竟在宮中暴斃，有人傳出是曹丕嫉妒曹彰的才能，故意在曹彰的食物下毒所致。

等到朝見時間結束，諸侯王又得返回封地，曹植希望能與異母弟曹彪一路東行，不料卻遭到負責監視的官員阻止。曹植一方面承受曹彰驟逝的悲慟，一方面憂心與曹彪一別後，再見不知何期，感憤之餘寫下

單位：年

西元	朝代	帝王年號	文學大事
245	魏	正始六年	繆襲卒（一八六－）。代表作〈挽歌詩〉、〈魏鼓吹曲〉。
247		正始八年	詩人、辭賦家潘岳生（－三〇〇）。
248		正始九年	作家趙至生？（－二八五？）。文論家摯虞生？（－三一一？）。
249		嘉平元年	何晏卒（一九〇？－）。代表作〈景福殿賦〉。著有《論語集解》。開啟「玄學」、「清談」之風潮，亦是「正始體」的代表之一。與王弼齊名，人稱「王何」。王弼卒（二二六－）。著有《周易注》、《道德經注》。詩人石崇生（－三〇〇）。〔古希臘〕傳記作家菲洛斯特拉托斯（Philostratos）卒？（一七〇？－）。代表作《詭辯家傳》、《提阿納人阿波羅尼奧斯傳》。
250		嘉平二年	作家潘尼生？（－三一一？）。

〈贈白馬王彪〉這首名篇，其先是強忍傷痛，安慰曹彪說：「丈夫志四海，萬里猶比鄰。」意指大丈夫志在四方，兄弟縱使相距萬里，心也好像在身旁；其後情緒一轉地寫道：「倉促骨肉情，能無懷苦辛。」感嘆至親骨肉兄弟就要匆匆離別，怎能不滿懷痛苦和辛酸！

歷來文人對曹植的詩文大多推崇備至，像是南朝宋的山水詩人謝靈運說過：「天下才有一石，曹子建獨占八斗，我得一斗，天下共分一斗。」南朝梁文評家劉勰對曹植的評語為：「陳思以公子之豪，下筆琳琅。」子建是曹植的字，其生前最後的封地在陳郡，諡號（古代君主依死者生前事蹟而給予的稱號）「思」，故世稱「陳王」或「陳思王」。

《廣雅》：張揖著，研究古書詞義的著作。仿照訓詁書《爾雅》體裁編成，蒐集的詞彙比《爾雅》更加廣泛，為研究漢、魏以前詞語的重要工具書。

《心書》：諸葛亮著，兵書。主在論述為將之道與治軍方法。

《便宜十六策》：諸葛亮著，兵書。全書分成十六方面說明治國、治軍之道，故稱「十六策」。

識時務之俊傑——諸葛亮

諸葛亮（一八一至二三四），字孔明，人稱「臥龍先生」，早年隱居隆中（一說在今河南南陽臥龍。一說在今湖北襄陽古隆中），以務農為生。當時劉備

252 嘉平四年 應璩卒（一九〇—）。應劭之子，應瑒之弟。代表作〈百一詩〉、〈與滿公琰書〉、〈與從弟君苗君冑書〉、〈與侍郎曹長思書〉、〈與廣川長岑文瑜書〉。
辭賦家左思生？（—三〇五？）。
玄學家郭象生？（—三一二）。

254 高貴鄉公（曹髦） 女詩人左棻生？（—三〇〇？）。
正元元年 詩人嵇紹生（—三〇四）。

255 正元二年 詩人張協生？（—三一〇？）。

258 甘露三年 王肅卒？（一九五—）。編撰《孔子家語》。
嵇康〈與山巨源絕交書〉約此前後作。

投靠荊州（今屬湖南、湖北）州牧（一州的最高長官）劉表，受命駐屯於新野（今屬河南），他從高士司馬徽處聽聞諸葛亮是一位了解當今時務局勢的俊傑，便親自到諸葛亮在隆中的草屋拜訪，至第三次才與諸葛亮見面。

劉備向諸葛亮請教興復漢室、成就大業的對策。諸葛亮告訴劉備說：「如今曹操在北方擁兵百萬人，挾天子以令諸侯，依目前的局勢，自是無法與其爭鋒。孫權在江東的基業已傳了三代，將來可以成為將軍的助力，所以不能有所圖。至於統治荊州的劉表和統治益州（今屬四川、陝西）的劉璋資質平庸，絕非立業之主，而荊、益兩州的地理位置險要，可以當作將軍日後復興漢室的基地。」

諸葛亮又進一步地分析：「將軍若有心成就霸業，北方已讓曹操占盡天時，南邊的孫權則占了地利，而將軍可以利用的就是深得人心的優勢。故要先取荊州為家，然後再拿下益州建立基業，這樣便能形成三國鼎足之勢！」

劉備聽了之後，竭誠請求諸葛亮出山相助。有了諸葛亮的輔佐，劉備的氣勢如虎添翼，使得曹操和孫權都不敢掉以輕心。尤其經過赤壁之戰，一切果真應驗了諸葛亮在隆中的預言，天下分成曹操、孫權、劉備三強鼎立的局面。

諸葛亮不僅精通用兵之道，更善於工心計，傳其著有一部《心書》，其中寫道：「善將者，因天之時，就地之勢，依人之利；則所向者無敵，所擊者萬全矣。」意指一位優秀的將領，知道如何因應天時、掌握地勢、依附人和的有利條件；如此一來，這支軍

單位：年

西元	朝代	帝王年號	文學大事
261	魏	元帝（曹奐） 景元二年	辭賦作者束晢生？（－三〇〇？）。 書法家、辭賦家陸機生（－三〇三）。
262		景元三年	嵇康卒（二二三－）。（一說二六三卒。）代表作除前所列，另有〈琴賦〉、〈雜詩〉、〈幽憤詩〉、〈養生論〉、〈贈秀才入軍〉。「竹林七賢」之一。 詩人陸雲生（－三〇三）。
263		景元四年	漢後主劉禪降魏，蜀漢亡。 阮籍卒（二一〇－）。阮瑀之子。代表作〈詠懷詩〉、〈大人先生傳〉、〈奏記詣蔣公〉、〈為鄭沖勸晉王牋〉。
264		咸熙元年	鍾會卒（二二五－）。代表作〈檄蜀文〉。
265	西晉	武帝（司馬炎） 泰始元年	魏元帝禪位司馬炎，魏亡。司馬炎稱帝，國號晉，史稱「西晉」。 李康卒？（一九六？－）代表作〈運命論〉。 魏末晉初，生卒年皆不詳的作家群如下： 向秀代表作〈難養生論〉、〈思舊賦並序〉。其著《莊子隱解》未完而卒，已佚；相傳向秀未完成的文稿後為郭象取得，郭象補作未完部分成自家著作《莊子注》。 劉伶代表作〈酒德頌〉。

隊必定非常強盛，所到之處，無人敢與之抗衡。可見諸葛亮相當重視天時、地勢與人和的優勢，這也是造就其成為一代謀臣與賢相的主要因素。

玄學：指魏、晉時期形成的一種哲學思潮。此學說揉合對《周易》、《老子》、《莊子》經義的研究，主在探討萬物的根源，辨析事物的本末與形名等議題。玄，源出《老子・第一章》之「玄之又玄，眾妙之門」，意指道的幽微精妙，深不可測；另外，當時人們把《周易》、《老子》、《莊子》合稱「三玄」，表明這三部經書的學問深奧玄妙。由於玄學談論的都是虛無玄遠的義理，完全不涉及政事與民生，此一風氣又被稱作「玄談」、「清言」或「清談」。

清談：本始於東漢末為選拔官吏的需要，文人名士經常聚集一起討論時政或評議人物，時稱「清議」。然到了魏、晉時，人們議論的主題已由品鑑人物轉成談論玄理。至東晉，已有大量的梵文佛經譯成中文，佛家思想迅速傳布，除道、儒學說外，佛理也成為清談人士的討論內容。

正始體：指曹魏齊王正始年間至曹魏政權結束，前後二十餘年以玄學為主流的一種文學風貌，又稱「正始文學」或「正始之音」。此時期正值司馬氏家族專權，政治環境相當險惡，文人開始對以往所謂經世濟民的儒家經學產生動搖，繼而轉向從道家清靜無為、逍遙自在的思想中尋求心靈慰藉，也因此促成魏、晉玄學的發展。正始文學的代表人物可分為

267 泰始三年 作家裴頠（ㄨㄟˇ）生（－三〇〇）。

269 泰始五年 應貞卒（二三四？－）。應璩之子。代表作〈晉武帝華林園集詩〉。

270 泰始六年 作家歐陽建生？（－三〇〇）。詩人劉琨生？（－三一八？）。

273 西晉 武帝 泰始九年 韋昭卒（二〇四－）。代表作〈博弈論〉。編修《吳書》。

吳 末主（孫皓） 鳳凰二年 成公綏卒（二三一－）。代表作〈嘯賦〉。

276 西晉 武帝 咸寧二年 詩人、訓詁學家郭璞生（－三二四）。

兩派，一派以何晏、王弼為主，其崇尚老、莊，喜好玄談，作品以抒發道家志趣為主，兼融儒家思想，擅長運用老、莊義理闡釋經學；另一派以嵇康、阮籍為主，其同樣鍾情老、莊自然無為之道，熱中清言，作品以表現個人曠達心志為主，輕視儒家的封建傳統與禮教觀念。

王何：指何晏、王弼。兩人皆出身貴族，崇尚道家老、莊學說與儒家《周易》，喜好談論玄虛的道理，故稱之。

《論語集解》：何晏（約一九〇至二四九）著，解釋《論語》的著作。《十三經注疏》之一。

《周易注》：王弼（二二六至二四九）著，解釋《周易》的著作。其中王弼注有六十四卦之卦、爻辭，以及十翼中〈彖傳上〉、〈彖傳下〉、〈大象傳〉、〈小象傳〉、〈文言〉。東晉人韓康伯續注十翼中〈繫辭上〉、〈繫辭下〉、〈序卦〉、〈說卦〉、〈雜卦〉。《十三經注疏》之一。

《道德經注》：王弼著，解釋《道德經》的著作。為今存《道德經》最早的注本。

《孔子家語》：王肅（一九五至二五八）編撰，記錄孔子及其弟子思想言行的著作。早在東漢班固《漢書・藝文志》已有著錄此書，原本久佚；後經王肅蒐集歷來與孔子相關的史料，增補寫成今日流傳的

單位：年

西元	朝代	帝王年號	文學大事
278	西晉	咸寧四年	傅玄卒（二一七—）。代表作〈秋胡行〉、〈苦相篇〉、〈秦女休行〉。羊祜卒（二二一—）。蔡邕之外孫。代表作〈讓開府表〉。
279		咸寧五年	約此前後盜墓者在戰國魏襄王（一說魏安釐王）位於汲縣（今屬河南）的墓所發現一批竹簡古書，其中有記載西周穆王傳聞事蹟的《穆天子傳》，以及魏國編年體史書《竹書紀年》等，後世稱在此出土的古籍文字為「汲冢古文」。
280		太康元年	吳末帝孫皓降晉，孫吳亡。
282		太康三年	皇甫謐卒（二一五—）。代表作〈三都賦序〉。著有《高士傳》。編有《針灸甲乙經》。
283		太康四年	醫藥家、道教學者葛洪生？（—三六三？）
284		太康五年	杜預卒？（二二二？—）。著有《春秋左氏經傳集解》。詩人盧諶生？（—三五〇？）。
285		太康六年	趙至卒？（二四八？—）。代表作〈與嵇茂齊書〉。

版本。

竹林七賢：指活動於魏、晉時期，時常聚集在山陽（今屬河南）的竹林下，一同飲酒清談的七位名士，其為嵇康、阮籍、向秀、山濤、劉伶、王戎、阮咸。

孤傲不群的文藝大師——嵇康

嵇康（二二三至二六二）不止詩文俱佳，也擅長彈琴譜曲，甚至還會鍛鐵製成各種鐵器，相當多才多藝。早年擔任中散大夫（掌管論議政事）一職，世人因而稱他為「嵇中散」。

曹魏末年，司馬家族專權，皇室只存虛名，文人動輒得咎，性命不保。嵇康與阮籍感情友好，但兩人個性大不相同，阮籍常是借酒裝瘋賣傻，口不論人過，故能苟全於亂世；嵇康也明白自己剛腸疾惡的性格不適合在司馬氏底下做官，所以選擇隱居竹叢山林。

山濤也是嵇康的好友，向來喜歡替朝廷甄拔人才。有一回，山濤向朝廷推薦嵇康出任尚書吏部郎（主管官吏的選任、調動等事務），嵇康立刻寫了〈與山巨源絕交書〉這封信給山濤，表明從此不願與其往來，巨源是山濤的字。嵇康自認山濤應該很了解他這個好友才是，沒想到山濤竟會叫他去做出違背心志的事情，這讓他不禁懷疑起過去兩人的交情是否只是一場偶然而已？嵇康希望山濤能夠了解，他的餘生只想住在簡陋的房屋裡教養子孫，閑暇時和親友們敘說離闊，濁酒一杯，彈琴一曲，就是他人生最大的滿

287 **太康八年** 李密卒？（二二四？–）。代表作〈陳情表〉。

289 **太康十年** 棗據卒？（二三九？–）。代表作〈雜詩〉。
目錄學家荀勖卒（生年不詳）。編有《晉中經簿》。
作家庾亮生（–三四〇）。

291 **惠帝（司馬衷）元康元年** 八王之亂開始（–三〇六）。
夏侯湛卒？（二四三？–）。代表作〈東方朔畫贊並序〉。與潘岳齊名，人稱「連璧」。
約活動於惠帝在位時，生卒年皆不詳的作家群如下：
辭賦作家木華代表作〈海賦〉。
作家張悛ㄑㄩㄢ代表作〈為吳令謝詢求為諸孫置守家人表〉。
作家魯褒代表作〈錢神論〉。

293 **元康三年** 作家孫楚卒？（生年不詳）。代表作〈為石仲容與孫皓書〉、〈征西官屬送於陟陽侯作詩〉。

294 **元康四年** 傅咸卒（二三九–）。傅玄之子。代表作〈贈何劭王濟詩並序〉。

足。

嵇康雖然逃過了做官這件事，但終究還是躲不過政治風暴，其高傲的態度得罪了司馬昭的心腹鍾會，便造謠其援助他人謀反，後被判處死刑。臨刑之前，嵇康對兒子嵇紹說：「有巨源在，你不會孤單的！」可見山濤仍是嵇康心目中值得信賴的好友，才會將年幼的孩子託孤山濤，先前所寫的那封絕交信，實是不想讓山濤受到自己的牽累罷了。

當時有太學生三千人上書，請求朝廷赦免嵇康，使嵇康成為他們的老師，但並未獲得司馬昭的允許。嵇康到了刑場，神色自若地向人索了一張琴，現場彈奏了一曲〈廣陵散〉後從容受刑。

借酒澆灌胸中壘塊——阮籍

同樣處於亂世，阮籍（二一〇至二六三）和嵇康也都崇尚道家思想、反對儒教禮法，但論起自保之道，阮籍顯然較嵇康高明些。權臣司馬昭原是有意到阮籍府上替兒子司馬炎提親，希望能迎娶阮籍的女兒，阮籍為了不與司馬昭對話，竟能酩酊大醉六十天，兩家聯姻的事只好告吹。

阮籍本有濟世之志，只是見到天下名士少有保全者，為了不涉入政局紛爭，於是採取閉門讀書、或緘默不語、或數月出遊不歸、或喝到爛醉如泥的方式來逃避禍事。司馬昭曾說：「阮嗣宗至慎，每與之言，言皆玄遠，未嘗臧否人物。」意指阮籍為人極為謹慎，言辭玄妙深遠，從來不批評他人的是非。嗣宗是阮籍的字。阮籍料定司馬昭必會逼迫自己出來做官，一得知步兵校尉（掌管衛兵）出缺，而此官署的廚房

單位：年

西元	朝代	帝王年號	文學大事
296	西晉	元康六年	石崇以生活豪奢著稱，其在洛陽營建金谷園，此年率三十餘人遊園，作〈金谷詩序〉。
297		元康七年	陳壽卒（二三三－）。著有《三國志》。
300		永康元年	張華卒（二三二－）。代表作〈情詩〉、〈答何劭〉、〈輕薄篇〉、〈鷦鷯賦並序〉。編有《博物志》。 潘岳卒（二四七－）。代表作〈西征賦〉、〈悼亡詩〉、〈閑居賦〉、〈藉田賦〉、〈在懷縣作〉、〈河陽縣作〉、〈哀永逝文〉、〈秋興賦並序〉、〈寡婦賦並序〉、〈懷舊賦並序〉、〈夏侯常侍誄並序〉。「太康體」的代表之一。「二十四友」之一。與姪潘尼並稱「兩潘」。 石崇卒（二四九－）。代表作除前所列，另有〈王明君辭〉、〈思歸引序〉。

裡貯存了數百斛酒，他主動請求擔任這個職務，「阮步兵」的稱號就是由此而來。

從阮籍所寫的一系列〈詠懷詩〉可看出其放浪形骸的外表下，深藏在心中的矛盾苦悶，詩中多以曲折隱晦的筆法借古諷今，感嘆自己志不得伸，寄寓生活中憂懼罹禍的心情。東晉文士王忱有「阮籍胸中壘塊，故須酒澆之」之語，認為阮籍胸中鬱結許多不平，所以才會藉由飲酒來把它沖淡。壘塊，本意是累積的土塊。後比喻人心中積存不平之氣。

唯酒是務的狂人——劉伶

劉伶留下的作品很少，〈酒德頌〉是他寄託生平志向意趣之作，文中除稱頌飲酒的樂趣與美德之外，也表達對世俗禮教規範的蔑視。他平日經常攜帶著酒，乘坐鹿車外出，還會叫僕人扛著鍤（挖土的工具）跟隨著，並對僕人說：「死便埋我！」展現其對生死豁達的態度。

劉伶一喝起酒來便恣意放達，有時會在屋內脫光了衣服，裸露著全身，有人進屋見了便譏笑他。劉伶問對方說：「我把天地當作房子，把屋室當成褲子，諸位為什麼要鑽到我的褲子裡來呢？」對於道家莊子所謂「天地與我並生，而萬物與我合一」之理，劉伶果真是徹底地「身體」力行。

不止周遭的人對劉伶的狂放縱酒沒有法子，連他的妻子都曾氣到把家裡的酒倒光，酒器也毀壞，哭著勸劉伶說：「你實在是喝得太過分了！這不是養生之道，一定要戒掉酒才成。」劉伶說：「很好。但我自己是克制不住的，只有在神明前祝告發誓才會有用，左棻卒？（二五四？—）。左思之妹，晉武帝司馬炎之妃。代表作〈感離詩〉、〈離思賦〉。

束皙卒？（二六一？—）。代表作〈餅賦〉、〈貧家賦〉、〈補亡詩並序〉。

裴頠卒（二六七—）。代表作〈崇有論〉。

歐陽建卒（二七〇？—）。代表作〈臨終詩〉、〈言盡意論〉。

［古希臘］小說家朗戈斯（Longus）生卒年不詳。約活動於三世紀。代表作田園愛情故事《達夫尼斯和赫洛亞》。

302

太安元年

何劭卒？（二三六？—）。代表作〈雜詩〉、〈王弼傳〉、〈荀粲傳〉、〈贈張華詩〉。

303

太安二年

陸機卒（二六一—）。代表作〈平復帖〉、〈苦寒行〉、〈演連珠〉、〈辯亡論〉、〈文賦並序〉、〈弔魏武帝文〉、〈赴洛道中作〉、〈豪士賦並序〉、〈嘆世賦並序〉、〈漢高祖功臣頌並序〉。與弟陸雲並稱「二陸」。

陸雲卒（二六二—）。陸機之弟。代表作〈答兄機〉、〈為顧彥先贈婦〉。

妳可以去準備祝告用的酒肉了。」

妻子連忙去張羅供品，然後請劉伶向神明發誓。劉伶跪地對神明說道：「上天生下劉伶，把酒當作是生命，一喝就是一斛（十斗），再喝五斗才能解除酒病。婦道人家說的話，千萬不可聽從。」一說完，便吃喝起供在神明前的酒肉，直到醉倒才罷休。「劉伶病酒」也成了嗜酒如命者的代稱。

《吳書》：韋昭（二〇四至二七三）編修，紀傳體史書。記載三國孫吳歷史的著作。陳壽撰寫《三國志》有關孫吳史事，多取材自韋昭《吳書》。

《高士傳》：皇甫謐（二一五至二八二）著，記錄歷代高節人士的傳記著作。所記高士起於唐堯、終於曹魏，共約九十餘人的生平事蹟。北宋人李昉《太平御覽》收錄全書。

《針灸甲乙經》：皇甫謐編，中國現存最早一部內容較完整的針灸醫術專書。作者取《素問》、《黃帝針經》與《明堂孔穴針灸治要》三書精要編成此書，故名《黃帝三部針灸甲乙經》，簡稱《甲乙經》。

《春秋左氏經傳集解》：杜預著，解釋《春秋左傳》的著作。《十三經注疏》之一。在杜預之前，《春秋》與《左傳》一直都是各自刊行，直到杜預才將《春秋》和《左傳》按紀年合併成一書，並對經傳作注釋。

單位：年

西元	朝代	帝王年號	文學大事
304	西晉	惠帝 永興元年	五胡十六國開始（－四三九）。為中國北方少數民族和漢族先後建立的政權，統治時間自匈奴族劉淵建立漢國開始，到北魏統一北方為止，前後共一百三十餘年。十六國指的是漢（或稱前趙、漢趙）、成漢、前涼、後趙、前燕、前秦、後秦、後燕、西秦、後涼、南涼、南燕、西涼、夏、北燕、北涼等政權。因十六國多為匈奴、羯、鮮卑、羌、氐五個少數民族所建，史稱「五胡十六國」。
	漢	光文帝（劉淵）元熙元年	
	成漢	成武帝（李雄）建興元年	嵇紹卒（二五四－）。嵇康之子。代表作〈敘趙至〉、〈贈石季倫詩〉。
305	西晉	惠帝 永興二年	左思卒？（二五二？－）。代表作〈雜詩〉、〈招隱詩〉、〈詠史詩〉、〈三都賦並序〉。
306		永興三年	八王之亂結束（二九一－）。司馬彪卒？（二四三？－）代表作〈贈山濤〉。著有《續漢書》，今存八志。
307		懷帝（司馬熾）永嘉元年	詩人張載生卒年不詳。約活動於西晉末年。代表作〈七哀詩〉〈劍閣銘〉。與弟張協、張亢並稱「三張」。

勢如破竹的滅吳大將——杜預

晉朝建立初期，三國中的蜀漢、曹魏已經亡國，僅存長江以東的孫吳政權尚未消滅，武帝一直渴望能夠早日完成國土的統一。向來深受朝野敬重的大臣羊祜ㄏㄨˋ，臨終前向武帝推薦允文允武、博學多才的杜預（約二二二至二八四），武帝於是任命杜預為鎮南大將軍，統軍攻打孫吳。

杜預接連攻下孫吳多座城池，俘虜了孫吳文武官員數百人。當杜預正準備乘勝追擊時，有人出來對他說道：「將軍，孫吳立國已有百年之久，我軍不可能在短時間內擊敗他們。況且，現在又快要進入盛夏雨季，河水正要氾濫，炎熱的天氣，恐怕會有疫病流行，不如先暫時停止進攻，等到冬天再大舉出兵。」

杜預回答說：「從前，戰國時代的燕國將軍樂毅，他在濟水（今屬山東）之西打敗齊軍後，便一路追逐敗逃的齊軍，直到占領齊國的首都臨淄（今屬山東）。如今我們的軍隊士氣旺盛，攻打孫吳就好像用刀子劈開竹子一樣，只要劈開前面幾節，下面的自然也會順著刀勢輕易地解開，不會再有礙手的地方了！所以怎麼可以在這個時候說要休兵呢？」

晉國的軍隊繼續前進，氣勢果然銳不可當，迅速地攻下孫吳的城都建業，吳主孫皓出城投降，杜預也成為實現晉國統一的功臣。

《晉中經簿》：荀勖（二八九卒）編，目錄學著作。為西晉宮廷經籍的藏書目錄，共著錄一千八百餘部書籍，只記載書名、卷數與作者姓名，按甲、乙、

308 永嘉二年　詩人曹攄ㄕㄨ卒（生年不詳）。代表作〈感舊詩〉、〈思友人詩〉。

310 永嘉四年　詩人張協卒？（二五五？–）。張載之弟。代表作〈雜詩〉、〈詠史詩〉。

311 永嘉五年　發生永嘉之亂。摯虞卒？（二四八？–）。著有《文章流別志論》。潘尼卒？（二五〇？–）。潘岳之姪。代表作〈迎大駕〉、〈惡道賦〉、〈贈河陽〉。

312 永嘉六年　郭象卒（二五二？–）。著有《莊子注》。作家桓溫生（–三七三）。

314 愍帝（司馬鄴）建興二年　詩僧支遁生？（–三六六）。詩人、辭賦家孫綽生（–三七一）。

316 西晉　愍帝　建興四年　晉愍帝降漢（五胡十六國之一，匈奴族，原國號漢，西元三一九年劉曜改國號趙，史稱「漢趙」或「前趙」），西晉亡。

漢　昭武帝（劉聰）麟嘉元年　張翰生卒年不詳。約活動於西晉末年。代表作〈雜詩〉。

丙、丁四部分類。甲部收錄經學、小學等，乙部收錄諸子、術數等，丙部收錄史書、雜事等，丁部收錄詩賦、圖贊（寫在畫上的讚美詩文）、汲冢書（汲冢古墓出土的書籍或文字）等，開創了中國圖書四部分類法。

八王之亂：西晉皇族為爭權所引發的戰亂。主要參與者有汝南王司馬亮、楚王司馬瑋、趙王司馬倫、齊王司馬冏、長沙王司馬乂ㄧˋ、成都王司馬穎、河間王司馬顒ㄩㄥˊ、東海王司馬越等八王。

連璧：此指夏侯湛、潘岳。兩人均以貌美著稱，且感情友好，經常同車出遊，故稱之。連璧，形容兩件同樣美好的事物或是兩位同具優美才華的人。

「孔方兄」一詞的原創者——魯褒

相傳魯褒好學多聞，生活簡樸貧困也不以為苦，他見當時朝政崩壞，社會敗亂，感傷人心貪婪鄙陋，於是隱姓埋名，潛心創作〈錢神論〉這篇諷刺文。

文中虛構出司空公子和綦ㄑㄧˊ母先生兩號人物，先寫年輕富有、穿著一身華服的司空公子在京城閑逛著，路上巧遇年老貧窮、飽讀詩書的綦母先生正趕著要去拜見貴人，司空公子嘲笑綦母先生見識淺陋，出門拜見貴人卻兩手空空，怎麼可能得到貴人相助？

接著進入主題，司空公子開始數說金錢的神妙萬能，其云：「親之如兄，字曰『孔方』。失之則貧弱，得之則富昌。無翼而飛，無足而走，解嚴毅之顏，開難發之口。」意思是金錢這個東西，人人敬愛

單位：年

西元	朝代	帝王年號	文學大事
318	東晉	元帝（司馬睿）大興元年	司馬睿在建康（今江蘇南京）即帝位（西元三一七年受群臣擁立為晉王），延續晉朝政權，史稱「東晉」。豫章太守梅賾自稱尋獲西漢孔安國所注《古文尚書》，又稱《尚書孔氏傳》，約此前後獻與元帝，後被立於學官，即今本《尚書》。劉琨卒？（二七〇？—）。代表作〈扶風歌〉、〈重贈盧諶〉、〈答盧諶並書〉。
320		大興三年	詩人、政治家謝安生（—三八五）。［古羅馬］傳教士作家拉克坦提烏斯（Lactantius）卒？（二四〇？—）。代表作《論迫害者之死》。被譽為是基督教的「西塞羅」。
321		大興四年	作家、書法家王羲之生？（—三七九？）。

其如兄長，別號叫「孔方」（古代錢幣中間有個方形的孔）。失去它人就會貧窮衰弱，有了它就會富足昌盛。它沒有翅膀卻能飛，沒有腳卻會走，可以讓嚴肅剛毅的臉龐展露笑顏，也可以讓不好開口的話輕易地說出來。其後司空公子又進一步開導綦母先生說：「錢之所祐，吉無不利，何必讀書，然後富貴？」既然錢可以使人做什麼都無往不利，那又何須費時苦讀來得到功名富貴，倒不如直接用錢來換取富貴還比較快呢！

作者藉由司空公子這番錢能通神的言論，除揭露當時社會風氣的腐敗之外，也譏諷了衣冠士人普遍對金錢崇拜的心態，他們終日清談，滿口玄言妙理，貌似清高，然骨子裡實極為勢利，行事作為無不以金錢為中心。此文一出，立即被人廣為傳誦，後世也以「孔方」或「孔方兄」作為金錢的代稱。至於文中的綦母先生，指的就是那些只會讀死書又不諳世態人情，永遠難以躋身富貴名流之輩，正可與司空公子作對比。

《三國志》：陳壽（二三三至二九七）著，紀傳體史書。記載曹魏、蜀漢、孫吳三國歷史的著作，分有《魏書》、《蜀書》、《吳書》。《二十四史》之一。陳壽尊曹魏為正統，故僅對魏國歷代帝王立本紀，至於蜀漢、孫吳兩國歷代帝王只列入傳中。

《博物志》：張華（二三二至三〇〇）編，志怪小說集。內容廣博，分類記載古代山川地理、人物傳說、奇珍異物、飛禽走獸、神仙方技與瑣聞雜事等。

324 ◯
明帝（司馬紹）太寧二年 郭璞卒（二七六－）。代表作〈江賦〉、〈遊仙詩〉。著有《爾雅注》。

328 ◯
成帝（司馬衍）咸和三年 作家、史學家袁宏生？（－三七六？）。

336 ◯
咸康二年 小說家干寶卒？（生年不詳）。編著《搜神記》。

337 ◯
咸康三年 高僧法顯生？（－四二二？）。

原本已佚，後人由各書所引《博物志》文輯成今本。

〈悼亡詩〉：潘岳悼念亡妻之作。開啟後人以「悼亡」為題，書寫對已逝妻子的傷懷。

太康體：指興起於西晉武帝太康年間的一種詩歌風格，又稱「太康文學」，其特色是注重作品的表現形式，辭采鋪敘比正始文學更為華美，但氣勢風骨已不如建安文學。太康文學的代表人物有：三張（張載、張協、張亢；或指張華、張載、張協）、二陸（陸機、陸雲）、兩潘（潘岳、潘尼）、一左（左思）。其中左思的文風較別於這群太康作家，而與漢末魏初語言質樸、情感慷慨激昂的建安作家風格相近，故被稱作「左思風力」。陸機則是被譽為「太康之英」。

二十四友：指西晉惠帝時期，趨附於權臣賈謐的一批文人。其中較著名的有潘岳、石崇、歐陽建、陸機、陸雲、左思、摯虞、劉琨等人。

兩潘：指潘岳、潘尼。兩人為叔姪，又同是太康文學的代表作家，故稱之。

深情美男，無行文人——潘岳

潘岳（二四七至三〇〇）是史上著名的美男子，據說他年輕時走到洛陽街上，路上女子無不相互手拉著手包圍著他；若換成是坐車出門，女子便會爭相把果子擲到他的車上，每每總是載滿整車的果子而歸。

單位：年

西元	朝代	帝王年號	文學大事
339	東晉	咸康五年	學者范甯生（－四〇一）。
340		咸康六年	庾亮卒（二八九－）。代表作〈讓中書令表〉。
343		康帝（司馬岳）建元元年	詩人王康琚ㄐㄩ生卒年不詳。東晉時期人。代表作〈反招隱詩〉。
344		建元二年	書法家王獻之生（－三八六）。
348		穆帝（司馬聃）永和四年	地志學者常璩生卒年不詳。約活動於穆帝在位時。著有《華陽國志》。 畫家顧愷之生？（－四〇九？）。

後來人們就以「玉貌潘郎」、「擲果潘安」來形容男子俊美。安仁是潘岳的字，有人也稱之「潘安」。

潘岳在妻子過世一年後，作了三首〈悼亡詩〉，述說自己生活中經常睹物傷情，一直沉浸在思念中，而妻子的形影、聲音仍與他常相左右，如「望廬思其人，入室想其歷」、「寢興目存形，遺音猶在耳」等句，由於文筆哀婉纏綿，情感真切，後世悼念亡妻以「悼亡」為題，正是受到潘岳的影響。

雖然潘岳享有文名，但其與石崇等人諂媚侍奉權臣賈謐的事蹟，歷來也為人所詬病。每逢賈謐外出，他們會事先守候在道路旁，等到賈謐的座車駛出來，路上揚起滾滾塵土，一群人便連忙行叩拜禮，目送賈謐的車子離去，後來「望塵而拜」也用來形容人們趨炎附勢、卑躬屈膝的神態。

【駢文】

指全篇多用對偶句組成的文言文體。駢文萌芽於漢代，鼎盛於魏晉南北朝，但當時還未出現「駢文」一詞，而是稱「今文」、「今體」或「儷辭」，至唐代始有「駢四儷六」的名稱，之後才被簡稱「駢文」。由於駢文的句式多以四言、六言為主，故又稱「四六文」。

駢，本義是駕二馬，引申有對偶的意思。駢文，是與散文相對的一種文體，其特點是對偶成文（少數會摻雜散句在文中），句法結構上下對稱（如名詞對名詞、虛字對虛字等，上下詞性必須相同），音律平仄調協，辭藻華美，典故切當。基本上，駢文並不須押韻，有押韻的駢文稱為「駢賦」，雖屬賦體，但也

350 ○ 東晉 穆帝 永和六年

盧諶卒？（二八四？—）。西晉亡後，南渡受阻，入仕後趙。代表作〈覽古詩〉、〈答魏之悌〉、〈贈劉琨並書〉。

後趙 新興王（石祗ㄓ） 永寧元年

學者韓康伯生卒年不詳。約活動於東晉中期。代表作〈繫辭注〉、〈說卦注〉、〈序卦注〉、〈雜卦注〉，以上注解與曹魏人王弼《周易注》合為《十三經注疏》之《周易》的注本。

〔古羅馬〕語法家塞爾維烏斯（Servius）生卒年不詳。約活動於四世紀。曾注釋維吉爾的著作。

〔古羅馬〕哲學家馬克羅比烏斯（Macrobius）生卒年不詳。約活動於四世紀。代表作《農神節》。

353 ○ 東晉 穆帝 永和九年

王羲之於此年三月三日與謝安、孫綽等四十多位名士在山陰（今屬浙江）蘭亭舉辦修禊集會，飲酒賦詩，作〈蘭亭集序〉。

歸納在駢文的範疇。

駢文的重要代表作有西晉陸機〈文賦〉，南北朝時期鮑照〈蕪城賦〉、江淹〈恨賦〉、孔稚珪〈北山移文〉、丘遲〈與陳伯之書〉、吳均〈與宋元思書〉、徐陵〈玉臺新詠序〉、庾信〈哀江南賦序〉，以及唐人王勃〈滕王閣詩序〉。

駢文發展到後來，日趨重視語言的形式技巧，導致文風綺麗浮豔，內容又多缺乏真實情感，用字愈加生僻艱澀。到了初唐，有陳子昂力倡「漢魏風骨」，至中唐又有韓愈挺身疾呼，提出反對駢文的「古文運動」，從此駢文與散文涇渭分明，各自有其擁護者。不過，可以確定的是，駢文絕對堪稱是歷來最致力追求文章形式與聲韻美感的一種文學體裁。

〈文賦〉：陸機著，文學理論論文。是中國文學批評史上第一篇有系統地闡述文學作品創作過程的論文。

二陸：指陸機、陸雲兄弟。兩人皆善詩文。故稱之。

欲聞華亭鶴唳而不可得——陸機

陸機（二六一至三〇三）的祖父陸遜是孫吳丞相，父親陸抗官拜大司馬，身家顯赫。在他二十歲那年，吳為晉所滅，陸機與弟弟陸雲潛居家鄉吳郡華亭（今屬江蘇），十年閉門讀書，直到晉武帝太康十年（二八九）兄弟一同赴洛陽，其詩文獲得政壇大老張華的賞識，聲名大噪，時有「二陸入洛，三張（指張

單位：年

西元	朝代	帝王年號	文學大事
362	東晉	哀帝（司馬丕）隆和元年	作家、目錄學家李充卒？（生年不詳）。代表作〈學箴〉、〈嘲友人〉。編有《翰林論》、《晉元帝四部書目》。作家裴啟生卒年不詳。約活動於哀帝在位時。著有《語林》。
363		興寧元年	葛洪卒？（二八三？—）。著有《抱朴子》。傳其著有《西京雜記》。

載三兄弟）滅價」之說。

陸機原以為人生仕途將有一番嶄新風景，孰料隨即發生「八王之亂」，諸王為了爭權，不惜骨肉相殘，陸機始終在這波腥風血雨中載浮載沉，期間有人勸他返回華亭，以免捲入司馬家族的殺戮戰場。事實上，他也曾思索過是否該歸返家鄉，其在〈思歸賦〉云：「歲靡靡而薄暮，心悠悠而增楚。」一想到自己的生命有如日暮西山，心中的憂愁苦楚不免與日俱增。

或許是成就功名的念頭更加強烈，「思歸」終究只是陸機的筆下文字。八王之亂的第十三年，他奉成都王司馬穎的命令，帶兵攻打長沙王司馬乂，結果吃下敗仗，立刻慘遭仇家誣陷，說陸機根本是懷有二心才會故意戰敗，司馬穎遂將陸機斬首，誅滅三族。臨刑之前，他感慨地說：「想要再聽故鄉華亭的鶴唳聲，還可能有機會嗎？」這也是「華亭鶴唳」的典故由來，用來比喻留戀過往或悔入仕途的心情。

造成洛陽紙貴的寒門書生——左思

左思（約二五二至三〇五）出身微寒，外貌絕醜，言語木訥，據說他走在路上常遭到婦女們吐口水，與大受女人歡迎的俊男潘岳正好成對比。

左思的妹妹左棻很有文才，被武帝選為妃子，但因貌醜而不受寵，僅在各地獻上異物珍寶時，武帝才會詔見左棻獻賦，左思只能請求得到祕書郎（掌管圖書典籍）的職務。

左思〈詠史詩〉有「世胄躡高位，英俊沉下僚」之句，抨擊魏晉的門閥制度，出身世族的人，不分賢

365 興寧三年 詩人陶淵明生？（—四二七）。

366 廢帝（司馬奕）太和元年 支遁卒（三一四？—）。代表作〈詠懷詩〉、〈八關齋詩〉。「玄言詩」的代表之一。

371 簡文帝（司馬昱）咸安元年 孫綽卒（三一四—）。代表作〈蘭亭〉、〈秋日〉、〈答許詢〉、〈贈謝安〉、〈遊天台山賦並序〉。與許詢齊名，人稱「孫許」。

詩人許詢生卒年不詳。代表作〈竹扇詩〉。

372 咸安二年 史學家裴松之生（—四五一）。

373 東晉 孝武帝（司馬曜）寧康元年 桓溫卒（三一二—）。代表作〈薦譙元彥表〉。

前秦 宣昭帝（苻堅）建元九年 女詩人蘇蕙生卒年不詳。約活動於前秦苻堅在位時（三五七—三八五）。代表作〈璇璣圖〉，「迴文體」的代表作之一。

愚輕易地就能登上高位，但出身寒門的優秀人才，卻只能做職位低下的小官。他曾構思十年，寫成一篇長賦〈三都賦〉，內容以三國蜀漢、孫吳、曹魏的都城為主題，文辭瑰麗奇特，一時之間豪門富人競相傳抄，造成洛陽紙貴的現象，張華稱讚左思〈三都賦〉可與東漢班固〈兩都賦〉、張衡〈二京賦〉鼎足而三。

惠帝即位，左思也和潘岳、陸機一樣依附過賈謐，同為「二十四友」之一。「八王之亂」開始，賈謐為趙王司馬倫所殺，接著司馬倫篡位，齊王司馬冏進宮討伐，事成後被惠帝封為大司馬，握有大權的司馬冏在這時徵召左思擔任記室督（掌管章表、書記、文檄）一職。

過去奮力想在仕途一展長才的左思，或許已嗅到這場風暴還會擴大蔓延的氣氛，他以疾病為由，推辭不就，故得以終年。至於和他同時期的潘岳、陸機等文人，最後都成為諸王惡鬥下的犧牲品。

《續漢書》：司馬彪（約二四三至三〇六）著，紀傳體史書。記載東漢歷史的著作。原有紀、志、傳共八十篇，其中紀、傳已佚。《續漢書》中的八志，被後人分取出來與南朝宋人范曄《後漢書》已撰成的十紀、八十列傳合刊，成為今本的《後漢書》。

三張：指張載、張協、張亢兄弟。另有一說是，由於張亢的文章較兩位兄長遜色，南朝梁人劉勰《文心雕龍》所指「三張」為張華與張載、張協兄弟二人。

單位：年

西元	朝代	帝王年號	文學大事
374	東晉	孝武帝 寧康二年	作家傅亮生（－四二六）。
376		太元元年	袁宏卒？（三二八？－）。代表作〈東征賦〉、〈三國名臣序贊〉。著有《後漢紀》。
379		太元四年	王羲之卒？（三二一？－）。代表作除前所列，傳其留有書法摹本〈平安帖〉、〈何如帖〉、〈奉橘帖〉、〈快雪時晴帖〉。後世尊其「書聖」。與子王獻之並稱「二王」。
383		太元八年	發生淝水之戰。史學家習鑿齒卒？（生年不詳）。著有《漢晉春秋》。

永嘉之亂：漢國（五胡十六國之一，匈奴族）劉聰派兵攻陷洛陽，俘虜懷帝，焚毀宮殿，京城死傷數萬人。

《文章流別志論》：摯虞（約二四八至三一一）著，文學理論專著。書中論述各種文體的源流、性質與功能，包括詩、賦、頌、七、箴、銘、誄、哀辭、哀策、對問、圖讖等文體。原本已佚，部分內容散見唐人虞世南《北堂書鈔》、歐陽詢《藝文類聚》，以及北宋李昉《太平御覽》等類書中。

《莊子注》：郭象（約二五二至三一二）著，解釋《莊子》的著作。傳此書乃郭象取向秀未完成《莊子隱解》為基礎，加以補述而成。

因蓴羹鱸膾而洞察機先——張翰

張翰是江東吳郡（今屬江蘇）人，有清才美望，個性豪放，不拘禮法，媲美人稱「阮步兵」的阮籍，故有「江東步兵」之別號。

西晉惠帝即位後，宮廷內鬥，諸王爭權，引發動盪十六年的八王之亂，其間發生了趙王司馬倫廢帝篡位，齊王司馬冏聯合諸王討伐司馬倫，迎接惠帝復位，司馬冏官拜大司馬，專權輔政。

張翰就在此時受司馬冏徵召為掾屬（官府屬員），其在洛陽時，見秋風起，突然很想念家鄉菰菜（茭白筍）、蓴ㄔㄨㄣˊ菜羹、鱸魚膾的滋味，不禁感嘆地說：「人生最可貴的是自在適意地過日子，為

年份	朝代	帝王	年號	事件
384			太元九年	詩人顏延之生（－四五六）。
385			太元十年	謝安卒（三二〇－）。代表作〈蘭亭詩〉、〈與王胡之詩〉。詩人謝靈運生（－四三三）。
386	東晉	孝武帝	太元十一年	鮮卑族拓拔珪稱帝，國號魏，史稱「北魏」、「後魏」、「拓跋魏」或「元魏」。北朝開始（－五八一）。北朝，指中國南北朝時期相繼在北方建立的政權，分別有北魏、東魏、西魏、北齊、北周五個王朝。
	北魏	道武帝（拓跋珪）	登國元年	王獻之卒（三四四－）。代表作〈中秋帖〉、〈鴨頭丸帖〉、〈洛神賦十三行〉。
387	東晉	孝武帝	太元十二年	詩人謝瞻生（－四二一）。
390	東晉	孝武帝	太元十五年	方士、小說家王嘉卒？（生年不詳）。深受前秦苻堅所敬重。約此前後為後秦姚萇所殺。著有《拾遺記》。
	前秦	高帝（符登）	太初五年	
	後秦	武昭帝（姚萇）	建初五年	

何要離家數千里來做官，只為了得到功名爵位？」於是叫人駕車返鄉。不久，其他諸王出兵攻打司馬冏，司馬冏被斬首在皇宮正門外，其黨人也多難逃這場災禍。當時的人都說張翰在事情未發生前，便能觀察到其中細微的契機所在，謂之「見機」。而「蓴羹鱸膾」從此也含有歸隱故里或思鄉之意。

張翰在家鄉時，也有人對其放縱任性、不慕功名的作風不以為然，曾勸他說：「你這樣只能安適一時，難道你不替自己身後的名聲著想嗎？」張翰回說：「假使讓我擁有身後的名聲，還不如現在先給我一杯酒呢！」對處於亂世的張翰來說，明哲保身可比身後名聲來得重要多了。

《爾雅注》：郭璞（二七六至三二四）著，解釋《爾雅》的著作。《十三經注疏》之一。《爾雅》是中國最早一部解釋詞義的著作，全書共十九篇，郭璞以當時通俗的語言解釋古代雅正的詞語，並特別對最末七篇〈釋草〉、〈釋木〉、〈釋蟲〉、〈釋魚〉、〈釋鳥〉、〈釋獸〉與〈釋畜〉中所收錄的近六百種動、植物注音義、作圖譜，使《爾雅注》不只是理解古代語彙的工具書，更成為歷來研究上古動、植物的重要參考書。

《搜神記》：干寶（約三三六卒）編著，志怪小說集。撰錄古代神祇靈異、民間傳說的小說集，共有四百餘則故事，被視為是中國第一部神話小說。書中保存不少民間故事，較著名的有〈董永〉、〈干將莫邪〉、〈韓憑夫婦〉、〈宋定伯捉鬼〉等篇。原本散

單位：年

西元	朝代	帝王年號	文學大事
395	東晉	孝武帝 太元二十年	〔古羅馬〕詩人奧索尼烏斯（Ausonius）卒？（三一〇？—）。代表作〈莫薩拉河〉。〔古羅馬〕歷史學家阿米阿努斯（Ammianus）卒？（三三〇—）。代表作《羅馬史》。
398		安帝（司馬德宗） 隆安二年	史學家范曄生（—四四五）。
399		隆安三年	女作家謝道韞生卒年不詳。約活動於穆帝到安帝在位時。代表作〈泰山吟〉、〈擬嵇中散詠松詩〉。

佚，今本為後人自唐人歐陽詢《藝文類聚》、宋人李昉《太平御覽》等多部類書輯成。

【筆記小說】

一種近於隨筆記錄的小說創作形式。筆記，可以隨心表達個人的思想、觀點，篇幅可長可短；小說，可以用來敘述或虛或實的故事。筆記小說便是結合了「筆記」與「小說」的優點，內容包羅萬象，任何題材都可以信筆隨記。

在經學當道的時代，小說一直被當成是瑣細零碎的言論，東漢班固《漢書‧藝文志》將小說歸在「九流十家」之末，是先秦十家學術流派中，唯一不入流的一門學問，這也意味著士人階層大抵是不屑從事小說創作的。許多託名漢代人所寫的小說，經後代學者考證，多出自魏、晉文人之手，如託名東方朔的《神異經》、託名班固的《漢武帝故事》，託名曹丕的《列異傳》等皆然。

一般將筆記小說分成二種類型，一種是志怪小說，另一種是志人小說。志怪小說，主要是在記述神仙怪異之事。在上古史地典籍《山海經》與《穆天子傳》中就有關於神靈妖怪事蹟的載錄，但這些只能算是小說的素材，還未構成小說的形式。志怪小說的重要代表作是東晉人干寶《搜神記》，書中多記神異靈怪與民間傳說，特色是描寫細膩，超乎現實的誇張筆法，故事結構完整，已具備小說的規模。志人小說，主要是記述歷史人物的言行與瑣事，重要代表作是南朝宋人劉義慶《世說新語》，記載東漢末到南朝宋名流士人的言談軼事，特色是語言精煉，簡短數語便能

401 東晉 安帝 隆安五年
後秦 文桓帝（姚興）弘治三年

范甯卒（三三九－）。著有《春秋穀梁傳集解》。

［古印度］高僧鳩摩羅什（Kumarajiva）此年為後秦姚興派人迎入長安。鳩摩羅什生於龜茲（古西域國，今屬新疆），其父為天竺（印度）人，居住中原時曾將數十部佛教梵文經典譯成中文，如《金剛經》、《法華經》、《維摩詰經》等。約於西元四一三年卒於長安。

403 東晉 安帝 元興二年

小說家劉義慶生（－四四四）。

405 義熙元年

陶淵明罷彭澤令，作〈歸去來兮辭並序〉。

407 義熙三年

詩文作家殷仲文卒（生年不詳）。代表作〈自解表〉、〈南州桓公九井作〉。

辭賦作家謝惠連生？（－四三三？）。

408 義熙四年

［古羅馬］詩人克勞狄安（Claudian）卒？（三七〇？－）。代表作《普羅塞爾平娜被劫記》。

將人物的形象、性格傳神勾畫，深具文學價值。

在魏晉南北朝成型的筆記小說，對日後小說的發展有很大的影響，尤其是其運用想像力，將舊聞軼事、民間故事等許多傳說中的人與事物，如親臨現場般描述出來，給予了唐代傳奇、宋代筆記文作家群豐富的創作養分，讓小說不再是前人所謂的「街談巷語」、「殘叢小語」，而是即將躍上文學大舞臺的明日之星。

《華陽國志》：常璩著，地方志書。又名《華陽國記》。記述中國古代西南一帶，包括今陝西、四川、雲南、貴州等地的歷史沿革、地理氣候、風土人情之著作。

《翰林論》：李充（約三六二卒）編，文學總集。全書除收錄各家作品之外，並概略論述各種文體的審度準則。今僅存佚文八則。

《晉元帝四部書目》：李充編，目錄學著作。東晉元帝時宮廷的藏書目錄。李充據荀勖《晉中經簿》以甲、乙、丙、丁四部分類編成《晉元帝四部書目》，並將荀勖記諸子的乙部與記史書的丙部次序對調，亦即甲部收錄經書等，乙部收錄史書等，丙部收錄諸子各家等，丁部收錄詩賦文集等。其圖書分類雖名為「甲、乙、丙、丁」，但按「經、史、子、集」次序的分類方式顯然是在此書成形的。

《語林》：裴啟著，品評人物的著作。又名《裴

單位：年

西元	朝代	帝王年號	文學大事
409	東晉	義熙五年	顧愷之卒？（三四八？—）。代表作〈論畫〉、〈女史箴圖〉。
412		義熙八年	詩人謝混卒（生年不詳）。謝靈運之族叔。代表作〈遊西池詩〉。
414		義熙十年	詩人鮑照生？（—四六六？）。〔古羅馬〕詩人那馬提安（Namatianus）生卒年不詳。約活動於五世紀初。代表作〈歸途紀事〉。
415		義熙十一年	作家王微生（—四五三）。

子語林》。內容多記漢魏兩晉的帝王將相、高官名流的言談應對與軼事。

《抱朴子》：葛洪（約二八三至三六三）著，分有內、外篇，內篇屬道教經典，外篇屬儒家或雜家思想著作。內篇主在闡述煉丹技術、成仙修行與避邪養生的方法；外篇除評論時政得失之外，也有探討文學創作的問題，提出文人的德行與文章同等重要的觀念，反對時下貴古文、賤今文的風氣。

《西京雜記》：傳葛洪著，筆記小說集。記載西漢時期，有關京都長安的遺聞軼事、風尚習俗。此書作者另有一說，即西漢末的劉歆。

玄言詩：以闡釋道家與佛家哲理為主要內容的詩歌。玄言詩盛行於東晉，特色是以詩歌形式來表達對玄理的領悟。其與西晉流行的玄學不同處在於，西晉玄學以道家思想為主，或兼融儒家學說；東晉玄學則是除道、儒兩家之外，又結合了佛家學理。代表作家有支遁、孫綽、許詢等人。

孫許：指孫綽、許詢。兩人皆善作玄言詩，故稱之。

擲地當作金石聲——孫綽

孫綽（三一四至三七一）在〈遊天台山賦〉中細膩刻畫自然山水景物，寄託其遊仙思想，他視此賦為自己生平得意之作。某天，孫綽拿出〈遊天台山

420 南朝宋

武帝（劉裕） 永初元年

晉恭帝禪位劉裕，東晉亡。劉裕稱帝，國號宋，史稱「南朝宋」或「劉宋」。南朝開始（－五八九）。南朝，指中國南北朝時期相繼定都在建康的宋、齊、梁、陳四個王朝。

「古羅馬」聖經學者耶柔米（Jerome）卒？（三四〇？－）。其將希伯來文《舊約》與希臘文《新約》譯成拉丁文，後世稱之《通行本聖經》。

421 永初二年

謝瞻卒（三八七－）。謝靈運之族弟。代表作〈答靈運〉、〈張字房詩〉、〈於安城答靈運〉、〈王撫軍庾西陽集別作詩〉。

詩人、辭賦作家謝莊生（－四六六）。

422 永初三年

法顯卒？（三三七？－）。著有《佛國記》。

「古羅馬」歷史學家奧羅修斯（Orosius）卒？（三八〇？－）。代表作《反世俗的歷史七卷》。

423 少帝（劉義符） 景平元年

作家王僧達生（－四五八）。

賦〉文稿給友人范啟看，並說：「卿試擲地，當作金石聲！」意指把這篇賦丟擲到地上，必定會發出像鐘磬一樣的清脆樂音，語氣顯得相當自信。范啟聽了，便開玩笑地回說：「恐子之金石，非宮商中聲？」意思是，孫綽所謂像鐘磬一樣的樂音，應該不至於像宮聲、商聲一樣地美好動聽。金石，在此指鐘磬一類樂器。

不過，等到范啟開始認真閱讀〈遊天台山賦〉時，每次一念到佳句，就興奮地說：「這是我想說卻沒有說出來的話啊！」孫綽果真也以此賦在文學史上占一席之地，「擲地有聲」一語也被人們用來比喻文章辭藻優美，聲調鏗鏘悅耳。

迴文體：文章體裁的一種。又稱「回文體」。即按一定的法則排列字句，成為迴環往復皆可誦讀的詩文，如可以正讀、反讀、橫讀、斜讀、交互讀、退一字讀、疊一字讀，亦有將文字排成圓圈者。

《後漢紀》：袁宏（約三二八至三七六）著，編年體史書。記載東漢一代歷史的著作。

二王：指王羲之、王獻之父子。兩人在當時為著名的書法家，故稱之。

坦腹東床——王羲之

王羲之（約三二一至三七九）出身名門，是東晉開國丞相王導的姪子。王家因輔助皇室東遷有功，幾乎可與司馬家族平起平坐，故當時盛傳「王與馬，共

單位：年

西元	朝代	帝王年號	文學大事
426	南朝宋	文帝（劉義隆） 元嘉三年	傅亮卒（三七四－）。傅咸之玄孫。代表作〈為宋公至洛陽謁五陵表〉。 作家、書法家王僧虔生（－四八五）。
427		元嘉四年	陶淵明卒（三六五？－）。代表作除前所列，另有〈移居〉、〈雜詩〉、〈閑情賦〉、〈詠荊軻〉、〈詠貧士〉、〈桃花源記〉、〈歸園田居〉、〈五柳先生傳〉、〈飲酒詩並序〉、〈讀山海經詩〉、〈感士不遇賦並序〉、〈始作鎮軍參軍經曲阿作〉。傳其著有《搜神後記》。為「田園詩」的開拓者。與謝靈運齊名，人稱「陶謝」。
430		元嘉七年	〔古羅馬〕哲學家奧古斯丁（Aurelius Augustinus）卒（三五四－）。代表作《懺悔錄》、《上帝之城》。

天下」的諺語。

王導擔任三朝丞相，朝中地位崇高，不少豪門望族無不想和王家結為親家。人在京口的太尉郗鑒同樣位居高官，早耳聞王家公子個個才學俱佳，便派門人送信到建康給王導，請王導在子姪輩中替自己的女兒找位如意郎君。王導看了信後，告訴郗鑒的門人說：「請您到東廂房內，自行挑選一個中意的對象吧！」門人進房看過，回來向郗鑒稟報：「王家的諸位少爺，每個人看起來都很不錯，只是他們一聽到是郗太尉派人來家裡選女婿，無不故作矜持莊重的樣子，唯有一人還坐在東邊的床上，袒露肚子，捧餅而啃，神情泰然自若，好像什麼事都不知道一樣。」郗鑒對門人說：「就是這一個了！」之後才知道此一「坦腹」男子即是擅長書法的王羲之。這件事情傳了開來，人們都說王羲之因天性率真而娶到郗家千金，也有人說實是郗鑒挑選女婿的眼光不同凡響。

蘭亭集會的推手——王羲之

王羲之的才能拔萃，很受國人的推崇，常有人舉薦其出來做官。他雖然擔任過祕書郎（掌管圖書典籍）、右軍將軍（晉時為虛銜，不用領兵的將軍職）、會稽內史（會稽的行政長官。會稽，今屬浙江）等官職，但時間都不是很長，最終還是選擇辭官返鄉，過著放情山水的清閑生活。

中國自古在三月上巳（上旬巳日）有「修禊」的習俗，人們會在這個節日到水邊洗除身上的穢氣，再準備去祭神祈福。到了魏、晉時期，修禊除了固定在三月三日舉行以外，也演變成名人雅士曲水流觴（置

元嘉十年

謝靈運卒（三八五－）。代表作〈歲暮〉、〈七里瀨〉、〈初去郡〉、〈登池上樓〉、〈過始寧墅〉、〈入彭蠡湖口〉、〈石門岩上宿〉、〈初發石首城〉、〈酬從弟惠連〉、〈石壁精舍還湖中作〉。為「山水詩」的開拓者。「元嘉體」的代表之一。與顏延之、鮑照並稱「元嘉三大家」。與顏延之齊名，人稱「顏謝」。與族弟謝惠連並稱「二謝」。與族姪謝朓並稱「大小謝」，以上三人又並稱「三謝」。

謝惠連卒？（四〇七？－）。謝靈運之族弟。代表作〈雪賦〉、〈擣衣〉、〈秋懷詩〉、〈祭古塚文〉。

酒杯於水的上游，與會者則環坐在曲折的水流旁，酒杯順水流而下，停於某人面前，某人取杯飲之）、吟詠詩歌的聚會。

東晉穆帝永和九年（三五三）三月三日，王羲之為東道主，其在山陰（今屬浙江）蘭亭舉辦一場「蘭亭集會」，參與的成員有謝安、孫綽、支遁、王凝之、王徽之、王獻之等四十餘人，皆名重一時，集會上共得詩三十七首，輯成《蘭亭集》。王羲之在微醺的當下，仍能振筆疾書，寫下盛會的景況與心中的感觸，也就是〈蘭亭集序〉這篇千古名作，其中寫道：「雖無絲竹管絃之盛，一觴一詠，亦足以暢敘幽情。」耳邊雖然沒有樂器的伴奏聲，但能與好友們喝一杯酒、吟一首詩，也足以暢然地敘說彼此深遠的情意。

王羲之〈蘭亭集序〉真跡後為唐太宗所獲，其對這帖有「行書第一」美譽的書法愛不釋手，相傳唐太宗在臨終前還特別交代〈蘭亭集序〉一定得當自己的陪葬品呢！

淝水之戰：為東晉在淝水（今屬安徽）擊敗前秦進攻的戰役，時由東晉宰相謝安命其弟謝石、姪謝玄領軍，以八萬兵力，大破號稱百萬人馬的前秦軍。

《漢晉春秋》：習鑿齒（約三八三卒）著，編年體史書。記載東漢光武帝至西晉愍帝之間共二百八十餘年歷史的著作。記三國史事以蜀漢為正統。

單位：年

西元	朝代	帝王年號	文學大事
439	南朝宋 北魏	文帝 元嘉十六年 太武帝（拓跋燾）太延五年	五胡十六國結束（三〇四－）。北魏滅北涼，北方統一，形成南、北朝對峙的局面。
441	南朝宋	文帝 元嘉十八年	詩人、史學家沈約生（－五一三）。
444		元嘉二十一年	劉義慶卒（四〇三－）。著有《幽明錄》、《世說新語》。詩人江淹生（－五〇五）。
445		元嘉二十二年	范曄卒（三九八－）。著有《後漢書》。佛教文史學家僧祐生（－五一八）。
447		元嘉二十四年	作家孔稚珪生（－五〇一）。

【南北朝民歌】

西晉滅亡，王室南移，自此展開南、北政權長期對峙的局面。民歌，一直是自有生民以來，經過群眾廣泛地口頭傳唱而發展出來的一種詩歌體裁。南、北朝時期的民歌，緣於南、北兩方政治經濟、地理風俗的迥異，表現在形式與內容上也有很大的不同。

南朝民歌的篇幅多半短小，內容主在描寫愛戀的悲喜心情，經常運用雙關語，如以「絲」字表「思」念、「藕」字表成雙成「偶」、「蓮」字表「憐」愛或相「連」之意等。南朝民歌大致可分成兩類，一是盛行於江南（今屬江蘇、浙江）的「吳歌」，其特色是文字清麗，情感柔膩纏綿，代表作有〈子夜歌〉、〈大子夜歌〉、〈子夜四時歌〉等。另一是興起於荊楚（今屬湖南、湖北）的「西曲」，比吳歌的情感更為熱烈浪漫，代表作有〈石城樂〉、〈烏夜啼〉、〈莫愁樂〉、〈襄陽樂〉等。除吳歌、西曲之外，另有一首描寫女子對心上人相思之情的〈西洲曲〉，由於其篇幅較長，音律富於變化，表現出相當高的藝術技巧，堪稱是南朝民歌中的佳作。

北方的自然環境原比南方遼闊，人民又多以遊牧為生，外加北朝時期戰事頻繁，這些條件促成了北朝民歌偏重於社會題材的描寫，反映百姓生活的如實面相，其特色是語言素樸，情感率真，風格剛健，代表作有〈木蘭詩〉、〈捉搦ㄋㄨㄛˋ歌〉、〈敕勒歌〉、〈地驅樂歌〉、〈折楊柳歌〉等。

《拾遺記》：王嘉（約三九〇卒）著，志怪小說集。又名《拾遺錄》、《王子年拾遺記》。記錄上古

450
元嘉二十七年 女詩人鮑令暉生卒年不詳。約活動於文帝在位時。鮑照之妹。代表作〈寄行人〉、〈古意贈今人〉、〈擬客從遠方來〉。
作家范縝生？（－五一五？）。
〔古印度〕詩人、劇作家迦梨陀娑（Kalidasa）生卒年不詳。約活動於五世紀中葉到末期。代表作〈雲使〉、《沙恭達羅》。

451
元嘉二十八年 裴松之卒（三七二－）。著有《三國志注》。與子裴駰、曾孫裴子野並稱「史學三裴」。
史學家裴駰生卒年不詳。裴松之之子。著有《史記集解》。《史記三家注》之一。
詩人范雲生（－五〇三）。

452
元嘉二十九年 目錄學家王儉生（－四八九）。

453
元嘉三十年 王微卒（四一五－）。代表作〈雜詩〉、〈報何偃書〉。

伏羲、神農氏至東晉各朝的神話異聞。

詠絮才女——謝道韞

謝道韞是東晉名臣謝安的姪女，也是謝安長兄謝奕的女兒、名將謝玄的姊姊。謝安住在東山時，其兄弟的子女從小多由其教養。

在某個天寒下雪的日子，謝安和子姪們一同討論文章的義理。忽然門外的雪愈下愈急，謝安問大家說：「白雪紛紛飄落，有什麼是可以比擬的呢？」謝安二哥謝據的兒子謝朗說道：「撒鹽空中差可擬。」意為把鹽撒在空中差不多可以相比。一旁的謝道韞則說：「未若柳絮因風起。」意為不如比作柳絮因風而飄起。謝安聽了放聲大笑，謝道韞從此也贏得「詠絮才」的美名。

長大後的謝道韞嫁與王羲之的次子王凝之。婚後回到謝家，謝安見其一臉不悅，問說：「王凝之是王羲之的兒子，人品也不壞啊！為何妳不喜歡他呢？」謝道韞回說：「謝家一門，叔父輩有阿大（謝安堂兄謝尚）、中郎（謝安二哥謝據），同輩堂兄弟中有封（謝韶的小名，謝安弟謝萬之子）、胡（謝朗的小名，謝安二哥謝據之子）、羯（謝玄的小名，謝道韞之弟）、末（謝淵的小名，謝道韞之兄。另一說謝琰的小名，謝安次子）。想不到天地間竟有王凝之這樣的人物！」謝道韞覺得娘家這邊人才濟濟，相形之下，自己的丈夫王凝之顯得太平庸了。其言「封胡羯末」原是指謝家子弟，後來成了稱美他人兄弟子姪之辭。

東晉安帝隆安三年（三九九）孫恩叛亂，當時擔

單位：年

西元	朝代	帝王年號	文學大事
456	南朝宋	孝武帝（劉駿）孝建三年	顏延之卒（三八四－）。代表作〈五君詠〉、〈北使洛〉、〈還至梁城作〉、〈陶徵士誄並序〉、〈赭ㄓㄜˇ白馬賦並序〉。詩人湯惠休生卒年不詳。約活動於文帝、孝武帝在位時。代表作〈白紵ㄓㄨˋ歌〉、〈怨詩行〉。作家、道士、醫學家陶弘景生？（－五三六）。
458		大明二年	王僧達卒（四二三－）。代表作〈答顏延年〉、〈祭顏光祿文〉、〈和琅邪王依古〉。
460		大明四年	詩人、小說家任昉生（－五〇八）。
462		大明六年	學者劉峻生？（－五二一？）。
464		大明八年	詩人謝朓生（－四九九）。作家丘遲生（－五〇八）。皇帝詩人蕭衍生（－五四九）。

任會稽內史的王凝之和其子都被誅殺，謝道韞聽聞叛軍至家門，竟抽刀出來殺敵，毫無所懼，殺了數人才被抓起來。孫恩被謝道韞的節操所感動，於是就放了她與非王姓的族人。由此看來，謝道韞不止是一位才女，其臨危不亂的膽識，就算是男兒也比不上吧！

《春秋穀梁傳集解》：范甯（三三九至四〇一）著，注解《春秋穀梁傳》的著作。《十三經注疏》之一。

《佛國記》：法顯（約三三七至四二二）著，佛教傳記。又名《高僧法顯傳》、《歷遊天竺記》。內容為法顯前往印度求法十餘年的見聞實錄，是研究古印度史地、風俗與佛教的重要史料。法顯乃中國到印度取經返回的第一人。

《搜神後記》：傳陶淵明著，志怪小說集。記載妖異神怪故事一百多則，內容以描寫風土人情、修道求仙、神鬼與人愛戀等為主。

田園詩：以描寫田園景色、生活為題材的詩，風格恬淡自然。

陶謝：指陶淵明、謝靈運。兩人皆擅長描寫自然景物，並在詩中展現其生命格調與生活情趣。

隱逸之宗——陶淵明

陶淵明（約三六五至四二七）的曾祖父是東晉開

465 明帝（劉彧）泰始元年　詩人柳惲生（－五一七）。詩文作家王僧孺生（－五二二）。文評家劉勰生？（－五三二？）。

466 泰始二年　鮑照卒？（四一四？－）。代表作〈舞鶴賦〉、〈蕪城賦〉、〈擬行路難〉、〈還都道中作〉、〈登大雷岸與妹書〉。謝莊卒（四二一－）。謝靈運之族姪，謝朓之族兄。代表作〈月賦〉、〈懷園引〉、〈宋孝武宣貴妃誄〉、〈遊豫章西觀洪崖井〉。

467 泰始三年　作家王融生？（－四九三？）。

468 泰始四年　詩論家鍾嶸生？（－五一八？）。

469 泰始五年　小說家吳均生（－五二〇）。作家、史學家裴子野生（－五三〇）。

470 泰始六年　作家陸倕生（－五二六）。地理學家酈道元生？（－五二七）。

471 泰始七年　小說編輯者殷藝生（－五二九）。

472 泰豫元年　詩文作家陸厥生（－四九九）。

國功臣陶侃，但到了他的父親這代家道已經中落。他平日最大的嗜好就是飲酒和作詩，早年也曾做過幾次小官，但個性始終無法適應官場的汙濁黑暗而辭去官職。之後，他回到家鄉耕種，縱使每天辛苦地工作，得到的報酬仍是難以溫飽全家老小。

四十一歲的那年，陶淵明熬不過親友的勸說，答應到家鄉附近的彭澤（今屬江西）擔任縣令。上任不過短短八十多天，朝廷派來了一名督郵（督察郡內屬縣的官員）到縣裡巡視，部下請陶淵明穿戴衣帽、束好腰帶到門口迎接。一向痛恨對人阿諛奉承的陶淵明，不由得嘆氣地說：「吾不能為五斗米折腰，拳拳事鄉里小人邪！」意思是，我怎麼可以為了區區五斗米的俸祿，而要彎下腰來侍奉這類不學無術、粗野鄙陋的小人呢！當天他便交還官印，辭官返家。

一踏出彭澤縣，陶淵明的腳步顯得輕快起來，其在〈歸去來兮並序〉表達對官宦生涯的厭倦，渴望盡快回家的心情，其云：「歸去來兮，田園將蕪胡不歸？既自以心為形役，奚惆悵而獨悲？」一想到家裡的田地都快要荒蕪，為何還不快點回家呢？明知道出來做官是奴役自己的心靈，為何還要憂愁地在外承受一個人的悲傷呢？

此後，到陶淵明六十三歲去世為止，他再也沒有出仕，不管面對耕作勞苦或飢寒交迫，他始終樂天知命，過著歸隱的村居生活，將自己的生命託付給大自然，也因而留下許多描寫田園風光的優美詩歌。南朝梁詩評家鍾嶸稱他是「古今隱逸詩人之宗」，北宋歐陽脩更直言「晉無文章，惟陶淵明〈歸去來兮〉一篇而已」，足見陶詩在歷來文人心目中的地位。

單位：年

西元	朝代	帝王年號	文學大事
474	南朝宋	後廢帝（劉昱）元徽二年	詩人徐摛ㄔ生？（－五五一？）。
479	南朝齊	高帝（蕭道成）建元元年	南朝宋順帝禪位蕭道成，南朝宋亡。蕭道成稱帝，國號齊，史稱「南朝齊」或「蕭齊」。 小說家王琰生卒年不詳。約活動於南朝宋、齊時期。著有《冥祥記》。 小說《燕丹子》約此前後作。（一說成於漢代，後經學者考證，應成於南齊到南梁之間。）作者不詳。 目錄學家阮孝緒生（－五三六）。
481		建元三年	詩人劉孝綽生（－五三九）。 作家王筠生？（－五四九？）。 （南印度）禪僧達摩（Dharma）約此前後抵達中國，為中國禪宗第一代祖師。另有一說是其於南梁武帝大通元年（五二七）抵中國。

山水詩：以描寫山水風光為題材的詩，特別注重對大自然聲音、色彩與外形的摹狀。

元嘉體：指南朝宋文帝元嘉年間的一種詩歌風格，其特色是雕琢辭藻，講求聲律和對偶的運用，代表人物有謝靈運、顏延之與鮑照。

元嘉三大家：指謝靈運、顏延之、鮑照。三人皆為元嘉體的重要代表，故稱之。

顏謝：指謝靈運、顏延之。兩人文章俱以詞采聞名。

二謝：指謝靈運、謝惠連族兄弟（另有謝靈運、謝朓之說）。

大小謝：指謝靈運、謝朓族伯姪（另有謝靈運、謝惠連之說）。

三謝：指謝靈運、謝惠連、謝朓。因三人皆擅長作山水詩，故稱之。

山水詩人——謝靈運

謝靈運（三八五至四三三）是東晉名將謝玄之孫，襲封康樂公，世稱「謝康樂」，因幼時曾寄養於別人家裡，十五歲才被接回建康，族人取其小名「客兒」，時人又稱他為「謝客」。

485 武帝（蕭賾）永明三年　王僧虔卒（四二六－）。代表作〈筆意贊〉、〈誡子書〉、〈太子舍人王琰帖〉。

487 永明五年　史學家蕭子顯生（－五三七？）。詩人、書法理論家庾肩吾生（－五五三？）。

489 永明七年　王儉卒（四五二－）。王僧虔之姪。編有《七志》。

493 永明十一年　王融卒？（四六七？－）。代表作〈江皋曲〉、〈三月三日曲水詩序〉。「竟陵八友」之一。

謝靈運自小博覽群籍，很早便享有詩名，相傳他寫好了一首詩，不分貴賤士庶，人人競相傳抄，才一個晚上早已傳遍，名動京師。不過，由於他的門第顯赫，家產豐厚，也養成了其生活豪奢，以及恃才傲物的狂放性格。

在謝靈運三十六歲那年，東晉被南朝宋劉裕的政權取代，新建立的王朝不免對有功於東晉的謝氏家族有所防範，謝靈運原本世襲康樂公的爵位被降成康樂侯，二年後他因評論時政，出貶為永嘉（今屬浙江）太守。

向來自恃出身與才能足以在朝廷擔任要職的謝靈運，滿懷不平地來到永嘉，期間他根本無心地方政事，終日遨遊山水，其歷來為人推崇的〈登池上樓〉之「池塘生春草，園柳變鳴禽」句，就是在永嘉時寫成的。

謝靈運很快地稱疾辭官，回到家鄉始寧（今屬浙江），他經常帶著大批僮僕與其一同尋幽訪勝，也不時和好友們飲酒賦詩。文帝即位，愛其文才，召其入京任祕書監一職，負責整理祕閣圖書，但他依然不改放浪性情，時常怠忽職守，一出遊便是十來天不歸，因此得罪了不少人，他於是上表陳疾，文帝賜假使其東歸。

大半生在官場來來去去好幾回，謝靈運始終不得志，他企圖通過寄情於大自然來忘卻心中的鬱結，因而寫出不少描繪山水的詩篇，像是〈過始寧墅〉中「白雲抱幽石，綠筱媚清漣」，以及〈石壁精舍還湖中作〉中「林壑斂暝色，雲霞收夕霏」等優美佳句。

最後謝靈運在臨川（今屬江西）內史任上遭人彈

單位：年

西元	朝代	帝王年號	文學大事
496	南朝齊	明帝（蕭鸞）建武三年	詩人溫子昇生？（－五四七）。詩人劉孝威生？（－五四九？）。詩人邢邵生（－五六一？）。
497		建武四年	佛家史學家慧皎生（－五五四）。
498		永泰元年	作家蘇綽生（－五四六）。
499		東昏侯（蕭寶卷）永元元年	謝脁卒（四六四－）。謝靈運之族姪。代表作〈遊東田〉、〈觀朝雨〉、〈晚登三山還望京邑〉、〈之宣城郡出新林浦向板橋〉。陸厥卒（四七二－）。代表作〈與沈約書〉、〈奉答內兄希叔〉、〈臨江王節士歌〉、〈中山王孺子妾歌〉。
500		永元二年	〔羅馬〕語法學家普里西安（Priscian）生卒年不詳。約活動於五世紀末、六世紀初。代表作《語法基礎》。
501		和帝（蕭寶融）中興元年	孔稚珪卒（四四七－）。代表作〈北山移文〉。文選家蕭統生（－五三一）。

勍，當朝廷派人來捉拿時，他竟然興兵抗拒，並寫了一首詩：「韓亡子房奮，秦帝魯連恥。本自江海人，忠義感君子。」詩中提及戰國末韓人張良（字子房）在秦滅韓時，曾雇用大力士甩出鐵椎偷襲秦始皇，結果只擊中副車，沒有成功，但其仍然奮力抗秦，後協助劉邦建立漢朝；又言齊人魯仲連（亦稱魯連）遊趙時，曾對著欲勸趙王尊秦為帝的魏國使者表明寧死也不當秦國臣民的心志。謝靈運藉由頌揚張良、魯仲連的行止，吐露自己實一直忠於東晉的心聲，後終因謀反而被殺。

不論謝靈運起兵的動作是源於政治上的失意，或真是發自對東晉的忠義之舉，都不難看出長期積存在他心底的矛盾兩難。但不管如何，由謝靈運大力開創的山水詩題材，確實多為後來的詩家所取法，連一向飛揚跋扈的唐人李白，在其〈春夜宴桃李園序〉一文寫有「吾人詠歌，獨慚康樂」（意指自己的詩歌唯獨不如謝靈運）之語，可見謝靈運的文筆、才氣之不凡。

《幽明錄》：劉義慶（四〇三至四四四）著，志怪小說集。內容以記鬼神怪異之事與反映人世因果輪迴為主，書中不少神鬼都具有人情，甚至動物也能和人高談玄理，情節曲折奇幻。原本散佚，近人魯迅從各家古籍輯得佚文二百六十餘則，收錄在《古小說鉤沉》中。

《世說新語》：劉義慶著，筆記小說集，也屬志人小說集。記載東漢至南朝宋時貴族名士的言行軼

502 **南朝梁　武帝（蕭衍）　天監元年**　南朝齊和帝禪位蕭衍，南朝齊亡。蕭衍稱帝，國號梁，史稱「南朝梁」或「蕭梁」。

詩人虞羲生卒年不詳。約活動於南朝齊、梁時期。代表作〈敬贈蕭諮議詩〉、〈詠霍將軍北伐詩〉。

503 **天監二年**　范雲卒（四五一－）。代表作〈別詩〉、〈效古〉、〈巫山高〉、〈贈張徐州謖〉、〈古意贈王中書〉。

皇帝詩人蕭綱生（－五五一）。

505 **天監四年**　江淹卒（四四四－）。代表作〈別賦〉、〈恨賦〉、〈雜體詩〉。

作家王巾卒（生年不詳）。代表作〈頭陀寺碑文〉。

詩人、史學家魏收生？（－五七二）。

507 **天監六年**　詩人徐陵生（－五八三）。

事，反映世族階層的思想與生活面貌。全書分成〈德行〉、〈言語〉、〈政事〉、〈文學〉、〈方正〉、〈雅量〉等三十六類，共計一千餘則故事。

《後漢書》：范曄（三九八至四四五）著，紀傳體史書。記載東漢歷史的著作。《二十四史》之一。其中十本紀、八十列傳為范曄撰，志為西晉人司馬彪撰。范曄首創在史書中立〈文苑傳〉，記錄東漢文人的生平事蹟與重要著作。范曄因尚未寫成志便被處死，南朝梁人劉昭為《後漢書》作注時，取司馬彪《續漢書》之八志與《後漢書》併成一書。

《三國志注》：裴松之（三七二至四五一）著注解《三國志》的著作。裴松之在作注時博引群書，許多至今已失傳的文章典籍，便是藉由此書而保存部分內容。

史學三裴：指裴松之、裴駰、裴子野。三人皆擅長史學，故稱之。

《史記集解》：裴駰著，闡釋《史記》的著作。書中所引注文，薈萃經史古籍與眾家學說，並針對正文不足處增補大量相關史料，對史學的貢獻很大。

《史記三家注》：指南朝宋裴駰《史記集解》、唐人司馬貞《史記索隱》、唐人張守節《史記正義》。自《史記》開始流傳，各家注釋《史記》的書也陸續出現，到了北宋，有人把以上三家較具影響力

單位：年

西元	朝代	帝王年號	文學大事
508	南朝梁	天監七年	任昉卒（四六〇－）。代表作〈贈王僧孺〉、〈王文憲集序〉、〈出郡傳舍哭范僕射〉。傳其著有《述異記》。與沈約齊名，有「任筆沈詩」之稱。丘遲卒（四六四－）。代表作〈與陳伯之書〉、〈旦發魚浦潭〉。皇帝詩人、畫家蕭繹生（－五五四）。
511		天監十年	詩人陰鏗生？（－五六三？）。
513		天監十二年	沈約卒（四四一－）。代表作〈傷謝朓〉、〈早發定山〉、〈與徐勉書〉、〈別范安成詩〉、〈遊沈道士館〉、〈新安江水至清淺深見底貽京邑遊好〉。著有《宋書》。「永明體」的代表之一。傳其提出「四聲八病」之說。詩人王褒生？（－五七六？）。詩人、辭賦家庾信生（－五八一）。

的注書散列於《史記》正文之下，合為一編，成為目前最通行的版本。

《冥祥記》：王琰著，志怪小說集。旨在宣揚佛教因果報應之說，故事內容除有歷來佛教靈驗神異事蹟的記載，也有當時僧人的生平傳記，以及作者的見聞實錄。原本已佚，部分內容保存於唐人道世《法苑珠林》中，今有輯本。

《七志》：王儉（四五二至四八九）編，目錄學著作。王儉參照西漢劉歆《七略》體例編成《七志》。其將圖書分成經典、諸子、文翰、軍書、陰陽、術藝、圖譜七類；另附道、佛二類。原本已佚，今僅存序錄。

竟陵八友：指聚集在南齊武帝次子竟陵太子蕭子良門下的一群文學之士，其中最著名的是蕭衍、沈約、謝朓、王融、任昉、蕭琛、范雲、陸倕等八人，故稱之。

江郎才盡——江淹

江淹（四四四至五〇五）一生歷經南朝宋、齊、梁三朝，早年家境貧苦，仕途多舛，就在這段歲月他創作出〈恨賦〉、〈別賦〉等名篇，從此文名顯於天下，人稱「江郎」，也開始受到朝廷的重用，官位一路高升。

相傳江淹在南朝齊時，剛卸下宣城（今屬安徽）太守的職務準備返家，途中借宿一間寺廟，當晚夢見

515 天監十四年 范縝卒？（四五〇？—）。代表作〈神滅論〉。

517 天監十六年 柳惲卒（四六五—）。代表作〈搗衣〉、〈江南曲〉、〈登景陽樓〉。

518 天監十七年 僧祐卒（四四五—）。編有《弘明集》。
鍾嶸卒？（四六八？—）。著有《詩品》。
詩人何遜卒？（生年不詳）。代表作〈相送詩〉、〈慈老磯〉、〈贈王左丞〉、〈臨行與故遊夜別〉。文與劉孝綽齊名，人稱「何劉」。詩與陰鏗齊名，人稱「陰何」。

519 天監十八年 文字學家顧野王生（—五八一）。
詩人江總生（—五九四）。

520 普通元年 吳均卒（四六九—）。代表作〈與顧章書〉、〈與宋元思書〉、〈發湘州贈親故別〉。著有《續齊諧記》。「吳均體」的創始者。

521 普通二年 劉峻卒？（四六二？—）。代表作〈辨命論〉、〈廣絕交論〉。著有《世說新語注》。

一個自稱是西晉作家張協的人對他說：「我以前把一匹錦寄放在你那裡，現在可以還給我吧！」江淹從懷裡取出幾尺錦給對方。那人生氣地說：「怎麼用掉那麼多，只剩下這一小截！」回頭看見丘遲在旁，那人便對丘遲說：「剩下這幾尺也沒什麼用，送給你好了！」從此江淹的才思大不如前。

又有人說江淹曾夢見一位俊美男子，自稱是東晉文士郭璞，這個人對江淹說：「我有一隻筆放在你那裡已經好些年了，如今請還給我。」江淹從身上拿出一枝五色筆給對方，爾後再也寫不出好的文句來，當時的人說這就叫作「才盡」。以上兩事皆出自《南史‧江淹傳》的記載，然不管是否真有其事，或是江淹在坐享官高祿厚的背後，有其不得任意揮筆的苦衷，「江郎才盡」已成了形容人文思枯竭，無法再現佳作的代稱。

《述異記》：傳任昉（四六〇至五〇八）著，志怪小說集。全書內容淩雜，多記歷來異聞瑣事，部分材料早在其他古籍中出現。

任筆沈詩：任昉的文章與沈約的詩皆有文才，故稱之。

《宋書》：沈約（四四一至五一三）著，紀傳體史書。記載南朝宋歷史的著作。《二十四史》之一。

永明體：指興起於南朝齊武帝永明年間的一種詩歌風格，其特色是講究聲韻格律，限制作詩必須搭配

單位：年

西元	朝代	帝王年號	文學大事
522	南朝梁	普通三年	王僧孺卒（四六五－）。代表作〈古意〉、〈白馬篇〉、〈與何炯書〉。
524		普通五年	詩人徐悱卒（生年不詳）。代表作〈贈內詩〉、〈古意酬到長史溉登琅邪城〉。 女詩人劉令嫻生卒年不詳。徐悱之妻，劉孝綽之妹。代表作〈祭夫文〉、〈答外詩〉。
526		普通七年	陸倕卒（四七〇－）。代表作〈石闕銘並序〉、〈新刻漏銘並序〉。
527	南朝梁 北魏	武帝 大通元年 孝明帝（元詡） 孝昌三年	酈道元卒（四七〇？－）。著有《水經注》。
528	南朝梁 北魏	武帝 大通二年 孝莊帝（元子攸） 建義元年	女詩人胡太后（名字不詳）卒（生年不詳）。北魏宣武帝之后。代表作〈楊白花歌〉。
529	南朝梁	武帝 中大通元年	殷藝卒（四七一－）。編有《小說》。

字音平、上、去、入四種聲調，調和音韻，避免發生聲律上的弊病。代表人物有沈約、謝朓、王融等人。永明體對日後唐代近體詩的形成與發展有很大的影響。

四聲八病：以字音平、上、去、入四種聲調作為標準，訂定出一套創作五言詩忌犯的八種聲病，即平頭、上尾、蜂腰、鶴膝、大韻、小韻、旁紐、正紐。平頭，指五言詩第一句的一、二字，與第二句的一、二字聲調相同。上尾，指五言詩第一句的第五字，與第二句的第五字聲調相同。蜂腰，指五言詩的句子中，第二字與第五字同聲。鶴膝，指五言詩第一句的第五字與第三句的第五字同聲。大韻，指五言詩兩句之內，出現與韻腳（韻文句末所押的韻）同韻部的字。小韻，指五言詩兩句之內，出現同屬一個韻部的字。旁紐（紐，意指聲母），指五言詩兩句之內，出現同聲母的字。正紐，指五言詩兩句之內，使用聲母、韻母相同的字。

《弘明集》：僧祐（四四五至五一八）編，佛教文集。收錄東漢末年至南朝梁期間的佛教文獻，旨在弘揚佛理，駁斥社會上對佛教的非議。書中保存不少原本已佚的文章，是研究中國佛教的重要史料。

《詩品》：鍾嶸（約四六八至五一八）著，中國第一部詩歌評論著作。書中品評以五言詩為主，將漢代至南朝梁一百二十餘位詩家，依其作品優劣分成上中下三品，並從中分析各家的創作風格、特點等。

530 中大通二年 裴子野卒（四六九－）。裴駰之孫。代表作〈雕蟲論〉、〈喻虜檄文〉。著有《宋略》。

〔羅馬〕由查士丁尼一世下令編纂的《民法大全》約此時成書，又名《查士丁尼法典》。

531 中大通三年 蕭統卒（五〇一－）。代表作〈陶靖節集序〉。編有《文選》。

詩文作家盧思道生？（－五八二？）。

教育家顏之推生？（－五九一？）。

532 中大通四年 劉勰卒？（四六五？－）。著有《文心雕龍》。

533 南朝梁 武帝 中大通五年 農學家賈思勰生卒年不詳。其編《齊民要術》約此年到東魏孝靜帝武定二年（五四四）之間成書。

北魏 孝武帝（元脩） 永熙二年

534 南朝梁 武帝 中大通六年 北魏孝武帝投奔宇文泰，高歡另立元善見為帝，即東魏孝靜帝。宇文泰毒死孝武帝，隔年另立元寶炬為帝，即西魏文帝。北魏從此分裂成東魏、西魏。

東魏 孝靜帝（元善見） 天平元年

何劉：指何遜（約五一八卒）、劉孝綽（四八一至五三九）。兩人皆以文章著稱。

陰何：指陰鏗（約五一一至五六三）、何遜。兩人皆以詩著稱。

《續齊諧記》：吳均（四六九至五二〇）著，志怪小說集。原本散佚，今僅存十七則，所載故事多為後人熟知，如陽羨書生、牛郎織女、重陽登高等。

吳均體：指吳均的文章風格。因吳均善於描寫山水景物，文辭清拔，時人多仿效，故稱之。

《世說新語注》：劉峻（約四六二至五二一）著，注解《世說新語》的著作。劉峻徵引廣博，許多其引用的書籍今已不存，卻是藉由《世說新語注》而保留部分內容。

《水經注》：酈道元（約四七〇至五二七）著，注解《水經》的著作。以《水經》一百三十七條河道為綱，蒐集全國有關水道文章的記載，包括河流經過地域的山川地理，歷史沿革、風俗物產、人物掌故等，並詳敘其支流一千二百五十二條。由於內容繁富，繪景生動，文字清新，兼具史地與文學價值。與楊衒ㄒㄩㄢˋ之的《洛陽伽藍記》歷來被公認是北朝文學的雙璧。《水經》作者不詳，題為漢代桑欽撰，後人考證應是三國時期的作品，列舉全國一百三十七條

單位：年

西元	朝代	帝王年號	文學大事
536	南朝梁 武帝	大同二年	陶弘景卒（四五六？－）。代表作〈答詔問〉、〈答謝中書書〉。著有《本草經集註》。阮孝緒卒（四七九－）。編有《七錄》。
537		大同三年	蕭子顯卒？（四八七－）。著有《南齊書》。
539		大同五年	劉孝綽卒（四八一－）。代表作〈夕逗繁昌浦〉、〈古意送沈宏〉、〈太子洑落日望水〉。
540		大同六年	詩人薛道衡生（－六〇九）。
544		大同十年	詩人楊素生？（－六〇六？）。
545		大同十一年	〔阿拉伯〕詩人烏姆魯勒・蓋斯（Imru al-Qays）卒？（四九七？－）。擅長描寫阿拉伯遊牧人的居處環境與感情生活。《懸詩》作者之一。懸詩，指在賽詩的盛會上，被選中的詩篇便會懸掛在麥加神殿的牆上供人欣賞。後人蒐集其中最優秀的七首編成《懸詩》。

水道的地理專著。

《小說》：殷藝（四七一至五二九）編，是一部彙編前人小說的總集。殷藝採集群書而編成，以時代先後為順序，並註明故事出處。原本散佚，部分內容保存於北宋晁載之《續談助》與元末明初陶宗儀《說郛》中。

《宋略》：裴子野（四六九至五三〇）著，編年體史書。記載南朝宋歷史的著作。原本散佚，片斷內容存於唐人杜佑《通典》、北宋李昉《文苑英華》等書中。

《文選》：蕭統（五〇一至五三一）編，中國現存最早的詩文總集。主編者蕭統為梁武帝蕭衍長子，被立為太子，未即位而卒，諡號昭明，故又名《昭明文選》。全書選錄先秦至南朝梁的詩文辭賦（不選經書、諸子作品，史書亦只選文采優美的論贊），分成賦、詩、騷、七、詔、冊、令、教等三十八類，共計七百餘篇。蕭統在〈文選序〉稱其衡量作品的標準為「事出於沉思，義歸乎翰藻」，強調文學作品必須經過深沉的構思，義理不離華美的辭藻。

《文心雕龍》：劉勰（約四六五至五三二）著，中國第一部體系完整的文學批評理論專著。全書分有五十篇，主要論述了文體源流、文學創作，以及作品批評鑑賞等方面。劉勰的重點在於要求文章內容與形式技巧並重，認為創作天分決定文學家的成就之外，

546
南朝梁　武帝　中大同元年
蘇綽卒（四九八－）。代表作〈大誥〉、〈六條詔書〉。

西魏　文帝（元寶炬）　大統十二年

547
南朝梁　武帝　太清元年
溫子昇卒（四九六？－）。代表作〈搗衣〉、〈春日臨池〉、〈涼州樂歌〉、〈寒陵山寺碑〉。與邢邵、魏收齊名，人稱「北地三才」。

東魏　孝靜帝　武定五年
詩人王籍卒？（生年不詳）。代表作〈入若耶溪〉。
作家楊衒之生卒年不詳。約活動於北魏末、東魏初。著有《洛陽伽藍記》。

548
南朝梁　武帝　太清二年
侯景之亂開始（－五五二）。

549
太清三年
蕭衍卒（四六四－）。代表作〈子夜四時歌〉、〈東飛伯勞歌〉。
王筠卒？（四八一？－）。王僧虔之孫。代表作〈昭明太子哀冊文〉。
劉孝威卒？（四九六？－）。劉孝綽之弟。代表作〈怨詩〉、〈雞鳴篇〉、〈望隔牆花〉、〈烏生八九子〉。

550
南朝梁　簡文帝（蕭綱）　大寶元年
東魏亡。高洋稱帝，國號齊，史稱「北齊」或「高齊」。

北齊　文宣帝（高洋）　天保元年
作家常景卒（生年不詳）。代表作〈圖古象贊述〉。
經學、訓詁學家陸德明生？（－六三〇？）。

也相信自然環境、社會生活對於文學發展是具有影響力的。此外，針對當時流於主觀的批評現象，劉勰也提出文評家不可只憑直覺便作出評斷，而是必須具備廣博的學識修養、公正的態度與統一的審度標準。

《齊民要術》：賈思勰編，農業著作。書中收集古來有關農業、畜牧業的生產技術、經驗等文獻資料，論述各種農作物的栽種培育、家禽與家畜的飼養方法，以及蔬菜、肉類與酒類等各種農產品的加工製造，是研究北朝農業生產和社會生活的重要著作。

《本草經集註》：陶弘景（約四五六至五三六）著，研究藥草的著作。作者重新整理前人《神農本草經》與《名醫別錄》中所載數百種藥草，開創本草學著作依藥性與藥草種屬分類編排的體例。原本已佚，今存殘本。

《七錄》：阮孝緒（四七九至五三六）編，目錄學著作。阮孝緒遍訪各地藏書家，將蒐集的六千餘部書目分成經典、記傳、子兵、文集、術技、佛法、仙道七類。原本已佚，今僅存序錄。

《南齊書》：蕭子顯（約四八七至五三七）著，紀傳體史書。記載南朝齊歷史的著作。《二十四史》之一。

北地三才：指溫子昇、邢邵、魏收三人，大約活動於北魏、東魏、北齊時期，為北朝的代表作家。

單位：年

西元	朝代	帝王年號	文學大事
551	南朝梁	簡文帝 大寶二年	徐摛卒？（四七四？－）。徐陵之父。代表作〈詠筆〉、〈胡無人行〉。 蕭綱卒（五〇三－）。代表作〈折楊柳〉、〈美人晨妝〉、〈夜望單飛雁〉、〈詠內人晝眠〉。「宮體詩」的代表之一。
552		元帝（蕭繹） 承聖元年	侯景之亂結束（五四八－）。
553		承聖二年	庾肩吾卒？（四八七－）。庾信之父。代表作〈遊甑ㄗㄥˋ山〉、〈亂後行經吳郵亭〉。著有《書品》。 皇帝詩人陳叔寶生（－六〇四）。
554		承聖三年	慧皎卒（四九七－）。著有《高僧傳》。 蕭繹卒（五〇八－）。代表作〈采蓮賦〉、〈職貢圖〉、〈春別應令〉、〈蕩婦秋思賦〉。著有《金樓子》。 〔羅馬〕歷史學家普羅科匹厄斯（Procopius）生卒年不詳。約活動於六世紀初至中葉。約此年編成《查士丁尼戰爭史》。

《洛陽伽藍記》：楊衒之著，記錄北魏都城洛陽佛寺盛衰興廢的地志。「伽藍」是梵語，意思是佛寺。全書記述洛陽七十多座佛寺的沿革變遷、建築規模、園林景色，以及相關的歷史事件、風俗民情、名人軼聞等。由於文筆駢整秀逸，描寫景物生動，歷來受到文史學者的重視。

侯景之亂：東魏降將侯景在南朝梁武帝末年所發動的叛亂。

宮體詩：指盛行於南朝梁、陳時期的一種詩歌風格。內容以描寫宮廷生活、婦女容顏體態、抒發兒女情感為主，文字流瀉一股輕豔綺靡的情調，又稱「宮體文學」。代表人物有蕭綱、蕭繹兄弟、徐摛、徐陵父子、庾肩吾、庾信父子與陳叔寶等人。

《書品》：庾肩吾（約四八七至五五三）著，書法理論批評著作。書中敘述書法的源流演變，並評論自漢代至南朝齊、梁時期一百餘位書法家的書法特色。

《高僧傳》：慧皎（四九七至五五四）著，僧人傳記著作。又名《梁高僧傳》。記錄東漢明帝至南朝梁期間德行高蹈的僧侶二百餘人，是現存最早的一部僧人傳記。書中也介紹了佛教傳入中國後佛經翻譯的情況，以及文人和僧侶的交往關係。

556	南朝梁	敬帝（蕭方智）	太平元年	西魏恭帝禪位宇文覺，西魏亡。詩人蕭慤ㄑㄩㄝˋ生卒年不詳。於南朝梁末入北齊。代表作〈秋思〉。
	北齊	文宣帝	天保七年	
557	南朝陳	武帝（陳霸先）	永定元年	南朝梁亡。陳霸先稱帝，國號陳，史稱「南朝陳」。
	北周	孝閔帝（宇文覺）	元年	宇文覺代西魏稱帝，國號周，史稱「北周」或「宇文周」。書法家歐陽詢生（－六四一）。史學家姚思廉生（－六三七）。
558	南朝陳	武帝	永定二年	書法家虞世南生（－六三八）。
561	南朝陳	文帝（陳蒨）	天嘉二年	邢邵卒？（四九六－）。代表作〈七夕〉、〈思公子〉、〈冬日傷志篇〉。
	北齊	武成帝（高湛）	太寧元年	
563	南朝陳	文帝	天嘉四年	陰鏗卒？（五一一？－）。代表作〈五洲夜發〉、〈晚出新亭〉、〈閑居對雨〉。
565			天嘉六年	史學家李百藥生（－六四八）。
569		宣帝（陳頊）	太建元年	皇帝詩人楊廣生（－六一八）。

《金樓子》：蕭繹著，雜記集。內容除探討有關文學理論、書籍源流的問題外，也包含了蕭繹個人的讀書心得與交遊見聞等，可謂其生平學習與生活的隨想記錄。原本已佚，今存輯本。

多情徐娘的丈夫——蕭繹

南朝梁元帝蕭繹（五〇八至五五四）有一名妃子叫作徐昭佩，其在蕭繹未登基前已經過世，但她在史上「徐娘」的名號比起其皇帝丈夫還要響亮。

徐昭佩與蕭繹的感情並不和睦，當她聽到蕭繹準備過來她的住處，就會故意化半張臉的妝，以嘲諷蕭繹只有一隻眼睛（十四歲得眼疾而瞎一隻眼）。她又喜歡喝酒，經常喝到爛醉，蕭繹進了房門，她必定嘔吐在蕭繹的衣服上。

暨季江是蕭繹身邊的臣子，容貌俊秀，與徐昭佩有私情，暨季江還會向人侃侃說道：「柏直狗，雖老猶能獵；蕭溧陽馬，雖老猶駿；徐娘雖老，猶尚多情。」意指柏直這個地方的狗雖然老了，還能用來狩獵；溧陽（今屬江蘇）這個地方的馬雖然老了，還是駿逸的良馬；徐妃雖然老了，還依然很多情。後來人們便以「徐娘半老」比喻年長而猶有風韻的女人。

南朝梁武帝太清三年（五四九），蕭繹將寵妃王夫人的死因歸咎於徐昭佩，下令逼其自殺。徐昭佩投井自盡後，蕭繹將她的屍體打撈起來送還徐家，並向徐家聲明這是「休妻」的舉動。

唐代詩人李商隱曾針對此事發表看法，其〈南朝〉詩末兩句為：「休誇此地分天下，只得徐妃半面妝。」李商隱認為，蕭繹貴為王族，後又登上帝位，

單位：年

西元	朝代	帝王年號		文學大事
571	南朝陳	宣帝	太建三年	名將、軍事家李靖生（－六四九）。
572	南朝陳	宣帝	太建四年	魏收卒（五〇五？－）。代表作〈庭柏〉、〈喜雨〉、〈挾琴歌〉。著有《魏書》。
	北齊	後主（高緯）	武平三年	
574	南朝陳	宣帝	太建六年	經學家孔穎達生（－六四八）。
576	南朝陳	宣帝	太建八年	王褒卒？（五一三？－）。原仕於南朝梁，後江陵為西魏攻陷，被擄至西魏都長安；西魏亡後，入仕北周。代表作〈渡河北〉、〈燕歌行〉、〈關山月〉、〈與周弘讓書〉。
	北周	武帝（宇文邕）	建德五年	
577	南朝陳	宣帝	太建九年	北齊亡。北周統一北方。
	北周	武帝	建德六年	
579	南朝陳	宣帝	太建十一年	史學家房玄齡生（－六四八）。
580			太建十二年	史學家、政治家魏徵生（－六四三）。

卻只能得到自家妃子用半面妝容的對待，無法贏得一個女人全部的感情；正如南朝梁苟安於南方一隅，無法一統天下，所以根本沒有什麼好炫耀的！

《魏書》：魏收（約五〇五至五七二）著，紀傳體史書。記載北魏歷史的著作。《二十四史》之一。由於魏收是北齊的史官，修史以東魏、北齊為正統，故不為西魏帝王立紀，稱南朝為「島夷」。

隋唐五代文學

隋唐五代文學指的是隋、唐到五代十國時期的文學。自三國到南北朝，分裂了三百多年的中國為楊堅統一，建立隋朝。隋朝文學基本上承繼南朝浮豔風氣，內容多以宮廷為中心，成就不高，但起於隋的科舉制度，卻深深影響了後代學子達一千三百餘年之久。

隋煬帝的荒淫奢侈，政權很快地為唐高祖李淵取代，其後經過貞觀到開元間百年的休養生息，政治趨於穩定，促進文化、經濟的發達，造就氣象非凡的大唐盛世，反映在文學上，就是唐詩攀上詩歌發展史上的高峰，詩不論在形式、內容、風格以及作品的質與量等各方面，無不呈現一片繁花錦簇，唐詩向來也被公認是唐代文學的代表。

出土於近代的敦煌文獻的變文，一般認定是唐時為了宣傳佛教義理，所發展出的一種通俗文學形式，內容除了演述佛經神變故事之外，也有講唱古往今來的歷史與民間傳說。受到變文體裁的影響，文人創作出情節結構完整，注重人物形象與心理描寫的文言短篇唐傳奇，小說揮別了以往筆記式的瑣碎雜語，題材也從志怪、志人擴展到現實生活，表達出作者的人生態度及其對生命價值的思考。

歷經一場動搖唐國本的安史之亂後，藩鎮割據形成，中央政權衰弱，社會衝突日益嚴重，一群有識之士為力挽國家政治頹勢，發出革除時弊的疾呼，像是由韓愈、柳宗元所主導的古文運動，以及白居易、元稹所提倡的新樂府運動便是在這樣的時代背景下產生。

古文運動的目的是為了恢復古代儒家道統，以先秦、兩漢文章為典範，反對六朝延續的駢儷文風，強調文學與倫理教化的緊密聯繫。新樂府運動承繼了先秦《詩經》、漢樂府詩的寫實風格，認為詩歌的使命是為了補察時政和洩導人情，反對一味追求形式之美，重視作品的思想和內容。這兩場文學改革運動在當時都掀起一陣波瀾，並得到廣泛的回響。

李太白上陽臺

單位：年

西元	朝代	帝王年號	文學大事
581	隋 南朝陳	文帝（楊堅）開皇元年 宣帝 太建十三年	北周亡。北朝結束（三八六－）。楊堅稱帝，國號隋。 庾信卒（五一三－）。代表作〈小園賦〉、〈烏夜啼〉、〈寄王琳〉、〈擬詠懷詩〉、〈哀江南賦並序〉。與徐陵齊名，後世稱兩人詩文為「徐庾體」。 顧野王卒（五一九－）。南朝梁亡後，入仕南朝陳。著有《玉篇》。 作家李諤生卒年不詳。約活動於北朝末、隋初。代表作〈上書請正文體〉。 小說家王度生？（－六二五？）。 史學、經學家顏師古生（－六四五）。
582	隋	文帝 開皇二年	盧思道卒？（五三一？－）。代表作〈從軍行〉、〈勞生論〉、〈聽鳴蟬篇〉。
583	隋 南朝陳	文帝 開皇三年 後主（陳叔寶）至德元年	徐陵卒（五〇七－）。南朝梁亡後，入仕南朝陳。代表作〈秋日別庾正員〉。編有《玉臺新詠》。 史學家令狐德棻生（－六六六）。

徐庾體：指徐陵與庾信的詩文風格。兩人皆擅長風格豔麗的宮體詩與講究用典的駢文。

《玉篇》：顧野王（五一九至五八一）著，按字形分部編排的字書。全書分有五百四十二個部首，部首的排列順序主要是依據字義相近與否。原本收錄一萬六千餘字，今本則有二萬二千餘字，此為後人不斷增補的結果。

暮年詩賦動江關——庾信

庾信（五一三至五八一）早年與父親庾肩吾同為宮體詩的愛好者，南朝梁武帝蕭衍對其父子相當禮遇，曾派庾信出使東魏，北方文人無不驚豔庾信的美文，從此名震南北文壇。

回到梁後不久發生侯景之亂，梁簡文帝為侯景所殺，梁元帝在江陵即位，庾信奉命出使西魏。孰知庾信一抵達西魏城都長安，西魏隨即攻下江陵，殺了梁元帝，庾信也被迫留在西魏，這時他已經四十多歲了。三年後西魏為北周所滅，梁也亡於陳霸先之手，北周仍堅持不讓庾信返回南方，任命庾信為驃騎大將軍（本官名）開府儀同三司（可以本官名義自置官署、僚屬。儀同三司，意指非三公的官職而能享受三公的待遇），故世稱「庾開府」。

庾信在北方雖然名重顯達，但南方畢竟才是他的故鄉，其在〈哀江南賦〉抒發自己羈旅在外的思鄉之苦，亡國之痛，文辭蒼鬱悲壯，早已擺脫他在南方時的旖旎文風。唐人杜甫〈戲為六絕句〉中有「庾信文章老更成，凌雲健筆意縱橫」，及其〈詠懷古跡〉有

584 隋 文帝 開皇四年 教育家、儒家學者王通生？（—六一八？）。

585 開皇五年 詩人王績生？（—六四四？）。

587 開皇七年 隋文帝此年命令每州每年選送三人應考秀才；至煬帝始置明經、進士二科，確立以考試來選拔官吏的科舉制度。

589 開皇九年 陳後主為隋俘虜，南朝陳亡。南朝結束（四二〇—）。

590 開皇十年 詩人王梵志生？（—六六〇？）。

591 開皇十一年 顏之推卒？（五三一？—）。著有《冤魂志》、《顏氏家訓》。

594 開皇十四年 江總卒（五一九—）。代表作〈閨怨〉、〈宛轉歌〉。

596 開皇十六年 書法家褚遂良生（—六五八或六五九）。

600 開皇二十年 〔印度〕小說家蘇般度（Subandhu）約活動於六、七世紀。代表作《仙賜傳》。

601 仁壽元年 音韻學家陸法言生卒年不詳。此年編成《切韻》。

「庾信平生最蕭瑟，暮年詩賦動江關」詩句，對庾信晚年的作品相當推崇，庾信向來也被視為是南北朝文學的集大成者。

《玉臺新詠》：徐陵（五〇七至五八三）編，詩歌總集。收錄東周至南朝梁詩七百餘首，以「選錄豔歌」為宗旨。

科舉制：指中國通過設立各種科目公開考試選拔官吏的制度。創始於隋代，後經唐、宋、明、清歷朝不斷地發展，考試的科目內容與體裁形式也有所變革，但一千多年來都是沿用科舉之名，至清末廢止。

《冤魂志》：顏之推（約五三一至五九一）著，志怪小說集。內容主要反映統治階層的內部鬥爭與濫殺無辜的惡行，然終是惡有惡報，全書旨在宣揚佛家因果報應之說。

《顏氏家訓》：顏之推文集。為顏之推教育後輩如何修身、治家、處世、為學的著作。

《切韻》：陸法言編，韻書。陸法言以歷來音韻多有分歧，集結盧思道、薛道衡、顏之推等八名學者共同討論音韻，後來據以編成《切韻》。書中收錄一萬一千餘字，按文字的四種聲調分成一百九十三韻，即平聲五十四韻、上聲五十一韻、去聲五十六韻、入聲三十二韻。各字之下有簡略的字義解釋，常用字則多不加解釋。原本已佚，但其語音系統仍完整保存在

單位：年

西元	朝代	帝王年號	文學大事
602	隋	仁壽二年	高僧、譯經師玄奘生（－六六四）。
604		仁壽四年	陳叔寶卒（五五三－）。代表作〈烏棲曲〉、〈舞媚娘〉、〈玉樹後庭花〉。
606		煬帝（楊廣）大業二年	楊素卒？（五四四？－）代表作〈出塞〉、〈贈薛播州〉。
608		大業四年	詩人上官儀生？（－六六四）。
609		大業五年	薛道衡卒（五四〇－）。代表作〈昔昔鹽〉、〈從軍行〉、〈人日思歸〉。
618	唐	高祖（李淵）武德元年	隋朝亡。李淵稱帝，國號唐。楊廣卒（五六九－）。代表作〈江都宮樂歌〉、〈春江花月夜〉、〈飲馬長城窟行〉。王通卒？（五八四？－）。王度之弟（一說王度之兄），王績之兄，王勃之祖。其後人與門人將其生平言行編成《中說》。學者徐彥生卒年不詳。約活動於唐初。著有《公羊傳疏》。

唐人王仁煦《刊謬補缺切韻》與北宋陳彭年《廣韻》中，以上兩書皆依《切韻》所增訂。

韻書：將文字按音韻分類編排，以分辨字的正確讀音為主，兼及說明字義。

喜作豔詞的亡國之君——陳叔寶

陳叔寶（五五三至六〇四）是南朝陳的末代君主，他仗恃長江天然險要，以為北方的隋軍不會揮兵南下，常與眾臣子在後宮遊宴狎戲，尤其寵愛貴妃張麗華，還為其作了多首豔詞，其中最著名的便是〈玉樹後庭花〉。

當隋軍已攻入建康的宮殿內，發現前線送來的告急文書，竟還丟在陳叔寶的床下尚未拆封，無不對其荒淫誤國的行徑感到不可思議。成為隋的俘虜後，隋文帝楊堅曾直指陳叔寶當初若肯把作詩、飲酒的心思花在治理國事上，陳朝不可能淪落亡國的下場。

晚出的杜牧在〈泊秦淮〉詩中的「商女不知亡國恨，隔江猶唱後庭花」，即是援引陳叔寶因沉湎酒色，終導致國家滅亡的這段史實。

【唐詩】

唐代詩歌的總稱，亦是唐代文學的代表。韻文自先秦《詩經》、《楚辭》，到漢代的賦、樂府、古詩，至唐代新興出近體詩的寫作格律。自近體詩形成後，古詩與近體詩便在唐詩史上共同發展。

就唐代而言，相對於近體詩的古詩又稱「古體詩」，多以五言、七言為主，句數不限，可自由換

619 **武德二年** 詩人駱賓王生？（—六八四？）。

621 **武德四年** 秦王李世民選十八位博覽古今、善於文辭的賢士入文學館，號「十八學士」。

624 **武德七年** 歐陽詢等人奉敕令編纂《藝文類聚》成書。

625 **武德八年** 王度卒？（五八一—？）。代表作〈古鏡記〉。傳奇小說〈補江總白猿傳〉約此前後作。作者不詳。

626 **武德九年** 發生玄武門之變。

627 **太宗（李世民）貞觀元年** 唐太宗在位期間，舉賢任能，肅清吏治，安定邊疆，國勢強盛，史稱「貞觀之治」。邊疆各族尊稱太宗為「天可汗」。學者楊士勛生卒年不詳。約活動於太宗在位時。著有《春秋穀梁傳疏》。

630 **貞觀四年** 日本首度派出遣唐使出使唐朝。陸德明卒？（五五〇？—）。著有《經典釋文》。學者李善生？（—六八九）。

韻，平仄不限。「近體詩」，又稱「今體詩」或「格律詩」，分有絕句、律詩、排律三種體例。以五言、七言為主，句數、字數、平仄、用韻皆有嚴格限制。

絕句每首四句，第二、四句最末一字必須押韻，第一句可押可不押，第三句不可押韻。律詩每首八句，每兩句為一聯，中間兩聯必須對仗。第一、二句稱「首聯」，第三、四句稱「頷聯」，第五、六句稱「頸聯」，第七、八句稱「尾聯」。第二、四、六、八句最末一字必須押韻；第一句可押可不押，第三、五、七句不可押韻。排律，又稱「長律」，就是律詩的延長。其規律都以律詩為標準。除首、尾兩聯和律詩一樣不須對仗之外，其他中間各聯都必須對仗，最長可達一百韻（二百句）。

一般將唐詩分為初唐、盛唐、中唐、晚唐四個時期。初唐以王勃、陳子昂、沈佺期、宋之問為代表。盛唐以王昌齡、孟浩然、王維、李白、杜甫為代表。中唐以白居易、劉禹錫、元稹、李賀為代表。晚唐以杜牧、李商隱為代表。

唐詩除題材廣泛、意境深遠之外，音韻和諧、文字精煉為其語言的藝術形式，唐亡至今千餘年，仍被後人傳誦不歇，其文學成就，亦是後代詩人難以超越的。

【變文】

唐代受佛教影響而興起的一種講唱文學。變，此指把古典故事重新演繹變化，使人容易明白。

早期僧侶為了宣揚佛法，將艱澀的經文轉化成淺顯的口語邊講邊唱，內容以演繹佛經為主；其後因應

單位：年

西元	朝代	帝王年號	文學大事
632	唐	貞觀六年	（阿拉伯）伊斯蘭教創始人穆罕默德（Mohammed）卒（五七〇？－）。門徒阿布・伯克爾（Abu Bakr）彙整其言論成《古蘭經》，為伊斯蘭教的經典。
636		貞觀十年	詩人盧照鄰生？（－六八九？）。
637		貞觀十一年	姚思廉卒（五五七－）。主編《梁書》、《陳書》。
638		貞觀十二年	虞世南卒（五五八－）。著有《北堂書鈔》。「唐初四大書家」之一。 高僧六祖慧能生（－七一三）。
641		貞觀十五年	唐太宗遣宗室女文成公主入吐蕃和親。 歐陽詢卒（五五七－）。代表作除前所列，另有〈九成宮醴泉銘〉。
642		貞觀十六年	孔穎達奉太宗詔令編訂《五經正義》此年撰成。
643		貞觀十七年	唐太宗命畫家閻立本摹繪二十四位功臣圖像於太極宮凌煙閣，史稱「凌煙閣二十四功臣」。 魏徵卒（五八〇－）。代表作〈十漸不克終疏〉、〈諫太宗十思疏〉。主編《隋書》、《群書治要》。

聽眾的需求，講唱者不再限於僧侶，也有民間藝人以講唱變文為職業。除佛經故事之外，變文又發展出世俗故事一類，內容以歷史傳說、民間故事為主，形成一種普遍的市民文藝。

變文的敘說生動，想像豐富，語言通俗，能將簡短的經文或故事敷衍成長篇。文體由散文與韻文反復交替組成。代表作品有《降魔變文》、《伍子胥變文》、《孟姜女變文》、《維摩詰經變文》、《大目乾連冥間救母變文》等。

變文乃近代出土文獻，清德宗光緒二十五年（一八九九）在敦煌（今屬甘肅）藏經洞發現大批變文的手抄本，始引發各界的研究。變文對唐代傳奇、宋、元話本與後代的戲曲有一定的影響，如唐代傳奇多為散、韻相間；宋、元時期，民間說書人的話本多以長篇白話鋪敘，文中雜有詩詞。亦有多部變文被後人改編成戲曲。

《中說》：王通（約五八四至六一八）思想著作。又名《文中子》。為王通與門人的問答筆記，體例仿《論語》，內容以儒家思想為主，其中也擷取道、佛兩家的優點，提出「三教於是乎可一」之說，倡導儒、道、佛合一，以調和三者之間因矛盾所產生的衝突。

《公羊傳疏》：徐彥著，闡釋《春秋公羊傳解詁》的著作。《十三經注疏》之一。

十八學士：秦王李世民選十八位博覽古今、善

644
貞觀十八年　王績卒？（五八五？—）。代表作〈野望〉、〈五斗先生傳〉。
詩人李嶠生（—七一三）。（一說六四五生。）

645
貞觀十九年　顏師古卒（五八一—）。顏之推之孫。著有《漢書注》。
詩人杜審言生？（—七〇八）。

646
貞觀二十年　由玄奘口述，門人辯機筆錄《大唐西域記》成書。

648
貞觀二十二年　李百藥卒（五六五—）。主編《北齊書》。
孔穎達卒（五七四—）。代表作除前所列，另有參與《隋書》編寫。
房玄齡卒（五七九—）。主編《晉書》。
作家蘇味道生（—七〇五）。

649
貞觀二十三年　李靖卒（五七一—）。代表作《李衛公問對》。
詩人王勃生（—六七五或六七六）。（一說六五〇生。）
書法家薛稷生（—七一三）。

於文辭的賢士入文學館，號「十八學士」，其為杜如晦、房玄齡、虞世南、褚亮、姚思廉、李玄道、蔡允恭、薛元敬、顏相時、蘇勗丅ㄩ、于志寧、蘇世長、薛收、李守素、陸德明、孔穎達、蓋文達、許敬宗。

《藝文類聚》：歐陽詢（五五七至六四一）等編，類書。全書分四十六部，引用古籍達一千四百餘種，採以類事居於前，詩文列於後的編寫方式。《四庫全書總目提要》稱其「於諸類書中，體例最善」。

〈古鏡記〉：王度（約五八一至六二五）著，為唐代早期傳奇小說的代表作。與〈補江總白猿傳〉同為早期的傳奇作品。

玄武門之變：武德九年（六二六），由唐高祖李淵的次子秦王李世民，在長安皇宮內的北門玄武門所發動的一場流血政變，李世民殺其兄長皇太子李建成與弟齊王李元吉，其後李淵傳位李世民。

《春秋穀梁傳疏》：楊士勛著，闡釋《春秋穀梁傳集解》的著作。《十三經注疏》之一。

《經典釋文》：陸德明（約五五〇至六三〇）著，解釋先秦古書音義的專著。為研究文字、音韻及經籍版本的重要工具書。

《梁書》：姚思廉（五五七至六三七）主編，紀傳體史書。記載南朝梁歷史的著作。《二十四史》之

單位：年

西元	朝代	帝王年號	文學大事
650	唐	高宗（李治）永徽元年	學者賈公彥生卒年不詳。約活動於高宗在位時，著有《周禮義疏》、《儀禮義疏》。 詩人楊炯生（－六九五？）。 〔印度〕小說、文評家檀丁（Dandin）生卒年不詳。代表作《十公子傳》。
651		永徽二年	詩人劉希夷生？（－六七八？）。
653		永徽四年	正式頒布《五經正義》為科舉考試的標準範本。 作家崔融生（－七〇六）。
656		顯慶元年	詩人宋之問生？（－七一二）。 詩人沈佺期生？（－七一四？）。
658		顯慶三年	褚遂良卒（五九六－）。（一說六五九卒。）代表作〈孟法師碑〉、〈雁塔聖教序〉。 小說家張鷟生？（－七三〇？）。 書法家張旭生？（－七四七？）。
659		顯慶四年	學者徐堅生（－七二九）。 詩人賀知章生（－七四四）。
660		顯慶五年	王梵志卒？（五九〇？－）。代表作〈我昔未生時〉、〈梵志翻著襪〉。為開「通俗詩」先河的詩人。 詩人張若虛生？（－七二〇？）。

一。

《陳書》：姚思廉主編，紀傳體史書。記載南朝陳歷史的著作。《二十四史》之一。

唐初四大書家：歐陽詢、虞世南、褚遂良、薛稷。

《北堂書鈔》：虞世南（五五八至六三八）著，類書。從各類書籍中摘錄名言佳句，分成八百餘類。

《五經正義》：孔穎達（五七四至六四八）編訂，太宗貞觀十六年（六四二）撰成，闡釋五部儒家經書注的結集。《周易正義》闡釋《周易注》；《尚書正義》闡釋《尚書孔氏傳》（東晉人梅賾所獻真偽相雜版本）。《毛詩正義》闡釋《毛詩箋》；《禮記正義》闡釋《禮記注》；《春秋左傳正義》闡釋《春秋左氏經傳集解》，以上五書皆入《十三經注疏》中。正義，古時指對經史典籍的注釋或解釋古文注。

凌煙閣二十四功臣：貞觀十七年（六四三），太宗命畫家閻立本摹繪二十四位功臣圖像於太極宮凌煙閣，史稱「凌煙閣二十四功臣」，其為長孫無忌、李孝恭、杜如晦、魏徵、房玄齡、高士廉、尉遲敬德、李靖、蕭瑀、段志玄、劉弘基、屈突通、殷嶠、柴紹、長孫順德、張亮、侯君集、張公謹、程知節、虞世南、劉政會、唐儉、李勣、秦瓊。

《隋書》：魏徵主編，紀傳體史書。記載隋朝

661 **龍朔元年** 詩人陳子昂生？（－七〇二？）。史學家劉知幾生（－七二一）。

664 **麟德元年** 玄奘卒（六〇二－）。代表作除前所列，一生翻譯佛教大小乘經論七十多部。上官儀卒（六〇八？－）。代表作〈入朝洛堤步月〉。「上官體」的創始者。女詩人上官婉兒生（－七一〇）。

666 **乾封元年** 令狐德棻卒（五八三－）。主編《周書》。

667 **乾封二年** 作家張說生（－七三〇）。

670 **咸亨元年** 作家蘇頲生（－七二七）。史學家吳兢生（－七四九）。

673 **咸亨四年** 詩人張九齡生（－七四〇）。（一說六七八生。）

675 **上元二年** 王勃作〈滕王閣詩並序〉。王勃卒（六四九或六五〇－）。（一說六七六卒。）代表作除前所列，另有〈山中〉、〈送杜少府之任蜀州〉。「初唐四傑」之一。

676 **儀鳳元年** 史學家李延壽卒？（生年不詳）。主編《南史》、《北史》。

歷史的著作。《二十四史》之一。其中《隋書・經籍志》是最早將圖書四部分類標出「經、史、子、集」名稱（按此分類排序在東晉李充《晉元帝四部書目》已定，然當時稱之「甲、乙、丙、丁」），另又附佛、道兩類典籍，直到清代《四庫全書》仍是沿用此一圖書分類體例。

《群書治要》：魏徵主編，類書。魏徵奉唐太宗敕令與虞世南、褚遂良等人合編。輯錄前人經史、諸子典籍，包括周易、尚書、毛詩、春秋左氏傳等六十五部，作為唐太宗治國之借鑒。

敢與皇帝直言明諫的能臣——魏徵

魏徵（五八〇至六四三）一生直言進諫唐太宗達兩百餘事，兩人經過一番激烈爭論，太宗雖多能接納其諫言，但內心仍難免有所不平。

有次太宗大宴群臣，忍不住對長孫無忌抱怨說：「魏徵屢次進諫，總要我當著眾人的面來接受他的意見，都不懂得依順我，好替我留點顏面，等退朝再私下向我諫言。」正好也在席上的魏徵，對此解釋道：「陛下，從前舜帝曾告誡臣子『不可當面假裝曲意順從，背後又是另一番說辭』。如今您貴為天子，更不該有表裡不一的言行啊！」太宗聽了只能啞口無言。

還有一回，太宗上朝回來，很生氣地說道：「一定要殺了這個鄉下老頭！」長孫皇后問說是誰。太宗答說：「魏徵每次都在廷上讓我難堪。」長孫皇后聽完之後，立刻回房換上朝服，出來向皇上道賀，並且說道：「臣妾聽聞上有明主，下有直臣。今日魏徵敢

單位：年

西元	朝代	帝王年號	文學大事
678	唐	儀鳳三年	劉希夷卒？（六五一？—）。宋之問之外甥。代表作〈代悲白頭翁〉。 書法家李邕生（—七四七）。 駱賓王被誣陷下獄，作〈在獄詠蟬〉。（一說六七九作。）
680		永隆元年	詩僧寒山子生？（—七九三？）。
684		中宗（李顯）嗣聖元年 睿宗（李旦）文明元年 武后（武曌）光宅元年	武后廢三子中宗，立四子睿宗，武后正式親政，睿宗只是名義上的皇帝。 駱賓王作〈為徐敬業討武曌檄〉。 駱賓王卒？（六一九？—）。代表作除前所列，另有〈帝京篇〉、〈疇昔篇〉、〈於易水送人〉。
685		睿宗（實為武后）垂拱元年	皇帝學者李隆基生（—七六二）。
687		垂拱三年	詩人王翰生？（—七二六？）。
688		垂拱四年	詩人王之渙生（—七四二）。
689		永昌元年	李善卒（六三〇？—）。著有《文選注》。開啟「文選學」之風潮。 盧照鄰卒？（六三六？—）。代表作〈長安古意〉。 詩人孟浩然生（—七四〇）。

在朝廷和皇上辯論國事，由此可知陛下是一位明君，臣妾怎敢不向皇上祝賀呢！」太宗這才轉怒為喜。

魏徵去世，太宗曾感慨地說：「以銅為鏡，可以正衣冠；以古為鏡，可以知興替；以人為鏡，可以明得失。我因為有這三面鏡子，才能防範自己犯錯。如今魏徵離開人世，我已經失去一面鏡子了！」足見太宗對魏徵這位諍臣的重視。

斗酒學士——王績

王績（約五八五至六四四）年少遊長安時，曾拜見隋朝大臣楊素，在場人士無不以「神童仙子」視之。登第後任官因個性孤傲又嗜酒，常醉到耽誤處理政事，屢遭彈劾而被解職。

唐高祖武德年間，朝廷徵召前朝官員，王績接下門下省待詔（供養於內廷以待命）一職，按例每日可供酒三升。其弟問王績對待詔的看法，王績表明待詔的俸祿低，工作又毫無樂趣可言，他留下來全是為了三升的美酒。當時擔任侍中，亦是王績的直屬上司陳叔達得知此事，便把三升酒添加到一斗，時人因而稱王績「斗酒學士」。

之後王績仍對政治現實感到不滿，決定辭官隱居東皋，自號「東皋子」，不過只要有人以酒相邀，他必定欣然赴約前往。

《漢書注》：顏師古（五八一至六四五）著，解釋《漢書》的著作。

《大唐西域記》：由玄奘口述，門人辯機筆錄，

年份	朝代	帝王	年號	事件
690	武周	則天（武曌）	天授元年	武則天改國號唐為周，自稱「聖神皇帝」。 詩人李頎（ㄑㄧ）生（－七五一）。
692			長壽元年	詩人綦（ㄑㄧ）毋潛生？（－七四九？）。
695			天冊萬歲元年	楊炯卒？（六五〇－）。代表作〈從軍行〉。
698			聖曆元年	詩人王昌齡生？（－七五六？）。
701			長安元年	詩人王維生（－七六一）。 詩人李白生（－七六二）。
702			長安二年	陳子昂卒？（六六一？－）。代表作〈感遇〉、〈薊丘覽古〉、〈度荊門望楚〉、〈送魏大從軍〉、〈登幽州臺歌〉、〈與東方左史虯修竹篇序〉。與張九齡齊名，人稱「陳張」。 詩人高適生？（－七六五）。
704			長安四年	詩人崔顥生？（－七五四）。
705	唐	中宗	神龍元年	李顯即位，是為中宗，復國號為唐。 蘇味道卒（六四八－）。代表作〈正月十五夜〉。「文章四友」之一。

佛教典籍，也屬歷史地理著作。記錄玄奘西遊時，經過西域、印度、錫蘭等一百餘國的見聞實錄。

《北齊書》：李百藥（五六五至六四八）主編，紀傳體史書。記載北朝齊歷史的著作。《二十四史》之一。

《晉書》：房玄齡（五七九至六四八）主編，紀傳體史書。記載西晉、東晉歷史的著作。《二十四史》之一。其中〈載記〉敘述匈奴、鮮卑、羯、氐、羌建立的十六國政權，是《晉書》獨有的體裁，專記少數民族在中國境內建立政權的史事。

《李衛公問對》：李靖（五七一至六四九）著，兵書。全名《唐太宗李衛公問對》。為後人輯錄唐太宗與李靖有關軍事問題的討論對話而成。李靖，唐朝開國名將，封衛國公，故世稱「李衛公」，民間傳其與虯髯客、紅拂女為「風塵三俠」。

《周禮義疏》：賈公彥著，闡釋《周禮注》的著作。《十三經注疏》之一。

《儀禮義疏》：賈公彥著，闡釋《儀禮注》的著作。《十三經注疏》之一。

通俗詩：以平淺的語言白描生活與心境，不講究格律，內容以說理為主，近似佛經偈語的詩風。

單位：年

西元	朝代	帝王年號	文學大事
706	唐	神龍二年	崔融卒（六五三－）。代表作〈留別杜審言並呈洛中舊遊〉。詩人儲光羲生？（－七六三？）。
707		景龍元年	作家蕭穎士生？（－七五九？）。詩人常建生？（－七六六？）。
708		景龍二年	杜審言卒（六四五？－）。杜甫之祖。代表作〈登襄陽城〉、〈春日京中有懷〉、〈和晉陵陸丞早春遊望〉。書法家顏真卿生？（－七八四？）。
709		景龍三年	詩人劉長卿生？（－七八九？）。
710		睿宗（李旦）景雲元年	上官婉兒卒（六六四－）。上官儀之孫女，中宗之妃。代表作〈彩書怨〉。
712		玄宗（李隆基）先天元年	宋之問卒（六五六？－）。代表作〈渡漢江〉、〈江亭晚望〉、〈題大庾嶺北驛〉。其詩與沈佺期齊名，人稱「沈宋」。詩人王灣生卒年不詳。約此年考取進士。代表作〈次北固山下〉。詩人杜甫生（－七七〇）。［日本］《古事記》成書。主編太安萬侶（O no Yasumaro）。為日本現存最早的史書。

上官體：指宮廷詩人上官儀的詩歌風格。其詩的內容以應制（奉皇帝之命而作的詩文）、唱和、詠物為主，遣詞綺錯婉媚，對仗精工，在宮廷裡相當盛行。

《周書》：令狐德棻（五八三至六六六）主編，紀傳體史書。記載北朝周歷史的著作。《二十四史》之一。

初唐四傑：王勃、楊炯、盧照鄰、駱賓王。時稱「王楊盧駱」。在初唐盛行的宮廷詩風下，四人在詩中寄寓人生理想與熱情，情思高壯，文辭清新，為當時的詩歌挹注一股清流。

才思滿腹，即席成篇——王勃

王勃（六四九或六五〇至六七五或六七六）年幼早慧，九歲讀了顏師古注的《漢書》，便能指出其中許多錯誤，作成《指瑕》一書，從此「神童」之名遠播；後被唐高宗次子沛王李賢延請入宮，對其相當器重。

當時皇子們都沉迷鬥雞的遊戲，王勃仗勢自己受寵且才學過人，寫了一篇〈檄英王雞文〉，本是欲打擊沛王之弟英王李顯的鬥雞盛氣，好替沛王的鬥雞助威，誰知文章傳到高宗的手上，認為王勃是在挑撥諸皇子的情誼，怒而將其逐出宮門。

王勃自此失意了許久，決定赴交趾（今屬越南）探望在當地擔任縣令的父親。他在九九重陽節抵達洪州（今屬江西），巧遇都督閻伯嶼為慶祝新修「滕王

713 **開元元年** 唐玄宗開元年間，政治清明，經濟繁榮，提倡文教，史稱「開元之治」。
史學家司馬貞生卒年不詳。約活動於玄宗開元初。著有《史記索隱》。
六祖慧能卒（六三八－）。弟子法海整理其得法事蹟與傳法言教成《六祖壇經》。
李嶠卒（六四四或六四五－）。代表作〈汾陰行〉。
薛稷卒（六四九－）。代表作〈信行禪師碑〉。

714 **開元二年** 沈佺期卒？（六五六？－）。代表作〈古意〉、〈雜詩〉。

715 **開元三年** 作家李華生？（－七六六或七七四）。
詩人岑參生（－七七〇）。
王維作〈過始皇墓〉。

716 **開元四年** 王維作〈洛陽女兒行〉。

717 **開元五年** 詩人皇甫冉生？（－七七〇？）。
王維作〈九月九日憶山東兄弟〉。

718 **開元六年** 詩人賈至生？（－七七二）。

719 **開元七年** 詩人元結生（－七七二）。（一說七二三生。）
王維作〈桃源行〉。

閣」舉辦一場盛宴。閻伯嶼原是希望由女婿吳子章在席上作序以贏得文名，在座賓客早已看出閻伯嶼的用心，筆墨當前，個個忙著推讓，王勃卻逕自提筆揮灑起來。閻伯嶼一臉不悅地離席，吩咐屬下隨時回報王勃寫的內容。

開篇兩句「南昌故郡，洪都新府」，閻伯嶼覺得不過是老生常談，接著報來「星分翼軫，地接衡廬」，閻伯嶼則是沉吟不語；隔了一會兒，又聽到「落霞與孤鶩齊飛，秋水共長天一色」，閻伯嶼忍不住驚歎地說道：「此人真是個天才，當可永垂不朽了！」馬上宴請王勃入府，賓主盡歡才罷。王勃也因而留下〈滕王閣詩並序〉這篇傳世之作。

《南史》：李延壽（約六七六卒）主編，紀傳體史書。記載南朝宋、齊、梁、陳四朝歷史的著作。《二十四史》之一。

《北史》：李延壽主編，紀傳體史書。記載北朝北魏、東魏、西魏、北齊、北周以及隋六代歷史的著作。《二十四史》之一。

令武則天又驚又讚的英才——駱賓王

駱賓王（約六一九至六八四）不滿武則天廢唐中宗、積極為篡位作準備。光宅元年（六八四），當他獲悉曾任眉州（今屬四川）刺史的徐敬業以匡扶中宗復辟為由，在揚州（今屬江蘇）聚十萬餘眾，準備舉兵聲討武則天，便義不容辭地加入徐敬業的軍隊，負責軍中的文書工作。

單位：年

西元	朝代	帝王年號	文學大事
720	唐	開元八年	張若虛卒？（六六〇？－）。代表作〈春江花月夜〉。「吳中四士」之一。 王維作〈息夫人〉。 〔日本〕《日本書紀》成書。主編舍人親王（Toneri Shinnou）。為日本留傳至今最早的正史。
721		開元九年	劉知幾卒（六六一－）。著有《史通》。
722		開元十年	詩人錢起生？（－七八〇？）。
724		開元十二年	李白在江陵（今屬湖北）會見受皇室禮遇的道士司馬承禎，作〈大鵬遇希有鳥賦〉。
725		開元十三年	作家獨孤及生？（－七七七？）。 書法家懷素生（－七八五）。 詩人顧況生？（－八一四？）。 詩人孟雲卿生？（卒年不詳）。孟浩然之子。代表作〈傷時〉。
726		開元十四年	王翰卒？（六八七？－）。代表作〈涼州詞〉。「邊塞詩派」的代表之一。 李白作〈蘇臺覽古〉、〈金陵酒肆留別〉。

出兵前，駱賓王寫了一篇〈為徐敬業討武曌檄〉，內容除洋洋灑灑列出武則天的罪狀，更說明起兵的緣由，並號召天下的有志之士都出來響應徐軍。這篇檄文很快地傳到武則天的手上，她命旁人把檄文念出來，一開始聽時臉上還有笑容，當讀到「一抔之土未乾（指高宗的墳土尚未乾），六尺之孤何託（指中宗這孤兒將寄託誰）」，武則天的表情遽變，驚問左右這篇檄文出自誰之手。當她知道是駱賓王所作，不禁感慨地說道：「如此有才能的人，竟然淪落在外，這實在是宰相的過失啊！」

徐敬業的軍隊終是不敵武則天派出的大軍，事敗後駱賓王不知去向，有人說他與徐敬業在戰亂中被殺，也有人說他並沒有死，而是隱姓埋名，落髮為僧，藏身在杭州（今屬浙江）的靈隱寺裡。

《文選注》：李善（約六三〇至六八九）著，注解南朝梁昭明太子蕭統所輯《文選》的著作。李善偏重於說明語源和典故，引書近一千七百種，不少其引用的古籍原本已佚，也使《文選注》成了後來學者輯佚書的重要來源。

文選學：李善以講授南朝梁蕭統《文選》為業，開啟《文選》研究風氣，故稱之。

陳張：指陳子昂、張九齡。陳子昂作有〈感遇〉詩三十八首，運用質樸的語言寫五言古詩，反對齊梁詩風，主張恢復漢魏風骨，稍晚出的張九齡亦有〈感遇〉詩十二首，其風格與文學主張均與陳子昂相近，

727 **開元十五年** 蘇頲卒（六七〇－）。代表作〈汾上驚秋〉、〈奉和春日幸望春宮應制〉。文章與張說齊名，人稱「燕許大手筆」。
李白在安陸（今屬湖北）作〈上安州李長史書〉。

728 **開元十六年** 李白在黃鶴樓（今屬湖北）與孟浩然送別，作〈黃鶴樓送孟浩然之廣陵〉。

729 **開元十七年** 徐堅卒（六五九－）。編有《初學記》。

730 **開元十八年** 張鷟卒（六五八？－）。代表作《遊仙窟》。著有《朝野僉載》。
張說卒（六六七－）。代表作〈巡邊河北作〉、〈諫武后幸三陽宮不時還都疏〉。
詩僧皎然生？（－七九九？）。
詞人張志和生？（－八一〇？）。
李白在安陸受到毀謗，為昭雪作〈上安州裴長史書〉。

731 **開元十九年** 李白約此年作〈下終南山過斛斯山人宿置酒〉。

732 **開元二十年** 詩人戴叔倫生（－七八九）。

733 **開元二十一年** 茶學家陸羽生（－八〇四）。
〔日本〕詩人山上憶良（Yamanoue Okura）卒？（六六〇？－）。代表作〈貧窮問答歌〉。

故稱之。

摔琴只求知音賞——陳子昂

陳子昂（約六六一至七〇二）被公認是唐詩的革新者，得到李白、杜甫、韓愈等後出文家的一致推崇。他在文壇發跡揚名的事蹟，至今仍令人津津樂道。

剛從蜀地踏入長安的陳子昂，已經讀遍了百家經典，更能寫出一手好文章，但仍舊是一名沒沒無聞的書生。某日，他走在市集上，見一胡人身旁圍繞了許多人，得知胡人要賣一把開價百萬的胡琴。陳子昂心中略有所思，隨即把琴買了下來，眾人見狀無不驚訝，有人還向陳子昂提出現場演奏一曲的要求，陳子昂則要大家明日到宣陽里聽其演奏。

隔天宣陽里果然聚集了很多等候陳子昂演奏的人。陳子昂這時開口說道：「我是來自蜀地的陳子昂，寫了上百首的詩詞文章，仍庸庸碌碌地遊走在京城，從不為人所知。然而，這一把胡琴所奏出來的也不過是平凡的樂音，卻能獲得這麼多人的留意。」說完便把胡琴摔在地上，並當場分送自己的詩文給眾人。一日之內，陳子昂的文名即傳遍了整座長安城。

文章四友：指杜審言、李嶠ㄐㄧㄠˋ、崔融、蘇味道。四人在唐高宗、武后時期以詩文為友，皆工於律詩，故稱之。

沈宋：指沈佺期（約六五六至七一四）與宋之問（約六五六至七一二）。兩人的律詩格律嚴謹精密，音

單位：年

西元	朝代	帝王年號	文學大事
734	唐	開元二十二年	李白在襄陽（今屬湖北）拜見從荊州刺史轉任襄州刺史的韓朝宗，作〈與韓荊州書〉。
735		開元二十三年	史學家杜佑生（－八一二）。李白約此年作〈贈孟浩然〉。
736		開元二十四年	史學家張守節生卒年不詳。其著《史記正義》約此前後成書。李白約此年作〈將進酒〉。
737		開元二十五年	詩人韋應物生（－七九二？）。詩人盧綸生？（－七九九？）。張九齡貶荊州長史，王維作〈寄荊州張丞相〉。王維奉命往河西（泛指兩河以西的地區，今屬陝西、甘肅一帶）慰勞戰勝吐番的將士，途中作〈使至塞上〉。
739		開元二十七年	王昌齡貶嶺南（泛指五嶺以南的地區，今屬廣東、廣西一帶），路過襄陽與孟浩然相會；孟浩然作〈送王昌齡之嶺南〉。王昌齡過巴陵（今屬湖南，岳陽的古稱）遇李白，作〈巴陵送李十二〉。

韻婉轉調諧，被後世認定是完成律詩體制的代表詩人。

《史記索隱》：司馬貞著，注解《史記》的著作。《史記三家注》之一。

《六祖壇經》：六祖慧能弟子法海整理其得法事蹟與傳法言教而成，佛教禪宗典籍。中國佛教著作唯一被尊稱「經」者。

吳中四士：張若虛、賀知章、張旭、包融。古時稱江蘇、浙江一帶為「吳中」，四人皆為吳中人，故稱之。

《史通》：劉知幾（六六一至七二一）著，中國最早的史學理論專書。分有內、外篇。內篇闡述史書源流、體例與撰寫方法；外篇申論史官建置沿革與史書得失。

邊塞詩派：以描寫塞外風光、戰爭狀況或將士思鄉為題材的詩派，風格多高亢悲壯。代表詩人有王翰、王之渙、李頎、王昌齡、高適、岑參等。

燕許大手筆：張說（六六七至七三〇）封燕國公，蘇頲ㄊㄧㄥˇ（六七〇至七二七）封許國公，時朝廷文誥多出自兩人之手，故稱之。

《初學記》：徐堅（六五九至七二九）編，類書。為徐堅奉唐玄宗敕令，纂集經史文章之要，供皇

740

開元二十八年

張九齡卒（六七三或六七八－）。代表作〈感遇〉、〈望月懷遠〉。

孟浩然卒（六八九－）。代表作除前所列，另有〈春曉〉、〈過故人莊〉、〈宿建德江〉、〈歲暮歸南山〉、〈與諸子登峴ㄒㄧㄢˋ山〉、〈夏日南亭懷辛大〉、〈望洞庭湖贈張丞相〉、〈宿桐廬江寄廣陵舊遊〉。與王維齊名，人稱「王孟」。「自然詩派」的代表之一。

王維作〈哭孟浩然〉。（一說七四一作。）

王昌齡調赴江寧（今屬江蘇）任縣丞；岑參作〈送王大昌齡赴江寧〉。

杜甫至兗ㄧㄢˇ州（今屬山東）省親，望泰山作〈望嶽〉。

742

天寶元年

王之渙卒（六八八－）。代表作〈涼州詞〉、〈登鸛雀樓〉。

詩人裴迪生卒年不詳。早年隱居終南山，天寶後出仕。代表作〈漆園〉、〈送崔九〉。

小說家劉餗生卒年不詳。劉知幾之子。其著《隋唐嘉話》約此前後成書。

743

天寶二年

詩人李端生？（－七八二？）。

李白任供奉翰林期間，作〈清平調〉、〈宮中行樂詞〉。

子作文時檢索事類的工具書。全書分成天、歲時、地理、帝王、人、文、武、寶器、果木、獸、鳥等二十餘部。編撰體例是先「敘事」援引古籍中的相關敘述；次以「事對」列出文章中對偶詞的典故，注明出處；最後徵引「詩文」佳篇，作為學習的範本或借鏡。

《朝野僉載》：張鷟ㄓㄨㄛˊ（約六五八至七三〇）著，筆記小說集。為作者生平耳聞目睹的記錄札記。

《史記正義》：張守節著，注解《史記》的著作。《史記三家注》之一。

王孟：指王維、孟浩然。王維是唐代山水詩人的代表；孟浩然是唐代田園詩人的代表。皆屬自然詩派。

自然詩派：以描寫自然景色與山林田園生活為題材的詩派。代表詩人除王、孟之外，另有綦毋潛、儲光羲、劉長卿、韋應物、柳宗元等。

盛名滿天下的孟夫子——孟浩然

孟浩然（六八九至七四〇）早年隱居襄陽鹿門山，其後外出尋訪各地名山大川，認識了不少文人，如張九齡、王昌齡、王維、李白等皆與其友好。相傳王維在宮中任職時，曾邀請孟浩然前來作客，適逢唐玄宗駕臨。玄宗素聞孟浩然的詩名，便命其當

單位：年

西元	朝代	帝王年號	文學大事
744	唐	天寶三年	賀知章卒（六五九－）。代表作〈詠柳〉、〈回鄉偶書〉。作家芮挺章生卒年不詳。為太學生，其編《國秀集》此年成書。詩人戎昱生？（－八〇〇？）。李白三月上書請求罷官還山，與杜甫四月在洛陽相識，分手前約定秋日遊梁、宋（今屬河南）。李在宋中遇高適，三人遂同遊。李白作〈月下獨酌〉。杜甫作〈贈李白〉、〈飲中八仙歌〉。
745		天寶四年	李白與杜甫秋日在兗州（天寶元年改稱魯郡）相會，同遊東蒙山。李白在魯郡東石門送別杜甫，兩人自此不曾再見面。李白作〈魯郡東石門送杜二甫〉。杜甫作〈與李十二白同尋范十隱居〉。
746		天寶五年	李白作〈沙丘城下寄杜甫〉、〈夢遊天姥吟留別〉。
747		天寶六年	張旭卒？（六五八？－）。代表作〈桃花谿〉、〈古詩四帖〉。草書大家，後世尊其「草聖」。與懷素齊名，人稱「顛張醉素」。李邕卒（六七八－）。李善之子。精書法，擅以行楷寫碑。代表作〈麓山寺碑〉、〈李思訓碑〉。李白約此年作〈登金陵鳳凰臺〉。

場吟詩。孟浩然吟其五律〈歲暮歸南山〉，此詩第二聯為：「不才明主棄，多病故人疏。」意指自己沒什麼才能，所以被英明君主所放棄；又因經常生病，從前的朋友也與其疏離。玄宗聽了相當惱怒，對孟浩然說：「是你自己不愛做官，我何曾放棄過你，為何要寫詩誣賴我呢？」孟浩然因而錯過被皇上直接晉用的機會。

經過這件事，原本就不慕功名的孟浩然對仕途更加地不以為意了，他把縱情田園山水、與友人把酒言歡當成生活的重心。過了幾年，喜歡提拔後進的韓朝宗，準備引薦孟浩然給朝廷，兩人約好一同上朝。誰知上朝前，孟浩然竟為了朋友的臨時來訪，拒絕了韓朝宗薦舉的美意。

晚年，好友張九齡由丞相出貶荊州（今屬湖北）刺史，堅持孟浩然前去任其幕僚，然不久孟浩然即告老返鄉。李白在〈贈孟浩然〉前二句寫著：「吾愛孟夫子，風流天下聞。」可見孟浩然不流於俗的品格，以及其與人交往的真情流露，連向來桀驁不馴的李白都為之傾倒呢！

《隋唐嘉話》：劉餗ㄙㄨˋ著，筆記小說集。記載南北朝至唐玄宗開元年間歷史人物的言行事蹟。

旗亭畫壁——王之渙

王之渙（六八八至七四二）與同樣擅長寫邊塞詩的王昌齡、高適交情友好。相傳開元年間，一個天寒微雪的時節，三人約至旗亭（古代酒樓因門外懸旗，故稱之）小酌，忽然來了十多位梨園樂官，帶著四名

748 **天寶七年**

詩人李益生？（—八二七？）。

杜甫欲請左丞韋濟代為推薦提拔，作〈奉贈韋左丞丈二十二韻〉。

749 **天寶八年**

吳兢卒（六七〇—）。著有《貞觀政要》。

綦毋潛卒？（六九二？—）。代表作〈春泛若耶溪〉。

李白約此年作〈聞王昌齡左遷龍標遙有此寄〉。

750 **天寶九年**

小說家沈既濟生？（—八〇〇？）。

〔盎格魯·撒克遜〕英雄史詩〈貝奧武夫〉手抄本約此時出現。作者不詳。於五、六世紀開始口頭流傳。

751 **天寶十年**

李頎卒（六九〇—）。代表作〈古意〉、〈古從軍行〉、〈送魏萬之京〉。

詩人孟郊生（—八一四）。

〔日本〕《懷風藻》成書。編者不詳。是日本現存最早的漢詩選集。

752 **天寶十一年**

杜甫在長安作〈同諸公登慈恩寺塔〉。

歌女也到此飲酒，歌女們一邊彈琴，一邊演唱著當時的名詩。王之渙認為彼此皆享有詩名，便約定以歌女們唱誰作的詩最多來論定高下。

此時一名歌女唱著：「寒雨連江夜入吳，平明送客楚山孤。洛陽親友如相問，一片冰心在玉壺。」這首詩是王昌齡的〈芙蓉樓送辛漸〉，王昌齡笑著在牆上畫一個記號。不久，聽見另一歌女唱道：「開篋淚沾臆，見君前日書。夜臺今寂寞，猶是子雲（西漢揚雄的字）居。」高適也仿王昌齡在牆壁畫一筆，說：「此乃我寫的〈哭單父梁九少府〉。」接著，又換一歌女唱著：「奉帚平明金殿開，強將團扇共徘徊。玉顏不及寒鴉色，猶帶昭陽日影來。」王昌齡得意地說：「這是我的〈長信秋詞〉。」隨即在牆上畫第二記。

王之渙對兩人說：「剛才那些不過都是潦倒的歌女，唱的盡是俚俗的詩。」於是指著其中尚未開口，也是容貌最為姣美的女子說：「等會她唱的若不是我的詩，那我一輩子再也不會跟你們爭了；但如果唱的是我的詩，你們當拜我為師！」等到那位美女啟脣唱著：「黃河遠上白雲間，一片孤城萬仞山。羌笛何須怨楊柳，春風不度玉門關。」三人聽了不覺地大笑開來，因為這首詩正是王之渙的名作〈涼州詞〉。

樂官與歌女們聽見他們的笑聲，好奇地過來問發生了什麼事，才知眼前三人是當今赫赫有名的大詩人，連忙邀請他們同桌共飲。「旗亭畫壁」的典故即由此而來，也證實了王之渙的詩名在當時之盛。

《國秀集》：芮挺章編，唐詩選集。選錄玄宗開

單位：年

西元	朝代	帝王年號	文學大事
753	唐	天寶十二年	詩選家殷璠生卒年不詳。其編《河岳英靈集》約此前後成書。 作家梁肅生（－七九三）。 政論家、駢文作家陸贄生（－八〇五）。（一說七五四生。） 李白在宣州（今屬安徽），作〈獨坐敬亭山〉、〈宣州謝朓樓餞別校書叔雲〉。 杜甫作〈麗人行〉。
754		天寶十三年	崔顥卒（七〇四？－）。代表作〈長干行〉、〈黃鶴樓〉。 李白遊秋浦（今屬安徽），作〈秋浦歌〉。
755		天寶十四年	安史之亂開始（－七六三）。 約活動於玄宗在位時，生卒年皆不詳的作家群如下： 詩人祖詠代表作〈望薊門〉、〈終南望餘雪〉。 詩人崔國輔代表作〈怨詞〉、〈湖南曲〉、〈長樂少年行〉。 詩人劉方平代表作〈月夜〉、〈春怨〉。 李白作〈贈汪倫〉。 杜甫作〈自京赴奉先縣詠懷五百字〉。

元前後，李嶠至祖詠等八十多家詩作二百餘首。內容多唱和、應制與侍宴（宴會陪從在旁）之作。

顛張醉素：張旭與懷素皆嗜酒如命，兩人的書法同以狂草著稱，故稱之。

《貞觀政要》：吳兢（六七〇至七四九）著，政論性的歷史文獻。分類記錄唐太宗在貞觀年間與其臣子魏徵、房玄齡、杜如晦等人的政論問答，以及當時的法治政令。

《河岳英靈集》：殷璠ㄈㄢˊ編，唐詩選集。選錄玄宗開元至天寶年間王昌齡、常建等二十多家共二百餘首詩作。

以〈黃鶴樓〉奠定千古詩名——崔顥

崔顥（約七〇四至七五四）少年時多作浮豔之詞，喜娶貌美女子為妻，後又常為細微小事休妻，再去迎娶其他美女，前後結了三、四次婚，遭人斥責是輕佻之徒。

晚年，歷經邊塞生活的崔顥詩風丕變，其〈黃鶴樓〉被後人譽為「唐人七律第一」。相傳李白到武昌（今屬湖北）遊覽時，也有登上當地名勝黃鶴樓，他俯瞰著壯觀的江水景色，本已詩興大發，正要揮筆賦詩，猛一抬頭卻見崔顥的題詩。李白讀到最末兩句「日暮鄉關（指家鄉）何處是？煙波江上使人愁」後，遂擱筆嘆道：「眼前有景道不得，崔顥題詩在上頭。」崔顥的詩名從此更為顯揚。

756
肅宗（李亨）
至德元年

唐玄宗偕楊貴妃（字玉環）出奔避難，途經馬嵬驛（今屬陝西）時六軍不發，玄宗在不得已之下賜死楊貴妃。

王昌齡卒？（六九八？—）。代表作〈出塞〉、〈閨怨〉、〈長信怨〉、〈從軍行〉、〈芙蓉樓送辛漸〉。

約活動於玄宗、肅宗在位時，生卒年皆不詳的作家群如下：畫家吳道子代表作〈送子天王圖〉（可能為宋代摹本）、〈八十七神仙圖〉。後世尊其「畫聖」。

作家崔令欽著有《教坊記》。

王維作〈凝碧詩〉。

李白入玄宗之子永王李璘幕僚，作〈猛虎行〉、〈別內赴征〉、〈扶風豪士歌〉。

757
至德二年

李白隨永王李璘軍隊東下，作〈永王東巡歌〉。後永王李璘起義敗死，李白被捕囚於潯陽獄中，作〈在潯陽非所寄內〉。

杜甫在長安作〈春望〉、〈哀江頭〉。

758
乾元元年

李白流放夜郎（今屬貴州），於流放途中作〈入三峽〉。

賈至作〈早朝大明宮呈兩省僚友〉。其當時同僚任職太子中允王維、左拾遺杜甫、右補闕岑參各作有〈和賈舍人早朝〉酬答。

安史之亂：始於唐玄宗天寶十四年（七五五），以安祿山與史思明兩人為首的政治叛亂。此事件是唐代由盛而衰的轉折點。

《教坊記》：崔令欽著，筆記文集。記載唐玄宗開元年間教坊的制度、人事與軼聞，書中並附有三百餘首教坊曲名，是研究盛唐樂曲的重要資料。教坊，成立於唐代，為管理宮廷音樂的官署，負責樂伎樂器、歌舞的教習、演出等事務。

蕭李：指蕭穎士（約七〇七至七五九）、李華（約七一五至七六六）。兩人皆提倡文體復古，為古文運動的先驅者。

《篋中集》：元結（七一九或七二三至七七二）於肅宗上元元年（七六〇）編成，唐詩選集。元結選錄沈千運、孟雲卿等七人五言古詩共二十四首。元結在跋語稱其所選詩作「皆淳古淡泊之音」。

詩琴書畫的全才能手——王維

王維（七〇一至七六一）自幼好佛，佛教有部《維摩詰經》，經中的主角維摩詰居士神通機智，深獲釋迦牟尼的稱許，王維名「維」，字「摩詰」，便是對「維摩詰」的佩服而取的字。

除文學之外，王維亦精通音樂、繪畫，尚未中舉前已名滿京師，王公貴族都喜歡與之往來。有次玄宗之弟岐王李範得到畫有許多樂師在奏樂的一幅畫，

單位：年

西元	朝代	帝王年號	文學大事
759	唐	乾元二年	蕭穎士卒？（七〇七？－）。代表作〈贈韋司業書〉。與李華齊名，人稱「蕭李」。詩人權德輿生？（－八一八？）。因天旱之故，肅宗下令大赦。李白途中獲知大赦，作〈早發白帝城〉。至巴陵遇被貶出的賈至，作〈巴陵贈賈舍人〉。杜甫不知李白獲赦，憂其安危，作〈夢李白〉。此年另作三吏〈新安吏〉、〈潼關吏〉、〈石壕吏〉，三別〈新婚別〉、〈垂老別〉、〈無家別〉，以及〈佳人〉、〈月夜憶舍弟〉、〈贈衛八處士〉。
760		上元元年	元結編成《篋中集》。杜甫移居成都草堂。作〈蜀相〉。
761		上元二年	王維卒（七〇一－）。此年作〈責躬薦弟表〉。代表作除前所列，另有〈相思〉、〈送別〉、〈鹿柴〉、〈觀獵〉、〈老將行〉、〈辛夷塢〉、〈鳥鳴澗〉、〈山居秋暝〉、〈終南別業〉、〈過香積寺〉、〈酬張少府〉、〈送元二使安西〉、〈積雨輞川莊作〉、〈山中與裴秀才迪書〉、〈輞川閑居贈裴秀才迪〉。後世尊其「詩佛」。杜甫作〈客至〉、〈春夜喜雨〉、〈茅屋為秋風所破歌〉、〈江畔獨步尋花七絕句〉。

但因畫上沒有題字，於是向來家中做客的王維請教。王維一看便說：「畫的正是在演奏〈霓裳羽衣曲〉第三疊第一拍。」岐王召集樂師們進行現場演奏，果然與王維所言絲毫不差。玄宗開元九年（七二一），王維考取進士，由於其高超的音樂造詣，被任命為大樂丞，掌管皇宮樂隊，其後數十年，王維時官時隱，對官位功名從不汲營追求。

身陷叛軍營中，作〈凝碧詩〉明志——王維

玄宗天寶十四年（七五五），安祿山造反，隔年初攻下洛陽，稱大燕皇帝，長安很快也跟著淪陷，唐室官員來不及逃走的全成了俘虜，王維也是其中一員。安祿山早知王維在朝中的威望，逼其擔任原來的給事中（負責侍從規諫）職務，還強迫他到洛陽凝碧池參加慶功宴，並叫來玄宗的梨園樂工奏樂助興。

王維在宴席上見樂工們一邊奏樂，一邊流淚，回到被囚禁的普施寺作了一首〈凝碧詩〉：「萬戶傷心生野煙，百官何日再朝天？秋槐葉落空宮裡，凝碧池頭奏管絃。」直抒在凝碧池所見景象的悲憤，更表明自己對唐室的赤忱忠心。

亂事平定後，肅宗下令凡在安祿山底下任偽職者以重罪論，王維因其〈凝碧詩〉早已傳遍朝野才得以減罪。經過戰亂風雨後的王維，更加虔心向佛，其在〈酬張少府〉寫有「晚年惟好靜，萬事不關心」，終日與大自然為鄰，和好友、僧人彈琴賦詩，平靜地度過晚年。

《孝經注》：唐玄宗李隆基（六八五至七六二）

762 代宗（李豫）寶應元年

李隆基卒（六八五－）。著有《孝經注》。

李白卒（七〇一－）。此年作〈臨終歌〉。代表作除前所列，另有〈古風〉、〈春思〉、〈怨情〉、〈行路難〉、〈長干行〉、〈長相思〉、〈送友人〉、〈梁園吟〉、〈蜀道難〉、〈憶秦娥・簫聲咽，秦娥夢斷秦樓月〉、〈關山月〉、〈子夜四時歌〉、〈春夜宴桃李園序〉。後世尊其「詩仙」。與杜甫齊名，人稱「李杜」。

杜甫作〈戲為六絕句〉。

763 廣德元年

安史之亂結束（七五五－）。

儲光義卒？（七〇六？－）。代表作〈釣魚灣〉、〈田家雜興〉。

杜甫作〈聞官軍收河南河北〉。

764 廣德二年

杜甫作〈丹青引贈曹將軍霸〉。

765 永泰元年

高適卒（七〇二？－）。代表作〈塞上〉、〈別董大〉、〈封丘作〉、〈燕歌行〉、〈古大梁行〉、〈人日寄杜二拾遺〉、〈邯鄲少年行〉。與岑參齊名，人稱「高岑」。

杜甫作〈旅夜書懷〉。

著，注解《孝經》的著作。《十三經注疏》之一。

李杜：指李白、杜甫。李白的詩風飄逸灑脫，充滿豪放俠氣，其作品內涵豐富，想像超絕，情感奔放，把詩歌推向浪漫主義的高峰。杜甫的詩風沉鬱頓挫，作品多反映當時社會民生，抒發其悲天憫人、憂國憂民的情懷，把詩歌推向現實主義的高峰。

〈戲為六絕句〉：杜甫借庾信、初唐四傑等人之作，表達其對詩文創作的意見。此詩一出，開後世以絕句論詩的風氣。

夢筆生花的謫仙人——李白

李白（七〇一至七六二）秉性直率，喜歡到處行俠仗義，足跡遍及各地。據傳年少時他曾夢見自己所用的筆頭生出花來，人們皆言此乃文筆高妙的徵兆，成年後果然才華洋溢，後世遂以「夢筆生花」比喻文思泉湧。

李白對政治雖充滿抱負，但又不願按一般士人循科舉之途，希望透過廣泛的交遊，以響亮自己的聲譽，進而得到皇帝的賞識與晉用。玄宗天寶元年（七四二），時在朝中任祕書監的賀知章向來為文人所敬重，四十二歲的李白進京還特地攜帶詩文前來謁見。當賀知章讀到李白的〈蜀道難〉，忍不住連聲驚歎地說：「這樣的文章豈是凡人之作，一定是從天上被貶謫凡間的仙人所寫的吧！」從此「謫仙人」便成了李白的稱號。

單位：年

西元	朝代	帝王年號	文學大事
766	唐	大曆元年	常建卒？（七〇七？—）。代表作〈題破山寺後禪院〉。 李華卒（七一五？—）。（一說七七四卒。）代表作〈卜論〉、〈春行寄興〉、〈弔古戰場文〉。 詩人王建生？（—八三〇？）。 詩人張籍生？（—八三〇？）。 詩人、駢文作家令狐楚生？（—八三七）。 杜甫作〈秋興〉、〈詠懷古跡〉。
767		大曆二年	杜甫在夔ㄎㄨㄟˊ州（今屬四川）作〈登高〉。
768		大曆三年	詩人、古文運動家韓愈生（—八二四）。 杜甫作〈登岳陽樓〉。 ［阿拉伯］傳記作家伊本・易斯哈格（Ibn Ishaq）卒？（七〇四？—）。搜集穆罕默德生平事跡，編成《先知傳》，為史上第一部穆罕默德的傳記。
770		大曆五年	杜甫卒（七一二—）。此年作〈江南逢李龜年〉。代表作除前所列，另有〈月夜〉、〈曲江〉、〈羌村〉、〈古柏行〉、〈兵車行〉、〈秦州雜詩〉、〈觀公孫大娘弟子舞劍器行〉。後世尊其「詩聖」、「詩史」。

御手調羹，貴妃捧硯，力士脫靴——李白

經由賀知章的推薦，玄宗在金鑾殿接見李白，並賞賜酒宴，席間玄宗看一碗羹湯太燙，拿起湯匙，親自為李白調冷些，後任命其「翰林供奉」，負責草擬朝廷文誥，有時也得寫些迎合皇帝要求的應景文章。某日，玄宗與楊貴妃在後宮沉香亭賞牡丹，忽然雅興大發，宣召李白為貴妃填寫新詩。正在外頭喝到爛醉的李白，被內侍扶回宮中，竟伸出腳來要皇帝身邊的當紅宦官高力士為其脫靴，還大膽地叫楊貴妃為其捧硯，帶著醉意寫下三首〈清平調〉，歌詠貴妃的絕世美貌。其中「借問漢宮誰得似，可憐飛燕倚新妝」，更是貴妃鍾愛的詩句，意指漢后趙飛燕即便上了妝，也比不上自己的容顏。

高力士對當眾替李白脫靴之事一直懷恨在心，私下向貴妃說：「李白的〈清平調〉其實是在暗諷娘娘與出身低微的趙飛燕一樣，雖備受帝王的寵愛，但最終命運卻是被廢為庶人，自盡而亡。」貴妃聽信高力士的讒言，常藉故與玄宗說李白的不是，玄宗從此對李白更加疏離。

天寶三年（七四四），李白自知建功立業的願望已無法實現，上書請求辭官還鄉，玄宗隨即賜金讓李白離開，結束其不到二年的官宦生涯，繼續他的四方遨遊之旅。

高岑：指高適（約七〇二至七六五）、岑參（七一五至七七〇）。同為邊塞詩的代表，兩人皆擅長樂府歌行。歌行，一種樂府詩體，句式長短參差，

岑參卒（七一五－）。代表作除前所列，另有〈輪臺歌〉、〈走馬川行〉、〈逢入京使〉、〈寄左省杜拾遺〉、〈送封大夫出師西征〉、〈涼州館中與諸判官夜集〉。

皇甫冉卒？（七一七？－）。代表作〈春思〉、〈巫山峽〉。

名妓、詩人薛濤生？（－八三二？）。

小說家李公佐生？（－八五〇？）。

772 大曆七年

賈至卒（七一八？－）。代表作除前所列，另有〈春思〉、〈初至巴陵與李十二白裴九同泛洞庭湖〉。

元結卒（七一九或七二三－）。代表作除前所列，另有〈系樂府〉、〈忝官引〉、〈貧婦詞〉、〈舂陵行〉、〈賊退示官吏〉、〈大唐中興頌並序〉。人稱其詩風為「篋中體」。

作家李翺生（－八三六或八四一）。

詩人、民歌作家劉禹錫生（－八四二）。

詩人白居易生（－八四六）。

詩人李紳生（－八四六）。

773 大曆八年

詩人、散文家柳宗元生（－八一九）。

放情長言稱「歌」，步驟馳騁稱「行」。但後來已無嚴格區別，合歌行為一體。

杜陵布衣的沉鬱之聲——杜甫

杜甫（七一二至七七〇）的遠祖杜預是杜陵（今屬陝西）人，又其曾在少陵（杜陵東南）一帶居住，故自稱「杜陵布衣」、「少陵野老」，雖說自己不過是「布衣」、「野老」的平民身分，但青壯時期的杜甫，心中始終懷抱經世濟民的理想。

天寶十四年（七五五），安史之亂發生前夕，杜甫自京城往奉先探視妻小，途中看見唐玄宗攜貴妃避暑的驪山華清宮內奢靡至極的排場，門外卻躺有凍死的屍骨；返家後驚聞家人嚎啕哭聲，原來是自己的幼子已餓卒。他滿懷悲憤寫下〈自京赴奉先縣詠懷五百字〉，其中「朱門酒肉臭，路有凍死骨」、「入門聞號咷ㄊㄠˊ（形容放聲大哭），幼子餓已卒」句，正是詩人親眼見識上位者的腐敗，卻是民間百姓在承受莫大苦難。

不久，安史之亂爆發，山河變色，杜甫在〈春望〉道出「國破山河在，城春草木深」的悲鳴；其後目睹官吏強徵民丁與親人間的死生別離的淒慘景象，寫下著名的「三吏」、「三別」組詩，如實記錄當時亂世子民最底層的聲音。

兩大詩人的交會——杜甫

杜甫被譽為詩聖，李白被封為詩仙，兩大詩人的會面，一直是文學史上的佳話。杜甫於天寶三年（七四四）初識剛辭去翰林供奉一職的李白，同年寫

單位：年

西元	朝代	帝王年號	文學大事
775	唐	大曆十年	劉長卿作〈逢雪宿芙蓉山主人〉。
776		大曆十一年	小說家白行簡生（－八二六）。
777		大曆十二年	獨孤及卒？（七二五？－）。代表作〈仙掌銘〉、〈古函谷關銘〉。 詩人張謂卒？（生年不詳）。代表作〈早梅〉、〈代北州老翁答〉。 作家皇甫湜（ㄕˊ）生？（－八三五？）。
778		大曆十三年	書法家柳公權生（－八六五）。
779		大曆十四年	詩人張繼卒？（生年不詳）。代表作〈楓橋夜泊〉。 小說家陳玄祐生卒年不詳。約活動於代宗在位時。代表作〈離魂記〉。 詩人、小說家元稹生（－八三一）。 詩人賈島生（－八四三）。 詩人姚合生？（－八四六？）。 小說家牛僧孺生？（－八四七？）。

的〈飲中八仙歌〉中有：「李白一斗詩百篇，長安市上酒家眠。天子呼來不上船，自稱臣是酒中仙。」生動刻畫李白好酒又豪爽的形象。

兩人不僅結伴同遊梁、宋等地，又相約隔年在魯郡會面，杜甫在〈與李十二白同尋范十隱居〉有「醉眠秋共被，攜手日同行」，就是描寫與李白一起尋友飲酒的同歡情景。不久，李、杜各有行程安排，兩人便在魯郡道別，然李白的為人與風采已深深打動了杜甫，縱使兩人沒有機會再重逢，但杜甫在別後卻經常懷念李白，留下多首寄與李白或追憶李白的詩作，如〈冬日有懷李白〉、〈春日憶李白〉、〈送孔巢父謝病歸遊江東兼呈李白〉等；又如乾元二年（七五九），杜甫驚聞李白遭到流放夜郎，憂心其安危，又作了二首〈夢李白〉，足見杜甫對李白的仰慕與重視，並沒有因時空的阻隔而消退。

反觀李白在天寶四年（七四五）與杜甫道別之作〈魯郡東石門送杜二甫〉，最末「飛蓬各自遠，且盡手中杯」兩句，可以看出李白對於友情的聚散來去，依然保持其一貫豁達灑脫的態度。

〈系樂府〉：元結作，為唐代較早的新題樂府組詩。

篋中體：指元結的詩歌風格。元結反對當時詩壇拘限聲律創作的風氣，其認為詩歌應具有勸時救俗的功能，真實反映政治社會的面貌。由於元結曾將和自己風格相近的七位詩人作品編成《篋中集》，所以後人也把其質樸詩風稱之「篋中體」。

780 德宗（李適） 建中元年

錢起卒？（七二二？－）。代表作〈歸雁〉、〈省試湘靈鼓瑟〉。與朗士元齊名，人稱「錢朗」。「大曆十才子」之一。

詩人朗士元卒？（生年不詳）。代表作〈送李將軍赴定州〉。

約活動於德宗在位時，生卒年皆不詳的作家群如下：

詩選家高仲武編有《中興間氣集》。

詩人耿湋ㄨㄟˊ代表作〈春日即事〉、〈秋夜思歸〉。

詩人韓翃代表作〈寒食〉。

781 建中二年

小說家沈亞之生？（－八三二？）。

782 建中三年

李端卒？（七四三？－）。代表作〈聽箏〉、〈贈郭駙馬〉。

784 興元元年

顏真卿卒？（七〇八？－）。代表作〈多寶塔感應碑〉、〈東方朔畫贊碑〉、〈祭侄季明文稿〉。與柳公權齊名，人稱「顏柳」。

785 貞元元年

懷素卒（七二五－）。擅寫狂草的書法家。代表作〈自敘帖〉、〈苦筍帖〉。

［日本］詩人大伴家持（Otomo no Yakamochi）卒（七一八？－）。編有《萬葉集》，是日本現存最早的詩歌總集。

錢朗：指錢起（約七二二至七八〇）、朗士元（約七八〇卒）。時有「前有沈宋、後有錢朗」之說，兩人皆善作餞別詩。

大曆十才子：指代宗大曆年間相互唱和的十位詩人，包括韓翃ㄏㄨㄥˊ、盧綸、錢起、司空曙、吉中孚、耿湋、夏侯審、崔峒、苗發、李端。

《中興間氣集》：高仲武編，唐詩選集。選錄肅宗至德至代宗大曆年間錢起、朗士元等二十多家共百餘首詩作。

春城無處不飛花——韓翃

韓翃雖在唐玄宗天寶十三年（七五四）便考取進士，但之後的仕途並不順遂，除在各地擔任節度使的幕僚外，其他時間多是賦閑家中。

至代宗大曆年間，韓翃詩名大開，被列入「大曆十才子」之一。德宗即位，正好要找一個草擬制誥的人才，德宗親自點名要任用韓翃，正巧當時有兩名官員同叫韓翃，德宗還特別批示這個官銜是要給寫有「春城無處不飛花」詩句的韓翃，可見其〈寒食〉詩的名氣之響。因詩而得到皇帝的垂青，也讓韓翃的官運自此平步高升。

顏柳：指顏真卿、柳公權。顏真卿的書法筆力勁拔，雄渾莊重，柳公權的書法結構緊密，體勢勁媚，也有「顏筋柳骨」之稱。

單位：年

西元	朝代	帝王年號	文學大事
787	唐	貞元三年	詩人李德裕生（－八五〇）。 白居易作應考的習作詩〈賦得古原草送別〉。
789		貞元五年	劉長卿卒？（七〇九？－）。代表作除前所列，另有〈送靈澈〉、〈江中對月〉、〈長沙過賈誼宅〉、〈穆陵關北逢人歸漁陽〉。與韋應物齊名，人稱「韋劉」。 戴叔倫卒（七三二－）。代表作〈屯田詞〉、〈女耕田行〉。 白居易作〈王昭君〉。
790		貞元六年	詩人司空曙卒？（生年不詳）。代表作〈喜外弟盧綸見宿〉、〈雲陽館與韓紳卿宿別〉。 小說家李朝威生卒年不詳。活動於德宗到憲宗在位時。代表作〈柳毅傳〉約此前後作。
792		貞元八年	詩人李賀生（－八一六）。 韋應物卒？（七三七－）。代表作〈觀田家〉、〈滁州西澗〉、〈寄李儋元錫〉、〈寄全椒山中道士〉、〈淮上喜會梁川故人〉。
793		貞元九年	寒山子卒？（六八〇？－）。代表作〈杳杳寒山道〉。 梁肅卒（七五三－）。代表作〈天台法門議〉、〈台州隋故智者大師修禪道場碑銘〉。

韋劉：指韋應物（約七三七至七九二）、劉長卿（約七〇九至七八九）。兩人皆擅長山水田園詩，且都以五言詩見長，風格清雅閑逸，故稱之。

《詩式》：皎然（約七三〇至七九九）著，詩歌評論著作。書中將詩的風格歸納為十九類，即高、逸、真、忠、節、志、氣、情、思、德、誡、閑、達、悲、怨、意、力、靜、遠。表現其重視詩的高遠意境。

《茶經》：陸羽（七三三至八〇四）著，中國第一部茶書。書中說明茶之功效，並論及煎茶、炙茶之法及所需茶具。

永貞革新：永貞元年（八〇五），順宗即位，以翰林學士王叔文、王伾ㄆㄧ為首，柳宗元、劉禹錫等士大夫為輔，進行打擊宦官、世族權貴的政治革新運動。然不久順宗病重，讓位憲宗，革新運動旋即失敗。元和元年（八〇六），王叔文被賜死，王伾病死貶所，柳宗元、劉禹錫等八名士大夫，皆被貶到偏遠地區任無實權的「司馬」一職，史稱「二王八司馬」。

《翰苑集》：陸贄ㄓˋ（七五三或七五四至八〇五）著，政論文集。又名《陸宣公翰苑集》。陸贄的文筆雄健，說理分明，排偶整齊，音韻協調，兼具駢文與散文的長處。後人將其生前所作制誥、奏議集錄

795 **貞元十一年** 詩人盧仝生？（－八三五）。

797 **貞元十三年** 作家柳冕生卒年不詳。此年官拜福州（今屬福建）刺史。代表作〈與徐給事論文書〉、〈答荊南裴尚書論文書〉、〈答徐州張尚書論文武書〉。

799 **貞元十五年** 皎然卒？（七三〇？－）。代表作〈尋陸鴻漸不遇〉。著有《詩式》。

盧綸卒？（七三七？－）。代表作〈塞下曲〉、〈晚次鄂州〉、〈逢病軍人〉。

因藩鎮叛亂，戰事不斷，白居易與弟妹流離符離（今屬安徽），和其他兄長、弟妹分隔五地，作〈自河南經亂，關內阻饑，兄弟離散，各在一處。因望月有感，聊書所懷，寄上浮梁大兄、於潛七兄、烏江十五兄，兼示符離及下邽弟妹〉。

800 **貞元十六年** 戎昱卒？（七四四？－）。代表作〈苦哉行〉。

沈既濟卒？（七五〇？－）。代表作〈任氏傳〉、〈枕中記〉。

詩人馬戴生？（－八六九？）。

成書，對後來的議論文產生一定的影響。

《大唐新語》：劉肅著，筆記小說集。又名《大唐世說新語》。分有匡贊、規諫、極諫、剛正等三十門；另有總論一篇。內容記載唐初至大曆末年士大夫的政治生活、著作與往來活動等，體裁仿效南朝宋劉義慶《世說新語》，取材多來自張鷟《朝野僉載》、劉餗《隋唐嘉話》等書。

牛李黨爭：唐代朝廷兩派官員結黨鬥爭的事件。自憲宗時期開始，歷經穆宗、敬宗、文宗、武宗，至宣宗即位後為止。牛派以牛僧孺為首，其他代表人物有李宗閔、李逢吉等；李派以李德裕為首，其他代表人物有裴度、李紳等。兩派的爭鬥從醞釀到結束，長達四十餘年，其間文宗還曾感慨地語出：「去河北賊易，去朝廷朋黨難！」牛、李兩黨爭論的重點也從所持政見的不同，演變成日後只求力排異己，不論是非，導致朝政日益敗壞，唐國祚也逐步邁向亡滅之途。

《通典》：杜佑（七三五至八一二）著，中國第一部體例完備的通史式政書。年代上自黃帝神農，下迄唐玄宗天寶之末，其後肅宗、代宗的重要政令因革亦附於注中。

《三通》：為唐人杜佑《通典》、南宋鄭樵《通志》、元人馬端臨《文獻通考》三部政書的合稱。

單位：年

西元	朝代	帝王年號	文學大事
803	唐	貞元十九年	詩人杜牧生（－八五二）。 小說家段成式生？（－八六三）。 韓愈姪韓老成過世；韓愈作〈祭十二郎文〉。
804		貞元二十年	陸羽卒（七三三－）。著有《茶經》。被譽為「茶聖」，民間祀為「茶神」。
805		順宗（李誦） 永貞元年	發生永貞革新運動。 陸贄卒（七五三或七五四－）。著有《翰苑集》。 韓愈在郴ㄔㄣ州（今屬湖南）待命時，接獲被派往江陵擔任法曹參軍，作〈八月十五日夜贈張功曹〉與同遭外放的張署。
806		憲宗（李純） 元和元年	約活動於德宗到憲宗在位時，生卒年皆不詳的作家群如下： 小說家陳鴻代表作〈長恨歌傳〉、〈東城老父傳〉。 小說家許堯佐代表作〈柳氏傳〉。 詩人趙嘏ㄍㄨˇ生？（－八五二？）。 白居易與陳鴻、王質夫同遊唱和，作〈長恨歌〉。
807		元和二年	小說家劉肅生卒年不詳。其著《大唐新語》此年成書。 韓愈作〈張中丞傳後敘〉。

政書：專記古代典章制度的圖書，內容以政治、經濟、文化、制度等方面為主。

郊寒島瘦：指孟郊、賈島，兩人皆以苦吟著稱。此語出自北宋蘇軾〈祭柳子玉文〉，意指孟郊與賈島的詩作多有峭冷、枯瘦之句。

韓孟：指韓愈、孟郊，代表中唐詩壇奇崛險怪的一派。

長吉體：指李賀自成一家的詩歌風格。李賀，字長吉，其詩瑰麗奇特，用字精煉，色彩冷豔，充滿強烈的幻想力。

為避名諱而不得志的短命才子——李賀

李賀（七九〇至八一六）少年時才能出眾，當時的文壇大家韓愈對他非常欣賞。憲宗元和五年（八一〇），二十一歲的李賀參加科舉考試，卻因過人的才氣而遭到排擠，有人直指李賀父親名晉肅，「晉」與「進」同音，為避父親名諱，不應報考進士。

韓愈獲悉此事，憤怒地寫了一篇〈諱辯〉，嚴詞批判避諱的荒謬，提出：「父親名『晉肅』，兒子便不得考『進士』；若父親名『仁』，兒子不就不可以為『人』了嗎？」儘管有韓愈的出面力挺，主考官還是堅持避諱的必要，不予李賀中舉的機會。

在重視科舉出身的時代，這無疑對李賀是沉重的一擊，其在〈開愁歌〉寫有「我當二十不得意，一心愁謝如枯蘭」，又〈贈陳商〉中云「長安有男兒，

808 **元和三年** 牛李黨爭開始（－八四九）。

809 **元和四年** 白居易作〈新樂府並序〉。李賀作〈呂將軍歌〉。

810 **元和五年** 張志和卒？（七三〇？－）。代表作〈漁歌子・西塞山前白鷺飛〉。
元稹作〈三月二十四日宿曾峯館夜對桐花寄樂天〉。白居易回其〈初與元九別後，忽夢見之，及寤，而書適之，兼寄桐花詩。悵然感懷，因以此寄〉。
〔日耳曼〕〈希爾德布蘭特之歌〉手抄本約此時出現。作者不詳。於六世紀末、七世紀初開始口頭流傳。

812 **元和七年** 杜佑卒（七三五－）。杜牧之祖。著有《通典》。《三通》之一。
詩人李商隱生？（－八五八？）。
詩詞作家溫庭筠生？（－八七〇？）。
李賀的友人沈亞之科舉落榜，準備離開長安；李賀作〈送沈亞之之歌並序〉。
韓愈被貶為國子博士，作〈進學解〉。

二十心已朽」，道盡自己求仕過程歷經的不平待遇，早已摧毀了他的心志。在消沉愁鬱情緒的籠罩下，李賀創作出風格獨特、氣氛陰詭的詩歌，故有「詩鬼」之稱。

《御覽詩》：令狐楚（約七六六至八三七）編，於憲宗元和十二年（八一七）成書，唐詩選集。選錄皇甫冉、劉方平、盧綸等三十多家三百餘首詩（今本存二百八十九首）。

韓柳：指韓愈、柳宗元。兩人同倡古文運動，故稱之。

唐宋八大家：為唐代韓愈、柳宗元與宋代歐陽脩、蘇洵、蘇軾、蘇轍、曾鞏、王安石八人的合稱。明人唐順之《文編》選取八人的文章，彙編成集，後有茅坤輯八人作品成《唐宋八大家文鈔》一書，唐宋八大家的說法自此固定下來。

有情重義的散文大家——柳宗元

柳宗元（七七三至八一九）與韓愈皆為古文運動的大將，其與劉禹錫同屬順宗時期，永貞革新運動的一分子。隨著憲宗即位，永貞革新失敗，柳宗元被貶為永州（今屬湖南）司馬（刺史的佐官。唐代時為無實際職掌的虛銜，多用來處置貶官），他在當地寫下許多傳世的山水、寓言小品。

憲宗元和十年（八一五），柳宗元奉召回到長安，原本準備重新振作，一展長才抱負，孰料受劉禹

單位：年

西元	朝代	帝王年號	文學大事
813	唐	元和八年	小說家蔣防生卒年不詳。代表作〈霍小玉傳〉約此前後作。
814		元和九年	顧況卒？（七二五？—）。代表作〈囝〉、〈上古之什補亡訓傳十三章〉。 孟郊卒（七五一—）。孟浩然之孫。代表作〈秋懷〉、〈登科後〉、〈列女操〉、〈遊子吟〉、〈寒地百姓吟〉。與賈島齊名，蘇軾謂其「郊寒島瘦」。亦與韓愈齊名，人稱「韓孟」。
815		元和十年	元稹貶通州（今屬四川）司馬，白居易在長安為其送行，作〈城西別元九〉。元稹作〈灃西別樂天三月三十日相餞送〉。 宰相武元衡遭刺殺，白居易上疏請捕賊，以越言陳事的罪名貶江州（今屬江西）司馬，途中作〈放言並序〉與元稹昔日詩作〈放言〉相和。 元稹聽聞白居易遭貶，作〈聞樂天授江州司馬〉。 白居易作〈舟上讀元九詩〉。元稹回其〈酬樂天舟泊夜讀微之詩〉。

錫遊玄都觀作的詩所牽累，憲宗下令劉禹錫貶至播州（今屬貴州），柳宗元謫官柳州（今屬廣西）。播州在當時為蠻荒之地，是朝廷專門用來嚴懲官員的地貶所，柳宗元知道後流著淚說：「播州不是一般人可以住的地方，夢得（劉禹錫的字）上有高堂老母，我不忍心他受這樣的苦。」於是便自告奮勇要以自己的柳州與劉禹錫的播州對調，表明自己若因此獲重罪而死也不會怨恨。這件事情引起朝廷的廣大議論，最後憲宗才將劉禹錫改貶連州（今屬廣東），柳宗元仍去原來的柳州。柳宗元之後在柳州病逝，韓愈為其作〈柳子厚墓誌銘〉，文中提及柳宗元願以柳州易播州一事，認為讀書人唯有在窮困的當下，才能看出節操與義氣。韓愈曾目睹許多士人平時一起吃喝玩樂，相互稱兄道弟，立下永不背棄的誓言，忽然遇到僅如毛髮般的微小利害，轉眼就像不認識對方，甚至朋友掉落陷阱，不但不伸手救助，還會投下石頭加以陷害。反觀柳宗元的高尚品格與風範，怎能不讓那些知識分子覺得慚愧呢！

《國史補》：李肇著，筆記小說集。又名《唐國史補》。記錄唐代玄宗開元至穆宗長慶年間史事，諸如朝野軼事、典章制度以及社會風俗、文物等。

澀體：指樊宗師（約八二三卒）艱澀難解的文章風格。古文運動力求文辭創新，樊宗師為去除陳言，詩文多艱難怪僻，故稱之。

【古文運動】

白居易在江州作〈與元九書〉。

劉禹錫與柳宗元在貶地九年始奉召回京。劉禹錫在長安遊玄都觀，作〈元和十年，自朗州召至京，戲贈看花諸君子〉，不料因詩又遭致外放。

柳宗元抵柳州後，寄詩與「永貞革新」被朝廷二度外放的友人韓泰、韓曄、陳諫、劉禹錫，作〈登柳州城樓寄漳汀封連四州〉。

韓愈作〈調張籍〉。

816 元和十一年

李賀卒（七九〇－）。代表作除前所列，另有〈秋來〉、〈南園〉、〈夢天〉、〈蘇小小墓〉、〈老夫采玉歌〉、〈李憑箜篌引〉、〈雁門太守行〉、〈金銅仙人辭漢歌〉。人稱其詩風為「長吉體」，又稱其「詩鬼」。

白居易作〈琵琶行並序〉。

817 元和十二年

白居易作〈夢微之〉、〈問劉十九〉、〈大林寺桃花〉。

令狐楚奉敕編《御覽詩》成書。

818 元和十三年

權德輿卒？（七五九？－）。代表作〈玉臺體〉、〈兩漢辨亡論〉。

元稹作〈酬樂天頻夢微之〉。

白居易年末結束江州貶謫生涯，改授忠州（今屬四川）刺史，作〈除忠州寄謝崔相公〉。

改革文學體裁的運動。反對沿襲六朝（指三國吳、東晉和南朝宋、齊、梁、陳，相繼建都於建康）以來的駢體文風，力主恢復古代散文的文學革新運動。古文，此指散文，相對於駢文而言。

西魏的蘇綽、隋代的李諤都提過文體復古的言論，進入唐代的陳子昂、元結、柳冕等人也曾大力提倡，仍難以革除駢文的流風。安史之亂後，唐朝由盛轉衰，激發士人對政治現實的不滿，韓愈在此時呼籲學習先聖之道、復興儒家學說，以先秦、兩漢內容充實的散文為典範，力求文辭創新，反對重視用典、內容華而不實的駢文。

古文運動的主要代表人物為韓愈、柳宗元。韓愈主張文以載道，尊儒排佛；柳宗元則十分好佛，主張文以明道。然在柳、韓相繼去世後，駢文再度復甦，成為唐末、五代的主流文風。直到北宋文壇領袖歐陽脩對韓愈的文章極力推崇，並帶領曾鞏、蘇軾等人跟進，古文運動的地位至此才算真正底定。

長慶體：始於白居易與元稹的書名皆有「長慶集」，時人便視長慶體為元、白詩的別名。又由於兩人開創出敘事長篇歌行體，如白居易的〈長恨歌〉、〈琵琶行〉與元稹的〈連昌宮詞〉，後代詩家便將七言長篇敘事歌行體，專名「長慶體」。

險遭殺身之禍的文壇領袖——韓愈

韓愈（七六八至八二四）是古文運動最具影響力的人物，但他的仕途也曾歷經波折起伏，甚至還險些被斬首。幼年父母雙亡，韓愈由兄嫂撫養成人，姪兒

西元	朝代	帝王年號	文學大事
819	唐	元和十四年	柳宗元卒（七七三－）。代表作除前所列，另有〈江雪〉、〈漁翁〉、〈封建論〉、〈梓人傳〉、〈箕子碑〉、〈蝜蝂傳〉、〈黔之驢〉、〈永州八記〉、〈捕蛇者說〉、〈愚溪詩序〉、〈駁復讎議〉、〈段太尉逸事狀〉、〈種樹郭橐ㄊㄨㄛˊ駝傳〉、〈答韋中立論師道書〉。與韓愈齊名，人稱「韓柳」。「唐宋八大家」之一。 元稹作〈上令狐相公詩啟〉。 白居易與元稹相隔四年始見面，作〈十年三月三十日別微之於澧上，十四年三月十一日夜遇微之於峽中，停舟夷陵三宿而別，言不盡者以詩終之因賦七言十七韻以贈，且欲記所遇之地與相見之時，為他年會話張本也〉。 憲宗迎佛骨至京師，韓愈作〈諫迎佛骨表〉，被貶為潮州（今屬廣東）刺史。途中作〈左遷至藍關示姪孫湘〉。在潮州聽聞柳宗元死訊，作〈祭柳子厚文〉。
820		元和十五年	柳宗元的靈柩從柳州運回萬年（今屬陝西）祖墳埋葬；韓愈為其作〈柳子厚墓誌銘〉。

韓老成為其童年玩伴，叔姪情感深厚，韓老成於德宗貞元十九年（八〇三）去世，韓愈作〈祭十二郎文〉悼念，被後世譽為抒情佳篇。

憲宗元和十四年（八一九），鳳翔府法門寺的護國真身塔藏有釋迦牟尼的佛骨，每三十年才開一次塔門供信徒瞻仰。篤信佛教的憲宗派遣大隊人馬，迎佛骨入宮三日，全國上下皆陷入迎佛骨的狂熱。向來以儒家道統承繼者自居的韓愈，作〈諫迎佛骨表〉勸諫憲宗，更舉熱中佛教的南梁武帝，最後的下場是被叛臣侯景餓死宮中為例，證明信佛不但無法保國祐民，反而招致禍患。

憲宗看了諫表後怒不可抑，本欲處韓愈死刑，後因宰相裴度再三求情，改貶潮州刺史，並得立刻啟程。從長安往潮州的途中，經過藍關（今屬陝西）時忽然風雪交加，看到姪孫韓湘（韓老成之子，傳說中的八仙之一）特來送行。韓湘對韓愈說：「叔公為何要如此排斥佛、道之學，這兩家的學說本來就流傳甚久，深入民心，您不相信也就算了，何必為此惹禍上身呢？」韓愈見到至親，免不了大吐苦水：「你豈不知佛、道的教義與我所堅持的儒家相背而馳，我是憂心儒家從此不振，唯恐天下大亂，才會不顧一切上書啊！」

臨別前，韓愈作一首七律〈左遷至藍關示姪孫湘〉：「一封朝奏九重天，夕貶潮州路八千。欲為聖明除弊事，肯將衰朽惜殘年。雲橫秦嶺家何在，雪擁藍關馬不前。知汝遠來應有意，好收吾骨瘴江邊。」詩中直抒自己早晨甫向皇帝上諫言書，希望能去除弊政，晚上便被貶至八千里外的潮州；身處被雲籠罩

822 穆宗（李恆）長慶二年

小說家李肇生卒年不詳。其著《國史補》約此前後成書。

劉禹錫在夔州（今屬四川）作〈竹枝詞〉。

823 長慶三年

作家樊宗師卒？（生年不詳）。代表作〈絳守居園池記〉。時人稱其文為「澀體」。

白居易在杭州作〈杭州春望〉、〈錢塘湖春行〉、〈江樓夕望招客〉、〈江樓晚眺，景物鮮奇，吟玩成篇，寄水部張員外〉。

劉禹錫約此年作〈蜀先主廟〉。

韓愈在長安作〈早春呈水部張十八員外〉。

824 長慶四年

韓愈卒（七六八－）。代表作除前所列，另有〈山石〉、〈原道〉、〈原毀〉、〈師說〉、〈馬說〉、〈諱辯〉、〈爭臣論〉、〈獲麟解〉、〈祭鱷魚文〉、〈答李翊書〉、〈送孟東野序〉、〈送董邵南序〉、〈圬者王承福傳〉、〈送李愿歸盤谷序〉。為「古文運動」的主要倡導者。

元稹編白居易的詩文成《白氏長慶集》，並為之序。亦將自己的文集名為《元氏長慶集》。後世泛稱兩人詩為「長慶體」。

白居易離開杭州前作〈西湖留別〉。

劉禹錫離開夔州，調任和州（今屬安徽）刺史，途中經西塞山（今屬湖北），作〈西塞山懷古〉。

的秦嶺，大雪紛飛的藍關，不僅不見家園的所在，連代步的馬匹也不願前進。姪孫韓湘在此時出現，令韓愈不禁懷疑韓湘是否已預感自己會死在充滿瘴氣的河邊，特地前來收拾屍骨的吧！

到潮州上任不久，憲宗收到韓愈文情並茂的謝表，亦不忍讓韓愈一直待在偏僻的潮州，改徙袁州（今屬江西）刺史。隔年穆宗即位，韓愈奉詔回京，從此官位日益顯赫，在政治、文學上都大有一番作為。

《集異記》：薛用弱著，傳奇小說集。除神怪故事之外，也描寫文人的軼事瑣聞。

人面桃花——崔護

崔護在唐德宗貞元十二年（七九六）及第，相傳他中舉之前，為了準備考試曾住在長安一段時日，終日閉門苦讀。某年的清明節，他獨自一人走到城南散步，發現一座面積約一畝大的莊園，裡頭花木林立，周遭卻安靜得像是沒有住人。

崔護上前敲門，過了許久才有一名姿色豔麗如桃花般的女子開門。女子問說：「是誰啊？」崔護報上姓名後說：「我在春天出來郊遊，因為口渴，想跟妳討一杯水喝。」女子讓崔護進門喝水，自己則站在桃樹下等崔護把水喝完。

崔護對女子動了情，趁機以言語挑逗，但對方毫不回應，只是用她水汪汪的眼睛看著崔護。當手上的水杯已空，崔護不捨地向女子告辭，邊走邊頻頻回顧，到家之後，他便專心讀書，不曾再經過這座莊

單位：年

西元	朝代	帝王年號	文學大事
825	唐	敬宗（李湛）寶曆元年	杜牧作〈阿房宮賦〉。［阿拉伯］詩人艾布·阿塔希葉（Abu al-Atahiyah）卒（七四八－）。善作頌詩、勸世詩。被封為「阿拉伯宗教詩的大師」。
826		寶曆二年	白行簡卒（七七六－）。白居易之弟。代表作〈三夢記〉、〈李娃傳〉。詩人朱慶餘生卒年不詳。此年考取進士。代表作〈宮詞〉、〈近試上張水部〉。白居易自蘇州（今屬江蘇）返洛陽，劉禹錫從和州被調回洛陽，兩人在揚州相會。白居易作〈醉贈劉二十八使君〉。劉禹錫回其〈酬樂天揚州初逢席上見贈〉。
827		文宗（李昂）大和元年	李益卒？（七四八？－）。代表作〈江南曲〉、〈夜上受降城聞笛〉、〈喜見外弟又言別〉。約活動於穆宗到文宗在位時，生卒年皆不詳的作家群如下：女詩人杜秋娘代表作〈金縷衣〉。小說家薛用弱著有《集異記》。

園。

隔年的清明節，崔護想起去年之事，內心的情感忽然不能壓抑，於是往城南走去。到了那座莊園，門牆雖然依舊，門外已上了鎖。崔護難掩愁悵地在門扉題上一詩：「去年今日此門中，人面桃花相映紅。人面不知何處去，桃花依舊笑春風。」這首詩便是其名作〈題都城南莊〉，亦是「人面桃花」的典故由來，此語除意指女子貌美之外，也可用來形容景色依舊而人事已非的感傷。

張王樂府：出自明人胡應麟《詩藪》之語，意指張籍、王建（兩人皆約七六六至八三〇）以樂府詩最為傑出。

元白：指元稹、白居易。彼此時以詩文酬和，提倡新樂府詩，後世稱其詩歌風格為「元和體」、「長慶體」。

元和體：有廣義與狹義兩種說法。廣義指的是憲宗元和年間的詩文風格。狹義指的是元稹、白居易兩人的詩歌風格。

重色亦重友的風流文人——元稹

元稹（七七九至八三一）生平除與白居易致力於新樂府詩的推行外，最令人稱道的作品就是傳奇小說〈鶯鶯傳〉，及其悼亡妻韋叢的詩作，在宮中有「元才子」的封號。

〈鶯鶯傳〉向來被公認是元稹描寫其婚前的一

828 **大和二年** 劉禹錫始於寶曆二年冬才結束二十三年貶謫生涯；此年在長安重訪元和十年因看花寫詩而遭外放的玄都觀，作〈再遊玄都觀並引〉。

829 **大和三年** 詩人崔護生卒年不詳。此年任京兆尹。代表作〈題都城南莊〉。小說家薛調生？（－八七二？）。

830 **大和四年** 王建卒？（七六六？－）。代表作〈新嫁娘〉、〈當窗織〉、〈羽林行〉、〈寄蜀中薛濤校書〉。與張籍齊名，人稱「張王樂府」。

張籍卒？（七六六？－）。代表作〈離婦〉、〈山農詞〉、〈征婦怨〉、〈野老歌〉、〈節婦吟〉。

831 **大和五年** 元稹卒（七七九－）。代表作除前所列，另有〈行宮〉、〈菊花〉、〈離思〉、〈遣悲懷〉、〈鶯鶯傳〉、〈得樂天書〉、〈連昌宮詞〉、〈樂府古題並序〉、〈和李校書新題樂府並序〉。與白居易齊名，人稱「元白」。

832 **大和六年** 薛濤卒？（七七〇？－）。代表作〈鄉思〉、〈送友人〉、〈題竹廊廟〉。

沈亞之卒？（七八一？－）。代表作〈秦夢記〉、〈異夢錄〉、〈馮燕傳〉、〈湘中怨解〉。

詩僧貫休生（－九一二）。

段風流情事，故意託名張生與崔鶯鶯，這場戀情止於張生選擇功名而離開了崔鶯鶯。元稹與白居易於德宗貞元十九年（八〇三）考取「書判拔萃科」（用來選拔書寫判詞與書法的考試，難度比進士還高），皆被任命為祕書省（掌理圖書的官署）校書郎（負責典校書籍），由於彼此理念契合，從此成為好友，一生詩文唱和不歇。同年元稹娶名門世家之女韋叢為妻，婚後感情甚篤。憲宗元和四年（八〇九），韋叢不幸過世，元稹追憶與妻生前相處的情景，寫下〈離思〉、〈遣悲懷〉等詩。

元稹的重情，不只表現在男女繾綣愛戀與夫妻一往情深上，白居易在元和十年（八一五）被貶江州司馬，人在通州的元稹，正因水土不服而臥病在床，當他一聽到白居易謫官的消息，顧不得身上的病痛，作〈聞樂天授江州司馬〉：「殘燈無焰影幢幢，此夕聞君謫九江。垂死病中驚坐起，暗風吹雨入寒窗。」對白居易的不捨之情溢於言表。

等收到白居易從江州寄來的信，元稹才見信進門便已淚流滿面，他的失常舉動讓其續娶的妻子裴氏感到驚慌，女兒也因而嚇哭，還以為發生了什麼事情。其後元稹把獲白居易信的情狀寫成〈得樂天書〉：「遠信入門先有淚，妻驚女哭問何如？尋常不省曾如此，應是江州司馬書。」元稹死後，白居易在〈祭微之文〉中言：「死生契闊者三十載，歌詩唱和者九百章。」兩人真摯對待的交情，可見一斑。

女校書——薛濤

薛濤（約七七〇至八三二）為一名歌妓，她相

單位：年

西元	朝代	帝王年號	文學大事
833	唐	大和七年	詩文作家羅隱生（－九〇九）。
834		大和八年	詩文作家皮日休生？（－八八三）。
835		大和九年	發生甘露之變。 皇甫湜卒？（七七七？－）。代表作〈答李生書〉、〈昌黎韓先生墓誌銘〉。 盧仝卒（七九五？－）。代表作〈與馬異結交〉、〈走筆謝孟諫議寄新茶〉。人稱其詩風為「盧仝體」。 〔日本〕作家高僧空海（Kukai）卒（七七四－）。曾於西元八〇四年到中國擔任「遣唐使」。代表作《文鏡祕府論》，記述中國詩文理論。
836		開成元年	李翺卒（七七二－）。（一說八四一卒。）代表作〈來南錄〉、〈復性書〉。 詩詞作家韋莊生？（－九一〇）。
837		開成二年	令狐楚卒（七六六？－）。代表作〈年少行〉。 詩人聶夷中生（－八八四？）。 詩論家司空圖生（－九〇八）。

貌美豔，精於音律，善寫詩文。唐德宗貞元年間，韋皋任劍南西川節度使，常召薛濤至幕府陪宴賦詩，對其才情讚譽有加，甚至擬奏請朝廷讓薛濤授以「校書郎」的官銜，後因府內護軍的勸阻而作罷，然「校書」從此也成了薛濤的別號，後世稱歌妓「校書」就是由她而起的。

薛濤憑其卓越的才情，經常與文人們酬答唱和，包括王建、張籍、白居易、劉禹錫、元稹等人。元稹在出使蜀地期間與薛濤往來頻繁，一年後回到長安，作了一首七律〈寄贈薛濤〉：「錦江滑膩峨嵋秀，幻出文君與薛濤。言語巧偷鸚鵡舌，文章分得鳳皇毛。紛紛辭客多停筆，個個公侯欲夢刀。別後相思隔煙水，菖蒲花發五雲高。」詩中元稹先言四川因地靈而人傑，故孕育如才女卓文君般的薛濤，接著再稱美薛濤的耀眼文采，末了直抒別後對她的深切思念。

此外，薛濤謄寫自己的詩作或贈詩與他人，都是寫在自行製造的彩箋上。其以胭脂木浸泡搗拌成漿，加入雲母粉，滲入井水，製成桃紅色的紙張，待風乾後呈現不規則的松花紋路，人們把它取名為「松花箋」或「薛濤箋」，其後便興起一股仿效薛濤用彩箋題詩的風潮。

甘露之變：大和九年（八三五），唐文宗不滿宦官專政，聯合宰相李訓、鄭注等人密謀誅滅宦官。李訓先設埋伏於廳內，詐言後院甘露降請文宗觀看，以引誘宦官入廳；然此計謀被宦官仇士良覺察，李訓等人最後反被宦官所殺，文宗至死都受宦官的控制。

838 開成三年

白居易在洛陽作〈早夏曉興贈夢得〉、〈與夢得沽酒閑飲且約後期〉。

李商隱在涇州（今屬甘肅）作〈安定城樓〉。

839 開成四年

白居易得風疾，作〈病中五絕句〉。

840 開成五年

約活動於文宗在位時，生卒年皆不詳的作家群如下：

小說家李復言著有《續玄怪錄》。

詩人、小說家房千里代表作〈楊娼傳〉、〈寄妾趙氏〉。

名妓、詩人魚玄機生？（－八六八？）。

841 武宗（李炎）會昌元年

白居易讀友人盧貞的詩卷，見卷中有多首贈元稹的詩作，引其思念元積這位已故十年的摯友，作〈覽盧子蒙侍御舊詩，多與微之唱和。感今傷昔，因贈子蒙，題於卷後〉。

842 會昌二年

劉禹錫卒（七七二－）。代表作除前所列，另有〈石頭城〉、〈陋室銘〉、〈烏衣巷〉、〈浪淘沙〉、〈聚蚊謠〉、〈踏歌詞〉、〈楊柳枝詞〉、〈漢壽城春望〉、〈和樂天春詞，依憶江南曲拍為句〉。白居易稱其「詩豪」。與白居易齊名，人稱「劉白」。

盧仝體：指盧仝ㄊㄨㄥˊ（約七九五至八三五）的詩歌風格。其善用散文的句法寫詩，以險怪豪放的風格著稱。

〈來南錄〉：李翱（七七二至八三六或八四一）作，為開日記體先河的散文。

《續玄怪錄》：李復言著，傳奇小說集。因續牛僧孺《玄怪錄》而得名。又名《續幽怪錄》。

劉白：指劉禹錫與白居易。元稹去世後，白居易多與劉禹錫唱和，兩人詩風平易近人。如白居易的詩老嫗能解，劉禹錫的民歌樸實自然。

〈和樂天春詞，依憶江南曲拍為句〉：劉禹錫在詞題說明依〈憶江南〉曲填詞，此詞為中國文學史上依曲填詞的最早記錄。

前度劉郎今又來——劉禹錫

劉禹錫（七七二至八四二）與柳宗元同於唐德宗貞元九年（七九三）考取進士，兩人從此結為好友，並受到永貞革新運動主事者王叔文的器重。永貞革新失敗後，劉禹錫被貶為朗州（今屬湖南）司馬，柳宗元等其他相關人士也遭到貶官外放的命運。

在朗州待了近十年，至憲宗元和十年（八一五）才被召回京城長安，他開懷地與當初同被貶的友人至玄都觀賞花，作〈元和十年，自朗州召至京，戲贈看花諸君子〉：「紫陌紅塵拂面來，無人不道看花回。

單位：年

西元	朝代	帝王年號	文學大事
843	唐	會昌三年	賈島卒（七七九－）。代表作〈雪晴晚望〉、〈送無可上人〉、〈尋隱者不遇〉、〈題李凝幽居〉。與姚合齊名，人稱「姚賈」。
844		會昌四年	詩詞作家韓偓生？（－九二三？）。 李商隱約此年作〈樂遊原〉。
845		會昌五年	杜牧作〈登池州九峰樓寄張祜ㄏㄨˋ〉。
846		會昌六年	白居易卒（七七二－）。代表作除前所列，另有〈花非花〉、〈憶江南·江南好，風景舊曾諳〉、〈長相思·汴水流，泗水流〉、〈秦中吟並序〉。為「新樂府運動」的主要倡導者。 李紳卒（七七二－）。代表作〈憫農〉。 姚合卒？（七七九？－）。代表作〈哭賈島〉、〈窮邊詞〉、〈寄賈島，時任普州司倉〉。編有《極玄集》。 詩人杜荀鶴生（－九〇四或九〇七）。

玄都觀裡桃千樹，盡是劉郎去後栽。」朝中密探把詩抄回去給皇帝看，一旁的大臣便言劉禹錫是借桃花來暗諷朝中權貴，意指這些人不過都是自己離開京城後才被提拔上來的！

憲宗大為震怒，決定將劉禹錫貶到比朗州更遠的播州（今屬貴州）擔任刺史，柳宗元則為柳州（今屬廣西）刺史。柳宗元得知消息，以劉禹錫有高齡老母要奉養，不堪至瘴癘之地的播州，希望用自己的柳州與劉禹錫對調。後經御史中丞裴度求情，才將劉禹錫改遷連州（今屬廣東），柳宗元維持到柳州上任。

其後十三年，劉禹錫除連州之外，也有到過夔州、和州擔任刺史，中間歷經憲宗、穆宗、敬宗三朝，直到寶曆二年（八二六）始奉召回東都洛陽。

文宗大和二年（八二八），劉禹錫終於得以在長安任主客郎中，他再度來到十四年前因詩獲罪的玄都觀，作〈再遊玄都觀〉：「百畝庭中半是苔，桃花淨盡菜花開。種桃道士歸何處？前度劉郎今又來。」意在諷刺過去那些陷害自己的權貴，曾如桃花與種桃道士一樣炙手可熱，如今卻已不知去向，而他仍能無所畏懼前來相同地點題詩。也難怪白居易對劉禹錫的詩風和人格由衷佩服，予其「詩豪」的美譽。

姚賈：指姚合、賈島。兩人詩風都有孤峭僻澀的特色。

苦思「推敲」的吟者——賈島

賈島（七七九至八四三）年少時曾出家為僧，後來還俗，作詩以「苦吟」著稱。相傳還是僧人身分

847　宣宗（李忱）

大中元年　牛僧孺卒？（七七九？—）。著有《玄怪錄》。

詩人張祜生卒年不詳。約活動於穆宗到宣宗在位時。代表作〈宮詞〉、〈何滿子〉、〈題金陵渡〉。

小說家李玫生卒年不詳。約活動於文宗到宣宗在位時。著有《纂異記》。

詩人陳陶生卒年不詳。約活動於宣宗在位時。代表作〈隴西行〉。

畫評家張彥遠生卒年不詳。其著《歷代名畫記》此年成書。

849

大中三年　牛李黨爭結束（八〇八—）。

詩人許渾生卒年不詳。此年擔任監察御史（負責監察百官、巡視郡縣、糾正刑獄等事務）。代表作〈金陵懷古〉、〈咸陽城東樓〉。

詩人鄭谷生？（—九一一？）。

李商隱作〈杜司勛〉贈杜牧。

850

大中四年　李公佐卒？（七七〇？—）。代表作〈謝小娥傳〉、〈南柯太守傳〉。

李德裕卒（七八七—）。代表作〈長安秋夜〉、〈登崖州城作〉。

詞人牛嶠生？（—九二〇？）。

小說家杜光庭生（—九三三）。

的賈島，某日騎在驢背上，正反覆思索著〈題李凝幽居〉中「鳥宿池邊樹，僧推月下門」到底該用「推」或「敲」字較佳時，一不小心出了神，驢子便衝進了京兆尹韓愈的出巡車隊裡。

當韓愈從賈島口中得知整起意外的原委，其站在車隊前想了許久，對賈島說道：「僧院的大門不是一到天黑便門上了嗎？所以門必然是推不開的，故用『敲』字為宜。」賈島也覺得韓愈言之有理，於是將這個句子定稿為「僧敲月下門」。「推敲」的典故因而流傳至今，比喻對字句或事情再三斟酌。

【新樂府運動】

以創作新題樂府詩為中心的詩歌革新運動。新題樂府詩與漢代樂府詩的差別，在於新題樂府詩屬不入樂的一類。

安史之亂後，杜甫以其目睹的動亂時事創作新題樂府，反映人民痛苦的心聲，其後元結、顧況、張籍、王建、李紳也加入呼應，等到白居易、元稹的鼓吹倡導，新題樂府在民間廣為傳布，深獲大眾的認同。

新樂府運動的主要代表人物為白居易、元稹。白居易提出「文章合為時而著，歌詩合為事而作」之說，強調詩歌應具有敘寫時事、抒發人情與諷諭的功能。

晚唐的皮日休、聶夷中、杜荀鶴，在其詩作中揭露唐末朝政的腐朽、官吏的殘暴以及農家百姓的困境，便是承繼了白、元新樂府運動的寫實精神。

單位：年

西元	朝代	帝王年號	文學大事
851	唐	大中五年	李商隱在成都還朝途中作〈籌筆驛〉。
852		大中六年	杜牧卒（八〇三—）。代表作除前所列，另有〈山行〉、〈赤壁〉、〈秋夕〉、〈清明〉、〈遣懷〉、〈贈別〉、〈江南春〉、〈金谷園〉、〈泊秦淮〉、〈杜秋娘詩〉、〈張好好詩〉、〈過華清宮〉、〈題烏江亭〉、〈寄揚州韓綽判官〉。與李商隱齊名，人稱「小李杜」。 趙嘏卒？（八〇六？—）。代表作〈聞笛〉、〈長安晚秋〉、〈經無錫縣醉後吟〉。因〈長安晚秋〉之「長笛一聲人倚樓」句，被杜牧譽為「趙倚樓」。
858		大中十二年	李商隱卒？（八一二？—）。代表作除前所列，另有〈春雨〉〈為有〉、〈無題〉、〈賈生〉、〈嫦娥〉、〈錦瑟〉、〈花下醉〉、〈夜雨寄北〉、〈寄令狐郎中〉、〈行次西郊作一百韻〉、〈宿駱氏亭寄懷崔雍崔袞〉、〈因成二絕寄酬韓冬郎兼呈畏之員外〉。詩與溫庭筠齊名，人稱「溫李」。溫、李另與段成式並稱「三十六體」。

《極玄集》：姚合（約七七九至八四六）編，唐詩選集。選錄王維等二十一家詩百首。附有入選詩人小傳，為後世選集附作者小傳之始。

「長安居易」的春風少年——白居易

白居易（七七二至八四六）年少時來到長安，便大膽地帶其詩作〈賦得古原草送別〉去拜訪文壇的前輩顧況。顧況見詩稿上的署名為「白居易」，笑著說：「長安所有的物價都很昂貴，你想在這裡『居』住，恐怕不太容『易』吧？」待其讀到「野火燒不盡，春風吹又生」時，忍不住誇獎白居易說：「能寫這樣好的詩，就算是居天下又有什麼困難！」有了顧況的鼓勵，白居易回去後更加勤奮苦讀，導致口舌成瘡、手肘成胝也不肯休息。

言簡意賅，老嫗能解——白居易

唐德宗貞元十六年（八〇〇），白居易考中進士，兩年後，他參加「書判拔萃科」又是一舉及第，同年入榜的還有元稹，兩人自此結為好友，齊致力於創作內容寫實、語言淺顯的詩歌。相傳白居易每完成一首詩，都會先念給老人家聽，老人家若不太懂意思，他便回去再修改，直到老人家能夠立即明白詩意為止，因而人們稱其詩「老嫗能解」，在民間迅速流傳開來。

白居易尚在世時，不管是漢民族或遠在邊疆的胡人都會朗朗背誦他的詩。白居易過世，從宣宗皇帝與其弔唁詩中的「童子解吟〈長恨〉曲，胡兒能唱〈琵

年份	年號	事件
860	懿宗（李漼ㄘㄨㄟˇ）咸通元年	小說家裴鉶生卒年不詳。其著《傳奇》約此前後成書。 詩僧齊己生？（－九三八？）。
861	咸通二年	詩人于濆生卒年不詳。此年考取進士。代表作〈古宴曲〉、〈苦辛吟〉。
863	咸通四年	段成式卒（八〇三？－）。著有《酉陽雜俎》。
865	咸通六年	柳公權卒（七七八－）。代表作〈大達法師玄祕塔碑〉
868	咸通九年	魚玄機卒？（八四〇？－）。代表作〈秋怨〉、〈贈鄰女〉、〈春情寄子安〉、〈江陵愁望寄子安〉、〈遊崇真觀南樓，睹新及第題名處〉。 小說家袁郊生卒年不詳。其著《甘澤謠》約此前後成書。 ［阿拉伯］作家賈希茲（al-Jahiz）卒（七七五－）。開創「艾達卜」文體，即是以生動活潑和風趣的形式傳授知識的文學。
869	咸通十年	馬戴卒？（八〇〇？－）。代表作〈送人遊蜀〉、〈落日悵望〉、〈楚江懷古〉、〈灞上秋居〉。

琶〉篇」兩句，便能理解白居易的詩在當時的影響力。

《玄怪錄》：牛僧孺（約七七九至八四七）著，筆記小說集，亦屬傳奇小說集。又名《幽怪錄》。書中對於小說的細節描寫與人物對話比先前的傳奇小說更善於鋪陳，情節也更為曲折生動。

《纂異記》：李玫著，傳奇小說集。書中作品多具有強烈的政治諷刺意味，與其他唐傳奇多記抒情或離奇之事迥異，其中包含〈張生〉、〈浮梁張令〉等篇。

《歷代名畫記》：張彥遠著，中國第一部繪畫通史著作。總結自古至中唐繪畫歷史與理論的研究成果，並對歷來畫家作品進行評論。

小李杜：指李商隱、杜牧。以「小」別於時代較早的「李杜」——李白、杜甫。

青樓薄倖郎的沉浮情史——杜牧

杜牧（八〇三至八五二）早年寫的〈阿房宮賦〉為其奠定了文名，連負責進士考試的主考官對杜牧都極為推崇。二十六歲中舉後不久，應淮南節度使牛僧孺之聘，來到揚州擔任書記。

生得一表人才的杜牧，來到青樓酒家鼎盛的揚州，公務之餘，喜歡流連在聲色場所，其風流放浪的行徑，令他的長官牛僧孺非常憂心，還曾長期派人暗

單位：年

西元	朝代	帝王年號	文學大事
870	唐	咸通十一年	溫庭筠卒？（八一二？—）。代表作〈望江南‧千萬恨，恨極在天涯〉、〈菩薩蠻‧小山重疊金明滅〉、〈夢江南‧梳洗罷，獨倚望江樓〉、〈瑤瑟怨〉、〈利州南渡〉、〈商山早行〉、〈過陳琳墓〉。被譽為「花間詞派」鼻祖。詞與韋莊齊名，人稱「溫韋」。 小說家王定保生？（—九四〇？）。
872		咸通十三年	薛調卒？（八二九？—）。代表作〈無雙傳〉。
874		僖宗（李儇ㄒㄩㄢ） 乾符元年	詞人牛希濟生（—九三〇？）。 黃巢之亂開始（—八八四）。 約活動於僖宗在位時，生卒年皆不詳的作家群如下： 詞人皇甫松代表作〈採蓮子‧船動湖光灩灩秋〉、〈夢江南‧蘭燼落，屏上暗紅蕉〉。皇甫湜之子。 小說家皇甫枚著有《三水小牘》。 作家孫樵代表作〈書褒城驛壁〉、〈讀開元雜報〉、〈與王霖秀才書〉。 小說編輯家陳翰編有《異聞集》。

中保護杜牧的安全。多年之後，杜牧回憶起這段陳年往事，作了一首〈遣懷〉，詩末兩句：「十年一覺揚州夢，贏得青樓薄倖名。」除感慨昔日的放蕩過往外，也內疚當初的薄倖行止，傷害了許多青樓女子的真情。其實杜牧並不是個無情之人，其對歌女或妓女的生活抱持著高度的同理心，深入體察她們的悲憐命運與辛酸遭遇，如〈杜秋娘詩〉、〈張好好詩〉等，都是他為女性的發聲之作。

相貌堂堂的杜牧，追求女子的過程也並非無往不利，其與友人遊覽湖州（今屬浙江）時，見一婦人帶著一名才十餘歲的小女孩經過，因心儀女孩的絕色容貌，大膽地向婦人提出婚聘的要求，約定十年內必會回到湖州迎娶女孩，若超過十年未歸，女孩的婚配則全由婦人作主。

在給與婦人一大筆聘金後，杜牧離開了湖州，相繼在各地為官，過了十四年才被分派到湖州擔任刺史。當他找到當年與自己訂親的女孩，才知道對方確實等了他十年，然在苦等不至的情況下，女孩已嫁人三年且生了兩個孩子。杜牧心裡滿是懊悔，傷心地寫了〈嘆花〉詩：「自是尋春去較遲，不須惆悵怨芳時。狂風落盡深紅色，綠葉成陰子滿枝。」後來人們便以「綠葉成陰」比喻女子嫁人生子。

溫李：指溫庭筠、李商隱。兩人皆工於律詩，文采綺麗，意深情婉。

三十六體：溫庭筠、李商隱與段成式俱善作駢文，並稱「三才」，又三人皆排行十六，故稱之。

875 乾符二年 小說家孟棨生卒年不詳。此年考取進士。著有《本事詩》。

876 乾符三年 小說家蘇鶚生卒年不詳。其著《杜陽雜編》此年成書。

877 乾符四年 女詞人花蕊夫人生？（－九二六）。

880 廣明元年 小說家王仁裕生（－九五六）。

881 中和元年 小品文作家陸龜蒙卒？（生年不詳）。代表作〈野廟碑〉、〈招野龍對〉、〈江湖散人傳〉。著有《笠澤叢書》。與皮日休友好，人稱「皮陸」。

882 中和二年 詩人秦韜玉生卒年不詳。此年考取進士。代表作〈貧女〉。

883 中和三年 皮日休卒（八三四？－）。代表作〈原謗〉、〈讀司馬法〉、〈橡媼歎〉、〈鹿門隱書〉。自編《文藪》。
韋莊作〈秦婦吟〉。

884 中和四年 黃巢之亂結束（八七四－）。
小說家孫棨生卒年不詳。其著《北里志》約此前後成書。
聶夷中卒？（八三七－）。代表作〈公子行〉、〈傷田家〉、〈飲酒樂〉。

黨爭下被埋沒的奇葩——李商隱

李商隱（約八一二至八五八）在年少便受到天平軍節度使，也是駢文作家令狐楚的賞識，不但親自教導李商隱駢文寫作的技巧，還讓兒子令狐綯與其一同學習。文宗開成二年（八三七），李商隱考取進士，令狐楚同年病逝，此時涇原節度使王茂元邀李商隱到涇州（今屬甘肅）任其幕僚，之後又將女兒嫁給他。

李商隱與妻子王氏感情深厚，但也正是兩人的婚姻把他捲入長達數十年「牛李黨爭」的政治糾葛，造成其仕途永無出頭之日的後果。原來令狐楚父子屬牛僧孺為首的「牛黨」，王茂元與李德裕交好，故被視為「李黨」的成員，兩黨人馬向來水火不容，誓不兩立。朝廷牛黨人士認定李商隱娶王氏的舉動，根本是對恩師令狐楚的背叛。開成三年（八三八），李商隱參加「博學鴻詞科」（用來選拔學問淵博、文詞卓越人選的考試），本已在錄取名單內，但終審前被牛黨官員以「此人不堪」的理由除名。

武宗會昌年間，牛黨失勢，李德裕擔任宰相，李商隱在朝中任祕書省正字（負責校對典籍，訂正訛誤），不久他的母親過世，依禮須居家守喪三年；返職後的隔年武宗病死，宣宗即位，李德裕遭到罷相，牛黨重回政治權力的核心。宣宗大中四年（八五〇），令狐綯升任宰相，李商隱再度受到牛黨的排擠，只能遠赴外地謀職，做的又多是為人作嫁的幕僚工作。大中十三年（八五九），宣宗去世，令狐綯才離開相位，然此時李商隱已病逝一年了！

晚年，李商隱在編訂自己的詩集時，將七律〈錦

單位：年

西元	朝代	帝王年號	文學大事
887	唐	光啟三年	史學家劉昫生（－九四六）。
888		文德元年	詩人崔塗生卒年不詳。此年考取進士。代表作〈春夕〉、〈巴山道中除夜有懷〉。
889		昭宗（李曄）龍紀元年	詩論家張為生卒年不詳。約活動於晚唐時期。著有《詩人主客圖》。
895		乾寧二年	詞人歐陽炯生（－九七一）。（一說八九六生。）
898		光化元年	詞人和凝生（－九五五）。
900		光化三年	詞人孫光憲生？（－九六八）。〔日本〕《竹取物語》約此前後成書。作者不詳。日本第一部物語文學。物語，日本古典文學一種體裁，指「談話」，引申為故事、傳記、傳奇等。〔阿拉伯〕民間故事《一千零一夜》約此前後成書。作者不詳。
903		天復三年	詞人馮延巳生（－九六〇）。（一說九〇四生。）

瑟〉放在卷首，作為其一生命途多舛的開篇，詩末「此情可待成追憶，只是當時已惘然」，用詞淒婉，寓意幽深；另作有多首〈無題〉詩，辭藻典麗，涵義晦澀，成為李商隱詩的特殊風格，至今仍令人玩味無窮。

《傳奇》：裴鉶ㄒㄧㄥˊ著，傳奇小說集。又名《裴鉶傳奇》。其中包含其〈聶隱娘〉、〈崑崙奴傳〉等名篇。

【唐傳奇】

此名始由裴鉶《傳奇》而來，後成為唐人短篇文言小說的泛稱。

自魏晉以降，文字直率簡樸、內容荒誕不經的志怪、筆記小說風行一時，為唐傳奇的發展奠下基礎。到了唐代，文人開始重視小說的敘事結構，反映現實生活的人情世態。傳奇故事特色是結構完整，情節曲折起伏，人物形象鮮明，用辭華美生動。代表作家有張鷟、沈既濟、李公佐、陳鴻、元稹、蔣防、白行簡、杜光庭等。

唐傳奇除對宋代小說、諸宮調產生影響外，許多唐傳奇更衍生成日後戲曲演出的故事題材。在元代以「傳奇」稱雜劇，明代則用「傳奇」稱以唱南曲為主的長篇戲曲，直至清代才將南方戲曲專稱「傳奇」，以區別北方雜劇。

《酉陽雜俎》：段成式（約八〇三至八六三）著，筆記小說集。內容詭怪不經，分類記述仙佛鬼

904

哀帝（李柷ㄓㄨˋ）天祐元年

杜荀鶴卒（八四六－）。（一說九〇七卒。）代表作〈春宮怨〉、〈山中寡婦〉、〈再經胡城縣〉、〈亂後逢村叟〉。

唐末、五代初，生卒年皆不詳的作家群如下：

詩詞作家張泌代表作〈寄人〉、〈浣溪沙・晚逐香車入鳳城〉。

詞人薛昭蘊代表作〈浣溪沙・江館清秋攬客船〉、〈浣溪沙・傾國傾城恨有餘〉。

907

後梁

太祖（朱溫）開平元年

唐哀帝禪位朱溫，唐亡。朱溫稱帝，國號梁，史稱「後梁」或「朱梁」。五代十國開始（－九七九）。

五代十國指介於唐、宋之間從分裂到統一的過渡時期。五代是中國北方相繼出現的五個朝代，分別為後梁、後唐、後晉、後漢、後周。十國是五代之外同時或相繼在中國南方或山西一帶出現的割據政權，計有前蜀、後蜀、吳、閩、楚、南唐、荊南、南漢、吳越、北漢。

908

開平二年

司空圖卒（八三七－）。著有《二十四詩品》。

怪、山川異物等事物。

《甘澤謠》：袁郊著，傳奇小說集。袁郊以「春雨澤應，故有甘澤成謠」之語以名其書，收錄九篇小說，故事詭譎神異，文詞華麗優美，其中〈紅線〉、〈圓觀〉為其名篇。

豪放女——魚玄機

魚玄機（約八四〇至八六八）曾是狀元郎李億之妾，由於她性情聰慧，才思敏捷，工於詩歌，備受李億的寵愛，引起正妻心生妒忌，將其逐出李府，遣送至長安城外的咸宜觀，後出家為道士。

魚玄機住在道觀裡，許多文人公子對其慕名已久，前來求歡的人絡繹不絕。魚玄機在人前展笑顏，內心實對李億的絕情耿耿於懷，她在〈贈鄰女〉寫有「易求無價寶，難得有心郎」，感嘆的正是自己遇人不淑的悲慘遭遇。然傷感之餘，魚玄機心念一轉，認為男人若可以用情不專，自己何嘗不能用美色與才情周旋在不同男人的身邊呢？也因而被後人封上「豪放女」的稱號，意指其行為放浪不羈。

不過，從魚玄機遊長安的崇真觀，目睹牆上到處都是新科進士題詩留名的當下，她早已深切感受封建制度對女性的不公平，回來便寫了〈遊崇真觀南樓，睹新及第題名處〉，詩末兩句：「自恨羅衣掩詩句，舉頭空羨榜中名。」表達自己空有不凡文才，卻因女兒身而無法與男子在考場上一爭高下。由此可理解其淫蕩豪放的行止，多少意圖與男性為主的社會體制作一番抗衡吧！

單位：年

西元	朝代	帝王年號	文學大事
909	後梁	太祖 開平三年	羅隱卒（八三三－）。唐亡後，入仕吳越。代表作〈自遣〉、〈牡丹花〉。著有《讒書》。
	吳越	太祖（錢鏐ㄌㄧㄡˊ） 天寶二年	
910	後梁	太祖 開平四年	韋莊卒（八三六？－）。唐亡後，入仕前蜀。代表作除前所列，另有〈臺城〉、〈女冠子·昨夜夜半〉、〈思帝鄉·春日遊，杏花吹滿頭〉、〈菩薩蠻·人人盡說江南好〉、〈菩薩蠻·勸君今夜須沉醉〉。編有《又玄集》。
	前蜀	高祖（王建） 武成三年	
911	後梁	太祖 乾化元年	鄭谷卒？（八四九？－）。代表作〈鷓鴣〉、〈慈恩寺偶題〉、〈淮上與友人別〉。「咸通十哲」之一。
912	後梁	太祖 乾化二年	貫休卒（八三二－）。唐亡後，入前蜀。代表作〈少年行〉、〈題某公宅〉。
	前蜀	高祖 永平二年	史學家薛居正生（－九八一）。
916	後梁	末帝（朱友貞） 貞明二年	契丹族耶律阿保機稱帝，國號「大契丹」，後改「大遼」，史稱「遼」。
	遼	太祖（耶律阿保機） 神冊元年	詞人李璟生（－九六一）。

花間詞派：指文字細膩婉麗，內容多描繪婦女容貌情態，刻畫兒女情愛別離的詞風。「花間」一詞由五代後蜀趙崇祚編《花間集》而來。趙所選的十八位詞家中，僅溫庭筠與皇甫松為晚唐人，餘為五代人。

溫韋：指溫庭筠、韋莊。兩人皆以詞風清麗著稱。

恃才傲物的花間詞家——溫庭筠

溫庭筠（約八一二至八七〇）面貌醜陋，外號「溫鍾馗」，晚唐科舉須考律賦，八韻成一篇，溫庭筠叉手一吟成一韻，叉八次手便完成一篇，時人稱他「溫八叉」，敏捷的才思讓他文名大開。

宣宗時期，宰相令狐綯原本很看重溫庭筠的才華，請他到家裡長住，並給與豐厚的待遇。某日，宣宗賦詩上句用「金步搖」（指女子插於髻下的一種首飾），一時找不到對句，溫庭筠以「玉條脫」（指玉鐲）對之，得到宣宗的厚賞。令狐綯向溫庭筠請教「玉條脫」的出處，溫庭筠回說：「此乃出自《南華經》，這部莊子的作品並非冷僻之書，宰相您在治國之餘，也該多閱覽書籍吧！」事後又對人說令狐綯是「中書省內坐將軍」，諷其雖高居相位，卻不過是個沒有學問的武夫。這些話自然惹惱了令狐綯，遂把溫庭筠逐出賓客名單，並上奏皇帝，指責溫庭筠「有才無行，不宜及第」，註定其一生與功名絕緣。

溫庭筠仕途失意，轉而與歌妓優伶往來，經常出入歌樓妓院，他依曲作詞，內容多是描繪女子的容顏

917 後梁 末帝 貞明三年
文字學、詩文作家徐鉉生（－九九二）。

920 後梁 末帝 貞明六年
牛嶠卒？（八五〇？－）。牛僧儒之孫。唐亡後，入仕前蜀。代表作〈柳枝・解凍風來末上青〉、〈女冠子・錦江煙水〉、〈菩薩蠻・玉樓冰簟鴛鴦錦〉。

前蜀 後主（王衍） 乾德二年
文字學家徐鍇生（－九七四）。

923 後唐 莊宗（李存勖） 同光元年
後梁亡。李存勖稱帝，國號唐，史稱「後唐」。
韓偓卒？（八四四？－）。代表作〈生查子・侍女動妝奩〉、〈浣溪沙・攏鬢新收玉步搖〉。自編《香奩集》。「香奩體」的創始者。

925 同光三年
文籍編訂者李昉生（－九九六）。
〔日本〕歌物語《伊勢物語》約此前後成書。作者不詳。歌物語，指以和歌為主的小說，內容敘事與和歌共同組成整部小說。

926 明宗（李嗣源） 天成元年
花蕊夫人（徐氏，真實名字不詳，封為淑妃）卒（八七七？－）。前蜀高祖王建之妃。代表作〈宮詞〉。（前蜀已於西元九二五年為後唐所滅。）

妝扮，刻畫男女的愛慕離愁，歌妓都很喜愛唱他寫的詞，帶動日後詞的盛行。

黃巢之亂：始於僖宗乾符元年（八七四），王仙芝率盜匪起事，次年黃巢起兵響應的一場政治叛亂。

《三水小牘》：皇甫枚著，傳奇小說集。部分故事帶有神怪色彩，文藻華麗，其中〈飛煙傳〉、〈魚玄機〉為其代表作。

〈讀開元雜報〉：孫樵作，中國最早關於新聞報導的記載，並附有作者的政治評論。開元雜報，為駐守中央的官員，向地方官員傳發的封建官報，沒有固定的刊期，也並非印刷品。

《異聞集》：陳翰編，傳奇小說集。輯選唐代詭奇怪異之事，如〈古鏡記〉、〈枕中記〉、〈任氏傳〉、〈李娃傳〉、〈霍小玉傳〉、〈南柯太守傳〉等，皆為唐代傳奇的重要代表作品。原書已佚，《太平廣記》中保存此書部分故事。

《本事詩》：孟棨著，筆記小說集。全書採以詩繫事，提供四十餘則有關詩歌的寫作背景，以便讀者瞭解詩人的生平軼事及其作品的含義。書中多以唐人詩作為主，僅少部分為六朝時期的詩。

《杜陽雜編》：蘇鶚著，筆記小說集。記載唐代宗至懿宗十朝間的異物瑣事，尤多對海外珍奇寶物的

單位：年

西元	朝代	帝王年號	文學大事
930	後唐	長興元年	牛希濟卒？（八七二－）。牛嶠之姪。前蜀亡後入仕後唐。代表作〈生查子・春山煙欲收〉、〈臨江仙・峭碧參差十二峰〉。
			小說家、地理學家樂史生（－一〇〇七）。
932		長興三年	經學家邢昺生（－一〇一〇）。
933		長興四年	杜光庭卒（八五〇－）。代表作〈虯髯客傳〉。
934	後唐	閔帝（李從厚）應順元年	詞人顧敻生卒年不詳。曾先後入仕前蜀、後蜀。代表作〈訴衷情・永夜拋人何處去〉、〈醉公子・岸柳垂金線〉。
	後蜀	高祖（孟知祥）明德元年	
936	後晉	高祖（石敬瑭）天福元年	後唐亡。石敬瑭稱帝，國號晉，史稱「後晉」。
937		天福二年	詞人李煜生（－九七八）。
938		天福三年	齊己卒？（八六〇？－）。代表作〈早梅〉。
940	後晉	高祖 天福五年	王定保卒？（八七〇？－）。唐亡後，入仕南漢。著有《唐摭言》。
	南漢	高祖（劉巖）大有十三年	詞選家趙崇祚生卒年不詳。約活動於後蜀後主在位時。其編《花間集》約此前後成書。
	後蜀	後主（孟昶）廣政三年	

敘述。

《笠澤叢書》：陸龜蒙（約八八一卒）文集。「叢書」一詞始於此書。書中有許多反映農事活動和農民生活的篇章，尤以〈耒耜經〉一文專門記錄農具，為研究古代農具的重要文獻。

皮陸：指皮日休、陸龜蒙。兩人經常以詩歌唱和，為晚唐小品文的代表作家。

《文藪》：皮日休（約八三四至八八三）詩文集。為皮日休參加黃巢起義軍前的作品。

《北里志》：孫棨著，筆記小說集。記載京城長安北門平康里內妓女的生活，及其與當時文人之間的往來。由於唐時妓女多集中在長安北門平康里，故「北里」一詞後來也成了妓院的代稱。

《詩人主客圖》：張為著，詩歌評論著作。將中晚唐詩人依寫作風格劃分成六大宗派，並對其成就高下進行品評。

《二十四詩品》：司空圖（八三七至九〇八）著，詩歌評論著作。司空圖將詩歌的藝術風格與意境，分為雄渾、沖淡、纖穠、沉著、高古、典雅、洗鍊、勁健、綺麗、自然、含蓄、豪放、精神、縝密、疏野、清奇、委曲、實境、悲慨、形容、超詣、飄逸、曠達、流動等二十四品，每品用十二句四言韻語

年份	朝代	帝王	年號	事件
941	後晉	高祖	天福六年	〔波斯〕詩人魯達基（Rudaki）卒（八五〇？—）。代表作〈酒頌〉、〈老年怨〉。被譽為「波斯詩歌之父」。
945		出帝（石重貴）	開運二年	〔日本〕散文家紀貫之（Ki no Tsurayuki）卒？（八六六？—）。代表作《土佐日記》。編有《古今和歌集》。
946			開運三年	劉昫卒（八八七—）。主編《舊唐書》。
947	後漢	高祖（劉知遠）	天福十二年	後晉亡。劉知遠稱帝，國號漢，史稱「後漢」。此年沿用後晉高祖天福年號。 作家柳開生（—一〇〇〇）。（一說九四八生。） 小說家吳淑生（—一〇〇二）。
950		隱帝（劉承祐）	乾祐三年	郭威滅後漢，後漢亡。 〔日本〕歌物語《大和物語》約此前後成書。作者不詳。
951	後周	太祖（郭威）	廣順元年	郭威稱帝，國號周，史稱「後周」。
954		世宗（柴榮）	顯德元年	詩文作家王禹偁生（—一〇〇一）。
955			顯德二年	和凝卒（八九八—）。代表作〈江城子·竹里風生月上門〉。

來表達詩歌的特色與美感。

《讒書》：羅隱（八三三至九〇九）文集。有感當時社會是非顛倒而作的諷刺小品。

《又玄集》：韋莊（約八三六至九一〇）編，唐詩選集。以「清詞麗句」為選錄宗旨。序中稱選錄杜甫等一百五十家三百首詩（今本存一百四十二家二百九十餘首詩）。

咸通十哲：活動於懿宗咸通年間，時常作詩相互酬答的一群詩人。「十哲」實為十二人，計有鄭谷、任濤、吳罕、周繇、許棠、張喬、張蠙、溫憲、劇燕、李昌符、李棲遠、喻坦之，又號「芳林十哲」。

香奩體：以韓偓（約八四四至九二三）為代表的一種詩詞風格。又名「豔體」。因韓偓《香奩ㄌㄧㄢˊ集》而得名，內容以描寫閨房私情為主，語言綺靡香豔。香奩，婦女的化妝箱。

《唐摭言》：王定保（約八七〇至九四〇）著，筆記小說集。記載唐代的貢舉制度，以及摭拾唐代文人的遺聞軼事。

《花間集》：趙崇祚編，詞選集。選錄晚唐、五代十八家五百首詞。

《舊唐書》：劉昫ㄒㄩˇ（八八七至九四六）主

單位：年

西元	朝代	帝王年號	文學大事
956	後周	顯德三年	王仁裕卒（八八〇－）。著有《開元天寶遺事》。
959	後周	恭帝（柴宗訓）顯德六年	詩選家韋縠生卒年不詳。約活動於後蜀後主在位時。編有《才調集》。
	後蜀	後主 廣政二十二年	

編，紀傳體史書。記載唐代歷史的著作。《二十四史》之一。原名《唐書》，後為區別北宋歐陽脩等人所編修的《新唐書》，世稱《舊唐書》。

《開元天寶遺事》：王仁裕（八八〇至九五六）著，筆記小說集。記述唐朝開元、天寶年間宮中瑣事，以及宮廷內外的風情習俗。

《才調集》：韋縠ㄏㄨˋ編，唐詩選集。為今存唐人選唐詩規模最大者，共入選一百八十多家一千首詩。

宋遼金元文學

宋遼金元文學指的是北宋、遼、金、南宋到元朝時期的文學。與音樂關係密切的詞體裁興起於唐朝，成熟於五代，鼎盛於宋朝。受到宋代工商業蓬勃發展以及文人地位提昇的影響，無論是在王公顯貴、文人雅士的宴會上，或是在一般市井小民活動的花街柳巷裡，都能聽聞詞或婉約或豪放的旋律，舉國上下彌漫一股酣歌恆舞的氛圍，詞也因而成為宋代文學的主流形式，文學史以宋詞稱之。

隨著城市的繁榮，經濟的發達，市民階層開始注重娛樂生活，各種適應市民文化需要的技藝表演場所紛紛林立，話本便是在這樣的條件下興盛起來。說話藝人用當時的口語和淺俗的文詞來講說故事並撰寫底本，題材包括神怪、俠義、言情以及歷史故事等，為日後的戲曲、白話小說的發展奠定了重要基礎。

歐陽脩為北宋詩文革新運動的領袖，其承繼中唐韓愈倡導的復古思想，但已不侷限於前人戮力推行的儒家仁義之道，而是關心人生百事和重視生命體驗，遣詞用字也不再追求險奇艱澀，而是力求平易暢達，由於朋輩門生眾多，對後代詩文的影響甚為深遠。

蒙古族滅宋後建立元朝，期間統治者為保障蒙古人的政治優勢地位，中斷了數十年的科舉考試，並對漢人實施高壓政策，文人經世濟民的志向受到遏制，社會地位更淪落到介於娼妓和乞丐之間，於是轉而將心思放在民間戲曲的創作上，包括以歌唱為主的散曲以及供舞臺演出的劇曲。作家除了在作品中表達個人的思想、感情之外，也多會藉由戲曲創作抒發其對政治制度或社會現象的不滿，這也促成了戲曲在元朝這個時代大放異彩，使元曲成為元代文學的代表。

單位：年

西元	朝代	帝王年號	文學大事
960	北宋	太祖（趙匡胤）建隆元年	發生陳橋兵變。後周亡。趙匡胤稱帝，國號宋，史稱「北宋」。馮延巳卒（九〇三或九〇四—）。代表作〈謁金門‧風乍起，吹縐一池春水〉、〈鵲踏枝‧誰道閑情拋棄久〉。詩人、隱士魏野生（—一〇一九）。
961		建隆二年	太祖解除石守信等將領兵權，史稱「杯酒釋兵權」。李璟卒（九一六—）。李煜之父。即南唐中主（南唐自西元九五八年起去帝號，改稱國主，先後向北周、北宋稱臣，並使用其年號）。代表作〈應天長‧一鉤初月臨粧鏡〉、〈攤破浣溪沙‧菡萏香銷翠葉殘〉。政治家、詩詞作家寇準生（—一〇二三）。
962		建隆三年	經學家孫奭生（—一〇二三）。詩詞作家錢惟演生（—一〇三四）。

陳橋兵變：後周殿前都點檢（五代禁軍最高統帥官）趙匡胤在陳橋驛（今屬河南）被部將擁立為帝，黃袍加身，史稱「陳橋兵變」。

【宋詞】

韻文體裁的一種，也是流行於宋代的一種歌曲形式，兼具文學與音樂的特點，向來被視為是宋代文學的代表。詞的起源歷來眾說紛紜，多數學者推論應是繼承南朝樂府，後又受到唐人新樂府詩與外來音樂的影響。由於當時人們對外來的樂調充滿好奇，樂工為迎合眾人的興趣便自作歌詞或用詩人的作品入樂歌唱。

詞，依形式而言，又名「長短句」，以文學發展而言，又名「詩餘」，依音樂性而言，又名「曲子」、「曲子詞」、「樂府」等。詞體形成之初，每闋詞都是伴隨樂曲而演唱的，每首曲子都有一定的詞調名，也就是「詞牌」，如〈玉樓春〉、〈江城子〉、〈念奴嬌〉、〈八聲甘州〉等。詞發展到了宋代，詞牌與詞的內容多無關聯，每一支詞牌的句數、字數、平仄、押韻都有其固定格律，作詞者再按曲填詞，所以寫詞又稱「填詞」或「倚聲」。

詞調的類別，一般分成「小令」（亦稱令）、「中調」（亦稱引或近）、「長調」（亦稱慢）。歷來對詞調的字數長短並沒有嚴格規定，清人毛先舒在《填詞名解》定出「五十八字以內為小令，五十九字至九十字為中調，九十一字以上為長調」，但其對此一說法並沒有提出根據，只能供後人作參考。

一首完整的詞曲通稱「一闋」，詞的分段稱「分

965 **乾德三年** 〔阿拉伯〕詩人穆太奈比（al-Mutanabi）卒（九一五—）。善作頌詩、哲理詩。

967 **乾德五年** 詩選家姚鉉生（—一〇二〇）。（一說九六八生。）
詩人、隱士林逋生（—一〇二八）。
〔阿拉伯〕詩人伊斯法哈尼（al-Isfahani）卒（八九七？—）。編有《詩歌集成》。除廣泛蒐集伊斯蘭教出現前的詩歌與作者生平之外，也記錄了十世紀前阿拉伯文史、藝術、社會等情況，為一部百科性的阿拉伯詩歌匯集。

968 **開寶元年** 孫光憲卒（九〇〇？—）。代表作〈河傳・太平天子〉、〈浣溪沙・蓼岸風多橘柚香〉。著有《北夢瑣言》。
〔阿拉伯〕詩人艾布・菲拉斯・哈姆達尼（Abu Firas al-Hamdani）卒（九三二—）。代表作《羅馬集》。

片」，一闋詞通常分成兩段，稱之「雙調」，前段叫「上片」或「上闋」、「前闋」，後段叫「下片」或「下闋」、「後闋」。至於少數不分片的詞稱之「單調」，分成三片的稱「三疊」，分成四片的稱「四疊」。

北宋詞壇前期以晏殊、歐陽脩、柳永為代表，中期以晏幾道、蘇軾、秦觀為代表，末期以周邦彥、李清照為代表。南宋詞壇前期以陸游、辛棄疾、姜夔為代表，中期以史達祖、吳文英為代表，末期以周密、張炎為代表。

隨著宋朝國祚終了，詞也走向衰微，但對後世仍有很大的影響，如元代興起的戲曲，其多數的曲調便是源自宋詞而來。明代以後，宋詞的曲譜逐漸失傳，不過依然有人持續按照格律填詞，尤其是清代，出現了多位擅長作詞的好手，如陳維崧、顧貞觀、納蘭性德等人，詞已從原先配樂歌唱的形式演變成一種純粹的韻文體裁。

【話本】

話本，原是說話藝人的底本，起源於唐代人所稱的「說話」，意思是用口語敷衍故事。說話藝人一開始是有話無本，後來才出現有話有本的話本流傳，並盛行於宋代。

說話藝人大致可分成小說家、講史家和說經家。小說家的話本多以短篇故事為主，題材包括公案、言情、俠義、神怪等類，代表作有〈碾玉觀音〉、〈錯斬崔寧〉、〈合同文字記〉、〈快嘴李翠蓮〉等。講史家的話本多是擷取史書的內容並加以評論，故又稱

單位：年

西元	朝代	帝王年號	文學大事
971	北宋	開寶四年	歐陽炯卒（八九五或八九六—）。後蜀亡後，入仕北宋。代表作〈江城子・晚日金陵岸草平〉、〈浣溪沙・相見休言有淚珠〉、〈花間集序〉。 詩人劉筠生？（—一〇三一）。
973		開寶六年	實行由皇帝親試考生的殿試。
974		開寶七年	徐鍇卒（九二〇—）。徐鉉之弟，與兄徐鉉並稱「大小徐」。著有《說文解字韻譜》、《說文解字繫傳》。 詩人、詩選家楊億生（—一〇二〇）。
977		太宗（趙匡義） 太平興國二年	大增科舉考試錄取名額。
978		太平興國三年	李煜卒（九三七—）。即南唐後主。代表作〈子夜歌・人生愁恨何能免〉、〈玉樓春・晚妝初了明肌雪〉、〈相見歡，林花謝了春紅〉、〈相見歡・無言獨上西樓〉、〈浪淘沙・簾外雨潺潺〉、〈破陣子・四十年來家國〉、〈清平樂・別來春半〉、〈菩薩蠻・花明月黯籠輕霧〉、〈虞美人・春花秋月何時了〉。 立崇文院，藏書八萬卷。

「平話」，即評話之意，代表作有《全相平話五種》（包括《武王伐紂書》、《七國春秋後集》、《秦併六國平話》、《前漢書續集》、《三國志平話》五種）、《新編五代史平話》等。說經家的話本主要是講說佛經相關故事，代表作有《大唐三藏取經詩話》。

由於說話藝人的聽眾多為市井小民，其話本多用淺近通俗的口語表達，善用人物對話，以顯示人物鮮明的形象、性格，描寫曲折瑣細，情節扣人心弦，容易使人產生共鳴。此外，為了等聽眾到齊，這些說話藝人會在開場時先用閑話拖延時間，稱之「入話」，也就是在講說前先以相關小故事鋪墊或引用數首詩詞點出故事。接著進入話本的正文，除以散文敘說為主外，中間也會夾雜不少詩詞韻語；至於未能一次講完的故事，他們會在情節緊要關頭處故意賣個關子，吸引民眾下回再來聽講。在故事的尾聲前，多會以詩詞作為收束，有些也會加入說話藝人的個人評論或勸戒語。

原是民間說話藝人為謀生而創作的講稿，日後卻演變成小說體裁的一種，也就是話本。明、清時期，摹擬話本體裁的白話短篇小說被稱作「擬話本」，像是馮夢龍編選的《喻世明言》、《警世通言》、《醒世恆言》，以及凌濛初《初刻拍案驚奇》、《二刻拍案驚奇》等。話本與擬話本之別在於，話本是為聽眾而寫的講稿底本，擬話本是為讀者而作的白話小說。講史小說被稱作「演義」，如羅貫中《三國演義》、許仲琳《封神演義》等章回小說，都是從話本的基礎上發展出來的。

979　太平興國四年　北漢降宋，北漢亡。五代十國結束（九〇七—）。詩文作家穆修生（—一〇三二）。

981　太平興國六年　薛居正卒（九一二—）。主編《舊五代史》。

986　雍熙三年　徐鉉與句中正等人奉旨共同校訂、增補《說文解字》此年完成。今傳《說文解字》即為徐鉉等人所校訂的版本，世稱「大徐本」。徐鉉之弟徐鍇《說文解字繫傳》世稱「小徐本」。

987　雍熙四年　詞人柳永生？（—一〇五三）。

988　端拱元年　詞人聶冠卿生（—一〇四二）。

989　端拱二年　政治家、詩文作家范仲淹生（—一〇五二）。

990　淳化元年　詞人張先生（—一〇七八）。

991　淳化二年　詞人、政治家晏殊生（—一〇五五）。

《北夢瑣言》：孫光憲（約九〇〇至九六八）著，筆記小說集。記載唐末到五代時期政治、社會、文人等遺聞軼事。

大小徐：指徐鉉、徐鍇兄弟。兩人皆精通文字訓詁學。

《說文解字韻譜》：徐鍇（九二〇至九七四）著，主要是為了方便檢索《說文解字》中的篆體字而作，文字順序依隋人陸法言《切韻》的編排方式。

《說文解字繫傳》：徐鍇著，解釋《說文解字》的著作。

詞中之帝——李煜

李煜（九三七至九七八），是南唐最後一位國主，後世又稱其「李後主」。他早年貴為君主，在宮中過著夜夜笙歌的享樂生活，身邊先後有大周后、小周后（大周后之妹）兩位能歌擅舞的女子相伴。

李煜初娶擅長琵琶、精於音律的大周后，由於兩人對音樂藝術有共同的喜好，情感十分恩愛。後來大周后生病，小周后入宮探望，與李煜進而產生情愫。起初李煜瞞著大周后，偷偷地與小周后幽會，其於〈菩薩蠻〉上片寫道：「花明月黯籠輕霧，今宵好向郎邊去。剗ㄔㄢˇ襪（只著襪子沒穿鞋）步香階，手提金縷鞋。」把小周后手上拎著鞋躡足走路，生怕驚動他人的模樣，描寫得微妙真切。大周后過世後，小周

單位：年

西元	朝代	帝王年號	文學大事
992	北宋	淳化三年	宋開始於科舉考試實行糊名之制。徐鉉卒（九一七—）。代表作〈吳王李煜墓誌銘〉、〈貶官秦州出城作〉。著有《稽神錄》。「白體」的代表之一。學者孫復生（—一〇五七）。
993		淳化四年	學者胡瑗生（—一〇五九）。
994		淳化五年	詞人石延年生（—一〇四一）。
996		至道二年	李昉卒（九二五—）。主編大型類書《太平御覽》、《太平廣記》，以及詩文總集《文苑英華》。以上為「宋四大書」的其中三部。作家宋庠生（—一〇六六）。
998		真宗（趙恆）咸平元年	史學、詩文作家宋祁生（—一〇六一或一〇六二）。
999		咸平二年	初置翰林侍讀學士，令邢昺、孫奭等校注諸經經義。
1000		咸平三年	柳開卒（九四七或九四八—）。代表作〈塞上〉、〈應責〉、〈上符興州書〉。〔阿拉伯〕騎士傳奇《安塔拉傳奇》約此前後寫成。作者不詳。於七、八世紀開始口頭流傳。

后一直留在宮中，直到四年後才被李煜立為后。

南唐為宋所滅，李煜從金陵（今江蘇南京）被俘至大宋京都汴京（今河南開封），身心飽受羞辱與折磨，他一改先前綺麗柔靡的文風，憤筆寫下許多意境深遠、情感悲慨的詞篇，如〈破陣子〉中「最是倉皇辭廟日，教坊猶奏別離歌。垂淚對宮娥」，〈子夜歌〉中「人生愁恨何能免？銷魂獨我情何限。故國夢重歸，覺來雙淚垂」，以及〈清平樂〉中「離恨恰如春草，更行更遠還生」等名作，被後世譽為「詞中之帝」。

宋太祖去世，其弟宋太宗即位。宋太宗看到李煜〈虞美人〉這首詞作：「春花秋月何時了，往事知多少。小樓昨夜又東風，故國不堪回首月明中。雕欄玉砌應猶在，只是朱顏改。問君能有幾多愁？恰似一江春水向東流。」不禁勃然大怒，心想李煜身為大宋俘虜，怎能還在思念已亡的南唐「故國」，追憶昔日在江南的「往事」，便派人送上一壺毒酒命李煜喝下，結束其四十二歲的生命。

《舊五代史》：薛居正（九一二至九八一）主編，紀傳體史書。記載五代歷史的著作。《二十四史》之一。原名《梁唐晉漢周書》，概稱《五代史》。原本已佚，今本從明人解縉《永樂大典》輯出。

《稽神錄》：徐鉉（九一七至九九二）著，志怪小說集。多記載鬼神怪異和因果報應故事。

1001 咸平四年 王禹偁卒（九五四—）。代表作〈村行〉、〈對雪〉、〈感流亡〉、〈點絳脣・雨恨雲愁〉、〈待漏院記〉、〈唐河店嫗傳〉、〈黃州新建小竹樓記〉。晚年自編《小畜集》。作家尹洙生（—一〇四七）。

1002 咸平五年 吳淑卒（九四七—）。徐鉉之婿。著有《江淮異人錄》。詩文作家梅堯臣生（—一〇六〇）。

1004 北宋 真宗 景德元年 遼軍進攻宋朝邊境，宋真宗採納宰相寇準建議親征澶州（今屬河南），宋軍士氣大振；其後兩國決定議和，在澶州訂立盟約，約定宋、遼為兄弟之國。由於澶州又名澶淵，史稱此次和議為「澶淵之盟」。

遼 聖宗（耶律隆緒） 統和二十二年

1005 北宋 真宗 景德二年 學者石介生（—一〇四五）。

白體：指北宋初詩壇流行學習中唐白居易的詩風。特色是淺白流暢、文字清麗，代表詩人有徐鉉、王禹偁。

《太平御覽》：李昉（九二五至九九六）主編，類書。初名《太平總類》。內容皆援引經史百家之言，包括古今圖書以及各種體裁文章共約兩千五百多種，將彙集資料分成五十五部，五千三百多類，被徵引的文句，會先標示書名，次載錄原文。由於所引書目不少已經失傳，此書也成了後人輯錄佚文的寶庫。書成之後，宋太宗命人每日進三卷，以供御覽，一年讀畢全書一千卷，又因成書於太宗太平興國年間，遂下詔改名《太平御覽》。

《太平廣記》：李昉主編，類書。內容取材自漢代到北宋初的野史小說，以及佛、道兩家的經典故事，引用書目約四百種。全書分成九十二大類，比重占較多的有神仙、鬼、報應、女仙、神等類，不少已散佚的書籍或小說故事，多因收錄在此書而保存下來，如唐傳奇名篇〈古鏡記〉、〈任氏傳〉、〈李娃傳〉、〈柳氏傳〉、〈霍小玉傳〉、〈南柯太守傳〉等。

《文苑英華》：李昉主編，詩文總集。為與南朝梁蕭統《昭明文選》的選文銜接，收錄南朝梁至五代之間，二千多位作家近二萬篇作品，其中多數為唐人之作。全書分成三十八類，各類之下又分若干門目，書中有些原集在日後失傳，此書正可提供人們輯佚、

單位：年

西元	朝代	帝王年號	文學大事
1007	北宋	景德四年	樂史卒（九三〇—）。代表作〈綠珠傳〉、〈楊太真外傳〉。著有《太平寰宇記》。詞人、詩文革新運動家歐陽脩生（—一〇七二）。〔阿拉伯〕作家赫邁扎尼（al-Hamadhani）卒（九六九—）。創造「瑪卡梅」韻文故事。瑪卡梅，原意集會；引申為在集會上講故事，類似中國的評書。
1008		大中祥符元年	詩文作家蘇舜欽生（—一〇四八）。
1009		大中祥符二年	詩文作家李覯生（—一〇五九）。作家蘇洵生（—一〇六六）。
1010		大中祥符三年	邢昺卒（九三二—）。著有《孝經正義》、《爾雅義疏》、《論語正義》。
1011		大中祥符四年	理學家邵雍生（—一〇七七）。
1012		大中祥符五年	書法家蔡襄生（—一〇六七）。
1013		大中祥符六年	王欽若、楊億等人奉真宗敕令編《冊府元龜》此年成書。

考證之用。

宋四大書：指成於北宋初的四大部書，包括《太平御覽》、《太平廣記》、《文苑英華》以及《冊府元龜》。

《小畜集》：王禹偁（九五四至一〇〇一）詩文集。其詩文以樸素平易著稱，內容多關心民生疾苦。

《江淮異人錄》：吳淑（九四七至一〇〇二）著，傳奇小說集。書中人物多為江湖俠客、術士的身分，他們不但喜好行俠仗義，還有一身的高強詭奇本領。原本已佚，今本從明人解縉《永樂大典》輯成。

《太平寰宇記》：樂史（九三〇至一〇〇七）著，地理志著作。主要是記錄宋太宗時的山川地理、人文風俗等，全書徵引大量宋代之前的地理史料，考尋各地沿革，其中亦雜有小說家之言。

《孝經正義》：邢昺著（九三二至一〇一〇），闡釋《孝經注》的著作。《十三經注疏》之一。

《爾雅義疏》：邢昺著，闡釋《爾雅注》的著作。《十三經注疏》之一。

《論語正義》：邢昺著，闡釋《論語集解》的著作。《十三經注疏》之一。

1014 **大中祥符七年** 〔日本〕女小說家紫式部（Murasaki Shikbu）卒？（九七三？—）。代表作《源氏物語》。

1017 **天禧元年** 詩僧惠崇卒？（生年不詳）。代表作〈摘句圖〉、〈訪楊雲卿淮上別墅〉。

理學家周敦頤生（—一〇七三）。

1018 **天禧二年** 畫家文同生（—一〇七九）。

1019 **天禧三年** 魏野卒（九六〇—）。代表作〈晨興〉、〈春日述懷〉、〈書友人屋壁〉、〈題普濟院〉、〈登原州城呈張蕡ㄈㄣˊ從事〉。

小說家、道教書籍編輯者張君房生卒年不詳。約活動於真宗在位時。著有《乘異記》、《雲笈七籤》。

史學、經學家劉敞生（—一〇六八）。

散文家曾鞏生（—一〇八三）。

史學、政治家司馬光生（—一〇八六）。

詞人韓縝生（—一〇九七）。

《冊府元龜》：王欽若、楊億等人編，於真宗大中祥符六年（一〇一三）成書，類書。初名《歷代君臣事蹟》。將歷代君臣事蹟編纂成書，內容採輯歷來經史典籍，諸子百家與多部類書，但不收取雜史、小說，按類分成三十一部，一千一百多門。冊府，是帝王藏書的府庫。元龜，古代用來占卜國家大事；在此意為可作帝王治國之鑑戒。

《乘異記》：張君房著，志怪小說集。主在描寫鬼神變怪的故事。

《雲笈七籤》：張君房著，道教經典。全書分成三洞（洞真、洞玄、洞神）四輔（太玄、太平、太清、正一）七部，故取名《雲笈七籤》。內容包括道教的義理、源流、經法、煉丹術與神仙傳記等。由於書中蒐集不少北宋以前的道教史料，有助後人瞭解道教歷史的發展。

《唐文粹》：姚鉉（九六七或九六八至一〇二〇）編，唐代詩文選集。選取標準以古詩、古文為主，不收近體詩，共輯有二千餘篇。

《西崑酬唱集》：楊億（九七四至一〇二〇）編，宋詩選集。楊億在宮廷藏書祕閣編纂《冊府元龜》時，與多位學者文人唱和的結集。楊億把皇家的藏書祕閣與《穆天子傳》中記載西方崑崙山上先王的藏書冊府相比擬，於是將他們相互唱和的詩集命名《西崑酬唱集》。全書輯錄十七人共約二百多首詩，

單位：年

西元	朝代	帝王年號	文學大事
1020	北宋	天禧四年	姚鉉卒（九六七或九六八—）。編有《唐文粹》。楊億卒（九七四—）。代表作〈代意〉、〈漢武〉、〈因人話建溪舊居〉。編有《西崑酬唱集》。「西崑體」的代表之一。理學家張載生（—一○七七或一○七八）。〔波斯〕詩人菲爾多西（Ferdousi）卒？（九三五？—）。代表作《列王紀》（或譯《王書》），意為皇帝的史詩。
1021		天禧五年	作家錢公輔生？（—一○七二？）。政治家、詩文作家王安石生（—一○八六）。
1022		乾興元年	史學家劉攽生（—一○八八或一○八九）。（一說一○二三生。）
1023		仁宗（趙禎）天聖元年	寇準卒（九六一—）。代表作〈夏日〉、〈點絳脣・水陌輕寒〉、〈冬夜旅思〉、〈書河上亭壁〉、〈春日登樓懷歸〉。「晚唐體」的代表之一。

比例上占較多的是楊億、劉筠、錢惟演三人的詩作。

西崑體：指北宋初楊億等人仿效晚唐李商隱的詩歌風格。楊億、錢惟演、劉筠等人以詩相互唱和，有《西崑酬唱集》行世，後人因而稱此一作家群的創作風格為「西崑體」。其特色是師法晚唐詩人李商隱，文辭華麗，重視音律，喜用典故，語義晦澀。

晚唐體：指北宋初模仿中唐賈島、姚合的詩歌風格。其特色是偏重苦吟的寫作方法，注重自然景象的描繪。代表詩人有寇準（九六一至一○二三）、林逋（九六七至一○二八）。

《孟子正義》：孫奭（九六二至一○三三）著，闡釋《孟子章句》的著作。《十三經注疏》之一。

慶曆新政：指北宋仁宗慶曆年間進行的改革。慶曆三年（一○四三），擔任參知政事（宰相的副職）的范仲淹上書〈答手詔條陳十事〉，針對當時積弊，提出十項改革方案，內容以整頓吏治為主，仁宗採納了大部分的意見後，下詔全國實行。由於新政影響了官僚與貴族原本的利益，遭到強烈的抨擊。一年多後，范仲淹出貶朝廷，新政形同失敗。

宋初三先生：指石介（一○○五至一○四五）、胡瑗、孫復。三人皆主張復興儒學，強調文章的目的是為了經世致用，尊崇韓愈，反對佛、老學說，並對當時士大夫追求詞藻華美、對仗工整的文風提出駁

1025 **天聖三年** 〔日本〕女作家清少納言（Sei Shonagon）卒？（九六六？—）。代表作《枕草子》。

1028 **天聖六年** 林逋卒（九六七—）。代表作〈梅花〉、〈山園小梅〉、〈孤山寺端上人房寫望〉。詩詞作家王安國生（—一〇七四）

1029 **天聖七年** 設立武舉考試。

1030 **天聖八年** 詞人晏幾道生？（—一一〇六？）。

1031 **天聖九年** 劉筠卒？（九七一？—）。代表作〈漢武〉。作家、科學家沈括生？（—一〇九五？）。

1032 **明道元年** 穆修卒（九七九—）。代表作〈答喬適書〉、〈亳（ㄅㄛˊ）州魏武帝帳廟記〉、〈村郭寒食雨中作〉。詩人王令生（—一〇五九）。理學家程顥生（—一〇八五）。皇帝詩人耶律洪基生（—一一〇一）。

斥。

《五代春秋》：尹洙（一〇〇一至一〇四七）著，編年體史書。記載五代歷史的著作。

蘇梅：指蘇舜欽（一〇〇八至一〇四八）、梅堯臣（一〇〇二至一〇六〇）。兩人的文風迥異，據歐陽脩在《六一詩話》中所言：「子美（蘇舜欽的字）筆力豪雋，以超邁橫絕為奇；聖俞（梅堯臣的字）覃思精微，以深遠閑淡為意。」不過，蘇舜欽與梅堯臣在矯正西崑體流弊起過重要改革作用，故稱之。

先天下之憂而憂——范仲淹

北宋仁宗時期，西夏軍隊經常擾亂宋朝邊境，范仲淹（九八九至一〇五二）與名將韓琦並為陝西經略安撫副使（軍事副長官）兼任延州（今屬陝西）知州，他為了和西夏長期對抗，重金獎勵鑿井，大興營田，如此一來，不僅解決飲水和軍糧的問題，也帶動了邊境地區的農業與經濟發展。當時西夏軍隊裡經常傳唱著：「小范老子（指范仲淹）胸中有數萬甲兵，不像大范老子（指前任知州范雍）好欺負！」又有歌謠吟道：「軍中有一韓（指韓琦），西賊聞之心膽寒。軍中有一范（指范仲淹），西賊聞之驚破膽。」

范仲淹在戍守邊境政績顯著，聲名響亮，幾年後被仁宗調回朝廷，擢升為「參知政事」，他向仁宗提出朝政改革計畫，包括重視農業、整修軍備、減輕徭役等方面，史稱「慶曆新政」。由於當時朝廷裡充斥許多領了俸祿卻不做事的官員，造成國家財政窘困，

單位：年

西元	朝代	帝王年號	文學大事
1033	北宋	明道二年	孫奭卒（九六二—）。著有《孟子正義》。理學家程頤生（—一一〇七）。
1034		景祐元年	錢惟演卒（九六二—）。代表作〈送客不及〉、〈玉樓春·城上風光鶯語亂〉。〔日本〕女作家和泉式部（Izumi Shikibu）卒？（九七四？—）。代表作《和泉式部日記》。
1035		景祐二年	詞人李之儀生？（—一一一七）。
1037		景祐四年	書法家、詩文作家蘇軾生（—一一〇一）。
1038	北宋	仁宗 寶元元年	黨項族（羌族的一支）李元昊稱帝，國號大夏，史稱「西夏」。
	西夏	景宗（李元昊）天授禮法延祚元年	
1039	北宋	仁宗 寶元二年	詩文作家蘇轍生（—一一一二）。
1040		康定元年	女詩詞作家蕭觀音生（—一〇七五？）

范仲淹為此逐一審核官員，只要發現有不適任者，便一筆勾去。有人忍不住勸他說：「一筆勾之甚易，焉知一家哭矣。」范仲淹回答對方：「一家哭，何如一路哭耶！」其秉公不苟的嚴明態度，得罪了不少的皇親權貴，這些人不斷地散播謠言抨擊范仲淹，仁宗為平息朝中紛擾，只好將范仲淹貶謫外地。

值得一提的是，范仲淹在任職參知政事期間，曾以自己的薪俸購買一千畝的良田，取名「義田」，並將田地的全部收入用來救濟窮人，直到他去世之後，其子孫仍然持續辦理這項義行，承繼先人生前的善舉，造福無數貧困的家庭。

後來范仲淹到鄧州擔任知州，當初與其同年考取進士的好友滕宗諒在巴陵任職，滕宗諒寄上一幅〈洞庭湖晚秋圖〉，請范仲淹為湖旁剛重修完工的「岳陽樓」作記文。范仲淹雖然無法親臨現場，仍能揮毫寫下〈岳陽樓記〉，其中「不以物喜，不以己悲」、「先天下之憂而憂，後天下之樂而樂」等語，表現出令人折服的大器風範，即使官爵不如以往顯達，范仲淹心中最先想到的還是天下所有百姓的福祉。

婉約派：宋詞流派的一種。與「豪放派」相對。其特色是內容側重兒女情感、相思離愁，語言清新綺麗、風格柔美委婉，多重視音律協調。代表詞人有柳永、李清照、周邦彥、姜夔、張炎等。

奉旨填詞——柳永

柳永（約九八七至一〇五三），原名「三變」，他擅於辭章、精通音律，生性放浪風流，年輕時經常

1041 **慶曆元年** 平民畢昇於慶曆年間發明活字印刷術，舉世公認其是最早使用活字印書的人。

石延年卒（九九四—）。代表作〈寄尹師魯〉。

詞人舒亶生？（—一一〇三？）。

1042 **慶曆二年** 聶冠卿卒（九八八—）。代表作〈多麗・想人生，美景良辰堪惜〉。

1043 **慶曆三年** 范仲淹提出〈答手詔條陳十事〉，推動改革吏治，仁宗下詔實行，史稱「慶曆新政」。

1044 **慶曆四年** 歐陽脩在朝廷任諫官時作〈朋黨論〉。

1045 **慶曆五年** 石介卒（一〇〇五—）。代表作〈怪說〉、〈尊韓〉、〈慶曆盛德詩〉、〈上趙先生書〉、〈上蔡副樞密書〉。與孫復、胡瑗並稱「宋初三先生」。

詩人、書法家黃庭堅生（—一一〇五）。

作家李格非生？（—一一〇六？）。

流連於酒樓妓院，樂工知其才情，每有新曲總會先請柳永填詞。由於柳永的詞多能反映市井小民的生活面貌，因而遭上層文人貶稱是「俚詞」，意指其詞鄙俗，難登大雅之堂。

某年柳永考場失意，在〈鶴沖天〉寫下：「黃金榜上，偶失龍頭望（指未考取進士）」、「才子詞人，自是白衣卿相（指無功名在身，地位卻與有官爵的卿相等同）」、「忍把浮名，換了淺斟低唱」等句，這首詞很快地傳遍京城，也傳進了仁宗耳裡。之後柳永再度通過考試，仁宗一見榜單有「柳三變」，就說此人：「且去『淺斟低唱』，何要『浮名』！」下令把柳永從榜單上除名。柳永只好謔稱自己乃「奉旨填詞柳三變」，直到他之後改名「永」，才在仁宗景祐元年（一〇三四）考中進士。

曾經得罪皇帝的柳永，官宦生涯並不如意，不僅長期沉淪下僚，又經常在外羈旅飄泊，但他的作品卻始終受到廣大民眾的喜愛，時有「凡有井水飲處，即能歌柳詞」之語。相傳約一百年後，金海陵王完顏亮讀了柳永〈望海潮〉中「煙柳畫橋，風簾翠幕，參差十萬人家」、「重湖疊巘ㄧㄢˇ清嘉（西湖四周重疊的山巒風景清秀美麗），有三秋桂子（深秋時湖畔有飄著香氣的桂花），十里荷花（盛夏時湖裡有蔓延十里長的荷花）」等描寫杭州湖光山色的詞句，竟然動起投鞭渡江的念頭，隔年以六十萬大軍南下攻宋，足見柳永詞的影響力。

二晏：指晏殊、晏幾道父子。兩人皆善於填詞，風格與晚唐末、五代的「花間詞派」相近。

單位：年

西元	朝代	帝王年號	文學大事
1046	北宋	慶曆六年	詞人晁端禮（一名元禮）生（一一一三）。范仲淹任鄧州（今屬河南）知州（地方的行政長官）時，其任巴陵郡（今屬湖南）守的友人滕宗諒重修岳陽樓，請范仲淹作記。范仲淹作〈岳陽樓記〉。歐陽脩任滁州（今屬安徽）知州時，作〈醉翁亭記〉、〈豐樂亭記〉。
1047		慶曆七年	尹洙卒（一〇〇一—）。代表作〈息戍ㄕㄨˋ〉、〈辨誣〉、〈論朋黨疏〉。著有《五代春秋》。
1048		慶曆八年	蘇舜欽卒（一〇〇八—）。代表作〈慶州敗〉、〈送李冀州〉、〈滄浪亭記〉、〈淮中晚泊犢頭〉、〈中秋松江新橋對月和柳令之作〉。與梅堯臣齊名，人稱「蘇梅」。詞人朱服生（卒年不詳）。代表作〈漁家傲·小雨纖纖風細細〉。
1049		皇祐元年	詞人秦觀生（一一〇〇）。畫家李公麟生（一一〇六）。

歐晏：指歐陽脩、晏殊。兩人的詞作與南唐柔婉詞風相近，內容多在描寫自然景致與抒發離愁別緒。

無可奈何花落去——晏殊

晏殊（九九一至一〇五五）七歲時能寫文章，在鄉里間有「神童」的美譽，年僅十五歲便通過由真宗主持的殿試（古時科舉制度中最高一級的考試），仁宗時官拜宰相。晏殊一生雖多居於高位，待人卻敦厚平易，且樂於提攜賢才與後進，如范仲淹、宋祁、富弼、歐陽脩、韓琦等人皆出自其門下。

晏殊的詞風以含蓄委婉著稱，其在〈浣溪沙〉寫有「無可奈何花落去，似曾相識燕歸來」至今仍膾炙人口的詞句，但事實上，晏殊只能算是前一句的作者而已。

相傳仁宗天聖五年（一〇二七），晏殊因事前往杭州，途中經過揚州（今屬江蘇）大明寺，當時著名的樓閣、寺廟都設有詩板供文人題詩寫詞，晏殊很欣賞詩板上一首當地縣尉王琪所作的〈揚州懷古〉詩，他特地派人召王琪前來一同用餐。兩人見面後，相談甚歡，晏殊告訴王琪自己心中早有「無可奈何花落去」上句，卻苦思不出適當的下句，王琪便以「似曾相識燕歸來」對之，晏殊聽後如獲至寶，立刻提拔王琪擔任自己的幕僚，也因而寫成〈浣溪沙·一曲新詞酒一杯〉這首詞作。

《春秋尊王發微》：孫復（九九二至一〇五七）著，詮釋《春秋》的著作。孫復提出「王者至尊」與「十年無王，則人道滅矣」之論述，以作為中央集權

1051 皇祐三年

書法家米芾生（—一一〇七）。作家、詞人趙令時生？（—一一三四？）。

1052 皇祐四年

范仲淹卒（九八九—）。代表作除前所列，另有〈漁家傲・塞下秋來風景異〉、〈蘇幕遮・碧雲天，黃葉地〉、〈奏上時務書〉、〈桐廬嚴先生祠堂記〉。詞人賀鑄生？（—一一二五？）。

1053 皇祐五年

柳永卒（九八七？—）。代表作〈雨霖鈴・寒蟬淒切〉、〈定風波・自春來、慘綠愁紅〉、〈望海潮・東南形勝〉、〈蝶戀花・佇倚危樓風細細〉、〈鶴沖天・黃金榜上〉、〈八聲甘州・對瀟瀟暮雨灑江天〉。「婉約派」的代表之一。詩人陳師道生（—一一〇二？）。詩文作家晁補之生（—一一一〇）。

1054 至和元年

詩詞作家張耒生（—一一一四）。

統治的依據。

《周易口義》：胡瑗（九九三至一〇五九）講解《周易》時，由門人記錄彙集而成的著作。

《洪範口義》：胡瑗講解《尚書・洪範》時，由門人記錄彙集而成的著作。

大小宋：指宋庠ㄒㄧㄤˊ（九九六至一〇六六）、宋祁（九九八至一〇六一或一〇六二）兄弟。兩人同年考取進士，皆有文名。宋庠在鄉試、會試、殿試皆第一，是中國科舉史上少數連中三元的文人。

三蘇：指蘇洵與其子蘇軾、蘇轍。三人文章在當時頗具盛名，有「蘇文生，喫菜根；蘇文熟，喫羊肉」的諺語流傳。蘇洵又被稱作「老蘇」，蘇軾為「大蘇」，蘇轍為「小蘇」。

《茶錄》：蔡襄（一〇一二至一〇六七）著，茶學著作。分有上、下兩篇，上篇主在論茶，包括如何烹茶、藏茶、碾茶等；下篇主在論各種茶器。

宋四大家：指蔡襄、蘇軾、米芾ㄈㄨˊ、黃庭堅四位北宋著名的書法家。

《春秋權衡》：劉敞（一〇一九至一〇六八）著，研究《春秋》的著作。主在論述《春秋左傳》、《春秋公羊傳》、《春秋穀梁傳》之得失。

西元	朝代	帝王年號	文學大事
1055	北宋	至和二年	晏殊卒（九九一—）。代表作〈玉樓春．綠楊芳草長亭路〉、〈采桑子．時光只解催人老〉、〈浣溪沙．一曲新詞酒一杯〉、〈浣溪沙．一向年光有限身〉、〈清平樂．金風細細〉、〈踏莎行．小徑紅溪〉、〈蝶戀花．檻菊愁煙蘭泣露〉。與子晏幾道並稱「二晏」。詞與歐陽脩齊名，人稱「歐晏」。封孔子後裔為衍聖公。
1056		嘉祐元年	詞人周邦彥生（—一一二一）。（一說一〇五七生。）
1057		嘉祐二年	名臣包拯此年任開封知府，以清廉剛正、斷案如神聞名，人稱「包公」、「包青天」、「閻羅包老」。其故事多被後人改編成戲曲、小說，在民間廣為流傳。孫復卒（九九二—）。代表作〈答張洞書〉。著有《春秋尊王發微》。蘇軾作〈上梅直講書〉、〈刑賞忠厚之至論〉。［阿拉伯］詩人、散文家麥阿里(al-Maarri)卒（九七三—）。代表作《寬恕書》、《魯祖米亞特》。被譽為「哲學家詩人」。

二劉：指劉敞、劉攽ㄅㄢ兄弟。兩人皆通史學、經學，故稱之。

《青瑣高議》：劉斧編，傳奇小說集。全書共收錄一百多篇傳奇小說，署名劉斧僅有十三篇，餘皆其輯錄前人作品而成，故事題材多以男女情愛、家庭婚姻為主，其中包含〈溫琬〉、〈書仙傳〉、〈譚意歌傳〉、〈趙飛燕別傳〉等名篇。

熙寧變法：指北宋神宗熙寧年間進行的改革。熙寧二年（一〇六九），王安石以「富國強兵」為目標，向神宗提出多項政策改革，包括經濟、教育、軍事等方面，又稱「王安石變法」。其中較著名的有：新設「制置三司條例司」為國家最高財政機關，以統籌全國財政。實行「青苗法」，規定農民於每年夏、秋兩次收成之前，可向地方政府借貸，等收成後再歸還本利，利息兩分，以此減低農民為高利貸所剝削。實行「保甲法」，規定鄉村住戶，每五家為一保，五保為一大保，十大保為一都保。凡有兩丁以上的農戶，選一人來當保丁，保丁平日負責耕種，農閑時接受軍事訓練，戰時徵召入伍，以節省軍費支出。

新舊黨爭：為神宗宰相王安石執行變法上所引發的一場黨爭。王安石厲行變法新政，朝中保守派人士多持反對意見，固執的王安石只好另尋支持其政策者，如呂惠卿、曾布、李定、鄧綰、章惇等人，號稱「新黨」，與其立場相對的保守派稱為「舊黨」。等到哲宗即位，其祖母高太皇太后（英宗皇后，神宗之

1059 **嘉祐四年**

胡瑗卒（九九三—）。著有《周易口義》、《洪範口義》。

李覯卒（一〇〇九—）。代表作〈論文〉、〈富國策〉、〈苦雨初霽〉〈袁州學記〉。

王令卒（一〇三二—）。代表作〈送春〉、〈餓者行〉、〈暑旱苦熱〉。

詩文作家李廌生（—一一〇九）。

詩文作家晁說之生（—一一二九）。

歐陽脩作〈秋聲賦〉。

1060 **嘉祐五年**

梅堯臣卒（一〇〇二—）。代表作〈陶者〉、〈汝墳貧女〉、〈魯山山行〉、〈憶吳淞江晚泊〉、〈夢後寄歐陽永叔〉。

1061 **嘉祐六年**

宋祁卒（九九八—）。（一說一〇六二卒。）代表作〈玉樓春．東城漸覺風光好〉、〈題司空圖詩卷末〉。與歐陽脩合修《新唐書》，負責列傳部分。與兄宋庠並稱「大小宋」。

蘇轍作〈懷澠池寄子瞻兄〉；蘇軾回其〈和子由澠池懷舊〉。

母）攝政，司馬光拜相，便將新法廢除，新黨人士多遭罷黜，史稱「元祐更化」。元祐，哲宗即位之初的年號。

八年後，高太皇太后卒，哲宗親政，其主張恢復新法，重新起用新黨來黜斥舊黨，任命章惇為相，重用曾布、蔡京等人，此時新黨假借擁護新政之名，以達報復舊黨之實，直指高太皇太后攝政期間的大臣為「元祐黨人」，並冠上這些人破壞先帝（指神宗）政績的罪名。徽宗即位，蔡京為相，更視舊黨為奸黨，在全國廣設「元祐黨籍碑」，規定凡是出現在碑上的三百多個人名與其子弟永不得在朝做官，以為後人警世之用。

新舊黨爭演變至此，已與國家政策、理念原則無關，他們在乎的只有整肅異己而已。自神宗熙寧年間，到徽宗在位時期，長達五十多年的黨爭內鬥，亦是北宋王朝走向衰敗的重要原因。

【詩文革新運動】

北宋時期，繼唐代古文運動而起的文學革新運動。主要是反對北宋文壇延續晚唐、五代的浮豔文風。

北宋初期，多數文人安逸於太平生活，詩文多為吟風弄月之作，此時柳開、王禹偁提出尊崇中唐韓愈、白居易之說，主張文章應具備重道致用的功能，語言力求平實淺易，反對華靡文風，但其訴求在當時並未掀起多大的波瀾。

之後，以楊億為首的西崑體盛行，穆修於是倡導為道而學文，反對注重聲律對偶的駢文，並以中唐韓

單位：年

西元	朝代	帝王年號	文學大事
1062	北宋	嘉祐七年	蘇軾在鳳翔（今屬陝西）任簽判（負責文書工作），作〈喜雨亭記〉。
1063		嘉祐八年	蘇軾作〈凌虛臺記〉。
1066		英宗（趙曙） 治平三年	宋庠卒（九九六—）。宋祁之兄。代表作〈嘯臺〉。 蘇洵卒（一〇〇九—）。代表作〈心術〉、〈管仲論〉、〈辨姦論〉、〈送蜀僧去塵〉、〈上歐陽內翰書〉、〈張益州畫像記〉。與子蘇軾、蘇轍並稱「三蘇」。
1067		治平四年	蔡襄卒（一〇一二—）。代表作〈自書詩帖〉、〈萬安橋記〉。著有《茶錄》。是「宋四大家」之一。 詞人毛滂ㄆㄤ生（卒年不詳）。代表作〈惜分飛・淚濕闌干花著露〉。

愈、柳宗元兩位古文運動大將為典範，石介在稍後跟進，其在〈怪說〉一文中極力抨擊楊億等人綺麗不實的詩風。仁宗即位之初，范仲淹認為文章具有社會功能，他上書朝廷，希望上位者下達行政命令來矯正柔靡不振的文風。范仲淹此舉一出，文壇陸續湧現支持者，如蘇舜欽、梅堯臣、歐陽脩等人，其中歐陽脩堪稱是此一革新運動的領袖人物，其主張作文必須內容充實，說理暢達，用詞避免詰屈聱牙，更提出「詩窮而後工」的論點，強調詩人的切身遭遇與文學創作的重要關聯。

仁宗嘉祐二年（一〇五七），歐陽脩主持進士考試，嚴格規定應試文章須以質樸流暢的散文書寫，此年錄取了蘇軾、蘇轍、曾鞏等人，也促成了這波革新運動加入傳承新血。尤其是蘇軾，他與歐陽脩一樣樂於提攜後進，出自蘇門的學子也都成為北宋中後期的優秀作家，如黃庭堅、秦觀、晁補之、張耒等。北宋的詩文革新運動，可以說是繼中唐韓愈的古文運動後，再一次把古文傳統推向中國文學發展史上的崇高地位。

《歸田錄》：歐陽脩著，筆記文集。開宋代筆記文之先河，記載朝廷官制、士大夫趣聞軼事以及當時的社會習俗。

《六一詩話》：歐陽脩著，詩歌評論著作。是中國第一部以「詩話」命名的詩評專著，主在評論唐人與北宋人的詩歌作品。原名《詩話》，後人改名《六一詩話》，「六一」是歐陽脩晚年的自號。

1068 **神宗（趙頊）**

熙寧元年 劉敞卒（一〇一九—）。代表作〈聖俞輓詞〉、〈送楊郁林序〉、〈題魏太祖紀〉。著有《春秋權衡》。與弟劉攽並稱「二劉」。

小說家劉斧生卒年不詳。約活動於仁宗到神宗在位時。編有《青瑣高議》。

1069 **熙寧二年** 王安石推動變法，史稱「熙寧變法」。亦是引發北宋「新舊黨爭」的開端。

1070 **熙寧三年** 歐陽脩在其父逝世六十周年作〈瀧岡阡表〉，追述父母生前言行刻於墓碑上。

〔印度〕小說家蘇摩提婆（Somadeva）生卒年不詳。代表作《故事海》約此時成書。

1071 **熙寧四年** 定科舉法，以經義策論取士。

詩僧、詩論家惠洪生？（一一一二八）。

〔阿拉伯〕散文作家伊本・宰敦（Ibn Zaydun）卒（一〇〇三—）。代表作《莊書》、《諧書》。

詩話：詩歌評論體裁的一種，以閑話、隨筆的形式評論、辨析詩句，或記載詩人的生平事蹟。

《新五代史》：歐陽脩著，紀傳體史書。記載五代歷史的著作。《二十四史》之一。原名《五代史記》，為區別薛居正《舊五代史》，史稱《新五代史》。

《新唐書》：歐陽脩與宋祁合修，紀傳體史書。記載唐代歷史的著作。《二十四史》之一。

宋代文壇宗師——歐陽脩

歐陽脩（一〇〇七至一〇七二）小時候曾與母親寄居隨州（今屬湖北）叔父的住處，他在一次偶然的機會讀到唐代古文大家韓愈的文集，從此對韓愈心生仰慕。長大後考取進士，常與尹洙等古文學家切磋古文，力圖掃蕩當時流行的華麗文風，重振古文風氣。

范仲淹主導「慶曆新政」時，當時朝廷分成支持與反對新政兩派人馬，歐陽脩因認同范仲淹的改革理念，便被那些反對新政的人指責為「朋黨」，也就是結黨營私的團體，他雖寫了一篇〈朋黨論〉加以辯駁，說明「君子之真朋」與「小人之偽朋」的差異，結果還是與范仲淹同遭貶謫的命運。

貶官至滁州的歐陽脩，深深地被當地的自然景觀所吸引，其〈醉翁亭記〉就是在此時寫成的，其中有「醉翁之意不在酒，在乎山水之間也。山水之樂，得之心而寓之酒也」等句，從此「醉翁」也成了歐陽脩的稱號，他認為自己雖然對酒縱飲，但心中真正在乎

單位：年

西元	朝代	帝王年號	文學大事
1072	北宋	熙寧五年	歐陽脩卒（一〇〇七—）。代表作除前所列，另有〈玉樓春·別後不知君遠近〉、〈玉樓春·樽前擬把歸期說〉、〈浪淘沙·把酒祝東風〉、〈浣溪沙·堤上遊人逐畫船〉、〈踏莎行·候館梅殘〉、〈蝶戀花·庭院深深深幾許〉、〈縱囚論〉、〈送楊寘序〉、〈祭石曼卿文〉、〈相州晝錦堂記〉、〈梅聖俞詩集序〉。著有《歸田錄》、《六一詩話》、《新五代史》。與宋祁合修《新唐書》。 錢公輔卒？（一〇二二？—）。代表作〈義田記〉。
1073		熙寧六年	周敦頤卒（一〇一七—）。代表作〈愛蓮說〉、〈太極圖說〉。著有《通書》。為「濂學」的創始者。宋代「理學」的開山之祖。「濂洛關閩」宋代理學四大流派之一。 蘇軾任杭州通判（輔佐地方行政長官處理政務），作〈飲湖上初晴後雨〉。

的並非酒，而是眼前的秀麗山水，只是欣賞美景，使心靈快樂一事必須寄託於酒才行！

流放在外長達九年，仁宗終於將歐陽脩召回，命其擔任翰林學士（負責起草朝廷的制誥與宮廷文書等），又令其重修唐代史書，史稱《新唐書》。嘉祐二年（一〇五七），歐陽脩以翰林學士身分主持進士考試，親自錄取了曾鞏、蘇軾、蘇轍等新秀，尤其是蘇軾，當時他已看出這個年僅二十一歲的青年來日必定成就非凡，在寫給好友梅堯臣的信上說：「讀軾（指蘇軾）書，不覺汗出。快哉！快哉！老夫當避路，放他出一頭地也！」意指自己該退避開來，好讓年輕的蘇軾才華得以展露，在眾人中居於高出一頭之地。蘇軾也不負恩師的識人眼光與深切期待，日後果然在文壇大放異彩，成為繼歐陽脩後的領袖人物。

年老時的歐陽脩，聲望已如日中天，他卻經常拿出自己過去的作品一再修改。他的妻子問說：「何自苦如此？尚畏先生嗔耶（還怕老師生氣嗎）？」歐陽脩回說：「不畏先生嗔，卻怕後生笑矣（擔心被後生晚輩笑話）！」可見其治學嚴肅認真、一絲不苟的態度。他又常言家裡頭什麼都沒有，唯有藏書一萬卷、金石文一千卷、琴一張、棋一局、酒一壺，再加上他自己一個老人，剛好是六個「一」，其晚年的稱號「六一居士」正是由此命名。

〈太極圖說〉：周敦頤（一〇一七至一〇七三）為〈太極圖〉寫的一篇說明，闡明宇宙從無極而太極，太極而陰陽，陰陽而五行，以至萬物化生的過程。太極，語出《易·繫辭》之「易有太極，是生

年	朝代	年號	事件
1074		熙寧七年	王安國卒（一〇二八—）。王安石之弟。代表作〈清平樂・留春不住〉、〈減字木蘭花・畫橋流水〉、〈同器之過金山奉寄兼呈潛道〉。
1075	北宋 神宗	熙寧八年	蕭觀音卒？（一〇四〇—）。遼道宗之后。代表作〈回心院〉、〈伏虎林應制〉。
	遼 道宗（耶律洪基）	太康元年	蘇軾任密州（今屬山東）知州，夢見亡妻王氏，作〈江城子・十年生死兩茫茫〉。詩人徐俯生？（—一一四〇？）。
1076	北宋 神宗	熙寧九年	蘇軾在密州，中秋思念家人作〈水調歌頭・明月幾時有〉。
1077		熙寧十年	邵雍卒（一〇一一—）。著有《皇極經世》，是「象數學」的代表作之一。張載卒（一〇二〇—）。（一說一〇七八卒。）著有《正蒙》。「關學」的創始者。詞文作家葉夢得生（—一一四八）。

兩儀」，指天地混沌未分以前。相傳道教原有〈無極圖〉，是用來表示修煉長生之術，北宋初道士陳摶將其刻在華山石壁上，後經數人傳至周敦頤。周敦頤將〈無極圖〉改造成〈太極圖〉，並用此圖來說明《易》理。無極，指太極的無邊無際，變化無窮無盡，是萬有之本。

《通書》：周敦頤思想著作。原名《易通》，旨在闡發《易》之義理。書中立論取《禮記・中庸》中「誠」的觀念為核心，認為誠乃天之道，也是聖人的根本，萬物的源頭，一切德性皆以誠為基礎。

濂學：指周敦頤開創的理學學派。因周敦頤喜愛廬山（今屬江西）風景，購地築室定居在廬山下，以故鄉道縣（今屬湖南）的河川濂溪來命書堂名，世人習稱其「濂溪先生」，稱其學派為「濂學」，程顥、程頤兄弟為其門人。

理學：指北宋時興起的一股以討論理氣、心性等問題為中心的哲學思潮，盛行於南宋至元明時期，又稱「宋明理學」或「新儒學」、「道學」。廣義的理學，指的是以討論天道、性命等問題為中心，包括各家不同的學派，如「程朱學派」、「陸王學派」等。狹義的理學，指以理作為統攝天下萬物的法則，強調格物致知，即「程朱學派」；以區別「陸王學派」強調尊德性、明本心的「心學」。

濂洛關閩：宋代理學的四大流派。即北宋周敦頤

單位：年

西元	朝代	帝王年號	文學大事
1078	北宋	元豐元年	張先卒（九九〇—）。代表作〈天仙子・水調數聲持酒聽〉、〈行香子・舞雪歌雲〉、〈剪牡丹・野綠連空〉、〈歸朝歡・聲轉轆轤聞露井〉、〈一叢花・傷高懷遠幾時窮〉。 蘇軾作〈潮州韓文公廟碑〉。
1079		元豐二年	文同卒（一〇一八—）。代表作〈墨竹圖〉。 作家汪藻生（—一一五四）。 詩人王庭珪生（—一一七一）。 蘇軾任湖州（今屬浙江）知州，到任後上表謝恩，御史以其謝表中有暗諷神宗新政之語，將蘇軾逮捕入御史臺獄，史稱「烏臺詩案」。蘇軾在獄中作〈予以事繫御史臺獄，獄史稍見侵，自度不能堪，死獄中，不得一別子由，故作二詩授獄卒梁成，以遺子由〉。 蘇轍為救身陷獄中的蘇軾，上書神宗，作〈為兄軾下獄上書〉。

的濂學，程顥、程頤的洛學，張載的關學，以及南宋朱熹的閩學。

《皇極經世》：邵雍（一〇一一至一〇七七）思想著作。主要是運用《易》理和《易》數推究天地萬物的來源、自然的本然的演化以及社會歷史的盛衰變遷。

象數學：指把物象符號化、數量化，用以推測事物關係與變化的一種學說，屬於《易》學體系。相傳上古伏羲氏取象作八卦，西周文王以數推演成六十四卦，後來便有「畫八卦，由數起」的說法，進而引發人們以符號、數理邏輯來研究《易》。

《正蒙》：張載（一〇二〇至一〇七七或一〇七八）思想著作。蒙是《易》六十四卦之一，其彖辭有「蒙以養正」之語。蒙，意指蒙昧未明；正，語含訂正之意。張載根據《易傳》論證宇宙的本體是「氣」，書中言道「凡可狀皆有也，凡有皆象也，凡象皆氣也」，認為一切存在都是氣，天地萬物皆由氣聚而成，氣散則具體形象滅而氣歸於太虛。也就是說，有形萬物雖有生滅無常，但氣卻是常存不滅。書中包含其代表作〈西銘〉、〈東銘〉。

關學：指張載開創的理學學派。張載是眉縣（今屬陝西）橫渠鎮人，辭官後在家鄉講學，世人習稱其「橫渠先生」，就地域而言橫渠屬關中（指函谷關以西，散關以東）一帶，故稱其學派為「關學」。

1081 元豐四年

金石學家趙明誠生（—一一二九）。
詞人陳克生（—一一三七?）。
詞人朱敦儒生?（—一一五九?）。

1082 元豐五年

皇帝作家、書法家趙佶生（—一一三五）。
詩詞作家周紫芝生（—一一五五?）。
蘇軾出貶黃州（今屬湖北）時，作〈念奴嬌・大江東去〉、〈前赤壁賦〉、〈後赤壁賦〉。

1083 元豐六年

曾鞏卒（一〇一九—）。代表作〈詠柳〉、〈墨池記〉、〈道山亭記〉、〈寄歐陽舍人書〉、〈贈黎安二生序〉。
蘇軾在黃州作〈記承天寺夜遊〉。
作家李綱生（—一一四〇）。

1084 元豐七年

詩詞作家呂本中生?（—一一四五）。
女詞人李清照生（—一一五五?）。
詩人曾幾生?（—一一六六?）。
蘇軾離開黃州，路過九江（今屬江西），遊廬山西林寺，作〈題西林壁〉。
司馬光編纂《資治通鑑》完成。

張三影——張先

張先（九九〇至一〇七八）到四十一歲才考取進士，但他在官場上頗得人緣，文人雅士多樂於與其交往。晚年他退居故鄉吳興（今屬浙江），以垂釣為樂，在八十五歲高齡時還能納妾，身體十分健朗，其好友蘇軾便作〈張子野年八十五尚聞買妾述古令作詩〉來戲謔他，其中寫道：「詩人老去鶯鶯在，公子歸來燕燕忙。」直指年老的張先仍喜歡終日流連於鶯鶯燕燕的柔情軟語裡。

張先在〈行香子〉詞末寫有「心中事，眼中淚，意中人」三句，當時人們便稱他為「張三中」，但張先覺得大家應該叫他「張三影」才對，因他自認生平最得意的力作實是〈天仙子〉中「雲破月來花弄影」、〈歸朝歡〉中「嬌柔懶起，簾壓捲花影」，以及〈剪牡丹〉中「柳徑無人，墜風絮無影」三句都有「影」字的詞，後來大家才改稱其為「張三影」。

胸有成竹——文同

文同（一〇一八至一〇七九），字與可，是蘇軾的表兄，擅長畫竹與山水。神宗元豐二年（一〇七九），蘇軾在湖州曝晒書畫時，看見剛過世的文同先前送給自己的一幅〈篔ㄩㄣˊ簹ㄉㄤ谷偃竹圖〉，睹物思人，忍不住放聲痛哭。

蘇軾事後寫了〈文與可畫篔簹谷偃竹記〉，回憶他與文同過去相處的情景，文中提到文同一開始畫竹時，自己並不怎麼看重，但周遭卻常有人帶著白絹前來求畫，家門口總是擠滿人群，文同看了十分厭惡，便把白絹丟到地上罵說：「我要把這些白絹拿來做襪

單位：年

西元	朝代	帝王年號	文學大事
1085	北宋	元豐八年	程顥卒（一〇三二—）。代表作〈識仁篇〉、〈春日偶成〉、〈答張橫渠書〉。與弟程頤並稱「二程」。
1086		哲宗（趙煦）元祐元年	司馬光卒（一〇一九—）。代表作〈西江月・寶髻鬆鬆挽就〉、〈訓儉示康〉、〈諫院題名記〉。著有《涑水紀聞》、編撰《資治通鑑》。 王安石卒（一〇二一—）。代表作〈元日〉、〈春夜〉、〈商鞅〉、〈明妃曲〉、〈桂枝香・登臨送目〉、〈傷仲永〉、〈葛溪驛〉、〈泊船瓜洲〉、〈遊褒禪山記〉、〈讀孟嘗君傳〉、〈答司馬諫議書〉、〈同學一首別子固〉、〈上仁宗皇帝言事書〉、〈泰州海陵縣主簿許君墓誌銘〉。
1088		元祐三年	劉攽卒（一〇二二或一〇二三—）。（一說一〇八九卒。）劉敞之弟。曾協助司馬光修《資治通鑑》。著有《東漢刊誤》。 曲藝家孔三傳生卒年不詳。約活動於神宗、哲宗在位時。為「諸宮調」的創始者。

子！」這句話從此在文人圈傳了開來。後來蘇軾到彭城（今屬江蘇）上任，文同寫信對蘇軾說：「近來我告訴士大夫們，我的畫風已傳到彭城，你們可以去找蘇軾求畫，所以做襪子的材料應該會聚集到你那裡去了！」信末附上一詩：「擬將一段鵝溪絹（產於四川鹽亭鵝溪的絹帛），掃取寒梢萬尺長。」意思是打算用絹帛畫出寒冬萬尺長的竹子。

蘇軾回說：「竹子的長度要是有萬尺，得用二百五十匹的絹，知道您是累到不想動筆，只想獲取那些絹罷了！」文同對此回應道：「其實我的話說錯了！世上哪裡有萬尺長的竹子呢？」蘇軾為了證實文同所言，作詩回說：「世間亦有千尋（古代八尺稱一尋）竹，月落庭空影許長。」認為世上確實有八千尺長的竹子，也就是當月光灑落在空庭時，映照出的竹影應該就有那樣長。文同回答蘇軾：「你可真是會辯說啊！我要是有二百五十匹的絹，就用它們買些田地回家養老了啊！」之後便把其所畫的〈篔簹谷偃竹圖〉送給蘇軾，強調畫裡的竹子雖然只有幾尺高，但氣勢實有萬尺之長。從兩人的戲笑言談間，可以看出彼此的友好情誼。

此外，蘇軾在〈文與可畫篔簹谷偃竹記〉也敘述了文同是如何善於觀察竹子的生長與姿態變化。文同曾教導蘇軾在畫竹之前，胸中必須先有完整的竹子形象，手拿起筆來就可以看到想畫的竹子，下筆一氣呵成，如此才能追上所見竹子的生動神韻；就好像兔子才剛躍起奔跑，鶻鳥便急速地俯衝下來，稍有鬆懈就會失去抓住兔子的機會。這也是成語「胸有成竹」的典故由來，後多用來比喻處事有定見。

1090 元祐五年

〔波斯〕詩人、散文作家納塞爾・霍斯魯（Nasir Khusraw）卒（一〇〇三—）。代表作〈光明頌〉、〈幸福頌〉、《旅行紀事》。

詩詞作家陳與義生（—一一三八）。

詞人吳激生？（—一一四二）。

蘇軾任杭州知州，作〈贈劉景文〉。

〔法〕英雄史詩《羅蘭之歌》約此前後寫成。作者不詳。

1091 元祐六年

作家王讜生卒年不詳。約活動於哲宗在位時。編有《唐語林》。

詩詞作家張元幹生（—一一六〇？）。

1095 紹聖二年

沈括卒？（一〇三一？—）。著有《夢溪筆談》。

詩論家胡仔生？（—一一七〇）。

1097 紹聖四年

韓縝卒（一〇一九—）。代表作〈鳳簫吟・鎖離愁，連緜無際〉。

二程：指程顥、程頤兄弟。兩人於年少時曾就學於周敦頤，為宋代理學的奠基者，世稱程顥為「明道先生」，程頤為「伊川先生」。

《涑水紀聞》：司馬光著，筆記文集。記載北宋太祖到神宗時的故事，內容多有關國家朝政方面，均有標明出處。涑ㄙㄨˋ水（今屬山西）為司馬光的故鄉，世人習稱其「涑水先生」。

《資治通鑑》：司馬光編撰，編年體通史。記載東周戰國周威烈王二十三年（前四〇三），到五代北周世宗顯德六年（九五九）前後共一千三百六十二年的史事。司馬光傾十九年的精力編撰而成，全書按時間先後敘述史事，內容以政治、軍事為主，目的是為了讓君主明瞭歷朝君臣的事蹟及其成敗興衰，以為治國之借鑑。司馬光徵引的史料極為豐富，書寫一事往往引用數種材料，包括正史、雜史、文集、實錄、傳記、小說等，如遇各家說法歧異時，均詳實考訂，具有相當高的史料價值。《資治通鑑》的協修者有劉恕、劉攽、范祖禹三人，但最後是由司馬光一人定稿，統一體例，其文筆流暢、敘事生動，歷來與《史記》並列為史家之絕筆。

平生所為，未嘗有不可對人言——司馬光

司馬光（一〇一九至一〇八六）生性儉樸，其在〈訓儉示康〉寫道：「眾人皆以奢靡為榮，吾心獨以儉素為美。」文章是為訓勉兒子司馬康而作，縱使

單位：年

西元	朝代	帝王年號	文學大事
1099	北宋	元符二年	詞人李甲生卒年不詳。約活動於哲宗在位時。代表作〈帝臺春・芳草碧色〉、〈憶王孫・萋萋芳草憶王孫〉。
1100		元符三年	秦觀卒（一〇四九—）。代表作〈八六子・倚危亭，恨如芳草〉、〈千秋歲・水邊沙外〉、〈望海潮・梅英疏淡〉、〈滿庭芳・山抹微雲〉、〈踏莎行・霧失樓臺〉、〈鵲橋仙・纖雲弄巧〉。為「蘇門四學士」、「蘇門六君子」之一。 蘇軾謫居儋州（今屬海南）三年，此年奉詔遷廉州（今屬廣西），渡海北歸時，作〈六月二十夜渡海〉。 〔日本〕民間傳說故事集《今昔物語》約此前後寫成。相傳編者為源隆國（Minamoto Takakuni）。

多數人視富貴奢華為榮耀的象徵，司馬光仍把節儉當成是一種美德，並舉賢相張知白生前所言「由儉入奢易，由奢入儉難」來提醒兒子儉樸的重要。

司馬光為了讓當今君主瞭解前人治國之史事，進而以史為鑑戒，他把自己獨立寫成的一部自戰國到秦二世的《通志》上書英宗。英宗讀了之後，便下令司馬光可自選助手，同時提供編寫史書的所有經費，全力支持司馬光的撰書計畫。英宗去世，神宗即位，神宗任用王安石為相，開始推動一連串的變法。

由於司馬光堅持反對王安石的新政，不願繼續留在朝中，一再請求神宗將自己外放，往後十五年他一直居住在洛陽，全心編著史書。神宗元豐七年（一〇八四），司馬光將完成的書稿上奏朝廷，神宗深感這部史學巨著可以使君王瞭解歷代的興衰，有助於治國之道，故賜名《資治通鑑》，並為其作序言。

司馬光曾說過：「吾無過人者，但平生所為，未嘗有不可對人言耳！」意指自己雖然沒有什麼過人之處，但一生的所作所為，從沒有一件事是不可對人說出口的。可見司馬光除擁有絕佳的文史素養之外，其為人不慕虛華，坦蕩正直，行事光明磊落，才敢道出如此豪語。

政治家文人——王安石

王安石（一〇二一至一〇八六）小時候跟隨父親王益為官南北遷徙，慶曆二年（一〇四二）中了進士以後，又自願到外地州郡當地方官，對於開國已近百年的宋朝之積弱逐漸形成了一套改革的思想。他年輕時就以太平宰相自許，歐陽脩曾將之比做李白、韓愈

1101 ○ 北宋 徽宗（趙佶） 建中靖國元年 遼 天祚帝（耶律延禧） 乾統元年

耶律洪基卒（一〇三二—）。即遼道宗。代表作〈題李儼黃菊賦〉。

蘇軾卒（一〇三七—）。此年作〈自題金山畫像〉。代表作除前所列，另有〈江城子・老夫聊發少年狂〉、〈定風波・莫聽穿林打葉聲〉、〈范增論〉、〈留侯論〉、〈賈誼論〉、〈臨江仙・夜飲東坡醒復醉〉、〈三槐堂銘〉、〈方山子傳〉、〈教戰守策〉、〈超然臺記〉、〈惠崇春江晚景〉、〈黃州寒食詩帖〉、〈文與可畫篔簹谷偃竹記〉、〈乞校正陸贄奏議進御劄ㄓㄚˊ子〉。著有《東坡志林》、《東坡易傳》。與黃庭堅齊名，人稱「蘇黃」。與辛棄疾齊名，人稱「蘇辛」。「豪放派」的代表之一。

詩詞作家陳慥生卒年不詳。為蘇軾好友。代表作〈戲作詩〉、〈無愁可解・光景百年〉（一說蘇軾作）。

這樣的文學家，他卻在酬答詩中說：「他日若能窺孟子，終身何敢望韓公？」王安石認為自己是政治家，他追求的是接續孟子的道統，至於文人氣太重的韓愈，他在詩中說「何敢」，其實是有點不屑的態度。他對於文學的看法也是以實用為主，他說：「所謂文者，務為有補於世而已矣。」但他對文字相當講究，其所作〈泊船瓜洲〉詩原作「春風又到江南岸」，他覺得「到」字太死，陸續換了「過」、「入」、「滿」等字，最後他在船上看到江南綠意盎然的樣子，忽然有了靈感，將「綠」字用入詩裡，作「春風又綠江南岸」，遂成為千古名句。

據說王安石對於生活細節極不重視。最有名的是不愛洗澡，他與王珪同為宰相時，有一天上朝時，一隻蝨子爬到他的鬍鬚上，宋神宗看了發笑，王安石卻還不自知。退朝以後，王珪才告訴他，王安石便要侍從把蝨子捏死，王珪說這隻蟲子值得頌讚一番，便道這隻蝨子「屢遊相鬚，曾經御覽」，傳為笑談。又傳說他的同事每個月都要把王安石押到公共浴室去大大洗刷一番，還定為每月大事，稱為「拆洗王介甫」，介甫，是王安石的字。其次是不重視飲食，只吃放在眼前的東西，不管眼前的東西是什麼；還曾經一邊釣魚，一邊把魚餌吃光了。

王安石與蘇軾在政治上理念不同，但文學上卻是惺惺相惜。相傳蘇軾某日到王安石家裡拜訪，恰好王安石外出，蘇軾在他桌上看到一首還未寫完的〈殘菊〉詩：「西風昨夜過園林，吹落黃花滿地金。」蘇軾以為菊花不會落瓣，便在後面補上「秋花不比春花落，說與詩人仔細吟」。後來蘇軾因烏臺詩案被貶到

單位：年

西元	朝代	帝王	年號	文學大事
1102	北宋	徽宗	崇寧元年	陳師道卒？（一〇五三—）。代表作〈送內〉、〈絕句〉、〈示三子〉、〈別三子〉、〈春懷示鄰里〉〈寄外舅郭大夫〉、〈次韻蘇公西湖徙魚〉。約活動於神宗到徽宗在位時，生卒年皆不詳的作家群如下：詩人潘大臨代表作〈江間作〉、〈江夏別魯直送之宜州〉。作家魏泰著有《東軒筆錄》。作家胡銓生（—一一八〇）。
1103			崇寧二年	舒亶卒？（一〇四一？—）。代表作〈虞美人・芙蓉落盡天涵水〉。名將、詞人岳飛生（—一一四一或一一四二）。
1104			崇寧三年	設置書學、畫學、算學。史學家鄭樵生（—一一六二）。

黃州，在一次與友人賞菊的機會，才發現原來也有會落瓣的菊花，方歎服王安石確實見識廣博。

《東漢刊誤》：劉攽（一〇二二或一〇二三至一〇八八或一〇八九）著，校勘《後漢書》中謬誤的著作。

諸宮調：一種民間大型的說唱藝術。歷來皆認為北宋民間藝人孔三傳為創始人，其編撰傳奇、靈怪故事，用通俗生動的語言入曲說唱（以唱為主）。在曲子部分，主要是取同一宮調的若干曲牌合成一套，再聯綴數個不同宮調的套曲來說唱長篇故事。事實上，起於北宋的諸宮調底本早已亡佚，今存的有金人董解元《西廂記諸宮調》與《劉知遠諸宮調》（作者不詳）兩本。

《唐語林》：王讜編，筆記小說集。王讜仿南朝宋劉義慶《世說新語》體例，採輯唐代五十家筆記小說，按內容分成五十二門，舉凡朝廷典章、宮中瑣事、士大夫軼事、風俗民情等皆有記載，堪稱是一部唐代文史資料集。

《夢溪筆談》：沈括（約一〇三一至一〇九五）著，筆記文集。為沈括一生的見聞與科學研究實錄，內容包含有人文藝術、自然科學、醫藥技藝、奇聞軼事等，其中以自然科學方面的成就最大。全書分成十七類，共六百餘條，不僅是研究中國古代科技發展的重要參考書，更堪稱是一部知識豐富的百科全書。

1105 ◯

崇寧四年 黃庭堅卒（一〇四五—）。代表作〈牧童詩〉、〈登快閣〉、〈寄黃幾復〉、〈贈陳師道〉、〈松風閣詩帖〉、〈次元明韻寄子由〉、〈次韻楊明叔見餞〉、〈病起荊江亭即事〉。「江西詩派」的開創者。與陳師道、陳與義被稱作是江西詩派之「三宗」。

目錄學家晁公武生？（—一一八〇？）。

1106 ◯

北宋 徽宗

崇寧五年 晏幾道卒？（一〇三〇？—）。晏殊之子。代表作〈玉樓春・東風又作無情計〉、〈生查子・金鞍美少年〉、〈蝶戀花・醉別西樓醒不記〉、〈臨江仙・夢後樓臺高鎖〉、〈鷓鴣天・彩袖殷勤捧玉鍾〉。自編《小山詞》。

李格非卒？（一〇四五？—）。李清照之父。著有《洛陽名園記》。

李公麟卒（一〇四九—）。代表作〈五馬圖〉、〈臨韋偃牧放圖〉。

遼 天祚帝

乾統六年 小說家王鼎卒（生年不詳）。遼朝官員。著有《焚椒錄》。

此書乃沈括晚年在潤州（今屬江蘇）自家宅園「夢溪園」寫成，故書名取有「夢溪」兩字。

蘇門四學士：指秦觀（一〇四九至一一〇〇）、黃庭堅、晁補之、張耒四人。蘇軾是繼歐陽脩之後的文壇領袖人物，此四人都接受過蘇軾的指導、獎掖，才華亦深獲肯定。蘇軾在〈答李昭玘ㄑ一ˇ書〉中言道：「如黃庭堅魯直、晁補之無咎、秦觀太虛、張耒文潛之流，皆世未之知，而軾獨先知之。」可見蘇軾對自己識人的眼光相當自豪。魯直是黃庭堅的字，無咎是晁補之的字，太虛是秦觀的字（少游亦是其字），文潛是張耒的字。

蘇門六君子：除秦觀、黃庭堅、晁補之、張耒四人之外，另加上李廌ㄓˋ、陳師道兩人，也是蘇軾的得意門生。

《東坡志林》：蘇軾著，筆記文集。內容除史論之外，還包括了隨筆感想、生活瑣記等。

《東坡易傳》：蘇軾著，研究《易》學的著作。此書乃蘇軾續其父蘇洵生前未完成之作，多以人事的角度來詮釋《易》之義理。

蘇黃：指蘇軾、黃庭堅。兩人是奠定宋代詩歌風格特色代表作家。宋代詩壇自蘇軾、黃庭堅之後，唐詩與宋詩的界限始分明，一般認為宋詩重議論、理趣，文字平淡，唐詩重韻味、情趣，用詞流麗。

單位：年

西元	朝代	帝王年號	文學大事
1107	北宋	徽宗 大觀元年	程頤卒（一〇三三—）。著有《經說》、《周易程氏傳》。其門人編成《粹言》。後有南宋朱熹輯成《河南程氏遺書》。與兄程顥同為「洛學」的開創者。「程朱學派」的代表之一。 米芾卒（一〇五一—）。代表作〈蜀素帖〉、〈苕溪詩帖〉。 詞人蔡松年生（—一一五九）。
1109		大觀三年	李廌卒（一〇五九—）。代表作〈答趙士舞德茂宣義論宏詞書〉。著有《師友談記》。
1110		大觀四年	晁補之卒（一〇五三—）。代表作〈水龍吟·問春何苦匆匆〉、〈洞仙歌·青煙冪處〉、〈摸魚兒·買陂塘，旋栽楊柳〉、〈拱翠堂記〉、〈新城遊北山記〉。
1112		政和二年	蘇轍卒（一〇三九—）。蘇軾之弟。代表作除前所列，另有〈六國論〉、〈墨竹賦〉、〈武昌九曲亭記〉、〈黃州快哉亭記〉、〈上樞密韓太尉書〉。著有《龍川別志》、《龍川略志》。自編《欒城集》。

蘇辛：指蘇軾和辛棄疾。南宋愛國詞人辛棄疾承繼蘇軾豪放的詞風，故稱之。

豪放派：宋詞流派的一種。與「婉約派」相對。其特色是創作題材較婉約派廣闊，語言質樸率真、風格豪邁奔放、氣勢雄健恢宏，多不拘守聲律。代表詞人有蘇軾、賀鑄、陸游、辛棄疾等。

烏臺詩案患難中，更顯手足情深——蘇軾

蘇軾（一〇三七至一一〇一）與弟蘇轍同年考取進士，宋仁宗在看過蘇軾兄弟參加殿試的考卷後，忍不住回去和曹皇后講道：「今天我可是替子孫找到了兩個相才！」

蘇軾的性情向來直率豪放，弟弟蘇轍卻是沉穩內斂，兩人的個性雖然迥異，但情感十分友好。英宗治平三年（一〇六六）父親蘇洵去世，蘇軾兄弟回到家鄉眉山（今屬四川）服喪三年，其後返回朝廷，這時英宗已經去世，即位的神宗決定執行宰相王安石的變法。雖說變法的目的是為了富國強兵，然而執行新政不當的官吏，著實造成百姓更大的困擾。

由於蘇軾兄弟與支持變法的人意見不合，兩人便轉往外地任官。神宗熙寧九年（一〇七六）中秋，蘇軾在密州任知州，蘇轍於齊州做書記（知州的從官，掌管書信記錄的人），兩地距離不遠，皆在山東一帶，但畢竟都有公務在身，兄弟還是難以見上一面。當蘇軾望著天上一輪明月，思念著他在世間唯一的至親手足，寫了一首〈水調歌頭〉，下片末云：「人有悲歡離合，月有陰晴圓缺，此事古難全。但願人長

1113 政和三年 晁端禮卒（一〇四六—）。代表作〈綠頭鴨・晚雲收，淡天一片琉璃〉。

1114 政和四年 張耒卒（一〇五四—）。代表作〈田家〉、〈少年遊・含羞倚醉不成歌〉、〈風流子・亭皋木葉下〉、〈輪麥行〉、〈和晁應之憫農〉、〈次韻王敏仲至西池會飲〉、〈離楚夜泊高麗館寄楊克一甥〉。

1115 北宋 徽宗 政和五年 女真族完顏阿骨打稱帝，國號金。

金 太祖（完顏阿骨打）收國元年

1117 北宋 徽宗 政和七年 李之儀卒（一〇三五？—）。代表作〈卜算子・我住長江頭〉、〈謝池春慢・殘寒消盡〉。

1118 政和八年 詞人田為生卒年不詳。約活動於徽宗在位時。代表作〈南柯子・夢怕愁時斷〉、〈江神子慢・玉臺挂秋月〉。詞人韓元吉生（—一一八七）。

1120 宣和二年 方臘之亂開始（—一一二一）。

久，千里共嬋娟！」縱使相隔兩地，但只要家人一切平安，能與自己共享一樣的月光也已心滿意足。

神宗元豐二年（一〇七九），蘇軾被調往湖州，他按以往慣例，一到達新任處所就向朝廷上謝表，御史李定、舒亶ㄉㄢˇ等人上陳神宗，說蘇軾在這份謝表中「訕瀆謾罵而無人臣之節」，又言蘇軾在寫給友人的書信裡，出現不少譏諷神宗新政的詩句，必須回京接受審訊。蘇軾就這樣從湖州被押進京城大牢裡，也就是著名的「烏臺詩案」。（烏臺，御史臺的代稱。因御史臺裡的官舍有種植柏樹，柏樹上常有烏鴉棲息築巢，故稱之。）

御史們開始審理蘇軾的案子，他們找出了蘇軾所寫的一百多首詩，並要蘇軾親自解釋其中的典故與含意，審問終結，御史們仍堅持蘇軾當論死罪，當時許多曾與蘇軾以詩往來的友人，也多遭到牽連處分，包括司馬光、范鎮、曾鞏、黃庭堅等人皆然。

獄中，蘇軾的長子蘇邁每天都會去探望父親，蘇軾與蘇邁約定平常飯盒裡只送菜與肉，若是聽到壞消息便送魚來。有天蘇邁臨時有事，委託朋友代為送飯，卻忘記提醒朋友其父子間約定的暗號，正巧朋友送來的飯菜裡有燻魚。蘇軾打開一看，以為自己難逃一死，寫了兩首訣別詩，請求獄卒轉交給弟弟蘇轍，詩題〈予以事繫御史臺獄，獄史稍見侵，自度不能堪，死獄中，不得一別子由，故作二詩授獄卒梁成，以遺子由〉，其中一首末四句：「是處青山可埋骨，他時夜雨獨傷神。與君今世為兄弟，又結來生未了因。」子由，是蘇轍的字。蘇軾希望下一輩子還能與蘇轍結為兄弟，完成今生兩人未了的緣分。

單位：年

西元	朝代	帝王年號	文學大事
1121	北宋	徽宗 宣和三年	周邦彥卒（一〇五六或一〇五七～）。代表作〈六醜・正單衣試酒〉、〈西河・佳麗地，南朝盛事誰記〉、〈少年遊・並刀如水〉、〈浣溪沙・樓上晴天碧四垂〉、〈瑞龍吟・章臺路，還見褪粉梅梢〉、〈蘭陵王・柳陰直，煙裡絲絲弄碧〉、〈浪淘沙慢・晝陰重，雙凋岸草〉。「格律派」的代表之一。
	遼	天祚帝 保大元年	女詩人蕭瑟瑟卒（生年不詳）。遼天祚帝之妃。代表作〈詠史〉、〈諷諫歌〉。
1122	北宋	徽宗 宣和四年	方臘之亂結束（一一二〇—）。〔波斯〕詩人歐瑪爾・海亞姆（Omar Khayyam）卒（一〇四八—）。學生整理其生前作品成《魯拜集》。魯拜，意指四行詩。〔阿拉伯〕作家哈里里（al-Hariri）卒（一〇五四—）。模仿赫邁扎尼創作「瑪卡梅」韻文故事。其借用說書人的話，敘述與流浪藝人多次不期而遇所發生的趣事，反映當時底層人民的生活。
1123		宣和五年	作家、小說家洪邁生（—一二〇二）。

這兩首詩傳到神宗的手上，讀後大受感動，又見蘇轍冒死上書，表明願削除自身的官職來為兄長贖罪，甚至已經退隱在金陵的前宰相王安石，也為了拯救蘇軾上書與神宗說：「安有聖世而殺才士乎？」神宗最後決定赦免蘇軾的死罪，將其貶謫黃州。

蘇軾和蘇轍在生死患難之際，動輒連性命都不保的當下，仍能真摯對待，相依相惜，這實非尋常人（即使親如兄弟）做得到的。蘇軾在寫給友人的信中曾云：「嗟余寡兄弟，四海一子由。」即使天下之大，他只有蘇轍一個兄弟，但僅此一位知心手足，已讓他覺得像是坐擁四海般地富有。

平生功業，黃州惠州儋州——蘇軾

死裡逃生的蘇軾，來到黃州擔任團練副使（近於民兵自衛隊副團長，在宋代為無實權的虛銜），並規定不得擅離該地，且無權簽署公文。在黃州的日子並不好過，蘇軾開始在東坡（今湖北黃岡）開墾耕種，做一個自食其力的農夫，從此自號「東坡居士」，人們也因而稱其「蘇東坡」。

神宗過世，哲宗即位，蘇軾被高太皇太后召回，升任翰林學士知制誥（翰林學士兼替皇帝草擬命令、詔誥的官職）、禮部尚書（掌管禮制、教育的最高長官）等高官，但蘇軾的人生並未從此一帆風順。哲宗元祐八年（一〇九三），高太皇太后一死，過去視蘇軾為政敵的新黨勢力重新抬頭，他們開始找機會迫害被高太皇太后重用的「元祐黨人」。

隔年，蘇軾被貶到比黃州更偏遠的惠州（今屬廣東），他在惠州待了四年，政敵又讀到他在這裡愜

1124 ○ 宣和六年 〔阿拉伯〕語言學家梅達尼(al-Maydani)卒(生年不詳)。編有《成語集》。書中對每一成語的來源、含義與運用都有詳細的說明。

1125 ○ 北宋 徽宗 宣和七年

金 太宗(完顏晟) 天會三年

遼為金所滅，遼亡。

賀鑄卒？(一〇五二？—)。代表作〈青玉案・凌波不過橫塘路〉、〈芳心苦・楊柳回塘〉、〈搗練子・斜月下，北風前〉、〈六州歌頭・少年俠氣〉。

詞人曹組卒？(生年不詳)。代表作〈青玉案・碧山錦樹明秋霽〉、〈點絳脣・密炬高燒〉、〈驀山溪・洗妝真態〉。

約活動於徽宗在位時，生卒年皆不詳的作家群如下：

詞人呂濱老(一名謂老)代表作〈薄倖・青樓春晚〉。

詩人洪炎生代表作〈遷居〉、〈四月二十三日晚同太沖、表之、公實野步〉。

詩詞作家晁沖之。晁補之之堂弟。代表作〈春日〉、〈漢宮春・瀟灑江梅〉、〈臨江仙・憶昔西池池上飲〉、〈送一上人還滁瑯琊山〉。

畫家張擇端代表作〈清明上河圖〉。

詩人陸游生(—一二一〇)。

意自在的詩作，於是想盡辦法再把年邁的蘇軾流放到海外的儋ㄉㄢ州(今屬海南)，看他還能否得意逍遙地過日子？儋州的生活條件確實比惠州更惡劣，連蛙蛤、鼠胎都是當地人平常果腹的食物，但蘇軾在這裡依然樂觀開朗，每日照吃照睡、寫詩填詞，並與當地居民打成一片，相處融洽。

三年後，哲宗過世，徽宗即位，蘇軾才因朝廷的特赦，得以從儋州返回中原。渡海時，他寫了一首〈六月二十夜渡海〉，詩末兩句：「九死南荒吾不恨，茲游奇絕冠平生。」他將自己一路坎坷不幸的際遇，看作是一段又一段驚奇冒險的旅程，自認這些可是一般人無法體會的精彩人生。

從儋州回來後一年，已六十六歲的蘇軾向徽宗提出告老還鄉的請求，不久即因病去世。此年他在〈自題金山畫像〉寫道：「心似已灰之木，身如不繫之舟。問汝平生功業，黃州惠州儋州。」試想一個人的平生功業，怎麼會是被貶黜的黃州、惠州、儋州這三處窮鄉僻壤呢？這是蘇軾晚年心靈淡泊平靜、一身了無罣礙時，回顧自己的人生，發覺他所經歷的每一段逆境，原來正是成就他一生與眾不同的「功業」！

季常之癖——陳慥

陳慥ㄗㄠˋ，字季常，是蘇軾的好友，對佛學很有研究，自號「龍丘居士」，意指自己是在家修行的佛教徒，又號「方山子」。蘇軾的散文名篇〈方山子傳〉正是為其而作。

每當有人到陳慥家中拜訪，他總是會熱情地設宴款待，席上與人談笑風生，尤其是聊到他最喜好的

單位：年

西元	朝代	帝王年號	文學大事
1126	北宋	欽宗（趙桓）靖康元年	詩人范成大生（一一九三）。
1127	北宋	欽宗 靖康二年	發生靖康之難。宋徽宗、欽宗為金所俘，徽宗第九子、欽宗之弟趙構在南方即帝位，延續宋朝政權，史稱「南宋」。
	南宋	高宗（趙構）建炎元年	
	金	太宗 天會五年	北宋末、南宋初，生卒年皆不詳的作家群如下：詞人万俟（ㄇㄛˋ ㄑㄧˊ，複姓）詠〈三臺．見梨花初帶夜月〉、〈昭君怨．春到南樓雪盡〉。女詩詞作家朱淑真代表作〈自責〉、〈江城子．斜風細雨作春寒〉、〈菩薩蠻．山亭水榭秋方半〉、〈謁金門．春已半，觸目此情無限〉、〈鵲橋仙．巧雲妝晚〉、〈減字木蘭花．獨行獨坐〉。詩選家郭茂倩編有《樂府詩集》。詩人尤袤生（一一九四）。詩人楊萬里生（一二〇六）。

佛學時，話匣子一開更是無法停下來，暢談佛家「虛空」與「存有」的精微教義，經常講到半夜仍然意猶未盡。相傳陳慥的妻子柳氏，個性非常凶悍，她對丈夫徹夜與人高談佛學的舉動相當不以為然，即使在陳慥宴客的當下，也完全不會給丈夫留點面子，便在隔壁房裡高聲謾罵，嚇得正在侃侃而談的陳慥把手上的拄杖都丟落下來。朋友見陳慥一句話也不敢回嘴的懼內模樣，無不暗地竊笑。

蘇軾亦是常受邀到陳慥家裡的座上賓，曾親眼目睹柳氏在家發威的景象，回來在〈寄吳德仁兼簡陳季常〉詩中寫道：「龍丘居士亦可憐，談空說有夜不眠。忽聞河東獅子吼，拄杖落手心茫然。」意在取笑陳慥可以聊佛學聊個沒完沒了，但只要一聽到妻子如獅子般的怒吼聲，立刻驚慌到六神無主。「河東」是柳姓的郡名，蘇軾借指陳慥的妻子柳氏；「獅吼」原是比喻佛法的威嚴正義，正巧陳慥愛談佛理，蘇軾便用來形容柳氏的叫罵聲。人們後來就說妻子凶悍發威是「河東獅吼」，稱呼怕老婆的男人有「季常之癖」。

《東軒筆錄》：魏泰著，筆記文集。記載北宋太祖至神宗六朝的舊事，其中以仁宗、神宗兩朝的記事較詳。由於魏泰常與上層官員往來，其姊夫曾布又是王安石變法的主要助手，是研究王安石變法的重要參考史料。

江西詩派：以北宋黃庭堅為中心的詩歌流派。黃庭堅尊崇唐代詩人杜甫的寫實風格，主張「無一字無

1128
南宋 高宗
建炎二年 惠洪卒（一〇七一？—）。代表作〈秋夕示超然〉、〈大風夕懷道夫敦素〉。著有《冷齋夜話》。
詩詞作家王寂生（—一一九四）。

1129
建炎三年 晁說之卒（一〇五九—）。晁補之之堂弟，晁沖之之堂兄。代表作〈打毬圖〉。著有《晁氏客語》。
趙明誠卒（一〇八一—）。李清照之夫。著有《金石錄》。

1130
建炎四年 理學家朱熹生（—一二〇〇）。

1131
紹興元年 史學家袁樞生（—一二〇五）。

1132
紹興二年 詞人張孝祥生（—一一六九）。

1134
紹興四年 趙令畤卒？（一〇五一？—）。代表作〈清平樂・春風依舊〉、〈元微之崔鶯鶯商調蝶戀花〉，為「鼓子詞」的代表作之一。著有《侯鯖錄》。
詩人黨懷英生（—一二一一）。

來處」、「奪胎換骨」、「點鐵成金」等寫作技巧，也就是以豐富的知識作為寫詩的基礎，並活用前人的典故、詞彙、構思、意象，再鑄造出新穎奇崛的語詞。黃庭堅的詩學引起當時文士的群起效法，徽宗時期，呂本中作〈江西詩社宗派圖〉，以籍貫江西的黃庭堅為首，其下列出陳師道、晁沖之等二十多位追隨者，稱之「江西詩派」。

三宗：指黃庭堅、陳師道、陳與義。後人視他們為江西詩派的三大宗師，由於三人力主師法杜甫，故有「一祖三宗」的稱號。一祖，指杜甫。

無一字無來處——黃庭堅

黃庭堅（一〇四五至一一〇五）是個天才兒童，五歲時已能背誦五經，有一天他問他的老師：「為什麼人家說有六經，你卻只教我五經？」老師看他年紀小，就說：「《春秋》不值得讀。」結果黃庭堅自己在十天內把《春秋》背起來，一字不漏。八歲時，他作詩送人去應考，詩云：「送君歸去玉帝前，若問舊時黃庭堅？謫在人間今八年。」也就說自己是被貶謫到人間的神仙。小小年紀，口氣倒是十分狂妄！

或許是具有這種過目不忘的本事的關係，黃庭堅主張以豐富的書本知識作為寫詩的基礎，他認為杜甫詩歌和韓愈散文「無一字無來處」，又說「詞意高勝，要從學問來」，所以要寫好詩文的第一步就是要多讀書，曾說過「人不讀書，則塵俗生其間，照鏡則面目可憎，對人則語言無味」。他提出具體的創作方法是「點鐵成金」、「奪胎換骨」。所謂「點鐵成

單位：年

西元	朝代	帝王年號	文學大事
1135	南宋	紹興五年	趙佶卒（一〇八二—）。代表作〈詩帖〉、〈眼兒媚・玉京曾憶昔繁華〉、〈燕山亭・裁翦冰綃ㄒㄧㄠ〉、〈臨江仙・過水穿山前去也〉。在位期間曾命文臣編有《宣和畫譜》、《宣和書譜》。自稱書法體式為「瘦金體」。 詩人韓駒卒（生年不詳）。代表作〈夜泊寧陵〉、〈登赤壁磯〉。
1137		紹興七年	陳克卒？（一〇八一—）。代表作〈菩薩蠻・赤闌橋盡香街直〉、〈菩薩蠻・綠蕪墻繞青苔院〉。 理學、文史學家呂祖謙生（—一一八一）。
1138		紹興八年	陳與義卒（一〇九〇—）。代表作〈雨〉、〈除夜〉、〈傷春〉、〈臨江仙・憶昔午橋橋上飲〉、〈虞美人・張帆欲去仍搔首〉。
1139		紹興九年	思想家陸九淵生（—一一九二）。

金」是借用前人詩文中的詞語、典故，推陳出新，賦予新的意蘊；所謂「奪胎換骨」是模擬古人的構思與意境，進行新的創意加工。這個理論有步驟、容易學習，對於宋代詩壇影響甚深，「江西詩派」就是以黃庭堅為中心的詩人團體。

黃庭堅小蘇軾九歲，兩人亦師亦友。由於黃庭堅的詩常有語言深奧、句法生硬的情況，蘇軾便曾開他玩笑，說他的詩像「蝤蛑」（螃蟹）、「江珧柱」（干貝），「格韻高絕」，但吃多了就容易「發風動氣」。黃庭堅也回敬蘇軾說：「你的文章確實精妙，但也有不如古人者」。黃庭堅和蘇軾都是宋代書法名家，黃字瘦，蘇字肥。有一回，蘇軾跟黃庭堅說：「你的字雖然清勁，但是筆勢有時太瘦，好像樹梢掛蛇」。黃庭堅笑答：「您的字，我不敢批評，只是有時候覺得褊淺，好像石頭押著蛤蟆一樣。」

黃庭堅事母至孝，雖然當了高官，但還是親自為母親洗滌便溺之器，是二十四孝故事之一。

《小山詞》：晏幾道（約一〇三〇至一一〇六）詞集。收錄晏幾道詞作二百餘首，多為言情傷愁的小令。

《洛陽名園記》：李格非（約一〇四五至一一〇六）著，介紹洛陽城郊著名宅園的著作，多數都是在唐代舊園故址上重修改建。李格非在書中表明唐代的王公貴族在洛陽的府邸園林多達一千餘處，之後全都因戰亂而成了廢墟；到了北宋，部分園林有進行修復，他對曾遊覽過的三處花園、六處宅園以及十一處

1140　**紹興十年**

徐俯卒？（一〇七五？—）。黃庭堅之甥。代表作〈春遊湖〉。

李綱卒（一〇八三—）。代表作〈請立志以成中興疏〉。

詞人辛棄疾生（—一二〇七）。

〔西班牙〕英雄史詩《熙德之歌》約此前後寫成。作者不詳。

1141　**紹興十一年**

岳飛卒（一一〇三—）。（一說一一四二卒）。代表作〈小重山・昨夜寒蛩ㄑㄩㄥˊ不住鳴〉、〈滿江紅・怒髮衝冠〉。

1142　**南宋　高宗　紹興十二年**

吳激卒（一〇九〇？—）。米芾之婿。北宋末奉命使金，為金所留，後入仕金。代表作〈人月圓・南朝千古傷心事〉、〈春從天上來・海角飄零〉。與蔡松年齊名，人稱兩人詞風為「吳蔡體」。

金　熙宗（完顏亶）　皇統二年

1143　**南宋　高宗　紹興十三年**

作家陳亮生（—一一九四）。

1145　**紹興十五年**

呂本中卒（一〇八四？—）。代表作〈采桑子・恨君不似江樓月〉、〈兵亂後雜詩〉、〈丁未二月上旬日〉、〈江西詩社宗派圖〉。

詞人楊炎正生（—一二二四？）。

別墅加以評述，並體認到從名園的興廢，可以觀察出天下治亂的徵兆。

《焚椒錄》：王鼎（一一〇六卒）著，筆記小說集。書中敘述遼道宗之后蕭觀音遭受誣害而死的經過。王鼎是遼道宗時的進士，博通經史，曾於遼朝任官，他在〈自序〉除說明材料來源之外，更表達其主要是為蕭觀音辨冤而作，故具有相當高的史料價值。

《經說》：程頤（一〇三三至一一〇七）闡釋儒家經典的著作。包括《易》、《詩》、《書》、《春秋》、《論語》、《孟子》、《禮記・大學》、《禮記・中庸》。

《周易程氏傳》：程頤註解《周易》的著作。又名《伊川易傳》、《程氏易傳》。程頤藉由《周易》中的卦辭、爻象來闡述義理，認為無形的理寓於有形的象中，《易》象反映天地萬物之象，《易》理概括天地萬物之理，主張「理」乃天地萬物的根本。

《粹言》：為程顥（一〇三二至一〇八五）、程頤的語錄集，由二程門人楊時所編。

《河南程氏遺書》：為程顥、程頤生平講學語錄。原名《二程語錄》，二程思想的重要論述多見於此書。如在人性上，提出「性即理」、「心即性」之說，認為理就是天，理賦予人即為性，而性存於人身而具有形體者即為心，理、性、心實是一體貫通的。

單位：年

西元	朝代	帝王年號	文學大事
1147	南宋	紹興十七年	作家孟元老生卒年不詳。其著《東京夢華錄》此年成書。
1148		紹興十八年	葉夢得卒（一〇七七－）。代表作〈賀新郎・睡起流鶯語〉、〈虞美人・落花已作風前舞〉。著有《避暑錄話》。
1149		紹興十九年	作家王灼生卒年不詳。其著《碧雞漫志》約此前後成書。
1150		紹興二十年	思想家葉適生（－一二二三）。
1151		紹興二十一年	畫家、詩詞作家王庭筠生？（－一二〇二）。
1153		紹興二十三年	詞人張鎡生（－一二一二？）。
1154		紹興二十四年	汪藻卒（一〇七九－）。代表作〈春日〉、〈點絳脣・新月娟娟〉、〈皇太后告天下手書〉、〈建炎三年十一月三日德音〉。 詩論家計有功生卒年不詳。約活動於北宋徽宗到南宋高宗在位時。著有《唐詩紀事》。 詩詞作家劉過生（－一二〇六）。

在認識論上，提出「格物窮理」，認為理是萬物的本原，人們可藉由窮究事物的道理，從而體認本體的理。

洛學：以程顥、程頤為首的理學學派。二程皆為洛陽人（今屬河南），長期在洛陽講學，世習稱其學派為「洛學」。

程朱學派：以北宋程顥、程頤兄弟與南宋朱熹為代表的哲學流派。此學派創始於周敦頤，奠基於程顥、程頤，爾後的朱熹為集大成者。朱熹不僅繼承二程思想，並對宋代以來的理學思潮進行全盤性的總結，以理為最高範疇，提出「理也者，形而上之道也」、「存天理，去人欲」，後人便將其與二程的思想統稱「程朱學派」。

《師友談記》：李廌（一〇五九至一一〇九）著，筆記文集。記載蘇軾、黃庭堅、秦觀、張耒等人的言論與當時的軼事。李廌為蘇軾的門人之一，書名上的「師」指的就是蘇軾。

《龍川別志》：蘇轍（一〇三九至一一一二）著，筆記文集。記載北宋太祖至哲宗各朝的名人軼事。

《龍川略志》：蘇轍著，筆記文集。蘇轍記錄其在朝做官時的目見耳聞，包括政治、社會、人物、風俗等多方面。《龍川別志》與《龍川略志》為蘇轍出

○

紹興二十五年

周紫芝卒？（一〇八二—）。代表作〈踏莎行・情似游絲〉、〈輸粟行〉、〈雙鵲行〉、〈鷓鴣天・一點殘釭ㄍㄤ欲盡時〉。

李清照卒？（一〇八四—）。代表作〈烏江〉、〈詞論〉、〈一剪梅・紅藕香殘玉簟秋〉、〈如夢令・昨夜雨疏風驟〉、〈武陵春・風住塵香花已盡〉、〈醉花陰・薄霧濃雲愁永晝〉、〈聲聲慢・尋尋覓覓〉、〈金石錄後序〉、〈鳳凰臺上憶吹簫・香冷金猊〉。「易安體」的創始者。

詞選家曾慥卒？（生年不詳）。編有《樂府雅詞》。

詞人、音樂家姜夔生？（—一二二一？）。

〔英〕傳奇故事作家傑弗里（Geoffrey of Monmouth）卒？（一一〇〇？—）。代表作《不列顛諸王史》。

貶循州（今屬廣東）龍川時所作，故書取有「龍川」地名。

《欒城集》：蘇轍詩文集。為蘇轍一手編定而成，包含詩、辭賦、策問、書論、記事、墓銘、祭文等，其最為人稱道的便是書論文章，具有說理精闢、結構嚴謹、語言質樸等特色。

方臘之亂：始於北宋徽宗宣和二年（一一二〇），由農民方臘所發起的一場民變，又稱「方臘起義」。徽宗時期，由於賦役繁重，人民苦不堪言，方臘於是聚集貧苦農民，號召起義。隔年方臘被宋軍俘虜而死，起義軍餘眾仍繼續在各地奮戰，直到宣和四年才完全為宋軍所鎮壓。

格律派：宋詞流派的一種。作詞者除遣詞用字講求精工雕琢之外，也重視詞的格式與音律，包括聲韻、對偶、字數、句法等，使詞更富音樂性。代表詞人有周邦彥、姜夔、吳文英、周密、張炎等。

皇帝的情敵——周邦彥

周邦彥（一〇五六或一〇五七至一一二一）精通詞曲音律，更是描寫男女愛戀的高手，許多歌女都喜歡唱他所寫的作品，周邦彥也樂於和歌女們往來密切，沉醉於脂粉花粉堆裡。

相傳京城名妓李師師對周邦彥的才氣十分仰慕，周邦彥也因而成了李師師的入幕之賓，彼此情投意合。當時徽宗皇帝經常微服出宮尋樂，然自其見到李

單位：年

西元	朝代	帝王年號	文學大事
1159	南宋	高宗 紹興二十九年	朱敦儒卒？（一〇八一 ?—）。代表作〈西江月·世事短如春夢〉、〈相見歡·金陵城上西樓〉、〈鷓鴣天·我是清都山水郎〉、〈水調歌頭·當年五陵下〉。
	金	海陵王（完顏亮） 正隆四年	蔡松年卒（一一〇七—）。北宋末降金，後入仕金。代表作〈念奴嬌·離騷痛飲〉、〈鷓鴣天·秀樾橫塘十里香〉。 詩文作家趙秉文生（—一二三二）。
1160	南宋	高宗 紹興三十年	張元幹卒？（一〇九一—）。代表作〈石州慢·寒水依痕〉、〈賀新郎·曳杖危樓去〉、〈賀新郎·夢繞神州路〉、〈蘭陵王·捲珠箔，朝雨輕陰乍閣〉、〈建炎感事〉。
1162		紹興三十二年	鄭樵卒（一一〇四—）。著有《通志》。 詩人徐璣ㄐㄧ生（—一二一四）。

師師後，一國之君從此也拜倒在李師師的美色與才藝之下。

很不湊巧地，某日周邦彥正在李師師的房裡，外頭突然傳來徽宗快要進門的消息，周邦彥來不及走避，連忙躲到床底下。這時徽宗帶來了江南剛進貢的新橙來給李師師品嚐，兩人一面蘸鹽吃橙，一面調情說笑，徽宗直到三更仍不忍離去。待徽宗走後，周邦彥便把徽宗與李師師的相處情景譜成〈少年遊〉，開頭三句寫道：「並刀如水，吳鹽勝雪，纖指破新橙。」描寫的正是李師師拿起出產於並州（今屬山西）的光亮利刀，用其纖細的手指切開新橙，再蘸上生產於吳地（今屬江蘇）潔白如雪的鹽巴與徽宗一同食橙的畫面。

過了沒多久，李師師不經意地在徽宗面前唱出〈少年遊〉，徽宗一聽，便知詞中的主角是自己和李師師，問李師師說：「這是誰作的詞？」李師師回說：「是周邦彥寫的詞。」徽宗忍不住醋勁大發，回到宮中，立即下令將周邦彥趕出京城。一兩天後，徽宗又去找李師師，卻不見李師師在家，問了旁人，才知她去為周邦彥餞行。徽宗枯等到了初更，才見李師師臉色憔悴、愁眉淚睫地回來。徽宗生氣地問說：「妳到底去了哪裡？」李師師回說：「臣妾萬死，得知周邦彥獲罪，被押出國門，所以前去送別，實不知皇上要過來。」徽宗又問：「周邦彥是否有詞相送？」李師師答道：「有作〈蘭陵王〉一首。」「當場便唱了起來，詞中有云：「閑尋舊蹤跡，又酒趁哀絃，燈照離席。」意思是，空閑的時候，回顧以往走過的地方，不久酒席上奏出哀傷的樂音，而燈光下的

1166　1167　1169　1170　1171

孝宗（趙昚ㄕㄣˋ）

乾道二年 曾幾卒？（一〇八四？—）。代表作〈雪作〉、〈南山除夜〉、〈贈空上人〉。

約活動於高宗、孝宗在位時，生卒年皆不詳的作家群如下：

作家吳曾著有《能改齋漫錄》。

詞人袁去華生卒年不詳。代表作〈安公子・弱柳千絲縷〉、〈瑞鶴仙・郊原初過雨〉、〈劍器近・夜來雨，賴倩得、東風吹住〉。

乾道三年 詩詞作家戴復古生（一一六七—一二五二？）。

乾道五年 張孝祥卒（一一三二—）。代表作〈西江月・問訊湖邊春色〉、〈念奴嬌・洞庭青草〉、〈六州歌頭・長淮望斷〉、〈水調歌頭・濯足夜灘急〉。

乾道六年 胡仔卒（一〇九五？—）。著有《苕溪漁隱叢話》。

詩人趙師秀生？（—一二一九？）。

作家楊雲翼生（—一二二八）。

乾道七年 王庭珪卒（一〇七九—）。代表作〈和周秀實田家行〉、〈送胡邦衡移衡州用坐客段廷直韻〉。

人已準備離席遠去了！

徽宗聽了頗受感動，又覺得這首詞的音調旋律極為優美，出自本身對音樂藝術的喜好，不但赦免了周邦彥的罪，更升任周邦彥為大晟府（徽宗成立的掌管音樂的官署）提舉（主管專門事務），讓他可以繼續留在京城。

靖康之難：北宋欽宗靖康二年（一一二七），金兵擄走宋徽宗、欽宗、親王后妃以及宗親大臣等三千餘人，並將皇室祕閣藏書洗劫一空，住在京城的平民百姓遭威脅而北上者達十餘萬人。

《樂府詩集》：詩歌總集。輯錄上古到唐、五代的樂府歌謠，共約五千餘首。按歌曲曲調分為十二類，包括郊廟歌辭、燕射歌辭、鼓吹曲辭、橫吹曲辭、相和歌辭、清商曲辭、舞曲歌辭、琴曲歌辭、雜曲歌辭、近代曲辭、雜歌謠辭和新樂府辭。後二類屬不入樂之辭，其餘屬入樂之辭。各類以前有總序，每曲有題解，闡述其源流。

《冷齋夜話》：惠洪（約一〇七一至一一二八）著，詩歌評論著作。內容以論詩為主，也有對傳聞雜事的記載。

《晁氏客語》：晁說之（一〇五九至一一二九）著，筆記文集。內容主在闡述晁說之為人處世的準則及其讀書心得。

單位：年

西元	朝代	帝王年號	文學大事
1174	南宋	孝宗 淳熙元年	詩人蔡珪卒（生年不詳）。蔡松年之子。金朝官員。代表作〈醫巫閭〉、〈霅ㄒㄧˊ川道中〉。
	金	世宗（完顏雍）大定十四年	詩論家王若虛生（—一二四三）。 辛棄疾在建康登賞心亭，作〈水龍吟・楚天千里清秋〉。 〔英〕詩人韋斯（Wace）卒？（一一〇〇？—）。代表作為以法語寫成的編年史詩《布魯特傳奇》。
1175	南宋	孝宗 淳熙二年	呂祖謙在信州（今屬江西）鵝湖寺發起「鵝湖之會」。
1176		淳熙三年	作家李俊民生（—一二六〇）。
1180		淳熙七年	胡銓卒（一一〇二—）。代表作〈好事近・富貴本無心〉、〈上孝宗封事〉、〈戊午上高宗封事〉。 晁公武卒？（一一〇五—）。晁沖之之子。編有《郡齋讀書志》。

《金石錄》：趙明誠（一〇八一至一一二九）著，金石學著作。內容主要為先秦到北宋時期的銅器銘文和碑刻目錄，共計一千九百餘種，以及部分銘文、碑刻上的題跋，並有作者對金石多年的研究心得。其中〈金石錄後序〉一文為趙明誠之妻李清照所寫。

鼓子詞：流行於宋代的一種民間說唱技藝。其特色是歌唱時主要用鼓來伴奏，一個節目不論有幾段唱詞，均反覆使用同一支詞調，表演形式分為只唱不說和有說有唱兩種。趙令時〈元微之崔鶯鶯商調蝶戀花〉即屬有說有唱的鼓子詞，全篇以敘事手法說唱唐人元稹〈鶯鶯傳〉，對後來金人董解元《西廂記諸宮調》產生一定的影響。

《侯鯖錄》：趙令時ㄓˋ（約一〇五一至一一三四）著，筆記文集。《侯鯖ㄓㄥ錄》除記敘當時士大夫之間的往來、軼事外，書中也提及不少名物、方言、習俗等，頗具文學史料價值。

《宣和書譜》：北宋徽宗趙佶（一〇八二至一一三五）在位期間，下令官方編撰的宮廷所藏書法作品的著錄著作。全書收錄歷代書家一百九十餘人，作品一千三百多件，分成歷代諸帝書、篆書、隸書、正書、行書、草書、八分書、制詔誥命八門，每種書體前均有敘論，闡述各種書體的淵源與發展，並於書法目錄前有書法家小傳，記其生平軼事、評其書法特點，書末列出宮廷所藏的作品目錄。

1181

淳熙八年 呂祖謙卒（一一三七—）。著有《東萊左氏博議》。編有《宋文鑑》。與朱熹合著《近思錄》。

1183

淳熙十年 作家岳珂生（—一二四〇？）。

1185

淳熙十二年 〔阿拉伯〕小說家伊本・圖菲勒（Ibn al-Tufayl）卒（一一〇〇？—）。代表作《哈伊・伊本・耶格贊的故事》。

1186

淳熙十三年 法醫學家宋慈生（—一二四九）。

1187

淳熙十四年 韓元吉卒（一一一八—）。代表作〈好事近・凝碧舊池頭〉、〈六州歌頭・東風著意〉、〈水調歌頭・夢繞神州歸路〉。

詩詞作家劉克莊生（—一二六九）。

〔俄〕英雄史詩《伊戈爾遠征記》約此前後成書。作者不詳。

1188

淳熙十五年 此年冬末，陳亮到上饒（今屬江西）訪辛棄疾。陳亮離開後，辛棄疾思念之，作〈賀新郎・把酒長亭說〉。陳亮回其〈賀新郎・老去憑誰說〉。

《宣和畫譜》：由北宋徽宗下令官方編撰的宮廷所藏繪畫作品的著錄著作。全書收錄魏晉到北宋畫家二百多人，作品六千多件，按畫科分成道釋、人物、宮室、番族、龍魚、山水、畜獸、花鳥、墨竹、蔬果十門，每門前有敘論，敘述每門畫科的起源、發展與代表畫家等，然後再按時代先後列出畫家小傳及其作品。

瘦金體：指北宋徽宗趙佶的書法字體。其特色是字體修長、筆勢勁瘦挺健，風格灑脫明快，又稱「瘦金書」。

吳蔡體：指吳激（約一〇九〇至一一四二）、蔡松年（一一〇七至一一五九）的詞風。由於兩人都是由宋入金的著名詞人，作品多抒發對故國的思戀情感，故稱之。

《東京夢華錄》：孟元老著，筆記文集。記載北宋徽宗時期京都汴京的繁華景況與風俗民情，是研究當時社會、經濟、文化的重要史料。

《避暑錄話》：葉夢得（一〇七七至一一四八）著，筆記文集。內容除記敘朝章國典之外，亦包含不少古今軼聞瑣事。

《碧雞漫志》：王灼著，筆記文集。內容主要為王灼對詩詞歌曲的見解，全書從歌詩的起源談起，說

單位：年

西元	朝代	帝王年號	文學大事
1190	南宋	光宗（趙惇）紹熙元年	詞人程垓生卒年不詳。約活動於孝宗、光宗在位時。代表作〈水龍吟．夜來風雨匆匆〉、〈摸魚兒．掩淒涼、黃昏庭院〉、〈酷相思．月掛霜林寒欲墜〉。
	金	章宗（完顏璟）明昌元年	作家董解元（名字不詳）生卒年不詳。約活動於金章宗在位時。著有《西廂記諸宮調》。 詩文作家耶律楚材生？（—一二四四？）。 史學、詩文作家元好問生（—一二五七）。
1191	南宋	光宗 紹熙二年	〔法〕詩人克雷蒂安．德．特羅亞（Chrétien de Troyes）卒？（一一三五？—）。代表作《蘭斯洛》、《獅子騎士》、《聖杯傳奇》。

明聲律和歌詞的關係，其次評論唐末五代至南宋南渡初六十餘家，最末闡述詞調得名的緣由，以及宮調與聲情的特色。此書為王灼客居成都（今屬四川）碧雞坊時所構思出來的著作，故名之。

《唐詩紀事》：計有功著，詩歌評論著作。全書收錄唐代一千一百多位詩人的詩作，並以詩繫詩人的生平事蹟與歷來相關品評，堪稱是一部唐詩總集，也可說是詩論彙編。

〈詞論〉：李清照作，詞評論文。在詞又稱「詩餘」的年代，李清照在此提出詞乃「別是一家」之說，強調詞有別於詩文，意在提升詞體在文壇的地位。由於當時的詞都是配合音樂歌唱的，李清照認為作詞者必須針對詞具有合樂可歌的特性，嚴格區分文字的清濁、輕重、平仄等聲律要求，使詞與音樂達到更完整的協調美感。

易安體：指李清照的詞風。李清照自號「易安居士」，其詞自然清麗、格調高雅、音律調和、意境深遠，不僅是宋詞婉約派的重要代表，她別樹一幟的創作風格向來為人所稱許，故稱之。

《樂府雅詞》：曾慥（約一一五五卒）編，宋代詞總集。全書選錄宋代五十家的詞作，為今存最早的一部宋人選編的宋詞總集。曾慥錄選的標準是典雅，反對軟媚、諧謔的詞風，故不選柳永、晏殊、晏幾道、秦觀等人的作品。

1193 紹熙四年 范成大卒（一一二六—）。代表作〈州橋〉、〈雙廟〉、〈眼兒媚・酣酣日腳紫煙浮〉、〈催租行〉、〈後催租行〉、〈秋日二絕〉、〈霜天曉角・晚晴風歇〉、〈四時田園雜興〉。著有《攬轡錄》。「中興四大詩人」之一。
陸九淵卒（一一三九—）。其子編成《陸九淵集》。「象山學派」、「心學」的開創者。「陸王學派」的代表之一。

1194 南宋 光宗 紹熙五年 尤袤卒（一一二七—）。代表作〈淮民謠〉。編有《遂初堂書目》。
金 章宗 明昌五年 王寂卒（一一二八—）。金朝官員。代表作〈一剪梅・懸瓠城高百尺樓〉、〈元夕有感〉、〈留別郭熙民〉。
陳亮卒（一一四三—）。代表作除前所列，另有〈念奴嬌・危樓還望〉、〈水調歌頭・不見南師久〉、〈上孝宗皇帝書〉。

1196 南宋 寧宗（趙擴） 慶元二年 詩詞作家段克己生（—一二五四）。

1199 慶元五年 詩文作家方岳生（—一二六二）。詩詞作家段成己生（—一二七九）。

簾捲西風，人比黃花瘦——李清照

李清照（約一〇八四至一一五五）的父親李格非是蘇軾的門生，母親為狀元王拱宸的孫女，也是出身書香世家，知書能文，李清照從小在父母的文藝薰陶下成長，詩詞文章樣樣精通。

十八歲那年，李清照與太學生趙明誠結婚，趙明誠的父親趙挺之與李格非同在朝中做官，兩家交情友好。趙明誠在小時候曾夢到自己看見書本裡寫著「言與司合，安上已脫，芝芙拔草」三句，一覺醒來，不解其意，便去問父親趙挺之。趙挺之聽了之後對兒子說：「言與司合起來，就是『詞』字，安脫掉上面的蓋子，就是『女』字，芝芙拔去草字頭，就是『之夫』兩字。說不定你將來會成為女詞人的丈夫呢！」果然，趙明誠日後所娶的妻子，就是一位擅長填詞的才女。

由於趙明誠對於研究金石、字畫很有興趣，幾乎把身上所有的錢，都花在收購文物或相關書籍，李清照也支持丈夫的這項嗜好，夫妻經常共同考究、校勘金石字畫方面的學問。有時吃飽飯後，兩人回到書房，李清照會烹煮一壺好茶，然後互問對方某一件事是出現在某本書裡某卷某頁的第幾行，並規定說中的人才可以先喝茶；往往說對了的人舉杯大笑，茶水不小心傾倒懷裡，人還沒喝到一滴水，先淋成一身的濕，兩人見狀又忍不住地笑成一團。

數年後，趙明誠被派到外地做官，在九月初九重陽節，李清照填了一首〈醉花陰〉寄給丈夫，趙明誠讀了心中雖讚賞妻子的才情，卻仍想與妻子一較高

單位：年

西元	朝代	帝王年號	文學大事
1200 ○	南宋	慶元六年	朱熹卒（一一三〇—）。代表作〈春日〉、〈觀書有感〉、〈鵝湖寺和陸子壽〉。著有《詩集傳》、《周易本義》、《四書章句集註》。後人編有《朱子語類》、《朱文公文集》。後世尊稱「朱子」或「朱文公」。「閩學」的創始者。 約活動於寧宗在位時，生卒年皆不詳的作家群如下： 詞人史達祖代表作〈秋霽・江水蒼蒼〉、〈三姝媚・煙光搖縹瓦〉、〈滿江紅・好領青衫〉、〈綺羅香・做冷欺花〉、〈雙雙燕・過春社了〉。 詞人高觀國代表作〈賀新郎・月冷霜袍擁〉、〈齊天樂・晚雲知有關山念〉。 詞人盧祖皋代表作〈江城子・畫樓簾幕捲新晴〉、〈宴清都・春訊飛瓊管〉。 詞人吳文英生？（—一二六〇？）。 〔英〕詩人萊阿門（Layamon）生卒年不詳。其根據韋斯《布魯特傳奇》創作《布魯特》約此前後寫成。

下。趙明誠謝絕一切訪客，廢寢忘食想了三天三夜，終於作出十五首新詞，再偷偷地把妻子寫的〈醉花陰〉也抄雜其中，拿去給好友陸德夫看。陸德夫吟誦再三，告訴趙明誠說：「只有三句寫得最好。就是『莫道不消魂，簾捲西風，人比黃花瘦』。」這正是李清照寄來的〈醉花陰〉最末三句。

欽宗靖康二年（一一二七），金兵攻入汴京，徽宗、欽宗父子被虜到北方，北宋滅亡。趙明誠和李清照在兵荒馬亂下舉家南遷，不得不將他們收集多年的金石、書畫拋棄了大半。第二年，南宋高宗命趙明誠出任湖州知州，趙明誠在趕赴任所的路上染上瘧疾，於高宗建炎三年（一一二九）病逝建康（今屬江蘇）。李清照辦完趙明誠的後事，仍得強忍悲痛，繼續丈夫未完成的《金石錄》編寫工作，不久又隨宋軍流亡到杭州。

面對烽火連年的戰亂，北方國土的淪陷，與丈夫的生死離別，李清照已不復以往的歡笑容顏，其在〈聲聲慢〉開頭寫道：「尋尋覓覓，冷冷清清，淒淒慘慘戚戚。乍暖還寒時候，最難將息。」她連用了十四個疊字，表達其內心的孤單無助、酸楚淒涼，心情根本難以平靜。又〈武陵春〉中寫有：「物是人非事事休，欲語淚先流。」眼前景物雖然依舊，但人事已然全非，面對今非昔比的情景，她一句話都還沒說出口，眼淚已先流了下來，可想其藏在心中的愁苦有多麼沉重深刻。

之後，李清照將心力全部放在編著《金石錄》上，畢竟這部書可說是丈夫一生的研究心血。等到書一完成，她又為書寫了一篇〈金石錄後序〉，從此再

〔法〕騎士文學《崔斯坦與伊索德》約此前後寫成。作者不詳。

〔德〕英雄史詩《尼伯龍根之歌》約此前後寫成。作者不詳。

1201 ○ 嘉泰元年 散曲作家杜仁傑生？（—一二八二？）。

1202 ○ 南宋 寧宗 嘉泰二年 洪邁卒（一一二三—）。著有《夷堅志》、《容齋隨筆》。

金 章宗 泰和二年 王庭筠卒（一一五一？—）。米芾之甥。金朝官員。代表作〈蝶戀花・衰柳疏疏苔滿地〉、〈獄中見燕〉、〈幽竹枯槎ㄔㄚ圖〉。

1204 ○ 南宋 寧宗 嘉泰四年 詞人潘牥ㄈㄤ生（—一二四六）。

辛棄疾任鎮江（今屬江蘇）知府，作〈永遇樂・千古江山〉。

〔日本〕和歌詩人藤原俊成（Fujiwara no Toshinari）卒（一一一四—）。編有《千載和歌集》。著有歌論《古來風體抄》。

1205 ○ 開禧元年 袁樞卒（一一三一—）。著有《通鑑紀事本末》。

也沒人知道這位才女詞人的下落。

《通志》：鄭樵（一一〇四至一一六二）著，紀傳體通史。其中二十略為專記典章制度的通史式政書。記載上起三皇，下迄唐代的歷史，分成本紀、年譜（相當《史記》之表）、世家、列傳、略（相當《史記》之書、《漢書》之志），除略之外，其他皆抄錄史書舊文，僅略作增刪。《通志・二十略》為《通志》最有價值的部分，歷來備受史家重視。

《能改齋漫錄》：吳曾著，筆記文集。記載史地名物、神仙鬼怪與詩文典故等，內容相當廣泛，又書中保存了不少已佚文獻，故向來為後世所重視。

《苕溪漁隱叢話》：胡仔（約一〇九五至一一七〇）著，詩歌評論著作。評論作品上起先秦，下至南宋初期，胡仔按時間先後順序，共列出一百餘位作家，全書以評論詩作為主，也有少量的詞評，並間雜文人軼事的記載。

鵝湖之會：南宋孝宗淳熙二年（一一七五），由呂祖謙出面邀請當時著名的理學家朱熹、陸九淵相會於鵝湖寺，雙方在此展開一場學術辯論會議。

《郡齋讀書志》：晁公武（約一一〇五至一一八〇）著，目錄學著作。是中國現存最早的一部私人藏書目錄，共收錄書籍一千四百餘部，按經、史、子、集四部分成四十五類，每書之前皆有提要，詳敘學術

單位：年

西元	朝代	帝王年號	文學大事
1206	南宋	寧宗 開禧二年	鐵木真被尊為成吉思汗，建立蒙古帝國。
	蒙古	成吉思汗（鐵木真） 成吉思汗元年	楊萬里卒（一一二七—）。代表作〈憫農〉、〈插秧歌〉、〈檄風伯〉、〈舟過揚子橋遠望〉、〈初入淮河四絕句〉。「誠齋體」的創始者。 劉過卒（一一五四—）。代表作〈沁園春・斗酒彘肩〉、〈唐多令・蘆葉滿汀州〉、〈賀新郎・彈鋏西來路〉、〈六州歌頭・中興諸將〉、〈登多景樓〉。與劉克莊、劉辰翁齊名，人稱「三劉」。
1207	南宋	寧宗 開禧三年	辛棄疾卒（一一四〇—）。代表作除前所列，另有〈西江月・明月別枝驚鵲〉、〈青玉案・東風夜放花千樹〉、〈南鄉子・何處望神州〉、〈破陣子・醉裡挑燈看劍〉、〈清平樂・茅簷低小〉、〈賀新郎・綠樹聽鵜ㄊㄧˊ鴂ㄐㄩㄝˊ〉、〈賀新郎・甚矣吾衰矣〉、〈菩薩蠻・鬱孤台下清江水〉、〈摸魚兒・更能消、幾番風雨〉、〈醜奴兒・少年不識愁滋味〉、〈祝英臺近・寶釵分，桃葉渡〉。「辛派詞人」的開創者。

源流、考辨真偽、評述得失，向來被視為是一部體例完備的目錄學文獻。

《東萊左氏博議》：呂祖謙（一一三七至一一八一）著，史論著作。呂祖謙取《春秋左氏傳》中的史實予以評論，目的是為了加強學子面對科舉考試時書寫議論文的能力。

《宋文鑑》：呂祖謙編，北宋詩文總集。原名《皇朝文鑑》，為呂祖謙奉宋孝宗敕令編纂。全書收錄北宋二百多位作家共一千四百餘篇詩文作品。

《近思錄》：理學思想著作。為呂祖謙與朱熹精選北宋周敦頤、張載、程顥、程頤四人的論述要義六百餘條，主要是為了讓初學者便於瞭解四子的思想精髓。

《西廂記諸宮調》：金人董解元著，諸宮調作品。又稱《董解元西廂記》，簡稱《董西廂》。董解元將唐人元稹原僅數千字的傳奇〈鶯鶯傳〉以說唱的形式重新創作，運用了十四種宮調、一百九十多個長、短套曲，擴充成五萬字左右的長篇。元代雜劇家王實甫便是根據《西廂記諸宮調》改寫成《西廂記》。董解元，真實名字不詳。解元，原是科舉時代對鄉試第一的稱呼；但在金、元時代是對讀書人的一般稱呼。

《攬轡錄》：范成大（一一二六至一一九三）

1209 ○ **嘉定二年**

〔波斯〕詩人尼扎米（Nizami）卒（一一四一—）。代表作《五卷詩》。

1210 ○ **嘉定三年**

陸游卒（一一二五—）。此年作〈示兒〉。代表作另有〈沈園〉、〈春遊〉、〈書憤〉、〈卜算子・驛外斷橋邊〉、〈釵頭鳳・紅酥手，黃縢酒〉、〈訴衷情・當年萬里覓封侯〉、〈農家嘆〉、〈關山月〉、〈金錯刀行〉、〈遊山西村〉、〈臨安春雨初霽〉、〈劍門道中遇微雨〉、〈歲暮夜夢遊沈氏園〉、〈十一月四日風雨大作〉。著有《入蜀記》、《劍南詩稿》、《老學庵筆記》。

1211 ○ **南宋** **寧宗** **嘉定四年**

黨懷英卒（一一三四—）。金朝官員。代表作〈奉使行高郵道中〉。

金 **衛紹王**（**完顏永濟**） **大安三年**

詩人徐照卒（生年不詳）。代表作〈促促詞〉、〈分題得漁村晚照〉、〈宿翁靈舒幽居期趙紫芝不至〉。「永嘉四靈」之一。

著，日記集。為范成大於南宋孝宗乾道六年（一一七〇）出使金國的見聞實錄。

中興四大詩人：指范成大、尤袤、楊萬里、陸游。四人的詩風雖不相同，但皆為南宋前、中期的著名詩人，故稱之。

《陸九淵集》：陸九淵（一一三九至一一九三）思想著作，其子編成。又名《象山先生全集》。內容多為陸九淵與師友論學的書信往來、語錄和講義。

象山學派：指陸九淵開創的理學學派。因其長期在貴溪（今屬江西）象山講學，世人習稱其「象山先生」，並以此命其學派名。

心學：為陸九淵提出「心即理」的理學學派，後由明代的王守仁發揚光大。一般稱陸九淵、王守仁的學說為「心學」，二程與朱熹的學說為「理學」。廣義而言，兩家學說皆屬理學的範疇，區別在於陸王以「心」為其學說的中心，程朱以「理」為其學說的中心。

陸王學派：以南宋陸九淵、明代王守仁為代表的哲學流派。陸九淵主張「心即理」、「宇宙便是吾心，吾心即是宇宙」，開創「心學」一派。宋代以後，程朱理學成為官方統治階級的主流思想，陸學日趨衰微。直到明代中期，王守仁以陸九淵的傳人自居，致力宣揚心學，提出「心外無理」、「致良

單位：年

西元	朝代	帝王年號	文學大事
1214	南宋	寧宗 嘉定七年	楊炎正卒？（一一四五—）。楊萬里之族弟。代表作〈訴衷情・露珠點點欲團霜〉、〈蝶戀花・離恨做成春夜雨〉、〈水調歌頭・寒眼亂空闊〉。 徐璣卒（一一六二—）。代表作〈黃碧〉、〈新涼〉、〈六月歸途〉。
1216		嘉定九年	詩人、散曲作家劉秉忠生（—一二七四）。 ［日本］作家鴨長明（Kamo no Chomei）卒（一一五五—）。代表作《方丈記》。
1218		嘉定十一年	詞人陳人傑生？（—一二四三？）。
1219		嘉定十二年	趙師秀卒？（一一七〇？—）。代表作〈約客〉、〈桐柏觀〉、〈多景樓晚望〉。編有《二妙集》、《眾妙集》。
1220		嘉定十三年	戲曲家關漢卿生？（—一二九七？）。

知」、「知行合一」等學說。由於王守仁是繼陸九淵之後最具影響力的心學思想家，後人便將其與陸九淵統稱「陸王學派」。

《遂初堂書目》：尤袤ㄇㄠˋ（一一二七至一一九四）編，目錄學著作。亦是中國現存最早的一部版本目錄，共收錄書籍三千餘種，依經、史、子、集四部分成四十四類，並對書目之各種版本予以說明，開創書目著錄版本的先例。

《詩集傳》：朱熹（一一三〇至一二〇〇）著，闡釋《詩經》的著作。朱熹以理學的觀點來推論《詩經》作者的創作用意。

《周易本義》：朱熹著，闡釋《周易》的著作。初名《易傳》。朱熹從象數學的角度來詮釋《周易》中的卦、爻辭，還原《周易》最初就是一部占筮書。

《四書章句集註》：朱熹著，闡釋《論語》、《孟子》、《禮記・大學》、《禮記・中庸》的著作，朱熹合稱為「四書」。元、明科舉取士多以朱熹的儒家經典傳注為宗，足見其著作對後代士人的影響。

《朱子語類》：朱熹與其弟子的問答語錄。為黎靖德（南宋人，生卒年不詳）彙集朱熹多位門人的記錄，刪除重複內容，校訂訛誤，以類編排，分成二十六門，於南宋度宗咸淳六年（一二七〇）成書。

1221

嘉定十四年

張鎡卒？（一一五三—）。代表作〈滿庭芳・月洗高梧〉、〈宴山亭・幽夢初回〉。

姜夔卒？（一一五五？—）。代表作〈暗香・舊時月色〉、〈疏影・苔枝綴玉〉、〈永遇樂・雲隔迷樓〉、〈揚州慢・淮左名都〉、〈過垂虹〉、〈齊天樂・庾郎先自吟愁賦〉、〈點絳脣・雁燕無心〉、〈鷓鴣天・肥水東流無盡期〉、〈長亭怨慢・漸吹盡，枝頭香絮〉、〈白石道人詩說〉。著有《白石道人歌曲》。與張炎齊名，人稱「姜張」。

1223

嘉定十六年

葉適卒（一一五〇—）。代表作〈上殿札子〉、〈湖州勝賞樓記〉。「永嘉學派」的代表之一。

1225

理宗（趙昀）

寶慶元年

學者王應麟生（—一二九六）。

約活動於寧宗、理宗在位時，生卒年皆不詳的作家群如下：

詩人翁卷代表作〈野望〉、〈鄉村四月〉。

作家張端義著有《貴耳集》。

詩文作家葉紹翁代表作〈田家三詠〉、〈遊小園不值〉。著有《四朝聞見錄》。

《朱文公文集》：朱熹詩文集。又名《晦庵先生文集》。內容包括了朱熹生平的詩、奏稿、書信與論文等。朱熹學說的主旨多集中在《朱子語類》與《朱文公文集》兩書中。

閩學：指朱熹開創的理學學派。其思想主要承繼洛學程頤的觀點，並汲取周敦頤、張載等人的部分學說以及儒、道、佛各家的思想，為宋代理學之集大成者。朱熹傾畢生精力都花在著書講學上，死後其學說不僅得到官方的認可與推崇，更成為科舉考試命題的範疇，對後世學子的影響極為深遠。由於朱熹生於福建尤溪（祖籍江西婺源），且長期在福建講學，弟子又多為福建人，故以福建的簡稱「閩」命其學派名。

《夷堅志》：洪邁（一一二三至一二〇二）著，志怪小說集。洪邁採輯古今奇聞瑣事，包括冤鬼報應、神仙詭怪、醫術卜巫、民俗掌故等皆廣泛收羅，是研究宋代社會生活的重要資料。

《容齋隨筆》：洪邁著，筆記文集。為洪邁四十年的讀書筆記，內容詳實豐富，包括經史百家、典章制度、文學藝術以及人物品評等，歷來被視為是一部重要的宋代筆記文集。

《通鑑紀事本末》：袁樞（一一三一至一二〇五）編纂，中國第一部紀事本末體通史。內容皆抄錄司馬光《資治通鑑》，唯改變排列方式。袁樞是研究《資治通鑑》的專家，然其發現採用編年體裁

單位：年

西元	朝代	帝王年號	文學大事
1226	南宋	理宗 寶慶二年	詩人謝枋得生（—一二八九）。戲曲家白樸生（—一三〇六？）。
1227	南宋	理宗 寶慶三年	西夏南平王李晛ㄒㄧㄢˋ降蒙古，西夏亡。
	蒙古	成吉思汗 成吉思汗二十二年	詩論家方回生（—一三〇五？）。詩文作家王惲生（—一三〇四）。宋理宗讚揚朱熹與其所撰《四書章句集註》，封徽國公。
1228	南宋	理宗 紹定元年	楊雲翼卒（一一七〇—）。金朝官員。代表作〈諫伐宋疏〉。與趙秉文齊名，人稱「楊趙」。
	金	哀宗（完顏守緒） 正大五年	
1229	南宋	理宗 紹定二年	〔阿拉伯〕文史學家雅谷特・哈馬維（Yaqut al-Hamawi）卒（一一七九—）。代表作《作家辭典》、《地理辭典》。

的《資治通鑑》，記載史事前後長達一千多年，許多歷時較久的事件，因跨越年分而載錄於不同的卷數中，造成閱讀或查尋事件首尾經過的不便。於是他根據《資治通鑑》原文，區別門目，分類纂輯，以事為主，並自立標題，再按時間先後詳書事之始末，共記二百三十九事，另附錄六十六事。

紀事本末體：史書體裁的一種。以歷史事件為綱的史書體例，將重要的史事分別立目，獨立成篇，各篇再依照年月次序編寫。

誠齋體：指楊萬里（一一二七至一二〇六）的詩歌風格。其特色是從尋常生活與自然山水中取材，採用口語入詩，語言詼諧活潑，風格新奇明快。

三劉：指劉過（一一五四至一二〇六）、劉克莊、劉辰翁。三人的年代雖先後不一，但詞風皆受辛棄疾的影響，故稱之。

辛派詞人：指受到愛國詞人辛棄疾影響而產生的詞派。此派詞人多是當時的愛國志士，他們以文為詞，在詞中抒發其力主抗金、收復失土的主張與情感，風格豪放直率。代表詞人有陳亮、劉過、劉克莊、劉辰翁等。辛棄疾別號「稼軒居士」，故又有「稼軒詞派」之稱。

贏得生前身後名——辛棄疾

辛棄疾（一一四〇至一二〇七）出生時，故鄉

1230

紹定三年　詞人王沂孫生？（—一二九一？）。〔德〕詩人瓦爾特（Walther von der Vogelweide）？（一一七〇？—）。代表作〈菩提樹下〉。〔法〕宮廷詩人威廉・德・羅希（Guillaume de Lorris）生卒年不詳。代表作《玫瑰傳奇》上卷約此前後寫成，為長篇寓言敘事詩。

1231

南宋　理宗　紹定四年　蒙古任耶律楚材為相。

蒙古　窩闊臺　窩闊臺汗三年

1232

南宋　理宗　紹定五年　趙秉文卒（一一五九—）。金朝官員。代表作〈濟源四絕〉、〈開興改元詔〉、〈從軍行送田琢器之〉。

金　哀宗　開興元年　作家、詞人周密生（—一二九八）。詞人劉辰翁生（—一二九七）。

歷城（今屬山東）已為金人所占領，從小他在祖父辛贊的教育下，培養出抗金復國的志向。南宋高宗紹興三十一年（一一六一），金海陵王完顏亮舉兵侵宋，年僅二十二歲的辛棄疾號召兩千餘眾，投入山東農民耿京抗金義軍的行列，並在耿京幕下擔任書記工作。

耿京其後派辛棄疾南下向高宗奉表稱臣，當辛棄疾任務完成準備北歸時，卻傳來耿京慘遭手下張安國殺害，率眾投降金朝，張安國因功被封濟州知州。辛棄疾聞訊後，立刻帶領五十名騎兵，半夜襲擊有五萬金軍駐守的濟州府，生擒張安國南奔歸宋，高宗隨即下旨，將張安國斬首示眾。此事一傳開，辛棄疾的聲名頓時轟動南北，不但激勵全國上下對抗金人的信心，連高宗也對其過人的膽識驚歎再三！

孝宗即位，朝廷開始傾向偏安南方的心態，朝中大臣也多站在「主和」的立場，辛棄疾卻始終堅持「主戰」以收復失土，他屢屢上書說明北伐的重要，但其意見並未獲上位者採納。十多年間，他不斷被調往各地任官，之後甚至遭到主和派的誹謗、彈劾而削去官職，從此賦閑在家二十餘年。

在這一大段歲月裡，辛棄疾積鬱滿腔的悲憤，他在寫給好友陳亮的〈破陣子〉中云：「了卻君王天下事，贏得生前身後名。可憐白髮生。」他期待有生之年，能替皇帝完成收復失土的大業，為生前身後留下不朽的美名，想像自己到那個時候，該已經白髮蒼蒼了吧！語氣由奮發豪邁轉為落寞哀傷。現實與理想的落差，經年累月地衝撞著辛棄疾的心頭，而他也從昔日入敵營如入無人之境的那個英雄少年，逐漸變成一臉滄桑的垂暮老人。

單位：年

西元	朝代	帝王年號	文學大事
1233	南宋	理宗 紹定六年	（阿拉伯）史學家伊本・艾西爾（Ibn al-Athir）卒？（一一六〇—）。代表作《歷史大全》。
1234	南宋	理宗 端平元年	金朝為南宋與蒙古聯軍所滅，金朝亡。
	蒙古	窩闊臺 窩闊臺汗六年	
1236	南宋	理宗 端平三年	作家、政治家文天祥生（—一二八三）。
1238		嘉熙二年	作家姚燧生（—一三一三或一三一四）。（一說一二三九生。）
1240		嘉熙四年	岳珂卒？（一一八三—）。岳飛之孫。代表作〈祝英臺近・澹煙橫，層霧斂〉。著有《桯史》。 作家俞文豹生卒年不詳。約活動於理宗在位時。著有《吹劍錄》。 （日本）戰記文學《平家物語》約此前後成書。作者不詳。

南宋為了求和，長期向金朝納貢賠款，但仍阻止不了金軍的侵犯，直到寧宗即位，又準備起用辛棄疾。高齡六十多歲的他，還以為日後能率軍北上，完成收復故土的願望。在鎮守京口（今屬江蘇）期間，他作了一首〈永遇樂〉，最末三句為：「憑誰問，廉頗老矣，尚能飯否？」登上京口的北固亭，遙望北方壯麗的山河，辛棄疾回想起東周戰國趙國名將廉頗，其老時為了向趙王證明自己仍能作戰，便在趙國使者面前吃進飯一斗、肉十斤，然後被甲上馬奔馳。可惜使者事先接受了賄賂，回去只向趙王報告說廉頗飯吃了不少，只是沒多久的時間已如廁三次，趙王終以廉頗年老而不復用。此時辛棄疾的心聲正與當年的廉頗一樣，自認老當益壯的他，渴望有人前來問一聲：是否還能上戰場呢？

不久，辛棄疾因與當權者主張不合而遭到罷免，等到朝廷抵擋不住金朝的攻擊，又想要重用辛棄疾時，他已經病倒在床，無法上任，臨死前還大呼「殺賊」才氣絕。縱使辛棄疾生前無法了卻北伐滅金的心願，但其身後留下許多豪放縱橫的詞篇，也確實予其千古不朽的美名。

《入蜀記》：陸游著，日記集。亦是一部遊記書，為陸游在孝宗乾道六年（一一七〇）從山陰（今屬浙江）入夔州（今屬四川）一百六十天的行旅見聞與感想，其對沿途的山川景物、世俗人情有很深刻的描繪。

《劍南詩稿》：陸游詩集。共收錄陸游生平詩作

1241 淳祐元年 詩人汪元量生？（—一三一七？）。
畫家、詩人鄭思肖生（—一三一八）。
〔冰島〕詩人、散文家斯諾里·斯圖魯松（Snorri Sturluson）卒（一一七八—）。代表作《斯諾里埃達》，為詮釋流傳於九世紀到十三世紀之間冰島詩體神話傳說「埃達」的著作，又稱「散文埃達」。

1242 淳祐二年 詩人林景熙生（—一三一〇）。

1243 淳祐三年 王若虛卒（一一七四—）。原金朝官員，金亡後，隱居鄉里。著有《滹老詩話》。
陳人傑卒？（一二一八？—）。代表作〈沁園春·誰使神州〉、〈沁園春·記上層樓〉。
散曲作家盧摯生？（—一三一五？）。

共九千多首。由於陸游曾長達九年寄居蜀中（今屬四川），使其有機會接觸到蜀地的風土民情與駐守在邊防的戰士，他的精神視野也因而大為開闊，激發其更高昂的愛國熱情。陸游對這段時期的創作十分重視，遂將自己日後的詩作結集並題名《劍南詩稿》以為紀念。劍南，指的是蜀道劍閣以南一帶。

《老學庵筆記》：陸游著，筆記文集。為陸游的讀書筆記與日常生活見聞實錄。

鍾情前室的愛國詩人——陸游

陸游（一一二五至一二一〇），是南宋主戰派的代表，然因與朝廷主和派的理念不合，一生多沉於下僚或遭到罷黜。到了中年，有志難伸的他開始不拘禮法，人們譏其頹放，他遂自號「放翁」。

事實上，直到陸游八十六歲去世，他的內心從未停歇過收復北方失土的渴望，見其臨終前的〈示兒〉詩：「死去原知萬事空，但悲不見九州同。王師北定中原日，家祭無忘告乃翁。」面對個人的生死，他早已參透了然，心中唯一放不下的便是國家大事，他特別囑咐兒子在大宋光復中原的那天，務必記得在家祭時告訴他這個好消息。

在文學上，陸游以詩聞名，且多是慷慨激切的愛國詩篇，但年輕時作有〈釵頭鳳〉詞，文字淒美動人，寫的正是自己的愛情故事。陸游在二十歲與表妹唐婉結婚，婚後兩人如膠似漆，恩愛非常，卻因此遭來陸游母親的嫉妒，逼迫陸游立書休妻，以當時的倫常禮教，陸游根本不敢違背母命，他表面休離了唐

單位：年

西元	朝代	帝王年號	文學大事
1244	南宋 理宗	淳祐四年	耶律楚材卒？（一一九〇？—）。契丹族，原金朝官員，後入仕蒙古，頗受重用。代表作〈西域河中十詠〉。著有《西遊錄》。
	蒙古 乃馬真后	乃馬真后三年	詩論家魏慶之生卒年不詳。約活動於理宗在位時。編有《詩人玉屑》。
			詩文作家戴表元生（—一三一〇）。
1246	南宋 理宗	淳祐六年	潘牥卒（一二〇四—）。代表作〈南鄉子・生怕倚闌干〉。
1247		淳祐七年	詩詞作家仇遠生（—一三二六）。
1248		淳祐八年	詞人張炎生（—一三二〇?）。
1249		淳祐九年	宋慈卒（一一八六—）。著有《洗冤錄》。
			詩人劉因生（—一二九三）。
			作家謝翱生（—一二九五）。

婉，實際上是把她安置在一間別館，經常瞞著母親前去與其相聚。只是沒過多久，這件事被陸母發現，陸游只好忍痛將唐婉送回娘家，從此兩人各自婚嫁。

多年過去後的某個春日，陸游來到紹興（今屬浙江）著名的園林「沈園」遊園，卻在此不期然巧遇前妻唐婉及其改嫁後的丈夫趙士程。陸游一時語塞，不知該說什麼才好，倒是唐婉表現出落落大方狀，她與趙士程商量後，便遣人送來一壺黃縢酒（即黃封酒，原指用黃帕封口的官釀之酒，後多指上等美酒），和幾道菜餚給陸游斟嚐。陸游外表強作鎮定，心中早已百感交集，在園內壁上題寫一首〈釵頭鳳〉，上片云：「紅酥手，黃縢酒，滿城春色宮牆柳。東風惡，歡情薄，一懷愁緒，幾年離索。錯！錯！錯！」聽說唐婉讀了這首詞沒多久後便鬱抑而終。

七十多歲的陸游重回沈園，回想起四十年前曾與唐婉在此地意外相逢，其作〈沈園〉詩遣懷：「夢斷香銷四十年，沈園柳老不飛綿（指沈園的柳樹已老到不會揚起柳絮）。此身行作稽山土（指自己年老，已快要成為會稽山的泥土），猶弔遺蹤一泫然。」到了八十歲時，夢裡仍是念念不忘這座對他別具意義的沈園，在〈歲暮夜夢遊沈氏園〉寫道：「城南小陌又逢春，只見梅花不見人。玉骨久成泉下土，墨痕猶鎖壁間塵（指當年寫的〈釵頭鳳〉詞，墨跡還留在滿是塵埃的壁上）。」臨終的前一年，陸游拖著蹣跚步履走向沈園，作了一首〈春遊〉詩：「沈家園林花如錦，半是當年識放翁（意指園林的景物一半如故，都是自己過去熟識的舊物）。也信美人終作土，不堪幽夢太匆匆（回憶夫妻相處時的美好時光，實在太過短

1250 **淳祐十年**

戲曲家馬致遠生？（—一三二四？）。

〔冰島、挪威〕北歐英雄傳奇與歷史故事《薩迦》約此前後寫成。作者不詳。於九世紀開始口頭流傳。薩迦，意為小故事。

1252 **淳祐十二年**

戴復古卒？（一一六七—）。代表作〈沁園春．一曲狂歌〉、〈賀新郎．憶把金罍酒〉、〈滿江紅．赤壁磯頭〉、〈江村晚眺〉、〈庚子荐饑〉、〈頻酌淮河水〉。

〔法〕《列那狐傳奇》約此前後寫成。作者不詳。於十二世紀中葉開始口頭流傳。

1254 **寶祐二年**

段克己卒（一一九六—）。金朝進士，金亡後，避居山村。代表作〈滿江紅．塞馬南來〉、〈癸卯仲秋之夕，與諸君會飲山中，感時懷舊，情見乎辭〉。與弟段成己並稱「二妙」。

書畫家、詩文作家趙孟頫生（—一三二二）。

史學家馬端臨生（—一三二三）。

暫）。」

世人在感嘆陸游對唐婉一往情深之餘，是否也會對他當年不敢爭取自己的婚戀，導致妻子無故被休而憤憤不平呢？而他為此所付出的慘痛代價，就是大半生都得在懷舊、抱憾中黯然度過！

永嘉四靈：指徐照（一二一一卒）、徐璣、翁卷、趙師秀。除翁卷為溫州（今屬浙江）樂清人之外，其餘三人皆為溫州永嘉人，又四人的字或號中皆有「靈」字，如徐照字靈暉、徐璣號靈淵、翁卷字靈舒、趙師秀號靈秀。他們經常相互以詩唱和，推崇晚唐賈島、姚合的清峭詩風，鄙視江西詩派對典故、學問的重視，主張詩應是為陶冶性情而作，後經永嘉學派葉適的大力讚揚，四人因而名顯於當時。

《二妙集》：趙師秀（約一一七〇至一二一九）編，賈島、姚合詩選集。分別選錄賈島詩作八十一首，以及姚合詩作一百二十一首，其中多以五言詩為主。

《眾妙集》：趙師秀編，唐詩選集。選錄唐人沈佺期、劉長卿等七十六家的律詩共二百多首，其中多以五言律詩為主。

〈白石道人詩說〉：姜夔（約一一五五至一二二一）著，詩歌理論論文。姜夔汲取前人的寫作經驗與技巧，外加自己的心得體會而寫成，文中強調「語貴含蓄」、「句中有餘味，篇中有餘意」，詩境

單位：年

西元	朝代	帝王年號	文學大事
1257	南宋	寶祐五年	元好問卒（一一九〇—）。原金朝官員，金亡後不仕。代表作〈岐陽〉、〈摸魚兒・恨人間，情是何物〉、〈水調歌頭・黃河九天上〉、〈遊黃華山〉、〈穎亭留別〉、〈雁門道中書所見〉、〈論詩絕句三十首〉、〈癸巳五月三日北渡〉。著有《壬辰雜編》、《續夷堅志》。編有《中州集》、《中州樂府》。
1260	南宋 蒙古	理宗 景定元年 世祖（忽必烈） 中統元年	忽必烈即位，蒙古始用年號。 李俊民卒（一一七六—）。原金朝官員，金亡後不仕。代表作〈睡鶴記〉、〈重修浮山女媧廟記〉。 吳文英卒？（一二〇〇？—）。代表作〈夜合花・柳暝河橋〉、〈渡江雲・羞紅顰淺恨〉、〈風入松・聽風聽雨過清明〉、〈高陽臺・修竹凝妝〉、〈齊天樂・煙波桃葉西陵路〉、〈鶯啼序・殘寒正欺病酒〉、〈八聲甘州・渺空煙四遠、是何年〉。與周密齊名，人稱「二窗」。 戲曲作家孔文卿生（—一三四一）。

以「自然高妙」為最上。

《白石道人歌曲》：姜夔著，詞曲譜集。包含琴曲〈古怨〉一首、祀神曲〈越九歌〉十首、詞調十七首。由於宋代詞譜多以不存，此書保留部分宋詞樂譜，是研究宋代詞樂的珍貴資料。

姜張：指姜夔、張炎。兩人填詞皆取法周邦彥，精於格律，雕琢字句，追求清雅的詞風，故稱之。

永嘉學派：指南宋時在永嘉（今屬浙江）所形成的一股提倡事功之學的哲學流派。代表人物有鄭伯熊、薛季宣、陳傅良、葉適等人，其中葉適（一一五〇至一二二三）為此學派的集大成者。永嘉學派又稱「事功學派」、「功利學派」，其學重視禮樂制度，講究實際功效，反對二程、朱熹空談天命心性的理學，提出「物之所在，道則在焉」之論述，認為「道」或「理」是不可能離開事物而存在的。

《貴耳集》：張端義著，筆記文集。評述唐到南宋時文人作品並記其生平軼事，包括唐代的李頎、北宋的蘇軾、黃庭堅、南宋的李清照、陸游、金朝的吳激、西夏的張元等多人。

《四朝聞見錄》：葉紹翁著，筆記文集。記敘南宋高宗、孝宗、光宗、寧宗四朝的事蹟，包括朝章國政、名物制度與文人軼事等，共計二百餘則。

1262 南宋 理宗 景定三年

方岳卒（一一九九—）。代表作〈山中〉、〈感懷〉、〈兩易邵武軍謝廟堂啟〉。

女詞人、書畫家管道昇生（—一三一九）。

1264 景定五年

約活動於理宗在位時，生卒年皆不詳的作家群如下：

作家羅大經著有《鶴林玉露》。

詩論家嚴羽著有《滄浪詩話》。

1269 南宋 度宗（趙禥ㄑㄧˊ） 咸淳五年

劉克莊卒（一一八七—）。代表作〈有感〉、〈感昔〉、〈北來人〉、〈玉樓春·年年躍馬長安市〉、〈沁園春·何處相逢〉、〈苦寒行〉、〈賀新郎·北望神州路〉、〈戊辰即事〉。著有《後村詩話》。「江湖派」的代表之一。

蒙古 世祖 至元六年

散曲家張養浩生（—一三二九）。（一說一二七〇生。）

畫家黃公望生（—一三五四）。

蒙古實行八思巴製作的新字。

1270 咸淳六年

散曲作家白賁ㄅㄣ生？（—一三三〇？）。

詩文作家柳貫生（—一三四二）。

楊趙：指楊雲翼（一一七〇至一二二八）、趙秉文（一一五九至一二三二）。楊雲翼在金朝掌管吏部，趙秉文掌管禮部，朝廷詔誥文書多出於兩人之手，故稱之。

《程史》：岳珂（約一一八三至一二四〇）著，筆記文集。《程ㄊㄧㄥ史》中記載宋代朝野各階層人物的言行，其目的是為了揭露宋代政治的腐敗，以彰顯主和派的禍國殃民，主戰派的凜然氣節，使人明辨是非。

《吹劍錄》：俞文豹著，筆記文集。書中除記載南宋宮廷、官場與民間的遺聞軼事外，也包含作者的讀書筆記。

《滹老詩話》：王若虛（一一七四至一二四三）著，詩歌評論著作。王若虛不滿金朝詩歌流於重視形式、內容多浮靡誇大，在《滹ㄏㄨ老詩話》中強調「文章以意為主，以語言為役」、「哀樂之真，發乎情性」等主張，對當時文壇雕琢文句的風氣提出批評。

《西遊錄》：耶律楚材（約一一九〇至一二四四）著，遊記集。為耶律楚材隨成吉思汗西征時，記錄沿途的山川地理與人情風俗，是瞭解元初時期西域概況的重要文獻。

《詩人玉屑》：魏慶之編，詩歌評論著作。魏慶

單位：年

西元	朝代	帝王年號	文學大事
1271	南宋	度宗 咸淳七年	忽必烈定國號為元。
	元	世祖（忽必烈） 至元八年	詞人陳允平生卒年不詳。約活動於南宋末、元初。代表作〈摸魚兒・倚東風，晝闌十二〉、〈絳都春・秋千倦倚〉。 詩人楊載生（—一三二三）。 馬可・波羅自歐洲啟程來華。
1272	南宋	度宗 咸淳八年	詩人范梈生（—一三三〇）。 詩文作家虞集生（—一三四八）。
1274	南宋	度宗 咸淳十年	
	元	世祖 至元十一年	劉秉忠卒（一二一六—）。原金朝官員，金亡後入仕蒙古、元。代表作〈乾荷葉〉、〈蟾宮曲〉曲，〈讀遺山詩〉。 南宋作家吳自牧生卒年不詳。其著《夢粱錄》約此年成書。 詞人蔣捷生卒年不詳。此年考取南宋進士。代表作〈一剪梅・一片春愁待酒澆〉、〈女冠子・蕙花香也〉、〈虞美人・少年聽雨歌樓上〉。 詩人揭傒斯生（—一三四四）。
1275		恭帝 德祐元年	馬可・波羅抵達上都，後至大都。
		世祖 至元十二年	〔法〕神職作家約翰・德・蒙（Jean de Meung）生卒年不詳。《玫瑰傳奇》下卷約此前後寫成。

之輯錄宋人各家詩話著作，分門別類討論詩的表現技巧，也有對古今詩人的作品進行品評。

《洗冤錄》：宋慈（一一八六至一二四九）著，法醫學著作。全名《洗冤集錄》。為宋慈擔任刑法官期間，綜合當時的屍傷檢驗著作，並加入自己多年處理刑獄訴訟的實務經驗所寫成。此書自刊行以來，已為歷朝官方屍傷檢驗藍本，其後更被譯成多國文字，深受國際重視。

二妙：此指段克己（一一九六至一二五四）、段成己（一一九九至一二七九）兄弟。兩人幼時已有才名，金朝文壇大家趙秉文以「二妙」譽之。金哀宗正大七年（一二三〇），兄弟同時考取進士，不久金亡，兩人從此隱居不仕。

《壬辰雜編》：元好問著，雜史集。記載金代歷史的著作，原書已佚，然其內容為元代史家修《金史》的重要史料來源。

《續夷堅志》：元好問著，筆記小說集。記載金代神鬼怪異的故事，如〈狐鋸樹〉、〈包女得嫁〉等篇。

《中州集》：元好問編，金代詩總集。輯錄金代吳激、蔡松年、蔡珪等二百五十餘位詩家共二千多首詩作，每位作者皆有小傳，除記其生平事蹟之外，也常舉詩家作品進行評論。

年份	年號	大事
1276	端宗 景炎元年 世祖 至元十三年	戲曲作家石君寶（一作石君實）卒（生年不詳）。代表作《魯大夫秋胡戲妻》、《李亞仙花酒曲江池》、《諸宮調風月紫雲亭》劇。
1277	景炎二年 至元十四年	散曲、曲韻學家周德清生（—一三六五）。詩文作家黃溍生（—一三五七）。
1279	衛王（帝昺）祥興二年 世祖 至元十六年	南宋大臣陸秀夫在崖山（今屬廣東）背幼主趙昺投海殉國。南宋為元所滅，南宋亡。段成己卒（一一九九—）。段克己之弟。金朝進士，金亡後，隱居不仕。代表作〈江城子·階前流水玉鳴渠〉、〈醒心亭〉。詩人馬祖常生（—一三三八）。散曲、戲曲史料作家鍾嗣成生？（—一三六〇？）。
1280	元 世祖 至元十七年	戲曲作家喬吉生？（—一三四五）。散曲家張可久生？（—一三五二？）。開始實行授時曆。

作。

《中州樂府》：元好問編，金代詞總集。原附在《中州集》後，輯錄金代三十餘位詞家共一百多首詞作。

國家不幸詩家幸——元好問

金是女真族建立的國家，吸收了很多漢文化。元好問（一一九〇至一二五七）是金代重要的詩人，也是傑出的詩論家。他的祖先是北魏鮮卑拓跋氏，父親是放浪山水間的詩人，他從小過繼給叔父，師事著名學者郝天挺，三十二歲中了進士，在金朝做官。金為元所滅後，他被元兵押解到山東聊城，後來回到家鄉太原秀容（今屬山西）過起了遺民生活。

元好問最為人所知的詞〈摸魚兒〉上闋作：「恨人間，情是何物，直教生死相許。天南地北雙飛客，老翅幾番寒暑。歡樂趣，離別苦，是中更有癡兒女。君應有語，渺萬里層雲，千山暮景，隻影為誰去。」作這闋詞時，他才十六歲，往赴試的途中，遇到一個捕雁人，告訴他一個故事：早上捕雁人捕了一隻雁，並將之殺了。另一隻脫網而去的雁子卻在空中悲鳴盤旋，不肯離去，最後竟投地而亡。元好問聽了非常感動，就跟捕雁人買了雁，將他們葬在汾水旁，還立了石頭作記號。因此作了這闋詞紀念這對雁子。

元好問的詩論主要集中在其〈論詩絕句三十首〉，他把建安以來到宋代的詩人作品作了系統的評論，他的文學觀點從其評陶淵明的詩可見一斑：「一語天然萬古新，豪華落盡見真淳。」主張詩歌要從生活中取材，推崇自然天成，反對形式主義。元好問經

單位：年

西元	朝代	帝王年號	文學大事
1282	元	至元十九年	杜仁傑卒？（一二〇一？—）。代表作〈耍孩兒・莊家不識勾欄〉曲。
1283		至元二十年	文天祥卒（一二三六—）。南宋亡後，堅不屈元而就義。代表作〈金陵驛〉、〈揚子江〉、〈絕命辭〉、〈酹江月・水天空闊〉、〈過零丁洋〉、〈正氣歌並序〉、〈指南錄後序〉。自編《指南錄》。
1285		至元二十二年	作家楊瑀生（—一三六一）。〔法〕詩人、劇作家呂特伯夫（Rutebeuf）卒？（一二三〇？—）。代表作〈呂特伯夫怨歌行〉、《戴奧菲爾奇蹟》。
1286		至元二十三年	散曲作家貫雲石生（—一三二四）。元世祖訪求江南人才。

歷亡國之痛，親眼見到人民所受的苦難，他一系列的「紀亂詩」正是其藝術成就之所在。清人趙翼〈題元遺山集〉云：「國家不幸詩家幸，賦到滄桑句便工。」正是說出了生逢亂世的不幸，成就了詩人不凡的創作。

二窗：指吳文英（約一二〇〇至一二六〇）、周密。兩人詞作皆工於格律，用字清麗縝密；又吳文英號夢窗，周密號草窗，故稱之。

《鶴林玉露》：羅大經著，筆記文集。內容主在評論前代與宋代的詩文，也記敘不少文人的軼事。宋代筆記多以記述為主，此書則是以議論為主，體例與詩話相近。

《滄浪詩話》：嚴羽著，詩歌評論著作。全書分為〈詩辨〉、〈詩體〉、〈詩法〉、〈詩評〉和〈考證〉五章。〈詩辨〉為全書的總綱，闡述嚴羽論詩的觀點。〈詩體〉主在敘述詩歌派別與風格體裁的演變。〈詩法〉談論作詩的方法和技巧。〈詩評〉評析漢魏以來的詩歌，對漢魏、盛唐時期的詩歌甚為推崇，但對宋代詩歌好發議論與亂用典故的風氣則提出批評。〈考證〉是對某些作品的作者、異文等問題進行考辨。

《後村詩話》：劉克莊（一一八七至一二六九）著，詩歌評論著作。書中除論詩之外，亦對當時把詩寫成有押韻的語錄講義之風氣提出批評，認為詩歌創

1287 **至元二十四年** 詩人、畫家王冕生？（—一三五九）。詩詞作家張翥ㄓㄨˋ生（—一三六八）。

1289 **至元二十六年** 謝枋得卒（一二二六—）。南宋亡後不仕，此年被迫前往大都（元朝國都，即今北京），絕食而卒。代表作〈武夷山中〉、〈初到建寧賦詩一首〉。

1291 **至元二十八年** 王沂孫卒？（一二三〇？—）。代表作〈天香．孤嶠蟠煙〉、〈南浦．柳下碧粼粼〉、〈眉嫵．漸新痕懸柳〉。

1292 **至元二十九年** 〔波斯〕詩人薩迪（Moshlefoddin Mosaleh Sa'di）卒？（一二〇八？—）。代表作《果園》、《薔薇園》。

1293 **至元三十年** 劉因卒（一二四九—）。代表作〈白溝〉、〈渡白溝〉。

作應與現實生活密不可分。

江湖派：南宋詩歌流派的一種。起於書商陳起彙集一群飄泊於江湖的下層文人詩作，刊成《江湖集》、《江湖前集》、《江湖後集》、《江湖續集》等詩集而得名。此派詩人多以「江湖」相互標榜，不滿江西詩派堆砌典故的作法，崇尚晚唐賈島、姚合的清峭詩風，代表詩人有劉克莊、戴復古等。

【元曲】

盛行於元代的戲曲藝術，分為散曲、劇曲兩大類，是繼唐詩、宋詞之後的一種新的韻文體裁。

曲，是從詞演化出來，又稱「詞餘」，為伴曲樂而歌唱，也和詞一樣被稱作「樂府」，其語言特色是質樸通俗，不似唐詩富情韻、宋詞尚典雅。

曲須依照曲調填詞，曲調的名稱，稱為「曲牌」，如〈一枝花〉、〈山坡羊〉、〈慶東原〉、〈賣花聲〉等。同一曲牌有固定的字數、句數、平仄、用韻限制，形式與詞牌相似；不同的是，曲可在句間加襯字，詞則無襯字。襯字，在曲譜中本無，然在曲調的允許下，由作詞者所增加的字，為加強聲情或補足語義之用，可置於句首或句中，但不可置於句末。曲有所謂的宮調，常用的有五宮四調，即黃鐘宮、正宮、仙呂宮、南呂宮、中呂宮、大石調、商調、越調、雙調，相當於西樂的A調、B調、C調等調式名稱。

散曲可分成小令、散套。小令，又稱「葉兒」，意指其體制短小，像是一片葉子。但有的小令，連續

單位：年

西元 1294

朝代	帝王年號	文學大事
元	至元三十一年	元初，生卒年皆不詳的作家群如下： 散曲作家王和卿代表作〈醉中天・大蝴蝶〉、〈撥不斷・大魚〉曲。 戲曲作家李好古代表作《張生煮海》劇。 戲曲作家李直夫代表作《虎頭牌》劇。戲曲作家尚仲賢代表作《柳毅傳書》劇。 戲曲作家孟漢卿代表作《魔合羅》劇。 戲曲作家紀君祥代表作《趙氏孤兒》劇。 戲曲作家宮天挺代表作《范張雞黍》劇。 戲曲作家康進之代表作《李逵負荊》劇。 戲曲作家張國賓代表作《公孫汗衫記》劇。 散曲作家鄧玉賓代表作〈叨叨令・道情〉曲。 散曲作家薛昂夫代表作〈山坡羊〉、〈塞鴻秋・凌歊ㄒㄧㄠ臺懷古〉曲。 作家、詩選家蘇天爵生（—一三五二）。

使用兩個到三個調子相合，稱為「帶過曲」，此類的曲牌有〈十二月過堯民歌〉、〈雁兒落帶得勝令〉等。

散套，由同一宮調的若干曲調聯綴成套的組曲，全套各調必須同韻，多有尾聲作結，以表一套首尾的完整，又稱「套數」、「套曲」。

元代散曲前期以關漢卿、白樸、馬致遠、張養浩為代表，後期以張可久、喬吉為代表。

劇曲可分為雜劇、南戲。雜劇，為盛行於元朝北方的戲曲。一個劇本通常分為「四折（表劇本結構的四個段落）一楔子（置於劇首或折與折之間，用來交代人物或銜接劇情）」，劇末附「題目正名」（總括全劇的兩句或四句詩）。

雜劇每折限用同一宮調、韻腳，一人獨唱到底。由男主角主唱的劇本稱「末本」，由女主角主唱的則稱「旦本」，稱男主角為「正末」，稱女主角為「正旦」，稱扮演剛正或奸邪的重要角色為「正淨」（淨，俗稱花臉），其他角色還有外末、外旦、外淨（加「外」字即代表劇中的次要角色）等。四折採用不同的宮調，除有曲詞配合音樂歌唱之外，另可加上科（包括動作、表情、舞臺效果）、白（即說白，用來交代事件、獨白、對答發問）。

元代雜劇前期以關漢卿《竇娥冤》、王實甫《西廂記》、白樸《梧桐雨》、馬致遠《漢宮秋》為代表，後期以鄭光祖《倩女離魂》為代表。

南戲，流行於南方的說唱戲曲，又稱「南曲戲文」，簡稱「戲文」。元末明初，北方的雜劇漸趨式微，南方戲曲吸收了宋詞、諸宮調、雜劇的長處，

1295 成宗（鐵穆耳）元貞元年
謝翺卒（一二四九—）。代表作〈重過〉、〈登西臺慟哭記〉。
馬可．波羅返抵威尼斯。

1296 元貞二年
王應麟卒（一二二三—）。著有《玉海》、《困學紀聞》。
詩文作家楊維楨生（—一三七〇）。
［阿拉伯］詩人蒲綏里（al-Busiri）卒（一二一一—）。代表作〈斗篷頌〉。

1297 大德元年
關漢卿卒？（一二二〇？—）。代表作〈一枝花．不伏老〉、〈大德歌〉、〈四塊玉．閑適〉曲，《拜月亭》、《救風塵》、《單刀會》、《魯齋郎》、《竇娥冤》劇。「元曲四大家」之一。
劉辰翁卒（一二三二—）。代表作〈永遇樂．璧月初晴〉、〈柳梢青．鐵馬蒙氈〉、〈蘭陵王．送春去，春去人間無路〉、〈六州歌頭．向來人道〉、〈減字木蘭花．舊遊山路〉。
戲曲作家高文秀生卒年不詳。時人稱其「小漢卿」，知其年輩低於關漢卿。代表作《黑旋風雙獻功》劇。
戲曲作家楊顯之生卒年不詳。與關漢卿為莫逆之交。代表作《酷寒亭》、《瀟湘夜雨》劇。

發展出更成熟、靈活的表演形式。一個劇本結構以「齣」為單位，且不限齣數，每齣亦不限使用同一宮調，可以換韻。劇中生、旦、淨、末（扮演中年男子的角色）、丑（扮演滑稽可笑的喜劇角色）、雜（扮演不重要的小角色，如家丁、奴才、差役等）各個角色，不管是獨唱、對唱或合唱皆可歌唱；不同的是，原在雜劇中擔任男主角的「末」，在南戲退為配角，由「生」接替其地位。

南戲的重要代表作有元末明初高明《琵琶記》、以及施惠《拜月亭》（一說作者不詳）、《荊釵記》、《白兔記》、《殺狗記》（以上三部作者不詳），合稱「五大傳奇」。

《夢粱錄》：吳自牧著，筆記文集。吳自牧仿效孟元老《東京夢華錄》體例，記載南宋京都臨安（今浙江杭州）的宮殿建築、山川名物、風俗人文等，為瞭解南宋經濟發展與都市生活面貌的重要史料。

《指南錄》：文天祥詩集。為南宋末時，文天祥出使元營談判遭到扣押，後脫逃南歸，他將這段歷盡驚險，甚至數度瀕臨死亡的經過，寫成一百多首詩之結集。書名「指南」取自文天祥〈揚子江〉之「臣心一片磁針石，不指南方不肯休」詩句，其中〈指南錄後序〉為傳世散文名篇。

絕命辭——文天祥

文天祥（一二三六至一二八三）自都城臨安為元軍攻陷即起兵抗元，後兵敗被俘。元世祖忽必烈曾多

單位：年

西元	朝代	帝王年號	文學大事
1298	元	大德二年	周密卒（一二三二—）。代表作〈一萼紅・步深幽，正云黃天淡〉、〈玉京秋・煙水闊，高林弄殘照〉、〈聞鵲喜・天水碧，染就一江銀色〉、〈法曲獻仙音・松雪飄寒〉。著有《武林舊事》、《癸辛雜識》、《齊東野語》。編有《絕妙好詞》。
1301		大德五年	畫家、散曲作家倪瓚ㄗㄢˋ生（—一三七四）。
1304		大德八年	王惲卒（一二二七—）。代表作〈過沙溝店〉、〈烈婦胡氏傳〉。 傳記作家辛文房生卒年不詳。其著《唐才子傳》此年成書。
1305		大德九年	方回卒？（一二二七—）。著有《瀛奎律髓》。 詩詞作家薩都剌ㄌㄚˋ生？（—一三五五？）。 戲曲家高明生？（—一三五九）。
1306		大德十年	白樸卒？（一二二六—）。代表作〈天淨沙・秋〉、〈寄生草・飲〉、〈沉醉東風・漁父〉曲，《梧桐雨》、《牆頭馬上》劇。

次勸其投降，但都遭到文天祥嚴詞拒絕，他在汙穢不堪的囹圄中被拘囚了四年，仍舊不改初衷，最後選擇慷慨赴義。

臨刑之前，文天祥先在獄中寫下一段〈絕命辭〉：「孔曰成仁，孟云取義，惟其義盡，所以仁至。讀聖賢書，所學何事？而今而後，庶幾無愧！」意思是說，孔子主張殺身成仁，孟子主張捨生取義，因為已經盡到了道義，所以才完成了仁德。讀聖賢書籍，學習到的除了仁義還有什麼呢？從今以後，差不多可以無愧於心了！

所謂「絕命辭」指的是一個人臨死前所撰寫的文字，多用來表明心志或書寫怨憤。此乃文天祥在受刑死後，他的妻子前來收屍時，從其衣帶裡發現的，後世又稱〈衣帶贊〉。

《玉海》：王應麟（一二二三至一二九六）著，類書。內容輯錄自經、史、子、集與百家傳記，分成二十一門，二百四十餘類，書末附有辭學指南。記事則是按年代排列，上起伏羲，下至宋代末，若一事歷來有不同的說法，則引古籍各家注解加以考證。書中對宋代掌故多取材實錄、國史、會要等文獻，具有相當高的史料價值。

《困學紀聞》：王應麟著，筆記文集。為王應麟的考據筆記集，內容依經、史、子、集分類編排，對古籍文獻進行梳理、考證與評價，歷來受到學者的重視。

1307 大德十一年　約活動於成宗在位時，生卒年皆不詳的作家群如下：
戲曲家王實甫代表作〈十二月過堯民歌・別情〉曲，《西廂記》劇。
散曲作家睢ㄙㄨㄟ景臣代表作〈哨遍・高祖還鄉〉曲。

1309 武宗（海山）至大二年　詩人迺賢生？（卒年不詳）。代表作〈新鄉媼〉。

1310 至大三年　林景熙卒（一二四二—）。代表作〈讀文山集〉、〈山窗新糊，有故朝封事稿，閱之有感〉。
戴表元卒（一二四四—）。代表作〈采藤行〉、〈二歌者傳〉、〈感舊歌者〉、〈送張叔夏西遊序〉。
散曲作家劉時中生？（—一三五四？）。
作家、史學家宋濂生（—一三八一）。

1311 至大四年　詩文作家劉基生（—一三七五）。

元曲四大家：指關漢卿、白樸、馬致遠、鄭光祖四人。

《竇娥冤》：關漢卿著，雜劇。全名《感天動地竇娥冤》。取材自《漢書・于定國傳》中東海孝婦的故事。內容描述寡婦竇娥受到地痞張驢兒的脅迫，被誣陷殺人。竇娥臨刑前為證明自己的清白，對天發了三道重誓：一是刀過處頭落，血只會濺在白練（白色熟絹）上，不會落於地；二是六月將會下三尺瑞雪，白雪遮蓋其屍體；三是全州大旱三年。結果這三個按理不可能發生的現象竟都一一應驗。過了幾年，竇娥的父親做了大官，竇娥便託夢給父親，案情得以重審，竇娥的冤屈始獲昭雪。

一粒響璫璫的銅碗豆——關漢卿

關漢卿（約一二二〇至一二九七），是金朝末年的「解元」，也就是鄉試的第一名，之後進入朝廷任職太醫院的醫生，後金為蒙古人所滅，建立元朝，關漢卿終身不仕，在民間從事戲曲創作。

元初有一大段時間廢除科舉，實施種族階級制度，藉此提升蒙古人的地位，漢族士人很難有出頭的機會，時有「九儒十丐」之說，也就是讀書人的地位僅高於乞丐。關漢卿不願屈身在蒙古族官員底下工作，憑著自身對戲曲的熱愛與創作才華，寫出一部部的精彩劇作，如描寫一對書生夫妻遭到女方父親嫌貧愛富而強行拆散，後經過男方不斷努力，終於破鏡重圓的《拜月亭》，又如歌頌三國蜀將關羽英雄氣概、忠心為主的《單刀會》，以及刻畫貪官流氓嘴臉、婦

單位：年

西元	朝代	帝王年號	文學大事
1313	元	仁宗（愛育黎拔力八達） 皇慶二年	姚燧卒（一二三八或一二三九—）。（一說一三一四卒。） 代表作〈醉高歌・感懷〉、〈壽陽曲〉、〈憑闌人・寄征人〉曲，〈送姚嗣輝序〉、〈序江漢先生事實〉。
1314		延祐元年	史學家脫脫生（—一三五五）。
1315		延祐二年	科舉分成兩榜：右榜供蒙古、色目人應考，左榜供漢人、南人應考。 盧摯卒？（一二四三？—）。 代表作〈壽陽曲・別朱簾秀〉、〈蟾宮曲・田家〉、〈沉醉東風・秋景〉曲。
1317		延祐四年	汪元量卒？（一二四一？—）。 代表作〈醉歌〉、〈湖州歌〉、〈越州歌〉。
1318		延祐五年	鄭思肖卒（一二四一—）。 代表作〈寒菊〉、〈國香圖卷〉。

女悲慘遭遇的《竇娥冤》等。關漢卿寫的每一齣戲只要搬上戲臺，立刻引發觀眾的強烈共鳴，抒發他們在蒙古人統治下的苦悶怨氣，很快地成為京城裡最受歡迎的戲曲作家。

由於《竇娥冤》劇中出現痛罵官吏的橋段，官方下令關漢卿修改劇本，否則便要斬首問罪。不願妥協的關漢卿就這樣被抓進大牢，期間京城每天都出現成千上萬的民眾聲援，朝廷唯恐事情鬧大，改判關漢卿逐出京城，從此他遊走於江南各地。晚年關漢卿在〈一枝花・不伏老〉套曲的尾聲寫道：「我是個蒸不爛、煮不熟、搥不匾、炒不爆、響璫璫一粒銅豌豆。」其一生留有六十餘部雜劇和數十首散曲，作品多反映政治黑暗與社會殘酷的面貌，他的生命力正像是「銅碗豆」一樣堅韌頑強，只要活著的一天，就堅持要為飽受不平的市井小民發聲。

《武林舊事》：周密（一二三二至一二九八）著，筆記文集。周密根據自己耳聞目睹與故書雜記，詳述南宋建都臨安以來的掌故軼事，可作為瞭解京都與市民生活的重要史料。

《癸辛雜識》：周密著，筆記文集。為周密寓居臨安癸辛街所寫的著作，故以「癸辛」命書名，內容主要是記載宋、元之際的遺聞軼事。

《齊東野語》：周密著，筆記文集。多記錄南宋朝政與文人的生平事蹟，頗具史料價值，可與正史相互參照。

1319 **延祐六年** 管道昇卒（一二六二—）。趙孟頫之妻。代表作〈我儂詞〉、〈秋深帖〉、〈墨竹圖〉。

1320 **延祐七年** 張炎卒？（一二四八—）。代表作〈南浦・波暖綠粼粼〉、〈月下笛・萬里孤雲〉、〈高陽臺・接葉巢鶯〉、〈解連環・楚江空晚〉、〈八聲甘州・記玉關、踏雪事清遊〉。著有《詞源》。

1321 **英宗（碩德八剌）至治元年** 〔義大利〕詩人但丁（Dante）卒（一二六五—）。代表作《神曲》、《新生》。與佩脫拉克、薄伽丘同為義大利文藝復興的先驅。

1322 **至治二年** 趙孟頫卒（一二五四—）。代表作〈罪出〉、〈水村圖〉、〈岳鄂王墓〉、〈秋郊飲馬圖〉、〈鵲華秋色圖〉。

1323 **至治三年** 馬端臨卒（一二五四—）。著有《文獻通考》。楊載卒（一二七一—）。代表作〈湖上〉、〈客中即事〉。「元詩四大家」之一。

《絕妙好詞》：周密編，南宋詞總集。收錄南宋張孝祥、姜夔、吳文英等一百三十餘家，共三百八十多首作品，其選詞標準是偏重協音合律的婉約雅詞。

《唐才子傳》：辛文房著，唐、五代詩人傳記集。全書收錄唐初到五代二百七十八位詩人的生平資料，附敘一百二十人小傳，合計三百九十八人。傳後有辛文房對詩人作品的品評。

《瀛奎律髓》：方回（約一二二七至一三〇五）著，詩歌評論著作，亦是五言、七言律詩總集。全書收錄唐、宋詩人三百八十餘家，共約三千首律詩，按作品題材分成四十九類，每類有題解，說明這類詩的性質和特點，並對唐宋時的詩歌流派進行評點。

《梧桐雨》：白樸（約一二二六至一三〇六）著，雜劇。全名《唐明皇秋夜梧桐雨》。取材自唐人白居易的敘事長詩〈長恨歌〉、陳鴻的傳奇小說〈長恨歌傳〉。全劇以唐玄宗李隆基與楊貴妃的愛情故事為主，描述兩人在長生殿的恩愛盟誓到安祿山造反時，唐軍於馬嵬坡要求賜死楊貴妃才願意前進蜀地避難；待亂平後，玄宗回到長安，在宮裡懸掛貴妃的畫像，日夜思之，終在夢中與貴妃相會，忽然被窗外敲在梧桐樹上的雨聲驚醒。玄宗此時聽著淅瀝雨聲，懷想前塵往事，點滴的雨如同打在自己的心上，倍感淒涼與悲愴。

單位：年

西元 1324

朝代	帝王年號	文學大事
元	泰定帝（也孫鐵木兒） 泰定元年	馬致遠卒？（一二五〇？—）。代表作〈四塊玉・恬退〉、〈天淨沙・秋思〉、〈夜行船・秋思〉、〈耍孩兒・借馬〉、〈壽陽曲・遠浦帆歸〉曲，《漢宮秋》、《陳摶高臥》劇。「豪放派」的代表之一。 貫雲石卒（一二八六—）。代表作〈金字經〉、〈紅繡鞋〉、〈清江引〉、〈殿前歡〉曲。與徐再思齊名，人稱「酸甜樂府」。 散曲作家徐再思生卒年不詳。約與貫雲石為同一時期人。代表作〈水仙子・夜雨〉、〈喜春來・皋亭晚泊〉、〈蟾宮曲・春情〉、〈沉醉東風・春情〉曲。 曲選家、散曲作家楊朝英生卒年不詳。與貫雲石友好。代表作〈清江引〉曲。編有《太平樂府》、《陽春白雪》。 〔義大利〕遊記作家馬可・波羅（Marco Polo）卒（一二五四—）。代表作《馬可・波羅遊記》，記述其在中國的所見所聞。

《西廂記》：雜劇。全名《崔鶯鶯待月西廂記》。王實甫以金人董解元《西廂記諸宮調》為底本，董解元則是取材唐人元稹傳奇小說〈鶯鶯傳〉，原本在元稹筆下對崔鶯鶯熱戀繼而始亂終棄的張生，被董解元改寫成重視愛情、敢與傳統禮教抗衡的讀書人，主題思想、人物情節也都和元稹〈鶯鶯傳〉迥異。其後，王實甫根據《西廂記諸宮調》的故事為基礎再創作成《西廂記》，表現形式也不同於一般雜劇為一本四折，而是長達五本二十一折（第二本有五折，其餘一本四折）。

劇本描寫崔相國病逝，其夫人鄭氏帶著女兒鶯鶯和侍女紅娘護送相國的靈柩返鄉歸葬，途中借住河中府（今屬山西）普救寺，鶯鶯與偶然到寺遊逛的張生（名珙ㄍㄨㄥˇ，字君瑞）一見傾心。原本準備赴京趕考的張生，為了接近鶯鶯，索性放棄考試，拋下對功名的企求，向寺中長老借了一間西廂房，由此展開兩人的愛慕相思，以及一波三折的衝突障礙，幸好一路有鶯鶯的侍女紅娘穿梭在兩人中間謀劃策略、傳遞詩簡，並陪伴出身名門的鶯鶯克服內心對傳統道德、世俗眼光的畏懼，使其放下所有的掩飾偽裝，不再猶豫掙扎，勇敢地去向她那個背信又勢利的母親爭取自己的人生幸福。最末，張生答應鄭氏考取功名始能迎娶鶯鶯的條件，不得已暫別鶯鶯，其後果真高中狀元，有情人終成佳偶。

王實甫在刻畫人物心理、性格上較前人更為突出鮮明，辭藻典雅，富於詩意。劇末「願普天下有情的都成了眷屬」的曲詞，正是全劇的關鍵意旨，彰顯在封建禮教的束縛下，人們對於自由追求個人生命中的

1326 泰定三年

仇遠卒（一二四七—）。代表作〈齊天樂・夕陽門巷荒城曲〉、〈書與士瞻上人〉。詩人楊基生？（—一三七八？）。

1329 文宗（圖帖睦爾）天曆二年

張養浩卒（一二六九或一二七〇—）。代表作〈一枝花・詠喜雨〉、〈山坡羊・潼關懷古〉、〈水仙子・詠江南〉、〈朱履曲〉、〈朝天曲〉曲。戲曲作家金仁傑卒（生年不詳）。代表作《追韓信》劇。作家陶宗儀生？（—一四二一？）。

1330 至順元年

白賁卒？（一二七〇？—）。代表作〈鸚鵡曲〉曲。范梈卒（一二七二—）。代表作〈閩州歌〉、〈蒼山感秋〉、〈盧師東谷懷城中諸友〉。散曲作家曾瑞卒？（生年不詳）。代表作〈山坡羊〉、〈羊訴冤〉曲。戲曲家鄭光祖生卒年不詳。鍾嗣成《錄鬼簿》此年出書，據《錄鬼簿》記載，鄭光祖在其出書前已病故杭州。鄭光祖代表作《王粲登樓》、《倩女離魂》劇。小說家羅貫中生？（—一四〇〇？）。

愛情、婚姻的迫切想望。

如花間美人的《西廂記》——王實甫

王實甫，名德信，字實甫，人們多以王實甫稱之，有關他的生平記載很少，僅知其為大都人，約與關漢卿的活動年代相近或稍晚。傳其早年曾做過地方小官，後因受排擠而棄官，回家後經常出入勾欄瓦舍這類娛樂表演場所，專心撰寫戲曲作品，雜劇《西廂記》為其代表作。

唐人元稹的傳奇小說〈鶯鶯傳〉，流傳到了宋、金時，不斷被後人加以改編，其中較著名的有宋人趙令畤〈元微之崔鶯鶯商調蝶戀花〉與金人董解元《西廂記諸宮調》。王實甫《西廂記》雖以前人故事為本，但他善於依照劇中人物不同的生長環境、性格，賦予其不同的神態、口語描述，故在戲劇張力、結構安排、語言技巧上歷來被公認高於前輩作家。如劇中〈第一本・楔子〉之「花落水流紅，閑愁萬種，無語怨東風」句，便是在《紅樓夢・第二十三回》讓林黛玉讀了不覺「心痛神馳，眼中落淚」的曲詞。又如〈第四本・第三折〉之「碧雲天，黃花地，西風緊，北雁南飛。曉來誰染霜林醉？總是離人淚」，為張生準備進京考試前，與鶯鶯在長亭離情依依的詞句，這折戲也被稱作〈長亭送別〉，亦是《西廂記》中的經典橋段。

後來的曲評家對《西廂記》的藝術成就評價頗高，像是元末明初賈仲明《錄鬼簿續編》給予《西廂記》「天下奪魁」的美譽。明人朱權在《太和正音譜》云：「王實甫之詞如花間美人，鋪敘委婉，深得

單位：年

西元	朝代	帝王年號	文學大事
1333	元	惠宗（妥懽ㄏㄨㄢ帖睦爾）元統元年	詩人張羽生（—一三八五）。
1335		至元元年	詩人、畫家徐賁生（—一三八〇？）。
1336		至元二年	詩文作家高啟生（—一三七四）。
1338		至元四年	馬祖常卒（一二七九—）。代表作〈室婦嘆〉、〈繅ㄙㄠ絲行〉、〈踏水車行〉。
1340		至元六年	以脫脫為右丞相，推行多項改革，史稱「脫脫更化」。復行科舉制。
1341		至正元年	孔文卿卒（一二六〇—）。代表作《東窗事犯》劇。詞人、小說家瞿佑生（—一四二七）。
1342		至正二年	柳貫卒（一二七〇—）。代表作〈山橋〉、〈答臨川危太樸手書〉。「儒林四傑」之一。
1343		至正三年	戲曲作家賈仲明生（—一四二二？）。

騷人之趣。」到了清代，文學評點家金聖歎更把《西廂記》視為世間「六才子書」之一，認為它足以和《莊子》、〈離騷〉、《史記》、杜（指杜甫）詩、《水滸傳》並列，見其在評點《西廂記》裡寫著：「《西廂記》，必須與美人並坐讀之。與美人並坐讀之者，驗其纏綿多情也。」就不難想像這位浪漫奇才對《西廂記》的嗜迷程度。

我儂詞——管道昇

管道昇（一二六二至一三一九）是著名書畫家趙孟頫ㄈㄨˇ的妻子，她本身也擅長詩文書畫，夫妻情感向來深厚，只是年過四十的管道昇，容貌逐漸衰老，在朝中擔任翰林學士的趙孟頫便興起納妾的念頭。趙孟頫不敢開口，於是寫了一首詞來探知妻子的看法，詞云：「我為學士，你做夫人，豈不聞王學士（指東晉王獻之）有桃葉、桃根，蘇學士（指北宋蘇軾）有朝雲、暮雲，我便多娶幾個吳姬、越女無過分。你年紀已過四旬，只管占住玉堂（翰林院的代稱）春（光彩）。」

管道昇看完後，心中雖百般不願接受丈夫納妾，卻又不想直截了當地說出來，她回作一首〈我儂詞〉：「你儂我儂，忒煞情多；情多處，熱似火。把一塊泥，捻一個你，塑一個我；將咱兩個，一齊打破，用水調和，再捻一個你，再塑一個我。我泥中有你，你泥中有我；我與你生同一個衾（大被子），死同一個槨（棺材外的套棺）。」趙孟頫讀了後頗受感動，絕口不再提納妾一事。

1344 **至正四年** 揭傒斯卒（一二七四—）。代表作〈漁父〉、〈楊柳青謠〉。

1345 **至正五年** 喬吉卒（一二八〇？—）。代表作〈水仙子・重觀瀑布〉、〈天淨沙・即事〉、〈折桂令・荊溪即事〉、〈綠么遍・自述〉曲，《金錢記》、《揚州夢》劇。與張可久齊名，人稱「曲中雙璧」。「清麗派」的代表之一。

1348 **至正八年** 虞集卒（一二七二—）。代表作〈聽雨〉、〈輓文丞相〉、〈尚志齋說〉。

1350 **至正十年** 詩選家高棅生（—一四二三）。
〔日本〕作家吉田兼好（Yoshida Kenkou）卒？（一二八三？—）。代表作《徒然草》。
〔英〕民間傳說《羅賓漢》約此前後寫成。於十二世紀中葉開始口頭流傳。作者不詳。

《詞源》：張炎（約一二四八至一三二〇）著，詞樂理論著作。全書分上、下兩卷，上卷論詞的音律，詳解詞樂的各種音調，下卷論詞的創作，其論詞的最高標準是「意趣高遠」、「雅正」、「清空」（空靈神韻），同時也強調協於音律的重要，唯填詞與音樂兩相結合才算是上乘的詞作。

《文獻通考》：馬端臨（一二五四至一三二三）著，專記典章制度的通史，簡稱《通考》。馬端臨以唐人杜佑《通典》為藍本，加以補充而編成，時間上起遠古，下迄南宋寧宗，共分為二十四門。書中記述宋朝典制最為詳實，是研究兩宋政事的重要文獻。

元詩四大家：指楊載（一二七一至一三二三）、范梈ㄆㄥ、揭傒斯、虞集四人。

《漢宮秋》：馬致遠著，雜劇。全名《破幽夢孤雁漢宮秋》。取材自西漢王昭君出塞和親的史事，並加以改編。全劇以漢元帝與王昭君的愛情故事為主，刻畫漢元帝的懦弱無能及其對王昭君的真摯情感。劇中的王昭君行至漢、匈交界處時，選擇投江自盡，保全其對元帝的忠貞愛情與愛國情操，留予元帝無盡的悵然與思念。

豪放派：元曲流派的一種。與「清麗派」相對（宋詞中亦有豪放派，與其相對的是婉約派）。其特色是語言通俗自然，風格直率豪爽。代表曲家有馬致遠、張養浩、貫雲石等。

單位：年

西元	朝代	帝王年號	文學大事
1352	元	至正十二年	張可久卒？（一二八〇？—）。代表作〈一枝花・湖上晚歸〉、〈紅繡鞋、虎丘道上〉、〈醉太平・失題〉、〈賣花聲・懷古〉、〈慶東原・次馬致遠先輩韻〉曲。 蘇天爵卒（一二九四—）。代表作〈七聘堂記〉、〈新樂縣壁里書院記〉。編有《元文類》。
1354		至正十四年	黃公望卒（一二六九—）。代表作〈富春山居圖〉。 劉時中卒？（一三二〇？—）。代表作〈端正好・上高監司〉曲。（一說此曲為劉致所作。劉致，字時中，生卒年不詳。）
1355		至正十五年	薩都剌卒？（一三〇五？—）。代表作〈滿江紅・六代豪華春去也〉、〈過居庸關〉、〈早發黃河即事〉。 脫脫卒（一三一四—）。主編《宋史》、《遼史》、《金史》。

酸甜樂府：指貫雲石（一二八六至一三二四）、徐再思。貫雲石自號「酸齋」，徐再思自號「甜齋」，兩人皆工散曲，故稱之；然在風格上，貫雲石主俊逸豪爽，徐再思主清麗工巧，曲風並不相近。

《太平樂府》：楊朝英編，散曲選集。輯錄八十餘家一千多首小令、一百多套散套。

《陽春白雪》：楊朝英編，散曲選集。輯錄七十餘家四百多首小令、五十多套散套。亦是現存最早的一部元曲選本。

萬花叢中馬神仙——馬致遠

元末明初賈仲明在《錄鬼簿續編》的〈凌波仙〉詞中如此描寫馬致遠：「萬花叢中馬神仙，百世集中說致遠，四方海內皆談羨。戰文場，曲狀元，姓名香貫滿梨園。」馬致遠（約一二五〇至一三二四），大都（今北京）人，經歷了蒙古時代的後期及元政權統治的前期，當時的蒙古統治者開始注意到任用漢族文人，馬致遠年輕時也有仕途上的抱負，說他自己「寫詩曾獻上龍樓」，在京城的二十年，「龍樓鳳閣都曾見」，但元代統治者對漢人實行歧視政策，漢人地位卑下，馬致遠有志難伸，見其〈金字經〉曲寫著：「困煞中原一布衣。悲，故人知未知？登樓意，恨無上天梯。」後來他只擔任了一個小官吏（江浙行省務官），卻又目睹了官場中「密匝匝蟻排兵，亂紛紛蜂釀蜜，鬧攘攘蠅爭血」（〈夜行船・秋思〉）的勾心鬥角、爾虞我詐，在這樣的半世蹉跎中，他逐漸心灰

1357 **至正十七年** 黃溍卒（一二七七—）。代表作〈賈論〉、〈說水贈蔣春卿〉、〈覽元次山春陵行，有感近事，追和其韻，以寓鄙懷〉。

作家方孝孺生（—一四〇二）。

1359 **至正十九年** 王冕卒（一二八七？—）。代表作〈梅花〉、〈痛哭行〉、〈傷亭戶〉、〈墨梅圖〉、〈南枝早春圖〉。

高明卒（一三〇五？—）。代表作《琵琶記》劇。「五大傳奇」之一。

1360 **至正二十年** 鍾嗣成卒？（一二七九？—）。代表作〈一枝花・自序醜齋〉、〈醉太平〉曲。著有《錄鬼簿》。

1361 **至正二十一年** 楊瑀卒（一二八五—）。著有《山居新話》。

意冷，轉而向道教尋求人生解脫，這段時間他寫了很多「神仙道化劇」，宣傳全真教教義。

馬致遠在梨園的名聲相當響亮，有「曲狀元」之譽，晚年他以「東籬」自號，走上陶淵明「採菊東籬下，悠然見南山」的隱逸路線，說自己「東籬本是風月主，晚節園林趣」（〈清江引・野興〉），也有「半世逢場作戲，險些兒誤了終焉計」（〈哨遍〉）的感嘆，馬致遠的一生正反映了在異族統治下，文人思想苦悶、內心矛盾的文化特徵。

《倩女離魂》：鄭光祖著，雜劇。全名《迷青瑣倩女離魂》。取材自唐人陳玄祐的傳奇小說〈離魂記〉。全劇以張倩女勇於突破封建傳統規範，大膽追求幸福愛情為主題，內容描寫王文舉為赴京應試，只得與未婚妻張倩女分開，張倩女因而臥病在床，其魂魄卻在此時離開軀體，於月夜下追趕著正要搭船離去的王文舉，兩人一路偕行到京城。三年後，王文舉得官，和張倩女同返家鄉，張倩女的魂魄才與久臥床上的肉身合而為一。

儒林四傑：指柳貫（一二七〇至一三四二）、揭傒斯、虞集、黃溍ㄐㄧㄣˋ。四人長於儒學，故稱之。

曲中雙璧：指喬吉（約一二八〇至一三四五）、張可久（約一二八〇至一三五二）。兩人散曲的風格相似，重視曲中的聲韻、格律與煉字造句，皆屬清麗派曲家。

單位：年

西元	1365	1367
朝代	元	
帝王年號	至正二十五年	至正二十七年
文學大事	周德清卒（一二七七—）。代表作〈紅繡鞋．郊行〉、〈喜春來．別情〉、〈塞鴻秋．潯陽即景〉曲。著有《中原音韻》。 史學、詩文作家楊士奇生（—一四四四）。（一說一三六六生。）	元末，生卒年皆不詳的作家群如下： 散曲作家汪元亨代表作〈醉太平．警世〉、〈沉醉東風．歸田〉曲。 散曲作家宋方壺代表作〈紅繡鞋．閱世〉曲。 戲曲作家秦簡夫代表作《東堂老》劇。 散曲作家張鳴善代表作〈水仙子．譏時〉曲。 《陳州糶ㄊㄧㄠˋ米》劇成於元代。作者不詳。為包公戲的代表作。

清麗派：元曲流派的一種。其特色是風格含蘊清雅、格律工整、文字優美，內容多描寫自然景色與抒發個人情懷。代表曲家喬吉、張可久、徐再思等。

《元文類》：蘇天爵（一二九四至一三五二）編，元朝詩文選集。原名《國朝文類》。選錄元初到仁宗延祐年間一百六十餘家八百多篇詩文作品，按文體分成四十三類。元代作家中，有不少作品因收錄其中而得以保存下來。

《宋史》：脫脫（一三一四至一三五五）主編，紀傳體史書。記載宋代歷史的著作。《二十四史》之一。

《遼史》：脫脫主編，紀傳體史書。記載遼朝歷史的著作。《二十四史》之一。

《金史》：脫脫主編，紀傳體史書。記載金朝歷史的著作。《二十四史》之一。

《琵琶記》：高明（約一三〇五至一三五九）著，南戲（到明、清時期稱「傳奇」）。取材自宋代民間戲曲故事〈趙貞女蔡二郎〉，高明將原來棄親背婦的負心漢蔡伯喈改寫成忠孝兩全的正面人物。劇中描寫蔡伯喈與趙五娘婚後情感恩愛，在蔡父的要求下，蔡伯喈赴京應試，考取狀元又被丞相逼迫入贅相府。時家鄉遭逢荒年，趙五娘在家盡心侍奉公婆，自己暗吞難以下嚥的糠（穀粒上剝落的外皮），一心等待丈夫歸來。直到公婆去世，趙五娘仍是盼不到蔡伯喈返家，決定沿路以琵琶賣唱到京城尋夫，經歷各種苦難，夫妻終獲團聚。

五大傳奇：元末高明《琵琶記》、施惠《拜月亭》（一說作者不詳），以及《荊釵記》、《白兔記》、《殺狗記》（以上三部作者不詳），皆為南戲的代表作。除去高明《琵琶記》，其餘四部被稱之「四大傳奇」。

《錄鬼簿》：鍾嗣成（約一二七九至一三六〇）著，戲曲史料著作。全書共收錄一百五十多位散曲、雜劇作家生平及其作品，並介紹當時的戲曲活動、組織與發展線索等，為研究元代戲曲史的重要資料。

《山居新話》：楊瑀（一二八五至一三六一）著，筆記文集。為楊瑀生平見聞之作，書中除記載元代的典章制度之外，也敘述了元人在蒙古族統治下的社會生活，其中雖雜有不少神怪之事，但歷來仍被視為是研究元末政治、社會的參考史料。

《中原音韻》：周德清（一二七七至一三六五）著，韻書。為中國最早的一部曲韻著作。內容分成二大部分，第一部分是把當時曲詞中常作為音韻的五千八百多字，按字的讀音分成十九韻，每韻之中，再將同音字列在一起，取容易辨識之字為首，約有一千六百組同音字群。第二部分主在說明韻譜的編制體例、審音原則，以及有關曲詞創作方法的論述等。

明代文學

明代是文學史上戲曲和小說昌盛的時代，由於印刷術的發達，資訊傳播迅速，人們逐漸認識到戲曲、小說等通俗文學能更靈活、具體地反映出複雜的人性和社會的各層面向。明傳奇是以宋、元南戲為基礎，並吸收北方雜劇的優點所發展出的一種戲曲形式，劇本長短自由，情節務求新奇，故稱之傳奇，與唐代文言短篇小說傳奇名同異義，其中最具代表性的傳奇非湯顯祖《牡丹亭》莫屬，傳此劇一出即家傳戶誦，在當時的社會造成轟動。

章回小說是由宋、元講史話本發展而來，是中國古典長篇小說的主要形式，但已不同於話本是為聽眾而寫的講稿底本，創作目的是供大眾讀者閱讀之用。章回小說的特色是分章分回敘述故事，其中以施耐庵《水滸傳》、羅貫中《三國演義》、蘭陵笑笑生《金瓶梅》以及吳承恩《西遊記》對後世的影響最大，被譽為「四大奇書」。

明代的科舉考試採取八股文取士，文章的內容、格式都有一定的限制，考生不得任意發揮，思想也受到嚴重的束縛，時人為求取功名，窮其一生多致力於八股文上，直到清末廢除科舉為止。

明初由臺閣大臣所領導的臺閣體盛行，內容多為歌功頌德的應酬之作，後有李夢陽、何景明不滿臺閣萎弱文風，力倡復古運動，主張摹擬古詩文的形式和技巧，又稱「擬古主義」。明代中葉，擬古主義的聲勢極盛，多數文人偏重於摹擬古文形式，內容缺乏創新，文壇因而吹起一股抄襲剽竊之風。

擬古主義的風潮前後達百年之久，其後雖出現歸有光等人反對擬古主義的論點，主張書寫直抒胸臆、富有本色的作品，但影響不大；直到晚明，袁宏道提出「獨抒性靈，不拘格套」，強調作品的獨創精神，重視作家的真情流露，至此始形成一個具有影響力的反擬古主義的文學運動。在擺脫了擬古主義的枷鎖後，一種題材多樣、形式自由、風格清新的散文趁勢而起，也就是晚明小品文。

單位：年

西元	朝代	帝王年號	文學大事
1368	明	太祖（朱元璋）洪武元年	元朝亡。朱元璋稱帝，國號明。 張翥卒（一二八七—）。代表作〈人雁吟〉、〈漷ㄎㄨㄛˋ農嘆〉、〈摸魚兒．漲西湖、半篙新雨〉。 元末明初，生卒年皆不詳的作家群如下： 小說家施耐庵著有《水滸傳》。「四大名著」之一。「四大奇書」之一。 戲曲作家施惠代表作《拜月亭》劇。（一說此劇作者不詳。） 散曲作家湯式代表作〈山坡羊．書懷示友人〉、〈天香引．西湖感舊〉曲。 傳奇《荊釵記》、《白兔記》、《殺狗記》三劇約此前後作，作者皆不詳。
1369		洪武二年	書法家、文籍編訂者解縉生（—一四一五）。
1370		洪武三年	楊維楨卒（一二九六—）。代表作〈鴻門會〉、〈鹽商行〉、〈煮茶夢記〉、〈西湖竹枝歌〉。「鐵崖體」的創始者。

【明傳奇】

盛行於明代的戲曲形式。即在宋、元南戲的基礎上，吸收北方雜劇的長處發展而來。元代雜劇多為人們未見的奇特故事，與唐代的短篇文言小說一樣，也被稱之「傳奇」，但到了明、清時期，「傳奇」一詞已演變成南方戲曲作品的專稱，以別於北方雜劇，與唐代的傳奇同名而異義。

繼元末明初《琵琶記》、《荊釵記》等五大傳奇後，傳奇曾經一度消沉，投入創作的人雖多，卻少有出色作品出現，直到明世宗嘉靖年間（一五二二至一五六六），音樂家魏良輔在原本崑山腔（出於江蘇蘇州崑山的戲曲腔調）的基礎上，融合弋陽（出於江西上饒弋陽）、海鹽（出於浙江嘉興海鹽）、餘姚（出於浙江寧波餘姚）三大聲腔（加上崑山腔，時稱南戲四大聲腔）的優點，以及北曲長期累積的藝術成就，改良崑山腔的聲律和唱法，聲調柔婉細膩，聽之足以打動人心，一時蔚為風尚。

隨後梁辰魚便以魏良輔的崑山新腔創作《浣紗記》劇，文詞典麗精工，一上演立即轟動曲壇，從此傳奇的唱腔逐漸為崑山腔所取代，成為傳奇界的「官腔」，採用崑山腔演唱的崑曲（也稱崑劇）幾乎獨占了當時所有戲曲表演的舞臺，戲文也由以往的樸質轉為重視意趣與文采。崑山腔的廣布流行，同時帶動了傳奇的興盛，爾後更出現不少長篇傳奇佳作，如明人湯顯祖《牡丹亭》、清人洪昇《長生殿》、孔尚任《桃花扇》等。

洪武七年

倪瓚卒（一三〇一—）。代表作〈折桂令．擬張鳴善〉曲，〈水竹居圖〉、〈容膝齋圖〉、〈漁莊秋霽圖〉。

高啟卒（一三三六—）。代表作〈牧牛詞〉、〈養蠶詞〉、〈青丘子歌〉、〈書博雞者事〉、〈登金陵雨花臺望大江〉。「吳中四傑」之一。

詩詞作家林鴻生卒年不詳。此年官拜禮部精膳司員外郎（負責宴席、糧食、牲畜等事務）。代表作〈孤雁〉、〈念奴嬌．鍾情太甚〉、〈摸魚兒．記得紅橋〉、〈寄逸人高漫士〉、〈無諸釣龍臺懷古〉。「閩詩派」的領袖人物。「閩中十才子」之一。

女詩詞作家張紅橋生卒年不詳。林鴻之妾。代表作〈念奴嬌．鳳凰山下〉、〈遺林子羽〉。

〔義大利〕詩人佩脫拉克（Petrarch）卒（一三〇四—）。代表作《歌集》、《阿非利加》。被譽為「歐洲人文主義之父」。

洪武八年

劉基卒（一三一一—）。代表作〈二鬼〉、〈買馬詞〉、〈松風閣記〉、〈賣柑者言〉、〈司馬季主論卜〉。著有《郁離子》。

〔義大利〕詩人、小說家薄伽丘（Boccaccio）卒（一三一三—）。代表作《十日談》、《菲洛斯特拉托》。

【章回小說】

中國長篇小說的主要形式。由宋、元講史話本發展而來，到明、清時期走向成熟蓬勃。其特色是分回標目，分回敘事，每回故事相對獨立，但又前後連貫，首尾相接，使全書的結構整體統一。

宋、元時期的長篇話本，像是《全相平話五種》、《新編五代史平話》、《大宋宣和遺事》等，因內容複雜、篇幅較大，說書人往往無法一次講完，必須說講若干次。為了便於每一次的講述，就有了分卷分段的必要，並在每段加上標題，觀眾可藉由標題得知每段的主要內容，此時標題的字數多寡不等，可以算是章回小說的雛形。

元末明初，文人根據話本加工、再創作的長篇小說，如《三國演義》（原名《三國志通俗演義》）全書分成若干卷，每卷又分若干則，每則各有一單句的七字標題，這時候的小說雖然尚未分回標目，但已然可見章回小說的大體形式

大約到了明代中葉，經過文人整理潤飾的《水滸傳》、《三國演義》、《封神演義》、《金瓶梅》（也稱《金瓶梅詞話》）等刻本已明確地標出回目，只是有的回目用單句，有的回目為上、下各六字、七字或八字句，雙句回目的對仗往往也不工整。直到明末清初，小說回目逐漸採用對仗工整的偶句，此時文人創作的中、長篇小說或加工前人的話本，也多以章回小說的形式書寫。

明代的章回小說依題材大致可分成歷史演義、英雄傳奇、神魔小說、人情小說四類。歷史演義的代表作為羅貫中《三國演義》，英雄傳奇的代表作為施

單位：年

西元	朝代	帝王年號	文學大事
1376	明	洪武九年	小說家李禎生（—一四五二）。
1377		洪武十年	〔阿拉伯〕作家伊本·白圖泰（Ibn Battuta）卒（一三〇四—）。代表作《伊本·白圖泰遊記》。
1378		洪武十一年	楊基卒？（一三二六？—）。代表作〈春草〉、〈岳陽樓〉、〈天平山中〉、〈雪中登黃鶴樓〉。戲曲作家、戲曲理論家朱權生（—一四四八）。
1379		洪武十二年	戲曲作家朱有燉生（—一四三九）。
1380		洪武十三年	徐賁卒？（一三三五—）。代表作〈寫意〉、〈蜀山圖〉、〈雨後慰池上芙蓉〉。
1381		洪武十四年	宋濂卒（一三一〇—）。代表作〈王冕傳〉、〈秦士錄〉、〈杜環小傳〉、〈閱江樓記〉、〈環翠亭記〉、〈送東陽馬生序〉、〈送天台陳庭學序〉。主編《元史》。
1385		洪武十八年	張羽卒（一三三三—）。代表作〈蘭室五詠〉。

耐庵《水滸傳》，神魔小說代表作為吳承恩《西遊記》，人情小說的代表作為蘭陵笑笑生《金瓶梅》。

清代是章回小說的鼎盛期，更發展出諷刺小說、俠義公案小說、狹邪小說、譴責小說等多家流派。諷刺小說的代表作是吳敬梓《儒林外史》，俠義公案小說的代表作是《施公案》（作者不詳）、石玉崑《三俠五義》，狹邪小說的代表作是韓邦慶《海上花列傳》，譴責小說的代表作有李寶嘉《官場現形記》、吳沃堯《二十年目睹之怪現狀》、劉鶚《老殘遊記》、曾樸《孽海花》。至於清代還有一部重要的人情小說，就是曹雪芹的《紅樓夢》。

《水滸傳》：施耐庵著，章回小說。取材自北宋末年宋江起義之史事。內容敘述北宋末年宋江、李逵、林沖、武松、楊志、魯智深等一百零八條好漢，因無法忍受貪官汙吏、土豪劣紳的迫害，紛紛集聚到梁山泊（今屬山東），與朝廷展開對抗；後受朝廷招安，宋江率領弟兄東征西討，平定方臘之亂，但梁山好漢們也多在這些戰役中犧牲了。南宋時期，流傳於民間的講史話本《大宋宣和遺事》，即是以宋江等三十六位人物為主，後經累代說話藝人不斷整理加工、想像創造，到施耐庵將其剪裁成一部長篇章回小說，羅貫中負責纂修。

四大名著：《水滸傳》、《三國演義》、《西遊記》、《紅樓夢》。

四大奇書：《水滸傳》、《三國演義》、《西遊

1388 洪武二十一年 〔日本〕連歌詩人二條良基（Nijo Yoshimoto）卒（一三二〇—）。編有《菟玖波集》。連歌，日本古典詩歌體裁的一種，由二人以上的作者分別聯句。

1389 洪武二十二年 思想家薛瑄生（—一四六四）。〔波斯〕詩人哈菲茲（Hafiz）卒（一三二〇—）。善作抒情詩，其作品被公認是波斯抒情詩的高峰之作。

1398 洪武三十一年 詩人于謙生（—一四五七）。

1399 惠帝（朱允炆）建文元年 靖難之役開始（—一四〇二）。

1400 建文二年 羅貫中卒？（一三三〇？—）。著有《三國演義》、《三遂平妖傳》。〔英〕詩人蘭格倫（William Langland）卒？（一三三〇？—）。代表作《農夫皮爾斯》。〔英〕詩人喬叟（Geoffrey Chaucer）卒（一三四三？—）。代表作《坎特伯雷故事集》。〔英〕長篇浪漫詩歌《高文爵士和綠衣騎士》約此前後寫成。作者不詳。

記》、《金瓶梅》。

梁山英雄《水滸傳》——施耐庵

相傳施耐庵本名子安，「耐庵」是其字，從小他就很喜歡聽人說書與看戲。當時民間流行一部講史話本《大宋宣和遺事》，內容描述北宋徽宗不理國事，終日沉迷在藝術書畫與青樓名妓之間，造成貪官汙吏結合地方惡霸，四處魚肉鄉民，許多江湖好漢不願再忍受欺凌，決定率眾起義，占地梁山，群起對抗朝廷。

在施耐庵成長的過程中，經常有戲班到住家附近演出，舞臺上不時搬演《花和尚魯智深》、《武行者武松》、《李逵負荊》等雜劇，這些與梁山泊有關的故事內容無不深深吸引著施耐庵，他對劇曲中被官府逼上梁山的好漢們充滿欽羨之情。

三十多歲的施耐庵，來到元朝京城大都（今北京）參加科舉考試。他與後來明朝的開國重臣劉基，正好同年考上進士，兩人因而結為好友。施耐庵之後被分派到錢塘（今屬浙江）當縣尹，原本欲有一番作為的他，這時才明白實施種族階級制度下的元朝，漢族官員根本毫無實權，做任何事情一概須先經過上頭的蒙古貴族同意。不久，有志難伸的施耐庵便棄官返鄉，開始著手寫書事宜。

施耐庵以《大宋宣和遺事》為底本，並參考民間傳說與戲曲故事，將原本三十六位英雄人物重新彙整，增補成一百零八人陸續響應起義之舉，其中有人血氣方剛、有人敏銳機智、有人魯莽率直、有人嫉惡如仇，不僅人人性情、氣質分明，各自的成長經歷也

單位：年

西元	朝代	帝王年號	文學大事
1402	明	建文四年	靖難之役結束（一三九九—）。方孝孺卒（一三五七—）。代表作〈指喻〉、〈蚊對〉、〈深慮論〉、〈豫讓論〉。
1405		成祖（朱棣）永樂三年	鄭和第一次下西洋（—一四〇七）。
1412		永樂十年	陶宗儀卒？（一三二九？—）。著有《南村輟耕錄》。編有《說郛》。
1415		永樂十三年	解縉卒（一三六九—）。代表作〈自書詩卷〉。主編《永樂大典》。
1421		永樂十九年	戲曲作家邱濬生？（—一四九五）。
1422		永樂二十年	賈仲明卒？（一三四三—）。代表作《菩薩蠻》劇。傳其著有《錄鬼簿續編》。
1423		永樂二十一年	高棅卒（一三五〇—）。編有《唐詩品彙》。
1427		宣宗（朱瞻基）宣德二年	瞿佑卒（一三四一—）。代表作〈摸魚兒．望西湖，柳煙花霧〉。著有《剪燈新話》。
1431		宣德六年	鄭和第七次下西洋（—一四三三）。明宣宗宣德八年（一四三三）鄭和客死古里（今屬印度）。

不盡相同，但全是被惡勢力逼到走投無路，只好上山落草，專門打劫貪官劣紳的不義之財來救濟弱貧，其行止雖令朝廷頭痛不已，卻成了底層百姓心目中的大英雄。

《水滸傳》一刊行立刻受到廣大讀者的喜愛，全書以貼近市民口語的語言書寫，景物描繪簡潔明快，人物對話維妙維肖，情節發展曲折驚奇。此乃生活在元朝蒙古族高壓統治下的施耐庵，藉由前朝北宋末年官逼民反的一件起義事實，串聯出一百零八條好漢聚集梁山，共同殲滅奸邪的故事，間接道出的是元末政治腐敗、社會黑暗，以及人民遭受剝削、壓迫的不平心聲。

鐵崖體：指楊維楨（一二九六至一三七〇）的詩歌風格。楊維楨自號「鐵崖」，其在當世以擬古樂府詩聞名，風格雄健奔放、構思奇特，時人稱「鐵崖體」或「鐵體」。

吳中四傑：指楊基、徐賁、張羽、高啟（一三三六至一三七四）。四人皆善於詩歌，互為詩友，且都居於吳中地區，故稱之。

閩詩派：明代詩歌流派的一種。此詩派以閩（福建省的簡稱）人林鴻為首，其他成員也都是閩中一帶人，故以其籍貫命名，時稱「閩中十才子」。主張尊法盛唐詩歌，重視格律技巧，可謂開明代擬古風氣之先河。

1434 宣德九年 詩人林瀚生（—一五一九）。

1439 英宗（朱祁鎮）正統四年 朱有燉卒（一三七九—）。朱元璋五子朱橚ㄙㄨ之長子。代表作《香囊怨》、《仗義疏財》、《豹子和尚》劇。

1443 正統八年 〔日本〕劇作家、戲劇理論家世阿彌（Zeami）卒（一三六三—）。代表作《高砂》、《風姿花傳》。

1444 正統九年 楊士奇卒（一三六五或一三六六—）。代表作〈高郵〉、〈遊東山記〉、〈沈學士墓表〉。主編《歷代名臣奏議》。與楊榮、楊溥並稱「三楊」。「臺閣體」的代表之一。

1446 正統十一年 小說家馬中錫生？（—一五一二？）。

1447 正統十二年 詩人李東陽生（—一五一六）。作家羅玘ㄑㄧˇ生？（—一五一九）。

1448 正統十三年 朱權卒（一三七八—）。朱元璋十七子。代表作《沖漠子獨步大羅天》、《卓文君私奔相如》劇。著有《太和正音譜》。

1449 正統十四年 發生土木堡之變。

閩中十才子：指林鴻、鄭定、王褒、唐泰、高棅ㄅㄧㄥˇ、王恭、陳亮、王偁、周玄、黃玄，十人皆活動於閩中地區，故稱之。

《郁離子》：劉基著，寓言體散文集。為劉基在元末歸隱山林時所作，其藉由寓言體的書寫形式，來反映統治階級的貪婪腐敗以及對百姓的剝削欺壓。

一代謀臣——劉基

劉基（一三一一至一三七五），字伯溫，是明太祖朱元璋的開國功臣。他早年出謀劃策，輔佐朱元璋先後擊破陳友諒、張士誠等抗元起義軍的勢力，數年後再成功地把元朝蒙古族趕出中原，一統天下，建立明朝。當時人們比喻劉基的才能有如三國蜀相諸葛亮和唐朝諫臣魏徵，朱元璋更曾說劉基乃「吾之子房也」，也就是漢朝謀士張良，朱不直稱劉基的名字，而是尊稱其為「老先生」。

平民出身的朱元璋在稱帝後，對人的猜忌心愈來愈嚴重，不少以往一路跟隨朱元璋東征西討的功臣們都慘遭誅殺。一向剛正不阿、有話直說的劉基，因事得罪了當朝丞相胡惟庸，為胡惟庸的讒言所誣陷，昔日對劉基言聽必從的朱元璋對劉基從此疏遠。一說劉基最後是憂憤成疾而卒，另有一說指他是被胡惟庸下藥毒死的。

臨死之前，劉基特別叮囑兒子說：「治理國家要寬柔與剛猛並濟，當今之務是上位者應該施行德政，減輕刑法，上天才會永保我朝享有萬世國祚。本來我想寫份遺表呈與皇上，但現在胡惟庸當權，縱使寫了

單位：年

西元	朝代	帝王年號	文學大事
1450	明	代宗（朱祁鈺）景泰元年	作家王鏊ㄠˊ生（—一五二四）。
1452		景泰三年	李禎卒（一三七六—）。著有《剪燈餘話》。
1457		景泰八年	發生奪門之變。
		英宗（朱祁鎮）天順元年	于謙卒（一三八九—）。代表作〈荒村〉、〈石灰吟〉、〈田舍翁〉。
1460		天順四年	詩人、書法家祝允明生（—一五二六）。
1462		天順六年	戲曲作家徐霖生？（—一五三八？）。
1464		天順八年	薛瑄卒（一三八九—）。著有《讀書錄》。
1465		憲宗（朱見深）成化元年	思想家羅欽順生（—一五四七）。〔法〕詩人維永（Villon）卒？（一四三一？—）。著有《小遺言集》和《大遺言集》，其名篇有〈古美人歌〉、〈絞刑架上之歌〉。
1468		成化四年	詩人、戲曲作家王九思生（—一五五一）。
1470		成化六年	畫家、詩詞作家唐寅生（—一五二四）。散曲作家王磐生？（—一五三〇？）。詩人、書畫家文徵明生（—一五五九）。

皇上也是不會採納的！等到胡惟庸落敗之時，皇上一定會再想起我，如果到時皇上問起我臨終的遺言，你們再把我的這些話密奏皇上！」

果然不出幾年，胡惟庸便犯了謀逆罪被處死。由於劉基死前，胡惟庸曾帶著御醫前去探望，並讓劉基服下御醫開立的藥方。多年後，朱元璋在追念劉基的赤誠忠心之餘，便連同劉基的死因也算在胡惟庸的罪名上，直指劉基為胡所毒死，並下詔讓劉基的世代子孫承襲其爵祿。

《元史》：宋濂（一三一〇至一三八一）主編，紀傳體史書。記載元代歷史的著作。《二十四史》之一。

靖難之役：燕王朱棣為爭奪帝位所發動的內戰。明惠帝即位之初，有感於諸藩王各擁重兵，遂採納大臣齊泰、黃子澄削藩（削奪藩王的權力）的建議。燕王朱棣以尊祖訓，誅奸人齊泰、黃子澄之名，誓師出征，號稱為國「靖難」。惠帝建文四年（一四〇二），燕軍攻下都城南京，惠帝自焚（一說失蹤），朱棣即帝位（即明成祖）。靖難，意為安危定難，使國家的局勢穩定。

《三國演義》：羅貫中著，章回小說。全名《三國志通俗演義》。取材自西晉人陳壽《三國志》、講史話本《三國志平話》以及民間戲曲故事，內容從東漢靈帝黃巾之亂開始，一直敘寫到吳國被晉所滅為止。羅貫中不僅對三國時期的紛亂政局、各場戰事描

1471 成化七年 〔英〕作家馬洛禮（Thomas Malory）卒（一三九五—）。代表作《亞瑟王之死》。

1472 成化八年 哲學家王守仁生（—一五二九）。詩文作家李夢陽生（—一五二九或一五三〇）。（一說一四七三生。）

1474 成化十年 思想家王廷相生（—一五四四）。

1475 成化十一年 戲曲作家康海生（—一五四〇）。

1476 成化十二年 詩人邊貢生（—一五三二）。

1479 成化十五年 詩文、詩論家徐禎卿生（—一五一一）。

1483 成化十九年 詩文作家何景明生（—一五二一）。

1487 成化二十三年 科舉考試此年始嚴格規定以八股文體寫作（—一九〇四）。

1488 孝宗（朱祐樘）弘治元年 散曲作家陳鐸生？（—一五二一？）。詩詞作家楊慎生（—一五五九）。散曲作家沈仕生？（—一五六五？）。

1489 弘治二年 戲曲作家鄭若庸生？（—一五七七？）。

繪細詳，其在塑造人物形象上尤見傳神，雖情節與正史多有出入，仍絲毫不減後人對這部小說的喜愛。

七實三虛的《三國演義》——羅貫中

羅貫中（約一三三〇至一四〇〇），原名本，「貫中」是他的字，別號「湖海散人」，表明自己是個浪跡五湖四海的遊子。早年他從太原（今屬山西）來到杭州（今屬浙江），結識不少的說書人與雜劇作家，也傳說其曾拜入施耐庵的門下，並參與了《水滸傳》的編撰工作。羅貫中一生除了編寫戲曲劇本、歷史演義之外，其最大的成就正是完成《三國演義》這部長篇章回小說。

三國鼎立那段風起雲湧、豪傑盡出的精彩史實，經過一千餘年仍然深受市井小民的喜愛，也是人們在茶餘飯後之際最想聽的故事之一。元朝盛行的《三國志平話》一書，即是說書藝人用來演講三國故事的話本，其中有部分的情節都是說書人援引民間戲曲、野史軼聞增添而成的，羅貫中以此書作為底本，再參考西晉史家陳壽所修的《三國志》，進而創作出一部七分根據史實，三分虛構想像的《三國演義》。

舉例來說，正史《三國志》裡並沒有提及劉備、關羽、張飛是結拜兄弟，只言三人「情若兄弟」；然在《三國演義》的一開端，羅貫中遂揮筆寫下三人於涿郡（今屬河北）「桃園三結義」，誓言「不求同年同月同日生，但願同年同月同日死」，藉此深化三人宛如親兄弟般的堅定情誼。

據史書記載，東漢獻帝最後禪位與曹操之子曹丕，按理要算曹魏取得帝位的正統。可是，羅貫中卻

單位：年

西元	朝代	帝王年號	文學大事
1490	明	弘治三年	詩人皇甫沖生（—一五五八）。
1492		弘治五年	〔波斯〕詩文作家賈米（al-Jami）卒（一四一四—）。代表作《春園》、《七寶座》、《人類的馨香》。
1493		弘治六年	散曲作家常倫生（—一五二六）。
1494		弘治七年	散曲作家金鑾生？（—一五八三？）。
1495		弘治八年	邱濬卒（一四二一？—）。代表作《五倫全備記》劇。戲曲作家邵璨生卒年不詳。約與邱濬為同時期人。代表作《香囊記》劇。戲曲作家陸采生？（—一五四〇）。詩人、詩論家謝榛生（—一五七五）。
1497		弘治十年	詩人華察生（—一五七四）。
1498		弘治十一年	女詩人、散曲作家黃峨（一說黃娥）生（—一五六九）。
1500		弘治十三年	小說家吳承恩生？（—一五八二？）。

秉持正統應歸蜀漢的立場，刻意在小說裡塑造劉備的寬厚仁德、禮賢下士，尤其血統上又是漢皇室的宗親。至於曹操，在羅貫中的眼中不過是個「挾天子以令諸侯」、「寧教我負天下人，不教天下人負我」的陰險梟雄，故對其言行、人品多作貶筆。

此外，羅貫中在書中還杜撰出貂蟬這個角色，寫其如何運用美色去迷惑董卓和呂布，導致原本情同父子的兩人反目相殘。許多讀者竟從此深信歷史上確實存在過貂蟬這樣一位絕色佳人，讓後來的史家對羅貫中這枝不時誤導史實的生花妙筆，感到又氣又是佩服！

但話說回來，羅貫中畢竟是位小說家而非正史學者，所以不論《三國演義》中史料的虛實真假，其對人物形象、性格的靈活刻畫，以及對作戰實況的生動描寫，早已奠定其在小說史上的重要地位。

遭誅十族的名儒——方孝孺

方孝孺（一三五七至一四〇二）是宋濂的得意門生，自幼聰明好學，雙目炯炯有神，鄉里的人看到他便呼其「小韓子」，意指他長大後的學問可與唐朝大文學家韓愈媲美。

明惠帝即位，對方孝孺頗為敬重，一路從翰林侍講（負責為皇帝講授文史經書）升到文學博士（教授官）。惠帝讀書每遇到疑難，便會召方孝孺進宮講解。臨朝奏事，面對群臣進奏的議事，惠帝有時也會命方孝孺在殿上屏風前批答。燕王朱棣起兵，朝廷議定討伐，當時的詔書、檄文皆出自方孝孺之手。建文四年五月，燕軍已經抵達長江北岸，六月攻下京城，

1501 弘治十四年 詩人高叔嗣生（—一五三七）。（烏茲別克）詩人納沃伊（Alisher Navoi）卒（一四四一—）。代表作《五詩集》、《思想的寶庫》。

1502 弘治十五年 戲曲作家李開先生（—一五六八）。

1506 武宗（朱厚照）正德元年 作家歸有光生（—一五七一）。（一說一五〇七生。）

1507 正德二年 作家唐順之生（—一五六〇）。

1509 正德四年 詩文作家王慎中生（—一五五九）。

1511 正德六年 徐禎卿卒（一四七九—）。代表作〈偶見〉、〈題扇〉、〈在武昌作〉、〈文章煙月〉。著有《談藝錄》。「吳中四才子」之一。

散曲作家馮惟敏生？（—一五八〇？）。

1512 正德七年 馬中錫卒？（一四四六？—）。代表作〈中山狼傳〉。

作家、文選家茅坤生（—一六〇一）。

惠帝自焚，方孝孺被捉拿入獄。

在燕王朱棣率兵從北平（今名北京）出發前，其臣子姚廣孝曾對朱棣說道：「京城（時定都南京）攻下之日，方孝孺一定不肯投降，請您不要殺他。因為殺了方孝孺，天下的讀書種子就斷絕了！」朱棣點頭允諾。等到朱棣進京，想要方孝孺來為自己起草即位詔書，召方孝孺到廷上，只見方孝孺悲慟大哭，聲音響徹整座大殿。

朱棣走下去勸方孝孺說：「先生不要自取苦惱，我只是效法周公輔佐周成王（借指明惠帝）罷了！」方孝孺問說：「那麼周成王在哪裡呢？」朱棣回答：「他已自焚而死了！」方孝孺再問：「為什麼不立周成王之子呢？」朱棣答說：「國家有賴年長的君主。」方孝孺三問：「為什麼不立成王的弟弟呢？」朱棣不耐地回說：「這是朕自家的事。」回頭命左右把紙筆交給方孝孺，說道：「詔令天下，非先生起草不可。」方孝孺隨即把筆扔到地上，邊哭邊罵說：「死就死罷！我是絕不會起草詔書的。」朱棣語帶威脅問道：「難道你不顧被誅殺九族？」方孝孺大聲回說：「便是誅十族又奈我何！」朱棣大怒，下令將方孝孺車裂於市。

方孝孺在刑前寫下一段〈絕命辭〉：「天降亂離兮孰知其由，奸臣得計兮謀國用猶。忠臣發憤兮血淚交流，以此殉君兮抑又何求？嗚呼哀哉兮庶不我尤！」意思是說，上天降下使人遭難的政亂啊！有誰知道其根由為何？奸臣謀國的計畫得逞啊！是用欺詐的手段到手的。忠心的臣子發洩憤怨啊！血與淚交互和流，用死來為君主殉難啊！還有什麼要求？嗚呼哀

單位：年

西元	朝代	帝王年號	文學大事
1514	明	正德九年	詩文作家李攀龍生（—一五七〇）。
1516		正德十一年	李東陽卒（一四四七—）。代表作〈寄彭民望〉、〈擬古樂府〉。「茶陵詩派」的領袖人物。
1518		正德十三年	醫藥學家李時珍生（—一五九三）。
1519		正德十四年	林瀚卒（一四三四—）。代表作〈誡子弟〉。 羅玘卒（一四四七？—）。代表作〈梅崖記〉、〈西溪漁樂說〉。
1521		正德十六年	大禮議之爭開始（—一五三八）。 何景明卒（一四八三—）。代表作〈師問〉、〈說琴〉、〈歲晏行〉、〈羅女曲〉、〈津市打魚歌〉。 陳鐸卒？（一四八八？—）。著有《滑稽餘韻》。 詩人梁有譽生？（—一五五六？）。 戲曲作家、戲曲理論家徐渭生（—一五九三）。 戲曲作家梁辰魚生？（—一五九四？）。

哉啊！這應該不是我的罪過吧！

朱棣殺了方孝孺的宗親九族還不罷休，把方孝孺的門生也算成一族，果真誅其「十族」，受此案牽連而被殺者達數百人之多。

鄭和下西洋：宦官鄭和奉命率領船隊前後七次（一四〇五至一四三三）出使亞非地區，航海至南洋、印度、波斯、非洲東岸等三十餘國，為中國航海史和外交史上之盛事。

《南村輟耕錄》：陶宗儀（約一三二九至一四一二）著，筆記文集，也可視為文學史料著作。書中主要記載元代的典章制度、民俗掌故、人文軼事等，內容大多經過陶宗儀長期資料的蒐集與考證，並包括他的見聞實錄，故具有頗高的史料價值，是研究元代社會、文藝生活的重要資料。

《說郛》：陶宗儀編，筆記叢書。選錄秦、漢到宋、元各家筆記、詩話、文論約一千多種，其中有不少原書或原文已佚，因《說郛ㄈㄨˊ》而保存部分佚文，在歷來私家（私人從事著述，以別於官方主持編寫）編纂的大型叢書中，向來較受世人重視的一部。

《永樂大典》：解縉（一三六九至一四一五）主編，大型類書。解縉、姚廣孝等人奉明成祖敕令編纂，彙輯上自先秦，下至明初的經史子集百家、醫卜技藝等圖書文獻約八千種，先按韻列出單字，其下注出字的音義、訓釋、古今字體，再載錄與此字有關的

1522 **世宗（朱厚熜）嘉靖元年**

約活動於武宗、世宗在位時，生卒年皆不詳的作家群如下：

戲曲作家李日華代表作《南西廂記》劇。

小說家熊大木傳其著有《楊家將演義》。

〔德〕作家羅伊希林（Johann Reuchlin）卒（一四五五—）。編有書信體諷刺作品《蒙昧者書簡》上部。

1523 **嘉靖二年**

〔德〕作家胡滕（Ulrich von Hutten）卒（一四八八—）。為《蒙昧者書簡》下部的主要撰稿人。

1524 **嘉靖三年**

王鏊卒（一四五〇—）。代表作〈親政篇〉。

唐寅卒（一四七〇—）。代表作〈一年歌〉、〈一剪梅・雨打梨花深閉門〉、〈題畫詩〉、〈桃花庵歌〉、〈山路松聲圖〉、〈把酒對月歌〉、〈秋風紈扇圖〉、〈席上答王履吉〉。

詩人吳國倫生（—一五九三）。

1525 **嘉靖四年**

詩文作家宗臣生（—一五六〇）。

作家、政治家張居正生（—一五八二）。

戲曲作家汪道昆生（—一五九三）。

各種文獻資料。凡入輯之典籍文章，必須一字不改地整部、整篇、整段錄入，許多宋、元以前散佚的書籍，多賴其而得以保存。《永樂大典》編成後全套裝訂成一萬一千餘冊，是中國歷來最大的一部百科全書式的文獻集，然數百年來經過大火、戰亂等浩劫，至今僅存二百多冊。

《錄鬼簿續編》：傳賈仲明（約一三四三至一四二二）著，戲曲史料著作。為鍾嗣成《錄鬼簿》的延伸之作，此書增補七十餘家七十多部的戲曲作品。

《唐詩品彙》：高棅（一三五〇至一四二三）編，唐詩選集。輯選唐代六百餘位詩家，共約五千七百多首詩作，按詩的體裁編排，每種體裁的入選作者再依其年代先後順序排列，並作簡要評述。成書後五年，高棅又新增詩家六十餘人，詩作九百多首於書末。

《剪燈新話》：瞿佑（一三四一至一四二七）著，傳奇小說集。主要敘述神鬼靈怪、婚姻愛戀之類的故事，其中包含〈翠翠傳〉、〈金鳳釵記〉、〈綠衣人傳〉等名篇。

《歷代名臣奏議》：楊士奇（一三六五或一三六六至一四四四）主編，中國商朝至元朝的奏議彙編。為楊士奇等人奉明成祖敕令編撰，全書輯錄晏嬰、管仲、李斯、諸葛亮、魏徵等歷代名臣的奏

單位：年

西元	朝代	帝王年號	文學大事
1526	明	嘉靖五年	祝允明卒（一四六〇—）。代表作〈自書詩卷〉、〈暮春山行〉、〈廣州戲題〉、〈首夏山中行吟〉。 常倫卒（一四九三—）。代表作〈折桂令〉、〈沉醉東風〉曲。 詩文、戲曲、文評家王世貞生（—一五九〇）。
1527		嘉靖六年	思想家、文學批評家李贄生（—一六〇二）。 戲曲作家張鳳翼生（—一六一三）。 〔義大利〕思想家、劇作家馬基維利（Nicolò Machiavelli）卒（一四六九—）。代表作《君王論》、《曼陀羅花》。
1529		嘉靖八年	王守仁卒（一四七二—）。代表作〈象祠記〉、〈瘞旅文〉、〈尊經閣記〉、〈教條示龍場諸生〉。世稱「陽明先生」。其弟子編有《傳習錄》。「姚江學派」的創始者。 李夢陽卒（一四七二或一四七三—）。（一說一五三〇卒。）代表作〈秋望〉、〈禹廟碑〉、〈玄明宮行〉、〈朝飲馬送陳子出塞〉。「前七子」的領袖人物。「復古運動」主要倡導者。

議八千餘篇，按內容主題分成〈君德〉、〈聖學〉、〈孝親〉、〈敬天〉等六十四門，為研究歷代典制沿革、政治得失的一部重要史籍。

三楊：指楊士奇、楊榮、楊溥，其中以楊士奇的影響最大。三人先後官拜大學士（始於唐代的官職名，原為協助皇帝批閱奏章、起草詔書；自明成祖起，延攬大學士入內閣，成為宰輔之官），為明成祖到英宗四朝的臺閣重臣，詩文風格相近，故稱之。

臺閣體：明代文學流派的一種。原指楊士奇、楊榮等宰輔權臣的詩文風格，後為文人競相模仿，以致沿為流派。內容多為應酬、題贈以及歌功頌德之作，文字雍容典麗，反映上層官僚的生活與精神面貌。臺閣，原是漢代尚書的稱呼，後稱內閣大臣為「臺閣」。

《太和正音譜》：朱權（一三七八至一四四八）著，戲曲理論與史料著作。主要內容為戲曲文學、音樂理論，以及元、明戲曲的相關史料，並對元代到明初的一百多位戲曲作家進行品評，是研究中國戲曲史的一部重要著述。

土木堡之變：正統十四年（一四四九）時，明英宗聽信宦官王振的意見，於此年八月率軍親征蒙古瓦剌部落，於土木堡（今屬河北）兵敗被俘。九月，兵部尚書（掌管軍事的最高長官）于謙等人擁立英宗弟郕王朱祁鈺（即明代宗）登基，遙尊英宗為太上皇。

1530 **嘉靖九年**

〔英〕詩人史克爾頓（John Skelton）卒（一四六〇？—）。代表作〈月桂冠〉、〈菲利普麻雀〉。

王磐卒？（一四七〇？—）。代表作〈一枝花・久雪〉、〈朝天子・詠喇叭〉、〈滿庭芳・失雞〉曲。

1531 **嘉靖十年**

散曲家薛論道生？（—一六〇〇？）。

1532 **嘉靖十一年**

邊貢卒（一四七六—）。代表作〈倡文山祠〉。

1533 **嘉靖十二年**

〔義大利〕詩人阿里奧斯托（Ludovico Ariosto）卒（一四七四—）。代表作《瘋狂的羅蘭》。

1535 **嘉靖十四年**

戲曲作家王穉ㄓˋ登生（—一六一二）。

〔英〕思想家摩爾（Thomas More）卒（一四七八—）。代表作《烏托邦》。

1536 **嘉靖十五年**

〔荷蘭〕學者伊拉斯謨斯（Desiderius Erasmus）卒（一四六六？—）。代表作《愚人頌》。修訂希臘文《新約聖經》，並將其譯成拉丁文。被視為是歐洲人文主義運動的主要代表人物。

十月，瓦剌軍攻至北京城外，為于謙調兵擊退，後與瓦剌進行和議。次年，英宗被釋回，代宗將其軟禁南宮。

《剪燈餘話》：李禎（一三七六至一四五二）著，傳奇小說集。為李禎仿瞿佑《剪燈新話》體裁之作，主要敘述男女婚戀、幽異神怪之類的故事，較著名的有〈芙蓉屏記〉、〈鞦韆會記〉、〈田洙遇薛濤聯句記〉等篇。

奪門之變：景泰八年（一四五七），代宗病重，石亨、曹吉祥、徐有貞等人密謀發動政變，迎英宗復位，廢代宗為郕王，並軟禁其在西苑。一個月後代宗去世，在發生土木堡之變時擁立代宗為帝的于謙以謀逆罪被處死。

《讀書錄》：薛瑄（一三八九至一四六四）思想著作。為薛瑄一生讀書、講學的筆記記錄，其思想基本上以朱熹為宗，接受朱熹「性即理」的觀點，但否定朱熹「理在氣先」之說，主張「理只在氣中，決不可分先後」，認為理是萬物自然之理，不可離氣而獨立存在。

【八股文】

明、清兩代科舉考試專用的一種文體。又稱「制義」、「制藝」、「時文」、「八比文」、「四書文」等，其體制源自宋、元科舉的「經義」（以經文為題所作的文章）取士（選拔人才）。八股文的考題

單位：年

西元	朝代	帝王年號	文學大事
1537	明	嘉靖十六年	高叔嗣卒（一五〇一—）。代表作〈被言後作〉、〈送別袁永之〉。
1538		嘉靖十七年	大禮議之爭結束（一五二一—）。徐霖卒？（一四六二？—）。代表作《繡襦記》劇（一說是薛近兗ㄧㄢˇ之作。薛近兗生卒年不詳，神宗萬曆二十三年進士）。
1540		嘉靖十九年	康海卒（一四七五—）。代表作〈雁兒落帶過得勝令〉曲，《中山狼》劇。陸采卒？（一四九五？—）。代表作《明珠記》（與兄陸粲合寫）、《懷香記》劇。作家焦竑生（—一六二〇）。
1541		嘉靖二十年	作家、戲曲作家屠隆生？（—一六〇五）。〔西班牙〕小說家羅哈斯（Fernando de Rojas）卒（一四六五—）。傳其著有對話體小說《賽萊絲蒂娜》。
1542		嘉靖二十一年	〔英〕詩人懷俄特（Thomas Wyatt）卒（一五〇三—）。代表作《雜集》。
1544		嘉靖二十三年	王廷相卒（一四七四—）。代表作〈石龍書院學辯〉、〈答何柏齋造化論〉、〈答薛君采論性書〉。著有《雅述》、《慎言》。

取自四書、五經中的章句，考生根據題目鋪敘陳述經義，若題目取自聖人之言，則要模擬其口吻、語氣代替聖人立言，故有「制義」、「制藝」之稱。由於八股文是當時流行的文體，所以也稱「時文」。

八股文的內容、格式、字數都有嚴格的規定。考生詮釋經義限用南宋理學家朱熹的集註，不可隨意發揮。文章的體式結構分成破題、承題、起講、提比、虛比、中比、後比、大結八個段落；除了前三段和最末一段可用散文的形式書寫之外，中間四段都要採用排偶的句式，因而每段會有兩股（兩股原意為兩條腿，此指兩行的排偶文字），四段共計八股，故稱「八股文」或「八比文」。股、比兩字皆有排比對偶之意。至於字數的限定，在明、清兩朝的不同時期也有不一樣的標準，明初規定《四書》義二百字以上，《五經》義三百字以上，至清初改為每篇五百五十字，高宗時規定每篇一律七百字，違者不予錄取。

八股文強調對偶的格式，卻不屬四六句式的駢文，不講求押韻，不尚華采美辭，雖納入議論文的範疇，但只許考生闡釋考題的義旨，不准援引古史，不得使用比喻，過多的形式限制與思想束縛，造成文章的內容空洞僵化，這也是八股文難有優秀作品傳世的原因。然而，對當時所有的讀書人來說，想要踏入仕途的唯一途徑，就是致力學習八股文，先是一路通過縣、府、院三階段的童試，再進入正式科舉考試的鄉試、會試，才有資格參與最高一級的殿試。（殿試不考八股文，而是在大殿由皇帝親自策問，士子針對策問提出一套政事的方略。）

自明代中葉起，朝廷有「非進士不入翰林，非翰

1546 **嘉靖二十五年** 戲曲作家陳與郊生？（—一六一二？）。
［德］詩人、宗教改革家馬丁・路德（Martin Luther）卒（一四八三—）。代表作〈九十五條論綱〉、〈論基督徒的自由〉、〈我們的主是一個堅固的堡壘〉。並將希臘文《聖經》譯成德文。

1547 **嘉靖二十六年** 羅欽順卒（一四六五—）。著有《困知記》。

1549 **嘉靖二十八年** 戲曲作家梅鼎祚生（—一六一五）。
［法］女小說家瑪格麗特・德・納瓦爾（Marguerite de Navarre）卒（一四九二—）。代表作《七日談》。

1550 **嘉靖二十九年** 戲曲家湯顯祖生（—一六一六）。
曲選家臧ㄗㄤ懋循生？（—一六二〇？）。
散曲作家趙南星生（—一六二七）。
散曲作家劉效祖生卒年不詳。此年考取進士。代表作〈黃鶯兒〉、〈沉醉東風〉曲。

林不入內閣」的慣例，各地學堂為了追求更多的科舉錄取名額，老師只負責傳授四書五經和指導八股文，導致讀書人除儒家經典之外，其餘知識都顯得相對貧乏。

到了清代，統治者為了箝制知識分子的思想，把科舉考試當成籠絡漢人的手段之一，除分滿、漢兩榜取士，以優待滿人之外，其他多延續明代的科舉政策。高宗在位期間，還曾在全國刊行《欽定四書文》，編選明、清兩朝名家的八股文成集，作為考生學習的範本，直到德宗光緒三十一年（一九〇五）始正式廢除科舉。

八股取士雖早已在考試制度史上退場，不過「八股」一詞，卻成了人們對空洞、死板文章的諷稱，也可用來比喻迂腐、古板的言行。

《談藝錄》：徐禎卿（一四七九至一五一一）著，詩歌評論著作。書中徐禎卿提出「因情立格」之說，意指詩人的情感不同，就應採取不同的表達方式。其力主復興先秦到兩漢古詩的抒情傳統，同時也要重視詩的高古格調。

吳中四才子：指祝允明、唐寅、文徵明、徐禎卿四人。四人因才華洋溢，性情灑脫，並都生活在吳中地區，故稱之。

茶陵詩派：明代詩歌流派的一種。此派的領袖人物為李東陽（一四四七至一五一六），故以其籍貫茶陵（今屬湖南）命名，代表作家還有彭民望、謝鐸等

單位：年

西元	朝代	帝王年號	文學大事
1551	明	嘉靖三十年	王九思卒（一四六八—）。代表作〈賣兒行〉、〈朱仙鎮謁岳王廟〉，〈駐馬聽〉、〈沉醉東風〉曲，《杜甫遊春》劇。 小說編輯者洪楩生卒年不詳。其編《六十家小說》約此前後成書。 詩論家胡應麟生（—一六〇二）。
1553		嘉靖三十二年	作家江盈科生（—一六〇五）。 戲曲作家沈璟生（—一六一〇）。 〔法〕小說家拉伯雷（François Rabelais）卒（一四九三或一四九四—）。代表作《巨人的故事》。
1554		嘉靖三十三年	〔西班牙〕流浪漢小說《小癩子》約此前後寫成。作者不詳。流浪漢小說，指十六、十七世紀在西班牙流行以流浪者的生活及遭遇為題材的小說。
1555		嘉靖三十四年	書畫家董其昌生（—一六三六）。
1556		嘉靖三十五年	梁有譽卒？（一五二一？—）。代表作〈詠懷詩〉、〈漢宮詞〉。

人。本為洗滌臺閣體粉飾太平的詩風而起，主張師法秦、漢古文，詩宗盛唐杜甫；然其形式典雅工麗，內容多為應酬之作，實與臺閣體風格相近。

大禮議之爭：為明世宗登基後，因生父尊號問題所引起的一場政治紛爭。名義上是世宗為生父尊號之爭，實質上是其為打擊先朝閣臣楊廷和等人，以鞏固帝權的鬥爭。

明武宗去世，因其膝下無子，首輔（內閣大學士之中居首者）楊廷和便尊明朝「兄終弟及」之祖訓，由武宗堂弟朱厚熜（即明世宗）即帝位。世宗一登基，便令群臣集議追封其生父興獻王朱祐杬為「興憲皇帝」的尊號，楊廷和、毛澄等人認為世宗皇考（宗法上的父親）為孝宗（武宗之父），故應稱生父興獻王為「皇叔考興獻大王」，世宗對此說無法接受，要求眾臣另議。嘉靖元年（一五二二），楊廷和等人讓步，同意稱興獻王為「興獻帝」，世宗雖然還是不滿意這樣的結果，但也只有先勉強答應。

嘉靖三年（一五二四），楊廷和得知世宗準備變更前議，請求辭官獲准。同年，世宗召來深諳己意的張璁、桂萼等人進京議禮，時有楊慎（楊廷和之子）等二百多名官員伏於宮殿左順門慟哭，企圖阻止世宗更改尊號的決定。世宗大為震怒，下令將這些大臣逮捕入獄，或受廷杖（在朝廷上當眾杖打官吏）處分、或停職待罪，多人當廷遭到打死，從此反對議禮之士紛紛緘口。不久世宗即頒詔定稱其生父尊號為「皇考恭穆獻皇帝」，孝宗為「皇伯考」。

嘉靖七年（一五二八），世宗頒布《明倫大

1558 ○ **嘉靖三十七年** 皇甫沖卒（一四九〇—）。代表作〈維摩寺雨坐〉、〈袁抑之黃門防秋師還〉。
作家黃汝亨生（—一六二六）。
作家朱國禎生？（—一六三二）。
作家陳繼儒生（—一六三九）。

1559 ○ **嘉靖三十八年** 文徵明卒（一四七〇—）。代表作〈春雨〉、〈閑興〉、〈石湖春遊〉、〈西苑詩卷〉、〈天平紀遊圖〉、〈惠山茶會圖〉。
楊慎卒（一四八八—）。代表作〈海口行〉、〈臨江仙・滾滾長江東逝水〉、〈臨江仙・楚塞巴山橫渡口〉、〈六月十四日病中感懷〉。著有《詞品》、《升庵詩話》、《二十一史彈詞》。
王慎中卒（一五〇九—）。代表作〈朱碧潭詩序〉、〈海上平寇記〉、〈登金山口絕頂〉。與唐順之齊名，人稱「王唐」。「唐宋派」的代表之一。

典》，備述議禮諸臣建議始末，並定議禮諸臣之罪，以垂戒後人。嘉靖十七年（一五三八），世宗尊稱其生父為睿宗，神主祔於太廟，大禮議之爭至此宣告終結。

《滑稽餘韻》：陳鐸（約一四八八至一五二一）散曲集。收錄陳鐸一百多首小令，以當時通行的口語，幽默風趣地描寫社會上各行各業的經營活動、生活習尚以及語言動作，敘述中夾雜其褒貶評價。其中包含〈水仙子・瓦匠〉、〈沉醉東風・里長〉、〈雁兒落帶過得勝令・鐵匠〉等曲。

江南第一風流才子——唐寅

唐寅（一四七〇至一五二四），字伯虎，明孝宗時鄉試第一，也就是科舉考試「三元」中的解元（會試第一稱會元；殿試第一稱狀元）。他精於書畫，尤擅長仕女圖，自稱「江南第一風流才子」，後人多稱其「唐解元」或「唐伯虎」。

唐寅中舉的隔年參加會試，因受到洩題案的牽連而入獄，儘管朝廷始終沒有找到唐寅勾結主考官的證據，卻仍將他貶往浙江擔任小吏，唐寅不願就任，返回家鄉。歷經此番波折，他從此無心於功名，開始遊歷各名山大川，鬻文賣畫為生，研讀佛理，自號「六如居士」。「六如」一詞取自《金剛經》：「一切有為法，如夢幻泡影，如露亦如電，應作如是觀。」意指人生一切現象有如「夢、幻、泡、影、露、電」般地不真實。

看盡世態炎涼的唐寅，對時下士人所看重的生命

單位：年

西元	朝代	帝王年號	文學大事
1560	明	嘉靖三十九年	唐順之卒（一五〇七—）。代表作〈任光祿竹溪記〉、〈信陵君救趙論〉、〈答茅鹿門知縣書〉。 宗臣卒（一五二五—）。代表作〈報劉一丈書〉、〈除前錢惟重夜至〉。 作家袁宗道生（—一六〇〇）。 戲曲作家徐復祚生（—一六三〇？）。 〔法〕詩人杜・倍雷（Joachim du Bellay）卒（一五二二—）。代表作《悔恨集》。另有代表「七星詩社」主張宣言〈保衛與發揚法蘭西語言〉，為七星詩社詩人共同推舉杜・倍雷執筆之作。七星詩社，十六世紀中葉法國詩人團體，洪薩為詩社的中心人物，其宗旨在於研究古希臘與羅馬文學，並以為借鑑，力圖對法國詩歌進行革新。
1561		嘉靖四十年	戲曲作家王衡生？（—一六〇九？）。
1562		嘉靖四十一年	作家陶望齡生（—一六〇九）。 詩文作家高攀龍生（—一六二六）。

價值感到失望，在〈席上答王履吉〉詩前八句寫道：「我觀古昔之英雄，慷慨然諾杯酒中。義重生輕死知己，所以與人成大功。我觀今日之才彥，交不以心惟以面。面前斟酒酒未寒，面未變時心已變。」其以昔之英雄對比今之才彥，諷刺當時那些口是心非、笑裡藏刀的才士俊彥。

民間一直傳有唐寅和華學士夫人侍女秋香的故事，經人們一再改編，名稱有〈唐解元一笑姻緣〉、〈三笑姻緣〉、〈唐伯虎點秋香〉等，一般認為情節純屬虛構。不過，史載的唐寅確實是一位恃才傲物、落拓不羈，與妓女時有往來的風流雅士；此外，他所畫的仕女圖，工筆表現出女子的優美造型與高雅情態，造成江南士族的爭相搶購，也替他打響了風流才子的名號。

《傳習錄》：王守仁（一四七二至一五二九）的語錄和論學書信集。此書為王守仁的的弟子徐愛、薛侃、錢德洪先後輯成。書中系統闡述王守仁「心外無理」、「致良知」、「知行合一」學說，及其晚年在道德修養方面提出著名的「四句教」：「無善無惡是心之體，有善有惡是意之動，知善知惡是良知，為善去惡是格物。」認為心體是超越善與惡，也就是所謂的「至善」，只是常人一起心便有了善惡之別，使心體受到遮蔽，然知善知惡乃人人具有的本能良知，故教人們放下耳聞目見所得的意念，落實為善去惡的工夫，心體自然明淨無滯。

姚江學派：以王守仁思想為宗旨的哲學流派。因

1565 嘉靖四十四年

沈仕卒？（一四八八？—）。代表作〈鎖南枝・詠所見〉、〈懶畫眉・春日閨中即事〉曲。

畫家、詩文作家程嘉燧生（—一六四三）。

1566 嘉靖四十五年

戲曲作家葉憲祖生（—一六四一）。

1567 穆宗（朱載垕ㄏㄡˋ）隆慶元年

戲曲音樂家魏良輔生卒年不詳。約活動於世宗、穆宗在位時。著有《南詞引正》。

1568 隆慶二年

李開先卒（一五〇二—）。代表作〈中麓小令〉曲，《寶劍記》劇。

詩文作家袁宏道生（—一六一〇）。

1569 隆慶三年

黃峨卒（一四九八—）。楊慎之妻。代表作〈寄外〉，〈梧葉兒〉、〈黃鶯兒〉、〈羅江怨〉曲。

1570 隆慶四年

李攀龍卒（一五一四—）。代表作〈送王元美序〉、〈和聶儀部明妃曲〉、〈初春元美席上贈謝茂秦得關字〉。「後七子」的領袖人物。

作家袁中道生？（—一六二三？）。

王守仁的籍貫在餘姚（今屬浙江），餘姚縣之南有一條名為姚江的河川，故被稱之「姚江學派」，又其自號陽明，亦有「陽明學派」之稱。王守仁接受南宋陸九淵「心即理」的思想，主張「致良知」、「知行合一」之說，他一生致力講學，弟子遍及天下，其死後弟子在全國各地建立多所書院，宣揚王守仁的學說，形成王學的分支流派，其中較具影響力的有以王畿為首的浙中學派，以及以王艮為首的泰州學派。

前七子：以李夢陽（一四七二或一四七三至一五二九或一五三〇）、何景明為首，其他五人為徐禎卿、邊貢、王廷相、康海、王九思。七人皆主張復古，一時齊名，故稱之。

【復古運動】

明代中葉，由提倡古文進而摹擬古文的文學運動，也可稱之「擬古主義」。主要是反對流行於當時文壇的「臺閣體」與「八股文」風氣，以振興日益衰微的古文與詩歌。

先是前七子中的李夢陽提出「文必秦漢，詩必盛唐」的口號，同是前七子之一的何景明則認為文章當以秦、漢為準則，古詩仿效漢、魏古風，近體詩宜擬盛唐，兩人對於復古而擬古雖各有一番見解，但他們一致推崇秦、漢的文章和盛唐的詩歌，更視其為士人寫作的優秀範本。原本為臺閣體和八股文籠罩著死氣沉沉的文壇，在李夢陽、何景明的鼓吹下，彷彿挹注一股新的活力，立刻獲得文人的群起響應。

緊隨在前七子之後，又有後七子對復古運動的附

西元	1571	1573	1574
朝代	明		
帝王年號	隆慶五年	神宗（朱翊鈞）萬曆元年	萬曆二年
文學大事	歸有光卒（一五〇六或一五〇七－）。代表作〈先妣事略〉、〈吳山圖記〉、〈見村樓記〉、〈思子亭記〉、〈寒花葬志〉、〈項脊軒志〉、〈滄浪亭記〉。	約活動於穆宗、神宗在位時，生卒年皆不詳的作家群如下： 小說家蘭陵笑笑生著有《金瓶梅詞話》。 小說家許仲琳著有《封神演義》。 ［法］劇作家若代爾（Etienne Jodelle）卒（一五三二－）。代表作《被俘的克莉奧佩特拉》。	華察卒（一四九七－）。代表作〈荊溪曉發〉、〈惠山寺與施子羽話別〉。 詩文作家鍾惺生？（－一六二四）。 作家文震孟生（－一六三六）。 作家王思任生？（－一六四六）。 作家曹學佺生（－一六四六）。 小說家馮夢龍生（－一六四六）。

和宣揚，其中以李攀龍、王世貞最具影響力，世人無不前仆後繼、爭相仿效李夢陽、何景明、李攀龍、王世貞四家的詩文風格，也促成這股擬古主義風潮前後持續有百年之久。

復古運動原是為取法古詩文的精神與格調，其後卻逐漸走上了盲目的形式類比摹擬，文句又多有剽竊前人之作。起初是為了反臺閣體、八股文而起，後來也陷入了和臺閣體、八股文一樣缺乏創作風格的流弊，自然引起人們的詬病。事實上，欲與其對抗的聲音早在文人間生成醞釀，直到公安派的領袖人物袁宏道提出其反擬古的文論觀點，才予以這波名為復古、實為擬古的「復古運動」重重一擊。

《雅述》：王廷相（一四七四至一五四四）思想著作。書中提出「知者，不過思與見聞之會」、「物理不見不聞，雖聖哲亦不能索而知之」的論述，旨在說明知識是見聞與思慮的結合，反對關在室內講讀學理，少與外界實際接觸的學習方式，認為一個人若閉目塞聽，縱使擁有聖賢哲人的不凡智慧，也無從認識外在事物的規律。

《慎言》：王廷相思想著作。主張「理載於氣」、「離氣無性」的元氣論，承繼的是北宋張載的思想觀點；在認識論上，提出「知行兼舉」之說，強調學習的途徑須透過「致知」和「履事」二者而來，不可偏廢。

《困知記》：羅欽順（一四六五至一五四七）

1575	1576	1577	1578	1580	1581

萬曆三年 謝榛卒（一四九五—）。代表作〈大梁冬夜〉、〈雨中宿榆林店〉。著有《四溟詩話》。作家、畫家李流芳生（—一六二九）。

萬曆四年 〔德〕詩人漢斯・薩克斯（Hans Sachs）卒（一四九四—）。代表作〈維騰堡的夜鶯〉。

萬曆五年 鄭若庸卒？（一四八九？—）。代表作《玉玦ㄐㄩㄝˊ記》劇。

萬曆六年 詩人徐中行卒（生年不詳）。代表作〈山陵道中風雨〉、〈答孫侍御秦中見懷之作〉。筆記作家、戲曲理論家沈德符生（—一六四二）。

萬曆八年 馮惟敏卒？（一五一一？—）。代表作〈玉江引・農家苦〉、〈清江引・八不用〉、〈醉花陰・聽鐘有感〉曲。戲曲理論家呂天成生？（—一六一八？）。小說家凌濛初生（—一六四四）。

萬曆九年 作家陳仁錫生（—一六三六）。散曲家施紹莘生？（—一六四〇？）。

思想著作。內容主在批判佛教唯心論與王守仁「心即理」、「致良知」學說，同時改造程朱理學，主張「理在氣中」、「蓋通天地、亙古今，無非一氣而已」，指出氣乃世間萬物之本原，否定理是離氣而獨立存在的主宰。此外，他對宋、明理學家「存天理，去人欲」的思想提出反駁，認為人欲出於天性，正如人有喜怒哀樂之情一樣，只要不流於縱欲，以理節制欲望，人欲是可以合理存在的。

《六十家小說》：洪楩ㄆㄧㄢˊ編，為中國現存最早的一部短篇話本集。又名《清平山堂話本》。原收錄宋、元到明代話本六十篇，今存二十七篇以及殘文二篇，包括〈合同文字記〉、〈快嘴李翠蓮記〉、〈楊溫攔路虎傳〉、〈陳巡檢梅嶺失妻記〉等著名篇章。此外，其中也有不少故事為明末清初馮夢龍收入《三言》並進行文字修訂，包括有〈簡帖和尚〉、〈西湖三塔記〉、〈羊角哀死戰荊軻〉、〈柳耆卿詩酒翫江樓〉等篇。由於《六十家小說》成書時代較早，保存話本的原來面貌，是研究話本發展的重要資料。

《詞品》：楊慎著，論詞著作。書中主在考證詞調來源、論述詞調與內容的關係，以及蒐羅前人的相關品評等，析論自南朝起至明代等八十餘人的作品。

《升庵詩話》：楊慎著，詩歌評論著作。書中主要為品評詩人與詩歌，推崇唐代王維、韋應物等詩家清新、天然的詩風。

單位：年

西元	朝代	帝王年號	文學大事
1582	明	萬曆十年	吳承恩卒？（一五〇〇？—）。著有《西遊記》。 張居正卒（一五二五—）。代表作〈陳六事疏〉、〈答湖廣巡按朱謹吾辭建亭書〉。 詩選家、詩文作家錢謙益生（—一六六四）。
1583		萬曆十一年	金鑾卒？（一四九四？—）。代表作〈落梅風・詠蚊〉、〈醉太平・漫興〉、〈沉醉東風・風情嘲戲〉曲。 作家艾南英生（—一六四六）。 戲曲作家沈自晉生（—一六六五）。
1584		萬曆十二年	〔波蘭〕詩人科哈諾夫斯基（Jan Kochanowski）卒（一五三〇—）。代表作《輓歌》、《聖約翰節前夕之歌》。
1585		萬曆十三年	〔法〕詩人洪薩（Pierre de Ronsard）卒（一五二四—）。善作情詩，代表作《給海倫的十四行詩》。為「七星詩社」的領袖。十四行詩，西洋詩體裁的一種，全詩分成十四行，故稱之。

《二十一史彈詞》：楊慎著，長篇彈詞著作。原名《歷代史略十段錦詞話》。楊慎取歷代正史為題材，分成十段，每段先以〈西江月〉、〈南鄉子〉、〈臨江仙〉、〈清平樂〉等詞調與詩數首，次用散文和十字句（三、三、四節奏）組成的詩讚韻文，最末以一詩一詞作結。其中最著名的是第三段〈說秦漢〉開篇詞〈臨江仙・滾滾長江東逝水〉。

彈詞：流行於明、清時期南方的一種說唱藝術。又名「評彈」。一般認為，彈詞是從唐代的變文到元明兩代的詞話逐漸脫化而成的。表演人數約一到三人，開場之前會先唱一段「開篇」作為定場，彈詞唱本分為說白、唱詞兩部分，說白為散文體，唱詞多為七字句詩，唱者多兼樂器伴奏，樂器以三弦為主，或再加上琵琶、揚琴陪襯。

詞話：有以下兩種意義：一是指隨筆評論詞的源流、內容與詞家作品得失的書，體裁近似評詩的「詩話」。另一是指宋、元以後民間流傳的一種說唱文學。又名「說詞」、「唱詞」、「文詞說唱」等。其形式是以散文敘事，以韻文詠唱。

王唐：指王慎中（一五〇九至一五五九）、唐順之（一五〇七至一五六〇）。兩人皆不滿前七子一味倡言擬古，創作多以摹擬古人為事，缺乏思想與獨創性，故主張學習北宋歐陽脩、曾鞏的文章。

唐宋派：明代文學流派的一種。主張作品乃作家

年份	年號	事件
1586	萬曆十四年	詩文作家譚元春生（—一六三七）。〔英〕詩、小說、文論家錫德尼（Philip Sidney）卒（一五五四—）。代表作《詩辯》、《阿卡迪亞》、《愛星者與星》。
1587	萬曆十五年	地理學家徐弘祖生（—一六四一）。戲曲作家阮大鋮生？（—一六四六？）。科學家宋應星生？（—一六六六？）。
1588	萬曆十六年	戲曲作家范文若生？（—一六三六？）。
1589	萬曆十七年	作家葉紹袁生（—一六四八）。
1590	萬曆十八年	王世貞卒（一五二六—）。代表作〈戚將軍贈寶劍歌〉、〈藺相如完璧歸趙論〉，傳其著有《鳴鳳記》劇。著有《藝苑卮言》。詩人瞿式耜生（—一六五〇）。
1591	萬曆十九年	戲曲作家沈自徵生（—一六四一）。戲曲作家李玉生？（—一六七一？）。

內在情感的抒發，要有自己的本色面目，提倡唐、宋古文，以抵制流行於當時的擬古風氣。代表作家有王慎中、唐順之、茅坤、歸有光等，多以散文見長。

古今多少事，都付笑談中——楊慎

楊慎（一四八八至一五五九），號升庵，他是首輔楊廷和之子，明武宗時期殿試第一，也就是所謂的狀元，官授翰林院修撰（負責修書撰史、起草詔書等）。

明武宗去世，其堂弟朱厚熜（即明世宗）登基，隨即引發「大禮議」之爭。時任經筵講官（為皇帝進講書史的官職）的楊慎，會同朝中二百多名官員伏於宮殿的左順門痛哭，力圖扭轉世宗定稱其生父尊號「皇考」的決定，為此遭來廷杖的重罰，之後遠謫永昌（今屬雲南）三十餘年，終老在貶地。

有蜀中才女之稱的黃峨（一四九八至一五六九），是楊慎在元配去世後續娶的妻子。當楊慎出發前往永昌時，黃峨送行到江陵（今屬湖北），楊慎填了一首〈臨江仙〉詞贈別愛妻，下片寫著：「卻羨多情沙上鳥，雙飛雙宿河洲。今宵明月為誰留。團團清影好，偏照別離愁。」他見沙灘上的鳥兒雙宿雙飛，而自己卻被迫要與妻子分離，兩相對照，感到人的際遇似乎連鳥類都不如！

回到蜀地家鄉的黃峨，一心期盼聽到朝廷特赦，丈夫得以歸返的消息。然年復一年，希望一再落空，她在〈寄外〉詩的開頭兩句寫道：「雁飛曾不到衡陽，錦字何由寄永昌？」想到夫妻相隔一方，雲南又地處偏遠，交通不便，織在錦上的字句如何寄達丈夫

單位：年

西元	朝代	帝王年號	文學大事
1592	明	萬曆二十年	小說、戲曲作家袁于令生？（—一六七四？）。 〔法〕思想家蒙田（Michel de Montaigne）卒（一五三三—）。代表作《散文集》。 〔英〕劇作家羅伯特・格林（Robert Greene）卒（一五五八？—）。代表作《詹姆斯四世》。
1593		萬曆二十一年	李時珍卒（一五一八—）。著有《本草綱目》。 徐渭卒（一五二一—）。代表作《四聲猿》劇。著有《南詞敘錄》。 吳國倫卒（一五二四—）。代表作〈高州雜詠〉、〈庚戌秋日紀事〉。 汪道昆卒（一五二五—）。代表作《五湖遊》、《洛水悲》、《高唐夢》、《遠山戲》劇，以上俱為一折短劇。 作家劉侗生？（—一六三六？）。 〔英〕詩人、劇作家馬婁（Christopher Marlowe）卒（一五六四—）。代表作〈熱情的牧羊人致情人詩〉、《愛德華二世》、《浮士德博士悲劇史》。

的手上，語氣難掩落寞神傷。不幸的是，楊慎最終老死在雲南，黃峨殷殷等到的只是丈夫的一具靈柩！

楊慎最為後人傳誦的一首詠史詞〈臨江仙〉：「滾滾長江東逝水，浪花淘盡英雄。是非成敗轉頭空。青山依舊在，幾度夕陽紅。白髮漁樵江渚上，慣看秋月春風。一壺濁酒喜相逢。古今多少事，都付笑談中。」全詞意境深遠，可看出楊慎寧靜淡泊、曠達灑脫的人生觀。清初毛宗崗評注羅貫中《三國演義》時，引楊慎〈臨江仙〉於小說卷首，隨著毛本《三國演義》的盛行，後人多誤以為此詞為羅貫中所作。楊慎若地下有知，不知該高興〈臨江仙〉拜毛本《三國演義》之賜而家喻戶曉呢？還是應氣惱自己的作品怎會不時被錯認成是出自他人之手？

《南詞引正》：魏良輔著，論述歌唱方法的著作。又名《曲律》。魏良輔晚年將其畢生學曲演唱心得整理成條文，逐條闡述崑曲在字、腔、板等各方面的歌唱技術，提出「字清為一絕，腔純為二絕，板正為三絕」的唱法要領，書中也有論及南、北曲唱法的區別等，對於研究崑腔者有重要的指導作用。

後七子：以李攀龍（一五一四至一五七〇）、王世貞為首。其他五人為宗臣、謝榛、梁有譽、徐中行、吳國倫。因承繼「前七子」的擬古主張，故稱之，後七子的興起，擬古主義的聲勢從此更為浩大，風靡文壇。

《金瓶梅詞話》：蘭陵笑笑生著，章回小說。

1594 萬曆二十二年
梁辰魚卒？（一五二一？—）。代表作《紅線女》、《浣紗記》劇。
〔英〕劇作家基德（Thomas Kyd）卒（一五五八—）。代表作《西班牙悲劇》。

1595 萬曆二十三年
戲曲作家吳炳生？（—一六四七？）。
〔義大利〕詩人塔索（Torquato Tasso）卒（一五四四—）。代表作《被解放的耶路撒冷》。

1596 萬曆二十四年
作家魏學洢生？（—一六二五？）。

1597 萬曆二十五年
作家張岱生（—一六八九？）。

1599 萬曆二十七年
小說家丁耀亢生？（—一六六九？）。
〔英〕詩人斯賓塞（Edmund Spenser）卒（一五五二？—）。代表作《仙后》。

1600 萬曆二十八年
薛論道卒？（一五三一？—）。代表作〈水仙子・憤世〉、〈黃鶯兒・塞上重陽〉、〈古山坡羊・弔戰場〉、〈沉醉東風・四反〉曲。
袁宗道卒（一五六〇—）。代表作〈論文〉、〈答友人〉、〈極樂寺紀遊〉。與弟袁宏道、袁中道並稱「三袁」。
戲曲作家孟稱舜生？（—一六五五？）。

也稱《金瓶梅》。書名取小說中心人物西門慶的妾婢潘金蓮、李瓶兒、龐春梅的名字各一字而成。小說以《水滸傳》中武松殺嫂的故事為引子，敘寫西門慶從發跡到沒落的過程，包括其與一妻五妾之間的荒淫生活，以及勾結官紳惡霸的醜惡行止。表面寫的是宋代的人物和故事，實際上反映的是明代中葉的人情世態與社會的汙濁黑暗。

故事中的西門慶原是破落戶財主、生藥鋪老闆，他和一群幫閑（指受富人豢養，以侍候他們消遣玩樂並替其幫腔作勢的人）結拜為兄弟，行事不擇手段，為了掠奪別人的家產與妻子，甚至不惜殺人害命。之後他以金錢賄賂地方官府，巴結朝廷權貴蔡京，因而謀取到官職，從此更利用職權貪贓枉法、魚肉百姓，得了錢再拿來夤緣攀附，官位步步高昇。

作者除寫西門慶在外的不法勾當之外，其妻妾們勾心鬥角的家庭生活也是書中的重點，尤其是對潘金蓮妖媚輕佻的形影勾勒，伶俐又工於心計的性格刻畫，潑辣又狠毒的傳神語言，成功塑造其「淫婦」的形象。最後，西門慶亦是因縱慾過度而病倒於潘金蓮的床笫上，不多久便斷氣身亡，家道也轉眼敗落，眾妾離散。

值得一提的是，在《金瓶梅》成書之前，長篇小說大多取材自民間話本，再由文人加工改編，《金瓶梅》雖取《水滸傳》一段情節作為開頭，但其後內容多為作者原創，故向來被視為是文學史上第一部由文人獨立創作的長篇章回小說；再則，其以現實社會和家庭生活為題材，著重市井人物面貌與個性的特寫，也開了人情小說之先河。

單位：年

西元	朝代	帝王年號	文學大事
1601	明	萬曆二十九年	茅坤卒（一五一二—）。代表作〈青霞先生文集序〉。編有《唐宋八大家文鈔》。 名將史可法生（—一六四五）。（一說一六〇二生。）
1602		萬曆三十年	李贄卒（一五二七—）。代表作〈雜說〉、〈童心說〉、〈題孔子像於芝佛院〉，評點《水滸傳》（袁無涯一百二十回本《水滸全傳》）。開「評點」之風氣。署名其評點的另有《西遊記》、《琵琶記》、《三國志演義》等，一般認為這幾部皆為葉晝託名李贄之作。 胡應麟卒（一五五一—）。著有《詩藪》。 作家張溥生（—一六四一）。 戲曲理論家祁彪佳生（—一六四五）。 詩人馮班生（—一六七一）。
1603		萬曆三十一年	詩人閻爾梅生（—一六六二？）。
1604		萬曆三十二年	東林黨爭開始（—一六二七）。 作家陳貞慧生（—一六五六）。

由於《金瓶梅》出於淫靡之風盛行的明代中期，其中出現不少有關情色的書寫，過去常被當成穢褻之書，但小說裡對當時的社會風俗、家常世務描摹細膩，層面包羅萬象，堪稱是一部明代社會的百科全書。作者署名蘭陵笑笑生，真實姓名不詳，蘭陵為嶧縣（今屬山東）古名，書中對話使用不少山東方言，一般認為《金瓶梅》作者應是山東人。

《封神演義》：許仲琳著，章回小說。又名《封神榜》、《封神傳》、《武王伐紂外史》、《商周列國全傳》。主要取材自宋代講史話本《武王伐紂平話》、釋道神仙故事以及民間相關傳說。小說以商、周易代的歷史為背景，描述姜太公輔佐周文王、武王討伐商紂時，天上諸神分成助周和助商兩派，支持周王的是闡教（有道、釋兩家），擁護商紂的是截教，兩派展開激烈大戰，雙方互有死傷，結果截教戰敗，紂王自焚，姜子牙祭壇封戰死諸神，周武王分封諸侯列國而告終。由於書中的情節多奇幻誇張，向來被歸在「神魔小說」之列。

《四溟詩話》：謝榛（一四九五至一五七五）著，詩歌評論著作。謝榛雖主張詩宗盛唐，但強調情真，他在書中寫道：「今之學子美者，處富有而言窮愁，遇承平而言干戈。不老曰老，無病曰病，此摹擬太甚，殊非性情之真也。」意指時人爭相仿效飽受離亂貧困之苦的杜甫詩風，根本不是真情流露之作。其見解明顯與同為後七子的李攀龍不合，李攀龍遂與其絕交。

1605 萬曆三十三年　屠隆卒（一五四一？—）。代表作〈香箋〉、〈在京與友人〉，《修文記》、《彩毫記》、《曇花記》劇。江盈科卒（一五五三—）。著有《雪濤小說》。

1606 萬曆三十四年　〔英〕小說家、劇作家黎里（John Lyly）卒（一五五四？—）。代表作《尤弗伊斯》、《坎帕斯比》。

1607 萬曆三十五年　詩詞作家李雯生（—一六四七）。（一說一六〇八生。）作家林嗣環生（—一六六六？）。

1608 萬曆三十六年　詩詞作家陳子龍生（—一六四七）。文學批評家金聖歎生（—一六六一）。

1609 萬曆三十七年　王衡卒？（一五六一？—）。代表作《鬱輪袍》劇。陶望齡卒（一五六二—）。代表作〈養蘭說〉、〈也足亭記〉、〈與袁石浦〉。詩詞、戲曲作家吳偉業生（—一六七一或一六七二）。

《西遊記》：吳承恩著，章回小說。以唐代高僧玄奘赴天竺（今名印度）取經之史實為主題，並參考古代神話傳說，以及相關民間話本、雜劇而寫成。故事記敘仙石迸出一隻石猴孫悟空，自封「齊天大聖」，有七十二變化的本領，能翻十萬八千里遠的一個筋斗，在大鬧天宮後與豬八戒、沙和尚三人護送玄奘西行取經，一路除妖降魔，歷經「九九八十一難」，師徒四人終取得真經歸來。在吳承恩逗趣戲謔、插科打諢的敘事下，所塑造的人物典型亦相當成功，如玄奘的慈悲軟弱、善惡不辨，孫悟空的機靈慧黠、嫉惡如仇，豬八戒的癡愚懶惰、喜好女色，沙和尚的沉默寡言、樸實守拙，小說中這四位重要角色的鮮明形象，早已深植人心。

是神話、也是童話的《西遊記》——吳承恩

吳承恩（約一五〇〇至一五八二）從小就很喜歡聽人講演斬妖除魔的傳說或行俠仗義的故事，尤其他的家鄉淮安（今屬江蘇）附近的淮水古來傳有「猴面水怪」的神話。據說是大禹當初來到淮水治水時，遇上一隻外表長得像猿猴的大水怪，名叫「無支祈」，這隻大水怪的力氣很大，動作敏捷，當地的人們使出渾身解數，也無法將大水怪給制伏。直到大禹派出一名大將，才將大水怪鎮壓在淮水旁的龜山腳下，還用鐵鎖穿在大水怪的鼻孔上，命人日夜輪流看守，永遠不讓牠再出來傷人。那隻猴面水怪的形象，一直深印在吳承恩的腦海中。

屢次參加鄉試不中的吳承恩，年過四十才補為貢

西元	朝代	帝王年號	文學大事
1610	明	萬曆三十八年	沈璟卒（一五五三—）。代表作《紅蕖く凵記》、《博笑記》、《義俠記》劇。「吳江派」的領袖人物。 袁宏道卒（一五六八—）。代表作〈虎丘記〉、〈醉叟傳〉、〈西湖雜記〉、〈徐文長傳〉、〈敘小修詩〉、〈滿井遊記〉、〈戲題齋壁〉、〈雪濤閣集序〉、〈與丘長孺書〉。「公安派」的領袖人物。「反擬古主義的文學運動」的主要倡導者。 小說、戲曲作家、戲曲理論家李漁生？（—一六八〇？）。 學者、思想家黃宗羲生（—一六九五）。 〔義大利〕天主教傳教士利瑪竇（Matteo Ricci）卒（一五五二—）。明神宗萬曆年間抵達中國，後卒於中國。代表作《利瑪竇中國札記》。與徐光啟等人中譯古希臘數學家歐幾里得《幾何原本》。
1611		萬曆三十九年	科學家、詩詞作家方以智生（—一六七一）。 詩人杜濬生（—一六八七）。 作家冒襄生（—一六九三）。

生（指各府、州、縣從秀才中選出學行俱優秀者，貢諸京師），之後當上縣丞（縣令的副手），但不久他發現自己並不適合做官，而是想要撰寫小說，於是辭官返家，專心準備著述事宜。

唐代高僧玄奘到西方取經的真實事蹟，由其弟子們寫成《大唐西域記》與《大唐慈恩寺三藏法師傳》後，一直在民間廣為流傳，也成了歷來說書藝人的話本之一。說書藝人為了頌揚玄奘的不凡功業，刻意在取經途中穿插不少驚險奇遇，一代代口耳相傳，經過不斷修潤加工，情節逐漸被誇張渲染，早已脫離歷史事實，如宋代《大唐三藏取經詩話》以及元朝《西遊記平話》皆然。

吳承恩彙集有關玄奘取經的各種傳說、戲曲，在他的長篇章回小說《西遊記》中創造出一個神氣活現、機智勇敢、本領又高強的靈魂角色美猴王孫悟空，其原型與古代神話中那隻被壓在淮水旁龜山下的猴面水怪極為相似。書中描述孫悟空、豬八戒（悟能）與沙和尚（悟淨）一同保護玄奘西行取經，沿途不斷出現妖魔鬼怪的阻擾，像是白骨精、牛魔王、鐵扇公主、虎力大仙等，最後終克服萬難，取得真經歸返，四人也因此修成「正果」。

《西遊記》全書構思新穎奇幻，筆法詼諧趣味，深獲老少讀者的喜愛。吳承恩雖在科舉與仕途上不甚如意，但一部《西遊記》已足以讓其名垂不朽，成為神魔小說的代表作。

《藝苑卮言》：王世貞（一五二六至一五九〇）著，文學理論著作。除表明王世貞的復古主張之外，

1612 **萬曆四十年** 王穉登卒（一五三五—）。代表作《全德記》、《彩袍記》劇。陳與郊卒？（一五四六？—）。代表作《文姬入塞》、《昭君出塞》劇，以上俱為一折短劇。詩人周亮工生（—一六七二）。詩人錢澄之生（—一六九三）。

1613 **萬曆四十一年** 張鳳翼卒（一五二七—）。代表作《紅拂記》劇。女戲曲作家葉小紈生？（—一六五七？）。小說家陳忱生？（—一六七〇？）。詩文作家歸莊生（—一六七三）。思想家、詩文作家顧炎武生（—一六八二）。

1614 **萬曆四十二年** 詩詞作家宋琬生（—一六七四）。〔西班牙〕小說家阿萊曼（Mateo Aleman）卒（一五四七—）。代表作《古斯曼・德・阿爾法拉切的生平》。

1615 **萬曆四十三年** 梅鼎祚卒（一五四九—）。代表作《玉合記》劇。詩人龔鼎孳生（—一六七三）。

《藝苑卮言》中也有提出「才生思，思生調，調生格。思即才之用，調即思之境，格即調之界」的論點，體認到創作者的才思與作品格調的緊密關聯，與前、後七子中的李夢陽、李攀龍等人一味地強調形式摹擬的觀點有所不同。

《本草綱目》：李時珍（一五一八至一五九三）著，藥學著作。李時珍有鑒於前人的本草著作歷久未修，藥物名稱含混雜亂，有的是一種藥物被分成二、三種名稱，有的是二種藥物混成一種藥名，其間新發現的藥物或藥效也都未見增補，因而蒐集古今各家醫藥資料，到各地採集藥物樣本，進行辨正刪補，歷經二十多年始成這部巨著。全書收載藥物（主要包括礦物、植物、動物三大類）一千八百餘種（其中三百七十多種為李時珍新增），分成十六部，六十二類，並載入藥方一萬一千多種，附錄一千多幅藥物圖，便於藥物形象的辨認。此書在十七世紀初即傳入日本，其後又傳到世界各地，已被譯成日、韓、法、德、英、俄、拉丁文等多種文字，對世界醫藥學和博物學研究有深遠的影響。

《南詞敘錄》：徐渭（一五二一至一五九三）著，戲曲理論著作。也是中國現存第一部研究南戲的專著，書中論述南戲的源流發展、風格特色、聲律音韻等，也有對作家、作品進行品評，以及考釋劇目中的特殊用語與方言。書末附錄宋、元南戲劇目六十餘種，明初南戲劇目四十餘種，堪稱是一部珍貴的戲劇史料。

單位：年

西元	朝代	帝王年號	文學大事
1616	明 後金	神宗 萬曆四十四年 太祖（愛新覺羅努爾哈赤） 天命元年	女真族愛新覺羅努爾哈赤稱汗，國號金，史稱「後金」。（清朝建立後，始追尊其為太祖。） 湯顯祖卒（一五五〇—）。代表作〈耳伯麻姑遊詩序〉，《牡丹亭》、《邯鄲記》、《南柯記》、《紫釵記》劇。「臨川派」的領袖人物。 女詩詞作家葉小鸞生（—一六三二）。 〔西班牙〕小說家塞萬提斯（Miguel de Cervantes Saavedra）卒（一五四七—）。代表作《堂吉訶德》。 〔英〕詩人、劇作家莎士比亞（William Shakespeare）卒（一五六四—）。代表作《李爾王》、《馬克白》、《奧賽羅》、《暴風雨》、《十四行詩》、《哈姆雷特》、《皆大歡喜》、《仲夏夜之夢》、《威尼斯商人》、《羅密歐與朱麗葉》。
1617	明	神宗 萬曆四十五年	作家朱用純生？（—一六八八？）。 戲曲作家丘園生（—一六八九？）。 詩文作家余懷生？（—一六九六？）。
1618		萬曆四十六年	呂天成卒？（一五八〇？—）。著有《曲品》。 作家侯方域生（—一六五四或一六五五）。

《浣紗記》：梁辰魚（約一五二一至一五九四）著，傳奇（明代稱長篇戲曲為傳奇，以別於北方雜劇）。以東周春秋吳、越興亡為背景，主在描寫范蠡和西施的愛情故事。《浣紗記》是第一部採用改革後的崑山腔譜曲上演的傳奇，由於曲音婉轉動人，曲詞精緻華美，在當時造成極大的轟動，進而興起一股文人爭相投入以崑曲創作傳奇的風潮。崑曲從此更取代了弋陽、餘姚、海鹽諸腔的地位，故在文學史、戲曲史上具有其一定的意義。

三袁：指袁宗道（一五六〇至一六〇〇）、袁宏道、袁中道三兄弟。三人皆力主反擬古的理論，故稱之。

《唐宋八大家文鈔》：茅坤（一五一二至一六〇一）編，唐、宋文選集。茅坤輯選唐代的韓愈、柳宗元，宋代的歐陽修、蘇洵、蘇軾、蘇轍、曾鞏、王安石八家的文章，每家各為之引。此部選集一出，立刻成為初學者學習古文的範本，歷久而不衰，「唐宋八大家」之名亦由此盛傳開來。

〈童心說〉：李贄（一五二七至一六〇二）著，文學理論論文。李贄提出「天下之至文，未有不出於童心焉者也」之說，以「童心」作為文章好壞的標準，認為有價值的文學都是出自人的本心性情，正如孩童純真的童心一樣，作家一旦喪失了童心，創作出的便是言不由衷的虛偽文章。

名妓、詩詞作家柳如是生（—一六六四）。
詞人宋征輿生（—一六六七）。
詩人施閏章生（—一六八三）。
詩人吳嘉紀生（—一六八四）。
作家、戲曲作家尤侗生（—一七〇四）。

1619 萬曆四十七年

詩人申涵光生？（—一六七七）。
作家周容生（—一六七九）。
學者、思想家王夫之生（—一六九二）。
詞人吳綺生（—一六九四）。

1620 萬曆四十八年

焦竑卒（一五四〇—）。代表作〈與友人論文書〉。編有《國朝獻徵錄》。
臧懋循卒？（一五五〇？—）。編有《元曲選》。
約活動於神宗在位時，生卒年皆不詳的作家群如下：
戲曲作家卜世臣代表作《冬青記》劇。
戲曲作家周朝俊代表作《紅梅記》劇。
作家洪應明著有《菜根譚》。
戲曲作家高濂代表作《玉簪記》、《節孝記》劇。
戲曲作家孫仁孺代表作《東郭記》劇。
小說家羅懋登著有《三寶太監西洋記通俗演義》。
詩人張煌言生（—一六六四）。
小說家董說生（—一六八六）。

《詩藪》：胡應麟（一五五一至一六〇二）著，詩歌評論著作。全書分成內、外、雜、續四編，內編以詩體為綱，總論古今詩體，包含四言、五言、七言、雜言、樂府、歌行、律詩、絕句等；外編以時代為序，對周朝到元朝作家以及作品進行評論；雜編是補遺與考證；續編為外編的延續，評述明太祖至世宗時期的詩作。胡應麟論詩強調的是「體格聲調」與「興象風神」，其不只對詩的體裁格局與聲律協調有所要求，也重視詩歌內在的意境與神韻。

評點：文學評論形式的一種。為文人讀書時，在字裡行間寫上個人的心得體會或評析，也會對其認為最重要或精彩的文句加以圈點。在明人李贄之前，對詩文的評點並未引起人們重視，直到李贄之後，以評點的方式來評論小說或戲曲作品才廣泛地流傳開來。代表作家除李贄之外，另有明末清初的金聖歎評點《水滸傳》、《西廂記》，清人毛綸、毛宗崗父子評點《三國演義》、張竹坡評點《金瓶梅》、脂硯齋評點《紅樓夢》。

東林黨爭：指明末以江南士大夫為主的政治集團東林黨，其與朝廷宦官以及依附宦官權勢的官僚之間的鬥爭事件。明神宗萬曆三十二年（一六〇四），因早先被革職而返回家鄉無錫（今屬江蘇）東林書院講學的顧憲成，其在講習之餘，多會諷刺朝政，評議人物，朝野仰慕其風，一時聞風而集，東林書院也成了江南一帶的政治活動中心，被反對人士稱之「東林

單位：年

西元	朝代	帝王年號	文學大事
1621	明	熹宗（朱由校）天啟元年	詩詞作家顧景星生（—一六八七）。
1623		天啟三年	袁中道卒？（一五七〇？—）。袁宏道之弟。代表作〈西山十記〉。著有《遊居柿錄》。 戲曲理論家王驥德卒？（生年不詳）。代表作《題紅記》劇。著有《曲律》。 學者、詩詞作家毛奇齡生（—一七一六）。 〔印度〕詩人杜勒西達斯(Tulasidas)卒（一五三二—）。代表作《羅摩功行錄》。
1624		天啟四年	鍾惺卒（一五七四？—）。代表作〈舟晚〉、〈夏梅說〉、〈詩歸序〉、〈浣花溪記〉。與譚元春齊名，人稱「鍾譚」。「竟陵派」的代表之一。 文學批評家葉晝卒？（生年不詳）。代表作評點《水滸傳》（容與堂刊一百回本《水滸傳》）。一般認為署名李贄評點的《西遊記》、《三國志演義》亦是出自葉晝之手。 名將鄭成功生（—一六六二）。 作家魏禧生（—一六八〇或一六八一）。 作家汪琬生（—一六九一）。

黨」。

萬曆四十年（一六一二）顧憲成卒後，東林黨人主張廣開言路、改良時政的意見得到社會的廣泛支持，但也引來朝廷宦官以及各種反東林黨勢力的強烈抨擊，雙方衝突日益加劇。熹宗天啟五年（一六二五），宦官魏忠賢得勢，下令毀天下書院，興大獄，逮捕並殺害眾多東林黨人，直到思宗即位，魏忠賢失勢自殺，黨爭風波才（暫）告平息（延至南明滅亡〔一六六二〕為止，東林黨人與宦官潛在勢力之間實一直存在著大小爭鬥）。

《雪濤小說》：江盈科卒（一五五三至一六〇五）著，小品文集。內容可分為寓言小品與議論小品兩類，其中包含〈蜂丈人〉、〈催科〉、〈蛛蠶〉等名篇。

吳江派：明代戲曲流派的一種。沈璟（一五五三至一六一〇）為此派的領袖人物，故以其籍貫吳江（今屬江蘇）命名。不滿以湯顯祖為首的臨川派偏重辭藻華美，不講究音律協調與否，提出「合律依腔」、「僻好本色」的主張，強調作曲須合於聲韻格律，至於曲詞樸拙淺俗即可，與臨川派曾針對創作方法有過一段長期的論爭。代表作家除沈璟之外，還有卜世臣、呂天成、王驥德等人。

公安派：明代文學流派的一種。此派以袁宗道、袁宏道、袁中道「三袁」兄弟為中心，故以其籍貫公安（今屬湖北）命名，代表作家還有江盈科、陶望齡

1625 天啟五年

魏學洢卒？（一五九六？—）。代表作〈核舟記〉。

詞人陳維崧生（—一六八二）。

〔義大利〕詩人馬里諾（Marino）卒（一五六九—）。代表作《風笛》、《七弦琴》。

〔英〕劇作家韋伯斯特（John Webster）卒？（一五八〇？—）。代表作《白魔》、《馬爾菲公爵夫人》。

1626 天啟六年

黃汝亨卒（一五五八—）。代表作〈浮梅檻記〉、〈偶語小引〉、〈復吳用修〉、〈姚元素黃山記引〉。

高攀龍卒（一五六二—）。代表作〈可樓記〉、〈夏日閑居〉、〈荷蓧ㄉㄧㄠˋ公言序〉、〈南京光祿寺少卿涇陽顧先生行狀〉。

〔英〕思想家培根（Francis Bacon）卒（一五六一—）。代表作《隨筆》、《新工具》。

〔英〕劇作家圖爾納（Cyril Tourneur）卒（一五七五？—）。代表作《復仇者的悲劇》。

等人，其中以袁宏道的影響最大，成就也最高。主張每個時代的文學都有自己的特性，提出「獨抒性靈，不拘格套」之說，認為文學貴在表現人心的內在情感與真實欲望。三袁，也被稱為「公安三袁」。

【反擬古主義的文學運動】

主要是反對明代前、後七子所倡導的由復古而擬古的文學改革運動。前、後七子的擬古主義思潮，在當時的文壇獨領風騷長達近百年，造成不少文人只會盲目模擬古文的形式技巧，甚至剽竊抄襲古文字句。其間雖有王慎中、歸有光等唐宋派作家，以及李贄、焦竑ㄏㄨㄥˊ、徐渭、湯顯祖等人對擬古主義表達不滿，但影響不大，直到以袁宏道為首的公安派出現，始形成一股領導反擬古主義的力量。

袁宏道反對以前代的文學形式影響時人的文學創作，強調文辭、語言合一，重視作家的個性表現與真情流露，語言力求平易通俗，風格以清新率真見長。由於袁宏道是當時具有影響力的文壇領袖，其對於向來為傳統文人所輕視的小說、戲曲與民間歌謠等一類作品給予高度的評價，也進而提昇了通俗文學在士人心目中的地位。

繼袁宏道之後，又有鍾惺、譚元春等竟陵派作家附和，到了清代，像是金聖歎、李漁、鄭燮、袁枚等人的作品風格與思想，也多有受到公安派反擬古風氣的影響。

【晚明小品文】

散文流派的一種，流行於晚明時期。「小品」

西元	1627	1628
朝代	明	
帝王年號	天啟七年	思宗（朱由檢）崇禎元年
文學大事	熹宗卒，宦官魏忠賢自殺，東林黨爭（暫時）平息（一六〇四—）。 趙南星卒（一五五〇—）。代表作〈銀紐絲・元旦〉、〈鎖南枝〉曲。 詩論家葉燮生（—一七〇三）。 〔西班牙〕詩人貢戈拉・阿爾戈特（Luis de Gongora y Argote）卒（一五六一—）。代表作《孤獨》、《波呂斐摩斯和加拉特亞的寓言》。	詩文作家姜宸英生（—一六九九）。 〔法〕詩人、文學理論家馬萊伯（Malherbe）卒（一五五五—）。其詩多為歌頌王廷而作。他在七星詩社詩人的詩集中寫有一些評註，認為七星詩社詩人所使用的法語龐雜不純，提出以「純粹的法語」寫作，力求用韻豐富，段落整齊，保持藝術形式的完美。其論述成為十七世紀法國正統詩歌理論的基礎。

一詞，原是指佛經譯本中的簡本（稱佛經譯本中的詳本為大品），後用來指形式自由，篇幅短小的隨筆散文，以與義理精深的聖賢典籍作區別。其特色是題材多樣，文字清新雋永，筆法簡潔生動，內容多記作家個人的生活見聞、審美趣味與內在情感。

晚明時期，小品文的盛行可以說是反擬古主義的文學運動下的產物，在文學發展史占有一席之地，代表的是晚明散文的獨特風格。無論是描寫自然山水、風俗文物、人情百態或是直抒胸臆的短文，如日記、書信、笑談、遊記、傳記、序跋等各式文體，都屬於小品文的範圍。

晚明小品文的代表作家有徐渭、袁宗道、袁宏道、袁中道、劉侗ㄊㄨㄥˊ、王思任、張岱等。自清代至今，一直都有作家喜好小品文的創作，如清代的張潮、鄭燮，從近代到當代的夏丏尊、林語堂、梁實秋、陳之藩等人皆然。

自然率真，獨抒性靈——袁宏道

袁宏道（一五六八至一六一〇），字中郎，他早年曾拜會李贄，受其「童心說」思想的影響，認為文章就是要寫出自己真心想說的話，不要一味摹擬前人，厚古薄今。神宗萬曆二十年（一五九二）袁宏道考取進士，但他一直不願做官，三年後被選派到吳縣（今屬江蘇）擔任縣令，期間他寫了一封信給好友丘坦（字坦之，號長孺），先是以開玩笑的口吻問候丘坦的病情：「聞長孺病甚，念念。若長孺死，東南風雅盡矣，能無念耶？」意指丘坦若不幸病死，那麼東南一帶便沒有風雅之人了，所以怎能讓人不掛念呢？

1629

崇禎二年

李流芳卒（一五七五—）。代表作〈遊西山小記〉、〈遊虎丘小記〉、〈檀園墨戲圖〉。「嘉定四先生」之一。

作家張鼐ㄋㄞˋ卒？（生年不詳）。代表作〈與姜箴勝門人〉。

詩人梁佩蘭生（—一七○五）。

詞選家、詩詞作家朱彝尊生（—一七○九）。

1630

崇禎三年

徐復祚卒？（一五六○—）。代表作《一文錢》劇。

詩人屈大均生（—一六九六）。

1631

崇禎四年

詞人、詩文作家夏完淳生（—一六四七）。

詩人吳兆騫生（—一六八四）。

詩人陳恭尹生（—一七○○）。

詩詞作家彭孫遹ㄩˋ生（—一七○○）。

〔西班牙〕劇作家卡斯特羅（Guillen de Castro y Bellvis）卒（一五六九—）。代表作《熙德的青年時代》。

〔英〕玄學派詩人鄧恩（或譯鄧約翰，John Donne）卒（一五七二—）。代表作《歌與十四行詩》。

接著訴說他在吳縣做官的情況，其云：「弟作令備極醜態，不可名狀。大約遇上官則奴，候過客則妓，治錢穀則倉老人，諭百姓則保山婆。一日之間，百煖（通「暖」字）百寒，乍陰乍陽，人間惡趣，令一身嘗盡矣。苦哉！毒哉！」形容自己遇到高官來像是奴才，接待客人像是妓女，徵稅時像是吹毛求疵的基層老雜役，教諭老百姓則像是保人或媒婆般。每天都要遭遇世情的忽冷忽熱，猶如置身人間的地獄，日子實在是苦啊！毒啊！這段話除了意在自我解嘲之外，也道盡了對官場文化的無奈與厭惡。上任不過一年多，袁宏道即辭去縣令，遊走江南山水名勝，而他這封詼諧率性的書信〈與丘長孺書〉從此也傳了下來，成為其直抒胸臆的代表作品之一。

《牡丹亭》：湯顯祖著，傳奇。全名《牡丹亭還魂記》，又名《還魂記》。取材自話本《杜麗娘慕色還魂》，但在情節上作了不少更改。描寫太守之女杜麗娘在夢裡與書生柳夢梅相遇於牡丹亭，醒來念念不忘夢中情人，導致相思成疾，抑鬱以終。數年後，杜麗娘的亡魂與柳夢梅的人身相戀、結合，柳夢梅並掘墳開棺使杜麗娘生還。情節看似荒誕不經且違背常理，卻在傳統保守的明代社會造成了極大的震撼與迴響。湯顯祖旨在強調為了追求真摯的愛情，人是可以突破藩籬、也可以穿越死生的。其在劇中〈題詞〉寫道：「情不知所起，一往而深，生者可以死，死可以生。生而不可與死，死而不可復生者，皆非情之至也。」反映出人們在當時層層封建禮教的束縛下，對於爭取愛情、婚姻自主的迫切渴望。

單位：年

西元	1632	1633	1634	1635
朝代	明			
帝王年號	崇禎五年	崇禎六年	崇禎七年	崇禎八年
文學大事	朱國禎卒（一五五八？—）。代表作〈黃山人小傳〉、〈王長年智鬥倭寇〉。 葉小鸞卒（一六一六—）。代表作〈浣溪沙・幾日東風倚畫樓〉、〈浣溪沙・香到酴醿送晚涼〉、〈搗練子・春寂寂〉、〈汾湖石記〉、〈己巳春哭沈六舅母墓所〉。	〔英〕詩人赫伯特（George Herbert）卒（一五九三—）。代表作《寺廟》。	詞人曹貞吉生（—一六九八）。 詩論家、詩詞作家王士禎生（—一七一一）。 詩人宋犖ㄌㄨㄛˋ生（—一七一三）。	〔西班牙〕劇作家維加依・卡爾皮奧（Felix Lope de Vega y Carpio）卒（一五六二—）。代表作《羊泉村》、《奧爾梅多騎士》。

臨川派：明代戲曲流派的一種。戲曲家湯顯祖為此派的領袖人物，故以其籍貫臨川（今屬江西）命名，又因其取書齋名為「玉茗堂」，所以臨川派也稱「玉茗堂派」。湯顯祖反對封建禮教與程朱理學桎梏人們的思想，主張創作應不受形式、格律的拘束，強調作家的才情，倡導以自我為中心的「情至說」，抨擊道學家的「性理說」，其代表作《牡丹亭》、《邯鄲記》、《南柯記》、《紫釵記》，正是其戲曲理論的創作實踐；由於這四部作品都有做夢的情節，因此合稱「臨川四夢」或「玉茗堂四夢」。湯顯祖的戲曲風格與論述得到許多作家的推崇與效仿，如阮大鋮ㄔㄥˊ、吳炳、孟稱舜等，形成和當時以沈璟為首的吳江派相對立的流派。

一往情深的《牡丹亭》——湯顯祖

湯顯祖（一五五〇至一六一六）性情耿直，意氣慷慨，為官時遇事直言忠諫，經常得罪權臣，甚至觸怒皇帝，官宦生涯屢遭貶謫，後來他也認清了官場的黑暗，從此棄官返鄉，專心戲曲創作，《牡丹亭》一劇便是他的重要代表作。

湯顯祖在《牡丹亭》中以其抒情、典麗的筆調，成功塑造出形象叛逆、能為愛而死而生的女性角色杜麗娘。據傳當時著名才女馮小青在讀了《牡丹亭》後，為之傾倒，寫下「人間亦有痴於我，豈獨傷心是小青」之語，意指世上也有跟她一樣痴心於《牡丹亭》的讀者。然而，為劇中人事傷感的又豈止是她馮小青一人呢！

1636

明 思宗 崇禎九年

清 太宗（愛新覺羅皇太極） 崇德元年

後金愛新覺羅皇太極（已於一六二六即位）此年稱帝，改國號清。

董其昌卒（一五五五—）。代表作〈嵐容川色圖〉、〈濬路馬湖記〉、〈贈稼軒山水圖〉。

文震孟卒（一五七四—）。代表作〈洞庭遊記序〉、〈題李流芳畫冊〉。

陳仁錫卒（一五八一—）。代表作〈記遊〉、〈題春湖詞〉。

范文若卒？（一五八八？—）。代表作《鴛鴦棒》劇。

劉侗卒？（一五九三？—）。代表作〈三聖庵〉、〈水盡頭〉。

經學家閻若璩生（—一七〇四）。

1637

明 思宗 崇禎十年

譚元春卒（一五八六—）。代表作〈遊九峰山〉、〈遊南嶽記〉、〈遊烏龍潭記〉。

戲曲作家嵇永仁生（—一六七六）。

作家邵長蘅生（—一七〇四）。

詞人顧貞觀生（—一七一四）。

〔英〕詩人、劇作家班·瓊森（Ben Jonson）卒（一五七二—）。代表作〈給席莉雅之歌〉、《狐狸》、《煉金士》。

另有住在婁江（今屬江蘇）的女子，名喚俞二娘，終日捧讀《牡丹亭》，書裡滿滿都是她寫下的評注，後來竟因哀傷過度，含恨而死。湯顯祖從朋友處得知這個消息，還寫了〈哭婁江女子〉詩以為憑弔：「畫燭搖金閣，真珠泣繡窗。如何傷此曲，偏只在婁江？何以為情死？悲傷自有神。一時文字業，天下有心人。」

此外，杭州有個名叫商小伶的女演員，經常在臺前扮演《牡丹亭》中杜麗娘一角，每回演出，必定淚流滿面，彷彿自己便是杜麗娘的化身，有一回竟然唱到悲慟難禁，在舞臺上哭倒氣絕。由此可看出《牡丹亭》在當時家傳戶誦的轟動景況，像是第十齣〈驚夢〉：「原來奼紫嫣紅開遍，似這般都付與斷井頹垣。良辰美景奈何天，賞心樂事誰家院！」以及第十二齣〈尋夢〉：「這般花花草草由人戀，生生死死隨人願，便酸酸楚楚無人怨。」至今仍是人們琅琅上口的美詞佳句。

湯顯祖正好與英國大劇作家莎士比亞同年去世，今人更稱湯顯祖乃「中國的莎士比亞」，彰顯其在戲曲方面的不凡成就。

《曲品》：呂天成（約一五八〇至一六一八）著。戲曲評論、史料著作。全書分成上、下兩卷，上卷品評元末到明神宗時期南戲與傳奇的作者；下卷專評作家作品，凡是明世宗之前的作家作品，分為神、妙、能、具（具體而未工）四品；而對明穆宗到神宗時期的作家作品，依品曲標準分為上上、上中、上下、中上、中中、中下、下上、下中、下下九品。許

西元	朝代	帝王年號	文學大事
1638	明	崇禎十一年	史學家萬斯同生（—一七〇二）。〔克羅埃西亞〕詩人貢都利奇（Ivan Gundulić）卒（一五八九—）。代表作《奧斯曼》。
1639		崇禎十二年	陳繼儒卒（一五五八—）。代表作〈花史題詞〉、〈花史跋〉。著有《小窗幽記》。〔義大利〕詩人、思想家坎帕涅拉（Tommaso Campanella）卒（一五六八—）。代表作《詩集》、《太陽城》。〔德〕詩論家奧皮茨（Martin Opitz）卒（一五九七—）。代表作《德國詩論》。
1640		崇禎十三年	施紹莘卒？（一五八一？—）。代表作〈黃鶯兒・雨景〉、〈夜行船・金陵懷古〉曲。小說家蒲松齡生（—一七一五）。

多早已散佚的作品名目，都藉由此書而得以保存，並簡略介紹故事情節、風格特點等，是一部內容豐富而珍貴的戲曲史料。

《國朝獻徵錄》：焦竑（一五四〇至一六二〇）編，明代人物傳記資料彙編。書中蒐羅明太祖到世宗時期的訓錄、神道碑（墓碑上記載死者生平的文字）、墓誌銘（古時放在墓中以備稽考的石刻文字）、行狀（敘述死者生平事蹟的文章）、野史、別傳等史料；上自王室宗親、朝廷大臣到地方官吏，下至無官銜的孝子、義人、儒林等多有作傳，並引注來源出處，為清代史家修《明史》時的重要參考資料。

《元曲選》：臧懋循（約一五五〇至一六二〇）編，元代雜劇選集。又名《元人百種曲》。輯選關漢卿、馬致遠、白樸、鄭光祖等三十九家作品六十九種，無名氏作品三十一種，共計一百種，對於元代雜劇的保存和流傳起了很大的作用。

《菜根譚》：洪應明著，語錄體小品文集。內容集結儒、釋、道三家的思想，因古來有「人常咬得菜根，則百事可做」之語，故書名取作《菜根譚》，意指人在淡而無味的菜根中細細咀嚼，方能體會其真味。書中的格言警句，對於人的心性修養、立身處世具有潛移默化的作用。

《遊居柿錄》：袁中道（約一五七〇至一六二三）著，日記體散文著作。又名《袁小修日

1641 ◯

崇禎十四年

葉憲祖卒（一五六六—）。代表作《易水寒》、《鸞鎞記》劇。

徐弘祖卒（一五八七—）。後人輯成《徐霞客遊記》。

沈自徵卒（一五九一—）。沈璟之姪，沈自晉之弟。代表作《鞭歌妓》、《霸亭秋》劇。

張溥卒（一六〇二—）。代表作〈五人墓碑記〉。編有《漢魏六朝百三家集》。

1642 ◯

崇禎十五年

沈德符卒（一五七八—）。著有《萬曆野獲編》（其中論及戲曲的部分被人輯出成《顧曲雜言》）。

〔朝鮮〕詩人朴仁老（Park In Ro）卒（一五六一—）。代表作〈太平詞〉、〈船上嘆〉。

〔英〕詩人、劇作家薩克林（John Suckling）卒（一六〇九—）。代表作〈為何如此蒼白憔悴〉、《阿格勞拉》。

記》。「小修」是袁中道的字，為袁中道自神宗萬曆三十六年（一六〇八）至萬曆四十六年（一六一八）間所寫的日記，記錄其十年的遊歷生活與文學思想，文筆精粹，情味盎然，對後世的日記體散文有一定的影響。

《曲律》：王驥德（約一六二三卒）著，戲曲理論著作。主在論述戲曲的源流、風格、音律、唱曲方法、曲詞章法等，也有對元、明南、北曲作家、作品進行品評。

鍾譚：指鍾惺（約一五七四至一六二四）、譚元春（一五八六至一六三七）。兩人皆為竟陵派的重要代表人物，文學理念相同，故稱之。

竟陵派：明代文學流派的一種。由於此派的領袖人物鍾惺、譚元春都是竟陵（今屬湖北）人，故稱之。鍾、譚兩人的主張大致與反對擬古主義的公安派相同，但他們認為公安派中有些詩文流於輕率膚淺，因而倡導幽深孤峭的風格以匡救公安之弊，其特色是用字雕琢冷僻，語意深奧艱澀，對後世的影響有限。

嘉定四先生：指李流芳（一五七五至一六二九）、程嘉燧、唐時升、婁堅。四人皆長於詩文書畫，反對前、後七子的擬古主義，主張清新自然的詩文風格，因活動於嘉定（今屬江蘇）一帶，故稱之。

《小窗幽記》：陳繼儒（一五五八至一六三九）

單位：年

西元	朝代	帝王年號	文學大事
1643	明	崇禎十六年	程嘉燧卒（一五六五—）。代表作〈山居秋懷〉、〈松陰高士圖〉、〈溪堂題畫詩引〉、〈餘杭至臨安山水記〉。 明末，生卒年皆不詳的作家群如下： 浦訪。著有《遊明聖湖日記》。 張明弼代表作〈避風巖記〉。 劉士龍代表作〈烏有園記〉。 小說《龍圖公案》約此前後成書。 〔冰島〕神話傳說《詩體埃達》手抄本此年發現。於九世紀開始口頭流傳。作者不詳。

著，語錄體小品文集。內容涵蓋了修養心性、讀書學習與生活處世等方面，表現出陳繼儒淡泊名利、超凡灑脫的人生態度。

《徐霞客遊記》：日記體裁的地理學著作，也可視其為一部記實旅遊書。徐弘祖（一五八七至一六四一），號霞客，其於明神宗萬曆三十六年（一六〇八）開始從事旅行與地理考察，歷經三十餘年，直到他去世那年為止，足跡遍及今江蘇、浙江、安徽、福建、廣東、廣西、江西、河南、陝西、山東、山西、河北、湖南、湖北、雲南、貴州等省。徐弘祖每到一地，便對當地的地形、地質、水文、氣候、植物作深入細微的觀察，並逐日寫成考察記錄；同時也記述各地的歷史名勝、居民風俗以及個人旅途中的遭遇見聞，無論是寫景狀物或抒情，文詞優美生動，具有一定的史料與文學價值，死後經人整理成《徐霞客遊記》。

《漢魏六朝百三家集》：張溥（一六〇二至一六四一）編，詩文總集。收錄西漢賈誼到隋代薛道衡共一百零三家的詩文作品，基本上一家編成一集，每集先列出賦，其次列文，最後列詩，各集之前均寫有題辭，對作家作品進行評價。

《萬曆野獲編》：沈德符（一五七八至一六四二）著，史料筆記著作。為沈德符的見聞隨筆記錄，內容包含朝野舊事、典章制度、風俗人情、瑣聞軼事、詞曲技藝等，堪稱是一部記載詳實、資料豐富的明代筆記書。

《顧曲雜言》：戲曲理論與史料著作。為後人從沈德符《萬曆野獲編》中輯出有關戲曲條目的內容，除有作者對南、北曲作家和作品的評述之外，也有對劇作腳色、戲曲音樂、民間歌謠等進行考證，以及戲曲作家的生平軼事，是研究明代戲曲的重要史料。

《遊明聖湖日記》：浦祊ㄅㄥ著，日記體散文著作。為浦祊遊歷杭州西湖名勝四十多天的行旅記錄。

《龍圖公案》：作者不詳。短篇小說集。全名《京本通俗演義包龍圖百家公案全傳》。全本收有一百篇北宋包拯審案斷獄的故事，多為民間流傳的包公事蹟，除記述包公如何替民申冤與除害之外，也夾雜不少離奇神怪的情節。清代出現大量以包公為題材的作品多源出此書。

清近代文學

清近代文學指的是清代到西元一九一九年五四運動時期的文學，其中「近代」通常是指西元一八四〇年鴉片戰爭至五四運動之間的時期。

滿族入關，建立中國歷史上最後一個封建王朝，清廷為鞏固政權，大興文字獄以箝制知識分子的思想，文人為了逃避政治現實，轉而將畢生精力埋首於考據、訓詁、校勘各類古籍上，造成講求實事求是的樸學在清代大盛。除實施高壓統治之外，清帝王同時採用懷柔手段，網羅天下人才編纂書籍，藉以達到籠絡人心的目的，像是《明史》、《古今圖書集成》、《四庫全書》等。

延續明代的輝煌成就，小說在清代的表現依舊燦爛，短篇小說集以蒲松齡《聊齋志異》最為亮眼，章回小說中的傑作為吳敬梓《儒林外史》以及曹雪芹《紅樓夢》，尤其《紅樓夢》向來被視為是中國古典小說的高峰，「紅學」更成了研究《紅樓夢》這門學問的專稱。

清仁宗即位後，清王朝逐步走向衰微，中西方新舊思想的衝突日益加劇，文人憂心國家民族的前途，紛紛提出各種改革呼聲，反映在文學方面，以龔自珍的詩文最具代表性。

自宣宗時的中英鴉片戰爭起，到文宗、穆宗時的太平天國之亂，以至德宗時的中日甲午戰爭，清帝國數十年來飽嚐內憂外患，不少作家通過小說創作抨擊時弊，揭發社會醜惡亂象，也帶動了晚清譴責小說的流行。

戊戌變法前後，由黃遵憲開詩界革命的前鋒，其主張「我手寫我口」，認為詩歌語言應淺白通俗，內容要與時代生活以及新的思想、知識密切結合，後有康有為、梁啟超、譚嗣同等人呼應。然而，這場詩歌改良運動，隨著維新派力量的疲弱而逐漸消退，但對於辛亥革命之後，由陳獨秀、胡適、魯迅等人提倡民主、科學、白話文的新文化運動以及五四運動具有強大的啟迪作用。

朝代	帝王年號	文學大事
清	世祖（愛新覺羅福臨）順治元年	農民起義軍將領李自成攻克北京，明朝亡。明將吳三桂領清軍入山海關。清世祖愛新覺羅福臨從盛京（今屬遼寧）遷都北京。 明福王朱由崧在南京即帝位，年號弘光，南明政權建立（一六六二）。「南明」，為明亡之後，明宗室與官員先後在南方建立的地區性政權，又稱「後明」。 凌濛初卒（一五八〇－）。著有《初刻拍案驚奇》、《二刻拍案驚奇》。《三言二拍》中之《二拍》。 明末清初，生卒年皆不詳的作家群如下： 小說家天然痴叟（號浪仙，真實姓名不詳）著有《石點頭》。 小說家東魯古狂生（真實姓名不詳）著有《醉醒石》。 小說家周楫著有《西湖二集》。 小說編輯者抱甕老人（真實姓名不詳）編有《今古奇觀》。 戲曲作家張大復代表作《如是觀》劇。 女彈詞作家陶貞懷著有《天雨花》。 作家廖燕生（－一七〇五）。

《初刻拍案驚奇》：凌濛初（一五八〇至一六四四）著，話本小說集。也稱擬話本（摹擬話本體裁而創作出的小說）或白話短篇小說集。《初刻拍案驚奇》與《二刻拍案驚奇》合稱《二拍》。故事主要取材自宋人李昉《太平廣記》、洪邁《夷堅志》、明人瞿佑《剪燈新話》等書以及民間傳說故事，再透過凌濛初的構思而寫成的。《初刻拍案驚奇》收有話本四十篇，較著名的有〈轉運漢遇巧洞庭紅〉、〈崔俊臣巧會芙蓉屏〉等篇。

《二刻拍案驚奇》：凌濛初著，話本小說集。收有話本三十九篇（一篇與初刻重複），後附雜劇一篇。較著名的有〈十三郎五歲朝天〉、〈女秀才移花接木〉等篇。

《三言二拍》：五本話本小說集的合稱。《三言》指馮夢龍輯纂的《喻世明言》、《警世通言》、《醒世恆言》（按出版先後時間排序）。《二拍》指凌濛初編寫的《初刻拍案驚奇》、《二刻拍案驚奇》。

《今古奇觀》：話本小說選集。抱甕老人選自馮夢龍《喻世明言》、《警世通言》、《醒世恆言》與凌濛初《初刻拍案驚奇》、《二刻拍案驚奇》中的話本四十篇，並對各篇作部分文字的修改。清初由於《三言》與《二拍》在民間購買不易，再加上卷帙浩繁，《今古奇觀》因而成為流傳最廣的話本小說選集，五書從此被合稱《三言二拍》。

順治二年

清軍因在明將史可法堅守的揚州傷亡慘重，破城後遂對揚州百姓展開十日的大屠殺，史稱「揚州十日」。

史可法卒（一六〇一或一六〇二—）。代表作〈復多爾袞書〉。

祁彪佳卒（一六〇二—）。代表作〈寓山注小序〉。著有《遠山堂曲品》、《遠山堂劇品》。

女詩詞作家商景蘭生卒年不詳。祁彪佳之妻。代表作〈悼亡詩〉、〈搗練子・長相思〉。

戲曲家洪昇生（—一七〇四）。

順治三年

王思任卒（一五七四?—）。代表作〈天姥〉、〈剡ㄕㄢˋ溪〉、〈遊敬亭山記〉、〈批點玉茗堂牡丹亭敘〉。

曹學佺卒（一五七四—）。代表作〈春風樓記〉、〈遊武夷記〉。

馮夢龍卒（一五七四—）。編纂有《山歌》、《喻世明言》、《醒世恆言》、《警世通言》。

艾南英卒（一五八三—）。代表作〈危行言孫〉、〈前歷試卷自敘〉、〈答陳人中論文書〉。

阮大鋮卒?（一五八七?—）。代表作《春燈謎》、《燕子箋》劇。

作家潘耒生（—一七〇八）。

《遠山堂曲品》：祁彪佳（一六〇二至一六四五）著，戲曲評論著作。部分文稿散佚，現存殘稿收傳奇劇目四百六十多種，按妙、雅、逸、豔、能、具六個品級分類，並略加評論。另附雜調一類，收弋陽（今屬江西）諸腔（戲曲腔調的一種。指弋陽腔以及由弋陽腔演變出的多種聲腔）劇目四十多種。

《遠山堂劇品》：祁彪佳著，戲曲評論著作。全書收雜劇劇目二百四十餘種，也是按妙、雅、逸、豔、能、具六個品級分類，每一劇目均作簡短的評語。

《山歌》：馮夢龍（一五七四至一六四六）編纂，明代民歌專集。採輯三百多首吳語（分布於江蘇南部及浙江大部分地區的語言）歌謠與二十多首桐城（今屬安徽）時興歌（流行歌謠）而成，內容多是歌詠男女愛情或私情，歌詞中常出現雙關語、影射語、諺語或歇後語等，為研究民歌發展、民間文學以及明代吳語地域社會生活的重要參考文獻。

《喻世明言》：馮夢龍編纂，話本小說集。原名《古今小說》，與《醒世恆言》、《警世通言》合稱《三言》。故事多取材於民間傳說、筆記小說或史傳，再經過馮夢龍整理潤飾而成。《喻世明言》收錄話本四十篇，多數為宋、元時期舊作，少數為明人對宋、元話本加以改編，其中包含〈蔣興哥重會珍珠衫〉、〈金玉奴棒打薄情郎〉、〈簡帖僧巧騙皇甫

單位：年

西元	朝代	帝王年號	文學大事
1647	清	順治四年	吳炳卒？（一五九五？—）。代表作《情郵記》、《綠牡丹》劇。李雯卒（一六〇七或一六〇八—）。代表作〈旅思〉、〈風流子·誰教春去也〉、〈浪淘沙·金縷曉風殘〉、〈太平奇聞子規〉。陳子龍卒（一六〇八—）。代表作〈小車行〉、〈少年遊·滿庭清露浸花明〉、〈江城子·一簾病枕五更鐘〉、〈蝶戀花·雨外黃昏花外曉〉、〈秋日雜感〉。主編《皇明經世文編》。「雲間三子」之首。夏完淳卒（一六三一—）。代表作〈一剪梅·無限傷心夕照中〉、〈大哀賦〉、〈別雲間〉、〈細林夜哭〉、〈遺夫人書〉、〈獄中上母書〉。
1648		順治五年	葉紹袁卒（一五八九—）。葉小紈、葉小鸞、葉燮之父。著有《甲行日注》。戲曲家孔尚任生（—一七一八）。
1650		順治七年	瞿式耜卒（一五九〇—）。代表作〈浩氣吟〉、〈送洪半石歸楚〉。詩人查慎行生（—一七二七）。文籍編訂者陳夢雷生（—一七四一）。

妻〉等名篇。

《醒世恆言》：馮夢龍編纂，話本小說集。收錄話本四十篇，少數為宋、元時期舊作，多數為明人擬宋、元話本或馮夢龍之作，其中包含〈賣油郎獨占花魁〉、〈喬太守亂點鴛鴦譜〉、〈陳多壽生死夫妻〉、〈鬧樊樓多情周勝仙〉、〈十五貫戲言成巧禍〉等名篇。

《警世通言》：馮夢龍編纂，話本小說集。收錄話本四十篇，宋、元時期的舊作占了將近半數，餘為明人擬宋、元話本或馮夢龍之作，其中包含〈崔待詔生死冤家〉、〈小夫人金錢贈年少〉、〈白娘子永鎮雷峰塔〉、〈杜十娘怒沉百寶箱〉等名篇。

《皇明經世文編》：陳子龍（一六〇八至一六四七）主編，明代文章總集。為陳子龍與徐孚遠、宋徵璧等人合編而成，輯選明代四百多家共三千餘篇政論文章，全書以人為綱，再按年代的先後排序，內容包含政治、軍事、財經、農業、文化等多方面。陳子龍等人編纂此書的目的，主要是為了使士子能學習經世致用之學，擬古通今，以扭轉當時文人是古非今，所學不務實際的風氣。

雲間三子：指陳子龍、李雯、宋征輿。三人的詩詞在內容和風格上都很相近，且皆為上海松江人，而松江古稱「雲間」，故稱之。

1653 順治十年

作家、小說編輯家張潮生（卒年不詳）。著有《幽夢影》。編有《虞初新志》。

〔法〕哲學家笛卡兒（René Descartes）卒（一五九六—）。代表作《方法導論》、《沉思錄》、《哲學原理》。

作家戴名世生（—一七一三）。

〔日本〕俳句詩人松永貞德（Matsunaga Teitoku）卒（一五七一—）。代表作《御傘》。被譽為「俳諧宗匠」。俳句，又稱「俳諧」，日本古典詩歌體裁的一種。

1654 順治十一年

侯方域卒（一六一八—）。（一說一六五五卒。）代表作〈李姬傳〉、〈馬伶傳〉、〈郭老僕墓誌銘〉、〈癸未去金陵日與阮光祿書〉。「明末四公子」之一。「國初三大家」之一。

1655 順治十二年

孟稱舜卒？（一六〇〇？—）。代表作《嬌紅記》、《桃花人面》劇。

詞人納蘭性德生（—一六八五）。

1656 順治十三年

陳貞慧卒（一六〇四—）。陳維崧之父。著有《秋園雜佩》。

1657 順治十四年

葉小紈卒？（一六一三？—）。葉小鸞、葉燮之姐。代表作《鴛鴦夢》劇。

雲間派：明末清初詩詞流派的一種。此派成員多為雲間人（上海松江之古稱），因其主要成員都擅長詩、詞、文章，故又有「雲間詩派」或「雲間詞派」之稱。雲間派的詩學宗法漢魏、盛唐，詩風以雄渾悲壯為主；詞學獨尊南唐、北宋，詞風以抒情委婉為主。代表作家除「雲間三子」之外，另有夏允彝、夏完淳父子、宋征璧、徐孚遠、宋存標等人，而其中較具影響力的是陳子龍及其弟子夏完淳。

《甲行日注》：葉紹袁（一五八九至一六四八）著，日記體散文著作。葉紹袁在明亡後決定出家，此部日記自順治二年（一六四五）他出家當日開始撰寫，一直記錄到其過世之前為止。內容除抒發國破家亡的哀痛之外，也有記載清初江南反清志士的活動情形，文中亦不時提及對已逝妻女的思念，情感細膩真摯，是晚明小品文的代表作之一。

《幽夢影》：張潮著，語錄體小品文集。張潮藉由對大自然山水花草的觀察，以及個人讀書交遊、飲食品酒等經驗，從中體會生活的情趣與為人處事的道理。

《虞初新志》：張潮編，筆記小說集，也屬短篇文言小說集。輯選明末清初各家小說一百多篇，內容多為真實生活中不尋常的人物或事件，其中較著名的有王思任〈徐霞客傳〉、林嗣環〈口技〉、侯方域〈郭老僕墓誌銘〉、魏學洢〈核舟記〉等篇。

單位：年

西元	1661	1662
朝代	清	
帝王年號	順治十八年	聖祖（愛新覺羅玄燁） 康熙元年
文學大事	鄭成功率軍橫渡臺灣海峽，驅逐荷蘭殖民者駐臺軍隊，收復臺灣。 金聖歎卒（一六〇八－）。代表作評點《水滸傳》、《西廂記》。 文學批評家毛綸生卒年不詳。約與金聖歎為同時期人。代表作評點《琵琶記》；另與其子毛宗崗（生卒年亦不詳）共同評點《三國演義》。	南明永曆帝朱由榔在昆明為吳三桂所殺。南明政權亡（一六四四－）。 閻爾梅卒？（一六〇三－）。代表作〈滄州道中〉、〈重過兗州有感〉。 鄭成功卒（一六二四－）。代表作〈與荷蘭守將書〉。 約活動於聖祖在位時。生卒年皆不詳的作家群如下： 詩選家王相編注《千家詩》。 小說家名教中人（真實姓名不詳）著有《好逑傳》。 小說家艾衲居士（真實姓名不詳）。著有《豆棚閑話》。 小說家張匀著有《玉嬌梨》。 小說家荻岸山人（真實姓名不詳，一說為張匀）著有《平山冷燕》。 小說家褚人獲著有《隋唐演義》。 詩人趙執信生（－一七四四）。

好友評點《幽夢影》——張潮

評點，並非依附於本文的註解而已，箇中隱藏許多訊息。好的評點，有洞見，自成體系，除了是讀者的心聲，也是一種再創造。若評點家是作家的親友，這樣的評點，會有對作家第一手的觀察與互動，若是一群好友評點家，則流露文人們平日相處的真實性情。

《幽夢影》中，張潮（一六五〇生）有次寫道：「古之不傳於今者，嘯也、劍術也、彈棋也、打球也。」朋友們一一續寫。漸漸地，焦點轉向諷刺時事，談到女子、談到官吏，甚至出現了辛辣的社會預言：黃九煙曰：「古之絕勝於今者，官妓、女道士也。」張竹坡曰：「今之絕勝於古者，能吏也，滑棍也，無恥也。」龐天池曰：「今之必不能傳於後者，八股也。」

又有一次，張潮嘆道女孩大多聲音動人，但不見得皆生得美麗，他說：「女子自十四、五歲，至二十四、五歲，此十年中，無論燕、秦、吳、越，其音大都嬌媚動人；一睹其貌，則美惡判然矣。耳聞不如目見，於此益信。」朋友們一一評點，有附和的朋友，有出餿主意的朋友，也有吐槽的朋友。吳聽翁曰：「我向以耳根之有餘，補目力之不足；今讀此，乃知卿言亦復佳也。」（我一向眼睛不太好，耳朵倒不錯，今天看你這樣說，才知道你這種說法也滿有道理的。）張竹坡曰：「家有少年醜婢者，當令隔屏私語，滅燭侍寢。何如？」（很醜的侍女，不如命她躲得遠遠的，熄掉蠟燭，眼不見為淨，如何？）倪永清曰：「若逢美貌而惡聲者，又當何如？」（那長得漂

1664 **康熙三年**

錢謙益卒（一五八二—）。代表作〈後秋興〉〈西湖雜感〉、〈金陵秋興〉、〈徐霞客傳〉。編有《列朝詩集》。「江左三大家」之一。「虞山詩派」的領袖人物。

柳如是卒（一六一八—）。錢謙益之妾。代表作〈楊花〉、〈江城子・夢中本是傷心路〉、〈夢江南・人去也，人去鳳城西〉、〈西湖八絕句〉、〈男洛神賦〉、〈春日我聞室作呈牧翁〉。

張煌言卒（一六二〇—）。代表作〈放歌〉、〈被執過故里〉、〈甲辰八月辭故里〉。

1665 **康熙四年**

沈自晉卒（一五八三—）。沈璟之姪。代表作《望湖亭》、《翠屏山》劇。

1666 **康熙五年**

宋應星卒？（一五八七？—）。著有《天工開物》。

林嗣環卒？（一六〇七—）。代表作〈口技〉。

〔德〕傳教士、天文學家湯若望（Johann Adam Schall von Bell）卒（一五九一—）。明末抵達中國，入仕明、清兩朝，後卒於中國。代表作《西洋新法曆書》。

1667 **康熙六年**

宋征輿卒（一六一八—）。代表作〈小重山・春流半繞鳳凰臺〉、〈蝶戀花・寶枕輕風秋夢薄〉、〈憶秦娥・黃金陌，茫茫十里春雲白〉。

亮聲音卻難聽的，該怎麼辦啊？）

《幽夢影》收錄了遠多於原文的友人評點，這些親友間接力賽式的評點，有極大的開放性。打個不正式的現代比方，就像在臉書（一個公開平臺）看見好友的心情、想法小記，在塗鴉牆上先按讚，再留言一樣。朋友們可彼此輕鬆、親密地互相觀閱。明清文人許多風趣、戲謔的一面，也能從字裡行間，略窺一二。零碎小語中，有滿滿的生活。

明末四公子：指侯方域（一六一八至一六五四）、陳貞慧、方以智、冒襄。四人同為明末文學社團「復社」成員，情感友好。故稱之。明亡後，陳貞慧、冒襄隱居不仕，方以智出家為僧，侯方域則入仕清朝。

國初三大家：指侯方域、魏禧、汪琬。三人在清初皆以文章齊名，故稱之。

《秋園雜佩》：陳貞慧（一六〇四至一六五六）著，小品文集。書中收錄陳貞慧十六篇小品文章，藉由書寫生活中隨處可見的細微事物，寄寓其身為前朝遺民難以表露的心志。

不亦快哉——金聖歎

金聖歎（一六〇八至一六六一），原名采，明亡後改名人瑞，字聖歎，人們多以金聖歎稱之。他是清初文壇的一名怪才，曾將《莊子》、〈離騷〉、《史記》、杜詩（杜甫的詩）、《水滸傳》、《西廂記》

單位：年

西元	朝代	帝王年號	文學大事
1668	清	康熙七年	作家方苞生（—一七四九）。
1669		康熙八年	丁耀亢卒？（一五九九？—）。著有《續金瓶梅》。
1670		康熙九年	陳忱卒？（一六一三？—）。著有《水滸後傳》。文學批評家張竹坡生（—一六九八）。
1671		康熙十年	李玉卒？（一五九一？—）。代表作《一捧雪》、《清忠譜》劇。馮班卒（一六〇二—）。代表作〈雜詩〉、〈兵後經郡齊門故人廢園有感〉。吳偉業卒（一六〇九—）。（一說一六七二卒。）代表作〈圓圓曲〉、〈滿江紅・滿目山川〉、〈臨江仙・落拓江湖常載酒〉、〈永和宮詞〉、〈讀史雜感〉、〈過淮陰有感〉、〈聽女道士卞玉京彈琴歌〉，《臨春閣》劇。方以智卒（一六一一—）。代表作〈看月〉、〈聞雁〉、〈獨往〉、〈憶秦娥・花似雪，東風夜掃蘇堤月〉。編有《物理小識》。與李玉活動於同一時期，生卒年皆不詳的作家群如下：戲曲作家朱素臣代表作《十五貫》劇。戲曲作家朱佐朝代表作《漁家樂》劇。為朱素臣的兄弟。戲曲作家葉時章代表作《琥珀匙》劇。

稱之「六才子書」，並為《水滸傳》和《西廂記》兩書作批注，對文學批評和小說美學方面有卓越的貢獻。

他在評《西廂記》時曾寫下〈三十三不亦快哉〉，敘述人生中三十三件讓他感到值得快樂的事情，其中像是「夏日於朱紅盤中，自拔快刀，切綠沉西瓜，不亦快哉」、「久欲為比丘，苦不得公然喫肉。若許為比丘，又得公然喫肉，則夏月以熱湯快刀，淨割頭髮，不亦快哉」、「篋中無意忽檢得故人手跡，不亦快哉」、「做縣官，每日打鼓退堂時，不亦快哉」、「還債畢，不亦快哉」、「讀〈虬髯客傳〉，不亦快哉」等等，都是從日常平淡生活的細微處，體味生命的恬適與樂趣。

金聖歎因不滿吳縣（今屬江蘇）縣令任維初一手嚴刑催討賦稅，另一手盜賣公糧，草擬〈哭廟文〉後，召集一群秀才到文廟前大哭，請求減免糧稅。原是一場抗議貪官汙吏的舉動，卻被任維初的頂頭上司江蘇巡撫（主管一省的軍事、吏治、刑獄、民政等事務）朱國治羅織「搖動人心，聚眾倡亂」的罪名，同年處以死刑。臨刑之前，他神態自若地向監斬官索酒，飲罷說道：「割頭，痛事也。飲酒，快事也。割頭而先飲酒，痛快，痛快！」

在一旁的兒子早已泣不成聲，金聖歎卻當場出個上聯「蓮子心中苦」要兒子來對下聯；兒子這時哪還有心思對聯，金聖歎便自己道出下聯「梨兒腹內酸」，其運用諧音雙關，以「蓮」雙關「憐」，以「梨」雙關「離」，表面上是指蓮心的苦味、梨腹的酸味，實言他憐惜兒子內心的痛苦，以及父子離別的

1672 康熙十一年

周亮工卒（一六一二—）。代表作〈湖上留別〉、〈錢牧齋先生賦詩相送，張石子、顏晉僊皆有和，次韻留別〉。

史學家張廷玉生（—一七五五）。

1673 康熙十二年

歸莊卒（一六一三—）。歸有光之曾孫。代表作〈卜居〉、〈落花詩〉、〈己丑元日〉、〈送顧寧人北遊序〉。與顧炎武齊名，人稱「歸奇顧怪」。

龔鼎孳卒（一六一五—）。代表作〈上巳將過金陵〉、〈吳郎南征賦別〉。

詩人、詩選家沈德潛生（—一七六九）。

〔法〕劇作家莫里哀（Moliere）卒（一六二二—）。代表作《唐璜》、《吝嗇鬼》、《偽君子》、《太太學堂》、《憤世嫉俗》。

1674 康熙十三年

袁于令卒？（一五九二？—）。代表作《西樓記》劇。著有《隋史遺文》。

宋琬卒（一六一四—）。代表作〈破陣子・投地千盤深黑〉、〈蝶戀花・月去疏簾才幾尺〉、〈獄中對月〉、〈同歐陽令飲鳳凰山下〉。詩與施閏章齊名，人稱「南施北宋」。

〔英〕詩人彌爾頓（John Milton）卒（一六〇八—）。代表作《失樂園》、《復樂園》、《力士參孫》。

酸楚。面對死亡在即，金聖歎依舊不改其曠達、幽默的作風。

《千家詩》：王相編注，詩選集。相傳南宋謝枋得編有七言《千家詩》一百二十餘首，到了清初，王相選注五言《千家詩》八十餘首，並為謝枋得輯選的《千家詩》作注。由於謝、王兩家所選的詩皆內容淺顯且容易上口，後人以兩家選詩為基礎並稍作增補，共收一百二十多位詩人共二百二十餘篇作品，合印成今日通行的《千家詩》版本，此選本亦是兒童的重要啟蒙讀物之一。

《列朝詩集》：錢謙益（一五八二至一六六四）編，明代詩歌總集。輯選明朝詩人一千六百餘家及其代表詩作，每位作者皆有小傳，除介紹其生平事蹟之外，亦品評其作品得失。

江左三大家：指錢謙益、吳偉業、龔鼎孳。三人皆由明仕清，且長於詩文，錢謙益是常熟（今屬江蘇）人，吳偉業是太倉（今屬江蘇）人，龔鼎孳是合肥（今屬安徽）人，都屬江左（指長江以東地區）一帶，故稱之。

虞山詩派：明末清初詩歌流派的一種。此派以錢謙益為首，因其家鄉常熟西北有虞山，其他成員又多為常熟人而得名。虞山詩派主張取法歷代名家之長而自成風格，反對明代前、後七子一味摹古的詩風，強調描寫社會現實與抒發真誠情感。代表詩人除錢謙益

單位：年

西元	朝代	帝王年號	文學大事
1676	清	康熙十五年	嵇永仁卒（一六三七－）。代表作《續離騷》劇。〔德〕小說家格里美爾斯豪森（Hans Jakob Christoffel von Grimmelshausen）卒（一六二二－）。代表作《痴兒西木傳》。
1677		康熙十六年	申涵光卒（一六一九？－）。代表作〈水漲歌〉、〈黃花谷〉、〈插稻謠〉。〔荷蘭〕哲學家史賓諾莎（Benedict de Spinoza）卒（一六三二－）。代表作《倫理學》、《神學政治論》。
1678		康熙十七年	〔英〕詩人馬韋爾（Andrew Marvell）卒（一六二一－）。代表作〈致羞澀的情人〉。
1679		康熙十八年	周容卒（一六一九－）。代表作〈芋老人傳〉、〈渡者之言〉。
1680		康熙十九年	李漁卒？（一六一〇？－）。著有《十二樓》、《無聲戲》、《閑情偶寄》、《笠翁十種曲》。魏禧卒（一六二四－）。（一說一六八一卒。）代表作〈吾廬記〉、〈大鐵椎傳〉、〈答施愚山侍讀書〉。

外，另有其門生馮舒、馮班、瞿式耜、么及其後輩錢曾等人。

出身煙花的奇女子——柳如是

柳如是（一六一八至一六六四），傳其本性楊，後改姓柳，因讀到南宋辛棄疾〈賀新郎〉中「我見青山多嫵媚，料青山見我應如是」詞，從此自號「如是」。她是「秦淮八豔」之一，秦淮八豔指的是明末清初在南京秦淮河畔八位色藝俱佳的名妓，計有馬湘蘭、卞玉京、李香君、柳如是、董小宛、顧橫波、寇白門和陳圓圓。

柳如是的身世相當坎坷，十歲被賣入妓院，過了幾年，又被轉賣到前宰相周道登的府上當丫鬟，她因模樣聰慧靈巧受到周道登的寵愛，常抱於膝上，教導筆墨文章，後為周道登眾妻妾所不容，又被賣回妓院。

再次回到妓院，柳如是對女子在社會上的地位不如男性感到不平，她開始穿著儒服男裝與俊逸文人稱兄道弟，一同縱論時事、吟詩酬唱。有一段時間，她與致力於反清復明的愛國詩人陳子龍感情甚篤，可惜陳家人對柳如是一再為難，終是黯然分手，留下不少抒發兩人情愛的篇章。之後與東林黨領袖錢謙益相戀，錢謙益為其築造一座小屋，並根據《金剛經》中「如是我聞」句，將小屋取名為「我聞室」。「如是我聞」是佛經開頭的常用語，意思是「我聽到釋迦牟尼佛開示的內容是」，以呼應柳如是的名字。

柳如是感念錢謙益的深情，答應嫁與對方，並作〈春日我聞室作呈牧翁〉回贈：「裁紅暈碧淚漫漫，

1682 康熙二十一年

顧炎武卒（一六一三－）。代表作〈秋山〉、〈精衛〉、〈生員論〉、〈復庵記〉、〈吳同初行狀〉、〈與友人論學書〉。著有《天下郡國利病書》。世稱「亭林先生」。「明末清初三大思想家」之一。開清代「樸學」之風氣。

陳維崧卒（一六二五－）。代表作〈沁園春．十萬瓊枝〉、〈南鄉子．秋色冷並刀〉、〈賀新郎．吳苑春如繡〉、〈賀新郎．戰艦排江口〉、〈滿江紅．野渡盤渦〉、〈摸魚兒．是誰家，本師絕藝〉、〈點絳脣．晴髻離離〉。開創「陽羨詞派」。

1683 康熙二十二年

施閏章卒（一六一八－）。代表作〈泊樵舍〉、〈牧童謠〉、〈舟中立秋〉、〈牽船夫行〉、〈過湖北山家〉。

詩人六世達賴倉央嘉措生（－一七〇六？）。

1684 康熙二十三年

吳嘉紀卒（一六一八－）。代表作〈絕句〉、〈海潮嘆〉、〈鄰翁行〉、〈臨場歌〉、〈難婦行〉。

吳兆騫卒（一六三一－）。代表作〈出關〉、〈夜行〉、〈長白山〉、〈城樓曉望〉。

南國春來正薄寒。此去柳花如夢裡，向來煙月是愁端。畫堂消息何人曉？翠帳容顏獨自看。珍重君家蘭桂室，東風取次一憑欄。」詩中表達出自己出身煙花風月，轉而將成為文壇名士錢謙益的妾，內心交揉著如夢似幻的期待與忐忑不安的愁緒。

錢謙益以正妻的禮儀迎娶相差三十六歲、且曾為青樓女子的柳如是為妾，自是遭來不少的流言蜚語，但他們不畏人言，白髮紅顏一路相伴，在詩文古籍中找到彼此共通的樂趣。其間錢謙益曾因捲入反清案被捕，柳如是為營救丈夫到處奔走，甚至冒死上書總督府，表明願代老邁的丈夫受刑。錢謙益出獄時，便感慨地說：「慟哭臨江無孝子，從行赴難有賢妻。」對柳如是更加敬重。等到錢謙益去世，錢氏家族立即對柳如是展開打壓，她一辦完丈夫的後事，在家自縊身亡。

柳如是雖不幸淪落風塵，卻勇於突破社會禮法，她不甘只是男人手上把弄的一個美麗玩物，或將自己束縛在女子無才的傳統框架裡，其特立獨行的作風與敏慧不凡的才情，生前得不到世人的認同，死後也被逐出錢家墳地，無法與丈夫合葬，但仍無損於人們對其傳奇一生的關注。

《天工開物》：宋應星（約一五八七至一六六六）著，科學技術專著。宋應星對於農業、工業、手工技藝等各種生產方法、程序，均經過詳細的觀察和分析才在書中記錄說明，並將各種生產操作方式繪圖，稱得上是一部生產技術的百科全書，已被譯成日、英、法、德文等多國文字。「天工」，指大自然的巧藝。

單位：年

西元	朝代	帝王年號	文學大事
1685	清	康熙二十四年	納蘭性德卒（一六五五－）。代表作〈木蘭花・人生若只如初見〉、〈如夢令・萬帳穹廬人醉〉、〈金縷曲・此恨何時已〉、〈金縷曲・灑盡無端淚〉、〈長相思・山一程，水一程〉、〈青衫濕・近來無限傷心事〉、〈南鄉子・淚咽更無聲〉、〈浣溪沙・誰念西風獨自涼〉、〈蝶戀花・辛苦最憐天上月〉、〈青衫濕遍・青衫濕遍〉。
1686		康熙二十五年	董說卒（一六二〇－）。著有《西遊補》。
1687		康熙二十六年	杜濬卒（一六一一－）。代表作〈古樹〉、〈焦山〉、〈關山月〉、〈題廢寺寄錢宗伯牧齋〉。 顧景星卒（一六二一－）。代表作〈柳梢青・班超老去〉、〈滿江紅・戈壁橫空〉、〈題內府所藏唐人百馬卷子〉。 書畫家金農生（－一七六三或一七六四）。
1688		康熙二十七年	朱用純卒？（一六一七？－）。代表作〈朱子治家格言〉。 ［英］小說家班揚（John Bunyan）卒（一六二八－）。代表作《天路歷程》。
1689		康熙二十八年	張岱卒？（一五九七－）。代表作〈自為墓誌銘〉。著有《西湖夢尋》、《陶庵夢憶》。 丘園卒？（一六一七－）。代表作《虎囊彈》（僅存六齣）、《黨人碑》劇。

「開物」，意為通曉萬物的道理。宋應星合兩詞為書名，意即通過人的才智與努力，開發萬物之理，提升萬物的價值，就能生產出與大自然一樣巧奪天工的精美物品。

《物理小識》：方以智（一六一一至一六七一）編，科學知識資料的彙編。收集古代到明代有關自然科學的研究成果與傳說，內容分成天、歷、風雷雨暘（一ㄤˊ，晴天）、地、占候（以天象變化附會人事，預言吉凶）等十五類，其中也包含方以智的科學研究見解。

歸奇顧怪：指歸莊（一六一三至一六七三）、顧炎武。由於歸莊的個性奇特，而顧炎武的脾氣古怪，兩人同為崑山（今屬江蘇）人，且感情友好，故稱之。

南施北宋：指施閏章（一六一八至一六八三）、宋琬（一六一四至一六七四）。宋琬是北方萊陽（今屬山東）人，施閏章是南方宣城（今屬安徽）人，兩人都活動於清聖祖時期，也一致推崇唐人詩風，故稱之。

《十二樓》：李漁著，短篇小說集。全書共有十二篇故事，每篇以一座「樓」名為題，如〈合影樓〉、〈奪錦樓〉、〈三與樓〉等。

《無聲戲》：李漁著，短篇小說集。全書共有

1691 康熙三十年
汪琬卒（一六二四—）。代表作〈江天一傳〉、〈傳是樓記〉、〈答陳靄公論文書〉、〈送王進士之任揚州序〉。

1692 康熙三十一年
王夫之卒（一六一九—）。代表作〈小雲山記〉、〈自題墓石〉、〈桑維翰論〉。著有《宋論》、《尚書引義》、《薑齋詩話》、《讀通鑑論》、《張子正蒙注》。世稱「船山先生」。詩詞作家厲鶚生（—一七五二）。

1693 康熙三十二年
冒襄卒（一六一一—）。著有《影梅庵憶語》。
錢澄之卒（一六一二—）。代表作〈水夫謠〉、〈催糧行〉、〈江程雜感〉、〈金陵即事〉。
書家、詩文作家鄭燮生（—一七六五）。
散曲作家徐大椿生（—一七七一）。
〔日本〕小說家、俳句詩人井原西鶴（Ihara Saikaku）卒（一六四二—）。代表作《西鶴大矢數》、《好色一代女》、《好色一代男》。

1694 康熙三十三年
吳綺卒（一六一九—）。代表作〈浣溪沙．吳苑青苔鎖畫廊〉、〈醉花間．思時候，憶時候〉。
〔日本〕俳句詩人松尾芭蕉（Matsuo Basho）卒（一六四四—）。代表作《鹿島紀行》、《奧之細道》。被譽為「俳聖」。

十二篇故事。李漁將書命名為「無聲戲」，意指小說只是不能演唱的無聲戲文，與戲曲同樣具有教化人心的社會功能。

《閑情偶寄》：李漁著，戲曲理論著作與生活雜論。全書包括〈詞曲〉、〈演習〉、〈聲容〉、〈居室〉、〈器玩〉、〈飲饌〉、〈種植〉、〈頤養〉八部；其中〈詞曲〉、〈演習〉兩部為戲曲理論專著，其他多為作者對日常生活的審美感受。

《笠翁十種曲》：李漁著，戲曲著作。為《奈何天》、《比目魚》、《蜃中樓》、《憐香伴》、《風箏誤》、《慎鸞交》、《凰求鳳》、《巧團圓》、《玉搔頭》、《意中緣》等十部傳奇的合稱。

貧窮行樂之法——李漁

李漁（約一六一〇至一六八〇），號笠翁，其《閑情偶寄》堪稱是一部生活百科全書，他不止在食、衣、住、行各方面提出其巧妙觀察與獨到見解，書中也有特別針對窮人如何享樂作一番發人省思的論述。

李漁認為窮人想要獲得快樂，唯有「退一步」這個辦法，當一個人覺得自己很貧窮時，便要想到世間還有比自己更貧窮的人；覺得自己的地位卑下，便要想到還有人比自己的地位更卑下；覺得妻兒是自己的累贅，便要想到還有許多失去妻兒的人，渴望被妻兒牽累而無法如願；覺得自己終日辛勞耕種，便要想到還有被關在牢裡的人，只能任由家裡的田地荒蕪，渴

單位：年

西元	朝代	帝王年號	文學大事
1695	清	康熙三十四年	黃宗羲卒（一六一〇－）。代表作〈怪說〉、〈柳敬亭傳〉。著有《宋元學案》、《明儒學案》、《明夷待訪錄》。世稱「梨洲先生」。文選家吳楚材、吳調侯叔姪此年編成《古文觀止》。吳楚材（一六五五－卒年不詳），康熙年間秀才，屢試不第，以在學塾授課為業。
1696		康熙三十五年	余懷卒？（一六一七？－）。代表作〈由晝溪三箬ㄖㄨㄛˋ至合溪〉。著有《板橋雜記》。屈大均卒（一六三〇－）。代表作〈秣陵〉、〈壬戌清明作〉、〈攝山秋夕作〉。「嶺南三大家」之一。
1697		康熙三十六年	經學家惠棟生（－一七五八）。
1698		康熙三十七年	曹貞吉卒（一六三四－）。代表作〈掃花遊・元宵過也〉、〈滿庭芳・太華垂旒ㄌㄧㄡˊ〉。張竹坡卒（一六七〇－）。代表作評點《金瓶梅》。地理學家郁永河生卒年不詳。（一說生於一六四五年，卒年不詳。）此年寫成《裨海紀遊》。作家劉大櫆生（－一七七九或一七八〇）。

望耕種也是不可得的。反之，一個人若總是拿際遇比自己好的人來比較的話，只是讓自己的內心片刻不得安寧。

李漁還舉例說明，他提到有一個向來過著富裕生活的有錢人，旅途中寄宿在驛站，當時正值悶熱的夏季，幕帳內的蚊子怎麼都趕不出去，有錢人回想起家裡寬敞的廳堂、清涼的簟席，以及一群侍女在旁為自己搧風，想不到自己竟困苦至此，愈想心裡愈是難受，整夜都無法入睡。

後來，這個有錢人看見有一人來回奔波、辛苦勞頓，口裡卻不曾發出怨言，臉上總是一副怡然自得的表情。有錢人感到十分納悶，便把此人叫來詢問。對方向其說道：「偶然回想起某年夏天，我曾經遭到仇家的誣陷，人身被囚禁在獄中，獄役擔心我逃跑，每晚都會把我的手腳綁住，當時的蚊子比現在還要多一倍，只能任由蚊子隨意咬我，想躲也沒有辦法躲開。對照現在我可以到處奔走，四肢行動自如、不受束縛，豈止是仙境與凡間、或人間與鬼界的差別而已！用過去的困境相較今日的景況，就是我何以只看到快樂而不覺得痛苦的原因。」有錢人聽了之後，心中茫然不知所措，原來這正是窮人享受快樂的唯一祕訣！

《日知錄》：顧炎武（一六一三至一六八二）思想著作。為顧炎武累積三十年的讀書研究心得，書中所記皆經其考證整理而成，以寄託其經世治用之思想。書名由《論語・子張》中子夏之言「日知其所亡，月無忘其所能，可謂好學也已矣」而來，共有條目一千餘條，內容涵蓋經義、政事、世風、禮制、科

1699 1700 1701 1702

康熙三十八年 姜宸英卒（一六二八－）。代表作〈惜花〉、〈奇零草序〉。

作家彭端淑生（－一七七九）。

〔法〕劇作家拉辛（Jean Racine）卒（一六三九－）。代表作《菲德拉》、《安德羅瑪克》。

康熙三十九年 陳恭尹卒（一六三一－）。代表作〈讀秦紀〉、〈虎丘題壁〉、〈次鳳陽逢中秋〉、〈崖門謁三忠祠〉。

彭孫遹卒（一六三一－）。代表作〈生查子・薄醉不成鄉〉、〈臨江仙・青瑣餘煙猶在握〉、〈秋日登滕王閣〉。

〔英〕詩、文評、劇作家德萊頓（John Dryden）卒（一六三一－）。代表作〈論戲劇詩〉、〈押沙龍與阿齊托菲爾〉、《一切為了愛》。

康熙四十年 小說家吳敬梓生（－一七五四）。

康熙四十一年 萬斯同卒（一六三八－）。黃宗羲弟子。康熙年間，其以布衣身分參與纂修《明史》，不受官銜與俸祿，《明史稿》為其手定。

舉、藝文等多方面。

《天下郡國利病書》：顧炎武著，明代地方志書輯錄。顧炎武蒐集歷代史籍、奏疏文冊、明代實錄與地方志中有關國計民生與地方利弊的資料，並親自到各地的山川要塞，就風土民情進行實地調查。書中先敘全國輿地山川，次按明代各政區建置、賦役、水利、軍事、邊防等問題利弊加以論述，是研究明代政治社會、經濟情況的一部珍貴史料。

明末清初三大思想家：指顧炎武、黃宗羲、王夫之。三人皆反對明末浮談之風，主張經世治用之學，強調文學的生活實踐功能。明亡後他們都隱居不仕，專心著述。

樸學：指清代形成的一種追求實事求是、重視訓詁考據的治學方法。此風氣始於明末清初顧炎武、黃宗羲、王夫之等人，他們一致反對虛妄空談的理學，提倡經世治用的實學，主要從事文獻審訂與資料考證。其後清廷為箝制士人的思想而大興文字獄，讀書人為避禍轉而將精神挹注在古籍的箋釋、校勘、辨偽、輯佚等工作上，無論在經學、史學、諸子學、文字學等領域都得到空前的成就。也因樸學家的著述講求證據來源，詞采不尚華美，亦少有個人思想的發揮，故樸學又有「考據學」之稱。

陽羨詞派：清詞流派的一種。因開創者陳維崧（一六二五至一六八二）為宜興（今屬江蘇）人，又

單位：年

西元	1703	1704	1705
朝代	清		
帝王年號	康熙四十二年	康熙四十三年	康熙四十四年
文學大事	葉燮卒（一六二七－）。葉小紈、葉小鸞之弟。著有《原詩》。 〔法〕童話作家夏爾・佩羅（Charles Perrault）卒（一六二八－）。其根據民間流傳的童話改編成《鵝媽媽的故事》，其中包含〈小紅帽〉、〈灰姑娘〉、〈藍鬍子〉、〈穿長靴的貓〉等故事。	尤侗卒（一六一八－）。代表作〈怎當他臨去秋波那一轉〉，《鈞天樂》、《讀離騷》劇。 閻若璩卒（一六三六－）。著有《尚書古文疏證》。 邵長蘅卒（一六三七－）。代表作〈閻典史傳〉、〈夜遊孤山記〉。 洪昇卒（一六四五－）。代表作《長生殿》劇。傳奇與孔尚任齊名，人稱「南洪北孔」。 〔英〕哲學家約翰・洛克（John Locke）卒（一六三二－）。代表作《人類悟性論》。	梁佩蘭卒（一六二九－）。代表作〈采珠歌〉、〈養馬行〉。 廖燕卒（一六四四－）。代表作〈丁戊詩自序〉、〈半幅亭試茗記〉、〈金聖歎先生傳〉。 作家全祖望生（－一七五五）。 小說家夏敬渠生（－一七八七）。

宜興古稱陽羨而得名。此派推崇北宋蘇軾、南宋辛棄疾的豪邁詞風，代表詞人除陳維崧之外，另有曹貞吉、蔣士銓等人。

當時只道是尋常——納蘭性德

納蘭性德（一六五五至一六八五），字容若，滿族人，父親納蘭明珠是清聖祖的重臣，母親愛新覺羅氏是清太祖努爾哈赤的孫女。家世顯貴的納蘭性德，不僅愛好文藝，也精於騎馬射箭，具文武雙才，康熙十五年（一六七六）考取進士後，頗受聖祖的賞識，很快地從三等侍衛晉升成一等侍衛，經常隨皇帝四處巡視出遊。

康熙十六年（一六七七）其妻盧氏死於難產，納蘭性德許久都無法走出喪偶的悲痛，寫下不少悼亡的詞篇。如為盧氏的遺像題字時寫的〈南鄉子〉，上片云：「淚咽更無聲，止向從前悔薄情。憑仗丹青重省識，盈盈，一片傷心畫不成。」描述自己一邊看著妻子的畫像寫字，一邊哽咽不止，悔恨過去對待妻子還不夠好。想要依據圖像來辨識妻子生前的盈麗容顏，但傷心的感受卻是筆墨難以勾勒出來的啊！另見〈浣溪沙〉下片：「被酒莫驚春睡重，賭書消得潑茶香，當時只道是尋常。」回顧夫妻以往相處的情景，他曾經步履輕聲，唯恐吵醒酒後沉睡妻子正在做的美夢，婚後的生活也和宋代趙明誠、李清照夫婦一樣饒富情趣，像是賭誰記得書中典故在某書某卷某頁某行，答對者才能喝茶，兩人不時笑到把手上的茶水潑出來！作者撫今追昔，方知當時看似平常不過的瑣事，竟成了日後刻骨銘心的珍貴記憶。

1706 康熙四十五年
倉央嘉措卒?(一六八三—)。作有多首藏文情詩。

1708 康熙四十七年
潘耒卒(一六四六—)。代表作〈日知錄序〉、〈遊雁蕩山記〉。

1709 康熙四十八年
朱彝尊卒(一六二九—)。代表作〈金縷曲・誰在紗窗語〉、〈馬草行〉、〈高陽臺・橋影流虹〉、〈桂殿秋・思往事,渡江干〉、〈寂寞歌〉、〈解佩令・十年磨劍〉、〈滿江紅・玉座苔衣〉。編有《詞綜》。詩與王士禛齊名,人稱「南朱北王」。開創「浙西詞派」。

1711 康熙五十年
王士禛卒(一六三四—)。代表作〈江上〉、〈秋柳〉、〈浣溪沙・北郭青溪一帶流〉、〈蝶戀花・涼夜沉沉花漏凍〉、〈真州絕句〉、〈秦淮雜詩〉、〈再過露筋寺〉、〈雨中渡故關〉。著有《漁洋詩話》。編有《唐賢三昧集》。提倡「神韻說」。
詩選家孫洙生(—一七七八)。

1712 康熙五十一年
戲曲作家楊潮觀生?(—一七九一?)

1713 康熙五十二年
宋犖卒(一六三四—)。代表作〈邯鄲道上〉、〈海上雜詩〉。戴名世卒(一六五三—)。代表作〈鳥說〉、〈醉鄉記〉、〈楊維嶽傳〉、〈與劉大山書〉、〈畫網巾先生傳〉。

近人王國維在《人間詞話》中評論納蘭性德的詞風,其言:「納蘭容若以自然之眼觀物,以自然之舌言情。此由初入中原,未染漢人風氣,故能真切如此。北宋以來,一人而已。」意指納蘭性德用純真的眼光觀察事物,質樸的語言抒發情感,是因為滿族剛入關中原不久,還未受到漢族文風的影響,才能不落前人窠臼,詞意真切動人,更直言詞體自北宋興盛以來,唯納蘭性德一人能達到這樣的境界,予其極高的評價。

《西湖夢尋》:張岱(約一五九七至一六八九)著,小品文集。為張岱追憶舊日遊覽西湖山水園林、寺廟祠堂之作。明亡之後,張岱回想往事,有感過眼繁華有如一場夢,寫成《西湖夢尋》、《陶庵夢憶》,兩書都取有「夢」字作書名,以抒發對故國的思念之情。

《陶庵夢憶》:張岱著,小品文集。內容多為張岱親身經歷與見聞,反映明代社會生活與風俗人情,其中包含〈揚州瘦馬〉、〈西湖七月半〉、〈柳敬亭說書〉、〈湖心亭看雪〉等名篇。

《宋論》:王夫之(一六一九至一六九二)著,史論著作。為王夫之根據《宋史》所載史實所進行的歷史評論,全書按宋代帝王廟號的先後順序分類,為探討其史學思想的重要參考書。

《尚書引義》:王夫之思想著作。王夫之藉由引

單位：年

西元	朝代	帝王年號	文學大事
1714	清	康熙五十三年	顧貞觀卒（一六三七—）。代表作〈金縷曲·我亦飄零久〉、〈金縷曲·季子平安否〉、〈菩薩蠻·山城夜半催金柝（ㄊㄨㄛˋ）〉。
1715		康熙五十四年	蒲松齡卒（一六四〇—）。著有《聊齋志異》。 小說家西周生（真實姓名不詳，傳其為蒲松齡）生卒年不詳。著有《醒世姻緣傳》。 小說家曹雪芹生？（—一七六三？）。
1716		康熙五十五年	毛奇齡卒（一六二三—）。代表作〈相見歡·花前顧影粼粼〉、〈荷葉杯·五月南塘水滿〉、〈打虎兒行〉、〈秦淮老人〉。門人輯其多部著述中批評南宋朱熹《四書章句集註》的文章成《四書改錯》。 詩論、詩文作家袁枚生（—一七九七）。 〔德〕哲學家萊布尼茨（Gottfried Wilhelm Leibniz）卒（一六四六—）。代表作《辯神論》。
1718		康熙五十七年	孔尚任卒（一六四八—）。代表作《桃花扇》劇。
1719		康熙五十八年	詩人、書法家劉墉生（—一八〇四）。
1723		世宗（愛新覺羅胤禛）雍正元年	小說家錢彩生卒年不詳。約活動於聖祖、世宗在位時。著有《精忠演義說本岳王全傳》。

申《古文尚書》之義，闡述其對政治、哲學的見解。

《薑齋詩話》：王夫之著，詩歌評論著作。旨在承繼孔子《論語·陽貨》中「《詩》可以興（觸發感情），可以觀（洞察明晰），可以群（合群融洽），可以怨（宣洩情志）」之論述，強調文學的社會作用與現實性，認為詩歌創作須以作者的生活經驗為基礎，而情景相融、以意為主則是作出好詩的要件。

《讀通鑑論》：王夫之著，史論著作。為王夫之讀北宋司馬光《資治通鑑》的筆記，通過《資治通鑑》所載史實，評論歷代興衰與人物功過，反映其政治思想與主張。

《張子正蒙注》：王夫之著，注解北宋張載《正蒙》的著作。

《影梅庵憶語》：冒襄（一六一一至一六九三）著，隨筆文集。為冒襄追憶其與已逝愛妾董小宛從相識、愛戀到終成眷屬，以及兩人相處時的美好與辛酸過程。

《宋元學案》：黃宗羲（一六一〇至一六九五）著，宋、元學術史著作。為黃宗羲草創，全稿未完而卒，後由其子黃百家與弟子全祖望等人修補成書。內容按宋、元學術師承分成八十七個學案，其中較著名的有以司馬光為首的〈涑水學案〉、邵雍〈百源學案〉、周敦頤〈濂溪學案〉、程顥〈明道學案〉、

1724 雍正二年
思想家、經學家戴震生（—一七七七）。詩人、小說家、文籍編訂者紀昀生（—一八〇五）。

1725 雍正三年
詩詞、戲曲作家蔣士銓生（—一七八四或一七八五）。〔日本〕劇作家近松門左衛門（Chikamatsu Monzaemon）卒（一六五三—）。代表作《景清出家》、《天網島情死》、《國姓爺合戰》。

1727 雍正五年
查慎行卒（一六五〇—）。代表作〈早過大通驛〉、〈麻陽運船行〉、〈寒夜次潘岷源韻〉、〈中秋夜洞庭湖對月歌〉、〈憫農詩和朱恆齋比部〉。詩人、詩論家、史學家趙翼生（—一八一四）。

1728 雍正六年
經史學家錢大昕生（—一八〇四）。

1731 雍正九年
〔英〕小說家狄福（Daniel Defoe）卒（一六六〇—）。代表作《魯賓遜漂流記》、《摩爾・法蘭德斯》。

1732 雍正十年
作家、文選家姚鼐生（—一八一五）。〔英〕詩人、劇作家蓋伊（John Gay）卒（一六八五—）。代表作《乞丐歌劇》。

程頤〈伊川學案〉、張載〈橫渠學案〉、朱熹〈晦翁學案〉、陸九淵的〈象山學案〉等，後附有〈荊公新學略〉、〈蘇氏蜀學略〉兩個學略，以及〈元祐黨案〉、〈慶元黨案〉兩個黨案，共列舉二千七百餘人。卷首有全祖望為全書所作的八十八篇序錄，其對各學案的流派、宗旨、學風均作概略的說明；書中每述一家，必先敘其生平、行事與師承，然後引其言論、著作，是研究宋、元學術思想的重要參考書。

《明儒學案》：黃宗羲著，明代學術史著作。內容按明代學術師承授受分成十七個學案，其中較著名的有以薛瑄為首的〈河東學案〉、王守仁〈姚江學案〉、徐愛〈浙中王門學案〉、方孝孺〈諸儒學案〉、顧憲成〈東林學案〉等，約列舉二百人。卷首〈師說〉為全書總綱，每案之前概述該學派的學術淵源、代表人物與學說要旨，其次是學者小傳，介紹每人的生平傳略，最後多摘錄其文集之重要語錄，以明其思想見解，其間或撰有案語加以評論。

《明夷待訪錄》：黃宗羲思想著作。書名中「明夷」是《易》六十四卦之一，語含有智慧的人處在患難地位之意，「待訪」意為等待後代明君來訪。黃宗羲在書中嚴厲抨擊封建君主專制，倡導「以天下為主，君為客」的民權思想，其中包含〈原君〉、〈原臣〉、〈原法〉、〈學校〉、〈取士〉等名篇。

《古文觀止》：吳楚材、吳調侯於康熙三十四年（一六九五）編成，歷代散文選集。輯選先秦到明

單位：年

西元	朝代	帝王年號	文學大事
1733	清	雍正十一年	詩文作家翁方綱生（—一八一八）。
1735		雍正十三年	文字學家段玉裁生（—一八一五）。
1736		高宗（愛新覺羅弘曆）乾隆元年	小說家蔡奡（字元放，一般稱其蔡元放）生卒年不詳。約活動於高宗在位時。編寫《東周列國志》。 戲曲作家桂馥生（—一八〇五）。
1738		乾隆三年	文史學家章學誠生（—一八〇一）。 小說家高鶚生？（—一八一五？）。
1741		乾隆六年	陳夢雷卒（一六五〇—）。主編《古今圖書集成》。
1744		乾隆九年	趙執信卒（一六六二—）。代表作〈山行雜詩〉、〈甿ㄇㄥˊ入城行〉、〈秋暮吟望〉。 作家汪中生（—一七九四）。（一說一七四五生。） 小說家屠紳生（—一八〇一）。 學者王念孫生（—一八三二）。
1745		乾隆十年	〔英〕小說家斯威夫特（Jonathan Swift）卒（一六六七—）。代表作《格列佛遊記》。
1746		乾隆十一年	作家洪亮吉生（—一八〇九）。 作家吳錫麒生（—一八一八）。

末文章二百二十餘篇，按時代先後順序編排，其中以《左傳》、《國語》、《戰國策》、《史記》等書以及韓愈、柳宗元、歐陽脩、蘇軾等人的作品為主，每篇有吳楚材、吳調侯的簡要評注。此書原是吳楚材在山陰（今屬浙江）學塾教書時為啟蒙兒童學習古文而編選的讀本，後廣為流行。

《板橋雜記》：余懷（約一六一七至一六九六）著，筆記文集。書中記述明末南京秦淮河畔妓家船燈鼎盛繁華的景況，以及名妓狎客的風流軼事，也有余懷個人的冶遊心得。

嶺南三大家：指屈大均（一六三〇至一六九六）、陳恭尹、梁佩蘭。三人皆長於詩歌創作，籍貫同屬廣東，由於居處鄰近，交往密切，在嶺南一帶享有盛名，故稱之。

《裨海紀遊》：郁永河著，日記體裁的人文地理著作。又名《採硫日記》。《裨ㄆㄧˊ海紀遊》為郁永河記錄其於清聖祖康熙三十六年（一六九七）二月到十月間在臺灣採集硫磺礦的經過，並對當時臺灣的人文風俗、地理環境作了詳細的考察，是研究臺灣史地的重要文獻。

《明史稿》：萬斯同（一六三八至一七〇二）參與纂修，紀傳體史書。記載明代歷史的著作，成書早於《明史》。之後張廷玉奉詔編纂《明史》，多以萬斯同《明史稿》為基礎而修成的。

1749 **乾隆十四年** 方苞卒（一六六八－）。代表作〈獄中雜記〉、〈萬季野墓表〉、〈左忠毅公逸事〉、〈田間先生墓表〉。開創「桐城派」。「桐城三祖」之一。

詩人黃景仁生（－一七八三）。

1751 **乾隆十六年** 女彈詞作家陳端生生？（－一七九六？）。

1752 **乾隆十七年** 厲鶚卒（一六九二－）。代表作〈百字令・秋光今夜〉、〈悼亡姬〉、〈齊天樂・瘦筇如喚登臨去〉、〈謁金門・憑畫檻，雨洗秋濃人淡〉、〈晚過梁溪有感〉。編有《宋詩紀事》。

1754 **乾隆十九年** 吳敬梓卒（一七〇一－）。著有《儒林外史》。

〔英〕小說家、劇作家菲爾丁（Henry Fielding）卒（一七〇七－）。代表作《湯姆・瓊斯》。

1755 **乾隆二十年** 張廷玉卒（一六七二－）。主編《明史》。

全祖望卒（一七〇五－）。代表作〈梅花嶺記〉、〈亭林先生神道表〉。

〔法〕思想家孟德斯鳩（Montes-quieu）卒（一六八九－）。代表作《法意》、《波斯書簡》、《羅馬興亡史論》。

1757 **乾隆二十二年** 作家惲敬生（－一八一七）。

《原詩》：葉燮（一六二七至一七〇三）著，詩歌理論著作。全書分成內、外篇，內篇為詩歌原理，主在論述詩的源流發展與創作，外篇為詩歌批評，主在論詩的工拙美惡，強調詩的才調、胸懷與見解勝過詩的格律、聲調等形式。

《尚書古文疏證》：閻若璩（一六三六至一七〇四）著，考證《古文尚書》的著作。閻若璩傾畢生心力窮究《古文尚書》，他在書中引經據古，列舉出一百餘條證據，證明西漢孔安國所傳《古文尚書》乃東晉梅賾之偽作。

《長生殿》：洪昇（一六四五至一七〇四）著，傳奇。主要是描寫唐玄宗李隆基和楊貴妃的愛情故事。雖取材自唐人白居易〈長恨歌〉、陳鴻〈長恨歌傳〉、元人白樸《梧桐雨》以及歷來相關史料傳說，但洪昇《長生殿》除歌頌李、楊兩人「精誠不散，終成連理」的不渝愛情之外，也批判了唐玄宗因楊貴妃而荒廢朝政，「逞侈心而窮人慾」的後果，便是帶給國家和人民一場空前的災難，也就是把唐朝從雄盛轉衰弱的安史之亂。

南洪北孔：指洪昇、孔尚任。洪昇是南方錢塘（今屬浙江）人，孔尚任是北方曲阜（今屬山東）人，兩人為清初劇壇的兩大家，洪昇《長生殿》與孔尚任《桃花扇》堪稱是清代傳奇的雙璧，故稱之。

西元	朝代	帝王年號	文學大事
1758	清	乾隆二十三年	惠棟卒（一六九七－）。著有《易漢學》、《古文尚書考》。「乾嘉學派」的代表之一。
1759		乾隆二十四年	詩人、戲曲作家王曇生（－一八一六或一八一七）。（一說一七六〇生。）
1761		乾隆二十六年	詞選家、詞文作家張惠言生（－一八〇二）。 〔英〕小說家李察遜（Samuel Richardson）卒（一六八九－）。代表作《潘蜜拉》、《克拉瑞莎》。
1763		乾隆二十八年	金農卒（一六八七－）。（一說一七六四卒。）代表作〈月華圖〉、〈攜杖圖〉、〈度量如海帖〉。 曹雪芹卒？（一七一五？－）。著有《紅樓夢》。 文學批評家脂硯齋（真實姓名不詳）生卒年不詳。約與曹雪芹為同時期人。代表作評點《紅樓夢》。 經學、戲曲理論家焦循生（－一八二〇）。 作家沈復生（－一八二五？）。 小說家李汝珍生？（－一八三〇？）。 〔法〕小說家普雷沃（Antoine François Prévost）卒（一六九七－）。代表作《瑪儂·雷斯考與騎士德格魯的故事》。

《詞綜》：朱彝尊（一六二九至一七〇九）編，詞總集。輯選唐到元朝六百多家共二千多首詞作，按作者的時代先後排序，各家之下有作者小傳以及宋、元時人的評語。

南朱北王：指朱彝尊、王士禎。朱彝尊是南方秀水（今屬浙江）人，王士禎是北方新城（今屬山東）人，兩人以詩齊名，故稱之。

浙西詞派：清詞流派的一種。因創始者朱彝尊為嘉興人（今屬浙江），其他成員也多活動於浙西一帶而得名。此派崇尚南宋姜夔、張炎的醇雅詞風，注重詞的格律和技巧。代表詞家除朱彝尊之外，後有厲鶚為其繼起之領袖。

《漁洋詩話》：王士禎（一六三四至一七一一）著，詩歌評論著作。書名由王士禎別號「漁洋山人」而來，內容多記述其生平經歷以及與親友論詩的話語，主在推舉盛唐王維、孟浩然自然清遠的詩風，鄙薄工於雕琢、好發議論的詩歌。

《唐賢三昧集》：王士禎編，唐詩選集。收錄王維、孟浩然、常建等四十二家共四百多首詩作，以「雋永超詣」為選取標準，不錄李白、杜甫的作品，反映其「神韻說」的觀點。三昧，原為佛家語，意指心定，此引申作訣要、竅門之意。

神韻說：詩論主張的一種。為王士禎所倡導，

1764
乾隆二十九年 詩人張問陶生（—一八一四）。作家、經學家阮元生（—一八四九）。

1765
乾隆三十年 鄭燮卒（一六九三—）。代表作〈悍吏〉、〈竹石圖〉、〈私刑惡〉、〈墨竹圖〉、〈寄弟墨書〉、〈濰縣署中畫竹，呈年伯包大中丞括〉。
詩人舒位生（—一八一五或一八一六）。
〔英〕詩人揚格（Edward Young）卒（一六八三—）。代表作《夜思》、《普遍的激情》。

1766
乾隆三十一年 小說家李百川生卒年不詳。約活動於高宗在位時。著有《綠野仙蹤》。
學者王引之生（—一八三四）。
〔義大利〕傳教士、宮廷畫師郎世寧（Giuseppe Castiglione）卒（一六八八—）。聖祖康熙年間抵達中國，擔任聖祖到高宗時之宮廷畫師，後卒於中國。代表作〈八駿圖〉、〈聚瑞圖〉、〈嵩獻英芝圖〉。

1768
乾隆三十三年 〔英〕小說家斯特恩（Laurence Sterne）卒（一七一三—）。代表作《項狄傳》、《感傷旅行》。

強調詩歌超妙的意境與天然的韻味，認為唐人司空圖《二十四詩品》中「沖淡」、「自然」、「清奇」三品為最上，並視司空圖「不著一字，盡得風流」八字為詩的最高境界。

《聊齋志異》：蒲松齡著，文言短篇小說集。全書共四百九十餘篇，題材取自前人筆記、民間傳說，以及作者親身見聞的再創造或虛構想像，內容多與仙鬼妖魅有關。蒲松齡借寫神鬼之事，意在描摹世情百態、抨擊科舉制度、暴露社會黑暗和寄寓人生哲理等。其中包含〈狐夢〉、〈促織〉、〈畫皮〉、〈席方平〉、〈聶小倩〉、〈勞山道士〉等名篇。

寫鬼狐故事的大師——蒲松齡

蒲松齡（一六四〇至一七一五）十九歲考取第一名秀才（經過考試，得以入府、州、縣學的生員），之後參加鄉試卻屢試不第，直到高齡七十餘歲才補上貢生（由府、州、縣從秀才中選出學行俱秀者，貢諸京師），終生無緣成為舉人（指鄉試中試者）。

家境貧困的蒲松齡，為了求取舉人的功名，從年輕考到年老，始終無法如願，其間為了養活妻小，維持家計，他一邊在家鄉當起私塾教師，一邊準備三年一次的鄉試，其餘時間都投入《聊齋志異》的創作；從二十歲開始收集素材到著手撰寫，大約在他四十歲左右完成初稿，到晚年仍不斷在進行增刪修潤。

當時的文學宗師王士禎，讀了《聊齋志異》抄本後甚為喜愛，不但為其作三十六條評語，還題寫一詩〈戲題蒲生《聊齋志異》卷後〉贈與蒲松齡，詩云：

單位：年

西元	朝代	帝王年號	文學大事
1769	清	乾隆三十四年	沈德潛卒（一六七三－）。代表作〈挽船夫〉、〈夏日述感〉。編有《古詩源》、《唐詩別裁集》。提倡「格調說」。
1771		乾隆三十六年	徐大椿卒（一六九三－）。代表作〈洄溪道情・行醫嘆〉、〈洄溪道情・時文嘆〉曲。
1772		乾隆三十七年	作家方東樹生（－一八五一）。
1776		乾隆四十一年	〔英〕哲學家大衛・休謨（David Hume）卒（一七一一－）。代表作《人性論》。
1777		乾隆四十二年	戴震卒（一七二四－）。著有《孟子字義疏證》。
1778		乾隆四十三年	孫洙卒（一七一一－）。編有《唐詩三百首》。 〔法〕小說、哲學、劇作家伏爾泰（Voltaire）卒（一六九四－）代表作《憨第德》、《中國孤兒》、《哲學通信》、《哲學辭典》。 〔法〕哲學家盧梭（Jean-Jacques Rousseau）卒（一七一二－）。代表作《民約論》（又譯《社會契約》）、《愛彌兒》、《懺悔錄》。

「姑妄言之姑聽之，豆棚瓜架雨如絲。料應厭作人間語，愛聽秋墳鬼唱詩。」意指在小雨如絲的豆棚瓜架下，你愛怎麼說我就怎麼聽。料想你已厭惡人間的話語，愛聽秋墳之鬼出來唱詩！官高位顯的王士禎看出蒲松齡應是厭惡人間世俗的鄙陋，刻意假託鬼狐之言以諷世。

作品能獲得朝廷重臣的賞識，對科舉一再失利的窮秀才蒲松齡可說是一大鼓舞，他立刻回覆王士禎〈次韻答王阮亭先生見贈〉詩：「《志異》書成共笑之，布袍蕭索鬢如絲。十年頗得黃州（借指北宋文家蘇軾。蘇軾貶謫黃州時，以聽村民談鬼怪之事作為消遣）意，冷雨寒燈夜話時。」蒲松齡視王士禎為文學創作的知音，向其傾吐自己一生的不得志，以及殫心竭力寫《聊齋志異》的辛酸歷程。

同一時代地位懸殊的兩人，透過一篇篇的鬼狐故事而結識，蒲松齡對名重一時的王士禎充滿崇敬仰慕，王士禎對蒲松齡的奇才文思也頗為推重。然隨著《聊齋志異》的廣布遍傳，至今已被譯成二十多國語言，其影響力該是當時的人們，甚至包括蒲松齡自己都始料未及的吧！

《四書改錯》：毛奇齡（一六二三至一七一六）門人輯其文章而成，儒家思想著作。內容主要是抨擊南宋朱熹《四書章句集註》中詮釋經義的謬誤。毛奇齡主張治經應以經書原文為主，不須雜糅他人的述說。

《桃花扇》：孔尚任（一六四八至一七一八）

1779 **乾隆四十四年**

劉大櫆卒（一六九八－）。（一說一七八〇卒。）代表作〈騾說〉、〈焚書辨〉、〈遊山遊洞記〉、〈送姚姬傳南歸序〉。著有《論文偶記》。

彭端淑卒（一六九九－）。代表作〈為學一首示子姪〉。

1780 **乾隆四十五年**

作家管同生（－一八三一）。

詩人張維屏生（－一八五九）。

1781 **乾隆四十六年**

詞人周濟生（－一八三九）。

〔德〕文評家、劇作家G.E.萊辛（Gotthold Ephraim Lessing）卒（一七二九－）。代表作《拉奧孔》、《漢堡劇評》、《愛米麗雅・迦洛蒂》。

1783 **乾隆四十八年**

黃景仁卒（一七四九－）。代表作〈雜感〉、〈少年行〉、〈都門秋思〉、〈笥ㄙˋ河先生偕宴太白樓醉中作歌〉。

著，傳奇。全劇以復社名士侯方域和秦淮名妓李香君的愛情故事為主，通過兩人定情贈題詩扇的線索，揭露南明王朝內部政治的腐敗、奸臣的卑鄙無恥、忠臣的愛國氣慨。侯、李之間的愛情也不斷因政治現實而一波三折，等到兩人終能團聚之時，明朝已經亡滅，兩人此時也看破紅塵情愛，各自選擇入山修道。孔尚任言其是「借離合之情，寫興亡之感」，藉由描寫愛情的聚散離合，實是抒發他心中對國家興衰起落的哀傷感觸。

《東周列國志》：蔡奡ㄠˋ（蔡元放）編著，章回小說。故事取材自東周春秋戰國時期五百多年間列國紛爭的史實，依小說題材屬「歷史演義」類。在元代話本中，早有描寫東周列國的故事，到了明代，有余邵魚撰成《列國志傳》，後來馮夢龍根據《左傳》、《國語》、《史記》等史書，修訂余邵魚遺漏或不足之處，更改書名為《新列國志》。清人蔡元放對《新列國志》作了一番修改，另外還加上序、讀法、評語和注釋，又改書名為《東周列國志》，也就是今日流傳的版本。

《古今圖書集成》：陳夢雷（一六五〇至一七四一）主編，大型類書。為清聖祖三子誠郡王胤祉奉清聖祖敕令，命其侍讀陳夢雷編纂而成，全書彙集數千種古籍資料，按類分成曆象、方輿、明倫、博物、理學、經濟六大彙編，彙編之下分若干典，共三十二典，典之下分若干部，共計六千一百零九部，每部再按彙考、總論、圖表、列傳、藝文、選句、紀事、雜錄、

單位：年

西元	朝代	帝王年號	文學大事
1784	清	乾隆四十九年	蔣士銓卒（一七二五－）。（一說一七八五卒。）代表作〈遠遊〉、〈水調歌頭・偶為共命鳥〉、〈歲暮到家〉、〈烏江項王廟〉、〈鳴機夜課圖記〉，《冬青樹》、《桂林霜》劇。「江右三大家」之一。 作家劉開生（－一八二四）。 〔英〕小說、文評家、辭典編纂者約翰生（Samuel Johnson）卒（一七〇九－）。代表作《詩人傳》、《拉塞拉斯王子傳》。主編《約翰生字典》、《莎士比亞集》。 〔法〕小說、哲學家、百科全書編纂者狄德羅（Denis Diderot）卒（一七一三－）。代表作《哲學思想錄》、《宿命論者雅克和他的主人》。主編《百科全書》。
1785		乾隆五十年	詩人程恩澤生（－一八三八）。 詩文作者林則徐生（－一八五〇）。 作家姚瑩生（－一八五三）。
1786		乾隆五十一年	作家梅曾亮生（－一八五六）。
1787		乾隆五十二年	夏敬渠卒（一七〇五－）。著有《野叟曝言》。

外編等項，分別將史料與相關的人事物逐條並列，所輯錄的古籍多是整部、整篇或整段抄錄，少有改動，並引注出處來源以便查對原書，亦是中國現存規模最大的類書（因明代《永樂大典》大多燒毀之故）。

桐城派：清代散文流派的一種。因創始者方苞（一六六八至一七四九）與後繼者劉大櫆、姚鼐都是桐城（今屬安徽）人而得名。最早方苞提出以「義法」為主的文論，義指的是文章的意旨，法指的是文章的布局、結構與修辭，推崇唐、宋古文與程朱理學。其後劉大櫆承繼方苞的義法論，並強調「神氣、音節、字句」的寫作技巧。姚鼐乃桐城派的集大成者，其主張「義理、文章、考證」三者不可偏廢，使桐城派的理論更加完備。此外，姚鼐主講書院四十年，門下弟子眾多，又以其文論觀點編成《古文辭類纂》，對於桐城派的宣傳廣布具有很大的影響力。代表作家除方苞、劉大櫆、姚鼐之外，另有梅曾亮、方東樹、管同等人。

桐城三祖：指方苞、劉大櫆、姚鼐。桐城派始於方苞，後經劉大櫆、姚鼐將此派的聲勢發揚光大，後人因而視三人為此派的開山宗師。

《宋詩紀事》：厲鶚（一六九二至一七五二）編，宋代詩歌資料彙集。收錄宋代詩家三千八百餘人，每家均有作者小傳，採以事存詩，以詩存人的編選宗旨，有關傳記之事，列於作者小傳之後、詩之前，有關詩的本事（所依據的事實或故事），列於詩

1790 乾隆五十五年 〔美〕作家、政治家富蘭克林（Benjamin Franklin）卒（一七〇六－）。代表作《富蘭克林自傳》、《窮漢理查的曆書》。

1791 乾隆五十六年 楊潮觀卒？（一七一二？－）。代表作《汲長孺矯詔發倉》、《窮阮籍醉罵財神》劇。

1792 乾隆五十七年 詩文作家龔自珍生（－一八四一）。散文作家趙慶熺丅一生（－一八四七）。

1794 乾隆五十九年 汪中卒（一七四四或一七四五－）。代表作〈自序〉、〈廣陵對〉、〈哀鹽船文〉、〈狐父之盜頌〉、〈先母鄒孺人靈表〉、〈經舊苑弔馬守真文〉。「駢文派」的代表之一。小說家俞萬春生（－一八四九）。詩人、地理學家魏源生（－一八五七）。〔英〕史學家吉朋（Edward Gibbon）卒（一七三七－）。代表作《羅馬帝國衰亡史》。

後，無事可採者，選錄其詩一首或數首，若對作者存有疑問之作，則於詩後加按語以為說明。

《儒林外史》：吳敬梓著，章回小說。內容表面上是描寫明代儒林士人的生活與精神狀態，旨在揭露明、清時期以八股文取士的科舉制度，正是摧殘讀書人靈魂心志與道德理想的禍首，並將官吏的昏庸無能，富豪的吝嗇刻薄，名士的虛偽醜態，給予深刻的諷刺。

諷刺小說的典範《儒林外史》——吳敬梓

吳敬梓（一七〇一至一七五四）為官宦世家之後，自曾祖輩開始，一門高中進士、舉人等功名以及有官職在身的多達十五人，可謂書香門第。二十三歲時父親過世，他繼承一筆為數不小的遺產，因而遭來族人的覬覦，終日為爭奪家產與其吵鬧不休，他也藉此認清了這些以往態度和藹可親、滿口詩書禮義的親人們的真實面目。

由於吳敬梓的個性慷慨，為人樂善好施又不善理財，很快地便把家產揮霍耗盡，時人視其為敗家子，並常舉他作為例子，要鄉里子弟引以為戒。不時遭人歧視、羞辱的吳敬梓，決定遠離家鄉全椒（今屬安徽），移居南京，他開始構思撰寫《儒林外史》這部小說，想把讀書人追求功名是為了升官發財的扭曲心態、以及官場的腐敗黑暗、社會的現實勢利一一呈現出來。如在《儒林外史‧第三回》敘述一個名叫范進的人，其年紀已經五十多歲了，考了二十餘次才取得秀才的資格。為了參加鄉試，范進前去向岳父胡屠夫

單位：年

西元	1796	1797
朝代	清	
帝王年號	仁宗（愛新覺羅顒ㄩㄥˊ琰ㄧㄢˇ） 嘉慶元年	嘉慶二年
文學大事	陳端生卒？（一七五一？—）。著有《再生緣》。 約活動於高宗、仁宗在位時，生卒年皆不詳的作家群如下： 小說家陳球著有《燕山外史》。 小說《施公案》約此前後成書。作者不詳。	袁枚卒（一七一六—）。代表作〈馬嵬〉、〈祭妹文〉、〈湖上雜詩〉、〈黃生借書說〉、〈到石梁觀瀑布〉、〈峽江寺飛泉亭記〉、〈答沈大宗伯論詩書〉。著有《子不語》、《隨園食單》、《隨園詩話》。提倡「性靈說」。文筆與紀昀齊名，人稱「南袁北紀」。 小說家陳森生？（—一八七〇？）。 〔英〕小說家瓦浦（Horace Walpole）卒（一七一七—）。代表作《奧特朗托城堡》，為第一部哥德小說。哥德小說，十八世紀在英國流行以陰森古堡為故事場景，恐怖、神祕、黑暗為其重要元素。 〔英〕女哲學家瑪麗•吳爾史東克拉芙特（Mary Wollstonecraft）卒（一七五九—）。代表作《女權辯護》。

借盤纏，被胡屠夫破口大罵道：「像你這尖嘴猴腮，也該撒泡尿自己照照，不三不四，就想天鵝屁喫！趁早收了這心，明年在我們行事裡替你尋一個館，每年尋幾兩銀子，養活你那老不死的老娘和你老婆才是正經！你問我借盤纏，我一天殺一個豬還賺不到錢把銀子，都給你去丟在水裡，叫我一家老小喝西北風？」范進挨了一頓罵，錢也沒有借著，還是不死心，決定瞞著胡屠夫去參加考試。

等到鄉試一放榜，胡屠夫得知范進高中舉人，立刻帶著銀兩趕到范進家道賀，還對著旁人說道：「我的這個賢婿，才學又高，品貌又好，就是城裡頭那張府、周府這些老爺，也沒有我女婿這樣一個體面的相貌。」對照胡屠夫發榜前嘲諷奚落、發榜後巴結諂媚的丕變態度，暴露當時依炎附貴的社會風氣，也道出科舉制度對文人精神的深刻傷害。

為了專心完成《儒林外史》，吳敬梓窮到連在寒冬買木炭取暖的錢都沒有，夜裡冷到受不了時，他便出門繞著城池跑數十里，一邊跑著、一邊吟詩歌唱，直到天亮全身暖和了才回來繼續寫作，還稱這個取暖方式為「暖足」。歷經富裕到赤貧潦倒的起伏人生，吳敬梓比一般人更能體會世情的冷暖，看清人身外表底下的真實面目，故能淋漓刻畫出當時士子文人群像百態的《儒林外史》。

《明史》：張廷玉（一六七二至一七五五）主編，紀傳體史書。記載明代歷史的著作。《二十四史》之一。

1798	嘉慶三年	詞人項鴻祚生（—一八三五）。
1799	嘉慶四年	〔法〕劇作家博馬舍（Pierre-Augustin Caron de Beaumarchais）卒（一七三二—）。代表作《費加洛的婚禮》、《塞維利亞的理髮師》。
1801	嘉慶六年	章學誠卒（一七三八—）。著有《文史通義》。屠紳卒（一七四四—）。著有《蟫史》。
1802	嘉慶七年	張惠言卒（一七六一—）。代表作〈風流子・海風吹瘦骨〉、〈木蘭花慢・盡飄零盡了〉、〈水調歌頭・春風無一事〉、〈遊黃山賦〉、〈送惲子居序〉。編有《詞選》。開創「常州詞派」。
1803	嘉慶八年	〔法〕小說家拉克洛（Pierre Choderlos de Laclos）卒（一七四一—）。代表作《危險關係》。
1804	嘉慶九年	劉墉卒（一七一九—）。代表作《學書偶成》、〈行楷自書詩〉。錢大昕卒（一七二八—）。代表作〈萬斯同先生傳〉。著有《二十二史考異》、《十駕齋養新錄》。〔德〕哲學家康德（Immanuel Kant）卒（一七二四—）。代表作《判斷力批判》、《純粹理性批判》、《實踐理性批判》。

《易漢學》：惠棟（一六九七至一七五八）著，考證漢儒《易》學著作。惠棟採輯漢代經學家京房、荀爽、鄭玄等人的《易》說以及相關材料分析考證，梳理出各家的源流與義理；書中也對宋代理學提出反駁，獨尊漢代經學。

《古文尚書考》：惠棟著，考證《古文尚書》的著作。

乾嘉學派：清代學術流派的一種。又稱「考據學派」。因鼎盛於清高宗（年號乾隆）、仁宗（年號嘉慶）兩朝，故以「乾嘉」稱之。此學派承繼清初顧炎武重視經典、講求實證的治學方法，對各種古籍史料進行蒐羅整理，以嚴謹、務實的態度從事考證、訓詁、校勘、輯佚、辨偽等學術研究。不同的是，顧炎武的治學是具有經世治用的目的，而乾嘉學派與經世治用已無關聯，他們多是為逃避政治現實而埋首於考據中。代表學者有惠棟、戴震、錢大昕、段玉裁、王念孫、王引之等人。

《紅樓夢》：章回小說。又名《石頭記》、《情僧錄》、《風月寶鑑》、《金陵十二釵》等。學界普遍認為曹雪芹只寫完前八十回即因病去世，後四十回是高鶚的續作。小說的一開頭，敘述當年女媧氏煉了三萬六千五百零一塊石頭補天，僅餘一塊未用而被棄在青埂峰下。某日，茫茫大士和渺渺真人坐在石頭邊談仙凡之事，這塊通靈石頭聽了凡心大動，央求僧人、道士帶其下凡，兩人答應石頭的請求，將其變成

單位：年

西元	朝代	帝王年號	文學大事
1805	清	嘉慶十年	紀昀卒（一七二四－）。著有《閱微草堂筆記》。主編《四庫全書》、《四庫全書總目提要》。 桂馥卒（一七三六－）。代表作《後四聲猿》劇。 詩人姚燮生（－一八六四）。 作家吳敏樹生（－一八七三）。 女彈詞作家邱心如生？（－一八七三？）。 〔德〕詩、哲學、劇作家席勒（Johann Christoph Friedrich von Schiller）卒（一七五九－）。代表作〈歡樂頌〉、《強盜》、《威廉・泰爾》、《陰謀與愛情》、《華倫斯坦三部曲》。
1806		嘉慶十一年	詩人鄭珍生（－一八六四）。
1809		嘉慶十四年	洪亮吉卒（一七四六－）。代表作〈遊天台山記〉、〈出關與畢侍郎箋〉。
1810		嘉慶十五年	詩人貝青喬生（－一八六三）。
1811		嘉慶十六年	作家、文選、軍事家曾國藩生（－一八七二）。 〔德〕小說家、劇作家克萊斯特（Heinrich von Kleist）卒（一七七七－）。代表作《破甕記》、《O地的侯爵夫人》、《米夏埃爾・科爾哈斯》。

一塊刻有「通靈寶玉」的美玉。

自此又不知過了幾世幾劫，有一空空道人經過青埂峰下，看見石頭上記載其下凡的悲歡經歷，於是抄錄石上所記，帶回人間流傳，空空道人從此「因空見色，由色生情，傳情入色，自色悟空」，易名為「情僧」。這份手抄本後來傳到曹雪芹的手中，經其「披閱十載，增刪五次」，題名《金陵十二釵》。作完以上說明，始正式進入「石上所記故事」。小說家曹雪芹在此故弄玄虛之筆，刻意以文字整理者的角色出現，直指全書乃情僧抄錄石上記事而來，不道破自己才是小說的創作者，讀者亦可透過這條線索，瞭解《紅樓夢》何以原名《石頭記》、《情僧錄》、《金陵十二金釵》。

《紅樓夢》內容主要敘述金陵豪門賈氏家族由盛轉衰的過程，同時揭露富貴人家的奢靡生活與醜惡面貌，並通過生來口裡含有一塊「通靈寶玉」的賈府少年賈寶玉的戀愛與婚姻悲劇，批判封建禮法對人心情感的戕害。曹雪芹運用傳神的語言，表現各色人物的性格特徵，像是說出「女兒是水作的骨肉，男人是泥作的骨肉」、「任憑弱水三千，我只取一瓢飲」的賈寶玉，悲吟出「儂今葬花人笑痴，他年葬儂知是誰」的林黛玉，以及任是無情也動人的薛寶釵、機關算盡的王熙鳳、嫵媚裊娜的秦可卿、純樸逗趣的劉姥姥等。此外，書中對於貴族家庭的飲食起居、園林建築、藝文生活等，也都有細膩如實的描繪。

滿紙荒唐言的《紅樓夢》——曹雪芹

曹雪芹（約一七一五至一七六三），名霑，雪芹

嘉慶十八年 文論家劉熙載生（—一八八一）。

嘉慶十九年 趙翼卒（一七二七—）。代表作〈論詩〉、〈後園居詩〉。著有《甌北詩話》、《二十二史劄記》。

張問陶卒（一七六四—）。代表作〈論文〉、〈論詩〉、〈嘉定舟中〉、〈讀《桃花扇》傳奇偶題〉。

〔法〕小說家薩德侯爵（Marquis de Sade）卒（一七四〇—）。代表作《美德的厄運》、《索多瑪120天》。

〔德〕哲學家費希特（Johann Gottlieb Fichte）卒（一七六二—）。代表作《自然法基礎》、《道德學系統》、《全知識學基礎》。

嘉慶二十年 姚鼐卒（一七三二—）。代表作〈李斯論〉、〈登泰山記〉、〈復魯絜非書〉、〈遊媚筆泉記〉、〈袁隨園君墓誌銘〉、〈朱竹君先生傳〉。編有《古文辭類纂》。

段玉裁卒（一七三五—）。著有《說文解字注》。

高鶚卒？（一七三八？—）。傳其續《紅樓夢》後四十回。

舒位卒（一七六五—）。（一說一八一六卒。）代表作〈楊花詩〉、〈杭州關紀事〉、〈梅花嶺弔史閣部〉。

是他的號，由於他在《紅樓夢》中署名「曹雪芹」，後人便少以曹霑稱之。曹雪芹的曾祖母是清聖祖的乳母，曾祖父曹璽和祖父曹寅是聖祖派駐在南京的親信大臣，世襲「江寧織造」的職務，掌管宮廷所需的各種絲織品的採購供應，同時也是皇帝的耳目，負責監視南方官吏的一舉一動。聖祖數度南巡，多次以曹府作為行宮，曹寅的女兒也被選為王妃，足見曹家在當時受到寵信的程度。

曹寅晚年，屢因虧空官銀而遭人彈劾，而聖祖都抱以寬容的態度不予追究。曹寅死後，其獨子曹顒繼任父親的官職，不久曹顒過世，聖祖命曹顒的族弟曹頫（一說其為曹雪芹之父；另一說指曹顒才是曹雪芹之父）過繼給曹寅之妻，續任江寧織造一職。直到聖祖駕崩，世宗即位，開始查辦曹家虧空的弊案，不但撤除曹家累代的職務，抄沒全數的財產，更將曹頫嚴拿入罪。曹雪芹頓時從錦衣玉食的貴族子弟，變成舉家食粥的清貧少年，全家也被迫從南京遷居北京，過著蓬戶甕牖的窮困生活。世態的炎涼、人情的冷暖，全都看在曹雪芹的眼裡。

從小受過良好文學教育的他，開始著手小說創作，其在《紅樓夢・第一回》題有一詩：「滿紙荒唐言，一把辛酸淚！都云作者痴，誰解其中味？」意思是一般人讀這部小說也許覺得內容荒誕不經，其中卻是飽含作者滿腹的辛酸血淚，人們都說作者是個痴心人，有誰能理解其內心的真正感受？

《紅樓夢》的研究者一定不會錯過筆名「脂硯齋」的批注，雖然至今沒人敢肯定其真實來歷，但此人必定與曹雪芹的關係密切。脂硯齋在《紅樓夢・凡

西元	1816	1817	1818
朝代	清		
帝王年號	嘉慶二十一年	嘉慶二十二年	嘉慶二十三年
文學大事	王曇卒（一七五九或一七六〇—）。（一說一八一七卒。）代表作〈留侯祠〉、〈住谷城之明日，謹以斗酒、牛膏合琵琶三十二弦，侑祭於西楚霸王之墓〉，《回心院》劇。作家劉蓉生（—一八七三）。〔英〕劇作家謝里丹（Richard Brinsley Sheridan）卒（一七五一—）。代表作《情敵》、《造謠學校》。	惲敬卒（一七五七—）。代表作〈三代因革論〉、〈遊翠微峯記〉、〈上曹儷笙侍郎書〉。「陽湖派」的代表之一。〔英〕女小說家珍・奧斯汀（Jane Austen）卒（一七七五—）。代表作《愛瑪》、《勸服》、《理性與感性》、《傲慢與偏見》、《曼斯菲爾德莊園》。	翁方綱卒（一七三三—）。代表作〈神韻論〉、〈格調論〉、〈韓莊聞〉。提倡「肌理說」。吳錫麒卒（一七四六—）。代表作〈柬奚鐵生〉、〈寄鄒論園〉、〈簡張心甫〉。詞人蔣春霖生（—一八六八）。詩人金和生（—一八八五）。〔英〕小說家劉易士（Matthew Gregory Lewis）卒（一七七五—）。代表作《修道士》。

例》中寫有一詩，詩末兩句為：「字字看來皆是血，十年辛苦不尋常。」意指曹雪芹筆下所寫的每一個字皆是血淚之筆，埋首十年的辛苦創作可說是非比尋常。短短兩語道盡曹雪芹為了《紅樓夢》耗費的心血。

可惜的是，至死曹雪芹都未能把書寫完，這也造成了後人對《紅樓夢》永無止歇地探索與挖掘，進而產生「紅學」這門專研《紅樓夢》的學問。

疏狂怪才——鄭燮

鄭燮（一六九三至一七六五），字克柔，號板橋，他與活躍於揚州（今屬江蘇）的金農、羅聘、李方膺、汪士慎、高翔、黃慎、李鱓等八位畫家風格創新寫意，不拘泥古法，合稱「揚州八怪」。

乾隆十八年（一七五三），鄭燮在濰縣（今屬山東）擔任縣令時遇上荒年，他撥發賑銀，開倉貸糧，拯救了上萬的老百姓，卻因此得罪了大官與地方豪紳，只能憤而罷官。離開之日，百姓沿道哭送，又感念其恩澤，還為其立生祠（為活著的人立祠廟奉祀，以表心中的愛戴與敬意）。

鄭燮從此告別官場，但為了養家糊口，他開始靠賣畫為生，並將自己的作品訂定價目表，其在〈潤格帖〉寫道：「大幅六兩，中幅四兩，小幅二兩。書條、對聯一兩。扇子、鬥方五錢。凡送禮物、食物，總不如白銀為妙。公之所送，未必弟之所好也。送現銀則心中喜樂，書畫皆佳。禮物既屬糾纏，賒欠尤為賴帳。年老神倦，亦不能陪諸君子作無益語言也。」告知前來求字畫者當以現銀交易，也不接受禮物與賒

1819 **嘉慶二十四年** 小說家魏秀仁生（－一八七四）。

1820 **嘉慶二十五年** 焦循卒（一七六三－）。著有《孟子正義》、《花部農譚》。

1821 **宣宗（愛新覺羅旻寧）道光元年** 女彈詞作家李桂玉生卒年不詳。約活動於宣宗在位時。著有《榴花夢》。

學者俞樾生（－一九〇七）。

〔英〕詩人濟慈（John Keats）卒（一七九五－）。代表作〈秋頌〉、〈夜鶯頌〉、〈希臘古甕頌〉、〈無情的美人〉。

1822 **道光二年** 〔德〕小說家E. T. A. 霍夫曼（E.T.A. Hoffmann）卒（一七七六－）。代表作《謝拉皮翁兄弟》。

〔英〕詩人雪萊（Percy Bysshe Shelley）卒（一七九二－）。代表作〈雲〉、〈西風頌〉、〈致雲雀〉、《解放的普羅米修斯》。

1823 **道光三年** 作家張裕釗生（－一八九四）。

1824 **道光四年** 劉開卒（一七八四－）。代表作〈問說〉、〈知己說〉、〈與阮芸臺宮保論文書〉。

〔英〕詩人拜倫（George Gordon Byron）卒（一七八八－）。代表作《唐‧璜》、《審判的幻景》、《恰爾德‧哈洛爾德遊記》。

帳，若有人想和他進行無益的言論交流，更是一概免談。

性情疏狂坦率，言語憤世嫉俗的鄭燮，對於貧苦人家實充滿人道關懷，其在寫給堂弟鄭墨的家書提及：「愚兄為秀才時，檢家中舊書簏，得前代家奴契券，即於燈下焚去，並不返諸其人。恐明與之，反多一番形跡，增一番愧恧ㄋㄩˋ。」道出他早年從家裡的舊書箱，找到以前家奴的賣身契約，立即在燈下把它們全都燒毀，擔心直接把契約還與家奴，反而露出刻意的痕跡，增添他們心中的愧疚不安。他認為主僕之間合則留、不合則去，做主子的人，不該抓住一紙契約來苛刻僕人。由此可看出，不論是做官或是做人，鄭燮都能真心為弱勢者設想，與其平時對官僚富豪不以為然的古怪脾氣迴異。

《古詩源》：沈德潛（一六七三至一七六九）編，詩歌總集。收錄先秦到隋代七百多首古詩與樂府歌謠，按朝代的先後順序編排，詩後有作者的評語。

《唐詩別裁集》：沈德潛編，唐詩選集。收錄唐代王維、李白、杜甫、韓愈、白居易等二百多家共一千九百餘首詩作。按詩的體裁編排，並附有簡要評注。書名自杜甫〈戲為六絕句〉詩中「別裁偽體親風雅」句而來，意指詩歌當如風雅般地反映現實生活，避開南朝以來偏重形式的風氣。別裁，鑑別裁定優劣。

格調說：詩論主張的一種。為沈德潛所倡導，其

單位：年

西元	朝代	帝王年號	文學大事
1825	清	道光五年	沈復卒？（一七六三—）。著有《浮生六記》。
1829		道光九年	作家李慈銘生（—一八九四）。（一說一八三〇生。）
1830		道光十年	李汝珍卒？（一七六三？—）。著有《鏡花緣》。詞人莊棫生（—一八七八？）。
1831		道光十一年	管同卒（一七八〇—）。代表作〈餓鄉記〉、〈抱膝軒記〉、〈寶山記遊〉。〔德〕哲學家黑格爾（Georg Wilhelm Friedrich Hegel）卒（一七七〇—）。代表作《邏輯學》、《哲學全書》、《精神現象學》。
1832		道光十二年	王念孫卒（一七四四—）。著有《廣雅疏證》、《讀書雜志》。與子王引之並稱「高郵二王」。詞人譚獻生（—一九〇一）。詩人王闓運生（—一九一六）。（一說一八三三生。）〔德〕詩、小說、劇作家歌德（Johann Wolfgang von Goethe）卒（一七四九—）。代表作《浮士德》、《詩與真》、《西東合集》、《威廉・邁斯特》、《少年維特的煩惱》。〔英〕詩人、小說家司各特（Walter Scott）卒（一七七一—）。代表作《威弗利》、《湖上夫人》、《最後一個吟遊詩人之歌》。

推重明代前、後七子的復古主張，以內容溫柔敦厚、怨而不怒，符合倫常道德規範作為格高的標準，以聲律和諧、形式嚴謹作為調響的依據。

《孟子字義疏證》：戴震（一七二四至一七七七）著，儒學思想著作。戴震通過對《孟子》義理的詮釋與探討，大力批判程朱理學「存天理、去人欲」的觀點，主張天理存於人欲之中，反對用天理的名義去禁錮人性的自然情欲，其言「人死於法，猶有憐之者；死於理，其誰憐之」，痛心斥責宋儒「以理殺人」的行為。

《唐詩三百首》：孫洙（一七一一至一七七八）編，唐詩選集。孫洙，別號蘅塘退士，其輯選唐代七十七家共三百餘首詩作，按詩的五、七言與古、近各種體裁編排，原是為啟蒙兒童學習詩歌而編，選取標準以唐詩中膾炙人口且老幼易懂的作品為主，後成為歷來多家唐詩選集中流傳廣泛的讀本之一。

《論文偶記》：劉大櫆（一六九八至一七七九）著，文學理論著作。劉大櫆以方苞的義法論為基礎，進而闡述「神氣」、「音節」、「字句」等技巧對創作文章的重要。

江右三大家：指蔣士銓（一七二五至一七八四）、袁枚、趙翼。蔣士銓是鉛山（今屬江西）人，袁枚是錢塘（今屬浙江）人，趙翼是陽湖（今屬江蘇）人，三人皆有詩名，籍貫都屬江右（指長江下游以西）一

1834 道光十四年 王引之卒（一七六六－）。王念孫之子。著有《經義述聞》。

1835 道光十五年 項鴻祚卒（一七九八－）。代表作〈湘月・繩河一雁〉、〈百字令・啼鶯催去〉、〈清平樂・畫樓吹角〉。

1837 道光十七年 作家黎庶昌生（－一八九八）。教育學家張之洞生（－一九〇九）。

〔俄〕詩人、小說家普希金（Aleksandr Pushkin）卒（一七九九－）。代表作〈哀歌〉、《上尉的女兒》、《葉甫蓋尼・奧涅金》。

1838 道光十八年 程恩澤卒（一七八五－）。代表作〈邳ㄆㄟˊ州道中〉、〈粵東雜感〉。作家薛福成生（－一八九四）。

1839 道光十九年 周濟卒（一七八一－）。代表作〈渡江雲・春風真解事〉、〈蝶戀花・柳絮年年三月暮〉。

1840 道光二十年 鴉片戰爭開始（－一八四二）。作家吳汝綸生（－一九〇三）。

帶，故稱之。由於他們同在清高宗乾隆年間考取進士，且都活動於此一時期，故又有「乾隆三大家」之稱。

駢文派：清代散文流派的一種。駢文為盛行於魏、晉南北朝的文體，講求聲律對仗和辭藻優美，清代中葉，正當桐城派興起之際，此時也出現一群倡導駢、散並重或力主駢文的作家，如汪中、吳錫麒、洪亮吉、阮元等，其中成就和影響力最大的是汪中（一七四四或一七四五至一七九四）。

《子不語》：袁枚著，筆記小說集，也屬志怪小說集。又名《新齊諧》。書中記載神鬼怪異故事約一千則。書名自《論語・述而》中「子不語怪、力、亂、神」而來，意思是孔子不談的而這本書則予以記述。書成後袁枚發現元人說部已有同名書，便改書名為《新齊諧》，語出《莊子・逍遙遊》中「齊諧者，志怪者也」句。

《隨園食單》：袁枚著，筆記文集。袁枚棄官後築室在江寧（今屬江蘇），名曰「隨園」，世稱「隨園先生」。他以自己多年的飲食經驗，在書中介紹數百道南、北美食佳餚、烹調技術，以及酒茶的品評。此書不僅可視為食譜使用，也是研究清代飲食文化的重要資料，至今已被譯成多國文字。

《隨園詩話》：袁枚著，詩歌評論著作。內容除闡述「性靈說」的理論之外，其對歷代詩人作品、流

單位：年

西元	朝代	帝王年號	文學大事
1841	清	道光二十一年	龔自珍卒（一七九二—）。代表作〈秋心〉、〈詠史〉、〈尊隱〉、〈己亥雜詩〉、〈病梅館記〉、〈說居庸關〉、〈己亥六月重過揚州記〉。
1842		道光二十二年	鴉片戰爭結束（一八四〇—）。詩人趙函生卒年不詳。約活動於宣宗在位期間、鴉片戰爭時期。代表作〈滄海〉、〈十哀詩〉。〔法〕小說家斯湯達爾（Stendhal）卒（一七八三—）。代表作《紅與黑》、《巴馬修道院》。
1846		道光二十六年	詩人樊增祥生（—一九三一）。
1847		道光二十七年	趙慶熺卒（一七九二—）。代表作〈二郎神・謝文節公遺琴〉、〈步步嬌・雜感〉曲。
1848		道光二十八年	詞人王鵬運生（—一九〇四）。詩人、學者黃遵憲生（—一九〇五）。〔日本〕小說家曲亭馬琴（Kyokutei Bakin）卒（一七六七—）代表作《南總里見八犬傳》。〔英〕女小說家艾密莉・勃朗特（Emily Bronte）卒（一八一八—）。夏綠蒂・勃朗特之妹。代表作《咆哮山莊》。

派、發展變化，以及清代詩壇也多有評論。

性靈說：詩論主張的一種。「性靈」指的就是性情，主張詩歌為抒發性情之作，反對當時詩壇的「神韻說」、「格調說」、「肌理說」，認為詩的作用並不是拿來賣弄學問、追求格律或是堆砌典故，而是要直抒胸臆，表達個人的真實情感、品味與情趣。袁枚倡導的性靈說，實是承繼晚明公安派袁宏道「獨抒性靈，不拘格套」的思想而發展出來的詩論。

南袁北紀：指袁枚、紀昀。袁枚是南方錢塘（今屬浙江）人，紀昀是北方獻縣（今屬河北）人，兩人皆長於筆記小說，袁枚《子不語》與紀昀《閱微草堂筆記》皆為清代短篇志怪小說的代表作。

才子折腰為豆腐——袁枚

江南才子袁枚（一七一六至一七九七）愛吃也懂吃，其書《隨園食單》是中國飲食史上的重要著作。袁枚於書中蒐羅大江南北的諸多豆腐料理，讚揚豆腐料理之美味多變。如浙江的「東坡豆腐」、武昌的「魚鑽沙」豆腐飯、無錫的「鏡箱豆腐」，江蘇「八寶豆腐」等，其中有道菜名「雪霞美」，以豆腐潔白似雪，芙蓉紅豔如霞而得名。

當年，杭州有位名士，請袁枚吃芙蓉花豆腐料理。這豆腐吃來色若白雪，嫩如涼粉，如凝脂，又兼花香，清爽芬馥無比，袁枚急向主人請教做法。主人有意為難這鼎鼎大名的才子，笑道：「古人不為五斗米折腰，你若肯為豆腐三折腰，我就告訴你吧。」

道光二十九年

阮元卒（一七六四－）。代表作〈文言說〉、〈與友人論古文書〉、〈書梁昭明太子文選序後〉。編有《十三經注疏校勘記》。

俞萬春卒（一七九四－）。著有《蕩寇志》。

〔美〕詩人、小說家愛倫・坡（Edgar Allan Poe）卒（一八〇九－）。代表作《述異集》、《烏鴉及其他詩篇》。被譽為「偵探小說之祖」。

〔英〕女小說家安・勃朗特（Ann Bronte）卒（一八二〇－）。夏綠蒂・勃朗特之妹。代表作《阿涅斯・格雷》。

道光三十年

林則徐卒（一七八五－）。代表作〈即日〉、〈復鄭夫人書〉、〈出嘉峪關感賦〉、〈赴戍登程，口占示家人〉。

經學家皮錫瑞生（－一九〇八）。

詩人沈曾植生？（－一九二二）。

〔英〕詩人華茲華斯（William Wordsworth）卒（一七七〇－）。代表作《序曲》。與柯勒律治合著《抒情歌謠集》。

〔法〕小說家巴爾扎克（Honoré de Balzac）卒（一七九九－）。代表作《貝姨》、《高老頭》、《歐也妮・葛朗台》。

孰料，袁枚毫不以為忤，立刻當席折躬，笑著說；「我今為豆腐折腰矣！」主人見其爽快不拘小節，便也不藏私，告知菜名，並傳授料理之法。時人毛俟園說：「珍味群推郇令庖，黎祁尤似易牙調，誰知解組陶元亮，為此曾經一折腰。」大意是說，唐朝有精於烹飪美食的郇國公韋陟，春秋齊國有善於調理百味的易牙，他們的料理手藝向來為人所推崇，但都不及豆腐的美味，連風骨有如東晉陶淵明不願為五斗米折腰而辭官的袁枚，都能為了豆腐而折下腰來。一時間傳為美談。

東晉時期，陶淵明不為五斗米折腰，講的是節氣；清代中葉，袁枚為豆腐折腰，則成了飲食史上的趣談佳話，讓人發現士人有風雅的一面，也有天真輕鬆的一面。

《文史通義》：章學誠（一七三八至一八〇一）著，文史理論著作。內容除涉及史學的源流，也闡述其對史書編纂和義例的見解。章學誠撰寫此書的目的是為了「辨章學術，考鏡源流」，他開宗明義便提出「《六經》皆史」之說，主張經學實為古代政治社會發展的記錄，故皆源出史學；有關文學理論的部分，在書中〈文德〉、〈文理〉、〈史德〉等篇多有詳述，旨在強調知人論世、博古通經的重要。

《詞選》：張惠言（一七六一至一八〇二）編，詞總集。為張惠言代表常州詞派觀點而編選的詞集，其輯選唐、五代到宋代四十四家共約一百六十首詞作，其中包括溫庭筠、蘇軾、秦觀、周邦彥、辛棄

單位：年

西元	朝代	帝王年號	文學大事
1851	清	文宗（愛新覺羅奕詝ㄓㄨˇ） 咸豐元年	洪秀全建立太平天國（—一八六四）。 方東樹卒（一七七二—）。代表作〈姚石甫文集序〉、〈書惜抱先生墓誌後〉、〈答葉溥求論古文書〉。 小說家文康生卒年不詳。約活動於宣宗、文宗在位時。著有《兒女英雄傳》。 〔美〕小說家庫柏（James Fenimore Cooper）卒（一七八九—）。代表作《大地英豪》。 〔英〕女小說家瑪麗・雪萊（Mary Shelley）卒（一七九七—）。雪萊之妻。代表作《科學怪人》。
1852		咸豐二年	作家、翻譯家林紓生（—一九二四）。 詩人陳三立生？（—一九三七）。 〔俄〕小說家、劇作家果戈理（Nikolai Vasilievich Gogol）卒（一八〇九—）。代表作《外套》、《死靈魂》、《欽差大臣》。
1853		咸豐三年	姚瑩卒（一七八五—）。代表作〈捕鼠說〉、〈臺北道里記〉、〈噶瑪蘭颱異記〉。 詞人、詞論家陳廷焯生（—一八九二）。

疾、張孝祥、王沂孫等人的作品，旨在申明詞與詩都是「緣情造端，感物而發」，也要注重內容的現實意義。

常州詞派：清詞流派的一種。因創始者張惠言為常州（今屬江蘇）人而得名。此派主要是不滿浙西詞派偏重聲調格律，一味強調清空醇雅，流於無病呻吟，主張詞和詩一樣須有風騷之旨，重視比興寄託。代表詞家除張惠言外，另有周濟、譚獻等人。

《二十二史考異》：錢大昕ㄒㄧㄣ（一七二八至一八〇四）著，考證《二十二史》的著作。自《史記》、《漢書》到《金史》、《元史》逐一校勘、訂正其中史實與注釋的訛誤。

《十駕齋養新錄》：錢大昕讀書筆記，也可說是一部學術札記。內容涉及經學、史學、文字、聲韻、術數等多方面，錢大昕縝密考證各家源流，匡正典籍中的舛錯謬誤。

背駝負乾坤，腹內滿經綸——劉墉

劉墉（一七一九至一八〇四），號石庵，相傳其因背駝，殿試時清高宗故意命其以自身駝背為題賦詩，劉墉語帶自嘲地寫道：「背駝負乾坤，腹內滿經綸。一眼辨忠姦，單腿躍龍門。丹心扶社稷，塗腦報皇恩。以貌取人者，豈是聖賢人！」民間也多稱他為「劉羅鍋」。羅鍋，意指駝背的人。

劉墉先後出任江寧（今屬江蘇）知府（一府的行

1854

咸豐四年

翻譯家嚴復生（—一九二一）。

〔德〕哲學家謝林（Friedrich Wilhelm Joseph von Schelling）卒（一七七五—）。代表作《先驗觀念論系統》、《人類自由本質的哲學研究》。

1855

咸豐五年

作家馬其昶ㄔㄤˇ生（—一九三〇）。

〔丹麥〕哲學家齊克果（Sören Kierkegaard）卒（一八一三—）。代表作《懷疑者》、《非此即彼》、《愛在流行》。

〔英〕女小說家夏綠蒂・勃朗特（Charlotte Bronte）卒（一八一六—）。代表作《簡・愛》。

1856

咸豐六年

梅曾亮卒（一七八六—）。代表作〈士說〉、〈觀漁〉、〈臣事論〉、〈遊小盤谷記〉、〈與陸立夫書〉、〈鉢ㄅㄛ山餘霞閣記〉。

小說家韓邦慶生（—一八九四）。

詞人文廷式生（—一九〇四）。

詞人鄭文焯生（—一九一八）。

〔德〕詩人海涅（Heinrich Heine）卒（一七九七—）。代表作〈羅蕾萊〉、〈乘著歌聲的翅膀〉、〈西里西亞織工之歌〉、《德國，一個冬天的童話》。

政長官）、湖南巡撫期間，除弊興利，為拯救百姓而不畏得罪高官，深獲人民的愛戴，也博得「劉青天」的美譽。詩人袁枚在〈送劉石庵觀察之江右〉最末四句寫道：「救災如救焚，除弊如除垢。殷然愛才心，白首還如舊。」大力稱許劉墉在地方當官時的優秀表現。

劉墉的父親劉統勳是清高宗所倚重的臣子，為人剛正清廉，也是紀昀的恩師，曾薦舉紀昀出任《四書全書》的總纂官，劉墉和紀昀因而有同門之誼，在清高宗寵臣和珅專權的數十年，他們是少數不曾依附和珅的朝廷重臣。紀昀善詩文，劉墉工書法，同樣都有收藏硯臺的癖好，紀昀曾在劉墉贈與自己的硯臺上題字寫道：「余與石庵（劉墉的號）皆好蓄硯，每互相贈送，亦互相攘奪，雖至愛不能割，然彼此恬不為意（不會放在心上）也。太平卿相，不以聲色貨利相矜，而惟以此事為笑樂，殆亦後來之佳話歟！」足見兩人的友好交情。

《閱微草堂筆記》：紀昀著，筆記小說集，也屬志怪小說集。記載流傳在當時的狐仙鬼怪、因果報應等奇譚異事，也有關於官場世態、人情風俗的描述，以及作者遊歷各地的親身見聞。全書分成〈灤陽消夏錄〉、〈如是我聞〉、〈槐西雜志〉、〈姑妄聽之〉、〈灤陽續錄〉五章，共計一千餘則故事。因紀昀自稱所居為「閱微草堂」，故以此命書名。

《四庫全書》：紀昀主編，大型叢書。紀昀、陸錫熊、孫士毅等人奉清高宗敕令編纂，收錄先秦到清

單位：年

西元	朝代	帝王年號	文學大事
1857	清	咸豐七年	魏源卒（一七九四－）。代表作〈寰海〉、〈秋興後〉、〈都中吟〉、〈寰海後〉。編有《海國圖志》。 小說家、甲骨文學者劉鶚生（－一九〇九）。 詞人朱孝臧生（－一九三一）。 〔法〕詩人、小說家繆塞（Alfred de Musset）卒（一八一〇－）。代表作〈夜歌〉、《世紀兒懺悔錄》。
1858		咸豐八年	詩文作家易順鼎生（－一九二〇）。 學者康有為生（－一九二七）。
1859		咸豐九年	張維屏卒（一七八〇－）。代表作〈新雷〉、〈三元里〉、〈三將軍歌〉。 詞人、詞論家況周頤生（－一九二六）。 〔美〕作家、小說家華盛頓・歐文（Washington Irving）卒（一七八三－）。代表作《見聞劄記》、《紐約外史》。 〔德〕童話蒐集家威廉・格林（Wilhelm Carl Grimm）卒（一七八六－）。與兄長雅各布・格林蒐集民間童話與傳說成《格林童話》，其中包含〈小紅帽〉、〈灰姑娘〉、〈睡美人〉、〈白雪公主〉、〈青蛙王子〉等故事。

高宗時期約三千五百種重要典籍，分成經、史、子、集四大部，於部下分成四十四類，各部分類如下：經部：易、書、詩、禮、春秋、孝經、五經、四書、樂、小學。史部：正史、編年、紀事本末、別史、雜史、詔令奏議、傳記、史鈔、載記、時令、地理、職官、政書、目錄、史評。子部：儒家、兵家、法家、農家、醫家、天文算法、術數、藝術、譜錄、雜家、類書、小說、釋家、道家。集部：楚辭、別集、總集、詩文評、詞曲。全套裝訂成三萬六千餘冊，是中國有史以來最大的一部叢書。

《四庫全書總目提要》：紀昀主編，目錄學著作。為收錄在《四庫全書》約三千五百種著錄書（載錄全書內容），以及未收錄在《四庫全書》約六千七百種存目書（只存書目，節錄部分內容）的總目錄。全書分經、史、子、集四大部，四十四類，各部之前有總序，各類之前有類序，每書之下有作者簡介、內容提要、版本考證與品評得失，便於讀者考查利用。

最關情處在依稀——紀昀

紀昀（一七二四至一八〇五），字曉嵐，清高宗時輯修《四庫全書》，命其擔任總纂官，並主持寫定《四庫全書總目提要》。除學問通達、為人寬厚、言語詼諧之外，他其實也是一位多情的丈夫。

乾隆五十六年（一七九一），紀昀的愛妾沈氏（字明玕ㄍㄢ）因病去世，事後他追憶沈氏剛入門時，元配馬夫人曾問沈氏說：「聽說妳自願成為人家的侍妾，做侍妾可不容易啊！」沈氏起身行禮，恭敬

1860 咸豐十年

〔德〕哲學家叔本華（Arthur Schopenhauer）卒（一七八八－）。代表作《意志和表象的世界》。

1862 穆宗（愛新覺羅載淳）同治元年

小說家石玉崑生卒年不詳。約活動於文宗、穆宗在位時。著有《三俠五義》。

〔美〕作家梭羅（Henry David Thoreau）卒（一八一七－）。代表作〈論公民的不服從權利〉、《湖濱散記》。

1863 同治二年

貝青喬卒（一八一〇－）。代表作〈咄咄吟〉、〈駱駝橋紀事〉。

詩人、史學家夏曾佑生（－一九二四）。

〔德〕童話蒐集家雅各布・格林（Jacob Ludwig Carl Grimm）卒（一七八五－）。與弟弟威廉・格林合輯成《格林童話》。

〔英〕小說家薩克萊（William Makepeace Thackeray）卒（一八一一－）。代表作《浮華世界》。

地答說：「因為不願意做人家的侍妾，所以侍妾就很難做了。我既然願意做侍妾，那麼做侍妾還有什麼困難呢！」馬夫人見沈氏應對得宜，從此對她相當疼愛。

沈氏常跟隨在紀昀的身邊檢閱文書典籍，從原本識字不多到後來已能用淺簡的文詞作詩。臨終前，她把自己的照片交給女兒，口裡念著：「三十年來夢一場，遺容手付女收藏。他時話我生平事，認取姑蘇沈五娘。」說完就撒手歸去了。

沈氏病重之際，正好紀昀在圓明園值班，無法回家相聚。某晚，紀昀一夜連續夢到沈氏兩回，當時他以為是過於思念沈氏而做的夢。其後才知道那天晚上，沈氏原已昏迷不醒，兩個小時後甦醒過來，對她的母親說她夢見自己來到了紀昀的住處。紀昀這時才醒悟，沈氏在辭世之前，生魂特地來夢裡和自己道別。

沈氏死後，紀昀在其遺照上題詩：「幾分相似幾分非，可是香魂月下歸？春夢無痕時一瞥，最關情處在依稀。」他果然不負沈氏的遺願，心中永遠惦念著這位生前身後都讓他牽動情懷的姑蘇女子。

《甌北詩話》：趙翼（一七二七至一八一四）著，詩歌評論著作。書名自趙翼號「甌北」而來，前十卷系統地評論唐人李白、杜甫、韓愈、白居易、宋人蘇軾、陸游、金人元好問、明人高啟、清人吳偉業、查慎行等十家詩，其論詩重視詩家的創新，反對摹擬古人的風氣；後兩卷評論唐人韋應物、杜牧等、宋人歐陽脩、王安石、黃庭堅等人的作品，也對詩

單位：年

西元	朝代	帝王年號	文學大事
1864	清	同治三年	湘軍攻下太平天國的國都天京，太平天國亡（一八五一－）。姚燮卒（一八〇五－）。代表作〈捉夫謠〉、〈哀江南詩五疊秋興韻八章〉。鄭珍卒（一八〇六－）。代表作〈晚望〉、〈屋漏詩〉、〈經死哀〉、〈白水瀑布〉。詩人丘逢甲生（－一九一二）。小說家孫玉聲生（－一九四〇）。〔美〕小說家霍桑（Nathaniel Hawthorne）卒（一八〇四－）。代表作《紅字》。
1865		同治四年	詩人思想家譚嗣同生（－一八九八）。
1866		同治五年	小說家吳沃堯生（－一九一〇）。
1867		同治六年	小說家李寶嘉生（－一九〇六）。〔法〕詩人波特萊爾（Charles Pierre Baudelaire）卒（一八二一－）。代表作《惡之華》、《巴黎的憂鬱》。
1868		同治七年	蔣春霖卒（一八一八－）。代表作〈卜算子・燕子不曾來〉、〈唐多令・楓老樹流丹〉、〈渡江雲・春風燕市酒〉。學者、教育家蔡元培生（－一九四〇）。

體、詩病等問題有所討論。

《二十二史箚記》：趙翼著，史論著作。為趙翼研究歷代正史的心得筆記，其雖取名「二十二史」，實是按二十四史（時《舊唐書》、《舊五代史》尚未被列入正史）的先後順序分卷，每卷以類相從，各立標題，以筆記的形式記錄資料，共編列條目六百餘條，內容包括史料來源的考證、體裁異同的分析，以及各朝政事、人物的評論等。

《古文辭類纂》：姚鼐（一七三二至一八一五）編，古代文章總集。為姚鼐代表桐城派觀點所編選的一部文集，其輯選先秦到清代約七十家共七百餘篇作品，分成論辨、序跋、奏議、書說、贈序、詔令、傳狀、碑誌、雜記、箴銘、頌讚、辭賦、哀祭等十三種文類，卷首有〈序目〉略述各類文體的特點與源流，其中占大多數文章出自《戰國策》、《史記》以及唐、宋八大家的作品。

《說文解字注》：段玉裁（一七三五至一八一五）著，注解《說文解字》的著作。

陽湖派：清代散文流派的一種。因創始者惲ㄩㄣˋ敬（一七五七至一八一七）、李兆洛為陽湖人，張惠言為武進人，兩縣皆屬常州，故以其籍貫命名。此派一方面接受桐城派學習唐、宋古文的主張，但另一方面張惠言、李兆洛認為文章要駢、散兩體並重，除推崇唐、宋古文，也兼法六朝駢整工麗的文章。惲敬則

同治八年 學者章炳麟生（—一九三六）。

同治九年 陳森卒？（一七九七？—）。著有《品花寶鑑》。

〔法〕小說家大仲馬（Alexandre Dumas）卒（一八〇二—）。代表作《三劍客》、《鐵面人》、《瑪歌皇后》、《基度山恩仇記》。

〔法〕小說家梅里美（Prosper Merimee）卒（一八〇三—）。代表作《卡門》、《高龍巴》。

〔英〕小說家狄更斯（Charles Dickens）卒（一八一二—）。代表作《小杜麗》、《孤雛淚》、《雙城記》、《小氣財神》、《荒涼山莊》、《艱難時世》、《塊肉餘生錄》、《匹克威克外傳》。

〔俄〕小說家、思想家赫爾岑（Aleksandr Herzen）卒（一八一二—）。代表作《誰之罪》、《往事與隨想》。

〔法〕作家、小說家儒勒・德・龔固爾（Jules de Goncourt）卒（一八三〇—）。與兄愛德蒙・德・龔固爾合著《日記》、《翟米尼・拉賽特》。

主張除取法六經之外，應不拘門戶之見，兼學諸子百家，以補救桐城派內容薄弱和思想上專主孔孟儒學、程朱理學的弊病。

肌理說：詩論主張的一種。肌理，原指肌肉的紋理，翁方綱（一七三三至一八一八）在此借指義理（儒家經典）和文理（作詩的方法），他認為王士禛「神韻說」與沈德潛「格調說」都是強調內容和形式的統一，而作詩的根基就是經術學問，故名肌理說更切合實際。肌理說主要是對神韻說和格調說的補充與修正，以對抗袁枚提出的「性靈說」。

《孟子正義》：焦循（一七六三至一八二〇）著，闡釋《孟子》的著作。

《花部農譚》：焦循著，戲曲理論著作。「花部」，指的是京腔、秦腔、弋陽腔等，統稱「亂彈」，以別於人稱「雅部」的崑山腔。花，此意指聲腔花雜不純。書中評述十齣較著名的花部劇目，像是《清風亭》、《賽琵琶》等劇，也比較了雅部、花部兩劇種的差異，其認為雅部雖協於音律，但曲文艱深，音律繁縟，聽眾若未目睹本文，不易理解曲義，且內容多涉及男女猥褻，至於花部的語言通俗易懂，音調慷慨，多講忠孝仁義的故事，足以激發人心。

《浮生六記》：沈復（約一七六三至一八二五）著，自傳體散文集。內容為沈復的生平經歷以及與妻子陳芸的情感生活。全書原有〈閨房記樂〉、〈閑情

單位：年

西元	朝代	帝王年號	文學大事
1872	清	同治十一年	曾國藩卒（一八一一－）。代表作〈聖哲畫像記〉。著有《曾國藩家書》。編有《經史百家雜鈔》。開創「湘鄉派」。 小說家曾樸生（－一九三五）。 小說家黃小配生（－一九一二或一九一三）。
1873		同治十二年	吳敏樹卒（一八〇五－）。代表作〈說釣〉、〈與筱岑論文派書〉、〈書謝御史〉。 邱心如卒？（一八〇五？－）。著有《筆生花》。 劉蓉卒（一八一六－）。代表作〈習慣說〉。 小說家李涵秋生（－一九二三）。 學者、小說家梁啟超生（－一九二九）。
1874		同治十三年	魏秀仁卒（一八一九－）。著有《花月痕》。 詩人陳去病生（－一九三三）。
1875		德宗（愛新覺羅載湉ㄊㄧㄢ）光緒元年	作家陳天華生（－一九〇五）。 女詩文作家秋瑾生（－一九〇七）。 〔丹麥〕童話作家安徒生（Hans Christian Andersen）卒（一八〇五－）。代表作〈醜小鴨〉、〈人魚公主〉、〈拇指姑娘〉、〈豌豆公主〉、〈國王的新衣〉、〈賣火柴的女孩〉。

記趣〉、〈坎坷記愁〉、〈浪遊記快〉、〈中山記歷〉、〈養生記道〉六記，今存前四記，後二記已佚。

《鏡花緣》：李汝珍（約一七六三至一八三〇）著，章回小說。小說以武則天時期為背景，前半部主在描寫秀才唐敖、林之洋和多九公三人出海遊歷的故事，他們沿途經過數十個國家，見識了各地不同的風俗民情、珍禽異獸、奇人異事等，像是在「女兒國」時，作者刻意將現實男女的處境顛倒過來，讓男人體會女子持家務、著女裝、穿耳洞以及纏足的痛苦經驗。後半部敘說武則天開女科考試，由「百花仙子」托生到人間的唐敖之女唐小山與其他花仙子托生的女子共一百人錄取才女，她們個個才德兼備，在朝中展現各項精湛的才藝與作為，能力完全不亞於男子。李汝珍運用豐富的想像力，以誇張渲染又語帶諷刺的筆法，建構他心目中的理想國度，藉此表達對社會現象的不滿。書中極力頌揚女子的智慧才能，批判傳統男尊女卑的觀念，也反映作者男女平等的思想與主張，這在當時社會是相當難得的。

《廣雅疏證》：王念孫（一七四四至一八三二）著，考證訓詁書《廣雅》的著作。

《讀書雜志》：王念孫著，校勘、訓詁古籍的著作。王念孫對《逸周書》、《戰國策》、《管子》、《荀子》、《晏子春秋》、《墨子》、《淮南子》、《史記》、《漢書》、《漢隸拾遺》等書中古義的訛

1876 **光緒二年** 小說家包天笑生（—一九七三）。〔法〕女小說家喬治・桑（George Sand）卒（一八〇四—）。代表作《魔沼》、《他與她》、《安吉堡的磨工》。

1877 **光緒三年** 詩人高旭生（—一九二五）。詞人、學者王國維生（—一九二七）。

1878 **光緒四年** 莊棫卒？（一八三〇—）。代表作〈相見歡・深林幾處啼鵑〉、〈蝶戀花・城上斜陽依綠樹〉。史學家連橫生（—一九三六）。

1879 **光緒五年** 作家陳獨秀生（—一九四二）。

1880 **光緒六年** 詩人劉大白生（—一九三二）。作家、音樂家李叔同生（—一九四二）。〔英〕女小說家喬治・艾略特（George Eliot）卒（一八一九—）。代表作《亞當・比德》、《米德爾馬契》、《織工馬南傳》、《弗洛斯河上的磨坊》。〔法〕小說家福樓拜（Gustave Flaubert）卒（一八二一—）。代表作《三故事》、《情感教育》、《包法利夫人》。

誤一一校改，其每考釋一字，便羅列各家古籍，以豐富的材料和證據校正原書，是研究古代詞語的重要參考書。

高郵二王：指王念孫、王引之父子。兩人為高郵（今屬江蘇）人，且都精通小學（包括文字、聲韻、訓詁學），故稱之。

《經義述聞》：王引之（一七六六至一八三四）著，王念孫之子。著以訓詁的方式研究儒家經義的著作。內容除論述《易》、《書》、《詩》、《周禮》、《儀禮》、《大戴禮記》、《小戴禮記》等多部經義，並對古書文字進行訓詁與校勘。

鴉片戰爭：因英國大量輸入鴉片至中國而起的戰爭。清廷決定禁止英國鴉片進口，宣宗道光十九年（一八三九）派林則徐赴廣州嚴辦，並當眾銷毀鴉片。次年，英國遂以此為藉口對中國出兵，攻陷沿海各地；兩年後，清廷派耆英等人到南京與英國議和，簽訂〈南京條約〉。

〈己亥雜詩〉：組詩。為龔自珍以三百一十五首七言絕句體所組成，因作於清宣宗道光十九年，按中國干支紀年，是年為己亥年，故稱之。內容多敘述其辭官離京南歸的見聞，以及其生平經歷與情感思想，其中包括「落紅不是無情物，化作春泥更護花」、「不是逢人苦譽君，亦狂亦俠亦溫文」、「少年擊劍更吹簫，劍氣簫心一例消」、「我勸天公重抖擻，不

單位：年

西元	朝代	帝王年號	文學大事
1881	清	光緒七年	劉熙載卒（一八一三—）。著有《藝概》。 作家、小說、文論家魯迅生（—一九三六）。 〔俄〕小說家杜斯妥也夫斯基（Fyodor Mikhailovich Dostoevsky）卒（一八二一—）。代表作《白癡》、《罪與罰》、《地下室手記》、《卡拉馬佐夫兄弟》。
1882		光緒八年	〔美〕詩人、思想家愛默生（Ralph Waldo Emerson）卒（一八〇三—）。代表作《詩集》、《論自然》、《論文集》。
1883		光緒九年	詩人寧調元生？（—一九一三）。 〔俄〕小說家屠格涅夫（Ivan Sergeyevich Turgenev）卒（一八一八—）。代表作《羅亭》、《父與子》、《獵人筆記》。

拘一格降人才」、「一事平生無齮齕ㄧˇㄏㄜˊ（詆毀之意），但開風氣不為師」等名句。

丁香花公案——龔自珍

晚清文人龔自珍（一七九二至一八四一）他清楚意識列強正對中國虎視眈眈，深感國家即將走向衰敗，故常在詩文中批判時政，關心民生問題，主張經世致用之學，也向朝廷提出不少改革建議，可惜多未獲採納。

道光十九年（一八三九），龔自珍辭官準備南返，此年寫了數百首〈己亥雜詩〉，抒發自己一生的經歷與感觸，其中一首：「空山徙倚倦遊身，夢見城西閬苑（仙人的住所）春。一騎傳箋朱邸（王侯宅第）晚，臨風遞與縞衣（指白絹衣裳或居喪所著的白色衣服）人。」詩末自註：「憶宣武門內太平湖之丁香花。」也正是這段自註，為他留下一則「丁香花公案」的緋聞。

緋聞女主角顧太清是貝勒爺奕繪的側室，才色雙絕。相傳兩人常因龔自珍在奕繪手下做事，暗通款曲。奕繪一怒之下，毒死年五十歲的龔自珍，逐出顧太清。另有一說龔自珍寫〈己亥雜詩〉這年，正好遇到丈夫剛去世一年的顧太清，兩人因而發展出一段戀情，後顧太清不為奕繪家族所容而被趕出王府。但是否真有其事，歷來眾說紛紜。

清末民初文人冒廣生曾寫過關於顧太清的詩〈記太清遺事〉，其以「人是傾城姓傾國，丁香花發一低徊」，影射龔自珍〈己亥雜詩〉中加有「丁香花」自註的詩就是寫給顧太清的情詩，因為自註提及「宣武

光緒十年

小說家俞達卒（生年不詳）。著有《青樓夢》。

詩人、小說家蘇曼殊生（—一九一八）。

史學家、經學家劉師培生（—一九一九）。

〔芬蘭〕民間文學編纂者蘭羅特（Elias Lonnrot）卒（一八〇二—）。蒐集八世紀至十世紀的民間傳說與詩歌編成《卡勒瓦拉》，為芬蘭的民族史詩。

光緒十一年

金和卒（一八一八—）。代表作〈蘭陵女兒行〉、〈圜城紀事六詠〉、〈烈女行紀黃婉梨事〉。

作家鄒容生（—一九〇五）。

作家、文史學家周作人生（—一九六七）。

〔法〕詩、小說、劇作家雨果（Victor Hugo）卒（一八〇二—）。代表作《秋葉集》、《東方詩集》、《悲慘世界》、《鐘樓怪人》。

門內太平湖」為奕繪府邸之所在。冒廣生借西漢李延年〈北方有佳人〉之「一顧傾人城，再顧傾人國」，隱喻能讓龔自珍追憶「宣武門內太平湖之丁香花」的人，即是擁有傾城傾國美貌的顧太清，前句點出顧太清的美貌與姓氏「顧」，後句便是言龔自珍對顧太清的用情。

《十三經注疏校勘記》：阮元（一七六四至一八四九）編，校勘《十三經注疏》的著作。阮元羅致多位學者作成《十三經注疏校勘記》，並將內容分別摘錄，附於《十三經注疏》中的每卷之末，採取眾本互勘的方式，羅列各家之異同，而不對古書作更改。阮元所校刻刊行的《十三經注疏》，以蒐羅版本豐富著稱，世稱「阮刻本」。

太平天國：為洪秀全為反對清廷統治，以組織「拜上帝會」名義發動的武裝農民起義，國號「太平天國」，自稱「天王」，於清文宗咸豐三年（一八五三）攻占南京，遂定都於此，改名「天京」。後由於領導集團發生爭權內訌，互相殘殺，終為效忠清廷的湘軍（由曾國藩領導）、淮軍（由李鴻章領導）所滅。

《海國圖志》：魏源（一七九四至一八五七）編，世界史地專著。為魏源受林則徐委託，以林則徐《四洲誌》的譯稿為基礎並參考相關中、外文獻所編成的。書中除輯錄中、外史籍中有關世界歷史和地理的資料之外，也系統地介紹了西方的軍事、經濟、科

單位：年

西元	朝代	帝王年號	文學大事
1886	清	光緒十二年	作家、語文學家夏丏尊生（—一九四六）。 作家蔣夢麟生（—一九六四）。 〔美〕女詩人艾蜜莉・狄金生（Emily Elizabeth Dickinson）卒（一八三〇—）。代表作〈成功被認為最甜美〉、〈在他們的石膏房安然無恙〉。
1887		光緒十三年	作家林覺民生（—一九一一）。 詩人柳亞子生（—一九五八）。
1888		光緒十四年	〔德〕小說家施篤姆（Theodor Storm）卒（一八一七—）。代表作《茵夢湖》、《白馬騎士》。 〔美〕女小說家露薏莎・奧科特（Louisa May Alcott）卒（一八三二—）。代表作《小婦人》。

學、宗教、文化等情況，並附有大量的地圖、模型、圖表。魏源編寫此書的宗旨為「師夷長技以制夷」，也就是通過學習外國的先進技術，興利除弊，以抵抗外來的侵略。

《曾國藩家書》：曾國藩書信集。為曾國藩自清宣宗到穆宗在位期間，前後數十年寫下的一千餘封家書，對象包括祖父母、父母長輩、妻子、兄弟、子姪等，書信內容涉及政治軍事、修身齊家、為學處世等多方面，是研究曾國藩治事、治學思想的重要記錄。

《經史百家雜鈔》：曾國藩編，歷代古文總集。收錄《詩》、《書》、《易》、《周禮》、《左傳》、《戰國策》、《史記》、《漢書》、《資治通鑑》、諸子百家等以及歷朝眾多文家的作品，分成論著、詞賦、序跋、詔令、奏議、書牘、哀祭、傳志、敘記、典志、雜記等十一類。曾國藩編選此書的目的是為補充姚鼐《古文辭類纂》中摒棄經史文類的缺失，擇選富有雄厚氣勢和內容的文章，以為寫作的範本。

湘鄉派：清代散文流派的一種。因創始者曾國藩為湘鄉（今屬湖南）人而得名。此派除接受桐城派論文強調的義理、考據、辭章之外，另加「經濟」一項，亦即重視文章經世濟用功能，以矯正桐城派在文詞上力求雅潔而內容卻空疏的弊端。代表作家除曾國藩之外，另有薛福成、張裕釗ㄓㄠ、吳汝綸、黎庶昌等人。

光緒十五年

小說家徐枕亞生（－一九三七）。

小說家平江不肖生（本名向愷然）生（－一九五七）。（一說一八九〇生。）

小說家嚴獨鶴生（－一九六八）。

〔英〕詩人羅勃特・白朗寧（Robert Browning）卒（一八一二－）。代表作《指環和書》、《男人和女人》。

〔俄〕小說家、思想家車爾尼雪夫斯基（Nikolay Gavrilovich Chernyshevsky）卒（一八二八－）。代表作《序幕》、《藝術對現實的審美關係》。

光緒十六年

文史學家陳寅恪生（－一九六九）。

女作家、小說、史學家陳衡哲生？（－一九七六）。

〔義大利〕兒童文學作家科洛迪（Carlo Collodi）卒（一八二六－）。代表作《木偶奇遇記》。

知人知面更知心——曾國藩

曾國藩（一八一一至一八七二）善於看相，在《曾國藩日記》與面相學小書《冰鑑》中，皆有不少觀察人的心得。據說，李鴻章曾請曾國藩幫忙品評三位淮軍將領。曾國藩刻意讓三人在大廳外站著等，過了兩小時，沒特別晤談便走了。他告訴李鴻章，左邊的麻臉少年始終不卑不亢，氣宇軒昂，必是大將之材。右邊的高個子始終沉著等待，勤謹老實。至於中間的矮子規矩是規矩，但沒耐心，長官一背過身就怠慢，前途有限。曾國藩所說的「大將之材」，就是後來的台灣巡撫劉銘傳。

《冰鑑》中有這樣一段話：「邪正看眼鼻，真假看嘴脣，功名看氣概，富貴看精神，壽夭看指爪，風波看腳跟，若要看條理，盡在言語中。」大意是說，人的品格可從眼神及眼鼻是否端正觀察，嘴脣形狀則關乎誠實與否。氣度不凡者，大多是成功人士。神清氣爽，是富貴之人；健康狀況，可從指甲光滑紅潤與否開始觀察。是否容易惹事生非，從步伐看；而言語，則表示此人的行事邏輯。

至於曾國藩為何有這般識人之明？也許是其做官歷練多年，又為湘軍主帥，必須時時閱人、待人，舉荐人才無數。久而久之，他看過許多成功者與失敗者，自有一套法門。事實上，人內在的個性、品德、健康狀況如何，無論如何掩飾，總會不知不覺外露於日常言行之中。曾國藩的「相人」要訣，是對人皮相、神采、舉止的整體衡量，而非單從人的長相來分析，與世俗價值觀的美醜與否，也沒有太大的關係。

單位：年

西元	1891	1892	1893
朝代	清		
帝王年號	光緒十七年	光緒十八年	光緒十九年
文學大事	詩人劉半農生（—一九三四）。 小說家李劼ㄐㄧㄝˊ人生（—一九六二）。 學者、詩文作家胡適生（—一九六二）。 〔美〕小說家梅爾維爾（Herman Melville）卒（一八一九—）。代表作《白鯨記》、《比利・巴德》。 〔法〕詩人韓波（Arthur Rimbaud）卒（一八五四—）。代表作〈醉舟〉、《靈光篇》。	陳廷焯卒（一八五三—）。代表作〈蝶戀花・采采芙蓉秋已暮〉。著有《白雨齋詞話》。 詩人、文史學家郭沫若生（—一九七八）。 〔美〕詩人惠特曼（Walt Whitman）卒（一八一九—）。代表作《草葉集》。	作家、小說家許地山生（—一九四一）。 小說家張資平生（—一九五九）。 小說家程小青生（—一九七六）。

《藝概》：劉熙載（一八一三至一八八一）著，文藝理論著作。為劉熙載晚年時對其生平談論文藝的札記所做的整理彙編，全書分成〈文概〉、〈詩概〉、〈賦概〉、〈詞曲概〉、〈書概〉、〈經義概〉六卷，分別論述文、詩、賦、詞、書法、八股文的體裁流變、特色技巧，也有對重要作家作品進行品評。

《白雨齋詞話》：陳廷焯ㄓㄨㄛˊ（一八五三至一八九二）著，詞論著作。全書共六百九十餘則，是近代詞話中篇幅較大的一部著作，陳廷焯論詞強調感興寄託（感物寄託深刻寓意）、忠厚（情意溫厚和平）、沉鬱（文詞深沉蘊藉）三種風格，全書通過對歷代詞家作品的具體評論，闡述其對詞的基本觀點，書中對溫庭筠、韋莊和王沂孫的作品相當推崇。

甲午戰爭：光緒二十年（一八九四），日本發動侵略中國和朝鮮的戰爭。次年中國戰敗，李鴻章赴日馬關簽訂〈馬關條約〉。按中國干支紀年，是年為甲午年，故稱之。

《海上花列傳》：韓邦慶（一八五六至一八九四）著，章回小說。全書以吳語方言書寫對白，也可說是一部吳語小說。韓邦慶以寫實平淡的手法，書寫晚清上海妓女與狎客的情感與生活，一洗以往以青樓為題材的才子佳人溢美模式，書中不僅描述上海租界妓院妓女的等級分明，也觸及妓女家常起居的生活細節，

〔法〕小說家莫泊桑（Guy de Maupassant）卒（一八五〇—）。代表作〈項鏈〉、〈羊脂球〉、《她的一生》。

光緒二十年 發生甲午戰爭。

張裕釗卒（一八二三—）。代表作〈答劉生書〉、〈遊虞山記〉、〈北山獨遊記〉。

薛福成卒（一八三八—）。代表作〈變法〉、〈觀巴黎油畫記〉、〈白雷登海口避暑記〉。

韓邦慶卒（一八五六—）。著有《海上花列傳》。

李慈銘卒（一八二九或一八三〇—）。著有《越縵堂日記》。

詩人、小說家賴和生（—一九四三）。

作家、小說家葉聖陶生（—一九八八）。

〔印度〕小說家查特吉（Bankim Chandra Chatterjee）卒（一八三八—）。代表作《毒樹》、《茉莉納麗尼》。

〔英〕小說家史蒂文生（Robert Louis Stevenson）卒（一八五〇—）。代表作《金銀島》、《化身博士》。

其中不少妓女更與尋歡客在金錢交易之外發展出如家人般的平實關懷。《海上花列傳》向來被視為是狹邪小說（以妓家為題材的小說）的代表作，後有張愛玲將其譯成國語註譯本《國語海上花列傳——海上花開》、《國語海上花列傳——海上花落》二冊。

《越縵堂日記》：李慈銘（一八二九或一八三〇至一八九四）著，日記體裁的散文著作。書名「越縵堂」取自李慈銘的書房名，內容記敘清文宗到德宗在位期間四十年來的朝野見聞、人物軼事，也有李慈銘個人的讀書、考據心得等。

戊戌變法：光緒二十四年（一八九八），指康有為在德宗的支持下所進行的短暫政治改革。清廷自甲午戰爭戰敗後，掀起各國瓜分中國的浪潮，康有為曾多次上書德宗要求改革，陳述變法主張，其學生梁啟超則於上海主編〈時務報〉，鼓吹變法圖強。德宗此年下詔變法，主要內容為學習西方科學文化，改善政治、軍事、教育制度，重視經濟發展；但以慈禧太后為主的守舊派反對變法，發動政變，德宗被幽禁在南海瀛臺（位於皇城西苑的太液池中），康有為、梁啟超逃亡日本，譚嗣同等多位維新派人士遭到殺害，變法宣告失敗。按中國干支紀年，是年為戊戌年，故稱之，因前後歷時一百零三天，又稱「百日維新」。

《仁學》：譚嗣同（一八六五至一八九八）思想著作。譚嗣同認為世界的存在和發展都是由於仁的作用，故稱其學說為「仁學」，其融合儒、釋、基督三

單位：年

西元	朝代	帝王年號	文學大事
1895	清	光緒二十一年	小說家張恨水生（一一九六六）。（一說一八九七生。） 作家、小說家周瘦鵑生（一一九六八）。 作家、小說家林語堂生（一一九七六）。 史學家、國學家錢穆生（一一九九〇）。 〔法〕小說家小仲馬（Alexandre Dumas）卒（一八二四一）。大仲馬之子。代表作《茶花女》。
1896		光緒二十二年	作家、小說家郁達夫生（一一九四五）。 詩人陳虛谷生（一一九六五）。 小說家茅盾生（一一九八一）。 〔美〕女小說家斯托夫人（Harriet Elizabeth Beecher Stowe）卒（一八一一一）。代表作《黑奴籲天錄》。

教之學，旨在宣傳民主與科學的思想。書中嚴厲抨擊中國二千餘年的封建名教制度，也對傳統的三綱五常提出批判，主張倫理關係應該建立在平等、自由的基礎上，進而提倡婦女解放、男女平等、婚姻自主等觀念。

庚子事變：發生於光緒二十六年（一九〇〇），或稱「庚子拳亂」或「義和團運動」。義和團原稱義和拳，為在山東一帶興起的社團，因不滿外國列強入侵中國，打出「扶清滅洋」的口號，針對所有在中國的西方人（包括傳教士以及華人基督徒在內）進行一場大規模的暴力事件。義和團的成員在清廷的支持下四處燒教堂、殺教士，凡是信奉天主教、基督教的中國人也多難逃被搶劫或殺身的命運。按中國干支紀年，是年為庚子年，故稱之。

庚子事變的發展和結果，便是引發八國聯軍攻陷北京，隔年清廷派出奕劻、李鴻章為代表與各國簽訂〈辛丑條約〉，也就是歷來賠款數目最高的一次不平等條約，又稱〈庚子賠款〉。

晚清四大詞人：指王鵬運（一八四八至一九〇四）、朱孝臧、鄭文焯、況周頤。四人除承繼常州詞派標榜比興的傳統，力主詞的聲律與體格並重，又多致力於詞籍的校勘與整理研究，對詞學有很大的貢獻。

《日本國志》：黃遵憲（一八四八至一九〇五）著，日本政治、社會史料著作。全書分成十二類，

〔法〕作家、小說家愛德蒙・德・龔固爾（Edmond de Goncourt）卒（一八二二－）。與弟儒勒・德・龔固爾合著《日記》、《翟米尼・拉賽特》。為法國「龔固爾文學獎」的創始人。

〔日本〕女小說家樋口一葉（Higuchi Ichiyo）卒（一八七二－）。代表作〈濁流〉、〈十三夜〉、〈大年夜〉。

光緒二十三年

詩文作家徐志摩生（－一九三一）。

小說、詩文作家王統照生（－一九五七）。

作家羅家倫生（－一九六九）。

女作家方令孺生（－一九七六）。

作家、美學家朱光潛生（－一九八六）。

女作家、學者、小說家蘇雪林生（－一九九九）。

〔法〕小說家都德（Alphonse Daudet）卒（一八四〇－）。代表作〈柏林之圍〉、〈最後一課〉。

包括〈國統志〉、〈天文志〉、〈地理志〉、〈鄰交志〉、〈職官志〉等。黃遵憲於清德宗光緒三年（一八七七）出任日使館參贊（負責協助日本公使辦理外交事物）期間，目睹日本在明治維新後的改革成效，便開始蒐集相關史料，撰述日本如何學習西方科學文明以及經濟生產發展，而使國家日趨走向富強。

《人境廬詩草》：黃遵憲詩集。為其自編個人近四十年共六百多首詩的結集。黃遵憲別號「人境廬主人」，取自東晉陶淵明〈飲酒〉詩中「結廬在人境」句，其詩作多熔鑄新穎詞彙描寫當時的歷史大事，風格獨闢，其中包括〈山歌〉、〈雜感〉、〈今別離〉、〈臺灣行〉、〈馬關紀事〉、〈贈梁任父同年〉、〈寒夜獨坐臥虹榭〉等篇。

【詩界革命】

指清代末期戊戌變法前後的詩歌改良運動。主張書寫語言通俗，不受形式束縛的詩歌，力圖在內容上開闢前人未有之境，反映新的時代、知識與思想。

早在穆宗同治年間（一八六二至一八七四），黃遵憲〈雜感〉詩寫有「我手寫我口，古豈能拘牽」，其在〈人境廬詩草序〉又言道「舉吾耳目所親歷者，皆筆而書之」，強調用平易的口語來寫作，反對一味因襲古人的詩風，更直指自己的創作為「新詩派」，但在當時並未引起廣泛的影響。

戊戌變法失敗後，梁啟超逃亡日本，開始傾力從事文化宣傳與文藝革新，此時他正式提出「詩界革命」的口號，極力推崇黃遵憲「我手寫我口」之說，

單位：年

西元	朝代	帝王年號	文學大事
1898	清	光緒二十四年	發生戊戌變法。 黎庶昌卒（一八三七—）。代表作〈卜來敦記〉、〈巴黎賽會紀略〉、〈訪徐福墓記〉。 譚嗣同卒（一八六五—）。代表作〈有感〉、〈別意〉、〈武昌夜泊〉、〈獄中題壁〉。著有《仁學》。 女小說家盧隱生（—一九三四）。（一說一八九九生。） 作家、學者朱自清生（—一九四八）。 文史學家鄭振鐸生（—一九五八）。 劇作家田漢生（—一九六八）。 作家豐子愷生（—一九七五）。 〔英〕兒童文學作家路易斯．卡洛爾（Lewis Carroll）卒（一八三二—）。代表作《愛麗絲夢遊仙境》、《愛麗絲鏡中奇遇》。 〔法〕詩人馬拉美（Stephane Mallarme）卒（一八四二—）。代表作〈骰子一擲〉、〈牧神的午後〉。

直道其人乃「真詩界革命之雄也」，其詩歌創作已達「詩界革命之能事至斯而極矣」，視黃遵憲為詩界革命的一面旗幟。

梁啟超在《飲冰室詩話》中闡述其詩論觀點：「能以舊風格含新意境，斯可以舉革命之實矣。」表明詩不但要有新意境，也要不離古人的風格，其所謂「以舊風格含新意境」的詩歌主張，固然有其局限性，但不可否認的是，詩界革命的興起，對於詩歌從古典轉型到現代具有承先啟後的作用，也對後繼五四文學運動的詩人有一定的啟發與影響。詩界革命的代表人物除黃遵憲、梁啟超之外，康有為、譚嗣同、丘逢甲、夏曾佑等人也都是詩界革命的主將。

《猛回頭》：陳天華（一八七五至一九〇五）著，宣傳革命思想的著作。與《警世鐘》一樣，運用通俗白話以及近似說唱的文藝形式，揭露清廷的腐敗與列強瓜分中國的憤慨，鼓吹反帝制思想。

《警世鐘》：陳天華著，宣傳革命思想的著作。

《革命軍》：鄒容（一八八五至一九〇五）著，宣傳革命思想的著作。內容主在闡述革命的正當性與必要性，大力抨擊封建專制政體，旨在號召人民推翻滿清帝制，建立民主自由的共和國。

晚清四大譴責小說：指李寶嘉《官場現形記》、吳沃堯《二十年目睹之怪現狀》、劉鶚《老殘遊記》、曾樸《孽海花》。譴責小說的題材多為抨擊政

光緒二十五年 詩人、學者聞一多生（—一九四六）。

小說、劇作家老舍生（—一九六六）。

光緒二十六年 發生庚子事變。

詩人李金髮生（—一九七六）。

小說家吳濁流生（—一九七六）。

劇作家、文學評論家阿英生（—一九七七）。

小說家蔡秋桐生（—一九八四）。

作家、學者俞平伯生（—一九九〇）。

女作家、小說家凌叔華生（—一九九〇）。

劇作家、報告文學作家夏衍生（—一九九五）。

女詩文作家冰心生（—一九九九）。

〔德〕哲學家尼采（Friedrich Wilhelm Nietzsche）卒（一八四四—）。代表作《悲劇的誕生》、《查拉圖斯特拉如是說》。

〔愛爾蘭〕詩、小說、童話、劇作家王爾德（Oscar Wilde）卒（一八五四—）。代表作《莎樂美》、《快樂王子》、《格雷的畫像》、《溫夫人的扇子》。

府和社會惡習，盛行於晚清時期。

《春在堂隨筆》：俞樾（一八二一至一九〇七）的讀書筆記，也可說是一部學術札記。全書大體按時代先後排序，內容包括經學、小學、詩文、金石的考釋和評論，也有作者的遊歷實錄、朝野的遺聞軼事等，具有學術與史料價值。

《古書疑義舉例》：俞樾著，訓詁古籍的著作。俞樾有鑑於古書用詞、音義、造句與後世多有不同，且傳抄刊刻又多有訛誤，造成後人閱讀上的不便，其分類總括古書中語詞特點、詮釋方法等，每一論說必援引例證，為研究古籍的重要工具書。

《七俠五義》：章回小說。前身為石玉崑《三俠五義》。俞樾認為小說〈第一回〉所言「貍貓換太子」等事荒誕不經，遂援引史傳重寫此回。原書名《三俠五義》中的「三俠」為南俠展昭、北俠歐陽春，以及雙俠丁兆蘭、丁兆蕙，實為四俠，其認定小俠艾虎、黑妖狐智化、小諸葛沈仲元為七俠，故改書名為《七俠五義》。

《經學歷史》：皮錫瑞（一八五〇至一九〇八）著，經學史專著。皮錫瑞以今文經學為依歸，論述歷來經學的發展過程，並對每一時期重要的經學家、經學特色詳加介紹。

《書目答問》：張之洞（一八三七至一九〇九）

單位：年

西元	朝代	帝王年號	文學大事
1901	清	光緒二十七年	譚獻卒（一八三二－）。代表作〈一萼紅・黯愁煙，看青青一片〉、〈青門引・人去闌干靜〉〈蝶戀花・庭院深深人悄悄〉。 作家、小說家魯彥生（－一九四四）。 詩人、小說家廢名生（－一九六七）。 〔日本〕思想家福澤諭吉（Fukuzawa Yukichi）卒（一八三五－）。代表作《西洋情況》、《文明論概略》。
1902		光緒二十八年	女作家、小說家石評梅生（－一九二八）。 小說家柔石生（－一九三一）。 小說、詩文作家張我軍生（－一九五五）。 小說家還珠樓主（本名李壽民）生（－一九六一）。 作家、小說家沈從文生（－一九八八）。 作家、小說、文史作家臺靜農生（－一九九〇）。 〔法〕小說家左拉（Emile Zola）卒（一八四〇－）。代表作《酒店》、《娜娜》、《萌芽》、《人面獸心》。
1903		光緒二十九年	吳汝綸卒（一八四〇－）。代表作〈天演論序〉、〈祭李文忠公文〉、〈跋蔣湘帆尺牘〉。

編，目錄學著作。是為指導學生治學門徑而撰寫的一部舉要目錄，收錄圖書二千餘種，分成經、史、子、集、叢書五大類，大類之下再分小類，同類書再按時代先後排序，著錄書名、作者與版本等。

《老殘遊記》：劉鶚著，章回小說。全書以遊記式的體裁書寫，藉由小說主人翁老殘四處行醫的見聞與作為，描繪出當時政治、社會的真實情況。劉鶚在書中指出：「贓官可恨，人人知之，清官尤可恨，人多不知。蓋贓官自知有病，不敢公然為非，清官則自以為不要錢，何所不可，剛愎自用，小則殺人，大則誤國，吾人親目所見，不知凡幾矣。」意在揭露所謂的「清官」如何以殘暴不仁的手段對待可憐的老百姓。

《鐵雲藏龜》：劉鶚著，甲骨文著作。此書為劉鶚從其收藏的五千多片甲骨中，選錄搨本一千餘片而成，是中國第一部著錄甲骨文的專書。

明湖邊的美人絕調——劉鶚

劉鶚（一八五七至一九〇九），字鐵雲，他精通甲骨文，編成《鐵雲藏龜》是中國第一部甲骨文著錄書，同時致力於數學、醫學、水利等方面的研究，學問相當淵博，但在文學史上，他廣為人知的是小說《老殘遊記》。

《老殘遊記》敘述江湖醫生老殘浪跡山東一帶行醫的遊歷見聞，內容主在反映清末的腐敗政治，以及所謂「清官」酷吏的各種惡行，為「晚清四大譴責小

光緒三十年

小說家朱點人生（—一九四九？）。

作家藍蔭鼎生（—一九七九）。

作家梁實秋生（—一九八七）。

此年舉行最後一次以八股取士的科舉考試（一四八七—）。（科舉考試制度自隋代起；規定以八股文寫作自明代起。）

王鵬運卒（一八四八—）。代表作〈浣溪沙・苜蓿闌干滿上林〉、〈祝英臺近・倦尋芳，慵對鏡〉。「晚清四大詞人」之一。

文廷式卒（一八五六—）。代表作〈翠樓吟・石馬沉煙〉、〈蝶戀花・九十韶光如夢裡〉、〈鷓鴣天・萬感中年不自由〉、〈祝英臺近・剪鮫綃，傳燕語〉。

詩文作家朱湘生（—一九三三）。

女小說家、詩文作家林徽因生（—一九五五）。

女作家、小說家丁玲生（—一九八六）。

小說家艾蕪生（—一九九二）。

小說家沙汀生（—一九九二）。

小說家巴金生（—二〇〇五）。

〔俄〕小說家、劇作家契訶夫（Anton Pavlovich Chekhov）卒（一八六〇—）。代表作〈苦惱〉、〈小公務員之死〉、《第六病房》、《帶小狗的女士》。

說」之一。但劉鶚的文字敘述手法，顯然與其他譴責小說不同，尤其是對人物、景物的描寫以及意象的運用，都予人清新自然的感受。

最經典的莫過〈第二回〉中寫大明湖邊一處名叫明湖居的茶館，裡頭有個唱「山東大鼓書」的女子王小玉，她以絕妙的演唱技巧，征服全場的觀眾。見其對王小玉出場時的描述：「那雙眼睛，如秋水，如寒星，如寶珠，如白水銀裡頭養著兩丸黑水銀，左右一顧一看，連那坐在遠遠牆角子裡的人，都覺得王小玉看見我了，那坐得近的更不必說。就這一眼，滿園子裡便鴉雀無聲，比皇帝出來還要靜悄得多呢，連一根針跌在地下都聽得見響！」

接著形容王小玉的唱腔變化：「王小玉便啟朱脣，發皓齒，唱了幾句書兒。聲音初不甚大，只覺入耳有說不出來的妙境，五臟六腑裡像熨斗熨過，無一處不伏貼，三萬六千個毛孔，像吃了人參菓，無一個毛孔不暢快。唱了十數句之後，漸漸地越唱越高，忽然拔了一個尖兒，像一線鋼絲拋入天際，不禁暗暗叫絕。那知他於那極高的地方，尚能迴環轉折。幾轉之後，又高一層，接連有三、四疊，節節高起。恍如由傲來峰西面攀登泰山的景象，初看傲來峰削壁千仞，以為上與天通，及至翻到傲來峰頂，纔見扇子崖更在傲來峰上；及至翻到扇子崖，又見南天門更在扇子崖上，——愈翻愈險，愈險愈奇！」文中多運用具體事物，摹寫無形的聲音意象，彷彿說書美人王小玉親臨讀者的眼前般。所謂山東大鼓書，就是說唱的時候，用一面鼓、兩片梨花簡（小鐵片，以擊拍出聲）並與三弦、四胡伴奏，又稱「梨花大鼓」。

單位：年

西元	1905	1906
朝代	清	
帝王年號	光緒三十一年	光緒三十二年
文學大事	黃遵憲卒（一八四八－）。著有《日本國志》、《人境廬詩草》。 陳天華卒（一八七五－）。代表作〈絕命辭〉。著有《猛回頭》、《警世鐘》。 鄒容卒（一八八五－）。著有《革命軍》。 小說家劉吶鷗生（－一九四〇）。 詩人戴望舒生（－一九五〇）。 小說家楊守愚生（－一九五九）。 詩文作家馮至生（－一九九三）。 小說家施蟄存生（－二〇〇三）。 詩人臧克家生（－二〇〇四）。 〔法〕小說家凡爾納（Jules Verne）卒（一八二八－）。代表作《神祕島》、《地心歷險記》、《海底兩萬里》、《環遊世界八十天》。被譽為「科幻小說之父」。	李寶嘉卒（一八六七－）。著有《文明小史》、《官場現形記》。後部為「晚清四大譴責小說」之一。 作家梁遇春生（－一九三二）。 詩人、小說家楊華生（－一九三六）。 作家李廣田生（－一九六八）。 小說家趙樹理生（－一九七〇）。 作家胡蘭成生（－一九八一）。

辛亥革命：宣統三年（一九一一），旨在推翻清朝統治的同盟會於武昌（今屬湖北）發動的革命，隨後各地紛紛響應，結束中國長達二千餘年的君主專制。

鴛鴦蝴蝶派：清末民初以才子佳人為主要題材的小說流派。因魯迅曾言這些作家專寫「才子和佳人相悅相戀，分拆不開，柳蔭花下，像一對蝴蝶，一雙鴛鴦」而得名；此派最具代表性的刊物為《禮拜六》周刊，故又有「禮拜六派」之稱。辛亥革命之後，不少作家取上海租界為背景，描寫十里洋場的都市生活以及才子佳人的愛戀故事，提供讀者休閒娛樂之用，由於廣受大眾歡迎，很快地便在上海以外的各大城市形成風潮，大批作家爭相投入這類通俗讀物的創作，題材也隨著讀者的興趣轉換而日益擴大，不再只是侷限於言情類別，直至五四運動後才逐漸式微。代表作家有張恨水、徐枕亞、包天笑、周瘦鵑、程小青、秦瘦鷗等。

【五四運動】

狹義的五四運動是指西元一九一九年五月四日由北京青年學生所發起的愛國運動。

起因是為了抗議第一次世界大戰結束後，各國在法國巴黎討論戰後問題的「巴黎和會」上，決定把原本德國在中國山東的主權轉讓給日本。北京學生為抗議政府對山東問題的漠視而走上街頭，提出「外爭主權，內除國賊」的口號，要求中國與會代表拒絕在合

光緒三十三年

作家、小說、劇作家李健吾生（—一九八二）。

小說、童話作家張天翼生（—一九八五）。

小說家楊逵生（—一九八五）。

作家、小說家蹇先艾生（—一九九四）。

小說、文史學家楊雲萍生（—二〇〇〇）。

女作家謝冰瑩生（—二〇〇〇）。

〔挪威〕劇作家易卜生（Henrik Ibsen）卒（一八二八—）。代表作《群鬼》、《玩偶之家》、《海上夫人》、《國民公敵》、《培爾・金特》。

俞樾卒（一八二一—）。著有《春在堂隨筆》、《古書疑義舉例》。改《三俠五義》書名為《七俠五義》。

秋瑾卒（一八七五—）。代表作〈對酒〉、〈賦柳〉、〈劍歌〉、〈中國女報發刊辭〉。

小說家頤瑣生卒年不詳。其著《黃繡球》此年成書。

詩文作家吳新榮生（—一九六七）。

作家唐魯孫生（—一九八五）。（一說一九〇八。）

女作家、小說家沉櫻生（—一九八八）。（沉櫻為其筆名，故「沉」非姓氏之「沈」。）

小說家蕭軍生（—一九八八）。

約上簽字。遊行過程中有不少學生遭到警察的逮捕，北大校長蔡元培為此主動辭職，並公開聲明其支持學生的愛國運動。

此一運動迅速擴大到全國，各地學生與工、商團體紛紛聲援響應，導致各大城市罷課、罷工、罷市潮。原先準備在合約上簽字的北京政府，面對國內強大的反彈與輿論壓力，態度被迫軟化，無條件釋放被捕學生，於同年六月電令中國與會代表拒絕在對德合約上簽字。

學生雖在這場運動中獲得勝利，但山東主權並未得到解決，仍舊為日本所占領，直到西元一九二二年二月中日兩國簽署〈解決山東懸案條約〉，日本才將青島和膠濟鐵路還與中國。

廣義的五四運動，是指西元一九一五年起由陳獨秀、胡適、魯迅等人提倡民主、科學以及白話文的新文化運動。此一運動到西元一九一九年五月四日後更為蓬勃，對中國的政治、學術、文化、思想產生重大的影響，向來被視為是五四運動的先聲，一般也將新文化運動與五四運動並稱「五四運動」。

【白話文運動】

西元一九一七年一月，胡適在《新青年》發表〈文學改良芻議〉，提出針對文言文的弊病而發的八個主張，包括須言之有物、不摹仿古人、須講求文法、不作無病之呻吟、務去爛調套語、不用典、不講對仗、不避俗字俗語等。由此揭開白話文運動的序幕。

緊接著，同年二月，《新青年》創辦人陳獨秀

西元	朝代	帝王年號	文學大事
1908	清	光緒三十四年	皮錫瑞卒（一八五〇－）。著有《經學歷史》。 小說家蘧園生卒年不詳。約活動於德宗在位時。著有《負曝閑談》。 小說家翁鬧生？（－一九四〇？）。 作家陸蠡生（－一九四二）。 小說家周立波生（－一九七九）。 小說家姜貴生（－一九八〇）。 小說家徐訏生（－一九八〇）。 小說家王詩琅生（－一九八四）。 小說家秦瘦鷗生（－一九九三）。 小說家吳組緗生（－一九九四）。 詩人郭水潭生（－一九九五）。 小說家陳紀瀅生（－一九九七）。 作家、小說家陳火泉生（－一九九九）。 〔義大利〕兒童文學作家亞米契斯（Edmondo de Amicis）卒（一八四六－）。代表作《愛的教育》。
1909		末帝（愛新覺羅溥儀）宣統元年	張之洞卒（一八三七－）。編有《書目答問》。（一說是藏書家繆荃蓀（一八四四－一九一九）代張之洞編纂。） 劉鶚卒（一八五七－）。著有《老殘遊記》、《鐵雲藏龜》。 小說家王度廬生（－一九七七）。 小說家張文環生（－一九七八）。 作家夏元瑜生（－一九九五）。（一說一九一〇生。）

發表〈文學革命論〉，李大釗、魯迅、周作人、劉半農、錢玄同等也紛陳己見。這群新知識分子反對文言、封建的舊文學，提倡白話、革命、能獨立思考的新文學，高呼「一代有一代的文學」、「我手寫我口」。為了實踐主張，這些健將也親身創作具體的白話文學作品，如胡適的新詩《嘗試集》、魯迅的小說《狂人日記》，其他如冰心、郭沫若、徐志摩等人的詩文小說，都令人耳目一新，至今傳為經典。

這把討論的野火，也延燒出其他激進的意見。如廢除陳腐難學的漢字，學西方改用拼音文字、廢除孔學等。但當時也有人力主漢字兼顧情理，容易學習，中國各地方言不一，採用拼音文字有其困難。一時沸沸揚揚，各有主張。

語文改革運動，並非中國歷史首見，如針對駢文弊病的唐宋古文運動，明代復古與性靈的論爭等。隨著使用者及目的、場合，語文也會有自然的新陳代謝，如中國小說的興盛。從唐代變文開始，到宋元話本，乃至明清章回小說，皆以當代嫻熟的白話文寫作。時至晚清，除了小說，報刊也多以大眾習慣的白話文刊行，但文言文仍被視為傳統正宗。

白話文運動的特殊之處在於：一，它是空前激烈的新陳代謝，欲揚棄數千年的文言文正統，改用博采西方語文、語法內涵的白話文。這並非隨社會習慣自然、漸進的改變，而是知識分子鑑於時局，急切提出的救國良方。二，它有鮮明且豐富的論點、討論及嘗試，對象不僅僅是讀書人，目的也不僅於文藝創作，而是有效改善全中國的教育與思想。三，這不僅涉及語體，更觸及中國數千年來服膺的思想與文化根本。

宣統二年

吳沃堯卒（一八六六－）。著有《九命奇冤》、《二十年目睹之怪現狀》。

小說家師陀生（－一九八八）。

詩人艾青生（－一九九六）。

劇作家曹禺生（－一九九六）。

作家、小說家、文學研究家錢鍾書生（－一九九八）。

小說家姚雪垠生（－一九九九）。

作家、小說家蕭乾生（－一九九九）。

詩人卞之琳生（－二〇〇〇）。

〔俄〕小說家列夫．托爾斯泰（Leo Nikolayevich Tolstoy）卒（一八二八－）。代表作《復活》、《戰爭與和平》、《安娜．卡列尼娜》、《伊凡．伊里奇之死》。

〔美〕小說家馬克．吐溫（Mark Twain）卒（一八三五－）。代表作《乞丐王子》、《湯姆歷險記》、《頑童流浪記》。

〔美〕小說家歐．亨利（O. Henry）卒（一八六二－）。代表作〈麥琪的禮物〉、〈最後一片葉子〉。

宣統三年

發生辛亥革命。

林覺民卒（一八八七－）。代表作〈與妻訣別書〉。

女小說家蕭紅生（－一九四二）。

小說家龍瑛宗生（－一九九九）。

女作家、小說家楊絳生（－至今在世）。

時過境遷，當我們回顧時，也許認為有些主張過於激烈，但白話文的確是平易明瞭，貼近日常生活，更利於學習與傳播思想，這些改革也為文學創作灌注新血。新思想的創建與發展實屬不易，能破除陳見，勇於討論、實踐也是難能可貴。白話文運動，無論精神與實踐，對後世包括二十一世紀的今天，影響皆極其深遠。

以下西元一九一九年之前出生作家僅列卒年及其生平重要作品。

單位：年

西元	民國	文學大事
1912	元年	愛新覺羅溥儀退位，清亡。 「鴛鴦蝴蝶派」興起。 丘逢甲卒（一八六四－）。代表作〈春愁〉、〈秋懷〉、〈離臺詩〉、〈論詩次鐵廬韻〉。 黃小配卒（一八七二－）。（一說一九一三卒。）著有《洪秀全演義》、《宦海升沉錄》。 小說家穆時英生（－一九四〇）。 詩人覃子豪生（－一九六三）。 詩文作家何其芳生（－一九七七）。 〔英〕小說家布拉姆・斯托克（Bram Stoker）卒（一八四七－）。代表作《德拉庫拉》，為吸血鬼題材的經典之作。 〔瑞典〕小說家、劇作家斯特林堡（Johan August Strindberg）卒（一八四九－）。代表作《紅房間》、《鬼魂奏鳴曲》。
1913	2	寧調元卒（一八八三?－）。代表作〈武昌獄中書感〉、〈秋興三疊前韻〉。 作家、小說家孫犁生（－二〇〇二）。 詩人、小說家巫永福生（－二〇〇八）。 詩人紀弦生（－至今在世）。
1914	3	作家、小說家呂赫若生（－一九五一）。 女作家、小說家蘇青生?（－一九八二）。 詩人鍾鼎文生（－至今在世）。 〔美〕作家繆爾（John Muir）卒（一八三八－）。代表作《我們的國家公園》。
1915	4	由陳獨秀主編的《青年雜誌》創刊，第二卷起改名《新青年》，宣揚民主與科學，對新文化運動與五四運動起了重要的作用。 作家、小說家鍾理和生（－一九六〇）。 〔法〕作家法布爾（Jean-Henri Casimir Fabre）卒（一八二三－）。代表作《昆蟲記》。

單位：年

西元	民國	文學大事
1919	8	發生五四運動。 劉師培卒（一八八四－）。著有《經學教科書》、《中國中古文學史講義》。 詩人、小說、劇作家林清文生（－一九八七）。 作家秦牧生（－一九九二）。 女作家、小說家張秀亞生（－二〇〇一）。 作家、小說家鹿橋生（－二〇〇二）。 女小說家潘人木生（－二〇〇五）。 〔美〕童話作家包姆（Lyman Frank Baum）卒（一八五六－）。代表作《綠野仙蹤》。
1920	9	易順鼎卒（一八五八－）。代表作〈哭庵傳〉、〈雲霧茶〉、〈重九前一日漢上酒樓獨飲〉。
1921	10	嚴復卒（一八五四－）。譯有《天演論》、《群學肄言》。
1922	11	沈曾植卒（一八五〇?－）。代表作〈病僧行〉、〈西湖雜詩〉。 〔日本〕小說家森鷗外（Mori Ogai）卒（一八六二－）。代表作《雁》、《青年》。 〔法〕小說家普魯斯特（Marcel Proust）卒（一八七一－）。代表作《追憶似水年華》。
1923	12	李涵秋卒（一八七三－）。著有《雌蝶影》、《廣陵潮》、《雙花記》、《戰地鶯花錄》。 〔法〕小說家畢爾・羅逖（Pierre Loti）卒（一八五〇－）。代表作《冰島漁夫》。
1924	13	林紓卒（一八五二－）。代表作〈湖心泛月記〉、〈記九溪十八澗〉。靠他人口述譯有《茶花女》、《黑奴籲天錄》等。

1916　5

王闓運卒（一八三二或一八三三－）。代表作〈獨行謠〉、〈圓明園詞〉。

作家夏濟安生（－一九六五）。

詩人田間生（－一九八五）。

詩人、小說家王昶雄生（－二○○○）。

〔美〕小說家亨利‧詹姆斯（Henry James）卒（一八四三－）。代表作《金碗》、《美國人》、《慾望之翼》。

〔波蘭〕小說家顯克維奇（Henryk Sienkiewicz）卒（一八四六－）。代表作《十字軍騎士》。

〔日本〕小說家夏目漱石（Natsume Soseki）卒（一八六七－）。代表作《心》、《少爺》、《我是貓》。

〔美〕小說家傑克‧倫敦（Jack London）卒（一八七六－）。代表作《白牙》、《野性的呼喚》。

1917　6

小說家無名氏（本名卜乃夫）生（－二○○二）。

女作家、小說家徐鍾珮生（－二○○六）。

女作家、小說家琦君生（－二○○六）。

1918　7

鄭文焯卒（一八五六－）。代表作〈永遇樂‧江驛迢迢〉、〈浣溪沙‧一半梅黃雜雨晴〉〈慶春宮‧霜月流階〉〈湘春夜月‧最銷魂，畫樓西畔黃昏〉。

蘇曼殊卒（一八八四－）。代表作〈本事詩〉、〈過若松町有感示仲兄〉。著有《斷鴻零雁記》。

詩人穆旦生（－一九七七）。

作家吳魯芹生（－一九八三）。

女小說家林海音生（－二○○一）。

作家思果生（－二○○四）。

1925　14

夏曾佑卒（一八六三－）。代表作〈己亥除夕〉、〈哭譚復生〉、〈丙申三月將改官出都和青來前輩〉。著有《中國古代史》。

〔美〕女兒童文學作家法蘭西絲‧霍森‧柏納特（Frances Eliza Hodgson Burnett）卒（一八四九－）。代表作《小公主》、《祕密花園》、《小公子方特洛》。

〔波蘭、英〕小說家康拉德（Joseph Conrad）卒（一八五七－）。代表作《吉姆爺》、《黑暗之心》。

〔奧地利〕小說家卡夫卡（Franz Kafka）卒（一八八三－）。代表作〈變形記〉、《城堡》、《審判》、《鄉村醫生》、《飢餓藝術家》。

高旭卒（一八七七－）。代表作〈路亡國亡歌〉、〈海上大風潮起作歌〉。

1926　15

況周頤卒（一八五九－）。代表作〈水龍吟‧聲聲只在街南〉、〈唐多令‧已誤百年期〉、〈蘇武慢‧愁入雲遙〉。著有《蕙風詞話》。

〔奧地利〕詩人里爾克（Rainer Maria Rilke）卒（一八七五－）。代表作《新詩集》、《杜伊諾哀歌》、《獻給奧爾甫斯的十四行詩》。

1927　16

康有為卒（一八五八－）。著有《大同書》、《新學偽經考》。

王國維卒（一八七七－）。代表作〈浣溪沙‧掩卷平生有百端〉、〈蝶戀花‧昨夜夢中多少恨〉、〈點絳唇‧屏卻相思〉。著有《人間詞話》、《宋元戲曲史》、《紅樓夢評論》。

〔日本〕小說家芥川龍之介（Akutagawa Ryunosuke）卒（一八九二－）。代表作《河童》、《竹林中》、《羅生門》。

單位：年

西元	民國	文學大事
1928	17	石評梅卒（一九〇二－）。代表作〈棄婦〉、〈紅鬃馬〉、〈墓畔哀歌〉、〈匹馬嘶風錄〉。 〔英〕小說家哈代（Thomas Hardy）卒（一八四〇－）。代表作《還鄉》、《遠離塵囂》、《黛絲姑娘》。
1929	18	梁啟超卒（一八七三－）。代表作〈最苦與最樂〉、〈論小說與群治之關係〉。著有《飲冰室詩話》、《新中國未來記》。 〔奧地利〕詩人、劇作家霍夫曼斯塔爾（Hugo von Hofmannsthal）卒（一八七四－）。代表作〈傻子與死神〉、《埃勒克特拉》。
1930	19	馬其昶卒（一八五五－）。代表作〈讀管子〉、〈答劉仲魯書〉。著有《毛詩學》、《屈賦微》。 〔英〕小說家柯南・道爾（Arthur Conan Doyle）卒（一八五九－）。代表作《福爾摩斯回憶錄》、《福爾摩斯的冒險》。 〔英〕小說家D. H.勞倫斯（David Herbert Lawrence）卒（一八八五－）。代表作《虹》、《兒子與情人》、《查泰萊夫人的情人》。
1931	20	樊增祥卒（一八四六－）。代表作〈彩雲曲〉、〈後彩雲曲〉。 朱孝臧卒（一八五七－）。代表作〈鷓鴣天・野水斜橋又一時〉、〈燭影搖紅・春暝鉤簾〉。 徐志摩卒（一八九七－）。代表作〈自剖〉、〈你去〉、〈偶然〉、〈再別康橋〉、〈翡冷翠山居閑話〉、〈我所知道的康橋〉、〈北戴河海濱的幻想〉、〈我不知道風是在那一個方向吹〉。著有《愛眉小札》。 柔石卒（一九〇二－）。代表作〈為奴隸的母親〉。著有《二月》。 〔黎巴嫩〕詩人紀伯倫（Khalil Gibran）卒（一八八三－）。代表作《先知》。

單位：年

西元	民國	文學大事
1937	26	陳三立卒（一八五二?－）。代表作〈曉抵九江作〉、〈十一月十四日夜發南昌月江舟行〉、〈十月十四日夜飲秦淮酒樓，聞陳梅生侍御、袁叔輿戶部述出都遇亂事，感賦〉。 徐枕亞卒（一八八九－）。著有《玉梨魂》。 〔英〕兒童文學作家J.M.巴利（James Matthew Barrie）卒（一八六〇－）。代表作《彼得潘》。 〔美〕女小說家伊迪絲・華頓（Edith Wharton）卒（一八六二－）。代表作《純真年代》。
1938	27	〔德〕哲學家胡塞爾（Edmund Gustav Albrecht Husserl）卒（一八五九－）。代表作《邏輯研究》、《歐洲科學的危機與超驗現象學》。
1939	28	〔奧地利〕思想家、心理分析學家佛洛伊德（Sigmund Freud）卒（一八五六－）。代表作《夢的解析》、《圖騰與禁忌》。 〔愛爾蘭〕劇作、詩文作家葉慈（William Butler Yeats）卒（一八六五－）。代表作〈白鳥〉、〈航向拜占庭〉、〈麗妲與天鵝〉、《靈視》、《胡里痕的凱瑟琳》。
1940	29	孫玉聲卒（一八六四－）。著有《海上繁華夢》。 蔡元培卒（一八六八－）。著有《石頭記索隱》、《中國倫理學史》。 劉吶鷗卒（一九〇五－）。著有《都市風景線》。 翁鬧卒？（一九〇八？－）。代表作〈殘雪〉、〈音樂鐘〉、〈憨伯仔〉、〈羅漢腳〉、〈天亮前的戀愛故事〉。著有《有港口的街市》。 穆時英卒（一九一二－）。代表作〈公墓〉、〈上海的狐步舞〉、〈聖處女的感情〉、〈白金的女體塑像〉。 〔美〕小說家費茲傑羅（Francis Scott Fitzgerald）卒（一八九六－）。代表作《夜未央》、《大亨小傳》。

1932 21

劉大白卒（一八八〇－）。代表作〈郵吻〉、〈賣布謠〉、〈秋晚的江上〉。

梁遇春卒（一九〇六－）。代表作〈墳〉、〈途中〉、〈觀火〉、〈淚與笑〉、〈談「流浪漢」〉、〈「春朝」一刻值千金〉。

1933 22

陳去病卒（一八七四－）。代表作〈題明孝陵圖〉、〈將赴東瀛賦以自策〉、〈重九歇浦示侯官林獬、儀真劉光漢〉。

朱湘卒（一九〇四－）。代表作〈王嬌〉、〈采蓮曲〉、〈搖籃歌〉、〈北海紀遊〉、〈有一座墳墓〉。著有《海外寄霓君》。

1934 23

劉半農卒（一八九一－）。代表作〈相隔一層紙〉、〈一個小農家的暮〉、〈教我如何不想她〉。

盧隱卒（一八九八或一八九九－）。代表作〈房東〉、〈曼麗〉、〈海濱故人〉。著有《象牙戒指》。

1935 24

曾樸卒（一八七二－）。著有《魯男子》、《孽海花》。

小說家張春帆卒（生年不詳）。著有《九尾龜》。

1936 25

章炳麟卒（一八六九－）。代表作〈革命軍序〉、〈駁康有為論革命書〉。著有《國故論衡》。號「太炎」，人稱「太炎先生」。

連橫卒（一八七八－）。著有《臺灣通史》。

魯迅卒（一八八一－）。代表作〈藥〉、〈吶喊〉、〈祝福〉、〈孔乙己〉、〈狂人日記〉、〈阿Q正傳〉。著有《野草》、《兩地書》、《朝花夕拾》、《中國小說史略》。

楊華卒（一九〇六－）。代表作〈薄命〉、〈一個勞動者的死〉。著有《黑潮集》。

〔英〕詩人、小說家吉卜林（Joseph Rudyard Kipling）卒（一八六五－）。代表作〈如果〉、《金姆》、《叢林奇譚》。

〔義大利〕小說家、劇作家皮藍德婁（Luigi Pirandello）卒（一八六七－）。代表作《亨利四世》、《六個尋找作者的劇中人》。

〔俄、蘇聯〕小說家、劇作家高爾基（Maxim Gorky）卒（一八六八－）。代表作《母親》、《在人間》、《克里姆・薩姆金的一生》。

1941 30

許地山卒（一八九三－）。代表作〈春桃〉、〈命命鳥〉、〈落花生〉、〈危巢墜簡〉、〈萬物之母〉、〈綴網勞蛛〉。

〔法〕哲學家柏格森（Henri Bergson）卒（一八五九－）。代表作《物質與記憶》、《創造進化論》。

〔印度〕詩人泰戈爾（Rabindranath Tagore）卒（一八六一－）。代表作《飛鳥集》、《新月集》。

〔法〕小說家莫理斯・盧布朗（Maurice Leblanc）卒（一八六四－）。代表作《怪盜與名偵探》、《亞森・羅蘋被捕記》。

〔英〕女小說家、文評家維吉尼亞・吳爾夫（Virginia Woolf）卒（一八八二－）。代表作《奧蘭多》、《自己的房間》、《戴洛維夫人》。

〔愛爾蘭〕小說家喬伊斯（James Joyce）卒（一八八二－）。代表作《尤利西斯》、《都柏林人》、《一位年輕藝術家的畫像》。

1942 31

陳獨秀卒（一八七九－）。代表作〈文學革命論〉、〈《新青年》罪案之答辯書〉。

李叔同（弘一大師）卒（一八八〇－）。代表作〈送別〉、〈憶兒時〉。與豐子愷合著《護生畫集》（由豐子愷作畫，李叔同撰文）。

陸蠡卒（一九〇八－）。代表作〈讖〉、〈竹刀〉、〈貝舟〉、〈海星〉、〈囚綠記〉。

蕭紅卒（一九一一－）。著有《生死場》、《呼蘭河傳》。

〔奧地利〕小說家穆齊爾（Robert Musil）卒（一八八〇－）。代表作《沒有個性的人》。

〔奧地利〕小說家茨威格（Stefan Zweig）卒（一八八一－）。代表作〈一個陌生女子的來信〉、《昨日世界》、《象棋的故事》。

單位：年

西元	民國	文學大事
1943	32	賴和卒（一八九四－）。代表作〈流離曲〉、〈鬥鬧熱〉、〈一桿稱仔〉、〈南國哀歌〉、〈不如意的過年〉。被譽為「臺灣新文學之父」。
1944	33	魯彥卒（一九〇一－）。代表作〈黃金〉、〈柚子〉、〈屋頂下〉、〈驢子和騾子〉。 〔法〕小說家、傳記作家羅曼・羅蘭（Romain Rolland）卒（一八六六－）。代表作《貝多芬傳》、《約翰・克利斯朵夫》。 〔法〕童話作家聖修伯里（Antoine de Saint Exupery）卒？（一九〇〇－）。代表作《小王子》。
1945	34	郁達夫卒（一八九六－）。代表作〈沉淪〉、〈遲桂花〉、〈故都的秋〉、〈江南的冬景〉、〈記風雨茅廬〉、〈春風沉醉的晚上〉。 〔美〕小說家德萊塞（Theodore Dreiser）卒（一八七一－）。代表作《嘉莉妹妹》。
1946	35	夏丏尊卒（一八八六－）。代表作〈白馬湖之冬〉。與葉聖陶合著《文心》。 聞一多卒（一八九九－）。代表作〈也許〉、〈口供〉、〈死水〉、〈紅燭〉、〈祈禱〉、〈七子之歌〉。著有《古典新義》、《神話與詩》。 〔英〕小說家喬治・威爾斯（Herbert George Wells）卒（一八六六－）。代表作《隱形人》、《星際戰爭》、《時間機器》。 〔美〕女小說家葛楚德・史坦（Gertrude Stein）卒（一八七四－）。代表作《三個女人》、《溫柔的鈕扣》。

單位：年

西元	民國	文學大事
1953	42	〔美〕劇作家尤金・歐尼爾（Eugene O'Neill）卒（一八八八－）。代表作《毛猿》、《天邊外》、《瓊斯皇帝》。
1955	44	張我軍卒（一九〇二－）。代表作〈誘惑〉、〈買彩票〉、〈南遊印象記〉、〈白太太的哀史〉、〈致臺灣青年的一封信〉。著有《亂都之戀》。 林徽因卒（一九〇四－）。代表作〈那一晚〉、〈靈感〉、〈一片陽光〉、〈九十九度中〉、〈你是人間的四月天〉。 〔德〕小說家湯瑪斯・曼（Thomas Mann）卒（一八七五－）。代表作《魔山》、《魂斷威尼斯》。
1956	45	〔德〕詩人、劇作家布萊希特（Bertolt Brecht）卒（一八九八－）。代表作《四川好人》、《伽利略傳》、《高加索灰闌記》。
1957	46	平江不肖生卒（一八八九或一八九〇－）。著有《江湖奇俠傳》、《江湖怪異傳》、《近代俠義英雄傳》。 王統照卒（一八九七－）。代表作〈刀柄〉、〈血梯〉、〈鐵匠鋪中〉。著有《山雨》、《黃昏》。
1958	47	柳亞子卒（一八八七－）。代表作〈孤憤〉、〈哭威丹烈士〉、〈弔鑑湖秋女士〉、〈有懷章太炎、鄒威丹兩先生獄中〉。 鄭振鐸卒（一八九八－）。著有《文學大綱》、《中國俗文學史》。
1959	48	張資平卒（一八九三－）。著有《苔莉》、《飛絮》、《沖積期化石》、《最後的幸福》。 楊守愚卒（一九〇五－）。代表作〈夢〉、〈決裂〉、〈一群失業的人〉、〈凶年不免於死亡〉。

1947 36

〔英〕哲學家懷德海（Alfred North Whitehead）卒（一八六一－）。代表作《歷程與實在》。

1948 37

朱自清卒（一八九八－）。代表作〈匆匆〉、〈背影〉、〈給亡婦〉、〈荷塘月色〉、〈槳聲燈影裡的秦淮河〉。著有《經典常談》、《歐遊雜記》。

〔日本〕小說家太宰治（Dazai Osamu）卒（一九〇九－）。代表作《人間失格》。

1949 38

朱點人卒？（一九〇三－）。代表作〈秋信〉、〈島都〉、〈紀念樹〉、〈無花果〉。

〔比利時〕劇作家梅特林克（Maurice Maeterlinck）卒（一八六二－）。代表作《青鳥》。

〔美〕女小說家瑪格麗特・米契爾（Margaret Mitchell）卒（一九〇〇－）。代表作《飄》。

1950 39

戴望舒卒（一九〇五－）。代表作〈雨巷〉、〈偶成〉、〈我用殘損的手掌〉。

〔愛爾蘭〕劇作家蕭伯納（George Bernard Shaw）卒（一八五六－）。代表作《賣花女》、《蘋果車》、《巴巴拉少校》。

〔德〕小說家海因里希・曼（Heinrich Mann）卒（一八七一－）。湯瑪斯・曼之兄。代表作《臣僕》。

〔英〕小說家喬治・歐威爾（George Orwell）卒（一九〇三－）。代表作《一九八四》、《動物農莊》。

1951 40

呂赫若卒（一九一四－）。代表作〈牛車〉、〈冬夜〉、〈女人心〉、〈風頭水尾〉、〈暴風雨的故事〉。著有《呂赫若日記》。

〔法〕作家、小說家紀德（André Paul Guillaume Gide）卒（一八六九－）。代表作《地糧》、《偽幣製造者》、《如果麥子不死》。

〔奧地利、英〕哲學家維根斯坦（Ludwig Wittgenstein）卒（一八八九－）。代表作《哲學探討》、《邏輯哲學論叢》。

1960 49

鍾理和卒（一九一五－）。代表作〈做田〉、〈原鄉人〉〈貧賤夫妻〉。著有《雨》、《夾竹桃》、《笠山農場》。

〔俄、蘇聯〕小說家巴斯特納克（Boris Leonidovich Pasternak）卒（一八九〇－）。代表作《齊瓦哥醫生》。

〔美〕小說家理察・萊特（Richard Wright）卒（一九〇八－）。代表作《土生子》。

〔法〕小說家卡繆（Albert Camus）卒（一九一三－）。代表作《瘟疫》、《異鄉人》。

1961 50

還珠樓主卒（一九〇二－）。著有《蜀山劍俠傳》。

〔瑞士〕哲學家、心理分析學家榮格（Carl Gustav Jung）卒（一八七五－）。代表作《分析心理學的貢獻》。

〔美〕小說家漢密特（Samuel Dashiell Hammett）卒（一八九四－）。代表作《瘦子》、《馬爾他之鷹》。

〔美〕小說家海明威（Ernest Miller Hemingway）卒（一八九九－）。代表作《老人與海》、《戰地鐘聲》、《妾似昭陽又照君》。

1962 51

李劼人卒（一八九一－）。著有《天魔舞》、《山雨微瀾》。

胡適卒（一八九一－）。代表作〈我的母親〉、〈差不多先生傳〉、〈文學改良芻議〉。著有《嘗試集》、《白話文學史》、《中國章回小說考證》。

〔德〕小說家赫曼・赫塞（Hermann Hesse）卒（一八七七－）。代表作《荒野之狼》、《流浪者之歌》、《徬徨少年時》。

〔丹麥〕女小說家伊薩克・丁妮森（Isak Dinesen）卒（一八八五－）。代表作《遠離非洲》。

〔美〕小說家福克納（William Cuthbert Faulkner）卒（一八九七－）。代表作《村子》、《八月之光》、《我彌留之際》、《聲音與憤怒》、《押沙龍，押沙龍》。

單位：年

西元 1963｜民國 52｜文學大事

覃子豪卒（一九一二－）。代表作〈追求〉、〈畫廊〉、〈獨語〉、〈黑水仙〉、〈過黑髮橋〉、〈詩的播種者〉。

〔英〕小說家赫胥黎（Aldous Leonard Huxley）卒（一八九四－）。代表作《美麗新世界》。

〔英〕小說家C.S.路易斯（Clive Staples Lewis）卒（一八九八－）。代表作《納尼亞傳奇》。

1964｜53

蔣夢麟卒（一八八六－）。著有《西潮》、《新潮》。

〔英〕小說家T.H.懷特（Terence Hanbury White）卒（一九〇六－）。研究亞瑟王傳奇故事，改編成《永恆之王四部曲》，其中最著名的是首部曲《石中劍》。

1965｜54

陳虛谷卒（一八九六－）。代表作〈敵人〉、〈賣花〉、〈草山四首〉、〈流水和青山〉。

夏濟安卒（一九一六－）。著有《夏濟安日記》。

〔英〕小說家、劇作家毛姆（William Somerset Maugham）卒（一八七四－）。代表作《圈子》、《人性枷鎖》、《月亮和六便士》。

〔英〕作家、政治家邱吉爾（Winston Leonard Spencer Churchill）卒（一八七四－）。代表作《第二次世界大戰回憶錄》。

〔美、英〕詩人T.S.艾略特（Thomas Stearns Eliot）卒（一八八八－）。代表作《荒原》、《四個四重奏》。

1966｜55

張恨水卒（一八九五或一八九七－）。著有《金粉世家》、《春明外史》、《啼笑因緣》。

老舍卒（一八九九－）。代表作《茶館》劇。著有《二馬》、《離婚》、《趙子曰》、《四世同堂》、《正紅旗下》、《駱駝祥子》、《老張的哲學》。

單位：年

西元 1972｜民國 61｜文學大事

〔美〕詩人龐德（Ezra Pound）卒（一八八五－）。曾將中國古典詩歌英譯成《神州行》。

〔日本〕小說家川端康成（Yasunari Kawabata）卒（一八九九－）。代表作《古都》、《雪國》、《千羽鶴》、《伊豆舞孃》。

1973｜62

包天笑卒（一八七六－）。代表作〈煙蓬〉、〈一縷麻〉、〈滄州道中〉。著有《上海春秋》。

〔英〕小說家托爾金（John Ronald Reuel Tolkien）卒（一八九二－）。代表作《魔戒》、《哈比人歷險記》。

〔美〕女小說家賽珍珠（Pearl Sydenstricker Buck）卒（一八九二－）。代表作《大地》。

〔智利〕詩人巴勃羅・聶魯達（Pablo Neruda）卒（一九〇四－）。代表作《詩歌總集》、《二十首情詩和一支絕望的歌》。

1975｜64

豐子愷卒（一八九八－）。代表作〈漸〉、〈山中避雨〉、〈沙坪小屋的鵝〉、〈給我的孩子們〉。

1976｜65

陳衡哲卒（一八九〇？－）。代表作〈一日〉、〈西風〉、〈小雨點〉、〈運河與揚子江〉。著有《西洋史》。

程小青卒（一八九三－）。著有《霍桑探案》。

林語堂卒（一八九五－）。著有《京華煙雲》、《生活的藝術》、《吾國與吾民》。

方令孺卒（一八九七－）。代表作〈憶江南〉、〈悼瑋德〉。著有《信》。

李金髮卒（一九〇〇－）。代表作〈棄婦〉、〈夜之歌〉、〈里昂車中〉。

1967 56

周作人卒（一八八五—）。魯迅之弟。代表作〈初戀〉、〈喝茶〉、〈蒼蠅〉、〈人的文學〉、〈故鄉的野菜〉。著有《近代歐洲文學史》。

廢名卒（一九〇一—）。代表作〈理髮店〉、〈竹林的故事〉、〈十二月十九夜〉。著有《橋》、《莫須有先生傳》。

吳新榮卒（一九〇七—）。代表作〈巨人〉、〈亡妻記〉、〈故鄉的輓歌〉、〈霧社出草歌〉。

1968 57

嚴獨鶴卒（一八八九—）。著有《人海夢》。

周瘦鵑卒（一八九五—）。代表作〈觀蓮拙政園〉、〈亡國奴之日記〉、〈賣國奴之日記〉、〈此恨綿綿無絕期〉、〈恨不相逢未嫁時〉。

田漢卒（一八九八—）。代表作《名優之死》、《獲虎之夜》、《湖上的悲劇》劇。

李廣田卒（一九〇六—）。代表作〈山水〉、〈山色〉、〈花潮〉、〈一粒砂〉、〈不服老〉、〈兩種念頭〉。

［美］女作家海倫．凱勒（Helen Adams Keller）卒（一八八〇—）。代表作《我的生活》。

［美］小說家史坦貝克（John Ernst Steinbeck）卒（一九〇二—）。代表作《人鼠之間》、《憤怒的葡萄》。

1969 58

陳寅恪卒（一八九〇—）。陳三立之子。著有《柳如是別傳》、《元白詩箋證稿》。

羅家倫卒（一八九七—）。著有《新人生觀》。

1970 59

趙樹理卒（一九〇六—）。代表作〈小二黑結婚〉。著有《三里灣》、《李有才板話》、《李家莊的變遷》。

［英］哲學家羅素（Bertrand Arthur William Russel）卒（一八七二—）。代表作《幸福之路》、《西方哲學史》。

［英］小說家、文評家愛德華．摩根．佛斯特（Edward Morgan Forster）卒（一八七九—）。代表作《印度之旅》、《小說面面觀》、《窗外有藍天》、《墨利斯的情人》。

［德、美］小說家雷馬克（Erich Maria Remarque）卒（一八九八—）。代表作《西線無戰事》。

1977 66

吳濁流卒（一九〇〇—）。代表作〈水月〉、〈狡猿〉、〈陳大人〉、〈菠茨坦科長〉。著有《亞細亞的孤兒》。

［德］哲學家海德格（Martin Heidegger）卒（一八八九—）。代表作《存有與時間》。

［英］女小說家阿嘉莎．克莉絲蒂（Agatha Christie）卒（一八九〇—）。代表作《尼羅河謀殺案》、《東方快車謀殺案》。

阿英卒（一九〇〇—）。代表作《碧血花》、《李闖王》劇。著有《晚清小說史》。輯有《晚清文學叢鈔》。

王度廬卒（一九〇九—）。著有《臥虎藏龍》。

何其芳卒（一九一二—）。代表作〈樓〉、〈雨前〉、〈預言〉、〈獨語〉、〈夢中道路〉、〈遲暮的花〉、〈生活是多麼廣闊〉、〈我為少男少女們歌唱〉。

穆旦卒（一九一八—）。代表作〈春〉、〈旗〉、〈五月〉、〈野獸〉、〈讚美〉、〈詩八章〉。

［俄、美］小說家納博科夫（Vladimir Vladimirovich Nabokov）卒（一八九九—）。代表作《羅莉泰》、《幽冥的火》。

1978 67

郭沫若卒（一八九二—）。著有《女神》、《卜辭通纂》、《中國古代社會研究》。

張文環卒（一九〇九—）。代表作〈夜猿〉、〈閹雞〉、〈辣薤罐〉。

1979 68

藍蔭鼎卒（一九〇三—）。著有《鼎廬小語》。

周立波卒（一九〇八—）。代表作〈湘江一夜〉。著有《山鄉巨變》、《暴風驟雨》。

單位：年

西元	民國	文學大事
1980	69	姜貴卒（一九〇八－）。著有《重陽》、《旋風》。 徐訏卒（一九〇八－）。著有《鬼戀》、《風蕭蕭》、《悲慘的世紀》。 〔美〕女小說家凱瑟琳・安・波特（Katherine Anne Porter）卒（一八九〇－）。代表作《愚人船》。 〔美〕小說家亨利・米勒（Henry Miller）卒（一八九一－）。代表作《北回歸線》、《南回歸線》、《黑色的春天》。 〔法〕哲學家沙特（Jean-Paul Sartre）卒（一九〇五－）。代表作《詞語》、《嘔吐》、《存有與虛無》。
1981	70	茅盾卒（一八九六－）。代表作〈春蠶〉、〈林家鋪子〉。著有《虹》、《蝕》、《子夜》、《霜葉紅似二月花》。 胡蘭成卒（一九〇六－）。著有《山河歲月》、《今生今世》。 〔法〕哲學家、精神分析學家拉崗（Jacques Lacan）卒（一九〇一－）。由其友人、學生輯成《拉崗文選》、《拉崗座談會全集》。
1982	71	李健吾卒（一九〇六－）。代表作〈雨中登泰山〉、〈終條山的傳說〉，《這不過是春天》劇。 蘇青卒（一九一四？－）。著有《浣錦集》、《歧路佳人》、《結婚十年》。
1983	72	吳魯芹卒（一九一八－）。代表作〈懶散〉、〈我和書〉、〈小襟人物〉、〈置電話記〉、〈數字人生〉、〈雞尾酒會〉、〈記夏濟安之「趣」及其他〉。 〔美〕小說家田納西・威廉斯（Tennessee Williams）卒（一九一一－）。代表作《慾望街車》、《玻璃動物園》。

單位：年

西元	民國	文學大事
1988	77	葉聖陶卒（一八九四－）。代表作〈稻草人〉、〈以畫為喻〉、〈古代英雄的石像〉。著有《倪煥之》。 沈從文卒（一九〇二－）。著有《邊城》、《湘行散記》、《沈從文自傳》。 沉櫻卒（一九〇七－）。代表作〈我們的海〉、〈果園食客〉、〈春的聲音〉。著有《某少女》。 蕭軍卒（一九〇七－）。著有《八月的鄉村》。 師陀卒（一九一〇－）。著有《馬蘭》、《結婚》。 〔愛爾蘭〕小說家、劇作家貝克特（Samuel Beckett）卒（一九〇六－）。代表作《等待果陀》、《無以名之》。
1989	78	錢穆卒（一八九五－）。著有《國史大綱》、《先秦諸子繫年》。
1990	79	俞平伯卒（一九〇〇－）。俞樾之曾孫。代表作〈雪晚歸船〉、〈陶然亭的雪〉、〈槳聲燈影裡的秦淮河〉。著有《紅樓夢研究》。 凌叔華卒（一九〇〇－）。代表作〈酒後〉、〈楊媽〉、〈繡枕〉、〈花之寺〉、〈愛山廬夢影〉。 臺靜農卒（一九〇二－）。代表作〈紅燈〉、〈拜堂〉、〈新墳〉、〈天二哥〉、〈建塔者〉、〈蚯蚓們〉、〈我與老舍與酒〉。著有《中國文學史》。
1991	80	〔美〕小說家以撒・辛格（Isaac Bashevis Singer）卒（一九〇四－）。代表作《莊園》、《傻子金寶》、《盧布林的魔術師》。 〔英〕小說家格雷安・葛林（Henry Graham Greene）卒（一九〇四－）。代表作《事物的核心》、《愛情的盡頭》、《沉靜的美國人》。 〔日本〕小說家井上靖（Inoue Yasushi）卒（一九〇七－）。代表作《風濤》、《蒼狼》、《樓蘭》、《異域人》、《天平之甍》。

1984　73

蔡秋桐卒（一九〇〇－）。代表作〈保正伯〉、〈奪錦標〉、〈放屎百姓〉、〈新興的悲哀〉。

王詩琅卒（一九〇八－）。代表作〈沒落〉、〈鴨母王〉、〈沙基路上的永別〉。

1985　74

張天翼卒（一九〇六－）。代表作〈包氏父子〉、〈華威先生〉。著有《大林和小林》、《寶葫蘆的祕密》。

楊逵卒（一九〇六－）。代表作〈送報伕〉、〈鵝媽媽出嫁〉、〈壓不扁的玫瑰〉。

唐魯孫卒（一九〇七或一九〇八－）。著有《大雜燴》、《天下味》、《中國吃》。

田間卒（一九一六－）。代表作〈給戰鬥者〉、〈假使我們不去打仗〉。

〔德〕小說家海因里希·磐爾（Heinrich Theodo Böll）卒（一九一七－）。代表作《女士及眾生相》、《小丑眼中的世界》。

1986　75

朱光潛卒（一八九七－）。著有《談美》、《西方美學史》、《給青年的十二封信》。

丁玲卒（一九〇四－）。代表作〈杜晚香〉、〈我在霞村的時候〉、〈莎菲女士的日記〉。著有《太陽照在桑乾河上》。

〔阿根廷〕詩、小說、文論家波赫士（Jorge Luis Borges）卒（一八九九－）。代表作《虛構集》、《惡棍列傳》、《布羅迪報告》、《布宜諾斯艾利斯的激情》。

〔法〕女小說家、哲學家西蒙·波娃（Simone de Beauvoir）卒（一九〇八－）。代表作《第二性》、《滿大人》、《越洋情書》。

1987　76

梁實秋卒（一九〇三－）。著有《雅舍小品》、《雅舍談吃》、《槐園夢憶》、《罵人的藝術》。

林清文卒（一九一九－）。代表作〈新生之歌〉，《廖添丁》劇。著有《太陽旗下的小子》。

1992　81

艾蕪卒（一九〇四－）。代表作〈南行記〉。著有《百煉成鋼》。

沙汀卒（一九〇四－）。代表作〈老煙的故事〉、〈在其香居茶館裡〉。著有《淘金記》。

秦牧卒（一九一九－）。代表作〈土地〉、〈花城〉、〈潮汐和船〉、〈麵包和鹽〉、〈花蜜和蜂刺〉。

〔日本〕小說家松本清張（Matsumoto Seicho）卒（一九〇九－）。代表作《砂之器》、《點與線》、《零的焦點》、《一部小倉日記》。

1993　82

馮至卒（一九〇五－）。代表作〈蛇〉、〈帷幔〉、〈蠶馬〉、〈吹簫人〉、〈我是一條小河〉。著有《山水》、《十四行集》。

秦瘦鷗卒（一九〇八－）。著有《梅寶》、《秋海棠》。

〔英〕小說家高汀（William Golding）卒（一九一一－）。代表作《蒼蠅王》。

〔英〕小說家安東尼·伯吉斯（Anthony Burgess）卒（一九一七－）。代表作《發條橘子》。

1994　83

蹇先艾卒（一九〇六－）。代表作〈水葬〉、〈車窗外〉、〈初秋之夜〉、〈茅店塾師〉。

吳組緗卒（一九〇八－）。代表作〈樊家鋪〉、〈天下太平〉、〈一千八百擔〉。著有《鴨嘴嶗》。

1995　84

夏衍卒（一九〇〇－）。代表作〈包身工〉，《上海屋檐下》、《法西斯細菌》劇。

郭水潭卒（一九〇八－）。代表作〈世紀之歌〉、〈廣闊的海〉、〈向棺木慟哭〉。

夏元瑜卒（一九〇九或一九一〇－）。夏曾佑之子。著有《馬後砲》、《萬馬奔騰》、《以蟑螂為師》。

單位：年

文學大事

西元	民國	文學大事
1996	85	艾青卒（一九一〇－）。代表作〈北方〉、〈向太陽〉、〈魚化石〉、〈願春天早點來〉、〈大堰河——我的保姆〉、〈雪落在中國的土地上〉。 曹禺卒（一九一〇－）。代表作《日出》、《雷雨》、《北京人》劇。 〔法〕女小說家莒哈絲（Marguerite Duras）卒（一九一四－）。代表作《情人》、《廣島之戀》。
1997	86	陳紀瀅卒（一九〇八－）。著有《荻村傳》。 〔美〕小說家威廉・布洛斯（William S. Burroughs）卒（一九一四－）。代表作《裸體午餐》。
1998	87	錢鍾書卒（一九一〇－）。著有《圍城》、《管錐編》、《談藝錄》、《寫在人生邊上》。
1999	88	蘇雪林卒（一八九七－）。代表作〈綠天〉、〈禿的梧桐〉。著有《棘心》、《屈賦新探》。 冰心卒（一九〇〇－）。著有《春水》、《繁星》、《寄小讀者》。 陳火泉卒（一九〇八－）。代表作〈道〉。著有《悠悠人生路》。 姚雪垠卒（一九一〇－）。代表作〈差半車麥秸ㄐㄧㄝ〉。著有《李自成》、《牛全德與紅蘿蔔》。 蕭乾卒（一九一〇－）。代表作〈蠶〉、〈吆喝〉、〈棗核〉、〈老北京的小胡同〉。著有《夢之谷》。 龍瑛宗卒（一九一一－）。代表作〈夕照〉、〈杜甫在長安〉、〈蓮霧的庭院〉、〈植有木瓜樹的小鎮〉。 〔英〕女小說家艾瑞斯・梅鐸（Iris Murdoch）卒（一九一九－）。代表作《網之下》、《大海，大海》。

單位：年

文學大事

西元	民國	文學大事
2005	94	巴金卒（一九〇四－）。著有《寒夜》、《愛情三部曲——霧、雨、電》、《激流三部曲——家、春、秋》。 潘人木卒（一九一九－）。著有《蓮漪表妹》。 〔美〕小說家亞瑟・米勒（Arthur Asher Miller）卒（一九一五－）。代表作《煉獄》、《推銷員之死》。
2006	95	徐鍾珮卒（一九一七－）。著有《餘音》、《英倫歸來》、《追憶西班牙》。 琦君卒（一九一七－）。代表作〈髻〉、〈毛衣〉、〈菁姐〉、〈桂花雨〉、〈阿榮伯伯〉、〈一對金手鐲〉、〈下雨天，真好〉、〈三更有夢書當枕〉。著有《橘子紅了》。
2008	97	巫永福卒（一九一三－）。代表作〈祖國〉、〈山茶花〉、〈首與體〉、〈遺忘語言的鳥〉。 〔蘇聯、俄〕小說家索忍尼辛（Aleksandr Isayevich Solzhenitsyn）卒（一九一八－）。代表作《癌症病房》、《古拉格群島》、《集中營的一天》。
2010	99	〔美〕小說家沙林傑（Jerome David Salinger）卒（一九一九－）。代表作《九個故事》、《麥田捕手》。

2000 89

楊雲萍卒（一九〇六—）。代表作〈光臨〉、〈秋菊的半生〉、〈黃昏的蔗園〉。著有《臺灣史上的人物》。

謝冰瑩卒（一九〇六—）。著有《女兵自傳》、《從軍日記》。

卞之琳卒（一九一〇—）。代表作〈寂寞〉、〈斷章〉、〈白螺殼〉、〈雨同我〉。

王昶雄卒（一九一六—）。代表作〈奔流〉、〈鏡子〉、〈梨園之歌〉、〈樹風問答〉、〈淡水河的漣漪〉、〈阮若打開心內的門窗〉。

2001 90

林海音卒（一九一八—）。著有《城南舊事》。

張秀亞卒（一九一九—）。代表作〈談靜〉、〈小白鴿〉、〈父與女〉、〈杏黃月〉、〈春之頌〉、〈雲和樹〉、〈秋日小札〉、〈那飄去的雲〉。

2002 91

孫犁卒（一九一三—）。代表作〈囑咐〉、〈荷花淀〉、〈蘆花蕩〉、〈采蒲臺的葦〉。

無名氏卒（一九一七—）。著有《北極風情畫》、《塔裡的女人》。

鹿橋卒（一九一九—）。著有《人子》、《未央歌》、《懺情書》。

2003 92

施蟄存卒（一九〇五—）。代表作〈梅雨之夕〉、〈將軍底頭〉、〈鳩摩羅什〉。

2004 93

臧克家卒（一九〇五—）。代表作〈老馬〉、〈有的人〉、〈罪惡的黑手〉、〈不久有那麼一天〉。

思果卒（一九一八—）。代表作〈惑〉、〈時髦〉、〈談話的趣味〉、〈霜葉乍紅時〉、〈藝術家肖像〉、〈中國文學的諧趣〉。

2011 100

楊絳至今在世（一九一一—）。錢鍾書之妻。著有《洗澡》、《我們仨ㄙㄚ》。

紀弦至今在世（一九一三—）。代表作〈烏鴉〉、〈過程〉、〈你的名字〉、〈狼之獨步〉、〈海的意志〉、〈一片槐樹葉〉、〈摘星的少年〉、〈在地球上散步〉。

鍾鼎文至今在世（一九一四—）。代表作〈橋〉、〈夜泊正陽關〉、〈風雨黃山行〉。

〔英〕女小說家多麗絲・萊辛（Doris Lessing）至今在世（一九一九—）。代表作《金色筆記》、《青草在歌唱》。

重要參考書目

司馬遷著，裴駰集解，司馬貞索隱，張守節正義《史記》，臺北：天工書局，一九八五。
劉大杰《中國文學發展史》，臺北：華正書局，一九八七。
中國大百科全書出版社編《中國文學史通覽》，上海：中國大百科全書出版社上海分社，一九九四。
林庚《中國文學簡史》，臺北：五南圖書出版股份有限公司，二〇〇二。
葉慶炳《中國文學史》，臺北：國立臺灣大學出版中心，二〇〇四。
鄭振鐸《插圖本中國文學史》，上海：上海人民出版社，二〇〇五。
袁行霈《中國文學史》，臺北：五南圖書出版股份有限公司，二〇一一。
木鐸編輯室《國學導讀》，臺北：木鐸出版社，一九八四。
程發軔《國學概論》，臺北：國立編譯館，一九八六。
周何、田博元主編《國學導讀叢編》，臺北：康橋出版事業公司，一九八七。
屈萬里《古籍導讀》，臺北：臺灣開明書店，一九八八。
孔另境編著《中國小說史料》，臺北：中華書局，一九五七。
鄭振鐸《中國俗文學史》，臺北：臺灣商務印書館，一九六五。
魯迅《中國小說史略》，北京：東方出版社，一九九六。
蔡仁厚《中國哲學史大綱》，臺北：臺灣學生書局，一九八八。
勞思光《新編中國哲學史》，臺北：三民書局，二〇〇二。
皮錫瑞《經學歷史》，臺北：鳴宇出版社，一九八〇。
十三經注疏小組編《十三經注疏分段標點》，臺北：新文豐出版公司，二〇〇一。
（十三經為《周易》、《尚書》、《毛詩》、《周禮》、《儀禮》、《禮記》、《春秋左傳》、《春秋公羊傳》、《春秋穀梁傳》、《論語》、《孝經》、《爾雅》、《孟子》的合稱。）
吳文治《中國文學史大事年表》，合肥：黃山書社，一九八七。
陳光主編《中國歷代帝王年號手冊》，北京：北京燕山出版社，一九九九。
劉毓慶、柳楊《中外文學史對照年表》，太原：山西教育出版社，二〇〇九。
虞雲國、周育民主編《中國文化史年表》，上海：上海人民出版社，二〇〇九。
徐州師範學院中文系編《簡明中國古典文學辭典》，南昌：江西人民出版社，一九八三。
田宗堯編著《中國古典小說用語辭典》，臺北：聯經出版事業公司，一九八五。
錢仲聯總主編，中國文學大辭典編輯委員會編《中國文學大辭典》，上海：上海辭書出版社，一九九七。
于志鵬、成曙霞《中國古代文學流派辭典》，太原：山西人民出版社，二〇一〇。
（舊題）左丘明著，黃永堂譯注《國語》，臺北：臺灣古籍出版社，一九九七。
劉向輯，王守謙等譯注《戰國策》，臺北：臺灣古籍出版社，一九九六。
趙逵夫主編《先秦文學編年史》，北京：商務印書館，二〇一〇。

劉躍進《秦漢文學編年史》，北京：商務印書館，二〇〇六。
劉汝霖《漢晉學術編年》，上海：華東師範大學出版社，二〇一〇。
劉汝霖《東晉南北朝學術編年》，上海：華東師範大學出版社，二〇一〇。
徐公持編著《魏晉文學史》，北京：人民文學出版社，二〇〇六。
曹道衡、劉躍進《南北朝文學編年史》，北京：人民文學出版社，二〇〇〇。
曹道衡、沈玉成編著《南北朝文學史》，北京：人民文學出版社，二〇〇六。
喬象鍾、陳鐵民主編《唐代文學史》，北京：人民文學出版社，二〇〇六。
孫望、常國武主編《宋代文學史》，北京：人民文學出版社，二〇〇六。
楊鐮《元代文學編年史》，太原：山西教育出版社，二〇〇五。
徐朔方、孫秋克《明代文學史》，杭州：浙江大學出版社，二〇〇六。
錢基博《明代文學》，臺北：臺灣商務印書館，一九九九。
皮述民、邱燮友、馬森、楊昌年《二十世紀中國新文學史》，板橋（今屬新北市）：駱駝出版社，一九九七。
阿英編《晚清小說史》，臺北：臺灣商務印書館，一九九六。
蕭統編，李善注《文選》，臺北：華正書局，一九八六。
高步瀛編注《新校唐宋詩舉要》，臺北：世界書局，一九八八。
張夢機、張子良編著《唐宋詞選注》，臺北：華正書局，一九八八。
馬幼垣、劉紹銘、胡萬川編《中國傳統短篇小說選集》，臺北：聯經出版事業公司，一九九〇。
趙崇祚編，陳慶煌導讀《花間集》，臺北：金楓出版社，一九九一。
糜文開、裴普賢《中國文學欣賞》，臺北：三民書局，一九九四。
朱自力、呂凱、李崇遠選注《歷代曲選注》，臺北：里仁書局，一九九四。
辛文房著，李立朴譯注《唐才子傳》，臺北：臺灣古籍出版社，一九九七。
徐志平編著《中國古典短篇小說選注》，臺北：洪業文化事業有限公司，二〇〇二。
劉義慶編撰，劉正浩等注譯《新譯世說新語》，臺北：三民書局，二〇〇五。
〔英〕尼爾・格蘭特（Neil Grant）著，喬和鳴等譯《文學的歷史》（*History of Literature*），臺北：究竟出版社，二〇〇五。
徐峙、曾雙餘、馬躍編著《世界文學史》，臺北：大地出版社，二〇〇六。
張錯《西洋文學術語手冊——文學詮釋舉隅》，臺北：書林出版有限公司，二〇〇九。
〔英〕約翰・德林瓦特（John Drinkwater）編著，陳永國、尹晶譯《世界文學史》（*The Outline of Literature*），北京：北京大學出版社，二〇一一。
教育部國語推行委員會，重編國語辭典修訂本（http://dict.revised.moe.edu.tw/）。
行政院文化建設委員會，臺灣大百科全書（http://taiwanpedia.culture.tw/）。
中國文化大學，中華百科全書典藏版（http://ap6.pccu.edu.tw/Encyclopedia/）。
中國大百科全書智慧藏（http://www.wordpedia.com/edu/）。
大英百科全書線上繁體中文版（http://www.wordpedia.com/edu/）。

國家圖書館出版品預行編目資料

用年表讀通中國文學史 / 黃淑貞著. -- 初版. --
臺北市:商周,城邦文化出版:家庭傳媒城邦分公司發行，
2011.10
面：公分. --（縱橫歷史：6）

ISBN 978-986-272-043-1（平裝）

1. 中國文學史 2.年表

820.909 100018848

縱橫歷史 6

用年表讀通中國文學史

作　　者／黃淑貞
責任編輯／程鳳儀

版　　權／林心紅、翁靜如
行銷業務／朱書霈、蘇魯屏
總 編 輯／楊如玉
總 經 理／彭之琬
發 行 人／何飛鵬

法律顧問／元禾法律事務所 王子文律師
出　　版／商周出版 城邦文化事業股份有限公司
台北市104民生東路二段141號9樓
電話：(02) 25007008 傳真：(02)25007759
E-mail:bwp.service@cite.com.tw
發　　行／英屬蓋曼群島商家庭傳媒股份有限公司 城邦分公司
台北市中山區民生東路二段141號2樓
書虫客服服務專線：02-25007718；25007719
服務時間：週一至週五上午09:30-12:00；下午13:30-17:00
24小時傳真專線：02-25001990；25001991
劃撥帳號：19863813；戶名：書虫股份有限公司
讀者服務信箱：service@readingclub.com.tw
城邦讀書花園：www.cite.com.tw
香港發行所／城邦（香港）出版集團有限公司
香港灣仔駱克道193號東超商業中心1樓
E-mail：hkcite@biznetvigator.com
電話：(852) 25086231 傳真：(852) 25789337
馬新發行所／城邦（馬新）出版集團【Cite (M) Sdn. Bhd.】
41, Jalan Radin Anum, Bandar Baru Sri Petaling,
57000 Kuala Lumpur, Malaysia.
Tel: (603) 90578822 Fax: (603) 90576622 Email: cite@cite.com.my

封面設計／徐璽
排　　版／唯翔工作室
印　　刷／韋懋實業有限公司
總 經 銷／高見文化行銷股份有限公司
電話：(02)2668-9005 傳真：(02)2668-9790 客服專線：0800-055-365

■2011年10月11日初版
■2019年09月20日初版7.5刷
ISBN 978-986-272-043-1

定價／320元

請於此處用膠水黏貼

商周出版

讀者回函卡

感謝您購買我們出版的書籍！請費心填寫此回函卡，我們將不定期寄上城邦集團最新的出版訊息。

姓名：______________________ 性別：□男 □女

生日：西元__________年__________月__________日

地址：______________________

聯絡電話：______________ 傳真：______________

E-mail ：

學歷：□ 1. 小學 □ 2. 國中 □ 3. 高中 □ 4. 大學 □ 5. 研究所以上

職業：□ 1. 學生 □ 2. 軍公教 □ 3. 服務 □ 4. 金融 □ 5. 製造 □ 6. 資訊

□ 7. 傳播 □ 8. 自由業 □ 9. 農漁牧 □ 10. 家管 □ 11. 退休

□ 12. 其他______________________

您從何種方式得知本書消息？

□ 1. 書店 □ 2. 網路 □ 3. 報紙 □ 4. 雜誌 □ 5. 廣播 □ 6. 電視

□ 7. 親友推薦 □ 8. 其他______________________

您通常以何種方式購書？

□ 1. 書店 □ 2. 網路 □ 3. 傳真訂購 □ 4. 郵局劃撥 □ 5. 其他________

您喜歡閱讀那些類別的書籍？

□ 1. 財經商業 □ 2. 自然科學 □ 3. 歷史 □ 4. 法律 □ 5. 文學

□ 6. 休閒旅遊 □ 7. 小說 □ 8. 人物傳記 □ 9. 生活、勵志 □ 10. 其他

對我們的建議：______________________

____

____

請於此處用膠水黏貼